Andrea De Carlo

Sie und Er

Roman

Aus dem Italienischen
von Maja Pflug

Diogenes

Die Originalausgabe
erschien 2010 bei Bompiani, Mailand,
unter dem Titel ›Leielui‹

Umschlagillustration von
Matt Olson

www.diogenes.ch
150/12/44/1
ISBN 978 3 257 06809 2

Der Autor versichert ausdrücklich, dass die Namen der Gestalten dieses Romans *nicht* mit denen von realen Personen oder Werken übereinstimmen, die diese auch nur teilweise inspiriert haben. Da es jedoch möglich – und in einigen Fällen sogar wahrscheinlich – ist, dass es reale Personen und Werke mit den gleichen Namen und einigen Eigenschaften der Figuren dieses Romans gibt, versichert der Autor, dass es sich um reinen Zufall handelt: Nicht von ihnen wird hier erzählt.

Das Lustigste am Fliegen ohne Flügel ist, wie unglaublich leicht es geht

Das Lustigste am Fliegen ohne Flügel ist, wie unglaublich leicht es geht: Es genügt, Arme und Beine zu bewegen wie beim Schwimmen, bloß tut man es in der Luft. Es ist einfach, verlangt weder körperliche noch geistige Anstrengung, nur eine gewisse Zielstrebigkeit. Man muss bloß überzeugt sein, dass es klappt, dann klappt es.

Jetzt zum Beispiel fliegt sie flach über die dichtbewachsenen Hügel, über die tiefgrünen Reihen von Kaffeesträuchern, über die Bananenstauden mit ihren beinahe gelben Blättern, über die schmale Straße, die sich kurvig jeder Steigung und Senkung anschmiegt. Große Höhe interessiert sie nicht: Der Genuss liegt darin, im Tiefflug über die Landschaft zu gleiten, um sie in allen Einzelheiten zu genießen, die leuchtenden Farben aufzunehmen, die starken Gerüche einzuatmen, die Veränderungen der Feuchtigkeit an den Stellen wahrzunehmen, an denen die Hügelkuppen steil zum üppigen sonnenlichtgesprenkelten Dschungel hin abfallen. In diesem Zustand vollkommener Leichtigkeit fragt sie sich, wie sie sich je damit begnügen konnte zu gehen, von der Schwerkraft niedergedrückt, Meter für Meter die Reibung ihres Körpergewichts mit der harten Erdoberfläche aushandelnd. Sie beschließt, nie mehr den Boden zu berühren – von jetzt an wird sie sich nur noch fliegend fortbewegen. Falls sie dann einem Mann begegnet, der wirklich mit ihr auf der gleichen Wellenlänge ist, wird sie ihm das einfache Geheimnis des In-der-Luft-Lebens verraten. Es wäre schon schön, diese Empfindungen mit jemandem teilen zu können, jemanden zu haben, mit dem man die Möglichkeiten erforschen könnte, zu trudeln und sich zu überschlagen, sich aufwärts und abwärts zu verfolgen, indem man durch die Wolken auf den Himmel zusteuert und gleich darauf zwischen den Baumkronen an den Stämmen entlang hinuntersaust und erst knapp über den Sträuchern und Grashalmen abbremst, bevor man wieder aufsteigt. Es wäre schön, zu zweit den Fluss entlangzufliegen, der jetzt am Ende eines Tals auftaucht und leuchtend blau zwischen den Ufern dahineilt. Sie lässt sich sinken, um das kühle Wasser zu streifen, und vernimmt dabei ein stotterndes Piepsen, das ihr durch Mark und Bein geht und immer stärker wird.

Dann ist sie auf einmal nicht mehr in der Luft, die ganze lustige Leichtigkeit ist dahin, und die Schwerkraft, von der sie sich für immer befreit zu haben glaubte, übt wieder ihren ganzen Druck aus. Das Piepsen geht weiter, hört aber auf, als sie die Hand ausstreckt und auf den Knopf des Weckers auf dem Nachttisch zu ihrer Rechten drückt. Da ist kein kühler Fluss mehr, nur die zerwühlten Laken ihres schmalen Bettes in ihrem kleinen Zimmer in dem hässlichen kleinen Appartement im ersten Stock am südwestlichen Stadtrand von Mailand.

Mit einem Ruck springt sie auf, um die Zwischenphasen des Erwachens abzukürzen und die Sehnsucht nach dem Traum zurückzudrängen. Geduckt öffnet sie die mit schwarzem, klebrigem Feinstaub verkrusteten Fensterläden, damit man sie nicht nackt sehen kann von der total monochromen Straße aus: Asphalt, Fassaden, Himmel, alles ist grau, selbst die Autos – egal, welche Farbe sie hatten, als sie aus der Fabrik kamen.

Doch sosehr sie sich auch bemüht, es gelingt ihr nicht, das heftige Bedauern zu unterdrücken, das sie jetzt empfindet, das tiefe Verlustgefühl, das ihr Magen, Herz und Lunge zusammenzieht, während sie in ein Höschen, ein T-Shirt und ihre Jeans schlüpft und über den engen Flur ins Bad geht. Es scheint ihr mehr als eine einfache Enttäuschung beim Erwachen zu sein: Es kommt ihr vor wie eine Botschaft von sich selbst an sich selbst, über die sie lange nachdenken müsste, wenn sie nur genug Raum im Kopf dafür hätte. Tatsache ist, dass sie hier mit beiden Füßen auf dem Boden steht, ohne die geringste Chance, sich von den Granitfliesen zu lösen, um auch nur bis zur Decke zu schweben. Sie atmet tief durch und öffnet den Wasserhahn, schüttet sich kaltes Wasser ins Gesicht, fast ohne sich im Spiegel anzusehen, der ihr ihren verstrubbelten Lockenkopf vor graublauen Kacheln und einer Bordüre mit weißen Fischlein zeigt.

Er betritt gerade ein Haus, das er soeben gemietet hat

Er betritt gerade ein Haus, das er soeben gemietet hat, in Südfrankreich, Département Var. Der Besitzer wirkt jugendlich, trotz seiner grauen Haare und Augenbrauen, und zeigt ihm einen Garten, der von einer hohen Backsteinmauer umschlossen ist. Er weist ihn auf eine Stelle am Dach hin, wo eine Art Türmchen eingelassen ist, das die Asche einer Großtante enthält, und behauptet, er stehe mit ihr im ständigen Dialog, so als ob sie noch lebte. Jetzt zum Beispiel wendet er sich an sie und sagt so etwas wie »Beschütze diesen neuen Mieter und stehe ihm bei, solange er hier wohnt«, doch er spricht zu leise, als dass man es hören könnte. Dann treten sie ins Haus, gerade noch rechtzeitig, bevor einige Brüder und Schwestern des Besitzers eintreffen. Es ist ein Familienfest, vielleicht ein Geburtstag, das ist nicht klar. Die Männer ähneln sich alle auf beeindruckende Weise, ihre Gesichter sind feinste Variationen desselben Themas. Die Frauen dagegen sehen anders aus als die Brüder und sind auch untereinander verschieden: Wüsste man nicht, dass sie Schwestern sind, könnte man meinen, dass sie gar nicht zur selben Familie gehören. Er begrüßt alle, schüttelt Hände, lächelt, und die Sache kostet ihn zermürbende Mühe, weil er in zu viele Gesichter schauen, sich zu viele Namen merken, zu vielen Stimmen zuhören muss.

So schlüpft er hinaus, sobald er sich unbeobachtet glaubt, durchquert ein Wohnzimmer, wo einige Kinder herumlümmeln und Karten spielen, und geht in den Garten hinter dem Haus. Da ist ein kleiner künstlicher See, grünlich und trübe, auf dem ein altes Buch mit blauem Leineneinband und aufgequollenen gelben Seiten treibt. Er nähert sich und sieht, dass zwei Eichhörnchen mit erstaunlicher Gewandtheit im stehenden Wasser mal dahin, mal dorthin schwimmen und dabei das Buch vor sich herschieben. Auch ein paar Frösche und Molche und andere Sumpftiere huschen auf und unter der Oberfläche herum und stupsen dabei abwechselnd mit den Eichhörnchen das Buch an, man weiß nicht, ob zum Spiel oder um es dann fressen oder zerstören zu können. Jedenfalls ist es eine bedrückende Szene; der kleine Garten und das Haus verstärken seine Beklemmung noch. Er fragt sich, warum er denn je hierherwollte und wie lange er wohl bleiben muss und wozu. In seiner wachsenden Verzweiflung möchte er schreien und treten und die Luft mit Fäusten bearbeiten.

Dann spürt er einen heftigen Schmerz an der Hand, doch der fühlt sich ganz anders an als die Empfindungen von zuvor, er durchschneidet seine Gedanken. Mit einem hastigen Ruck dreht er sich um, öffnet die Augen und findet sich in seiner Zelle des Benediktinerklosters wieder, die in das Zimmer eines Hôtel de Charme umgewandelt wurde und ganz schlicht sein sollte, aber eher grauenhaft ist. Erschrocken setzt er sich auf, betrachtet seine rechte Hand: Die Fingerknöchel sind aufgeschürft und gerötet und blutverklebt. Die Heizung ist aus, seine leichte Baumwollkleidung ist für das Klima unpassend und zudem ganz zerknittert, weil er darin geschlafen hat, jeder Gedanke ist zu drei Viertel verstümmelt, alles ohne Zusammenhang. Die Landschaft, die er sieht, als er aufsteht und die Stirn an die Fensterscheibe legt, ist vollgesogen mit dem Regen, der seit Tagen andauert. Der Sommer hatte gerade erst begonnen, als er sich vor zwei Wochen scheinbar endgültig zurückzog und eine Art tropische Kälte hinterließ, Hügel und Berge voller tropfnassem Grün, zwischen denen man ganz hinten in der Ferne, wenn man die Augen anstrengt, gerade noch ein Stückchen graublaues Meer erkennen kann. Auf dem Fußboden liegen überall abgerissene, zerknüllte Blätter und zwei umgedrehte kleine Lautsprecher mit USB-Stecker; auf dem Holztisch an der Wand liegt ein Füller, in dem fast keine Tinte mehr ist, ein Handy mit herausgefallener Batterie, eine dreiviertelleere Wodkaflasche, eine ganz leere Weinflasche, ein Glas, in dem der Bodensatz dunkelrot angetrocknet ist, wie das Blut an seinen Fingerknöcheln. Daneben, auf den achteckigen Terrakottafliesen des Fußbodens, der von Jahrhunderten beklommener Schritte abgeschliffen ist, sind noch mehr Blätter mit lustlosen Wortkombinationen ohne Inspiration verstreut. In einer Ecke ruhen die Reste eines gegen die Wand geschleuderten und dann bis zur Unkenntlichkeit zertrampelten Computers: verbogenes Aluminium, zersplittertes Glas, Leiterplatten und Elektrokabel, die heraushängen wie das Gedärm eines außerirdischen Tieres.

Sie ist schon so oft an dieser endlosen Mauer entlanggejoggt

Sie ist schon so oft an dieser endlosen Mauer entlanggejoggt und weiß immer noch nicht, was sich auf der anderen Seite verbirgt, verfallende Industriehallen oder Schlafkasernen oder Labors für Tierversuche oder sonst irgendeine Bausünde, wie sie überall am südwestlichen Stadtrand zu finden sind. Sie will es gar nicht wissen, und außerdem stehen ihr, so trostlos die Szenerie auch ist, nicht viele Wahlmöglichkeiten zur Verfügung, wenn sie nicht wie ein Hamster im Käfig durch die Straßen rund um ihren Block laufen oder den äußeren Umfahrungsring nehmen will, auf dem unablässig ein brutaler Verkehr tobt. Der Regen heute Morgen hat wenigstens den Effekt, dass die Landschaft großenteils verschwimmt, auch wenn es nicht direkt angenehm ist, in Pfützen zu treten und zu fühlen, wie das schmutzige Wasser über den Rand der Joggingschuhe schwappt und die Frotteesocken durchnässt. Doch ihr Bewegungsdrang ist groß, nie würde sie auf das Laufen verzichten, niemals: Sonst müsste sie jetzt in ihrem Zimmerchen sitzen und warten, bis Stefano sie abholt, um zum Mittagessen zu seinen Freunden Tommaso und Lauretta zu fahren, in die Hügel des Oltrepò Pavese.

Als Kind war Laufen ihre liebste Fortbewegungsart, auf dem Weg zur Schule oder nach Hause, um Onkel und Tante oder eine Freundin zu besuchen, um einzukaufen, wenn ihre Mutter fand, dass sie an der Reihe war, um die Gegend zu erkunden, sobald sie keine dringenden Pflichten hatte. Laufen erlaubte ihr, die Abstände zu verkürzen und ihre Unruhe loszuwerden, sich aus starren Situationen und einengenden Beziehungen zu befreien, Wiederholung und Langeweile von sich fernzuhalten. Es hat sie nie Mühe gekostet, wahrscheinlich dank der Übereinstimmung gewisser körperlicher und geistiger Eigenschaften. »Wer lange Beine hat, denkt weiter«, sagte Onkel Harold. Ihre Schwester Paula gab ihr irgendwann den Spitznamen Clarie-Pony, weil sie überallhin rannte, und nach einer Weile wurde sie zu Hause von allen so genannt. Auch heute taucht dieser Name immer mal wieder auf, in einer E-Mail oder bei einem der seltenen Treffen derer, die noch übrig sind von der weitverstreuten Familie Moletto. Ihr missfällt das nicht, ihr scheint, dass er recht gut ihr unruhiges und träumerisches Wesen ausdrückt. So hat sie nun drei Namen: ihren Taufnamen, den Kosenamen der Schwester und den Namen, den Stefano ihr vom ersten Tag an gegeben hat, seit sie zusammen sind. Besser als einen einzigen, in dem dann zwangsläufig alle ihre verschiedenen Seiten Platz finden müssten, einschließlich der Widersprüche.

Dass sie schon als Kind rannte und jetzt joggt, rührt vielleicht daher, dass sie nicht gerne wartet und aller Starrheit instinktiv entkommen möchte. Die schnelle Bewegung vermittelt das Gefühl eines gewissen Abstands von der Wirklichkeit. Es ist zwar nicht wie Fliegen, aber doch eine zeitweise Befreiung von der versklavenden Langsamkeit der Schritt für Schritt, Ecke für Ecke, Gedanke für Gedanke zurückgelegten Wege. Während sie durch diesen traurigen Stadtteil rennt, empfindet sie die gleiche Erleichterung wie damals, als sie mit sechs oder sieben Jahren über den kleinen Rasen vor dem Haus auf die Straße trat und allmählich beschleunigte, bis der bedrückende Teil ihres Lebens weit weg war und sie nicht mehr einholen konnte.

Nicht dass Joggen eine Methode wäre, um sich dauerhaft von allen beschwerlichen Gedanken zu befreien: Einige klammern sich auf dem ersten Stück noch an sie, und sie muss sie mit einem energischen Ruck abschütteln, andere lauern ihr auf, wenn ihre Runde endet und sie wieder normal geht. Wieder andere folgen ihr unbemerkt und blitzen plötzlich zwischen ihren raschen Bewegungen und ihren Atemzügen auf: zum Beispiel das heutige Mittagessen bei Tommaso und Lauretta, so absolut vorhersehbar, Gesichtsausdrücke und Gesprächsthemen eingeschlossen. Oder Stefanos Hang, über ihr Joggen zu lästern, die Absurdität der Energieverschwendung zu betonen, die Wahrscheinlichkeit von Schäden an Gelenken und Bändern, früher oder später. Er ist kein unsportlicher Mensch, er hat eine gute Kondition, wenn er sie zum Beispiel auf eine Bergtour oder einen Fahrradausflug mitschleppt und sie Kilometer um Kilometer zurücklegen, auf Routen, die er vorher eingehend auf der Karte studiert und festgelegt hat. Vielleicht sieht er Rennen als eine Form von Flucht, und die unbestimmte Getriebenheit, die sich dahinter verbirgt, sowie die potentiell unkontrollierbare Leichtigkeit beunruhigen ihn. Sein Sarkasmus ist vielleicht eine Schutzhaltung gegen eine Seite ihres Wesens, die er nicht ganz begreift und die ihm Angst macht. Hierzu fallen ihr noch mehr bezeichnende

Episoden ein, zum Beispiel der Besuch ihrer Schwester Julia, als sie noch bei Stefano wohnte. Gemeinsam hatten die Moletto-Schwestern ein schönes Abendessen vorbereitet und nach ein paar Gläsern Wein in der Küche angefangen zu tanzen und lauthals *Wild Thing* zu singen, und plötzlich war Stefano aus dem Wohnzimmer erschienen, um sie zurechtzuweisen mit der Behauptung, sie störten die Nachbarn. Natürlich war er es, der sich gestört fühlte, weil sein Gleichgewicht an erworbenen Gewissheiten und bewährten Verhaltensweisen ins Wanken geraten konnte durch einen unvorhergesehenen Rock-Abend. Manchmal nervt es sie, dass er so engstirnig ist und so übertrieben reagiert, manchmal findet sie es beruhigend, manchmal auch rührend, weil es eine uneingestandene Zerbrechlichkeit enthüllt. Jedenfalls sagt sie es ihm nicht mehr, wenn sie joggen geht, höchstens ganz allgemein: »Ich drehe eine Runde«, was dem Joggen letztlich noch einen feinen, kindlichen Hauch von etwas Verbotenem verleiht.

Doch jetzt liegt die schier endlose Mauer schon eine ganze Weile hinter ihr wie auch die außergewöhnlich öden Häuserblöcke gleich danach samt dem leicht erhöhten Zementsee, der als Parkplatz dient. Sie läuft um den Kreisverkehr in der Mitte eines formlosen Platzes und dann zurück, an der Backsteinmauer entlang, die das Freibad umschließt. Der zweite Teil der Runde ist nie so befreiend wie der erste; jetzt noch viel weniger, da der Regen noch zugenommen hat und ihr auf den Kopf prasselt, auf die Stirn und auf die Augenlider, auf die Nase, auf die Lippen.

Die Autobahn verpestet seine Gedanken nur noch mehr

Die Autobahn verpestet seine Gedanken nur noch mehr. Das ständige Beschleunigen und Bremsen und Spurwechseln, die rasche Verlagerung der Aufmerksamkeit nach vorn und seitlich und nach hinten im Rückspiegel, die Vorwegnahme idiotischen oder offen kriminellen Verhaltens seitens der anderen Autofahrer – alles zerrt an seinen Nerven. Das Verdeck seines grünen, vierzehn Jahre alten Jaguars XJS Cabrio knattert im Gegenwind, als würde es gleich aufgehen, abreißen und ihn ungeschützt dem anhaltenden Regen aussetzen. Es ist ein Jaguar aus der schlechtesten Periode, mit einer kantigen Linienführung, die nichts zu tun hat mit den schönen fließenden Formen der sechziger Jahre und auch nichts mit dem rationaleren und lineareren Design der jüngeren Modelle. Wahrscheinlich hat er ihn deshalb gekauft: weil er ihm irgendwie verkehrt vorkam. Jetzt fährt er allerdings zu schnell für das nicht sonderlich stabile Chassis, das Gaspedal zu drei Viertel durchgedrückt, die Tachonadel zittert unentschieden zwischen 140 und 150, die Reifen verlieren gelegentlich die Bodenhaftung wegen der riesigen Pfützen und des schlechten Zustands der Aufhängung. Ab und zu nimmt er einen Schluck Wodka aus der Flasche auf dem Beifahrersitz: Er schraubt den Verschluss mit einer Hand auf und wieder zu und wirft sie zurück auf ihren Platz. Ständig drückt er auf die Repeat-Taste des CD-Players, um noch einmal *I Cover The Waterfront* von John Lee Hooker in einer Studioaufnahme zusammen mit Van Morrison abzuspielen, aber auch auf höchster Lautstärke kommt die Musik kaum an gegen das Trommeln des Regens und das Schlagen des Verdecks und das Dröhnen des Motors und das Rollen der Reifen und das vielfältige Zischen und Sausen der Zugluft, die durch alle Ritzen des alten Jaguars dringt. Dasselbe Stück hundertmal hintereinander anzuhören, bis es zum Ohrwurm wird und er jede einzelne Passage auswendig kann, ist eine Manie von ihm. Nur so gelingt es ihm, der harmonischen Struktur auf den Grund zu gehen und zu dem durchzudringen, was hinter den Tönen steht: das Studio und die Blicke zwischen den Musikern, ihre Bewegungen und ihre Ticks, die Kombination von Fähigkeiten und Grenzen, die den besonderen Stil eines jeden hervorbringt, die plötzlichen Intuitionen, die einer Phrase ihren Sinn geben, die Höhenflüge, die Wiederholungen, die Rückkehr zum Thema, so als käme man nach Hause, beruhigend und leicht von Wehmut durchzogen beim Gedanken an das, was noch hätte geschehen können, wenn man noch länger fortgeblieben wäre.

Letztendlich heitert ihn Musik nie sonderlich auf; im Gegenteil, fast immer vertieft sie seine Traurigkeit oder erhöht seine Anspannung, so wie jetzt auf dieser Autobahn voller Pkws und Lastwagen im strömenden Regen. Obwohl er schneller fährt als erlaubt, kommen hinter ihm ständig Limousinen und Coupés und Geländewagen angerast, die ihn mit dem bläulich weißen Licht ihrer Xenonscheinwerfer anblinken und bis auf wenige Zentimeter auffahren, um ihn, Stoßdämpfer an Stoßdämpfer, zum Ausweichen zu zwingen, bis er plötzlich auf die Bremse tritt und sie zwingt, ebenfalls zu bremsen und sich in die erste Lücke rechts einzufädeln und dort im wütenden Zickzack zwischen den Spuren wieder zu beschleunigen. Entweder haben sie Navigationsgeräte, die ihnen die Standorte der elektronischen Geschwindigkeitskontrollen anzeigen, oder die richtigen Kontakte, um sich die Bußgelder tilgen zu lassen, oder es ist ihnen einfach egal, und sie zählen auf die Langsamkeit der Bürokratie in der italienischen Verwaltung und ihre periodischen Amnestien. Jedenfalls fahren sie durchgehend 180 bis 200 Stundenkilometer, wenn ihnen nicht gerade ein alter Jaguar im Weg ist. Auch hier schwankt er zwischen zwei gegensätzlichen Positionen, wie bei fast allem. Er weiß genau, dass er tollkühner fahren könnte als sie alle zusammen, wenn er wollte. Es ist kein abstraktes Wissen: Er hat es im Hirn und in den Beinen, in den Füßen, in den Händen, in dem Adrenalin, das beim bloßen Gedanken in seinem Blutkreislauf zirkuliert. Es ist alles da, am Grund seiner schlimmsten Gedanken, bereit, ans Licht zu kommen. Doch kriminelles Fahren gehört zu den Verhaltensweisen, die er hasst an diesem ungezogenen, gleichgültigen, vulgären, feigen Land voller Gesetze und ohne Regeln. Die Vorstellung, dass es potentiell auch Teil seines eigenen Wesens ist, erfüllt ihn mit dumpfem Groll und treibt ihn dazu, mit 140 Stundenkilometern die Überholspur zu blockieren.

Irgendwann schaltet er den CD-Player ab, weil er nichts hören kann, zieht den MP3-Player aus dem Handschuhfach, versucht, die Kabel zu entwirren, ohne die Kontrolle über das Lenkrad zu verlieren, nimmt die Ohrhörer und schiebt sie so tief ins Ohr, wie es geht. Er lässt mit dem Menü die Playlists durchlaufen bis zur Abteilung »Sprachen«, klickt wahllos auf eine aus einer sehr langen Liste von Deutschlektionen. Der Lehrer ist ein polnischer Jude mit französischem Namen, nach Frankreich ausgewandert, um der Verfolgung durch die Nazis zu entkommen; später ging er in den Widerstand, wurde drei- oder viermal von den Deutschen verhaftet, entwischte aber jedes Mal, indem er vorgab, er sei ein anderer, bis er am Ende des Krieges nach Los Angeles auswanderte, um eine Sprachenschule zu eröffnen. Dass er diese Geschichte kennt, verleiht dieser Stimme eines gutmütigen alten Onkels mit oft hörbar klapperndem Gebiss einen anderen Klang; zudem ist der Typ vor ein paar Jahren gestorben, so dass bei seinen Sätzen immer auch ein leises Verlustgefühl mitschwingt.

Jedenfalls hat es etwas Hypnotisierendes, hier im ständigen Krach und Vibrieren dieses scheinbar endlose Asphaltband entlangzurasen, es erlaubt ihm, alles viel besser aufzunehmen, als wenn er es in einem Zimmer sitzend lernte. Nach vier oder fünf Lektionen, die er sich auf diversen Autofahrten angehört hat, kann er schon einige einfache Sätze bilden, wenn er auch aufgrund des Lärms keine Ahnung hat, wie seine Aussprache ist. Er hatte schon immer ein Gespür für Sprachen und Akzente, wahrscheinlich weil er sich nirgendwo recht verwurzelt fühlt und ein aus einem festen Zusammenhang herausgelöstes Individuum dazu neigt, Techniken zu entwickeln, die ihm gestatten, unter unterschiedlichen Bedingungen zu überleben. Aber natürlich geht es auch darum, immer wieder eine neue Herausforderung zu suchen, um sich zu beweisen, dass man geistig noch nicht am Ende ist. Es kommt manchmal vor, dass ein Leser oder eine Leserin von vielleicht fünfundzwanzig Jahren ihn um ein Autogramm in einem Buch bittet und ihm dann erzählt, im Unterschied zu ihm leider nie aus dem Land herausgekommen zu sein und keine Fremdsprache zu sprechen. »Und was zum Teufel hindert dich daran?«, antwortet er dann jeweils und würde sie am liebsten an den Schultern packen und heftig schütteln. Ihm scheint, dass es mit Italien auch deshalb bergab geht, weil gewisse Beschränkungen einfach hingenommen werden, als ob es natürliche Barrieren wären, die unüberwindlich sind.

Er versucht, sich auf einige Verbformen zu konzentrieren, aber jedes neue Blinken und Drängen von Autos hinter ihm vergiftet sein Blut noch etwas mehr. Er würde gern einen Zustand größerer Gelassenheit erreichen und sich nicht mehr darum scheren, aber es gelingt ihm einfach nicht. Die Überholer gestikulieren wild, wenn sie schließlich rechts an ihm vorbeifahren: Sie zeigen ihm die Hörner, den Mittelfinger, schreien unhörbare, aber leicht vorstellbare Beleidigungen. Er dreht sich um, fixiert sie, fährt sich mit zwei Fingern über den Hals, um ihnen mimisch die Kehle durchzuschneiden. Die Geste dauert nur eine Sekunde, aber die Überholenden verlieren in dem Moment sichtlich die Fassung. In manchen Fällen bleiben sie etwas zurück, in anderen gestikulieren sie noch wütender und bremsen unvermittelt, sobald sie wieder vor ihm fahren, versuchen, ihn ins Schleudern zu bringen. Er reagiert genauso wüst wie sie oder noch wüster: Er würde auf sie schießen, wenn er eine Pistole oder ein Gewehr mit abgesägtem

Lauf hätte oder noch lieber ein auf die Motorhaube montiertes Maschinengewehr oder eine Bazooka, die man per Knopfdruck am Steuer bedienen könnte. Ganz realistisch malt er sich den Knall aus, das Geräusch der splitternden Scheiben, das Quietschen der Räder, während das andere Auto sich querstellt und wegrutscht und gegen die Flanke eines Lastwagens oder eines anderen Autos oder gegen die Leitplanke prallt und eine katastrophale Kettenreaktion auslöst, in die er selbst verwickelt ist, falls es ihm nicht gelingt, sich mit erstaunlicher Promptheit im Zickzack zwischen den Wracks hindurchzuschlängeln. Er zweifelt nicht daran, dass seine Impulse den gleichen Ursprung haben wie die der Überholenden, aber dieses Wissen mindert keineswegs die Heftigkeit seiner Visionen, sondern verleiht ihnen letztlich eine noch destruktivere Note. Ebenso lebhaft stellt er sich vor, sich eine Kugel in den Kopf zu jagen wegen des umfassenden Ekels, der ihn bis in die Knochen durchdringt. Er kann sich ausmalen, wie die Menschen, die er kennt, dann reagieren: seine Kinder, die vier oder fünf Frauen, mit denen er zu tun hat, seine zwei oder drei guten Freunde, seine Agentin, sein Verleger, ein paar Journalisten, die Besitzerin des ehemaligen Klosters auf den Bergen Liguriens, von wo er soeben geflüchtet ist, das slawische Zimmermädchen, das heute Morgen im Flur einen Strauß verwelkter Schwertlilien aus einer hässlichen Kristallvase genommen hat. Er fährt weiterhin stur zehn Kilometer über der vorgeschriebenen Geschwindigkeitsbegrenzung auf der Überholspur, ohne zu weichen, egal, wie viel Druck die Autos hinter ihm ausüben, starrt weiterhin die Fahrer an, während sie ihn rechts überholen, und mimt die Geste des Kehledurchschneidens, spricht weiterhin die deutschen Sätze des alten, inzwischen verstorbenen Mannes nach, die ihm in den Ohrhörern vorgesagt werden.

Plötzlich ist die endlos wirkende Fahrt fast zu Ende: Er passiert die Mautstelle Mailand Südwest, lenkt das Auto über die Abzweigung zwischen den grauenhaften neuen Bürohochhäusern und den grauenhaften alten Motels und Industriehallen und Tankstellen. Während er zur Überführung hinauffährt, kommt ungeachtet aller Schilder hinter ihm wie eine Rakete ein schwarzer Mercedes mit blinkenden Scheinwerfern angeschossen, und da er nicht Platz macht, wechselt der Mercedes die Spur, um ihn mit dem üblichen wilden Manöver zu überholen. Er beschleunigt seinerseits und lenkt nach rechts, um dem anderen den Weg abzuschneiden; der schwarze Mercedes bremst, schleudert, verliert einen Augenblick die Kontrolle, fährt erneut auf die Überholspur und rast mit ohrenbetäubendem Hupen an ihm vorbei. Er tritt das Gaspedal durch, setzt auf der abfallenden Rampe der Überführung zur Verfolgung an. Er macht eine falsche Bewegung, oder vielleicht verlieren die Reifen in einer Pfütze die Bodenhaftung; der Jaguar wird nach links geschleudert, stößt an die Leitplanke, prallt ab nach rechts, verfehlt knapp einen weißen Fiat, stößt an die andere Leitplanke, schrappt seitlich daran entlang, *stratastrock-straack-strackt-taatack*, Eisen gegen Eisen, die Reibung von Blech an Blech zwischen einem Metallpfosten und dem nächsten. Er registriert die Richtungsänderungen und Bewegungen und Geräusche, vermischt mit den Spuren der Gedanken, die bis dahin seinen Kopf ausgefüllt haben, und mit dem Lärm des Autos und dem Prasseln des

Regens und der Stimme des Herrn aus Polen mit dem falschen französischen Namen, der die amerikanische Staatsbürgerschaft angenommen hat und ihm in gelassenem Ton direkt ins Ohr sagt: *»Wollen Sie heute Abend mit mir essen gehen?«*

Er dreht am Lenkrad und tritt das Bremspedal durch, doch das scheint keinen entscheidenden Einfluss auf das Geschehen zu haben, so dass er plötzlich alles mit einem gewissen Abstand sieht. Der Jaguar bewegt sich wie von selbst, unaufhaltsam, wenn auch mit abnehmender Geschwindigkeit, schlittert er auf eine Autoschlange mit roten Rücklichtern zu, die an einer roten Ampel wartet. Es wird grün, die Autos setzen sich gerade rechtzeitig wieder in Bewegung, nur das letzte, ein dunkler Kombi, bleibt mit unerklärlicher Hartnäckigkeit stehen. Er versucht erneut zu bremsen und spannt die Muskeln an, überlässt sich zugleich aber mindestens teilweise einem bittersüßen Gefühl der Unvermeidlichkeit, während er sich dem Audi so weit nähert, dass er auf dem grauen Kunststoff der Kofferraumabdeckung ein Buch mit blauem Einband erkennen kann.

Halb in Trance, wie es zu einem verregneten Sonntagnachmittag passt

Halb in Trance, wie es zu einem verregneten Sonntagnachmittag passt, hängt sie ihren räumlich gedehnten Empfindungen und Gedanken nach, ohne Höhen und Tiefen, die man genau benennen könnte. Es gießt in Strömen, Milliarden von dicken Tropfen trommeln pausenlos aufs Autodach und auf die Windschutzscheibe, fließen in Bächen die Fensterscheiben herab. Stefano zu ihrer Linken hält sachverständig das Steuer, während er Betrachtungen über den halben Tag anstellt, den sie im Wochenendhaus seiner besten Freunde in Oltrepò Pavese verbracht haben. Die Weiterentwicklung oder vielleicht Rückentwicklung von Toms Charakter in den letzten Jahren im Vergleich zu dem von Lauretta, ihrer beider Nachgiebigkeit gegenüber der ungebremsten Aufdringlichkeit der zwei Kinder, ihre fragwürdigen Investitionen wie zum Beispiel in den Swimmingpool, den sie bestimmt nicht mehr als ein paar Monate im Jahr nutzen können. Seine Art, die Dinge zu analysieren, ist fast ebenso beruhigend wie entnervend, genau wie sein Profil mit der geraden Nase, sein Muttermal an der rechten Schläfe, seine hellblauen Augen hinter der Brille mit der schmalen Schildpattfassung, sein leicht herablassender Drang, andere zu belehren. Die Gründe, warum es ihnen miteinander gut- oder schlechtgeht, sind alle nahezu greifbar; der Regen löscht die Landschaft rundum aus, so dass es scheint, als seien sie in einem Laborkäfig isoliert, wodurch jede winzige Zuckung, jede Verschiebung des Blicks, jede kleine Veränderung in der Stimmlage eine messbare Bedeutung erhält. Die Wörter hinter den Wörtern, das Echo und der Nachhall, was man sich erträumt und was man braucht, was man sucht und was man findet. Sie betrachtet die Überschwemmung vor dem Fenster, und ihr ist, als sehe sie in sich hinein, zwischen Schläfrigkeit und milchiger Langeweile, Wiederholung bekannter Elemente, Vorwegnahme plötzlicher Erschütterungen.

Dann fährt Stefano an der Kreuzung zu der großen grauen Straße, die ins Zentrum führt, gerade wieder an, und *skatapam*, schüttelt ein heftiger Stoß das Auto, es macht einen Satz nach vorn, sie werden gegen das Armaturenbrett geschleudert und prallen zurück an die Rückenlehnen und Kopfstützen.

»Scheissssee!«, brüllt Stefano; mit mehreren Sekunden Verspätung streckt er schützend den Arm vor ihr aus.

Sofort sehen sie sich an und dann um: erschrocken, benommen, unsicher.

»Hast du dir weh getan?«, keucht Stefano.

»Ich weiß nicht, ich glaube nicht«, erwidert sie. »Und du?« Ihr Herz rast, sie schnappt nach Luft. Sie tastet verschiedene Teile ihres Körpers ab, um festzustellen, ob sie verletzt ist, findet aber anscheinend nichts. Hinter ihnen wird gebremst und gehupt, Autos und Lastwagen überholen und fahren vorbei.

»Herrgott noch mal!«, schreit Stefano. Er hebt die Hände und schlägt auf das Lenkrad, rückt sich die Brille auf der

Nase zurecht, versucht, die Kontrolle wiederzuerlangen, die er so plötzlich verloren hat.

»Was ist passiert?« Sie dreht sich um, kann aber durch den Wasserfall, der die Heckscheibe herunterläuft, nichts erkennen.

»Dieser Verbrecher war das!« Stefano deutet auf ein grünes Gebilde hinter ihnen. Er öffnet die Autotür, merkt aber in der Aufregung nicht, dass er noch angeschnallt ist; wütend löst er den Gurt, bleibt mit der Schulter darin hängen, windet sich wie wild, um sich zu befreien, steigt aus.

»Pass auf!«, sagt sie. Sie bewegt den Kopf von einer Seite zur anderen, um die Halswirbel zu prüfen: Sie scheinen in Ordnung zu sein. Sie öffnet die Tür und steigt ebenfalls im strömenden Regen aus.

Draußen begutachtet Stefano gerade die eingedellte Heckklappe des Audi, das verbogene Nummernschild, die verbeulte Stoßstange. Hinter ihnen steht ein alter grüner Jaguar, niedrig und flach, mit zerquetschter Motorhaube, der Kühlergrill ist aus der Halterung gerissen, der rechte Scheinwerfer hängt nur noch an Drähten, das linke Fenster ist zersprungen. Stefano geht hin und schreit: »Wo zum Teufel hast du hingeschaut, dass du so auf mich draufgefahren bist?!«

»Beruhige dich, Ste!«, ruft sie, denn das Letzte, was es jetzt noch braucht, denkt sie, ist eine Schlägerei unter Männern. Sie denkt auch, dass Stefano, wenn er schreit oder eine kriegerische Haltung einnimmt, auf kuriose Weise seiner Mutter ähnelt: Vielleicht hängt es mit dem leicht schrillen Ton zusammen, den seine Stimme dann bekommt, oder mit der Art, wie er mit Armen und Händen herumfuchtelt.

Doch ihre Aufmerksamkeit ist ganz auf die Sprünge gerichtet, die wie ein Spinnennetz die Scheibe des grünen Jaguar überziehen. Es macht einen seltsamen Eindruck auf sie, selbst im Mittelpunkt eines Unfalls zu stehen, anstatt am Telefon davon zu hören. Sie ist befremdet von der Bruchstückhaftigkeit dessen, was soeben passiert ist; dass sie zu einer Entzerrung gezwungen ist, um aus der Überlagerung von Ereignissen eine Abfolge herzustellen. Die Szenerie rundherum ist trostlos: strömender Regen und Grau und Lärm und Blech und Asphalt und Zement und hässliche Gebäude, kein einziges Element, das dem Blick oder den Gedanken etwas Halt böte.

Stefano dreht sich zu ihr um, schon völlig durchnässt; er sagt nichts mehr und keucht nur noch. Der Jaguarfahrer scheint zu keiner Reaktion fähig zu sein, soweit man erkennen kann: Er liegt schlaff im Fahrersitz, sicherlich verletzt, wenn nicht gar tot.

»Wie geht es ihm?«, schreit sie, während der Regen ihr auf den Kopf prasselt.

»Was?«, schreit Stefano zurück. Das Wasser hat ihm die Haare angeklatscht, es rinnt über seine Brille, er sieht aus wie ein Fremder.

»Lebt er noch?«, schreit sie mit einer unbestimmten Handbewegung zum Inneren des Jaguar.

»Natürlich lebt er noch!«, brüllt Stefano. »Ein Wunder, dass er uns nicht umgebracht hat, dieser Verbrecher! Ruf einen verdammten Krankenwagen!«

»Stell das Warndreieck auf, sonst fahren sie auf uns drauf!« Sie bemüht sich, ihre Reaktionsfähigkeit wiederzuerlangen.

Unwillig gehorcht Stefano, geht zu dem Audi zurück, holt die orangerote Warnweste mit den Leuchtstreifen heraus und schlüpft hinein, nimmt das Warndreieck und stellt es einige Meter hinter dem Jaguar auf den Asphalt. Er gestikuliert wie ein dilettantischer Verkehrspolizist, um die Autos auf die andere Spur zu lenken, die jedes Mal wieder vorpreschen, wenn die Ampel auf Grün schaltet.

Sie berührt mit den Fingern den Türgriff des Jaguar, von einem Verantwortungsgefühl erfasst, dem sie fürchtet nicht entsprechen zu können. Ihre Kleider und Haare sind mittlerweile durchweicht vom Regen; bei jedem vorbeifahrenden Auto spritzen Fluten von Wasser auf, die ihren Rücken und ihre Beine noch nasser machen. Sie ärgert sich, dass sie, Stefano zuliebe und um sich seinen Freunden anzupassen, dieses feine dünne Kleidchen angezogen hat anstatt Jeans und T-Shirt, was ihr viel mehr behagt hätte. Sie holt tief Luft, öffnet die Autotür, schaut hinein.

Im Wageninneren riecht es nach Leder, Alkohol und Orangenschalen, auf dem Boden liegen CDs mit und ohne Hülle herum, ein MP3-Player, italienische und fremdsprachige Bücher und eine fast leere Wodkaflasche. Der Fahrer sitzt zurückgelehnt da und rührt sich nicht; ein Blutfaden läuft ihm über die Stirn und am linken Jochbein herunter und rötet den Kragen seines am Hals geöffneten weißen Hemdes.

»Entschuldigung?«, sagte sie und tippt ihm auf die Schulter. »Hören Sie mich?«

Der Typ antwortet nicht, schnellt aber plötzlich ruckartig nach vorn.

»Hey!«, sagt sie, weicht vor Schreck zurück und stößt

gegen den Türrahmen. Sie fasst sich mit der Hand an den Kopf, hin- und hergerissen zwischen Panik und Selbstbeherrschung, auf der Suche nach der angemessenen Reaktion.

Der Verletzte schließt halb die Augen, er scheint sie nicht scharf zu sehen. Seine Haare sind zerrauft, hier und da von grauen Fäden durchzogen, er hat ein Gesicht, das ihr irgendwie bekannt vorkommt, und dunkle, stechende Augen.

»Haben Sie getrunken?« Sie deutet auf die fast leere Wodkaflasche.

»Ja, und?«, brummt der Verletzte, lässt sich im Sitz zurückfallen und schnellt gleich wieder nach vorn.

»Ganz ruhig«, sagt sie in einem Ton, der sie selbst nicht sehr überzeugt, »bewegen Sie sich nicht.« Ihre Erste-Hilfe-Kenntnisse müssten recht gut sein in Anbetracht ihrer Arbeit und der zahllosen Übungen, zu denen ihr Vater sie und ihre Schwestern von klein auf jahrelang gezwungen hat; dennoch fällt ihr in diesem Augenblick bloß ein, dass ein Unfallopfer stillhalten muss.

»Was wollen Sie?«, murmelt der Typ. »Sind Sie von der Polizei?« Er hat sich vielleicht zwei Tage nicht rasiert, aber seine Hände sind gepflegt, die Nägel kurz geschnitten; innen am rechten Handgelenk hat er einen Skorpion eintätowiert.

»Ich war in dem anderen Auto.« Durch den Regenvorhang weist sie auf den Audi ein paar Meter weiter vorne. »Sie sind auf uns draufgefahren.«

»Idioten«, murmelt der verletzte Typ. »Steht da wie angenagelt, statt loszufahren.«

Sie fragt sich, ob diese Worte als Hinweis auf intakte

Hirntätigkeit oder eher als besorgniserregend zu werten sind. Ihre Füße haben immer weniger Halt in den durchnässten Schuhen, und jedes Mal, wenn die Autos weiterfahren, wird sie vom Fahrtwind und dem aufspritzenden Wasser erfasst. Der Dauerregen trommelt auf das Stoffverdeck. Halb im Wageninneren, halb draußen fühlt sie sich in einer surrealen Lage. Stefano in seiner orangefarbenen Weste gestikuliert immer noch, um den Verkehr umzuleiten; der ganze Raum ist ausgefüllt, jede Einzelheit gewinnt übertriebene Bedeutung.

Der Typ in dem Jaguar fasst sich an die Stirn, betrachtet seine blutige Hand, hustet; das Blut rinnt weiter herab.

Sie kann sich nicht entschließen, die Verletzung genau anzuschauen, aus Angst, eine zu tiefe Wunde zu sehen, aber sie weiß, dass sie es tun müsste. »Tut es weh?«, fragt sie.

»Aaah, ja«, sagt der Typ. Unerwartet lächelt er: Und es wäre gar kein hässliches Lächeln, wenn es nicht so absolut unangebracht wäre.

Sie fragt sich, ob es sich um einen unwillkürlichen Reflex handelt oder um ein Anzeichen für eine rapide Verschlimmerung seines Befindens. »Zeigen Sie mir, wo?«, sagt sie. Endlich beugt sie sich vor, um seinen Kopf in Augenschein zu nehmen: Da ist ein dunkler, feuchter Fleck, drei oder vier Zentimeter, wo die Haare verklebt sind und das Blut herausläuft.

»Nicht da«, murmelt der Typ.

Sie sieht ihn an und fühlt sich seltsam verunsichert. »Wo dann?«, fragt sie.

Der Typ legt sich eine Hand aufs Herz: »Hier ungefähr. Und wo tut's Ihnen weh?«

Sie weiß nicht, was sie antworten soll. »Ich rufe jetzt einen Krankenwagen.« Mit der Rechten tastet sie nach ihrer Tasche, aber sie hat sie im Auto gelassen.

»Ist Ihnen klar, wie viele Farben Ihre Augen haben?«, sagt der Typ. Oder jedenfalls kommt es ihr so vor, bei dem Krach ist es schwierig, ganz sicher zu sein.

Sie kann nicht umhin, ihm erneut in die Augen zu schauen: Wärme verbirgt sich hinter der scheinbaren Härte wie ein Feuersee. »Ich gehe mein Handy holen«, sagt sie und deutet hinter sich. »Es ist in meiner Handtasche im Auto.«

»Ach, hören Sie doch auf«, sagt der Typ, wie plötzlich überwältigt von einer unerträglichen Gereiztheit. »Verschwinden Sie.«

»Ich versuche ja nur zu helfen.« Ihr ist klar, dass sie unsicher und unüberlegt reagiert, doch zweifelt sie nicht daran, dass sie Hilfe leisten, etwas unternehmen, ihn retten muss.

»Helfen Sie jemand anderem«, knurrt der Typ. »Oder sich selbst, noch besser. Was ist das eigentlich für ein Akzent?«

Wieder ist sie irritiert, dass der Typ trotz seiner Lage noch fähig ist, solche Einzelheiten zu erfassen. »Ich bin Amerikanerin«, antwortet sie.

»Oh yeah?«, sagt er, legt den Kopf zurück. *»My first wife was English. From East Sussex. Totally incompatible. Totally.«*

»Bewegen Sie sich nicht, okay?«, sagt sie. »Bleiben Sie still da sitzen. Ich komme gleich wieder.« Sie zögert, ob sie ihn allein lassen soll oder nicht, schaut sich um. Ihre innere Chemie gerät in Aufruhr: Sie richtet sich auf, hüpft durch das Wasser, das in Bächen über den Asphalt strömt, auf den Audi zu.

Ein paar Meter weiter hinten im dichten grauen Regen redet Stefano mit einem Fernfahrer, dreht sich um und schaut sie fragend an.

Sie macht ihm ein vielleicht nicht verständliches Zeichen, kriecht ins Auto und sucht hastig in ihrer Tasche nach dem Handy, kann es nicht finden, reißt sich zusammen, um die Gedanken zu koordinieren, die jetzt zu schnell durch ihren Kopf rasen.

Stefano öffnet die Auditür, lässt sich hinters Steuer fallen, klitschnass und keuchend. Er nimmt sein Mobiltelefon und klappt es mit zitternden Fingern auf.

»Rufst du den Krankenwagen?«, fragt sie.

»Ich rufe die Polizei und den Abschleppdienst«, sagt er. »Den Krankenwagen solltest du doch rufen.«

»Ich finde mein Handy nicht, aber dem Kerl geht es schlecht!«, schreit sie, verwundert über seinen Mangel an Mitgefühl. »Er hat eine Kopfwunde und ist voller Blut!«

»Wir rufen die Polizei und den Abschleppdienst *und* den Krankenwagen, ja?«, sagt Stefano, als hätte er es mit einer sehr irrationalen Frau zu tun und als wäre dies jetzt eine gute Gelegenheit, ihr etwas beizubringen.

»Ich glaube, es ist ernst!«, schreit sie. »Er bewegt sich so ruckartig und redet wirres Zeug!«

Der Regen verwandelt sich auf einmal in Hagel: Weiße, harte Körner kommen mit doppelter Wucht herunter, dröhnen auf dem Blech des Audi und der anderen Autos rundherum, zerplatzen auf dem Asphalt, so dass das Grau der Straße in wenigen Sekunden weiß wird.

»Ruf den verdammten Krankenwagen!«, schreit Stefano und wählt eine Nummer. »Ich rufe die Polizei und den Abschleppdienst, bevor uns noch weitere Autos drauffahren! Hallo, hallo, hallo, ja, hören Sie mich? Was? Hier ist Rechtsanwalt Panbianco, mir ist einer hintendrauf gefahren! Ja, von hinten, besoffen oder unter Drogen, das weiß ich nicht, er hat mir mein Auto ruiniert –«

Sie wühlt noch hektischer in ihrer Handtasche zwischen den Schlüsseln und den Papiertaschentüchern und der Minitaschenlampe und dem Schweizer Taschenmesser und dem Kosmetiktäschchen und dem Portemonnaie und den Tampons und der Lippenpomade und dem Lippenstift und den Augentropfen und den Kopfschmerztabletten und dem Taschenkalender und dem Notizbuch mit Gummiband und den Sesamschnitten mit Honig und dem Kaugummi und den zahllosen anderen Dingen, die sie normalerweise mitnimmt, um für alle Fälle gewappnet zu sein. Zuletzt findet sie das Handy, wählt die Notrufnummer. Aber im selben Moment sieht sie, dass der Typ aus dem Jaguar ausgestiegen ist und sich im Hagel umschaut. »He da!«, schreit sie, schon draußen auf dem weißen Asphalt. »Setzen Sie sich wieder ins Auto!«

Der Typ ignoriert sie oder hört sie einfach nicht in dem Lärm, der immer lauter wird. Er dreht sich um, lehnt sich an den Jaguar, um das Gleichgewicht nicht zu verlieren.

Sie geht auf ihn zu, das Handy ans Ohr gepresst in dem nutzlosen Versuch, das Hämmern des Hagels und das Dröhnen der Motoren und das Knirschen der Reifen auf den zerplatzten Eiskörnern zu überhören. Als sie endlich die Stimme am anderen Ende der Leitung vernimmt, schreit sie: »Wir brauchen einen Krankenwagen nach der Ausfahrt vom Autobahnring an der Mailand–Genua, es gibt einen Verletzten!« Doch sie versteht weder die Antwort, noch kann sie einen Straßennamen oder eine Hausnummer erkennen, um genauer anzugeben, wo sie sich befinden.

Der Mann am Notruftelefon fragt sie gerade etwas von wegen Fahrtrichtung, da beugt der Typ aus dem Jaguar sich hinunter, um die Motorhaube zu betrachten, fällt beinahe um und geht in die Knie.

Sie stopft das Handy in die Handtasche, rennt hin, um ihn am Arm zu stützen, schreit: »Das können Sie nicht machen!«

Der Typ schaut sie mit einer absonderlichen Mischung aus Neugierde und Verwunderung an. Autos und Lastwagen und wieder Autos fahren im wütenden Hagel vorbei, eine Flut erschreckender mechanischer Gebilde, die nur gelegentlich von der Ampel aufgehalten wird.

»Kommen Sie mit!« Trotz seines anfänglichen Widerstands und seines beträchtlichen Gewichts gelingt es ihr, ihn mit vorsichtigen Schritten durch das ohrenbetäubende, blendende Verkehrschaos zu führen, während ihre Finger versuchen, an dem durchnässten Hemdstoff Halt zu finden, und nicht umhinkönnen, die Beschaffenheit der Muskeln darunter wahrzunehmen.

Plötzlich hört der Hagel auf, Stefano fährt im verbliebenen Nieselregen durch die Straßen der überschwemmten Stadt. Die Klimaanlage läuft auf Hochtouren, durch die halboffene Heckklappe dringen Reifenlärm und Feuchtigkeit und Kälte herein. Sie sind alle drei so pitschnass, dass die

Ausdünstungen den Innenraum erfüllen, die Scheiben und Stefanos Brille beschlagen, er nimmt sie ab und versucht sie mit dem Hemdsärmel zu trocknen, wischt mit dem Handrücken über die Windschutzscheibe, um draußen etwas zu erkennen.

Der Verletzte sitzt auf dem Beifahrersitz und schiebt ihre Hand weg, als sie versucht, seine Rückenlehne noch tiefer zu stellen.

»Sie müssen aber möglichst *flach* liegen«, sagt sie. Sie zieht das Päckchen Papiertaschentücher heraus, versucht ihm eines auf den Kopf zu drücken, um das Blut zu stillen. Er weicht aus, dreht sich auf die andere Seite, tritt um sich.

»Wir hätten ihn von einem Krankenwagen abholen lassen sollen, Chiara«, sagt Stefano, starr vor Ärger. »Statt ihn selber hinzufahren.«

»Ich konnte am Telefon nichts verstehen«, antwortet sie. »Und wer weiß, wie lange sie gebraucht hätten, bis sie gekommen wären.«

»Wir hätten warten müssen«, sagt Stefano, »auch auf die Polizei. Man kann doch nicht einfach so vom Unfallort wegfahren. Bloß aus Ungeduld!«

»Wir konnten nicht warten!«, sagt sie. »Siehst du nicht, wie es ihm geht?«

Stefano beißt mehrmals die Kiefer zusammen, um zu betonen, wie viel es ihn kostet, sie in einem so absurden Vorhaben zu unterstützen.

Ihr fällt ein, dass eine weitere Erste-Hilfe-Grundregel lautet, man solle mit dem Verletzten sprechen und versuchen, ihn zum Sprechen zu bringen und ihn wach zu halten, wenn es so aussieht, als gleite er in die Bewusstlosigkeit ab. »Wie heißen Sie?«, fragt sie. »Wie heis-sen Sie?«

»Daniel Deserti«, murmelt er kaum hörbar in dem Lärm der Scheibenwischer und dem Brausen der Lüftung.

»Deserti?«, wiederholt sie.

»Hm«, macht der Typ, offenbar verärgert, dass er es bestätigen muss.

Sie versucht, eine undeutliche Erinnerung einzuordnen, die zwischen vielen anderen Gedanken auftaucht, aber ohne Erfolg; sie versucht auch, sich zu erinnern, was Stimmungsschwankungen bei einem Traumageschädigten bedeuten.

»Und Sie?«, fragt der Typ, der sich Deserti nennt.

»Ich?«, erwidert sie und tippt sich mit dem Finger auf die Brust.

»Wie heißen Sie?«, nuschelt Deserti.

»Clare«, sagt sie. »Aber er nennt mich Chiara.«

Stefano wirft ihr einen irritierten Blick zu, es ist ja wirklich nicht nötig, solche persönlichen Informationen an einen Fremden weiterzugeben, der sie mit seiner kriminellen Fahrweise vor wenigen Minuten durchaus hätte umbringen können.

»Und warum?«, fragt Deserti.

»Na ja, wahrscheinlich ist es einfacher«, sagt sie. »Schließlich sind wir in Italien. Oder, Stefano?«

Stefano dreht sich um und schaut sie noch böser an als zuvor, als würde sie einen Loyalitätspakt zwischen ihnen beiden verletzen.

»Und du lässt dir einfach so deinen Namen verändern?«, sagt Deserti etwas verständlicher. »Von so einem Blödmann?«

»Hey!« Stefano richtet sich auf. »Und wer wäre dieser Blödmann?«

»Du«, sagt Deserti.

»Ste, es geht ihm *schlecht*«, mischt sie sich ein und zieht ein weiteres Papiertaschentuch heraus. Sie würde lieber Stefano zu ihm sagen, aber er besteht darauf, dass sie ihn Ste nennt wie seine Mutter und seine alten Freunde, auch weil er sich automatisch in ein Arbeitsklima versetzt fühlt, wenn er seinen vollen Namen hört. Zu Beginn ihrer Beziehung jedoch kam es ihr wie eine Identitätsenteignung vor, als er anfing, sie Chiara zu nennen anstatt Clare: die komplizierte Politik der Namen.

»Mir geht's nicht schlecht«, sagt Deserti. »Lasst mich aussteigen.«

»Ich habe gesagt, Sie sollen sich nicht bewegen«, antwortet sie und versucht erneut, ihn auf den Sitz zu drücken. »In Ihrem Zustand können Sie nirgendwohin gehen.«

»Mach, dass er stillhält, verfluchte Scheiße!«, brüllt Stefano. Er zittert vor unterdrückter Wut: Er schaut den blutverschmierten Deserti an, den grauledernen Sitz, der schon einige Flecken abbekommen hat, die verbeulte, schlecht schließende Heckklappe.

»Setzt mich bei einem Taxi ab«, sagt Deserti. »Oder bei einer Straßenbahn, egal wo.«

»Gleich sind wir da«, sagt sie, so ruhig sie kann. »Noch ein paar Minuten Geduld.« Sie versucht sich krampfhaft an die Strecke zur Notaufnahme der Poliklinik zu erinnern, sie hat sie doch erst vor einer Woche einem Kunden aus Leeds beschrieben, dessen Frau Symptome einer Lebensmittelvergiftung hatte.

»Da, wo?«, sagt Deserti. Er unternimmt einen Versuch, die beschlagene Scheibe zu putzen, um hinauszuschauen, kann aber offensichtlich die Bewegungen seiner Hand nicht richtig koordinieren.

»Beim Krankenhaus«, sagt sie. »Da machen sie alle nötigen Kontrolluntersuchungen und behandeln Ihre Wunde.«

»Ich habe aber nicht die Absicht, mich kontrollieren zu lassen!«, schreit Deserti, seine Stimme überschlägt sich, er versucht den Türgriff zu packen. »Ich will nichts zu tun haben mit Krankenhäusern oder Ärzten, in keiner Form! Lasst mich sofort raus!«

»Bleiben Sie gefälligst ruhig sitzen!«, schreit Stefano ebenso heftig, wenn auch in etwas weniger männlichem Ton; er drückt auf die Zentralverriegelung. »Sie lassen sich jetzt ins Krankenhaus fahren, Schluss, aus! Sie haben schon genug Schaden angerichtet, klar?!«

»Wo hast du den her?«, fragt Deserti, wieder ziemlich undeutlich.

»Er heißt Stefano«, sagt sie, jedes Wort betonend.

Erneut schaut Stefano sie böse an, wütend, dass nun auch noch sein Name von ihrem Helfersyndrom vereinnahmt wird.

»Er hat auch so ein widerliches schwarzes Auto«, nuschelt Deserti. »Es ist erwiesen, dass schwarze Autos von extrem frustrierten und aggressiven Leuten gekauft werden.«

»Pass auf, du! Schließlich bist *du* auf mich draufgefahren!«, brüllt Stefano. »Und mein Auto ist überhaupt nicht schwarz, sondern Farbe Gewehrlauf, nur damit du es weißt!«

»Siehst du?«, sagt Deserti. »Man müsste allen Scheißbesitzern schwarzer Autos pro Monat einen Bußgeldbescheid schicken, ganz egal, was sie gemacht haben.«

»Also bitte!«, schreit Stefano. »Mister Sicherheit am Steuer hat gesprochen! Einem wie dir müssten sie lebenslänglich geben.«

»Immer mit der Ruhe, Ste«, sagt sie.

»Ruhe, ja klar!«, antwortet Stefano; er schlägt mit den Händen aufs Lenkrad, versetzt der Armlehne einen Stoß mit dem Ellbogen. »Warum zum Teufel hast du nicht den verdammten Krankenwagen gerufen? Nein, sie muss Samariterin spielen, dem erstbesten unglücklichen Kerl zu Diensten, selbst wenn er uns nur durch ein Wunder nicht gerade umgebracht hat.«

»Ihr seid ein fürchterliches Paar«, brummt Deserti. »Fürchterlich.«

»Und noch dazu stockbesoffen!«, sagt Stefano. »Oder mit wer weiß welchen Drogen zugedröhnt!«

»Ein Lakai bist du«, sagt Deserti. »Ein Sklave.«

»Hörst du ihn?«, brüllt Stefano. »*Hörst* du ihn?«

»Was arbeiten Sie?«, fragt sie, um Deserti abzulenken und zum Sprechen zu bringen.

»Ich schreibe«, sagt Deserti, ein klein wenig deutlicher; vergeblich rüttelt er am Türgriff. »Mach die Türen auf, du Halunke!«

»Für Zeitungen?«, fragt sie. Unwillkürlich benutzt sie den Ton, den sie bei der Arbeit den Kunden gegenüber anschlägt: die Mischung aus Anteilnahme und Distanz, die sie zwangsläufig in dem kurzen Schulungskurs gelernt hat, ohne dass es ihr je wirklich gelungen wäre, die Anteilnahme zu reduzieren und die Distanz glaubhaft zu machen.

»Ach was, Zeitungen«, sagt Deserti, als hätte sie ihn beschuldigt, einen unwürdigen Beruf auszuüben.

»Sind Sie der Schriftsteller Daniel Deserti?«, fragt sie, weil ihr plötzlich ein paar Sommerabende vor vier oder fünf Jahren in den Sinn kommen, die sie lesend in einem Haus von Freunden auf der Insel Elba verbracht hat: eine Liebesgeschichte, die sie begeistert und aufgewühlt hatte, mit einem Foto auf der Rückseite, das sie im Lauf der Lektüre noch öfter betrachtet hatte.

Er nickt widerwillig.

»*Das Auge des Hasen*«, sagt Stefano und bekundet damit unerwartet eine gewisse literarische Bildung.

»Der Blick, du Blödmann«, nuschelt Daniel Deserti.

»Was?«, sagt Stefano.

»*Der* Blick *des Hasen*«, sagt sie, da es ihr jetzt wieder einfällt, gleichzeitig mit einer erotischen Szene an einem Seeufer, die kein bisschen vulgär oder banal erzählt war und seltsame nachhaltige Empfindungen in ihr geweckt hatte.

»Du hast das Gedächtnis eines Blödmanns«, sagt Daniel Deserti zu Stefano. »Namen und Daten reihen sich auf der grauen Tafel deines Hirns leblos aneinander.«

»He du! Hörst du jetzt auf mit deinen Beleidigungen?!«, brüllt Stefano, er bremst, schaut ihn an und droht mit der Faust. »Nur weil du in diesem Zustand bist, sonst –!«

»Ste«, sagt sie. »Er ist *verletzt*.«

»Ja, verletzt, aber hör dir das an!«, schreit Stefano außer sich. Er putzt seine Brille, die wieder beschlagen ist, fährt ruckartig. »Jedenfalls hab ich es sowieso nicht gelesen, dein Buch! Ich hatte Wichtigeres zu lesen! Ich hab mich bloß an den dämlichen Titel erinnert!«

»Umso besser«, raunt Daniel Deserti. »Jetzt mach die Tür hier auf.« Er rüttelt nochmals schwach an dem Griff, dann beginnt er plötzlich zu husten, krümmt sich zur Seite und kotzt in den Zwischenraum zwischen Sitz und Autotür.

»Iiiihhhh!«, schreit Stefano, bremst scharf. »Verfluchte Scheiße, Chiara, er kotzt mir das Auto voll! Tu was! Er kotzt!! Chiaraaaa?!«

»Was soll ich denn tun?«, fragt sie, während sie in ihrer Handtasche nach weiteren Papiertaschentüchern kramt. »Fahr einfach weiter.« Ihr Ekel hält sich in Grenzen, was sie besorgt, ist das Symptom. Ihr Vater hatte Übelkeit immer als möglichen Hinweis auf Gehirnerschütterung beschrieben, dasselbe sagen auch die Handbücher der Agentur.

»Das hat uns gerade noch gefehlt!«, schreit Stefano. »Zum Teufel mit ihm, ausgerechnet in mein Auto mussten wir ihn reinsetzen! Anstatt den Krankenwagen zu rufen und zu warten wie alle anderen! Ich fasse es nicht!«

»Komm, fahr weiter.« Sie hält Daniel Deserti ein Papiertaschentuch hin. Wie schon so oft fragt sie sich, wie Stefano wohl in einer Situation echter Gefahr reagieren würde. Das einzige Beispiel, das ihr einfällt, stammt vom vorigen Jahr, als sie ein Wochenende im Piemont bei Weinproben in einigen Kellereien verbracht hatten und eine Wespe ins Innere des Audi geraten war. Er hielt am Straßenrand, stieg hastig aus, fuchtelte wie wild mit den Armen herum und überließ sie ihrem Schicksal. Später lachten sie noch zwei- oder dreimal darüber, aber die Episode ging ihr nicht mehr aus dem Kopf, wie eine unbeantwortete Frage im Hinterland ihrer Gedanken.

Daniel Deserti hustet noch, spuckt aus, wischt sich mit

dem Handrücken über den Mund. »Widerliches schwarzes Auto«, murmelt er.

»Hörst du jetzt auf?!«, schreit Stefano. »Hörst du endlich auf?!«

»Fahr weiter!«, wiederholt sie. Erneut hält sie Daniel Deserti ein Papiertaschentuch hin. »Es ist alles in Ordnung, alles in Ordnung.«

»O ja, wahrhaftig, alles in Ordnung!«, sagt Stefano; er beschleunigt und bremst abrupt, ein paarmal streift er beinahe ein anderes Auto. »Sag mir wenigstens, ob ich hier lang richtig fahre! Chiaraaa?!«

»Ich glaube schon«, sagt sie.

»Was soll das heißen, du glaubst??!«, schreit Stefano. »Glaubst du es oder *weißt* du es?!«

»Fahr geradeaus«, sagt sie und versucht, jede Spur von Zweifel aus ihrer Stimme zu tilgen. »Und gleich vor der Ampel biegst du rechts ab.«

Endlich sind sie tatsächlich vor der Notaufnahme des Krankenhauses. Stefano hält unter dem Vordach, direkt vor dem Eingang.

Ein kleiner, untersetzter Pfleger kommt heraus und macht ihm Zeichen, dass er da nicht halten dürfe.

»Ist das der Eingang zur Notaufnahme, ja oder nein?!«, schreit Stefano. »Was sollte ich denn machen Ihrer Meinung nach?!«

Sie steigt hinten aus, öffnet die Tür zum Beifahrersitz. »Wir haben einen Verletzten«, sagt sie. »Es ist ein Notfall.«

Der Pfleger reckt den Hals, um nachzusehen, und nickt.

»Lasst mich in Ruhe«, faucht Daniel Deserti, setzt einen Fuß auf den Boden. »Ihr könnt mich alle mal.«

»Rufen Sie jemanden!«, sagt sie zu dem Pfleger. »Lassen Sie eine Trage bringen oder irgendwas!«

Daniel Deserti versucht, allein aus dem Auto auszusteigen, aber es gelingt ihm nicht. Er ist durchnässt vom Regen, blass, das Blut läuft ihm über die Stirn den Hals hinunter bis zu dem rotverfleckten Hemd: Es sieht allerdings nicht so aus, als ob er weit kommen könnte.

»Nur die Ruhe, es ist alles in Ordnung«, sagt sie, langsam scheint sie wieder Kontrolle über sich zu gewinnen. Ihr Herzschlag ist wieder fast normal, der Atem ebenfalls; die Gedanken, die ihr durch den Kopf gehen, sind wieder klar.

Zwei Krankenträger kommen mit einer Rollbahre, und obwohl Daniel Deserti Widerstand leistet, hieven sie ihn mühelos darauf.

»Hey!«, ruft Stefano über das Auto hinweg, das Hemd klebt an seinem schmalen Brustkorb, die Augen hinter den beschlagenen Brillengläsern sind verschleiert, die nassen Haare schüttere Strähnen. »Wir haben nicht einmal das Formular für die gütliche Einigung ausgefüllt!«

»Das ist doch jetzt nicht der richtige Moment, Ste!« Sie deutet auf die Rollbahre, die auf die Automatiktüre zugeschoben wird.

»Wann dann?«, antwortet Stefano kopfschüttelnd. »Er hat mir nicht einmal seine Versicherungsnummer gegeben oder eine Telefonnummer, was weiß ich!«

»Glaubst du, er wäre dazu in der Lage gewesen?«, sagt sie, enttäuscht über diesen neuerlichen Beweis von Gefühllosigkeit.

»Also hör mal!«, schreit Stefano. »Mein Auto ist hin! Der Schaden beträgt Tausende von Euro!«

»Ich lasse mir seine Daten geben, okay?«, sagt sie. »Oder ich suche sie morgen bei der Arbeit raus. Fahr ruhig schon nach Hause, wir telefonieren dann.« Sie winkt kurz und folgt den Pflegern, die im Eingang verschwunden sind. Sie fühlt sich absolut im Recht, auf der richtigen Seite.

»Wie?«, sagt Stefano. »Chiara? Wo gehst du hin?«

Der Pfleger von vorher fängt wieder an, ihm Zeichen zu geben, dass er mit dem Auto nicht da stehen bleiben kann.

Sie ist schon jenseits der Tür zur Notaufnahme, vom Fußboden steigt ihr der Geruch des Desinfektionsmittels in die Nase, und ihre Füße in den durchnässten, glitschigen Schuhen laufen rasch über die schwarzweißen Fliesen.

Nur einen Augenblick zuvor war er noch mitten in einem gar nicht üblen Traum

Nur einen Augenblick zuvor war er noch mitten in einem gar nicht üblen Traum; darin lief er mit überraschend großen Sätzen durch eine Landschaft von Olivenbäumen, Steineichen und Weinreben einen Weg bergab und begegnete einer eleganten älteren englischen Reisenden, die zu ihm sagte: »Wenn Sie noch mal mit mir auf den Hügel steigen, erkläre ich Ihnen, wie man *echte* Sprünge macht.« »Was meinen Sie mit echt?«, fragte er. »Dutzende von Metern weit«, antwortete die elegante Dame. Dann begann der Klingelton des Handys ihn aus dem Traum herauszuholen, zog ihn an die Oberfläche wie eine Angelschnur einen Fisch, dem sich der Haken in die Backe gebohrt hat, der unerwartete Übergang schmerzt und verstört ihn. Er strampelt wütend, fuchtelt mit den Armen, schüttelt das Laken ab; schließlich findet er auf dem Nachttisch das klingelnde, vibrierende Handy, fegt es mit einer Handbewegung auf den Boden und lässt sich zurückfallen.

Doch jetzt ist er wach, jede Faser noch durchdrungen von der nun unerfüllbaren Vorfreude auf die meterweiten Sprünge. Sein Kopf schmerzt, und wenn er ihn berührt, fühlt er das große Pflaster auf den Stichen, mit denen sie ihm vor fünf Tagen die Kopfhaut wieder zusammengeflickt haben. Gedanken tauchen auf wie Geröll, zusammen mit dem Bewusstsein: unaufgefordert, ungewollt. Das Handy beginnt schon wieder zu klingeln, mit unerträglicher Beharrlichkeit. Er wälzt sich noch wütender als zuvor über das Bett, fährt mit der Hand über den Fußboden, bis er an das kleine vibrierende Plastikgehäuse stößt. Er drückt eine Taste, schreit ungehalten: »Wer ist da?«

»Dottor Zattola für Sie«, sagt eine weibliche Stimme, ganz kühle Dringlichkeit.

»Daniel?«, sagt gleich darauf eine männliche Stimme, weich und schwer wie nasser Stoff.

»Hallo«, sagt er.

»Ar-man-do«, sagt die Männerstimme. »Zat-to-la.«

»Aha«, sagt er, während das Bild seines Gesprächspartners allmählich an Schärfe gewinnt: das breite Gesicht, die rötlichen Haare, die kleinen blauen Augen, gereizt von wahrscheinlich schlechtsitzenden Kontaktlinsen, das von einem kurzen Bart bedeckte Doppelkinn, der immer in irgendwelche Hintergedanken versunkene Ausdruck.

»Waren wir nicht um elf verabredet, wir zwei?«, sagt Armando Zattola.

Er streckt eine Hand nach der Uhr auf dem Nachttisch aus: Die Zeiger stehen anklagend auf elf Uhr dreißig. »Ja?«, sagt er.

»Ja«, sagt Zattola. »Ich habe es hier im Kalender stehen, und es wurde mir von mehreren Seiten bestätigt.«

»Tut mir leid«, sagt er.

»Mir auch, sehr«, sagt Zattola. »Vor allem, weil ich zwei andere wichtige Termine extra verschoben habe.«

»Oje!«, stöhnt er. »Ich war bis fünf Uhr auf, deshalb.«

»Das ausschweifende Leben des Schriftstellers«, sagt

Zattola in dem vergeblichen Versuch, den Sarkasmus nachzuahmen, den schon sein Vater eher schlecht als recht dem Naturtalent seines Großvaters abgeschaut hatte.

»Ich bin bei einer Sendung für Teleshopping von Kunst hängengeblieben«, sagt er. »Was für ein schauderhaftes Land. Hoffnungslos.«

»Alles Stoff für deine Bücher«, sagt Zattola. »Na gut, mir reicht es zu wissen, dass du noch lebst, wir sehen uns ein andermal.«

»Ich gehe in fünf Minuten los«, sagt er. »In einer halben Stunde bin ich da.«

»Nein, jetzt ist es zu spät«, sagt Zattola. »Ich habe den ganzen Tag einen Termin nach dem anderen.«

»Ich komme«, sagt er.

»Nächste Woche geht es wieder«, sagt Zattola. »Montag oder Dienstag. Sprich mit Caterina, macht einen Termin aus.«

Er setzt sich auf den Bettrand; Übelkeit dringt durch seine Kopfschmerzen, vergeht, kommt zurück. Selbst wenn er seinen Traum hätte weiterträumen können, denkt er, hätte die alte englische Lady ihm wahrscheinlich doch nicht wirklich beigebracht, wie man Dutzende von Metern weite Sprünge den Hügel hinunter macht, sondern wäre auf einmal nicht mehr da gewesen, wie es gewöhnlich in Träumen geschieht. Dennoch gelingt es ihm nicht, das Gefühl freudiger, dann aber unerfüllter Erwartung loszuwerden. Er gibt sich einen Ruck, geht in die Küche, öffnet den Kühlschrank, trinkt einen großen Schluck Weißwein direkt aus der Flasche. Es ist ein bitterer Chablis ohne jede freundliche Nuance. Andererseits war sein Verhältnis zum Alkohol seit je rein funktionell: Er trinkt nur in gewissen Phasen, maßlos und ohne Begeisterung, um Spannungen zu lösen oder Inspirationen zu beflügeln oder Gefühle zu betäuben. Bisher, scheint ihm, hat er an keiner dieser Fronten größere Erfolge erzielt. Er macht sich einen löslichen Kaffee und kippt ihn viel zu heiß hinunter.

Dann geht er ins Bad, dreht den Hahn auf, schüttet sich Hände voll kaltes Wasser ins Gesicht. Als er sich im Spiegel ansieht, hat er den Ausdruck eines von Autoscheinwerfern geblendeten Tieres.

Auf der Fahrt mit der U-Bahn betrachtet er durch die dunklen Gläser seiner Sonnenbrille die stehenden und sitzenden Leute rundherum. Er fährt nicht häufig U-Bahn, denn er hasst die Vorstellung, Dutzende von Metern unter der Erde zu sein, ebenso wie das Gedränge, das kalte Licht, die verbrauchte Luft. Dennoch muss er zugeben, dass sie ein phantastischer Beobachtungsposten ist: Er hatte immer schon vorgehabt, einmal einen ganzen Tag darin zu verbringen, von einer Endhaltestelle zur anderen und wieder zurück zu fahren, um die Leute zu studieren und sich im Kopf Notizen zu machen.

Die anderen beobachten, darin ist er ein Meister: die Einzelheiten erkennen, auf die es ankommt, sie aus dem Fluss des Allgemeinen und Unbedeutenden herausfischen. Er hat nie wirklich versucht, diese Fähigkeit in ihre Bestandteile zu zerlegen, doch wenn er es müsste, würde er sagen, sie besteht aus einer Mischung von Neugier, Ärger, Anteilnahme, Abstand, Verständnis, Unduldsamkeit, Sympathie, Abneigung, alles gebündelt in einem Blick. Das ist es, was ihn blitzschnell unter die Oberfläche eines Ausdrucks oder einer Bewegung vordringen lässt, direkt hinein zu den inneren Beweggründen. Von hier aus ist er zum Schreiben gekommen und nicht umgekehrt: Was er im Lauf der Jahre lernen musste, war, seine Beobachtungen und Intuitionen in Wörter zu übersetzen, sie neu zusammenzufügen und in Form von Figuren und Geschichten darzustellen. Gleichwohl ist ihm jedes Mal, wenn er schreibt, deutlich bewusst, dass er eine Übersetzung vornimmt, mit einer entsprechenden unvermeidlichen Einbuße an Komplexität. Immer hat er den Eindruck, als bliebe der interessanteste, subtilste, widersprüchlichste Teil bei seinen Beschreibungen und Dialogen auf der Strecke, ginge verloren wie jetzt die Gedanken der Passagiere, die an jeder Haltestelle aus dem Waggon aussteigen und davoneilen. Er weiß genau, dass er, um diese Aspekte zu erhalten, beschließen müsste, seine Lebensenergie radikal umzuverteilen, sie viel mehr in seine Arbeit als in seine physische Existenz zu stecken, anstatt zu versuchen, sie halb und halb zu nutzen. Er weiß nicht mehr, wer als Erster den Spruch geprägt hat: »Entweder du lebst, oder du schreibst«, aber vor dieser Vorstellung hat ihm immer gegraut, sie kommt ihm vor wie der gemeinste, unannehmbarste Tauschhandel.

Zudem speist sich seine Beobachtungsgabe aus einem angeborenen Talent, das in Wirklichkeit ein eher besorgniserregender Makel ist: sich mit jedem zu identifizieren, der lange genug in sein Blickfeld tritt. Ihm genügt eine Geste, ein Wort, ein unbedeutendes Detail, und schon versetzt sich sein gesamtes Wahrnehmungssystem in die andere Person. Diese Haltung ist weder moralisch noch sozial und noch viel weniger politisch motiviert; es ist ein Mechanismus, der sich von allein in Bewegung setzt, er kann nichts dagegen tun. Es ist ihm schon immer so gegangen, von klein auf, bei allen Berufen, die er ausgeübt hat, bevor er zu schreiben anfing, auf Reisen, bei Konflikten, in seinen Liebesbeziehungen. Im einen Moment ist er vollkommen bei sich, in direktem Kontakt mit seiner Wesensart, und im nächsten wird er von der Wesensart des oder der anderen überrannt. Deshalb muss er immer auf der Hut sein, sich abschirmen, sich fernhalten, darf sich nicht einfangen lassen. Schon lange hat er entdeckt, dass Grobheit eine äußerst wirksame Verteidigung darstellt und außerdem viel weniger Energie kostet als Freundlichkeit.

Dann gibt es noch das Phänomen der möglichen Leben, die sich ihm in fast jedem U-Bahn-Waggon anbieten, in Form von jeweils sehr unterschiedlichen Frauen. Warum es viel häufiger in der U-Bahn als in Zügen oder Flugzeugen auftritt, wo man doch mehr Zeit und Gelegenheit hätte, um ein Gespräch anzuknüpfen und sich entwickeln zu lassen, ist schwer nachvollziehbar. Egal, unter welcher Stadt er gerade unterwegs ist, fast unweigerlich befindet sich in seinem Waggon eine Frau, der er, so scheint ihm, monate- oder sogar jahrelang seine besten Eigenschaften und Fähigkeiten widmen könnte. Er hat schon mehrere Hypothesen zur Erklärung dieses Phänomens aufgestellt, ist aber bisher zu keinem endgültigen Schluss gekommen. Vielleicht hängt es von der unberechenbaren Dauer der Anwesenheit der Personen ab, vom ständigen Ein- und Aussteigen, von der extremen Überlagerung, die seine Aufmerksamkeit noch zuspitzt. Wenn er daran denkt, wie viele Waggons zu einem einzigen Zug gehören, jeder mit einer Frau, die den Lauf seiner Existenz verändern könnte, und dann an die Anzahl von Zügen, multipliziert mit allen Linien einer Stadt und mit allen Städten der Welt, die eine U-Bahn haben, wird ihm ganz schwindlig bei der Vorstellung.

Eine andere Überlegung, die ihn beschäftigt, ist die, wie unterschiedlich die Frauen sind, die ihn faszinieren, was Aussehen, Alter und möglichen Charakter angeht, und wie sie ebenso vielen unterschiedlichen Seiten seines Wesens entsprechen. Natürlich fühlt er sich nicht wahllos angezogen; was ihn interessiert, ist die Authentizität, unabhängig vom Stil, und er weiß genau, wie selten sie ist und wie man sich täuschen kann. Dennoch passiert es, dass er eine Frau beobachtet, die ein paar Meter von ihm entfernt sitzt oder steht, dass er ihren Blick und ihre Proportionen und die Farbe, die Beschaffenheit und den Schnitt ihrer Haare registriert, ihre Art, dazusitzen und vor sich hin zu starren oder ein Buch zu lesen oder über Kopfhörer Musik zu hören, und anhand dieser Elemente ist er nahezu sicher, dass sie eine überraschende Wendung in seinem Leben herbeiführen könnte. Dann steht sie rasch auf und steigt aus; noch bevor es ihm gelungen ist, sich eine Reihe von Gesten und Wörtern auszudenken, verschwindet sie in der Menge und hinterlässt das schmerzliche Gefühl verpasster Gelegenheiten. Und noch an derselben Haltestelle oder gleich an der nächsten steigt schon wieder eine Frau mit ganz anderen Merkmalen ein, die aber ebenso seine Phantasie beflügelt. Immer wieder passiert ihm das, unabhängig von der Anzahl Frauen, mit denen er im Lauf der Jahre tatsächlich Beziehungen eingegangen ist und die er weit über ihre anfängliche Erscheinung hinaus kennengelernt hat, bis zur völligen Auflösung aller Gründe für Anziehung oder Interesse. Mag sein, dass der spannendste Aspekt einer Begegnung in deren hypothetischer Dimension liegt: in den nicht ausgeloteten Möglichkeiten.

Die Türen des Waggons öffnen sich an seiner Haltestelle; mit Zombieblicken stürzen die draußen wartenden Menschen herein, es fällt ihnen nicht im Traum ein, denen, die aussteigen müssen, den Vortritt zu lassen, als gäbe es keine Regeln oder als gälten sie hier nicht, da niemand anders sie beachtet. Nicht dass ihm dies besonders missfiele: Er gebraucht beim Aussteigen Schultern und Ellbogen und genießt es sogar, sich auf dem Bahnsteig seinen Weg durch die Menge zu bahnen. Für den Überlebenskampf im Dschungel der Stadt ist er bestens gerüstet. Er eilt die Treppe hinauf, rempelt rechts und links die Leute an, bis er endlich ins vom Smog gedämpfte, dunstige Tageslicht tritt.

Er überquert den lauten, von Bankgebäuden gesäumten Platz, geht ein Stück die Prachtstraße entlang, betritt drei oder vier Blocks vor dem Verlagshaus eine Bar. An der Theke trinkt er eine Bloody Mary, süßlicher Tomatensaft, gemischt mit schlechtem Wodka und einem Hauch fadem Pfeffer; es hilft ihm kaum, das Gefühl von Sinnlosigkeit abzuschütteln, das ihn bis ins Mark durchdringt. Mit raschen Schritten verlässt er die Bar, betrachtet im Gehen die Leute auf dem Bürgersteig, die Schaufenster der Geschäfte, die Büros. Nach dem Regen der letzten Wochen nimmt die Hitze täglich zu, die Bewegungen beginnen langsamer zu werden. Jede menschliche Tätigkeit, die er unterwegs sieht, kommt ihm lächerlich oder aufgesetzt vor: die Verhaltensweisen, die Gesten, die Kleider, die Accessoires, die Satzfetzen. Er versucht sich vorzustellen, wie diese Menschen reagieren, wenn sie von einem Ereignis überrascht werden, das vollkommen außerhalb ihrer Kontrolle liegt, wie ein heftiger Temperaturanstieg oder ein allgemeiner Stromausfall.

Als er die Eingangshalle des Verlagshauses betritt, findet er die kalte Beleuchtung unerträglich, die Reflexe auf dem Marmorfußboden, das graue Gesicht des Portiers, der jetzt das Pflaster an seinem Kopf betrachtet, ihn fragt, wen er sprechen möchte, einen Ausweis verlangt. Er stützt sich mit einer Hand auf die Theke, schaut die Drehkreuze aus Stahl an, die den Weg zu den Aufzügen versperren, stellt sich vor, mit einem Satz darüberzuspringen, obwohl er gerade nicht in der besten körperlichen und geistigen Verfassung dazu ist. Widerwillig zieht er seinen abgegriffenen, an den Ecken verschlissenen Personalausweis hervor, wartet mit wachsender Wut, während der Portier seine stumpfsinnigen Telefonkontrollen durchführt. Er denkt an die unterschiedlichen Stimmungen, mit denen er im Lauf der Jahre diesen Eingang betreten hat, und kann nur staunen.

Zuletzt reicht ihm der Portier gnädig ein steifes Plastikkärtchen mit Magnetstreifen. Deserti reißt es ihm aus der Hand, schiebt es patzig durch das Lesegerät, das den Metallstift am Drehkreuz löst und es dem Druck seiner Beine freigibt. Dann geht er zu Fuß drei Stockwerke hinauf, weil er schon immer ein Problem mit Aufzügen hatte.

Im dritten Stock studiert er einige Sekunden die Tür mit dem Schriftzug *Zattola* aus Messing: das Z mit dem glänzenden unteren Querstrich, der bis zum zweiten A reicht.

Drinnen an dem halbrunden Tisch mit den Telefonen sitzt Caterina, die Sekretärin. Sie hebt den Blick, sagt: »Guten Tag«, und lächelt mechanisch. Vor ein paar Jahren hatte er sie zum Abendessen eingeladen; prompt und knapp und deutlich hatte sie geantwortet, sie könne nicht. Seither beschränkt sich ihre Beziehung auf reinen Informationsaustausch, so wie jetzt.

»Armando?«, fragt er.

»Dottor Zattola ist beschäftigt«, antwortet sie.

»Noch lange?«, fragt er.

»Ja«, sagt sie.

»Gut, ich warte«, sagt er, macht ein paar ziellose Schritte und mustert Caterina aus dem Augenwinkel, um zu begreifen, wie es ihm bloß in den Sinn kommen konnte, sie zum Abendessen einzuladen. Vielleicht wegen der kurzen Linie ihrer Stirn, der ziemlich energischen Form ihres Unterkiefers, der Art, wie sie mit ihrem Blick ein ungewöhnlich hohes Desinteresse für alles, was nicht zu ihrem engsten Aufgabenbereich gehört, an den Tag legt.

»Er ist auch zum Mittagessen verabredet«, sagt sie jetzt, hebt kaum den Blick von ihrem halbrunden Tisch.

»Mit wem?«, fragt er.

Sie schaut ihn an, als hätte sie nicht die Absicht, es ihm zu verraten. »Mit Pino Noce«, sagt sie.

»Dem Schwachkopf vom Fernsehen?«, sagt er.

Caterina antwortet nicht, zuckt nicht mit der Wimper; sie schreibt oder tut so, als schriebe sie etwas auf ein Blatt.

»Der König der hirnlosen Dreißigjährigen, der mittlerweile auf die vierzig zugeht?« Er lacht. »Hat er wieder ein Meisterwerk geschrieben? Müssen sie darüber sprechen?«

Caterinas Miene wird noch undurchdringlicher, sie antwortet an einem der Telefone. Im Flur erscheint rechts die elegante Gestalt von Roberta Colajanni von der Presseabteilung in einem haselnussbraunen Kleid mit rotem afrikanischem Muster.

»Hallo«, sagt er, tritt auf sie zu.

»Oh, ciao!« Roberta schwankt sichtlich zwischen verschiedenen möglichen Reaktionen, dann kommt sie mit einem Ruck auf ihn zu, als hätte sie einen kleinen Widerstand überwunden, küsst ihn auf beide Wangen, *smack, smack*.

»Wie geht's?«, sagt er, unschlüssig, wie viel Druck er mit seinen Fingern auf ihren linken Arm ausüben soll; er lockert den Griff.

Roberta schaut ihn mit ihren leicht ungleichen Augen an; ihre blonden Haare sind von einem guten Friseur geschnitten, wie immer. Sie betrachtet das Pflaster an seinem Kopf, tritt einen halben Schritt zurück, um einen besseren Gesamteindruck zu bekommen. »Wir haben von dem Unfall gehört, du Ärmster! Alles in Ordnung?«

»Ja, ja, alles in Ordnung.« Deserti fällt ein, wie sie vor etwa fünf Jahren in einem großen Hotel in Rom zwei Zimmer nebeneinander hatten und er ihr gegen Mitternacht mit einer Flasche Champagner einen Besuch abgestattet hat, nachdem er vorher schon mit einer grässlichen Journalistin eine Flasche in der Bar geleert hatte, und wie er dann auf dem Teppich zusammengebrochen ist nach einem einzigen Kuss, schleimig und lau wie die Begegnung zweier Schnecken. Ihm fällt die Enttäuschung in ihrem Blick am anderen Morgen beim Frühstück ein, während sie ihm das Interviewprogramm des Tages vorlas.

»Was machst du hier?«, fragt Roberta: liebenswürdig, distanziert.

»Ich hatte einen Termin mit Armando«, sagt er. »Aber offenbar ist er beschäftigt.«

»Ja, ich glaube, er hat Leute da.« Roberta zupft einen Träger ihres Kleides zurecht.

»Er hat keine *Leute* da«, sagt er. »Nur *Pino Noce*.«

Roberta lächelt, aber ihr Lächeln beinhaltet keine Stellungnahme. Ihre Komplizenschaft ist längst dahin, zusammen mit den anderen Gefühlen, die sie einen kurzen Augenblick füreinander empfunden hatten.

»Die neuen Fronten der italienischen Literatur, was?«, sagt er.

Roberta nickt und lächelt erneut absolut zweideutig. Sie zeigt den Flur hinunter: »Entschuldige, aber ich muss eine Unmenge Telefonate führen und habe solche Kopfschmerzen.«

»Ich habe auch Kopfschmerzen«, sagt er. Sie produzieren sich in einer noch stilisierteren Umarmung als vorher, Wange an Wange beinahe ohne Berührung, Lippen, die kleine Schmatzer hervorbringen.

Dann geht sie rasch davon, *crick crock crick crock* klappern ihre Absätze über das alte Parkett.

Er fragt sich, ob sein heutiges Leben besser wäre, wenn er in jener Nacht in Rom nicht auf dem Teppich zusammengesackt wäre, gleich nachdem er sie geküsst hatte – nein, meint er, und dennoch mildert das nicht das neuerliche Gefühl von Verschwendung.

Dicht an der Wand geht er zwischen Flur und Tür hin und her, versunken in das Klingeln der Telefone, das Vibrieren der Motoren und das Kreischen der Straßenbahnen unten auf der Straße und Caterinas Stimme, die auf ihre unpersönliche Art antwortet. Er betrachtet das Foto der Druckerpresse, damals für Armando Zattola senior die Ausgangsbasis, um den Verlag zu gründen, der achtzig Jahre später von seinem Enkel Armando Zattola junior für viele Millionen Euro und im Gegenzug für den weitgehend formalen und jederzeit widerrufbaren Titel des Verlagspräsidenten an einen multinationalen Konzern mit Sitz in Schweden verkauft wurde. Er mustert die Fotos der verstorbenen Autoren, Großaufnahmen allein oder mit dem damaligen Zattola, in den Räumen des Verlags, in historischen Mailänder Bars und Restaurants, auf der Insel Ponza in längst vergangenen Sommern. Er nähert sich, studiert eingehend die Bögen der Augenbrauen, die Bügelfalten der Hosen, die an den Schultern engen Jacketts, die Frisuren, die Blicke, die Haltungen, die Zigaretten in der Hand. Besonders beeindruckt ihn, dass es lauter Männer sind, abgesehen von einer einzigen Autorin mit imposanter Figur und der Frau des Verlegers mit Knoten im Nacken und später auf einigen Urlaubsbildern mit Ponyfransen über der Stirn und Hund im Arm, einem Epagneul Breton. Wie viel Trauriges ein Verlag in Jahrzehnten der Beziehungen zu seinen Schriftstellern ansammelt, denkt er: die Erklärungen für Kollegen und Leserschaft, die für Stilübungen ausgegebenen Macken, die als Verdienste getarnten Fehler, den in Auftritte verwandelten Elan, die Überzeugungen, die so lange wiederholt wurden, bis sie so hohl waren wie Kürbisse, die obsessiv verfolgten Ambitionen, die schließlich gebilligt und gedruckt und bewundert und diskutiert und nachempfunden und zuletzt in aller Stille in alphabetischer Reihenfolge archiviert und vom Staub der Zeit bedeckt wurden. Dieser Ort, so scheint ihm, ist eine Art Museum für Naturgeschichte, das fast nichts Natürliches hat; mit einer Abteilung für ausgestopfte Tiere und einer, die als Zoo eingerichtet ist für die, die noch leben. Unweigerlich dreht er sich um und geht durch den Vorraum direkt auf Zattolas Büro zu.

»Entschuldigung?«, sagt Caterina hinter ihrem Empfangstresen.

Er tut so, als hörte er sie nicht, biegt in den linken Flur ein, geht rasch durch zwei Türen, öffnet schwungvoll die dritte.

Armando Zattola junior sitzt an dem Schreibtisch, den sein Großvater in den sechziger Jahren angeschafft hat, um zu demonstrieren, dass er sich auskannte, was die Trends im Design anging. Er hebt den mild erstaunten Blick, lehnt sich in seinem Schwingsessel zurück, öffnet halb die Lippen. Auch der Typ, der vor ihm sitzt, dreht sich um: Er ist kahl geschoren und hat einen getrimmten Spitzbart, das Gesicht eines erfolgreichen Idioten. Er trägt ein weißes T-Shirt mit dem roten Schriftzug *Fuck me*, in den Lettern des Logos von Coca-Cola, dazu khakifarbene Kargohosen mit großen Taschen und weiße Schuhe mit sichtbar gefederten Sohlen.

Caterina erscheint atemlos in der Tür hinter Deserti: »Dottor Zattola, ich hatte ihm gesagt, dass –«

Zattola winkt ab und macht dann eine Handbewegung hin und her zwischen Deserti und dem Typen mit dem Spitzbart: »Kennt ihr euch? Daniel Deserti, Pino Noce?«

»Nein«, sagt Deserti.

»Den Namen selbstverständlich!« Pino Noce springt auf, drückt Deserti die Hand und schüttelt sie viel zu lange. »Ich bin ein ganz großer Fan von Ihnen!«

»O wie schön«, sagt Zattola hochzufrieden, als hätte er diesen Überraschungsmoment extra eingeplant.

»Ich schwöre es, schon immer!«, sagt Pino Noce, an alle beide gewandt, als wollte er sich doppelte Verdienste erwerben. »Ich habe alle Ihre Bücher gelesen! Alle!«

Deserti zieht seine Hand zurück, unangenehm berührt von Pino Noces Ausdauer, vom kalten Glitzern in seinen kleinen braunen Augen, seiner zudringlichen Art.

»Der Riss, Die kurze Kette, Der Blick des Kaninchens, Falscher Schritt, Notizen aus dem Nichts«, sagt Pino Noce in einem Atemzug, mit einer Art kindlicher Verlegenheit, die zu seiner Kleidung passt und wahrscheinlich wie alles Übrige an seiner Person genau berechnet ist, um komisch, sympathisch, frech, bescheiden, ehrlich und sexy zu wirken.

»Des Hasen«, sagt Deserti trocken.

»Der Blick des Hasen, genau!«, sagt Pino Noce. *»Der Blick des Hasen, Der Blick des Hasen!«* Er schlägt sich mit der flachen Hand an die Stirn, wie ein ehrgeiziger, aber schlecht vorbereiteter Student, der ertappt worden ist.

»Na ja, das kann man schon mal verwechseln.« Zattola versucht, ihn in Schutz zu nehmen. »Es sind schließlich Tiere aus derselben Familie. Ehrlich gestanden weiß ich gar nicht, ob ich ein Kaninchen von einem Hasen unterscheiden könnte.«

»Du vielleicht«, sagt Daniel Deserti.

»Das ist die Aufregung, Ihnen persönlich zu begegnen!«,

sagt Pino Noce. »Ich habe das Buch bestimmt dreimal gelesen, *Der Blick des Hasen,* selbstverständlich erinnere ich mich an den Titel!«

Deserti lächelt nicht, bemüht sich keineswegs, ihm aus der Verlegenheit zu helfen, sondern studiert aufmerksam seine Schuhe.

»Wie geht es dir?«, fragt Zattola; er starrt auf Desertis Pflaster, fasst sich an der entsprechenden Stelle an den Kopf.

»Ausgezeichnet«, sagt Deserti.

»Wir haben uns Sorgen gemacht«, sagt Zattola.

»Wir?« Er runzelt die Augenbrauen und denkt, wie unwahrscheinlich es ist, dass Zattola sich je um ihn oder sonst irgendwen Sorgen gemacht hat, nicht einmal um sich selbst.

»Was macht das neue Buch?« Zattola geht nicht auf seinen Einwand ein. »Wie kommst du voran?«

»Gibt es einen neuen Roman?«, platzt Pino Noce ganz kindlich aufgeregt heraus. »Darf man den Titel schon im Voraus erfahren?«

»Nein«, sagt Deserti.

»Hast du immer noch die Vorstellung von einem Roman-Essay?« Seit Jahren versucht Zattola ihn unauffällig anzustacheln, wieder einen Bestseller zu liefern, der die Herzen der Massen erobern kann. »Glaubst du nicht, dass die Zeit reif wäre für eine Rückkehr zum Roman tout court?«

»Reden wir vielleicht ein andermal drüber?«, sagt Deserti. »Unter passenderen Umständen?«

Endlich nickt Zattola und wendet seinen Blick einem rechteckigen weißen Kunststoffgehäuse zu, über das Pino Noces Finger streifen, als ob es kostbar wäre.

»Was ist das?«, fragt Deserti kein bisschen interessiert.

»Das Ende der Bücher«, erwidert Zattola: die dramatische Kraft der Aussage zunichtegemacht von der Stumpfheit seines Blicks. »Oder jedenfalls des Verlagswesens, so wie wir es kennen.«

»Sagen Sie das nicht, Dottor Zattola«, flötet Pino Noce mit Glockenstimme, die nur teilweise seine unterwürfige Haltung zu kaschieren vermag.

»O doch«, sagt Zattola. »Warte nur, bis sich die Sache etwas mehr durchsetzt, und schon fangen die Autoren, die auch nur eine kleine Leserschaft haben, an, ihre Verträge direkt mit den elektronischen Vertrieben abzuschließen. Dann sind wir draußen.« Mit der blassen, dicklichen, im Vergleich zu seinem Körper kleinen Hand mimt er einen Schnitt.

»Aber ihr *seid* doch schon draußen«, sagt Deserti.

»Nun, vielleicht noch nicht ganz.« Zattola verzieht die feuchten Lippen zu einem schwachen Lächeln.

»Dieser Verlag gehört einem multinationalen Konzern, der *Möbel* herstellt«, sagt Deserti.

»Er gehört zu einer internationalen *Verlags*gruppe«, erwidert Zattola aus seinem Bunker wirtschaftlicher Sicherheit und emotionaler Gleichgültigkeit heraus.

»Und die gehört einem multinationalen Konzern, der *Möbel* herstellt«, wiederholt Deserti. Er denkt an den Abstieg, den der Verlag innerhalb von drei Generationen Zattola erlebt hat, von Armando senior über Edgardo bis zu Armando junior.

»Das Wichtigste ist, Bücher zu machen, solange es geht«, sagt Zattola.

»Ganz egal welche, natürlich«, sagt Deserti.

»O nein, keineswegs«, sagt Zattola. »Aber letztlich entscheiden darüber die Leser.«

»Dritte Generation, zweite Degeneration«, sagt Deserti. »In Richtung Auflösung.«

Wahrscheinlich hört Zattola ihm gar nicht zu, denn er nickt, als wäre er einverstanden.

»Jedenfalls sind hier *eintausendfünfhundert* Bücher gespeichert«, sagt Pino Noce, vielleicht in dem Versuch, das Gespräch aus dem Gebiet der Polemik herauszulenken, auf dem er sich nicht auskennt und sich nicht wohl fühlt.

»Also ist es nicht Ihres, vermute ich«, sagt Deserti.

Pino Noce schneidet eine Grimasse, als würde er den Sinn der Bemerkung nicht erfassen, aber an dem raschen Aufblitzen in seinen Augen sieht man, dass er viel schlauer ist, als er zu erkennen gibt.

Zattola wirft einen Blick auf seine Armbanduhr. Schwerfällig steht er auf, der große Bauch, die verengten Arterien, seine labyrinthischen Gehirnwindungen verlangsamen seine Bewegungen. »Es ist zehn nach eins, wir sollten gehen.«

»Wohin?«, fragt Deserti, bloß um ihn in Schwierigkeiten zu bringen.

»Eine Kleinigkeit essen«, sagt Zattola, lässt seine kleinen Augen von Pino Noce zur Tür wandern.

»Ach, gar kein richtiges Mittagessen?«, sagt Deserti.

Einen Moment lang blitzt Groll in Zattolas Augen auf, aber er beherrscht sich sofort wieder, lächelt. Es ist eine Mischung aus Überheblichkeit und Unverbindlichkeit, vielleicht noch mit einem Schuss Schuldgefühl: heraus kommt dieser ewig vage, unergründliche Blick.

»Warum kommen Sie nicht mit?«, fragt Pino Noce, so

voll und ganz in der Rolle des begeisterten Fans gefangen, dass er die Spannung zwischen den anderen beiden einfach übergeht.

»Aber gewiss«, sagt Zattola. »Ich habe mich nicht zu fragen getraut, da ich nicht wusste, ob du nicht erst frühstücken müsstest.« Er lacht. Selbst gegen Peinlichkeit ist er außerordentlich unempfindlich, daher auch sein mangelnder Sinn für Humor.

»Ich habe zu tun«, sagt Deserti.

»Wir bleiben nicht lang!« Pino Noce faltet die Hände in einer halb karikaturhaften Bittgeste. »Wann habe ich je wieder Gelegenheit, mit Daniel Deserti essen zu gehen?« Unter dem ganzen Überschwang verbirgt sich eine berechnende Vorsicht, man liest sie in seinen Augen: eine Grundunsicherheit, ein Abwägen von Möglichkeiten und ein latenter Neid, der jederzeit ausbrechen kann.

Zattola schlüpft in sein hellblaues Baumwolljackett mit dunkelblauen Streifen, von einem namhaften Designer zugeschnitten, um seine ausufernden Formen mit Anstand zu bekleiden. Pino Noce setzt sich eine Kappe der New York Rangers auf, dazu eine modische Sonnenbrille, und geht ins Vorzimmer, um Caterina die Hände abzuküssen, ihr Dummheiten zuzuflüstern und sie zum Lachen zu bringen. Wenn er mit ihr ins Bett gehen wollte, würde es ihm vermutlich problemlos gelingen, dank der unwiderstehlichen Kraft der Massenkommunikationsmittel.

Im Treppenhaus wendet Zattola sich zum Aufzug, aber Deserti geht auf die Treppe zu, und Pino Noce läuft ihm nach. In seinen gefederten Schuhen springt er hinter Deserti die Stufen hinunter und sagt: »Wissen Sie, dass ich ohne den *Blick des Hasen* nie zu schreiben angefangen hätte? Ich schwöre es!«

»Schreiben Sie?«, fragt Deserti; er weiß, dass er solche Spiele gut beherrscht.

»Kleinigkeiten, im Vergleich zu Ihnen«, sagt Pino Noce, ohne dass er seine Enttäuschung ganz verbergen kann. »Aber wir versuchen's jedenfalls.«

»Bravo, meinen Glückwunsch«, sagt Deserti.

»Danke!«, sagt Pino Noce. »Wenn Sie das sagen! Wow, eine Ehre!«

Instinktiv würde Deserti ihn jetzt am liebsten am Arm packen, die Treppe hinunterwerfen, ihm dann noch ein paar Fußtritte versetzen und ihn Zattolas Fürsorge überlassen.

Sie treten auf die Straße hinaus, wo ratternd eine gelbe Straßenbahn vorbeifährt. Zattola kommt als Letzter, schnaufend, als wäre er ebenfalls die drei Stockwerke zu Fuß gegangen. Er sieht sich um, sagt: »In Ordnung.« Er kann es kaum erwarten, mit seinem Autor, dem Goldesel, zum Essen zu gehen, will aber die alte Glorie des Verlags nicht verärgern, die ja, falls ein sehr unwahrscheinliches Wunder geschähe, vielleicht doch noch eine Menge Exemplare verkaufen könnte und die auf jeden Fall ein Aas ist. Er löst den rechten Arm ein wenig von dem massigen Körper, wie um zu sagen, dass sich ihre Wege nun leider trennen.

»Ich gehe auch in die Richtung«, sagt Deserti. Wie jedes Mal scheint es ihm, dass zwischen einer Entscheidung und ihrem Gegenteil ein besonderer Freiraum existiert, den man möglichst genussvoll auskosten muss.

Sie gehen den Bürgersteig entlang, Deserti vorneweg mit Pino Noce, der sich an ihn hängt, Zattola einen halben

Schritt hinterher mit seinem Gang eines Luftschiffs, vertieft in ein Gespräch am Handy und in die Aufgabe, seinen Bauch durch die Gegend zu schieben. Seit je hat seine Art zu gehen Daniel Deserti fasziniert, aber auch Pino Noces Gang ist aufschlussreich: Schleppende Schritte wechseln ab mit kindischem Gehüpfe und flüchtigen Momenten der Ernsthaftigkeit. Viele Passanten erkennen ihn, drehen sich nach ihm um, machen einander auf ihn aufmerksam: eine Kielspur von Blicken, von Menschen, die ihren Gesichtsausdruck verändern, die plötzlich stehen bleiben. Pino Noce grüßt mit kleinen Handbewegungen, Daumen nach oben, sagt »Hey!«, die Brille leicht anhebend, um ein paar Mädchen zuzuzwinkern. Gleich darauf sieht er Deserti achselzuckend an, als wolle er sagen, er könne ja nichts dafür, dass er ein Star ist, im Radio, im Fernsehen, im Film, in der kommerziellen Literatur und allem anderen, was mit seinem Namen und seinem Gesicht verkauft werden kann, dass er sich aber der Grenzen dieser Bekanntheit wohl bewusst ist und eigentlich sowieso nach Höherem strebt.

Deserti denkt, dass es ihm in letzter Zeit nicht gerade oft passiert, auf der Straße erkannt zu werden, und wenn, dann handelt es sich fast immer um verschämte, beinahe verlegene Annäherungen: Jemand tritt zu ihm und sagt leise, er habe den *Blick des Hasen* gelesen, drückt ihm die Hand und huscht davon. Kommt jemand, der auch eines der letzten beiden Bücher gelesen hat, ist der Austausch noch diskreter, geradezu konspirativ. Manchmal kennt einer sein Gesicht einfach aus der konfusen Galerie bekannter Gesichter, die er im Kopf hat, kann es aber nicht einordnen und fragt ihn:

»Habe ich Sie nicht schon irgendwo gesehen?« Gewöhnlich antwortet er: »Das glaube ich kaum«, und schüttelt den Kopf. Wenn man jedoch seit Jahren keinen echten Roman mehr schreiben kann aus Angst zu scheitern oder aus Mangel an Inspiration oder weil man sich nicht wiederholen will oder weil man nicht masochistisch genug ist und es mit dem Verkauf deiner Bücher stetig bergab geht, kann man andererseits nicht erwarten, von Massen von Bewunderern belagert zu werden. Wenn man außerdem noch beschließt, nicht im Fernsehen aufzutreten, um seine persönliche Würde zu wahren, wird man nun mal zum Phantom, wie Armando Zattola junior bestätigen könnte. Er fragt sich, ob bei dem Gefühl körperlicher Abneigung und kultureller Überlegenheit, das er Pino Noce gegenüber empfindet, nicht zumindest teilweise auch Neid mitspielt; ob er nicht in Wirklichkeit gern an seiner Stelle wäre, gern von jungen Mädchen und Kindern und Ladenbesitzern und Familienmüttern auf der Straße erkannt würde, um ihnen vom federnden Teppich der kritiklosen Popularität aus zu winken und zuzulächeln.

Pino Noce jedenfalls macht ihm gegenüber weiter mit seinem ehrerbietigen Theater, wahrscheinlich um zu zeigen, dass unter der kindlichen, oberflächlichen Seite unerwartet der ernsthafte Junge auftaucht, der die richtigen Bücher gelesen hat und eine authentische Werteskala besitzt, so dass man vielleicht aufhören sollte, ihn als rein kommerzielles Phänomen zu betrachten, und anfangen, ihn als Schriftsteller ernst zu nehmen. Jetzt zum Beispiel dreht er sich um und sagt: »Mir persönlich hat ja auch *Notizen aus dem Nichts* irrsinnig gut gefallen. Wirklich ein Meisterwerk! Meine Güte, was da über die Welt von heute drinsteht, voll die Härte, peng, peng, peng, jeder kriegt was ab, puh! Die Kritiker haben das nicht bemerkt, aber wir wissen ja, wie die Kritiker sind.«

»Wie sind sie denn, die Kritiker?«, fragt Daniel Deserti. In Wirklichkeit hatten die Kritiker sein letztes Buch durchweg recht gut besprochen, es war zwar kein echter Roman und konnte vielleicht einige Probleme hinsichtlich der Einordnung aufwerfen, aber gewiss nicht den Eindruck erwecken, dass es ihm viel besser erginge als ihnen.

Statt einer Antwort zieht Pino Noce die Nase kraus und schürzt die Lippen, dann dreht er sich um, um den Gruß zweier Achtjähriger zu erwidern, die ungefähr so angezogen sind wie er. »Wissen Sie, wie ich auf Daniel Deserti gekommen bin?«, fragt er.

»Hm«, knurrt Deserti. Er kann es nicht ausstehen, wenn man in seiner Gegenwart in der dritten Person von ihm spricht.

»Meine Mama!« Pino Noce setzt einen seiner genau einstudierten infantilen Gesichtsausdrücke auf. »Sie hat mir den *Riss* zu lesen gegeben! Sie gehört zu Ihren größten Fans!«

»Entschuldigen Sie, meine Herren?«, sagt Zattola hinter ihnen. Er hat sein Telefongespräch beendet, ist stehen geblieben und deutet mit Zeigefinger und Bauch auf den Eingang eines Restaurants.

»Ich gehe«, sagt Deserti entschlossen.

Doch Pino Noce fängt wieder an zu betteln, ärger als vorher im Verlag. Er mimt eine Art Verbeugung des Götzendieners mit erhobenen Handflächen: »Maestro, trinken Sie wenigstens etwas mit uns! Schenken Sie uns noch zehn Minuten Ihrer kostbaren Zeit! Zehn Minuten!«

Deserti schaut Zattola an, der schon die Klinke der Tür zum Restaurant in der Hand hält. »Nur ein Glas«, sagt er.

Pino Noce wirft einen Arm in die Luft, dreht sich um sich selbst und schreit: *»Yesssss!«*, als hätte er soeben wer weiß was gewonnen.

Zattola drückt die Tür auf; man weiß nicht, ob Zufriedenheit oder Ärger aus seinem stumpfen Ausdruck spricht.

Das Restaurant ist ein ziemlich düsterer Ort, wo Deserti in der Vergangenheit schon öfter gewesen ist, das erste Mal mit Edgardo Zattola und später alle paar Jahre mit Armando. Das letzte Mal muss etwa fünf Jahre her sein, denn da war auch Roberta Colajanni dabei, die sich Notizen in ihr Heftchen machte – nach dem enttäuschenden Verkauf seines vorangegangenen Buches setzte man nur sehr vorsichtige Hoffnungen in sein neues. Als Pino Noce eintritt, sind sogar die Kassiererin am Eingang und der graue Oberkellner elektrisiert; wortlos wetteifern zwei Kellner darum, wer sie an den Tisch begleiten darf.

Zattola nimmt auf seinem Stuhl Platz wie auf einem Thron; er schiebt einen Grissino in den Mund, studiert eingehend die Weinkarte. Seine angeborene Langsamkeit wird im Restaurant zu einer Art ritueller Feierlichkeit, die bestätigt, dass Essen für ihn viel wichtiger ist, als Bücher zu veröffentlichen oder sonst etwas. Deserti bereut schon, dass er mitgekommen ist, er fühlt sich in der Falle und bestellt sich einen doppelten Wodka.

Der Kellner, der sie die anderen Male mit Leichenbittermiene bediente, benimmt sich heute vor Pino Noce fast wie ein Clown: Halb komödiantisch erläutert er das Menü und die Tagesgerichte, und während er die Bestellungen aufnimmt, gestikuliert er und schneidet Grimassen. Einige der Gäste an den anderen Tischen drehen sich unauffällig um und machen einander kleine Zeichen.

Deserti denkt, dass jeder von ihnen einen beträchtlichen Teil seines Lebens damit verbringt, sich mit Bildern und Geräuschen aus dem Fernsehen berieseln zu lassen und Namen, Gesichter und Verhaltensweisen mit einer Aufmerksamkeit zu speichern, die zwar nicht immer gleich, aber jedenfalls intensiver ist als die, die sie ihrem eigenen realen Leben widmen. Er denkt, dass er, wenn Pino Noces Ruhm sogar bis in diese finstere bürgerliche Höhle im Zentrum von Mailand gedrungen ist, wirklich kaum mehr eine Chance hat, im Rennen zu bleiben. Er ist aus dem Spiel ausgeschieden, besser, er schaut dieser Tatsache ins Auge; er könnte auch das Meisterwerk des Jahrhunderts schreiben, niemand würde es merken.

Der Kellner bringt eine Flasche Dolcetto delle Langhe für Zattola, Bier für Pino Noce und den doppelten Wodka für Deserti, stellt alles auf den Tisch mit drei halben Pirouetten, die wie für eine versteckte Fernsehkamera gemacht sind.

Pino Noce hebt sein Bierglas: »Auf den großen Meister!«

»Prost«, sagt Zattola lahm.

Deserti stößt mit ihnen an, ohne zu lächeln, kippt einen Schluck Wodka hinunter; das anfängliche Gefühl von Erleichterung verwandelt sich beinahe sofort wieder in heftigen Ekel. Er schaut Pino Noce an: »Wie sind Sie eigentlich darauf gekommen, ein Buch zu schreiben?«

»Duzen Sie mich doch bitte!«, sagt Pino Noce in seiner Rolle als bescheidener, umgänglicher Junge.

Deserti fixiert ihn wortlos.

Pino Noce hebt die Hände, um kundzutun, dass er sich seiner Grenzen vollkommen bewusst ist. »Toto Fucarillo, mein Manager, ist auf die Idee gekommen, ohne seinen Zuspruch hätte ich das nie gewagt. Und Dottor Zattola hatte dann die Güte, an das Projekt zu glauben.«

»Bravo!« Deserti richtet seinen Blick auf Zattola.

»Nun, *Ein Goldjunge* hat mit einem Schlag vierhunderttausend Exemplare verkauft«, sagt Zattola. »Dann kam der Film heraus, und einschließlich Taschenbuchausgaben und Buchklub sind wir jetzt auf über neunhunderttausend.«

»Na siehst du, die Zukunft des Verlagswesens ist keineswegs gefährdet«, sagt Deserti. »Bei so einer Gegenwart!«

»*Keiner mehr als ich* hat in drei Monaten schon die vierhundertsiebzigtausend überschritten«, sagt Zattola unbeirrbar. »Und wir drucken immer noch nach. Im Oktober oder November kommt der Film, dann wird es gleich noch mal anziehen.«

»Ja, aber das ist nichts im Vergleich zu Ihnen!«, wirft Pino Noce ein. »Wie viel hat *Der Blick des Hasen* verkauft, eine Million Exemplare?«

»Eine Million einhunderttausend im Hardcover«, sagt Zattola. »Dazu noch ich weiß jetzt nicht mehr wie viel im Taschenbuch und im Klub.«

»Und in wie viele Sprachen ist es übersetzt worden?«, fragt Pino Noce. Unter seinem Gehabe des großen Kindes, das voller Bewunderung ist, hört man deutlich eine rivalisierende Note heraus.

»Zweiunddreißig«, sagt Zattola, »die Raubdrucke in Russland, Singapur und Neapel nicht mitgezählt.«

»Dann gab es natürlich noch den Film!«, sagt Pino Noce. »Mit Jeff Dawkins und Danah Tierson, sagenhaft! Sie war die schönste Frau der Welt, unvergesslich. Einmal musste ich ihr die Goldene Tulpe von *Canale Cinque* überreichen, mir haben die Knie gezittert, ich schwöre es! Ich habe ihr gesagt, dass ich mit fünfzehn ein Poster von ihr in meinem Zimmer über dem Bett hängen hatte.« Er schneidet eine Grimasse, vielleicht um auf die Selbstbefriedigungsakte hinzuweisen, zu denen ihn das Plakat inspirierte. Zattola zuckt nicht mit der Wimper.

Deserti sieht ihn mit einem Ausdruck an, von dem er hofft, er möge seinen ganzen Abscheu widerspiegeln, und nimmt noch einen großen Schluck Wodka. Er versucht sich zu erinnern, ob von seinem letzten Buch, in das er seine besten geistigen und emotionalen Fähigkeiten hat einfließen lassen, fünfundvierzig- oder sechsundvierzigtausend Exemplare verkauft worden sind. Er denkt an das Heer von Unbekannten, die auf der ganzen Welt den *Blick des Hasen* gelesen hatten, als ob es eine Art gesellschaftliche Pflicht wäre, der man dringend nachkommen müsste, um dann zu zerfallen und zu verschwinden, als er nicht mit einem neuen überwältigenden Roman, sondern mit den trostlosen Visionen von *Falscher Schritt* und *Notizen aus dem Nichts* daherkam.

»Das mit den Filmen haben wir auch gemeinsam.« Pino Noce beugt sich über den Tisch, begierig, sich zu verbünden, mögliche Vorteile zu ergattern, Verdienste zu erwerben, sich zu adeln und mit fremden Federn zu schmücken.

»Was haben wir denn sonst noch gemeinsam?«, fragt Deserti mit leicht geneigtem Kopf.

»*Si parva licet*, natürlich.« Pino Noce lächelt gespielt

verlegen oder vielleicht tatsächlich ein bisschen verlegen und breitet die Arme aus.

Deserti leert sein Wodkaglas, winkt dem Kellner, ihm noch einen zu bringen. »Was sonst?«

»Na ja, dass wir beide schreiben...«, sagt Pino Noce. »Dass wir beide damit angefangen haben, als wir noch klein waren...«

»Klein?« Deserti spreizt Daumen und Zeigefinger, um die Größe anzuzeigen. »Benutzen Sie diese unglaublich kindische Sprache auch in Ihren Büchern?«

»Hm«, macht Pino Noce. »Ich weiß nicht, ich versuche, so zu schreiben, wie ich rede.« Er versenkt sein Gesicht in dem Bierglas, verbirgt seine Augen.

»Und was treibt Sie zum Schreiben?«, fragt Daniel Deserti. »Abgesehen davon, dass Ihr Manager Ihnen dazu geraten hat?«

»Oho, gute Frage –« Pino Noce setzt das Bierglas ab, spielt mit seiner Sonnenbrille, die auf dem Tisch liegt. »Ich weiß nicht recht, vielleicht dass ich erzählen will, wie ich mich fühle, was mir so passiert, keine Ahnung.« Er wirkt verunsichert, hat fast aufgehört zu lächeln und zu zwinkern, sein Ausdruck grenzt an Verwirrung. Einen Moment lang scheint er nur das zu sein, was er ist, ein kahlköpfiger Neununddreißigjähriger mit Spitzbart, der berühmt geworden ist, weil er sich im Fernsehen zum Narren macht.

»Das macht doch seit je die Literatur aus, oder?«, wirft Zattola ein, um ihm zu Hilfe zu eilen. Seine Miene hat sich etwas verdüstert: Das Letzte, was er möchte, ist, dass jemand Zweifel sät im Kopf seines Autors für garantierte Bestseller.

»Erzählen, wie man sich fühlt, ich weiß nicht recht, keine Ahnung?« Deserti umklammert sein Wodkaglas wie eine potentielle Mordwaffe.

Ein blasser, ungesund aussehender Herr mit schütterem, am Kopf klebendem Haar tritt an ihren Tisch, ein etwa fünfzehn- bis sechzehnjähriges Mädchen im Schlepptau. »Meine Nichte hätte gern ein Autogramm, aber sie geniert sich«, sagt er zu Pino Noce.

»Und auch ein Foto«, sagt das Mädchen, das angezogen und geschminkt ist wie eine junge Prostituierte und sich natürlich kein bisschen geniert. Es hält eine kleine Digitalkamera hoch.

»Ja klar!«, sagt Pino Noce. Schlagartig kehrt das Leben in ihn zurück: Er lächelt, legt den Arm um die Kleine, schmiegt seine Schläfe an ihre, schneidet ulkige Gesichter, während der Onkel ein paar Fotos knipst.

»Danke, danke, danke!«, sagen Onkel und Nichte, während sie an ihren Tisch zurückgehen, als wäre ihnen ein Wunder geschehen, wobei die Nichte ein wenig das Kreuz durchdrückt, um ihren Hintern zur Geltung zu bringen.

Pino Noce ist schon wieder auf Hochtouren; er streckt die Hand aus, um Desertis Arm zu berühren: »Dürfte ich Sie auch um einen Gefallen bitten?« Aus einer der großen Taschen seiner kurzen Hose zieht er ein breites Handy heraus, das nur aus Bildschirm besteht.

»Was?« Einen Augenblick lang denkt Deserti, er wolle ihm das Handy verkaufen oder irgendeinen Tausch vorschlagen.

»Ein gemeinsames Foto!«, sagt Pino Noce. »Bitte!«

»Auf gar keinen Fall«, sagt Deserti.

»Ha!« Pino Noces Stimme überschlägt sich, er reißt die Augen auf, öffnet den Mund. Dann reicht er Zattola das Handy: »Würde es Ihnen was ausmachen, Dottor Zattola? Sie müssen nur hier draufdrücken.« Er rückt mit seinem Stuhl neben Deserti, versucht sich an ihn zu drängen.

»Wo soll ich drücken?«, fragt Zattola, als sei er soeben aus einem präfotografischen Zeitalter in das Restaurant katapultiert worden.

»Ich habe gesagt, ich will nicht!«, sagt Deserti und versucht wegzurücken.

Doch Pino Noce klammert sich an seinen Arm wie ein Affe, und Zattola löst mit unerwarteter Geistesgegenwart den eingebauten Blitz aus. Pino Noce nimmt das Handy sofort wieder an sich, prüft das Ergebnis, tippt mit den Fingerkuppen mit den abgekauten Nägeln schnell auf dem Bildschirm herum.

»Was machen Sie da?« Deserti streckt die Hand aus, um es ihm zu entreißen und zu zertrümmern.

»Ich stelle es auf Facebook!«, sagt Pino Noce und weicht geschickt aus.

Zattola schiebt sich eine halbe Scheibe Brot in den Mund: Er gibt den Verleger, der in ernste Probleme versunken ist, während seine Autoren ihre Zicken machen.

»He, du Genie, gib es her, oder ich hau dir eine in die Fresse.« Deserti packt Pino Noce am T-Shirt.

»Neee!« Pino Noce kann sich erneut entziehen und lacht, als handelte es sich tatsächlich um einen Lausbubenstreich zur allgemeinen Belustigung.

»Gib sofort das Ding her!« Desertis Tonfall klingt drohend.

»Geschafft!«, kreischt Pino Noce triumphierend. »Das Foto ist schon online! Danke! Ich mit Daniel Deserti am selben Tisch, ich kann's noch gar nicht fassen! Sagenhaft!«

Deserti erhebt sich mit der Absicht, ihm einen Kinnhaken zu verpassen, dann lässt er es sein. Er kippt den restlichen Wodka runter, schiebt seinen Stuhl weg.

»Wo gehst du hin?«, fragt Zattola, der sich soeben die Serviette umgebunden hat und eigentlich nichts anderes als essen will.

»Hey!«, sagt Pino Noce, »Sie können doch nicht einfach so gehen! Ich wollte Sie noch tausend Sachen fragen!«

Deserti dreht sich um, starrt ihn an, hebt den Mittelfinger. Dann stößt er die Gäste hinter sich grob zur Seite und geht zwischen den anderen Tischen hindurch mit wütenden Schritten auf den Ausgang zu.

Jetzt knurrt ihr Magen vor Hunger

Jetzt knurrt ihr Magen vor Hunger, wie jeden Tag um diese Zeit, wenn sie mit Aufträgen überhäuft an ihrem Platz sitzt. Ihre Kolleginnen und Kollegen sind fast alle schon rasch in die Kantine der GreatAssistance hinuntergegangen, um eine verkochte Pasta oder ein blasses, in einer undefinierbaren Sauce schwimmendes Schnitzel zu vertilgen. Einige sind sogar hinausgeschlüpft, um sich in der Bar einen Espresso und ein Croissant zu genehmigen, bevor sie sich wieder in den Kampf stürzen, nachdem sie sich im Aufzug noch die letzten Krümel abgeklopft haben. Sie hätte es genauso machen können, doch sie mag es überhaupt nicht, sich in wenigen Minuten vollzustopfen, im Wissen, dass sie gleich wieder Anrufe entgegennehmen und tätigen, E-Mails lesen und senden, Informationen einholen und weiterleiten und technische oder bürokratische Probleme lösen muss. Da isst sie lieber schwedischen Vollkornzwieback mit einer Handvoll Mandeln und Haselnüssen und zwei oder drei Karotten und Kirschtomaten, die sie in einer Tüte von zu Hause mitbringt. Das gibt ihr ein Gefühl von Freiheit, und sie fühlt sich ausreichend ernährt. Ab und zu fällt ihr wieder ein, was ihr Vater über die Ernährungsweise der Menschen zu sagen pflegte, als sie noch Sammler von Früchten und Samen und Wurzeln waren und Wälder und Steppen durchstreiften, bevor sie sesshaft wurden als Ackerbauern und Viehzüchter, Metzger und Fleischesser, Hüter und Gefangene ihrer Gehege. Das würde sie gern manchem Kollegen erzählen, der gerade seine Fertigmahlzeit in der Kantine vertilgt oder auch einen abgepackten Snack aus dem Automaten vor dem Damenklo, aber als Wahrheitsverkünderin aufzutreten interessiert sie nicht.

Wenn Stefano in leicht herablassendem Ton zu ihr sagt, dass diese Arbeit unter ihrer Würde ist, ergeht sie sich gewöhnlich kaum in Erklärungen. Bei sich jedoch denkt sie, dass er wahrscheinlich erstaunt wäre, wenn er einen Tag mit ihr verbringen würde, zwischen Telefonverbindungen, Übersetzungen, hektischen Erklärungen, Notfällen, Hin- und Herschieben von Verantwortungen, Verhandlungen, blitzschnell zu treffenden Entscheidungen. Die Versicherten sind über die ganze Welt verstreut, die Öffnungszeiten von Werkstätten und Krankenhäusern variieren je nach Zeitzone, Pannen und Unfälle haben die merkwürdige Tendenz, sich in manchen Augenblicken zu ballen. Einmal musste sie die Überführung des Leichnams eines Versicherten organisieren, der in der Türkei von einem Lastwagen überfahren worden war, ein andermal die eines Mannes, der in einem Museum von Sevilla einen Herzinfarkt erlitten hatte; außerdem hat sie mit Dutzenden von schweren Unfällen zu tun gehabt, mit Lebensmittelvergiftungen, plötzlichen Viruserkrankungen, Zusammenbrüchen und katastrophalen Stürzen. Stefano behauptet, ihr Verantwortungsgefühl stehe in keinem Verhältnis zu ihrem Lohn, aber sie empfindet jedes Mal, wenn es ihr gelingt, einen Fall zu lösen, eine außerordentliche Befriedigung. Sie weiß, dass es nicht ihr Traumjob ist und dass ihr Gehalt niedriger ist als das, was sie in Ligurien bekam; gleichwohl meint sie, dass jede Arbeit interessant ist, solange man neugierig ist, und dieser Job hier ermöglicht ihr, einige ihrer Stärken zu nutzen: ihre Fähigkeit zuzuhören, ihre Neigung, sich um andere zu kümmern, ihre Freude an Sprachen. Erstaunlicherweise gefällt ihr auch die Unvorhersehbarkeit des Rhythmus: die gedehnten Pausen und die plötzlichen Beschleunigungen, wenn sich die Anfragen überlagern und vervielfachen, die Notwendigkeit, rasch mal tote Zeiten zu überbrücken, dann wieder zu improvisieren und konkret behilflich zu sein.

Jetzt zum Beispiel ist da ihre Kollegin Licia, die am Nebenplatz sitzt, wie sie mit einem auf Ende September befristeten Vertrag, und vergeblich mit dem Problem eines Versicherten kämpft, der mit seiner Familie in Igoumenitsa festsitzt wegen eines Schadens an seinem japanischen Geländewagen. Der Kunde fürchtet, dass der Mechaniker ihn hereinlegen will, und ist verstört bei dem Gedanken, dass sein Urlaub futsch ist; Licia hat sich schließlich an Roberta die Supervisorin gewandt, die den Hörer genommen hat und dem Kunden jetzt zum dritten Mal in immer strengerem Tonfall die Politik der Versicherungsgesellschaft erläutert: »Wenn es sich um eine Vertragswerkstatt handelt, müssen wir der Diagnose des Mechanikers vertrauen. Wenn er gesagt hat, dass es sich um den Zylinderkopf handelt, wird es wohl der Zylinderkopf sein. Ich wiederhole …« Plötzlich schnauft sie unwillig, drückt sich den Hörer auf den Bauch, blickt sich um; dann macht sie Clare ein Zeichen, dass sie die Sache zu Ende bringen soll.

Clare übernimmt das Gespräch: »Guten Tag, ich bin Clare. Schildern Sie mir das Problem.«

»Er hat es schon geschildert, das Problem«, flüstert Roberta die Supervisorin genervt.

»Es ist, als würde der Motor nur mit zwei Zylindern fahren!«, schreit der Versicherte am anderen Ende der Leitung. »Er hat auf einmal keine Kraft mehr, einfach so!«

»Was sagt der Mechaniker?«, fragt sie, so gelassen wie möglich, und setzt sich an Licias Platz.

»Es ist der Zylinderkopf«, zischt Roberta hinter ihr. »Schluss, aus.« Sie hat dicke Beine, die weiße Jeans spannt über ihrem breiten Hintern, während sie vor Wut bebend auf und ab geht.

»Er behauptet, dass man den Zylinderkopf erneuern muss!«, schreit der Versicherte. »Dass er mindestens zehn Tage braucht, bis er die Ersatzteile bekommt und die Reparatur gemacht hat! Und ich habe zwei Wochen Urlaub! Was soll ich tun, hier vor der Werkstatt mein Zelt aufschlagen?«

Sie liest seine Kundenkarte, die sie auf dem Bildschirm geöffnet hat: »Sie haben einen Nissan X-Trail, stimmt's?«

»Genau!«, schreit der Kunde, als wäre es schon ein Hoffnungsschimmer, dass ihm jemand das Modell seines Autos bestätigt. »Drei Jahre alt, hundertzweitausendfünfhundertzwanzig Kilometer, alle Revisionen ordnungsgemäß durchgeführt! Nie auf offenem Gelände gefahren, nie einen Wohnwagen oder sonst was angehängt! Ausgerechnet jetzt musste mir das passieren!«

»Leuchtet irgendwo ein Warnlämpchen?«, fragt sie. Auf dem Bildschirm öffnet sie den Nissan-Ordner mit den Bedienungsanleitungen für die verschiedenen Modelle im PDF-Format und klickt auf das fragliche Modell.

Roberta die Supervisorin macht mit zwei Fingern das Zeichen einer Schere, was heißen soll: nicht mehr drauf eingehen, kappen! Licia, die Kollegin, steht ein paar Schritte weiter hinten, niedergeschlagen, weil sie es nicht geschafft hat, allein mit dem Anruf fertig zu werden, plötzlich ganz verunsichert, was das für ihre allernächste Zukunft bedeutet.

»Ein Warnlämpchen?«, schreit der Versicherte. Im Hintergrund hört man griechische Stimmen und metallische Geräusche, Schraubenschlüssel oder Hämmer, die klopfen, Motoren im Leerlauf.

»Auf dem Armaturenbrett«, sagt sie, scrollt sich durch die PDF-Datei.

»Genug jetzt!«, sagt Roberta die Supervisorin. »Mach Schluss.«

»Nein, ich seh nichts!«, schreit der Versicherte. »Gar nichts!«

»Ela, Panajotis!«, ruft jemand hinter ihm.

»Versuchen Sie, den Motor anzulassen und noch mal zu schauen«, sagt sie.

»Den Motor?«, schreit der Versicherte. »Sekunde!« Wieder hört man Stimmen, Klopfen, eine zuschlagende Tür.

Roberta die Supervisorin gestikuliert jetzt heftig, kreuzt die Hände wie bei einem Stammestanz.

»Immer mit der Ruhe«, sagt Clare. Eine der positiven Seiten einer zeitlich befristeten Arbeit wie dieser, denkt sie, ist, dass man keine Stellung verteidigen, keine Verdienste anhäufen, keine Strategien erfinden muss, um in der betriebsinternen Hierarchie aufzusteigen. Roberta die Supervisorin und auch Franco der Personalchef haben schon ein paarmal durchblicken lassen, dass sie, wenn sie sich ins Zeug legen würde, eine Erneuerung des Vertrags oder vielleicht sogar eine Festanstellung anstreben könnte, aber sie hat immer wieder ausweichend geantwortet, sie hat keine Lust, über September hinaus Pläne zu machen.

»Hier leuchtet was gelb!«, schreit der Versicherte am anderen Ende der Leitung.

»Beschreiben Sie es mir mal näher!«, sagt sie, auf die PDF-Seite konzentriert.

»Sieht aus wie eine Art Springbrunnen oder so!«, schreit der Versicherte.

»Wie durch ein Fenster gesehen?«, fragt sie.

Roberta die Supervisorin wedelt wütend mit den Armen, um ihr zu signalisieren: Schluss jetzt, Schluss.

»Ja, ungefähr!«, schreit der Versicherte, er weiß nicht, ob das nun eine schlechte oder eher eine gute Nachricht ist. »Was bedeutet das? Dass das Öl aus der Dichtung des Zylinderkopfs sprudelt?«

»Es ist der Filter des Kat«, sagt Clare. »Sie müssen bloß etwa zehn Minuten lang über achtzig fahren, dann reinigt er sich von selbst.«

»Von selbst?«, schreit der Versicherte ungläubig.

»Ja«, antwortet sie. »Das ist alles.«

»Sind Sie sicher?«, schreit der Versicherte. »Und der Zylinderkopf? Und der Mechaniker?«

»Der Zylinderkopf hat nichts damit zu tun«, sagt sie. »Sagen Sie dem Mechaniker ruhig, dass Sie ihn nicht mehr brauchen.«

Roberta die Supervisorin schüttelt den Kopf und geht zu einem anderen Platz. Kollegin Licia kommt näher und starrt über Clares Schulter auf den Bildschirm.

»Signorina, wenn das stimmt, haben Sie meinen Urlaub gerettet!«, schreit der Versicherte, noch nicht ganz überzeugt, aber doch schon hörbar erleichtert. »Wenn es der Filter ist, bin ich Ihnen zu ewigem Dank verpflichtet!«

»Keine Ursache, ich habe nur in die Bedienungsanleitung geschaut«, erwidert sie. »Ich vermute, Sie haben auch eine im Auto. Schönen Urlaub.«

»Ihnen auch!«, schreit der Versicherte, nun schon ganz euphorisch, dass er der Gefahr entronnen ist. »Äh, alles Gute bei der Arbeit, wollte ich sagen! Danke! Tausend Dank, Signorina! Wirklich!«

Sie steht auf, überlässt Licia den Stuhl. Von weitem beobachtet Roberta die Supervisorin sie immer noch, dreht sich aber sofort weg, tut so, als sei nichts.

Gegen sechs Uhr abends geht sie ein Stück zu Fuß durchs Zentrum und steigt dann in die U-Bahn. Sie fährt vier Haltestellen mit der roten Linie, dann noch vier mit der grünen. Nach dem seltsamen, sintflutartigen Regen der letzten Wochen schlägt der Sommer jetzt unbarmherzig zu, überhitzt die Waggons voller erschöpfter Menschen. Wie so oft vergleicht sie das Aussehen der Leute am Abend mit dem vom Morgen, als alle, obwohl gerade aus dem Schlaf gerissen, bereit waren, ihre kleinen individuellen Schlachten zu schlagen, sorgfältig gekämmt, geschminkt, rasiert, parfümiert, ordentlich gekleidet. Jetzt wirken sie wie Überlebende, zusammengepfercht, abgekämpft und stumpf, die sich nach etwas Abwechslung oder nach einem ruhigen Abend zu Hause sehnen. In diesen Augenblicken vermisst sie ihr Häuschen gleich hinter der ligurischen Küste ganz besonders, die Hängematte zwischen den Olivenbäumen in dem kleinen verwilderten Garten, die Dusche im Freien und die Katzen auf den Trockensteinmäuerchen; das Gefühl der nackten Füße auf dem ungleichmäßigen Gras und dem steinigen Maultierpfad, den freien Himmel, das üppige Grün rundherum, die seltenen Geräusche, die aus großer Ferne einzeln erkennbar sind, die stets vorhandene Möglichkeit, über die Hügel ans Meer hinunterzugehen. Aber es ist eine Sehnsucht auf Zeit, genau wie ihr Leben und ihre Arbeit in dieser Stadt, kein Dauerzustand, zum Glück. Obwohl Stefano und ihre vorherigen Freunde es darauf angelegt haben, sie in ein System von langfristigen Plänen einzubinden, hat sie sich immer gefühlt wie jemand, der sein Boot auf Sichtweite lenkt, der seine Route der Richtung der Winde anpasst, dem Klima, der Eingebung. Schon oft ist sie für ihre Fähigkeit, im Augenblick zu leben, bewundert worden, um dann aus genau demselben Grund kritisiert zu werden: Was gerade noch ein wunderbares Talent zu sein schien, verwandelte sich übergangslos in einen schweren Fehler. Sie blickt aus nächster Nähe auf einen blonden Haarschopf, so dass sie am Scheitel die dunkel nachwachsende Linie sehen kann, und denkt, wie fein der Übergang ist, erst jemandes Charaktereigenschaften zu schätzen und sie dann verändern zu wollen.

An ihrer Haltestelle geht sie die Treppe der U-Bahnstation hinauf, tritt auf die von Bars gesäumte Straße hinaus, wo die Tischchen und Stühle und Sofas schon auf die Gäste der Happy Hour warten. Tief atmet sie die Luft ein, Feinstaub hin oder her. Sie nimmt die Eisenbrücke über den Kanal, kauft in einem kleinen Supermarkt, der von einem dicken, traurigen jungen Mann aus Süditalien geführt wird, Weizenflocken und eine Tüte Sojamilch, ein Glas Pulverkaffee und einen Frischkäse, eine Packung Cherry-Tomaten und ein Schälchen Heidelbeeren. Dann geht sie mit schnellen Schritten die Allee entlang, wo ihre Joggingstrecke durchführt, vorbei an der Backsteinmauer des Schwimmbads, den tristen Sozialwohnungen, der endlosen Zementmauer, hinter der sich wer weiß was befindet – mit den richtigen Schuhen und ohne die Einkaufstüte würde sie auch jetzt joggen. Endlich erreicht sie die Kreuzung über den starkbefahrenen Ring und biegt in ihre kleine graue Straße ein. Sie betrachtet die trostlose Fassade des Gebäudes, in dem sie wohnt, die Balkone, auf denen Mineralwasserkästen, Plastikplanen, ein altes Fahrrad und ein paar leere Blumentöpfe verstauben, die halb heruntergelassenen Jalousien des Appartements im ersten Stock, das sie mit Matilde teilt.

Sie durchquert den kleinen blassgrünen Eingang, wo in einer Ecke eine schwärzliche Schusterpalme vor sich hin kümmert; zum Glück, denkt sie, ist auch diese Unterkunft eine Lösung auf Zeit. Dennoch kommt sie nun seit fast zwei Jahren jeden Abend hierher und wacht jeden Morgen hier auf: Die Vorstellung erschreckt sie. Sie schließt die dunkle Holztür mit dem für paranoide Stadtbewohner eingebauten Spion auf, macht drei Schritte in den engen Flur, wo Koffer und Mäntel und die Schachtel eines Mikrowellenherds, die Matilde aus irgendeinem Grund nicht wegwerfen will, den Weg versperren. Sie erinnert sich an ihre Bestürzung, als sie zum ersten Mal hier war, am Tag nachdem Stefano, auf dem Rand des Bettes sitzend, wo sie sich geliebt hatten, ohne ihr in die Augen zu blicken, gesagt hatte, sie sei wundervoll und es gehe ihm sehr gut mit ihr, doch er fühle sich noch nicht bereit, seine Wohnung auf Dauer mit einer Frau zu teilen, weil er zu sehr daran gewöhnt sei, allein zu leben, und weil seine Arbeit in einer sehr stressigen Phase sei und er körperlich und geistig Raum brauche, was aber absolut nicht bedeute, dass er sie nicht liebe, sondern höchstens, dass er sich von ihrer Beziehung nur das Beste wünsche und so weiter. »Ich glaube nicht, dass überhaupt irgendetwas *auf Dauer* ist«, hatte sie erwidert, sobald sie die Sprache wiedererlangt hatte, mit Ohrensausen und glühenden Wangen vor lauter Wut auf sich selbst. Gleich darauf war sie aufgestanden, hatte sich hastig angezogen und dabei gelacht vor Verlegenheit, sich in einer so dummen Rolle zu befinden, die ihrem Charakter und ihren Bestrebungen so gar nicht entsprach. Sie hatte ihren Laptop eingeschaltet und im Internet Anzeigen unter der Rubrik »Mitbewohner gesucht« angeschaut, während Stefano sich in Widerrufen und Entschuldigungen wand und flehte, sie solle ihn umarmen oder wenigstens anlächeln oder ihm jedenfalls schwören, dass sie nicht böse sei, denn dafür gebe es wahrhaftig keinen Grund, wirklich gar keinen.

Es kommt ihr heute noch unglaublich vor, wenn sie daran zurückdenkt, wie es dazu gekommen ist, dass sie ihr Leben und ihre Arbeit in Ligurien aufgegeben hat, um zu Stefano nach Mailand zu ziehen. Anstatt ihrem Instinkt und der Stimme ihres unabhängigen Geistes zu folgen, hatte sie sich angepasst und seinem galanten Werben und seinen klaren Vorstellungen stattgegeben: Mutter kennenlernen, gleichen Freundeskreis haben, gemeinsame Zukunft aufbauen. Sie hatte seine immer entschiedeneren Behauptungen für bare Münze genommen: dass es unerlässlich sei, in derselben

Stadt und derselben Wohnung zu wohnen, wenn sie eine wirklich erwachsene Beziehung zueinander aufbauen und es nicht bloß bei einem Abenteuer mit leidenschaftlichen Wochenenden belassen wollten. Also packte sie ein paar Sachen in zwei Koffer und zog zu ihm. Einige Monate lang fuhr sie jeden Morgen quer durch die Stadt, um in einem unendlich tristen Büro für technische Übersetzungen in der östlichen Peripherie zu arbeiten, mit einem widerwärtigen, geizigen Chef, der, wenn er ging, die Heizung abstellte und sie in der Kälte sitzen ließ. Und all das hatte bei Stefano nicht etwa Dankbarkeit geweckt, sondern das Gefühl, sie sei in seine Privatsphäre eingedrungen; sie muss lachen, wenn sie jetzt daran denkt, und den Kopf schütteln. Sie kann nicht fassen, wie kindisch unsere Grundmuster sind: Was man will, das kriegt man nicht, und was man kriegt, das will man nicht. Kaum hatte sie sich in der neuen Wohnung eingerichtet, eine bessere Arbeit in einer Sprachenschule und auch ein paar Freunde gefunden, begann Stefano, sie mit wachsendem Eifer anzuflehen, wieder bei ihm einzuziehen, und ihr zu schwören, er habe das, was er gesagt hatte, nur gesagt, weil er Angst hatte und verwirrt war angesichts der ersten wirklich ernsten Beziehung seines Lebens. »Mach dir keine Sorgen«, sagt sie jedes Mal zu ihm, wenn sie darüber sprechen. »Es ist viel besser so. Jeder hat seinen eigenen Bereich, und wir sehen uns, wann wir wollen.« Natürlich ist es überhaupt nicht besser so, denn die Enttäuschung, die sich bei ihr eingeschlichen hat, zieht sich seither durch ihre Beziehung wie ein Riss in der Wand. Die meiste Zeit ist sie kaum spürbar, aber sie ist da.

Sie zieht die Jeans und die Baumwollbluse aus, geht ins

Bad, um zu pinkeln und sich Hände, Gesicht und Achseln zu waschen, dann schlüpft sie in ein Paar Shorts und ein T-Shirt. Sie ist diesem hässlichen Zimmerchen in diesem traurigen kleinen Appartement dankbar dafür, dass es ihr gestattet, sich trotz allem frei zu fühlen. Der Platz reicht kaum aus, genügt aber für ihre Übungen zur Musik eines CD-Players, der an zwei winzige Lautsprecher angeschlossen ist.

Sie mag kompakte, tragbare Gegenstände; ihr Ideal wäre, nur so viel zu haben, wie in einen einzigen Koffer passt, und Schluss. Kleinstes Ausmaß, größte inhaltliche Dichte. Wenn sie ein größeres Zimmer oder eine weitläufigere Wohnung hätte, würde sie nur die wenigen Dinge hineinstellen, die sie jetzt besitzt, sie hätte einfach mehr freien Raum zur Verfügung. Gymnastik hingegen ist für ihr Gleichgewicht unverzichtbar, wie joggen und lesen und träumen und gesund essen. Es ist eine Mischung, die sie selbst entwickelt hat, aus Yoga und Tai-Chi und Elementen der Kampfsportarten, die ihr Vater jahrelang den Soldaten der amerikanischen Spezialtruppen und auch ihr und ihren vier Schwestern beigebracht hatte, entgegen der Missbilligung ihrer Mutter, die diesen Sport für Mädchen zu brutal fand. Sie aber braucht genau das: den äußersten Einsatz jeder Muskel- und Nervenfaser, die Willensanstrengung, um Müdigkeit und Faulheit zu überwinden. Nur zweimal hat sie versucht, in ein Fitnessstudio zu gehen, doch anstatt aufzutanken, schien ihr, sie würde Energie verlieren in so nahem Kontakt mit den verschwitzten Leibern von wildfremden Menschen, den Maschinen und ihren Räderwerken und Motoren, dem künstlichen Licht, der verbrauchten Luft. Damit eine körperliche Aktivität ihr Spaß macht und guttut, muss sie sie allein ausüben, ohne dass jemand sie anleitet oder einschränkt oder irgendwie drängt.

Ihr Handy klingelt mit dem Riff von Keith Richards' Elektrogitarre aus *Jumpin' Jack Flash*, den sie vor einem Monat aus dem Internet heruntergeladen hat. Es ist Stefano: »Hallo, wie geht's?«

»Gut, und dir?«, sagt sie. Sie stellt die Musik leiser, stützt die Hände auf die Stuhllehne, schwingt ein Bein nach hinten.

»Ich sitze hier fest«, sagt er. »Um halb neun habe ich eine Videokonferenz mit New York.« Er lässt keine Gelegenheit aus, um zu betonen, dass er eine komplexere, anspruchsvollere, wichtigere Arbeit macht als sie: Er kann einfach nicht anders.

»Dann telefonieren wir später«, sagt sie, schleudert das andere Bein nach hinten, immer abwechselnd. Sie könnte nicht darauf verzichten, ihren Körper wenigstens einmal am Tag auf Trab zu bringen, zu spüren, wie das Blut kreist, das Herz schneller schlägt. Ihre Schwestern sind genauso, das Bedürfnis nach körperlichem Ausdruck liegt bei den Molettos in der Familie: Ob beim Tanzen oder bei der Gymnastik oder im Sex, keine von ihnen ist nur kopflastig.

»Hast du etwas über diesen Deserti herausgefunden?«, fragt Stefano. »Ich habe nämlich hier die Sekretärin nachschauen lassen, aber er steht nicht im Telefonbuch. Er wird so eine bescheuerte Geheimnummer haben, was weiß ich.«

»Ich habe einige Angaben ausfindig gemacht«, sagt sie und bemüht sich, ihren Atem zu kontrollieren. »Einschließlich Versicherung.«

»Gib sie mir«, sagt Stefano. »Ich muss sie an meine Versicherung weitergeben, ich bin schon eine Woche im Verzug.«

»Ja, aber es sieht so aus, als wäre sie abgelaufen.« Clare versucht, normal zu sprechen, was nicht leicht ist, wenn sie sich weiter so bewegt. Andererseits hat sie keine Lust, aufzuhören oder langsamer zu werden. Im Gegenteil, je stärker sie Stefanos geistige Anspannung spürt, umso mehr braucht sie zum Ausgleich die körperliche Anspannung bei ihren Übungen.

»Abgelaufen?!«, fragt Stefano aufgebracht. »Was soll das heißen, es sieht so aus? Seit wann?«

»Seit drei Monaten.« Sie weiß nicht, warum, aber irgendwie empfindet sie eine klammheimliche Freude dabei, ihm diese Nachricht mitzuteilen. Es ist nur ein Aufflackern zwischen ihren Gedanken und Gefühlen, verstohlen wie ein kleines Wildtier im Gesträuch.

»Ich *wusste* es!«, sagt Stefano. »Der Typ ist ein alkoholsüchtiger Junkie, der nicht ganz richtig im Kopf ist! War ja klar, dass das so kommt! Ich habe schon dreihundert Euro gezahlt, nur um das Wageninnere von seiner Kotze zu reinigen!«

»Hör zu, das ist nicht meine Schuld«, sagt sie.

»Dass er ins Auto gekotzt hat, schon!«, sagt Stefano. »Du wolltest ja um jeden Preis, dass wir ihn fahren, anstatt den Krankenwagen zu rufen! Es war absurd, aber nein, sie musste unbedingt die Retterin spielen!«

Sie antwortet nicht, sie schleudert nur weiter die Beine abwechslungsweise nach hinten. Sie weiß jetzt schon, dass er sich später für seinen Ausbruch entschuldigen wird, noch heute Abend oder spätestens morgen früh, und auch die Gründe kennt sie schon: die Verantwortung bei der Arbeit, die Spannungen mit seinem Boss in der Kanzlei, die Müdigkeit, der Moment.

»Und was soll ich jetzt machen?«, fragt Stefano. »Zu den Carabinieri gehen? Einen Prozess anstrengen, um ihm die Haut abzuziehen?«

»Vielleicht könntest du mal probieren, mit ihm zu reden?«, schlägt sie vor. Sie beugt sich nach vorn, macht Rumpfbeugen an der Stuhllehne; vergeblich versucht sie, sich vor dem Ärger zu schützen, den er weiter in ihr rechtes Ohr gießt.

»Aber sicher!«, sagt Stefano. »Und ihn womöglich auch noch verstehen, den Ärmsten! Ihm erklären, dass es mir überhaupt nichts ausmacht, dass er mein Auto zu Schrott gefahren hat, dass wir nicht an materiellen Gütern hängen, o nein, da stehen wir drüber!«

Eine der Saiten, die sie unbewusst angezogen haben an ihm, denkt sie, ist seine so über jeden Zweifel erhabene Weltanschauung, die er entschlossen gegen jeden Angriff verteidigt. Auch wenn sie gänzlich verschiedener Meinung sind, so wie jetzt, kann sie nicht umhin, beeindruckt zu sein, wie vollkommen sein Mailänder Akzent mit dem Stil seiner Kleidung und seinem Beruf und seiner sozialen Herkunft, mit seiner Augenfarbe und seinem Verhalten übereinstimmt.

»Mit dem rede ich nicht!«, schreit Stefano. »Sonst schlage ich ihm noch die Fresse ein!«

»Dann halt nicht«, sagt sie. »Wir hören uns später, ciao.«

Alberto, der Mann, mit dem sie vor Stefano gelebt hatte,

war hochgradig labil, er schwankte ununterbrochen zwischen übersteigerter Exaltiertheit und Abgründen plötzlicher Zerbrechlichkeit. Nach fünf Jahren abwechselnder Allmachtserklärungen und verheerender Krisen, Liebesliedern, die er für sie geschrieben hatte, und ordinären Gesten, Betrachtung der Sterne und systematischen Besäufnissen, Abendessen bei Kerzenschein und Zuspätkommen bei jeder Verabredung, was mit der Anmaßung des nie erwachsen gewordenen Kindes gerechtfertigt wurde, kam ihr die Ordnung in Stefanos Hirn vor wie ein wunderbar geschützter Ankerplatz. Stefano versäumt seinerseits nie eine Gelegenheit, um zu betonen, wie viel sie noch zu lernen hat, wenn sie eine erwachsene Frau werden will, die sich auf angemessene Weise in der Welt bewegt. Daher hat sie sich lange und nach Kräften bemüht, ihre Sicht auf die Dinge zurechtzurücken, zu verstehen und sich zu verändern. Sehr weit hat sie es nicht gebracht, scheint ihr; aber sie hat es versucht, sie versucht es.

»Waaarte!«, schreit Stefano. »Mir ist klar, dass dich mein Auto einen Dreck interessiert, aber wenigstens etwas formale Anteilnahme, verdammt noch mal!«

»Ich nehme ja Anteil«, antwortet sie. »Doch jetzt habe ich zu tun.«

»Ich weiß, was du zu tun hast, Gymnastik machen«, sagt Stefano. »Ich höre es an deiner Stimme, dass du Gymnastik machst! Und außerdem diese Musik!« Wieder die Eifersucht auf alles, was sie für sich tut: Wieder ärgert es sie, aber es rührt sie auch, weil es sein uneingestandenes Bedürfnis nach Aufmerksamkeit enthüllt.

»Ja und?« Sie versucht, weiter ihre Kniebeugen zu machen. Noch nie hat sie gern lange am Telefon geredet, schon lange bevor sie diese zu neunzig Prozent aus Telefonieren bestehende Arbeit hatte. Sie findet, es sollte dem kurzen Informationsaustausch dienen, nicht zeitlich unbegrenzten Gesprächen. Sogar wenn sie über Skype mit ihren Schwestern in den Vereinigten Staaten und Kanada spricht, passiert es ihr gelegentlich, dass sie dem konzentrierten Kurzaustausch aus der Zeit nachtrauert, als internationale Telefongespräche noch sündteuer waren und man gewiss nicht Gefahr lief, mit immer zerstreuterem Blick stundenlang in immer allgemeinere Worte abzudriften.

»Nichts«, sagt Stefano. »Ciao.« Er ist jetzt gekränkt, auf diese überhebliche und kindliche Art, die sie genauso aufbringt und rührt wie seine Eifersucht.

»Wenn du willst, rufe ich Daniel Deserti an«, sagt sie. »Ich bin sicher, dass er keine Lust auf einen Gerichtsprozess hat.«

»Woher nimmst du diese Sicherheit?«, fragt Stefano.

»Ich stelle es mir vor«, sagt sie. »Ich glaube nicht, dass ein Künstler darauf versessen ist, es mit einem Rechtsanwalt aufzunehmen.« Sie sieht wieder vor sich, wie Daniel Deserti verletzt in seinem Auto sitzt: der dunkle, tiefe Blick, die wirren Haare, das Blut, das ihm über die Stirn läuft, das am Kragen geöffnete rotfleckige Hemd. Da ist ein leichtes Herzklopfen, das ihren Atem kurz verlangsamt, auch wenn sie nicht begreift, warum.

»Ach ja, du kennst dich ja aus mit Künstlern«, sagt Stefano, wahrscheinlich spielt er damit auf Alberto an, auf den er phasenweise immer noch eifersüchtig ist.

»Wieso?«, fragt sie. Häufig möchte sie seine inneren Mechanismen besser verstehen, wissen, was ihnen wirklich zugrunde liegt.

»Es gefällt mir nicht, dass du dich auf ihn einlässt«, sagt Stefano.

»Ich habe nicht die geringste Absicht, mich auf ihn einzulassen.« Wahrscheinlich, denkt sie, stört ihn, dass sie beide so unterschiedlich sind, was Charakter und Weltanschauung betrifft. Er schwankt ständig zwischen Groll und Bewunderung, Staunen und Missbilligung und hat das Bedürfnis nach Kontrolle.

»Na gut, mach, was du willst, ich muss jetzt auflegen«, sagt er. »Wir telefonieren später.«

»Ciao«, sagt sie. Sie dreht die Musik auf, widmet sich wieder voll und ganz ihrer Gymnastik. Sie fragt sich, ob sie je wirklich zusammenleben können; ob es ihr gelingen kann, sich so zu verändern, dass sie seinen Erwartungen entspricht; ob sie sich besser oder schlechter fühlen würde als jetzt. Wieder klingelt das Handy; sie streckt die Hand aus, um es vom Tisch zu nehmen.

Noch einmal Stefano: »Du keuchst«, sagt er, als hätte er sie mit einem anderen im Bett überrascht.

»Ich mache Gymnastik«, sagt sie, ohne innezuhalten. »Das wusstest du doch schon.« Sie stellt die Musik nicht leiser.

»Ich wollte nur fragen, ob du wegen des Urlaubs schon was entschieden hast«, sagt er angespannt.

»Ich glaube nicht, dass ich Urlaub bekomme, das habe ich dir ja gesagt«, erwidert sie. »August ist der Monat, in dem wir am meisten zu tun haben.«

»Weil ich meiner Mutter eine Antwort geben muss«, sagt

Stefano. »Immerhin hat sie uns zusammen nach Ovada eingeladen, und das will etwas heißen.«

»Ich weiß.« Sie sieht die grabmalartige Jugendstilvilla auf den piemontesischen Hügeln vor sich, wohin er sie einige Male in Abwesenheit seiner Mutter mitgenommen hatte in der heißesten Zeit seines Werbens. »Sag ihr, ich danke ihr tausendmal, und erkläre ihr die Lage. Wenn es mir gelingt, ein bis zwei Tage freizunehmen, komme ich sehr gern.«

»Danke für das Zugeständnis«, sagt Stefano. »Wirklich sehr gnädig von dir.«

»Was soll ich machen?« Sie holt die Schaumgummimatte aus der Ecke hinter der Tür. »Ich kann ja nichts dafür, dass ich eine Arbeit mache, bei der es um die Ferien der anderen geht.«

»Großartige Arbeit«, sagt Stefano. »Und noch dazu mit einem befristeten Vertrag. Du könntest genauso gut dort aufhören und dir im September was Neues suchen.«

»Und wovon lebe ich in der Zwischenzeit?« Sie befreit die Matte von dem Gummiband und rollt sie, immer noch mit einer Hand, auf dem Fußboden aus.

»Wir wären *eingeladen*, in Ovada«, knurrt Stefano gereizt.

»Aber wir würden ja nicht auf unbestimmte Zeit dort leben, oder?« Es schaudert sie beim bloßen Gedanken. »Und außerdem bin ich eine Verpflichtung eingegangen.«

Im Grunde, denkt sie, ist er sogar auf ihre Arbeit eifersüchtig: darauf, dass sie eine Arbeit hat – und das nicht zum ersten Mal –, dass sie ihren Job gut macht, engagiert und aufmerksam, unabhängig davon, wie viel sie dabei verdient.

»Natürlich, bravo«, sagt Stefano. »Du musst selber wissen, wo du deine Prioritäten setzt. Schönen Abend.«

»Ciao.« Sie legt das Handy auf den Tisch zurück. Dann legt sie sich auf die Matte, hebt die Beine, lässt sie kreisen, trainiert ihre Schenkel- und Bauchmuskeln, bis sie schmerzen.

Nach und nach besetzen die Kartons seine ganze Wohnung

Nach und nach besetzen die Kartons seine ganze Wohnung: Sie blockieren beinahe die Türöffnungen, erschweren es, sich von einem Zimmer ins andere zu bewegen. Ihr Anblick irritiert ihn zutiefst. Größtenteils enthalten sie seine Bücher in verschiedenen Ausgaben, aber in einigen sind auch verblasste Puppen seiner Kinder, von früher, als sie noch klein waren, ihre Buntstiftzeichnungen, Statuetten von Literaturpreisen, VHS-Kassetten von alten Filmen, von Verlagen zugesandte Bücher anderer Autoren, sogar Teller und Gläser: Spuren früherer Leben, Relikte vergangener Augenblicke. Es erstaunt ihn, dass sie die Zeit, der sie angehörten, in diesen immer mehr werdenden Kisten überdauern, wie hartnäckige Zeugen längst gelöster Beziehungen. Und jede Schublade in der Wohnung quillt über von bezahlten oder zu bezahlenden Rechnungen, gelesenen und ungelesenen Jahresberichten von Verlagen und Banken, abgelaufenen Pässen, Schreibheften, Taschenkalendern, Ansichtskarten, Theaterprogrammen, Sammelmappen, Stereokopfhörern, Notizen, Schlüsseln von Wohnungen, die nicht mehr seine sind, Visitenkarten von Leuten, die er nie mehr kontaktieren wird, verfallenen Münzen von fernen Reisen, Prospekten, mitgenommen wer weiß wann, wer weiß warum. Es kommt ihm unendlich traurig vor, dass Gegenstände sich auf diese Weise anhäufen können, ungewollt, nicht wieder verwendbar, auch im Leben eines Menschen, der die Anhäufung von Dingen hasst. Im Grunde, denkt er, funktioniert eine Wohnung wie ein Filter, alles, was ihn durchläuft, hinterlässt Schlacken, bis er verstopft ist. Manchmal juckt es ihn, alles wegzuwerfen, die Zimmer leer zu räumen, so wie sie waren, als er sie zum ersten Mal betreten hat, aber er weiß, dass es nicht so einfach ist. Das ist die erpresserische Kraft der Dinge, ihre Fähigkeit, einem ihre ursprüngliche Bestimmung in Erinnerung zu rufen, damit man ihnen ihren Platz zugesteht. Im Winter vor zwei Jahren, als die Heizung kaputtgegangen war, hatte er begonnen, im Wohnzimmerkamin Bücher zu verbrennen; aber sie brannten schlecht, und die Frau, mit der er liiert war, hatte sich darüber empört. Also hatte er damit aufgehört, die Asche und die noch übrigen angesengten Seiten in eine Plastiktüte gefüllt und einen Installateur gerufen, um die Heizkörper zu reparieren.

Er öffnet die oberste Schublade der Kommode neben dem Schreibtisch, in dem Teil des Wohnzimmers, den er zum Arbeiten nutzt; mit einer Hand kramt er in den Papieren und Gegenständen, um herauszufinden, was er wegwerfen kann und was er aufheben muss. Es kostet ihn zu viel geistige Kraft; er schiebt die Lade wieder zu und lässt es. Vielleicht sollte er eine auf Entrümpelung spezialisierte Firma holen, ohne lang auszuwählen und zu überlegen. Ihm scheint nicht, dass er je Sehnsucht oder Bedauern empfunden hat: Er führt kein Tagebuch, bewahrt keine Erinnerungen auf, jedes Mal, wenn er ein altes Foto von sich findet, wirft er es fort. Die einzigen freiwilligen Spuren seines Lebens finden sich in den Romanen, die er schreibt, aber abgeändert, auch in ihrer Reihenfolge, gewiss nicht hundert Prozent wahrheitsgetreu, wie manche seiner Leser annehmen. Im Gegensatz dazu beeindruckt ihn das Verhältnis, das Frauen zur Erinnerung haben, ihr Hang, sie lebendig und in Ordnung zu halten. Eine seiner Exfreundinnen hatte in einem Koffer alle Briefe, Glückwunschkarten, Ansichtskarten und Telegramme aufbewahrt, die sie je erhalten hatte; eine andere hebt sogar die Bänder ihrer alten Anrufbeantworter auf. Es kommt ihm vor wie eine pathetische Art, sich an die Hüllen der vergangenen Gefühle zu klammern, und doch rührt und fasziniert es ihn, denn es ist das Gegenteil seines Instinkts, immer weiterzugehen, ohne zurückzublicken.

Die Vorstellung, so viele verborgene Rückstände im Haus zu haben, wird ihm allmählich immer unerträglicher, deshalb zieht er die ersten beiden Schubladen der Kommode heraus und kippt den Inhalt auf den Schreibtisch. Er merkt sofort, dass seine Geduld dafür nicht reichen wird, aber er beginnt dennoch, die Sachen, die er bestimmt nicht behalten will, auf den Boden zu werfen. Nach drei Minuten hat er das Sortieren schon satt, legt die paar Dinge, die ihm etwas bedeuten, zusammen mit den vielen, die er nicht durchgesehen hat, in die Schubladen zurück und schiebt die Schubladen wieder in die Kommode. Er hebt die ausgesonderten Sachen vom Boden auf, geht in die Küche und wirft sie einzeln in den Abfalleimer, um das schwache Gefühl von Befreiung, das er empfindet, so nach Möglichkeit zu verstärken. Er betrachtet die Schriften und die Namen auf den Umschlägen, versucht jede Erinnerung abzuwehren, die sie wecken könnten; die von der Presseabteilung des Zattola-

Verlags geschickten Zeitungsausschnitte verursachen ihm Übelkeit. Früher hatte er eine Assistentin, die seine Korrespondenz erledigte und die Artikel und Rezensionen abheftete, aber nachdem sich ihre berufliche Beziehung in eine sexuelle Beziehung verwandelt und ein ungutes Ende genommen hat, ist er zu dem Schluss gekommen, dass es viel besser ist, das Ganze seinzulassen. Er hat sowieso keine Lust, Archive anzulegen mit allem, was über seine Bücher erschienen ist, oder Briefwechsel im Stil des 19. Jahrhunderts zu führen; ihm scheint, das gesündeste Verhältnis zur Vergangenheit bestehe darin, sie zu vergessen.

Zur jüngsten, aber schon dem Vergessen geweihten Vergangenheit gehört zum Beispiel auch Marcella Cartorilio, die an diesem Morgen aus seinem Bett geschlüpft ist und sich dann eine halbe Stunde im Bad eingeschlossen hat, um sich zurechtzumachen und dafür gewappnet zu sein, der Welt oder vielleicht ihm entgegenzutreten, und während sie dann ein paar Dinkelkekse in ihren Kaffee tunkte, hat sie ihm zwei oder drei hässliche Gedichte aufgesagt, während er nur daran dachte, wie er die Episode beenden und sie zur Tür schieben und in seiner schon zu vollen Wohnung allein bleiben könnte. Auch das einen Meter achtzig mal eins fünfzig große Bild möchte er weg haben, das der Maler Zugnato ihm gut in Plastik verpackt geschickt hatte, weil er auf ein Vorwort zu seinem Katalog hofft, und das seit fünf oder sechs Monaten an einer Wand im Flur lehnt. Genauso wie die Briefe von Lesern und Leserinnen in ihren Umschlägen in dem größeren Umschlag mit dem extra langen Z des Zattola-Verlags auf dem Fußboden neben der Eingangstür.

Jetzt klingelt die Sprechanlage neben dem Eingang auf ihre unangenehme Art, auch das ist eine Form von Einmischung, die ihn nervt, er würde am liebsten sofort die Wohnung verlassen, einfach gehen. Er wartet, dass das Klingeln aufhört, aber es hört nicht auf, zuletzt geht er hin und antwortet: »Was gibt's?«

»Dottor Deserti, hier ist eine Signorina, die zu Ihnen will«, sagt die Stimme des Portiers Alfredo.

»Welche Signorina?«, fragt er wie ein gehetztes Tier in seinem Bau, bereit, sich mit Zähnen und Klauen zu wehren.

»Moleetto heißt sie«, sagt der Portier Alfredo mit seinem Mailänder Akzent mit dem gedehnten E. »Sie muss mit Ihnen reden.«

»Ich kenne keine Signorina Moletto«, sagt Deserti, unsicher, ob das nun gut ist oder ihn noch mehr beunruhigen sollte.

Undeutlich hört man am anderen Ende eine weibliche Stimme. »Sie sagt, es ist wegen des Autounfalls«, berichtet der Portier, und in seinem Ton scheint eine gewisse Missbilligung mitzuschwingen.

»Da gibt es nichts zu besprechen«, sagt er, hat aber den Eindruck, dass er gar keine andere Wahl hat.

Es entsteht eine Pause; dann sagt der Portier: »Soll ich sie Ihnen raufschicken, Dottore?«

»Auf keinen Fall!«, schreit er. »Schicken Sie mir ja niemanden rauf! Wimmeln Sie sie ab!«

»Ich habe nicht die Absicht, mich raufschicken zu lassen!«, sagt die weibliche Stimme, plötzlich gut verständlich. »Ich bin doch kein Postpaket!«

»Hören Sie, ich komme runter«, sagt er. »Aber nur eine Minute, ich habe eine Menge wichtigerer Dinge zu tun.«

»Ich auch!«, sagt die weibliche Stimme.

»Einverstanden, Dottore.« Der Portier Alfredo scheint zufrieden zu sein, dass er seine Rolle als Mittelsmann erfüllt hat.

Wütend zieht Deserti sich die Schuhe an, nimmt die Sonnenbrille vom Tisch, knallt die Tür zu und steigt die Treppe hinunter. Unten durchquert er mit wachsender Anspannung den Hof, setzt die Brille auf. Doch Alfredo ist allein, fegt mit einem Reisigbesen das Pflaster. Er hält inne, schaut ihn fragend an, deutet mit dem Kinn zum Tor. Deserti tritt auf die Straße hinaus, entnervt von der ganzen Situation, von den vorbeifahrenden Autos und den Passanten draußen.

Die Frau von dem Unfall, diese Moletto, steht etwas weiter vorn auf dem Bürgersteig und betrachtet das Schaufenster eines Möbel- und Antiquitätengeschäfts: Sie ist größer, als er sie in Erinnerung hat, mit helleren, wilderen Locken und altmodischer oder vielleicht wirklich alter Sonnenbrille.

»Sie wollten zu mir?«, sagt er, einen halben Meter von ihr entfernt.

Leicht erschrocken dreht sie sich um, als habe sie ihn gar nicht mehr erwartet. »Ah, ja«, sagt sie.

Er fixiert sie, das Gesicht verkrampft, hinter der dunklen Brille versteckt.

»Wie geht's Ihrem Kopf?«, fragt die Moletto. Sie mustert ihn, ebenfalls mit abgeschirmtem Blick.

»Gut.« Er hat nicht die Absicht, sich über die Einzelheiten seiner Genesung auszulassen, auch nicht, ihr zu danken, dass sie ihm nach dem Unfall zu Hilfe gekommen ist.

»Tut mir leid, dass ich Sie hier stören muss«, sagt sie. Ihr leichtes, im Nacken geknotetes Kleid enthüllt die kräftigen Schultern einer Schwimmerin und betont ihren schlanken Oberkörper, die geschwungenen Hüften, die langen Beine.

Er nickt knapp, es fällt ihm nicht im Traum ein zu sagen, ihre Zudringlichkeit mache ihm nichts aus.

»Ich wusste einfach nicht, wie ich Sie sonst erreichen könnte«, sagt die Moletto. Sie wirft einen Blick auf das Schaufenster des Geschäfts: Auf einer Konsole steht eine Porzellankuh mit einem Bauernjungen und einem Bauernmädchen, die sich einander zuneigen und sich küssen.

»Warum wollten Sie mich denn erreichen?«, fragt er.

»Um zu erfahren, wie wir es mit der Versicherung machen«, sagt sie. »Wegen des Schadens an unserem Auto.« Obwohl sie versucht, entschlossen zu wirken, kann er ihrer Stimme und ihren Bewegungen einen Anflug von Verlegenheit entnehmen.

»Was macht man im Allgemeinen mit den Versicherungen?«, fragt er mit eiserner Miene.

»Ihre ist offenbar abgelaufen«, sagt die Moletto. »Und nicht erneuert.«

»Ach ja?«, sagt er. Der Asphalt der Straße ist heiß, das Licht weißlich und grell, aber dass sie sich beide weiter hinter ihren Sonnenbrillen verstecken, scheint doch etwas lächerlich.

»Ja«, sagt sie. »Seit drei Monaten.« Ihre Art von Schüchternheit ist kaum spürbar, wird ausgeglichen durch einen körperlicheren, extrovertierteren Teil ihres Wesens.

Er steckt die Hände in die Hosentaschen: »Mein Auto ist sowieso halb zerstört. Und den Führerschein hat man mir auch abgenommen, da Sie darauf bestanden haben, mich ins Krankenhaus zu bringen.«

»Sie waren ziemlich übel zugerichtet«, sagt die Moletto. »Ihre Wunde wurde mit mehreren Stichen genäht, vielleicht ist Ihnen das entgangen.« Ihr Akzent mit dem amerikanischen R erzeugt eine sonderbare Melodie, so eingebunden in die Konturen eines korrekten Italienisch.

»Jedenfalls bestand keinerlei Notwendigkeit, all diese Erklärungen auszufüllen«, sagt er. »Man weiß ja, dass die Krankenhäuser wie Polizeistationen sind.«

»Ihren Alkoholpegel hätten die sowieso kontrolliert«, sagt die Moletto. »Ich kann nichts dafür, dass Sie beim Fahren eine Flasche Wodka getrunken hatten.« Dabei verlagert sie ihr Gewicht von einem Bein auf das andere, stellt ihre Füße mal so, mal so, unterstreicht die Sätze mit ihren zartgliedrigen Händen.

»Die Flasche war dreiviertelleer, als ich losgefahren bin«, sagt er. »Aber natürlich ist es für Sie einfacher, mich als Alkoholiker einzustufen.«

»Ich stufe Sie nicht ein«, sagt sie rasch. Sie lächelt nervös, nimmt die Sonnenbrille ab. Ihre Augen sind vielfarbig gesprenkelt: gelbgrün, umgeben von dunklerem Grün, das je nach Brechungswinkel des Lichts zu Obsidianblau wird.

»Sagen Sie mir, wie viel ihr wollt«, sagt er. »Ich gebe euch einen Scheck.«

»Aber so funktioniert das nicht«, sagt die Moletto. »Da gibt es ein ganz bestimmtes Vorgehen, die Versicherungen müssen einen Kostenvoranschlag genehmigen und so weiter.« Erneut verändert sie ihre Haltung und wendet sich wieder dem Schaufenster zu.

»Wollen Sie jetzt mit mir reden oder Geschäfte anschauen?«, fragt er.

»Ich wollte nicht mit Ihnen *reden*«, antwortet sie. »Ich wollte wissen, wie Sie das mit dem Schaden an unserem Auto halten wollen.« In Wirklichkeit sieht sie exotischer aus, als es ihm an dem Tag des Unfalls im Regen vorgekommen war: die länglichen Augen, die gerundete Stirn, die hohen Wangenknochen, die edle Linie der Nase, die schön geschwungenen Lippen, das elegante Kinn. Es wirkt wie ein antikes Gesicht, durchsetzt von einer leichten Traurigkeit, die nur momentweise aufscheint.

»Warum ist dieser Blödmann, der mit Ihnen zusammen war, nicht selber hergekommen?«, sagt er. »Das Auto gehört doch ihm. Auch wenn Sie so nobel und großmütig immer von ›unserem Auto‹ sprechen.«

»Er hatte keine Zeit, er arbeitet«, sagt die Moletto brüsk. »Und er ist keineswegs ein Blödmann!«

»Doch, das ist er, das wissen Sie besser als ich«, erwidert er. »Völlig verschanzt in seiner Geistlosigkeit. Und die will er Ihnen auch aufzwingen, wie alle Blödmänner.«

»Was erlauben Sie sich! Wie können Sie so etwas sagen!«, empört sie sich. »Sie kennen ihn ja gar nicht!«

»Was finden Sie an ihm?«, fragt er, ohne lockerzulassen. »Gibt er Ihnen irgendwie Halt? Fühlen Sie sich beschützt vor der chaotischen Komplexität des Universums?«

»Hören Sie, wenn Sie weiter so beleidigend sind, gehe ich«, sagt die Moletto.

»Ich versuche nur, die Situation zu umreißen«, sagt er.

»Sie haben mich hier aufgestöbert, Sie sollten froh sein, dass ich Ihnen meine Zeit widme.«

»Ah ja?«, sagt sie, rot im Gesicht. »Für wen halten Sie sich eigentlich, meine Zeit ist genauso wertvoll wie Ihre!«

»Das ist anzunehmen«, sagt er achselzuckend. »Jedenfalls habe ich nicht von Ihnen gesprochen, das wissen Sie genau. Warum halten Sie nur so sinnlos zu einem, der Sie nicht verdient?«

»Sie haben *auch* von mir gesprochen!«, sagt sie. »Sie haben von meinem Verlobten gesprochen, von meinem Privatleben, von meinem Verhältnis zum Universum und so weiter!« Trotz der Aufregung verliert ihre Stimme nicht an Musikalität; ihre Gesichtszüge bleiben ausgeglichen: Insgesamt geht eine ungewöhnliche, seltsam natürliche Harmonie von ihr aus.

»Wenn, dann nur indirekt«, sagt er.

Sie lockert mit zwei Fingern ihre Haare, bewegt die Beine, dreht sich wieder zum Schaufenster um und betrachtet die Kuh mit dem Bauernpaar.

Ohne zu überlegen betritt er das Geschäft, dessen Tür offen steht, damit an dem stickigen Morgen etwas Luft hereinkommt, geht schnurstracks auf einen Typen zu, der in einem hellblauen Kunststoffsessel aus den fünfziger Jahren lümmelt und eine Zeitschrift liest. »Was kostet die Kuh?«, fragt er.

»Die Kuh?«, wiederholt der Typ, so gedehnt, als hätte der Tag zweiundsiebzig Stunden.

»Die Kuh, ja, die Kuh, die Kuh!« Er zeigt auf das Schaufenster. »Wie viele Porzellankühe habt ihr hier drin? Einen ganzen Stall voll?«

»Ach so«, sagt der Typ endlich. »Die kostet dreihundertfünfundzwanzig Euro.«

Deserti zieht ein Bündel zerknitterter Geldscheine aus der Tasche, fängt an, sie zu zählen, gibt es auf und reicht sie alle dem Typen. Einen guten Teil seines Lebens hat er versucht, aus der schier unendlichen Palette möglicher Handlungsweisen, die ihm einfielen, die sinnvollste auszuwählen, doch dann hat er entdeckt, dass die Ergebnisse nicht unbedingt besser sind, als wenn er unüberlegt handelt.

»Einen Augenblick«, sagt der Typ aus dem Geschäft; gemächlich zählt er die Scheine, streicht sie nacheinander glatt.

Deserti nimmt die Kuh mit den Bäuerlein von der Konsole und tritt auf die Straße. Er hält sie der Moletto hin: »Jetzt hören Sie hoffentlich damit auf, sie anzuschauen.«

»Aber ich will diese Kuh nicht!« Sie macht einen Schritt rückwärts.

»Heda, Entschuldigung, das sind nur siebzig Euro«, sagt der Typ aus dem Geschäft von der Tür her.

»Die habt ihr schon mindestens zwei Jahre«, sagt Deserti. »Die kauft sowieso keiner mehr.« Er will der Moletto die Porzellanfigur aufdrängen.

Sie schüttelt den Kopf, scheint aber doch immer noch fasziniert von der Kuh und den zwei rosa und nussbraun und hellblau gekleideten Figürchen, die sich küssen, mit ihren schneeweißen Gesichtchen, den schwarzen kleinen Augen, den roten Lippen und Bäckchen.

»Sie kostet *dreihundertfünfundzwanzig* Euro«, protestiert der Typ. »Die können Sie nicht einfach so mitnehmen!«

»Sie sollten mir danken«, sagt Deserti. »So ein unerträglicher Kitsch.«

»Genau«, sagt die Moletto, »ich will sie nicht!« Sie versteckt die Hände hinter dem Rücken; einen Moment lang wirkt es, als wüsste sie nicht, ob sie richtig wütend werden oder lieber lachen soll.

»Nehmen Sie sie!«, sagt er.

»Nein!«, sagt sie. »Ich bin nicht hergekommen, um mir unerwünschte Geschenke machen zu lassen!«

»Das ist kein Geschenk«, sagt er. »Es ist nur eine Nebenwirkung Ihrer schwankenden Aufmerksamkeit.«

»Meine Aufmerksamkeit schwankt überhaupt nicht!« Wieder errötet die Moletto: Ihre Haut ist durchsichtig, man sieht, wie ihr das Blut in Wangen und Stirn steigt. »Sie haben ja keine Ahnung!«

»Entweder zahlen Sie mir den vollen Preis, oder Sie geben mir die Kuh zurück!« Der Typ aus dem Geschäft schiebt sich zwischen sie, die zerknitterten Scheine in der Hand.

»Geben Sie sie ihm zurück«, sagt die Moletto. »Ich will sie auf keinen Fall. Ihre Arroganz ist unerträglich!«

»O nein, die gehört jetzt Ihnen.« Erneut versucht er sie zu zwingen, die Figur anzunehmen.

Der Typ aus dem Geschäft streckt die Hand aus, um die Kuh wieder an sich zu nehmen, aber Deserti packt ihn am Handgelenk, die Kuh fällt herunter, zerspringt in tausend Stücke, das Pärchen ist getrennt, enthauptet.

Ein vorbeikommender Radfahrer hält an und schaut zu ihnen herüber, ganz erfreut, Zeuge eines kleinen Skandals zu sein.

»Das gerechte Schicksal eines scheußlichen Gegenstands.« Deserti versetzt einem der Porzellanstückchen einen Fußtritt.

»Und wer zahlt sie mir jetzt?« Der Typ aus dem Geschäft umklammert die paar Scheine, die er schon erhalten hat.

»Dieser Herr vielleicht?« Er blickt den stehenden Radfahrer an, der den Kopf gedreht hat. »Da er so begeistert herschaut! Nur schade, dass es sich nicht um Menschenteile handelt, was?«

Der Radfahrer wendet den Blick ab, fährt weiter.

»Schicken Sie mir die Rechnung, wenn es Ihnen so wichtig ist«, sagt Deserti zu dem Typen aus dem Geschäft und zeigt auf seine Haustür wenige Meter entfernt.

Die Moletto bedauert den Vorfall sichtlich, ihr Gesicht scheint länger, fremder; sie bückt sich, um ein Porzellanköpfchen aufzuheben.

»Und Sie, geben Sie mir Ihre Telefonnummer oder die von Ihrem Blödmann«, sagt er zu ihr. »Dann könnt ihr mir sagen, wie viel ihr von mir erpressen wollt, um dieses entsetzliche schwarze Auto wieder fit zu machen.«

»Es ist nicht schwarz!«, sagt sie, ein Glitzern in den Augen. »Und wir wollen Sie nicht erpressen! Wir wollen nur, dass Sie die Reparatur bezahlen!«

»Geben Sie mir die Nummer.« Plötzlich hat er die ganze Situation satt. »Oder schreiben Sie sich meine auf. Ich kann ja nicht den ganzen Vormittag hier rumstehen.«

Die Moletto zögert, als wäre sie drauf und dran, sich einfach umzudrehen und zu gehen. Doch sie beherrscht sich und zieht ein Heftchen aus der Handtasche, schreibt mit blauem Filzstift eine Nummer auf. Sie reißt die Seite heraus, reicht sie ihm, lässt sich seine Nummer diktieren, klappt das Heftchen zu. Nach einem angedeuteten Kopfnicken dreht sie sich um und geht.

Er beobachtet ihren Gang: die Bewegung der Hüften und der Beine, den runden, wohlproportionierten Hintern, die langen, frei schwingenden Arme, die lockigen Haare. Aber er hält sich nicht lange damit auf; er dreht sich um, wirft dem Typen aus dem Geschäft, der immer noch auf dem Bürgersteig steht und ihn anstarrt, einen feindseligen Blick zu und verschwindet in seinem Hauseingang.

Die Fluggesellschaft ihrer Mitbewohnerin Matilde ist in der Krise

Die Fluggesellschaft ihrer Mitbewohnerin Matilde ist in der Krise, was dazu führt, dass Matilde ständig von Depression, kurzfristigem Optimismus, Heimweh und Fressattacken gebeutelt wird. Als Clare nach Hause kommt, brät sie gerade Lammkoteletts in Unmengen von Butter; das ganze Appartement riecht danach. Sie unterhalten sich kurz in der engen Küche, zwischen den blassgrünen Resopalmöbeln. Matilde erzählt von dem betriebsinternen Umschulungskurs, den sie vor einigen Tagen begonnen hat und der sie von einer Stewardess in irgendetwas anderes verwandeln soll. Sie stammt aus Marsala und hat eine außerordentlich dichte dunkle Mähne, in die sie mahagonibraune Strähnen färbt, damit ihre Gesichtszüge weicher erscheinen. Vor einigen Jahren hatte die Regierung eine politische Kampagne gestartet und mit feierlichen Erklärungen und Ermutigungen zu Firmenzusammenschlüssen betont, wie wichtig es sei, die staatliche Fluggesellschaft nicht an Ausländer zu verkaufen. Danach dümpelte die staatliche Fluggesellschaft weiter vor sich hin, vom Markt fallengelassen, von der Regierung unbeachtet. Die Beschäftigten wurden zum Teil in Rente geschickt oder entlassen, zum Teil fliegen sie noch, und zum Teil werden sie für andere Tätigkeiten umgeschult, mit gänzlich unsicheren Perspektiven.

»Ich finde es einfach unsäglich«, sagt Matilde, während sie die Lammkoteletts in der brutzelnden Butter wendet. »Diese Geschichte mit der ›vorläufigen Umschulung‹.«

»Das kann ich mir vorstellen«, antwortet Clare. Seit je beeindruckt sie diese italienische Tendenz, Begriffe zu verwenden, die möglichst schwammig sind und die keine Verpflichtung oder Überzeugung ausdrücken, sondern je nach Bedarf ganz unterschiedlich interpretiert werden können. Seit einiger Zeit zum Beispiel hat sie bemerkt, dass das Wort »Problem« fast aus der geschriebenen und gesprochenen Sprache verschwunden und durch »Problematik« ersetzt worden ist. Sie hat im Wörterbuch nachgeschlagen und herausgefunden, dass die beiden Wörter keineswegs dieselbe Bedeutung haben, denn »Problematik« verweist auf einen Problemkomplex, zum Beispiel in der Wissenschaft. Das Gleiche ist mit »Typ« passiert, neuerdings durch »Typologie« ersetzt, und mit »Methode«, die zu »Methodologie« geworden ist – um nur einige Beispiele zu nennen, in denen anstelle eines spezifischen Terminus ein anderer verwendet wird, der auf eine ganze Kategorie verweist. Ihr scheint, dass dies mit dem vagen und ungewissen Wesen eines Landes zu tun hat, in dem niemand je ganz direkt auf eine Frage antwortet und niemand je ganz konsequent nach seinen zur Schau getragenen Überzeugungen handelt.

»Nein, das kannst du dir nicht vorstellen«, sagt Matilde, die ihr offenbar nicht die Fähigkeit zubilligt, die Dinge von ihrem eigenen Standpunkt aus zu sehen. »Was heißt denn ›übergangsweise dem Bodenpersonal angehören‹? Wenn meine Arbeit in der Luft ist?! Und was heißt hier ›übergangsweise‹? Ein Jahr, sechs Monate, zwei Wochen?«

Clare lacht, auch wenn sie es eigentlich nicht dürfte. »In Prato«, sagt sie, »habe ich einmal ein Schild gesehen, auf dem stand: ›Diese Straße ist im Moment dauerhaft für den Verkehr gesperrt‹.«

»Hmm«, macht Matilde, aber es ist unklar, ob sie zugehört hat, ihre dunklen Augen funkeln abweisend.

Seit ihre Mitbewohnerin nicht mehr fünf Tage pro Woche im Flieger verbringt, hat sich der Raum in dem kleinen Appartement überraschend verengt, denkt sie. Anfangs fand sie es faszinierend, ein von dem ihren sehr verschiedenes Leben aus der Nähe zu beobachten: die ständigen Anrufe bei der Mama, die von Mama geschickten Gläser mit eingemachten Tomaten und in Essig eingelegtem Gemüse und Mandelgebäck, der eifersüchtige Verlobte, der sich mit Mama bespricht und jede Bewegung seiner Liebsten aus Hunderten Kilometern Entfernung kontrolliert, die Flugpläne und die am Kühlschrank aufgehängten Kalorienpläne, gute Vorsätze für Diäten, die mit plötzlichen Fressgelagen abwechseln, die zwanghaft gekauften Schuhe und Kleider. Auch der Kontrast zwischen der häuslichen Schlampigkeit und der krampfhaften Sorgfalt, mit der sich Matilde für draußen stylt, schien ihr interessant: die ausgetretenen Pantoffeln und die zentimeterdicke Brille, die Gewohnheit, auf einen Ellbogen gestützt zu essen und dabei unverwandt auf den Fernseher zu starren; und dann die hektische Arbeit mit Make-up und Lidschatten und Kajalstift und Enthaarungswachs, die Spitzenunterwäsche, die Zwölf-Zentimeter-Absätze, das raffinierte Ankleiden, jedes Mal, wenn sie ausgeht, so als müsste sie im Fernsehen auftreten.

Jeder, denkt sie, ist sich bis zu einem gewissen Punkt

bewusst, dass er an einem gesellschaftlichen Theater teilnimmt, dennoch meint sie, dass sie nicht direkt zu einer anderen Person wird, wenn sie sich in der Außenwelt bewegt. Sie fragt sich, ob ihre Art, in jeder Situation sie selbst zu sein, nicht womöglich eine Schwäche ist, eine Unfähigkeit, Masken zu tragen, die sie etwa in beruflichen Beziehungen schützen könnten, vielleicht auch in Freundschafts- und Liebesbeziehungen. Stefano zum Beispiel behauptete am Anfang, ihre Natürlichkeit sei hinreißend; ununterbrochen stellte er Vergleiche an mit der anstrengenden Künstlichkeit seiner vorherigen Freundinnen. Dennoch ist der Ton, mit dem er diesen Unterschied hervorhebt, nach und nach distanzierter geworden, ja es klingt sogar eine gewisse Enttäuschung darin an. Manchmal scheint es ihr, als gebe es zwischen zwei Personen, die zusammen sind, eine kleine, rund um die Uhr arbeitende Unzufriedenheitsfabrik.

»Mit dem dauernden Schreckgespenst, auf Kurzarbeit gesetzt zu werden.« Matilde wendet die schon leicht verbrutzelten Lammkoteletts.

»Was letztendlich Kündigung bedeutet?«

Matilde dreht die freie Hand hin und her, um zu sagen: Könnte sein.

»Das ist schlimm«, sagt sie. Was sie immer wieder erstaunt, ist der Mangel an Neugier und Aufmerksamkeit bei den anderen. Jedes Mal, wenn sie jemanden trifft, der etwas tut oder denkt, was sie nicht kennt, möchte sie zweitausend Fragen stellen, Informationen einholen, zuhören, bis sie meint, etwas gelernt oder verstanden zu haben. Doch wenn sie sich umschaut, kommt es ihr vor, als würden die meisten Leute stur ihren Weg gehen, ohne Augen und Ohren für irgendetwas, was nicht eine unmittelbare Bedrohung darstellt oder einen unmittelbaren Vorteil oder unmittelbare Befriedigung verschafft. Und diese Haltung zeigt sich nicht nur bei Bekannten, sondern auch bei den engsten Freundinnen und Freunden, auch bei Stefano, der sich bei jeder Gelegenheit in allen Einzelheiten über seine Arbeit auslässt oder sich in ebenso minutiösen Rekonstruktionen seiner Familiengeschichte ergeht und dann sehr schnell das Interesse verliert, sobald sie etwas erzählen oder erklären will. Er unterbricht sie, wechselt das Thema, wandert im Zimmer auf und ab, wird unruhig, erinnert sich auf einmal daran, dass er dringende Telefonate erledigen muss.

Auch Matilde ist ein gutes Beispiel für diese Haltung, denn sie könnte stundenlang über die Lage der Fluggesellschaft reden, über den Konflikt mit ihrer Schwester, weil ihre Mutter sie gegeneinander ausspielt, über die pornographischen Fixierungen ihres Verlobten, über die Maßlosigkeit beim Essen, die sie häufig überfällt, über die Enthaarungstechniken, die sie im Lauf der Jahre vervollkommnet hat. Doch sobald Clare versucht, über etwas anderes zu sprechen, verflüchtigt sich ihre Aufmerksamkeit: Ihr Blick wird unstet und leer. Deshalb hört Clare ihr zu, wenn sie meint, dass Matilde es wirklich braucht, aber ansonsten durchquert sie still den Flur, geht rasch ins Bad, schließt sofort die Tür. Wenn nicht ein emotionaler oder familiärer Notstand ihre Hilfe erfordert, bleibt sie in der Zeit, die sie zu Hause verbringt, lieber in ihrem Zimmerchen und liest, macht Gymnastik, denkt nach oder sitzt am Computer.

Matilde blickt auf die Uhr an der Wand: »O Gott, es ist

schon halb neun, in einer halben Stunde kommt Nunzio, und ich muss mich noch zurechtmachen!«

»Nunzio?«, fragt sie.

»Ein Kollege«, antwortet Matilde, aber in einem Ton und mit einem Blick, die ziemlich zweideutig sind.

»Ich muss gehen, ciao.« Sie verlässt die Küche, bevor Matilde sich unversehens am Herd wiederfindet, um die Koteletts zu wenden.

Sie zieht sich in drei Minuten um, läuft die Treppe hinunter, geht schnell den Bürgersteig entlang, überquert die große Kreuzung mit dem dröhnenden Verkehr aus allen Richtungen, erreicht die Allee mit der endlosen Mauer und beginnt zu rennen. Dieser Teil der Stadt ist abends nicht ideal für eine Frau allein, denkt sie, bedrängt von den anzüglichen Blicken von Passanten und von den langsamer werdenden Autofahrern, die ihr aus den geöffneten Fenstern nachpfeifen oder hinterherrufen. Sie trägt ein weißes T-Shirt und einen geblümten Baumwollrock vom Markt, die zwar Beine und Arme nicht ganz bedecken, aber doch alles andere als aufreizend sind. Ihr fällt ein, dass sie einmal zu einer Verabredung mit Stefano gekommen war und er sie gefragt hatte: »Warum so ein kämpferisches Gesicht?«, worauf ihr bewusst geworden war, wie sehr sich ihre Züge verkrampft hatten, um sich unterwegs vor den Blicken und Kommentaren der Männer zu schützen. Jetzt versucht sie, nicht darauf zu achten: Sie schaut geradeaus vor sich hin und rennt schnell, auch wenn sie nicht die richtigen Schuhe anhat.

Als sie bei Stefano ankommt, ist sie ganz verschwitzt, doch er bemerkt es gar nicht. Er führt gerade ein Arbeitsgespräch: Er öffnet ihr die Tür und redet weiter an seinem schnurlosen Telefon, geht in dem eisigen, von der auf Hochtouren laufenden Klimaanlage heruntergekühlten Wohnzimmer auf und ab. »Ja, absolut«, sagt er, »da besteht nicht der allergeringste Zweifel.« »Das ist nicht nur sicher, sondern bom-ben-si-cher«, sagt er. Sie geht ins Bad, zieht ihr T-Shirt aus, wäscht sich das Gesicht und die Achseln, trocknet sich ab, hört ihm von hier aus zu. Es ist merkwürdig, anfangs irritierte sie diese Vortäuschung von Sicherheit, jetzt dagegen findet sie sie eher rührend, weil es ihr vorkommt wie eine Selbstverteidigung gegen die unkontrollierbaren Seiten des Lebens. So als zeigte sich darin die ständige Bemühung, eine mentale Ordnung aufrechtzuerhalten, sich vor den Gefahren des Unvorhersehbaren und der Phantasie zu schützen. Hierin liegt natürlich auch der Ursprung ihrer Missverständnisse; doch wenn man nach etwas sucht, das man selbst nicht hat, findet man es am ehesten bei jemandem, der einem nicht in allem gleicht. Die kleine Unzufriedenheitsfabrik steht nie still, nie.

»Wir sitzen felsenfest im Sattel«, sagt Stefano im Wohnzimmer. »Hundert pro.« Er ist nicht nur so; er hat auch eine sensible, ja zerbrechliche Seite, wenn man ihn gut kennt. Er liebt die Literatur und die Poesie, kann auswendig Gedichte von Shelley und Ungaretti und Seferis aufsagen, zu ihrem letzten Geburtstag hat er ihr eine wundervolle alte Ausgabe von Eugenio Montale mit einem verblassten grünen Leineneinband geschenkt – sie war ganz überwältigt. Außerdem ist auch dieses Telefonat Teil eines gesellschaftlichen Zeremoniells, wenngleich es etwas theatralischer ist als das Muster, dem sie jeden Tag mit ihren Versicherten folgt.

Sie geht in die Küche, dreht den Wasserhahn auf, trinkt aus der hohlen Hand. Nach ihrem brüsk abgebrochenen Versuch zusammenzuleben hat sie beschlossen, ihre Vertrautheit mit dieser Wohnung auf das Notwendigste zu beschränken. Sie verhält sich lieber wie ein diskreter Gast: Ihre einzigen persönlichen Sachen hier sind eine Zahnbürste in dem Glas über dem Waschbecken und ein Nachthemd, das im Schlafzimmer hängt. Es macht sie leicht verlegen, wenn sie an die Monate denkt, in denen sie sich nach Kräften bemüht hat, alles sauber und in Ordnung zu halten, die Böden zu fegen, Blumen im Wohnzimmer aufzustellen, das Abendessen zu kochen, zu spülen. Sie hatte es aus weiblichem Instinkt getan, um sich selbst zu beweisen, dass sie es konnte, als Reaktion auf das ewige Durcheinander Albertos mit seinen Joints, seinen Espressotässchen und Whiskygläsern, die er überall herumstehen ließ, mit seiner nie gewechselten Bettwäsche, seinen Freunden, die er spontan einlud, um mit ihnen bis zum Morgengrauen herumzusitzen und zu grölen, und seinen Liedern, die er zu jeder Tages- und Nachtzeit lauthals sang. Allerdings war das Ergebnis wohl nicht so gelungen, wenn Stefano ihre Anpassungsbemühungen als Verletzung seiner Privatsphäre empfunden hat. Seit sie aber Hals über Kopf beschlossen hat, die Rolle abzulegen, drängt er sie immer beharrlicher, sie doch wieder anzunehmen. Es ist die ewig schwankende Waage, wie ihre Schwester Julia sagt, die Hände mit den Handflächen nach oben auf und ab bewegend, um zu zeigen, wie bei einem Paar immer einer überwiegt und einer unterliegt. Ein tausendstel Gramm mehr Hingabe genügt, damit der andere mehr Gewicht gewinnt, seine Waagschale sich zum Nachteil der deinen tiefer senkt.

Stefano beendet sein Telefonat, kommt in die Küche: »Hey, Mäuschen.« Er küsst sie auf die Stirn.

»Hey«, sagt sie. Schon bei mehreren Gelegenheiten hat sie ihm zu verstehen gegeben, dass sie sich im Bild des Mäuschens nicht besonders wiedererkennt, weder physisch noch psychisch, und dass sie einen anderen Kosenamen vorziehen würde, wenn sie denn unbedingt einen haben muss. Aber offenbar ist es ein Bild, das mit dem männlichen Bedürfnis zusammenhängt, sie als klein und hilflos zu betrachten, obwohl sie genauso groß und für das Überleben in schwierigen Situationen mindestens genauso gut gerüstet ist wie er.

Stefano macht eine Handbewegung zum Wohnzimmer: »Das war Bogartinelli aus Perugia.«

»Der mit der Papierfabrik, in der es gebrannt hat?«, fragt sie.

Stefano hebt die Augenbrauen, als wollte er sagen: »Kompliment.« In der ersten Zeit staunte er darüber, dass sie sich an fast alles erinnerte, was er ihr erzählte, an Namen, Rollen, Orte, Gründe. Auch darin schnitt sie besser ab im Vergleich zu seinen Verflossenen, die gar nicht mehr zuhörten, sobald er von seinen Rechtsanwaltsdingen zu reden anfing. Aber im weiteren Verlauf ihrer Beziehung begann diese Aufmerksamkeit ihn allmählich zu beunruhigen: Manchmal sind seine Antworten ausweichend oder offen verärgert. Irgendwann hat sie dann aufgehört, Fragen zu seiner Arbeit zu stellen; sie versucht sich aus seinem Jagdrevier herauszuhalten.

»Alles in Ordnung?«, fragt sie beiläufig, damit er nicht das Gefühl hat, dass sie sich einmischen will.

Er nickt, genauso nichtssagend. Dann dreht er sich um, holt zwei Kelchgläser und zieht eine Flasche Prosecco di Valdobbiadene aus dem Kühlschrank. Gewöhnlich mag er keinen Schaumwein, er stimmt überein mit der Theorie seiner Mutter, nach der man mit Luftbläschen jeden Wein ruinieren kann. Doch jetzt führt er sich irgendwie feierlich auf: »Ich habe eine wichtige Neuigkeit.«

»Was für eine Neuigkeit?«, fragt sie, plötzlich erschrocken. Sie macht zwei Schritte zur Seite, um den Beobachtungswinkel zu verändern, nicht in einer starren Perspektive zu verharren. Als Kind tadelten ihre Mutter und ihre Großmutter mütterlicherseits und auch ihre Lehrerinnen sie immer dafür, dass sie nicht stillhielt, aber sie konnte nicht anders, sie musste die Personen oder die Dinge umkreisen, damit es ihr gelang, sie wirklich zu sehen.

Stefano öffnet die Flasche vorsichtig, ohne den Korken knallen zu lassen. Jede seiner Bewegungen gleicht einer Kontrollübung, als wäre da immer jemand, der ihn beobachtet, ob er auch alles richtig macht. Er füllt die zwei Kelche, reicht ihr den einen. Er nippt, verschluckt sich, muss husten. »Heute Morgen habe ich eine Wohnung besichtigt.«

»Wo?«, fragt sie, nimmt ebenfalls einen Schluck.

»Hausnummer 36, in dieser Straße, Ecke Via Racamardi.« Er hustet erneut.

»Die Straße, wo deine Mutter wohnt.« Vor ihrem inneren Auge taucht kurz die eiskalte Ordnung im Wohnzimmer von Stefanos Mutter auf.

»Dritter Stock, hundertvierzig Quadratmeter«, sagt er, als hätte er nichts gehört. »In supergutem Zustand, einmal Streichen genügt, vielleicht nicht einmal das. Der bequemste Umzug der Welt.«

»Du brauchst eine größere Wohnung?« Sie blickt sich in der Küche um, die schon mit viel zu vielen kaum genutzten Schränken und Elektrogeräten ausgestattet ist.

»*Wir* brauchen.« Stefano versucht zu lächeln und zieht dabei den einen Mundwinkel hoch – offensichtlich ficht er einen seiner inneren Kämpfe zwischen Entschlossenheit und Vorsicht aus.

Sie hat das deutliche Gefühl, die Szene schon einmal gesehen zu haben, mit genau derselben Abfolge von Wörtern und Gesten und Blicken. Als Reaktion nimmt sie einen zu großen Schluck Prosecco, stellt den Kelch mit zu viel Nachdruck auf dem Tisch ab. »Wie meinst du das?«

»Na ja, dass wir dort zusammenleben«, sagt Stefano. »So, wie du es wolltest.«

»Ich wollte es gar nicht«, sagt sie, da ihr nichts anderes einfällt.

»Wie, du wolltest nicht?« Einen Moment lang leuchtet Unsicherheit in Stefanos Blick auf.

»Es ist nicht nötig«, sagt sie. »Ich habe es dir doch erklärt.« Sie fühlt, wie sie errötet; sie beugt sich vor und schaut aus dem Fenster auf die Straße, auf die rechts und links am Rand des Bürgersteigs parkenden Autos.

»Langfristig gesehen doch.« Stefanos Stimme zittert leicht. »Wir können nicht ewig so weitermachen.«

»Warum nicht?«, fragt sie. Ihre Angst schlägt langsam in Panik um; sie wechselt ständig ihre Haltung.

»Weil wir uns früher oder später entscheiden müssen«, erwidert Stefano. »Die Blockade überwinden.«

Sie lehnt sich an das Küchenbord, während ihr ein Strom unkontrollierbarer Bilder durch den Kopf geht: morgens, abends, samstags, sonntags, heimkommen, aufwachen, einschlafen, Abendessen, Kino, Kaffee, Autofahrten, Stadtspaziergänge, ständiges Nebeneinander in geschlossenen Räumen.

»Es ist so, Mäuschen«, sagt Stefano. »Das weißt du genau.«

Sie fragt sich, ob sie nicht ewig so weitermachen könnten wie jetzt, mit zwei Wohnungen, zwei Leben, weder zusammen noch unabhängig: eigentlich schon, meint sie, oder doch nicht? Sie mag nicht darüber nachdenken.

»Zumindest werden wir richtig viel Platz haben für uns beide, zwei herrschaftliche Bäder, ein Wohnzimmer, wie es sich gehört, so dass wir auch Gäste einladen können, Wandschränke, wo man die Kleider aufhängen kann, ohne sie so durcheinander hineinquetschen zu müssen, dass man nicht mehr weiß, was dir ist und was mir.«

»Ich glaube nicht, dass ich meine Kleider zwischen deine gehängt habe«, wirft sie ein, mit glühendem Gesicht.

»Ich weiß«, sagt Stefano. »Du bewahrst sie lieber in Pappschachteln und Koffern auf in diesem traumhaften Appartement, das du mit deiner Stewardess teilst. Wirklich ein Schmuckstück, so wie ihr zwei damit umgeht.« Er lacht, aber sie erinnert sich genau an die paar Mal, die er mit heraufgekommen ist: an seine Art, sich von Möbeln und Wänden fernzuhalten, um sich von dem Ort und auch von dem Geist der beiden Bewohnerinnen zu distanzieren.

»Ich brauche keine Wandschränke.« Sie schüttelt den Kopf.

»Für mich sind Wandschränke ein Muss, okay?«, sagt Stefano. »Mir gefällt es, dass jedes Ding seinen Platz hat.«

»Hast du hier nicht genug Platz?«, fragt sie.

»Ich habe für Samstag um sechs einen Termin mit der Maklerin vereinbart.« Er hört gar nicht mehr zu. »Um die Wohnung noch einmal mit dir und meiner Mutter anzuschauen. Aber eigentlich habe ich schon zugesagt.«

»Bist du sicher?« Ihr Blut kreist jetzt kalt, verursacht ihr ein Kribbeln hinter den Ohren.

»Selbstverständlich bin ich sicher«, sagt Stefano. »Hundert pro. Ich habe der Maklerin gesagt, sie soll schon den Verkaufsvertrag für diese Wohnung aufsetzen.« Er geht mit erhobenem Glas auf sie zu.

»Wirklich?«, sagt sie.

»Noch näher bei meiner Mutter zu wohnen ist doch sehr praktisch«, sagt er. »Sie hat gesagt, sie will sich am Kauf beteiligen.«

»Aber sie wohnt doch jetzt schon fünf Minuten von hier.« Sie sieht Lorella Panbianco lebhaft vor sich: die kleinen grauen Augen, die zu einem ordentlichen Knoten aufgesteckten grauen Haare.

»Mit ein bisschen Glück ist sie auch noch in zwanzig Jahren in Hochform, hoffe ich«, sagt Stefano. »Aber irgendwann wird selbst sie altern, und die Vorstellung, dann nur zwei Schritte von ihr entfernt zu wohnen, ist doch recht beruhigend. Ganz abgesehen von dem anderen Vorteil.«

»Welchem Vorteil?«, fragt sie, alarmiert von der irgendwie bedeutsamen Miene, die Stefano aufgesetzt hat.

»Na ja, sie so in der Nähe zu haben, kann auch für uns sehr bequem sein«, sagt Stefano.

Sie begreift immer noch nicht, hat aber langsam einen Verdacht, wie ein Summen im Ohr.

»Zum Beispiel, wenn wir Lust haben, mal ins Kino zu gehen«, sagt er. »Oder Freunde zu treffen, was weiß ich.« Er wirkt leicht verlegen, lächelt.

Regungslos registriert sie die winzigen Bewegungen seiner Gesichtsmuskeln.

Stefano gibt sich einen kleinen Ruck: »Ist doch besser, als jedes Mal einen Babysitter rufen zu müssen, oder?«

»Einen Babysitter?«, wiederholt sie, beinahe den Atem anhaltend.

»Mhm«, macht Stefano, erneut lächelnd.

Sie streicht sich mit den Händen über die Hüften, betrachtet die Proseccoflasche auf der Holzplatte: Der Korken, der daneben liegt, hat sich zu sehr ausgedehnt, um die Flasche wieder verschließen zu können.

»Also?«, sagt Stefano. »Bist du zufrieden?«

»Ja«, sagt sie. Doch in Wirklichkeit ist sie erschüttert, unsicher, ängstlich. Sie fühlt sich schuldig deswegen, und zum Ausgleich kommt sie ihm entgegen, als er sich mit gespitzten Lippen zu ihr beugt.

Stefano drückt sie an sich, ganz ungeschickt in seinen Bewegungen durch all die endlich in ihm gereiften Absichten und durch das halbvolle Glas, das er in der rechten Hand hält.

Sie öffnet ein klein wenig die Lippen; die Spitzen ihrer Zungen berühren sich kurz. Gleich darauf ziehen sie sich wieder zurück; sie macht einen Schritt rückwärts, hebt ihr Glas und nimmt noch einen Schluck von dem kalten, bitteren Prosecco.

Kein Auto und keinen Führerschein mehr zu haben, ist Befreiung und Knechtschaft zugleich

Kein Auto und keinen Führerschein mehr zu haben, ist Befreiung und Knechtschaft zugleich, denkt er, während er neben dem Mailänder Verkehr den außergewöhnlich schmutzigen Bürgersteig entlanggeht. In der Vergangenheit hatte er oft Lust, auf die motorisierten Verkehrsmittel zu verzichten, so wie er auch am liebsten auf eine feste Wohnung und überhaupt auf jeden materiellen Besitz verzichten würde, der langfristige Bindungen mit sich bringt. Nie hat ihm die Vorstellung gefallen, dauerhafte Bindungen an Orte oder sperrige Gegenstände einzugehen, in einer Beziehung gefangen zu sein, in der sich Interesse und Überraschung verflüchtigen und Gewohnheit und Langeweile überhandnehmen.

Manchmal scheint ihm, dass er, um sich selbst wirklich treu zu bleiben, einfach allen materiellen Besitz loswerden müsste und, wenn er schon dabei ist, auch jedes Dokument, woraus man auf seine Identität schließen kann. Häufig stellt er sich vor, wie er es anstellen könnte, um aus allen Archiven und Registern gestrichen zu werden, endlich mit leichtem Gepäck durch die Welt zu ziehen, zu tun, was ihm gefällt, ohne irgendjemandem Rechenschaft ablegen zu müssen, einschließlich der Leser, die ihn durch die Seiten seiner Romane zu lieben glauben. Zum Beispiel hat er sich mehrmals ein Verschwinden auf hoher See ausgemalt, oder er hat an der Idee gefeilt, sich eine Leiche zu besorgen, sie in sein Auto zu legen und es anzuzünden, um sie unkenntlich zu machen, oder auch, es in einen Abgrund rollen zu lassen. Solche Pläne sind nicht unrealisierbar, bestimmt hat irgendwer sie schon irgendwo mit Erfolg in die Praxis umgesetzt. Wenn er seinen Frauen davon erzählt, lachen manche, als handelte es sich um einen Scherz oder um eine der vielen Geschichten, die einem Romanautor so einfallen, andere sind beunruhigt; eine Frau hat ernsthaft zu ihm gesagt, sie halte das für Symptome einer psychotischen Störung.

Jedenfalls kann man den Plan, der beim Verschwinden das Auto einschließt, im Moment ad acta legen, da das Auto in der Werkstatt ist und der Führerschein beschlagnahmt. Der Rechtsanwalt hat ihm erklärt, dass die Rückgabe nicht automatisch erfolgt, sondern Zeit, Geduld und Geld erfordert; drei Dinge, über die er im Moment nicht in rauhen Mengen verfügt. Außerdem sei da noch die Anzeige wegen Trunkenheit am Steuer, und auch das sei eine recht lästige Geschichte. Er hat entgegnet, er habe sich etwas Besseres erhofft in einem Land, wo kokainsüchtige Autofahrer mit ihrem schwarzen Porsche Cayenne Gruppen von Kindern auf dem Zebrastreifen massakrieren und am nächsten Tag seelenruhig nach Hause kommen. Der Rechtsanwalt lächelte kaum, er legte seine Notizen wieder in eine Mappe, ohne die geringste Absicht, sich auf die Polemik einzulassen.

Wie auch immer, jetzt ist er zu Fuß, ein Zustand, den er als einschränkend oder befreiend empfindet, je nach Laune. Als Kind hatte er sich die Städte der Zukunft vollkommen autofrei vorgestellt, auch ohne Lastwagen, Busse und Straßenbahnen, mit Rollbändern anstelle von Gehsteigen, auf denen Menschen und Waren in der angenehmsten Stille mühelos dahingleiten. Aber die brutale Vorherrschaft des Verbrennungsmotors in all seinen Benzin- und Dieselvarianten, die darum wetteifern, wer mehr Gestank und Lärm hervorbringt, ist noch längst nicht überwunden. Irgendein berühmter Maler hatte mal gesagt, ein unordentlicher Geist brauche Ordnung um sich, vielleicht war es Paul Klee – nach den Reaktionen zu urteilen, die das Treiben und die Geräusche der Stadt in ihm auslösen, stimmt es. Jede Beschleunigung oder Bremsung auf dem Asphalt, jedes Knattern oder Rollen oder Quietschen, jede unfreiwillige Annäherung rufen heftige Abwehr- oder Angriffsimpulse in ihm hervor. Ständig beobachtet er aus dem Augenwinkel, was rechts und links geschieht, bereit, mit Tritten und Fäusten zu reagieren, wild zuzuschlagen, bevor er selbst getroffen wird, zu schreien, zu stoßen, loszustürmen wie seine Gedanken, während er den großen, unförmigen Platz vor dem Bahnhof überquert, wo die Züge zum Flughafen fahren.

Als der Zug sich in Bewegung setzt, schiebt er sich die Stöpsel des MP3-Players ins Ohr und hört die mündlichen Notizen ab, die er probeweise in den letzten Tagen für seinen neuen Roman aufgenommen hat. Es ist der Versuch, sich auf einem anderen Weg anzunähern, da es ihn im Moment zu sehr frustriert, eine Seite nach der anderen hinzuschreiben. Das Einzige, was bisher feststeht, ist der Titel, und nicht einmal auf Italienisch, sondern auf Englisch. *The Love Delusion* scheint ihm nicht übel, doch die italienische Übersetzung *L'illusione dell'amore* klingt schon so pathetisch, dass ihm die Lust vergeht weiterzuschreiben. Das Problem, scheint ihm, liegt an dem Wort *illusione*, das nicht genau mit *delusion* übereinstimmt. Deshalb hat er zu Hause seine drei Synonymwörterbücher gewälzt und ihre Inhalte in den MP3 diktiert, während er im Wohnzimmer zwischen den Kartons auf und ab ging. Er legt die Füße auf den Sitz gegenüber und hört sich selbst lesen: »Halluzination, Chimäre, Phantasterei, Ideal, Blendwerk, Vertrauen, Hoffnung, Utopie, Schein, Schwäche, Traum, Schmeichelei, Einbildung, Eindruck, Täuschung, Sinnestäuschung, Empfindung, Luftschloss, Fata Morgana, Erwartung, Gaukelspiel, Phantasie, Vision, Wunschvorstellung, Schatten, Wunschtraum, Versprechen, Attraktion, Gestalt, Finte, Netz, Gewebe.« Nach jedem Wort drückt er die Stopp-Taste, versucht, den Widerhall aufzunehmen, das geistige Bild zu betrachten, das spontan auftaucht. Aber der Klang seiner Stimme stört ihn und lenkt ihn ab, wie jedes Mal, wenn er sich selbst hört. Er spult zurück, versucht es erneut, doch es funktioniert nicht; nach etwa zehn Minuten findet er es absurd, dass er meinte, diese Methode könnte eine schöpferische Wirkung entfalten. Er reißt die Ohrhörer herunter, steckt sie zusammen mit dem MP3-Player in die Tasche und betrachtet die Vorstadt, die draußen vor dem Fenster vorbeizieht.

Zum Verkauf stehende Wohnungen zu besichtigen empfindet sie als schrecklichen Übergriff

Zum Verkauf stehende Wohnungen zu besichtigen empfindet sie als schrecklichen Übergriff, weil dabei die Verhaltensweisen, die Ticks, die Weltbilder, die Rituale, die Nachlässigkeiten und Schwächen der Besitzer so wehrlos der distanzierten Analyse preisgegeben werden. Nicht dass sie das schon oft getan hätte, nur einmal vor vielen Jahren mit Luigi und in jüngerer Zeit mit Alberto, der dann zuletzt, ohne sie überhaupt zu fragen, eine ehemalige Lagerhalle in Recco fast direkt unter der Eisenbahnbrücke gekauft hatte, weil es sich seiner Meinung nach um einen phantastischen Raum handelte, der sehr viel mehr wert war, als er kostete.

Jetzt folgt sie Stefano und Stefanos Mutter und der Hausherrin und der Maklerin durch diese ultrarespektablen Zimmer und leidet echte Qualen beim Anblick des geometrisch gemusterten Bettüberwurfs, des dunklen Schattens auf dem mit weißer Baumwolle bezogenen Kopfteil, wo sich Abend für Abend die Besitzer mit ihren Haaren angelehnt haben, der vielleicht bei Fernsehauktionen gekauften Stillleben und Aktbilder aus den sechziger und siebziger Jahren, der Kristallgläser und Porzellankätzchen auf den Regalen, der goldgelben Vorhänge an den Fenstern, der Ecken, die irgendeiner Haushaltshilfe aus Ecuador beim

Staubsaugen entgangen sind, des Doppelwaschbeckens im Badezimmer, der makellosen Toilettenschüssel, in die die Hausherrin, die jetzt große Klasse und Distanz ausstrahlt, doch unzählige Male gekackt hat. Jede kleine Einzelheit beschwört Bruchstücke fremder Existenzen, die ihr unkontrolliert durch den Kopf schießen: wortloses Frühstück mit bitterem Espresso und ein paar trockenen Keksen, freudlose Abendessen, Abende auf dem Sofa, um in dem Fernseher, der im Wohnzimmer thront, Sendungen mit anzüglichen Komikern und halbnackten Assistentinnen zu sehen, Diskussionen über Kleinigkeiten, die durch die Lupe der Wiederholung riesengroß werden, Rollenspiele, im Lauf der Zeit perfektioniert, bis sie zur zweiten Natur geworden sind, Ellbogen an Ellbogen geputzte Zähne, mit vorgegebenem Interesse flüchtig im Bett gelesene Bücher, um nicht reden und nichts anderes tun zu müssen, jahrzehntelang zur gleichen Zeit ausgeknipste und wieder angemachte Lichter, bis irgendwann einer stirbt. Sie schaut sich weiter um und nimmt unabsichtlich Einzelheiten wahr; eine Wohnung zu kaufen, denkt sie unwillkürlich, ist so, als kaufte man auch ein bisschen die Traurigkeit der vorherigen Bewohner. Um das zu vermeiden, müsste man erst mit einem Flammenwerfer durch alle Räume gehen, die Ablagerungen beseitigen, nur die nackten Wände, Decken und Fußböden übriglassen, wieder bei null anfangen.

Stefano dagegen ist offenbar ausschließlich mit rein technischen Überlegungen befasst, während er halblaut mit seiner Mutter über die Größe der Zimmer und die notwendigen Umbauten diskutiert. Die beiden Panbiancos verstehen sich blind, auch wenn der Sohn die Einwände der Mutter nicht gelten lassen will und die Mutter sich über die scheinbare Voreiligkeit des Sohnes ärgert.

»Die Küche ist zweifelsohne etwas merkwürdig«, sagt die Mutter. »So dreieckig geschnitten, ich weiß nicht.« Im Übrigen hat sie sich ihr Recht auf Kritik gesichert, da sie den Kauf mindestens zu einem Drittel finanzieren wird.

»Die Küche ist völlig in Ordnung, Mama«, antwortet Stefano wie ein großer braver Junge, der sich respektvoll zu beherrschen weiß. »Ist doch schön, wenn sie nicht so konventionell ist, oder?« Er wirft Clare einen um Unterstützung heischenden Blick zu.

Sie nickt, wahrscheinlich nicht begeistert genug.

»Ob Sie's glauben oder nicht, ich habe hier schon Abendessen für zehn Personen gekocht.« Die Hausherrin ist leicht pikiert.

»Für ein junges Paar ist sie doch ideal«, wirft die Maklerin ein, indem sie auf eines ihrer beruflichen Klischees zurückgreift. »Man verbringt ja heute seine Tage nicht mehr in der Küche.«

»Das habe ich auch nie gemacht, das versichere ich Ihnen, Signorina«, erwidert Lorella Panbianco trocken. »Aber trotzdem kann ich mir vorstellen, dass eine tortenstückförmige Küche nicht unbedingt funktional ist.« Sie schüttelt den Kopf, und ihre Missbilligung überträgt sich von der Form der Küche auf die gesamte Wohnung, auf das Paar, das darin wohnen müsste, auf die Entscheidungen ihres Sohnes.

Clare folgt den anderen mit ein paar Schritten Abstand; sie bleibt im Flur stehen, wenn sie in ein Zimmer treten, verzieht sich hinter Türen, studiert die Decken und Wände, schaut aus den Fenstern. Sie fühlt sich absolut fehl am Platz bei dieser Besichtigung, sie wäre auch nie mitgegangen, wenn Stefano nicht so gedrängt hätte. Dabei sieht er sie jetzt kaum an, außer um ihr ab und zu ein Zeichen zu machen und zu fragen: »Hast du das gesehen? Und das?« Er erwartet gar keine Antwort, ganz in Anspruch genommen von seinen langfristigen Plänen und den Reibereien mit seiner Mutter.

Auch diese Situation hat sie schon einmal gesehen, scheint ihr, im Traum vielleicht, oder wenn sie sich als kleines Mädchen verschiedene Formen von Zukunft ausmalte. Bei jeder Geste und jedem Blick zwischen den Zimmern und dem Flur empfindet sie Entmutigung und Bedauern, Langeweile, Unruhe. Sie schaut zur Eingangstür, denkt, dass sie sie öffnen und die Treppe hinunter davonlaufen und zur Verabredung mit ihren Freundinnen eilen möchte, ohne irgendwem Erklärungen geben zu müssen.

Stattdessen wartet sie, bis die Führung beendet ist und Stefano und seine Mutter und die Maklerin der Hausherrin die Hand drücken. Mit vornehmer Zurückhaltung hat diese sie zum Lift hinausbegleitet, doch ihre Angst vor einer möglichen Meinungsänderung ist unschwer zu erkennen. Sie fahren alle vier hinunter, ohne sich im Spiegel des Aufzugs anzusehen und ohne zu sprechen, aus Furcht, ihre Kommentare könnten bis in den dritten Stock dringen und irgendwie die Verhandlungsbasis verändern.

Auf der Straße draußen sagt Stefanos Mutter: »Ich hatte mir schon etwas mehr erwartet in Anbetracht des Verkaufspreises.«

»Mama, es sind einhundertvierzig Quadratmeter«, sagt Stefano.

»Signora Panbianco, das Preis-Leistungs-Verhältnis ist optimal«, sagt die Maklerin. »Es ist heutzutage unmöglich, in dieser Lage etwas Besseres zu finden.«

»Was wolltest du denn mehr, entschuldige mal?«, fragt Stefano. Er lächelt, sieht aber seine Mutter immer noch forschend an: nervös, ungeduldig, abhängig.

Die Mutter verdreht die Augen, spannt die Kiefermuskeln an und schweigt.

Clare sieht sich um und betrachtet den Verkehr: einen Boten, der bei einem Portier nebenan ein Paket abliefert, die Abfälle im Rinnstein. Sie hofft inständig, dass die Panbiancos nicht versuchen, sie in das Gespräch einzubeziehen, sondern die Sache weiterhin als eine familieninterne Angelegenheit betrachten.

»Was meinst du denn dazu, Chiara?«, fragt Stefanos Mutter im Ton der ehemaligen Mittelschuldirektorin, der durchdringt, sobald die Beziehung zu ihrem Sohn aus irgendeinem Grund steifer wird.

»Wozu?«, erkundigt sich Clare, da sie eine Menge Gedanken zu verschiedenen, wenn auch miteinander zusammenhängenden Themen im Kopf hat.

»Zu der Wohnung, die wir soeben besichtigt haben, Chiara«, sagt Stefanos Mutter. »Darüber reden wir doch gerade, scheint mir.«

Sie fühlt den Druck der Blicke von Stefano und der Maklerin, kann ihnen aber nicht helfen, auch wenn sie möchte.

»Eine Meinung wirst du dir doch gebildet haben, oder?«, sagt Stefanos Mutter. »Schließlich würdet ihr ja zusammen hier leben.«

Clare wendet sich Stefano zu: »Meiner Ansicht nach

reicht die Wohnung, die du hast, vollkommen. Es besteht keine Notwendigkeit, dass du umziehst.«

»Aber was sagst du da?«, fragt Stefano bestürzt.

»Ich weiß es nicht«, sagt sie mit einem Blick auf die Uhr. »Ich muss gehen.« Sie hasst es, nicht pünktlich zu Verabredungen zu erscheinen, nachdem sie jahrelang unter Albertos krankhaftem, selbstgefälligem Zuspätkommen gelitten hat.

»Hör mal, ich glaube, deine Freundinnen können auch warten.« Stefanos Stimme zittert vor Enttäuschung. »Was wir hier besprechen, finde ich doch ein wenig wichtiger, offen gestanden.«

»Ich habe schon gesagt, was ich denke«, sagt sie, so freundlich sie kann. »Aber entscheiden müsst ihr, einen Platz zum Schlafen habe ich.«

»Selbstverständlich«, sagt Stefano. »Vielen Dank für deinen Beitrag. Sehr konstruktiv, wirklich.«

»Ste, wir reden ein andermal in Ruhe darüber.« Seine Mutter wirkt genauso angespannt wie er.

»Ich dachte, Sie hätten schon eine Entscheidung getroffen«, sagt die Maklerin, ebenfalls äußerst nervös.

»Ich *habe* eine Entscheidung getroffen.« Schlagartig gewinnt Stefano seinen zweifelsfreien Tonfall zurück. »Ich kaufe die Wohnung, das bestätige ich Ihnen. Ohne Wenn und Aber.«

»Wichtig ist, dass du davon überzeugt bist, weil … na ja«, sagt seine Mutter.

»Ich bin überzeugt, Mama«, sagt Stefano. »Ich bin mir kein bisschen unsicher, glaub mir.«

Clare zeigt auf die Straße: »Ich muss jetzt wirklich los.«

Sie küsst Stefanos stocksteif dastehende Mutter auf die Wangen, gibt der Maklerin die Hand, berührt Stefano nur flüchtig an der Schulter, da er demonstrativ sein Handy aus der Tasche gezogen hat und einen Anruf beantwortet.

Zwei Minuten später ist sie schon um die Ecke gebogen und läuft zur Bushaltestelle, halb bekümmert, Stefano so stehenzulassen, halb erleichtert.

Als sie die Bar betritt, wo sie verabredet ist, sitzen die Freundinnen ihrer Kollegin Anna schon um mehrere Tischchen, lachen und reden mit ihren farbigen Gläsern in der Hand, naschen von den Tellerchen der Mailänder Happy Hour.

Sie küsst und umarmt alle und versucht dabei, sich an ihre Namen zu erinnern. Sie bestellt einen falschen Negroni, der ihr vielleicht noch mehr wegen des Namens gefällt als wegen des Geschmacks. Denn sie hat immer gespürt, dass an ihr etwas falsch ist, schon als Kind, als sie mit ihren Schwestern im falschen Stadtviertel von Rochester wohnte, mit der falschen Mutter und dem falschen Vater, die die falsche ethnische Kombination und die falsche Arbeit hatten. Sie hat früh entdeckt, dass sie keinem Standard entspricht und es nicht ändern kann, selbst wenn sie wollte. Es betrifft Geist und Körper gleichermaßen, und das Problem stellt sich jedes Mal, wenn sie versucht, sich in einen Kontext einzufügen. Die Tatsache, dass sie die Vereinigten Staaten mit zwanzig Jahren verlassen hat, um in Italien zu leben, hat ihr natürlich nicht geholfen, sich besonders gut integriert zu fühlen, weder hier noch im Land ihrer Herkunft. Sie steht zwischen zwei Kulturen und zwei Sprachen, kein Mädchen mehr, aber auch keine Signora, beruflich nicht genau festgelegt, aber auch keine Künstlerin, keine echte Mailänderin, aber auch keine Bewohnerin der ligurischen Küste, nicht verheiratet, aber auch nicht frei und unabhängig. Und ihr Haar ist zu kraus, um es je zu einer konventionellen Frisur zu kämmen, ihr Akzent zu amerikanisch, um ihn je ganz loszuwerden, ihr Bewegungsdrang zu groß, um je stillhalten zu können, ihr Geist zu neugierig, um je Langeweile hinnehmen zu können. Vielleicht hat sie in letzter Zeit gelernt, besser mit ihrer Andersartigkeit zu leben als früher, aber es ist eine vorläufige und nicht sonderlich stabile Errungenschaft, die bei neuen Anpassungsversuchen immer wieder wankt. Diesem Gefühl des Fremdseins entspringt sicher ein Großteil ihrer Zweifel und Unsicherheiten, aber auch ihre guten Eigenschaften: die Fähigkeit zu staunen und die Lust zu lernen, das Interesse an den anderen, die Bereitschaft, Beweggründe und Standpunkte zu verstehen, die den ihren fernliegen.

Die Frauen, mit denen sie jetzt in der Bar sitzt, sind ebenfalls eher Außenseiterinnen, Freundinnen von Anna, die wie Clare mit befristetem Vertrag in der Rechtsabteilung der GreatAssistance arbeitet. Da ist Litani aus Beirut, die sich mit Informatik befasst und fast immer unterwegs ist, Maria und Silvia, die sich nach dem Ende ihrer Ehen zusammengetan haben und eine Werkstatt für handgemalte Stoffe an den Navigli betreiben, Lucie aus Bordeaux, die an der Brera-Akademie Restaurierung studiert, Margaret, die ihre agrartechnischen Forschungen an der Universität in Idaho Falls aufgegeben hat, um einem italienischen Ingenieur nach Mailand zu folgen und arbeitslos zu werden,

Roxanne aus Dublin, die wenige Blocks von hier als Kellnerin in einem irischen Pub arbeitet, das einem italienischen Mafioso gehört. Wenn sie sagen sollte, was ihnen gemeinsam ist, außer der Neugier aufeinander und der ungekünstelten Offenheit, dann wohl, dass alle ein gesellschaftliches oder persönliches Handicap haben. Sie kennt keine von ihnen näher, auch Anna nicht, die ihr bei der Arbeit sofort sympathisch war wegen ihrer tolpatschigen Art, sich zu bewegen, ihren kurzsichtigen Augen, den ulkigen Hütchen, die sie trägt. Doch hat sie das Bedürfnis, wenigstens ab und zu Menschen zu sehen, die nicht zu Stefanos Ambiente gehören; sie möchte sich mitteilen, sich beteiligen, den Kreis erweitern. In der Theorie hat Stefano nichts dagegen einzuwenden, aber zuletzt ist er jedes Mal genervt, wenn sie allein ausgeht, genau wie ihn ihr Joggen stört, ihre Gymnastik, ihre Arbeit, die Romane, die sie auf Englisch liest, und alles andere, was sie seiner Kontrolle entzieht. Daher ist jetzt dieser Aperitif mit Annas Freundinnen eine beinahe illegale Angelegenheit, die ihr Schuldgefühle verursacht, aber gleichzeitig etwas Aufregendes hat.

Litani erzählt gerade von einem Typen, den sie beruflich in Wien kennengelernt hatte und der nach monatelangem E-Mail-Wechsel und Treffen in Hotels verschiedener Städte vorige Woche, als sie ihn zur Rede gestellt hat, zugeben musste, dass er verheiratet ist und zwei kleine Kinder hat. »Das Unglaublichste ist, dass er plötzlich alles gegen *mich* wendet«, sagt Litani mit Tränen in den Augen. »Er sagt, ich hätte ihm nachspioniert und nie Vertrauen zu ihm gehabt und ihn in eine unerträgliche Lage gebracht, denn die Wahrheit gleichzeitig vor seiner Frau und vor mir zu verbergen hätte ihn so viel Stress gekostet, dass er Magenkrämpfe bekommen hätte!«

»Weißt du, wie oft mir das mit verheirateten Männern passiert ist?«, sagt Roxanne und streicht ihr zum Trost über die Schulter.

»Sobald das Spielzeug kaputtgeht, werden sie zu Hyänen, werfen dir alle Schuldgefühle an den Kopf, die sie beim Erfinden von Ausreden und Lügenmärchen angesammelt haben.«

»So wie mein teurer Exmann«, sagt Silvia, »als ich die Sammlung von E-Mails entdeckt habe, die er drei Jahre lang mit seiner Geliebten ausgetauscht hat.«

»Hatte er sie ihr nicht sogar gedruckt und gebunden?«, sagt Maria, um das Bild abzurunden.

»Ja, ein hübsches Bändchen«, erwidert Silvia. »Er hatte es in der Nachttischschublade.«

»Und was hast du gemacht?«, fragt Roxanne.

»Ich habe es ihm beim Abendessen auf den Tisch gelegt«, sagt Silvia. »Neben seinen Teller.«

»Und er?«, fragt Roxanne.

»Er hat kaum einen Blick drauf geworfen«, sagt Silvia. »Und anstatt, was weiß ich, zu heulen und um Verzeihung zu bitten, wie ich es erwartete, hat er mich angeschrien, dass ich ihn anekele.«

»Dass du ihn *schon immer* angeekelt hast«, fügt Maria hinzu.

»Ja, und noch dazu vor der Kleinen«, sagt Silvia. »Plötzlich behauptet er, dass er meine Tätowierung am Rücken zum Kotzen findet, dass er seit neun Jahren nicht schlafen kann, weil ich mich dauernd im Bett wälze, dass der Urlaub in Sardinien mit mir und der Kleinen für ihn schlimmer war als Zwangsarbeit, dass er jeden Sonntag zu Haus alle fünf Minuten auf die Uhr schaut in der Hoffnung, dass der Tag bald um sei, dass ich ihm so schlecht den Schwanz lutsche, dass ihm für immer die Lust vergangen sei, dass dieser Wurm von meinem Bruder ihn als Geschäftsmann und als Mann desavouiert, dass er an Weihnachten in Pavia bei meiner Familie jeweils Höllenqualen leidet!«

»Einfach so?«, sagt Clare ungläubig, obwohl sie diese Geschichte schon einmal gehört hat. »Aus heiterem Himmel?«

»Total«, sagt Maria, ihre Hand auf Silvias Hand gelegt.

Und Silvia: »Bis zu dem Morgen war er ganz Liebling hier, Liebling da, Bussi Bussi, Schnucki Schnucki, ein schnurrender Schmusekater. Dann plötzlich kommt er mit diesem ganzen Zeug daher, etwa, dass meine Vorderzähne scheußlich seien! Dass er den Geruch meiner *Haut* nicht erträgt!«

»Na gut, aber hattest du nicht gemerkt, dass etwas nicht stimmt?«, wirft Margaret ein; an ihrem ängstlichen Ausdruck wird ziemlich deutlich, dass sie an ihren Mailänder Ingenieur denkt.

»Genau«, sagt Roxanne. »Wieso hattest du es nicht von allein kapiert?«

»Man passt sich eben an, ich weiß es nicht«, seufzt Silvia. »Es ist ein allmählicher Prozess. Die Schwelle wird nach und nach immer niedriger.«

»Du merkst es nicht einmal«, sagt Maria. »Es kommt dir normal vor.«

»Normal, wie?«, sagt Margaret. »Kann es sein, dass du nicht irgendwann in den Spiegel schaust und dich fragst: Was mache ich da eigentlich, mit wem lebe ich?«

»Da ist so viel, was dich verbindet«, sagt Silvia.

»Was denn?«, fragt Clare. »Was kann dich dazu bringen, bei einem zu bleiben, der sich vor dir *ekelt*?«

»Er hatte ja noch nicht gesagt, dass er sich ekelt.« Maria nimmt Silvia immer in Schutz.

»Na gut, das merkt man aber doch auch, ohne dass man es gesagt kriegt!«, sagt Anna.

»Was genau verbindet einen denn so?«

»Die Kinder, wenn Kinder da sind«, sagt Silvia. »Die gemeinsamen Freunde, die Familien, das Geld, die Reisen, alles, was man zusammen gemacht hat.«

»Dass man zusammen verschiedene Phasen durchlebt hat«, sagt Maria. »Oder einfach nur die Zeit. Die gemeinsamen Jahre.«

»Die Urlaube, die schlimmer sind als Zwangsarbeit«, sagt Roxanne lachend. »Die vergeudeten Sonntage. Die Weihnachtsqualen.«

»Aber ja, auch alle üblen Dinge«, sagt Silvia. »Sie lagern sich ab, sind auch da.«

»Und um aufzuwachen, brauchst du einen Faustschlag in die Magengrube?«, fragt Clare. »Musst drei Jahre E-Mails mit der Geliebten entdecken?«

Silvia nickt, nimmt einen Schluck von ihrem Caipiroska.

»Oder dem Märchenprinzen begegnen«, sagt Margaret, voller Zweifel, wie sie ist.

»Oder der Märchen*prinzessin*.« Maria lacht.

»Ja natürlich«, sagt Roxanne.

»Toll, diese Männer«, sagt Anna. »Eine wahre Freude.«

»Ist es denn eurer Meinung nach jetzt schlimmer als früher?«, sagt Clare, weil sie sich das manchmal selbst fragt.

»Männer waren schon immer Schweine«, sagt Maria. »Zu allen Zeiten.«

»Daran besteht kein Zweifel«, sagt Anna.

»Ja, aber Moment mal«, sagt Margaret und wedelt mit der freien Hand. »Die Männer aus der Generation unserer Väter waren anmaßend und unterdrückten die Frauen, sie erwarteten, bedient und gehätschelt zu werden und alles, was ihr wollt, aber wenigstens übernahmen sie für einige Sachen auch die *Verantwortung*.«

»Zum Beispiel?«, fragt Maria.

»Zum Beispiel hackten sie das Holz fürs Feuer!«, sagt Margaret. »Oder richteten das Dach, wenn es reinregnete! Oder beschützten dich!«

»Oder *heirateten* dich!«, sagt Anna.

»Ja, so hatten sie für immer gratis ein Dienstmädchen im Haus«, sagt Silvia, die aus den Hügeln um Biella stammt und keine schöne Kindheit hatte.

»Genau«, sagt Maria. »Traumhaft, oder?«

»Na ja, aber jetzt tun sie nicht einmal mehr das!«, sagt Anna, die gewöhnlich eine Weile braucht, bis sie zum Kern der Sache vordringt, aber dann in Fahrt kommt. »Sie wollen vorn und hinten bedient werden, sind aber nicht mehr bereit, einen Finger für dich zu rühren!«

»Unter dem Vorwand, dass du ja unabhängig bist«, sagt Margaret.

»Dass du dein eigenes Geld verdienst«, sagt Silvia. »Dass du deine Arbeit hast.«

»Ja, es darf nur bloß keine wichtigere Arbeit sein als *seine*«, sagt Margaret. »Das könnte ihn verunsichern, den Ärmsten. Er könnte einen Minderwertigkeitskomplex kriegen.«

»Tja«, sagt Anna. »Abgesehen davon brauchst du nur strahlend, intelligent, brillant, dekorativ, immer in Form und phantastisch im Bett sein.«

»Aber nicht zu intelligent«, sagt Maria, »nicht zu brillant.«

»Weißt du, wie oft ich mich dumm stellen musste?«, fragt Litani. »So tun, als hätte ich keine Ahnung, obwohl ich besser Bescheid wusste als er, nur um ihm die Genugtuung zu verschaffen, es mir zu erklären? Mir einen kleinen Vortrag zu halten?«

»Aber das Geschirr spülst du«, sagt Roxanne. »Das Bett machst du, und staubsaugen tust auch du.«

»Und im Gegenzug sind sie nicht bereit, auch nur den kleinen Finger zu rühren«, sagt Silvia.

»Na ja, es sollte ja auch nicht *im Gegenzug* sein«, sagt Clare. »Es müsste von ihm aus kommen, oder? Spontan.«

»Spontan, von wegen!«, sagt Margaret. »Die ersten zwei *Monate* vielleicht, dann kannst du's vergessen.«

»Und wenn du es wagst, zu viele Erwartungen zu haben oder dich gar zu beklagen, bist du auf einmal die unerträglichste Frau der Welt.«

»Unerträäääglich«, sagt Litani. »Einfach unmööööglich!«

»Sie fühlen sich zu Unrecht angeklagt«, sagt Silvia. »Weil du nicht dran denkst, wie entsetzlich viel Stress sie schon bei der Arbeit aushalten müssen.«

»Als würdest du nicht auch arbeiten«, sagt Anna.

»Genau«, sagt Silvia.

»Und wenn du auf deinen Forderungen beharrst«, sagt Anna, »dann geben sie dir galant zu verstehen, dass es rundherum von frei verfügbaren Alternativen wimmelt.«

»Klar«, sagt Silvia. »Von achtzehn an aufwärts, der Supermarkt der Frauen ist rund um die Uhr geöffnet, und die Regale sind voll.«

»Und wenn er dort nichts findet, kann er es immer noch auswärts probieren«, sagt Anna. »In Moldawien oder Haiti oder Manila springt bestimmt eine raus, die noch weniger verlangt als du.«

»Jedenfalls am Anfang«, sagt Silvia.

»Ganz zu schweigen von der Mama«, sagt Anna.

»Diese Geschichte mit den italienischen Männern und ihrer Mama ist grauenhaft«, sagt Margaret. »Wenn du es nicht selber erlebt hast, kannst du es nicht glauben!«

»Es ist ja auch ziemlich unglaublich.« Clare sieht Mutter und Sohn Panbianco vor sich, wie sie vor einer halben Stunde dort auf dem Gehsteig standen.

»Ziemlich?«, sagt Margaret. »Weißt du, wie es ist, wenn du etwas bloß für ein Klischee hältst und dann entdeckst, dass die Wirklichkeit *schlimmer* ist als das Klischee?«

»Ja, aber letztlich wollt ihr sie dann doch immer wieder, diese Männer«, sagt Maria. »Ihr jammert und jammert, könnt aber nicht ohne sie auskommen.«

»Da magst du recht haben«, sagt Litani. »Aber schließlich kann man nicht einfach eines Tages beschließen, ab sofort auf Frauen zu stehen.«

»Nein, allerdings!« Anna lacht. »So funktioniert das nicht, meine Liebe!«

»Außerdem haben auch Frauen ihre Ansprüche«, sagt Silvia mit Blick auf Maria.

»Was für Ansprüche?« Maria gibt ihr einen Schubs. »Was für Ansprüche meinst du?«

Clare merkt, dass das Handy in ihrer Handtasche klingelt und vibriert, und holt es heraus: Es ist Stefano. Da sie es nicht mag, vor allen anderen zu telefonieren, steht sie auf und schlängelt sich zwischen den Tischen des Lokals durch.

»Hallo?«, sagt Stefano. »Bist du noch dort in deiner Weiberrunde beim Süffeln?«

»Ich bin ja erst seit einer Viertelstunde hier.« Sie macht ein paar schwankende Schritte auf dem Gehsteig. »Und süffeln tue ich sowieso nicht.«

»Wie auch immer, ich dachte, du würdest dich melden«, sagt Stefano. »Aber nein.«

»Warum sollte ich?« Sie ist kurz davor zu explodieren, versucht, sich zu beherrschen.

»Na, um über die Wohnung zu reden!«, sagt Stefano. »Um mir zu sagen, welchen Eindruck sie auf dich gemacht hat, was du denkst!«

»Ich dachte, wir würden später darüber sprechen.« Sie beobachtet Annas Freundinnen, die an den Tischchen sitzen und ihr gelegentlich diskrete Blicke zuwerfen.

»Ich wollte eine spontane Reaktion!«, sagt Stefano. »Irgendeine Meinung wirst du dir doch gebildet haben, oder?«

»Ich weiß nicht«, sagt sie. Wie jedes Mal, wenn sie sich gedrängt fühlt, zieht sie sich in ihr Schneckenhaus zurück. Schon ihren Vater regte das auf, er versuchte ihr einzutrichtern, sie müsse immer möglichst offen reagieren, ihre Gründe darlegen und unter Umständen auch mit Vehemenz verteidigen. Aber das waren die Ratschläge eines Mannes, der Soldaten für den Nahkampf ausbildete: Häufig erreichte er damit das Gegenteil. Es liegt ihr einfach nicht zurückzuschlagen, sie läuft lieber weg, aber nicht aus Angst, sondern weil sie Konflikte hasst.

»Ich weiß nicht, ich weiß nicht«, sagt Stefano wütend. »Vielen Dank für deine erhellenden Kommentare und deine Begeisterung, und dafür, dass du mich meiner Mutter gegenüber so gut unterstützt hast!«

»Ich glaube nicht, dass sie meine Unterstützung interessiert hätte«, sagt sie. »Es ist sowieso eure Sache.« Sie fragt sich, ob sie sich einfach feige raushalten will, doch ihr scheint, sie sei ziemlich objektiv.

»Es ist *meine und deine* Sache, Chiara!«, sagt Stefano. »Wir zwei wollen doch zusammen in die Wohnung einziehen.«

»Ich wollte dich nicht verärgern«, sagt sie leise, in der Hoffnung, dass auch er seine Stimme senkt.

»Ich bin nicht verärgert«, sagt er, schon teilweise besänftigt. »Es macht mich bloß rasend, wenn du dich so benimmst.«

»Wie denn?«, fragt sie.

»Wenn du nicht Stellung nehmen willst«, sagt er.

»Tut mir leid.« Es tut ihr ehrlich leid, dass die Wohnung sie nicht begeistert, dass sie nicht drauf brennt, mit ihm dort zusammenzuziehen, dass sie das Telefonat endlich beenden möchte, damit sie zu dem Gespräch mit Annas Freundinnen zurückkehren kann.

»Ich wollte nur wissen, ob dir die Wohnung gefällt oder nicht«, sagt Stefano, um Gelassenheit bemüht, und es klingt beinahe glaubhaft.

Sie fragt sich, ob es eine schonende Art gibt, um ihm zu sagen, nein, sie gefällt mir nicht, sie verursacht mir sogar

Beklemmungen, weil mir jedes Zimmer und jede Ecke ein Leben aufzudrängen scheint, das ich nicht führen möchte. Doch ihr fällt nichts Passendes ein, deshalb sagt sie: »Aber ja.«

»Nur das wollte ich wissen«, sagt Stefano. »Das ist doch nicht zu viel verlangt, oder?«

»Okay«, sagt sie. »Ciao.«

»Warte«, sagt er. »Und was ist mit Ovada im August? Hast du dich erkundigt, wie viele Urlaubstage du nehmen kannst?«

»Nein«, antwortet sie. »Aber wir haben sicher eine Menge zu tun. Schon letzte Woche hat es stark angezogen.«

»Frag trotzdem«, sagt er. »Erkläre ihnen, dass du dringliche familiäre Verpflichtungen hast.«

»Ich werd's versuchen«, sagt sie, um die Sache abzuschließen.

»Tu das«, sagt er. »Gleich morgen früh.«

»Einverstanden.« Sie sieht zu Annas Freundinnen hinüber.

»Ciao, Mäuschen«, sagt Stefano.

Früher mochte er Flughäfen sehr, weil sich dort Absichten und Zufall kreuzen können

Früher mochte er Flughäfen sehr, weil sich dort Absichten und Zufall kreuzen können. Es bereitete ihm größtes Vergnügen, abzureisen und anzukommen oder auf Anschlussflüge zu warten. Wenn er alle seine Reisen quer durch die Welt zusammenzählt, hat er einen nicht unbeträchtlichen Teil seines Lebens an Flughäfen verbracht, um Ideen oder Wünschen oder ehrgeizigen Vorhaben oder einfachen Launen nachzujagen, um zu einer Frau zu gelangen oder sich von einer Frau zu entfernen, um Jahreszeit oder Tapete zu wechseln, um zu suchen, was er brauchte, oder um fortzulaufen vor dem, was er gefunden hatte. Er war viel unterwegs, aus Neugier oder Notwendigkeit, aus Angst, Langeweile oder Ungeduld, aus Enttäuschung oder Unsicherheit, aus Unruhe, Gereiztheit, Verzweiflung oder Mangel an Inspiration. Schon tausendmal ist er in zu langsamen Taxis durch irgendwelche Städte gefahren, mit zu schwerem oder zu leichtem Gepäck, ist atemlos zum Check-in gekommen, ist triefend von Schuldgefühlen oder geplagt von unendlichen Zweifeln über die Piste gerollt und hat scheinbar endgültig vom Boden abgehoben.

Doch seit einer Weile sieht er Flughäfen vor allem als Orte der Trennung, an denen Verbindungen gekappt und unüberbrückbare Distanzen geschaffen werden. Natürlich hat sich in den letzten Jahren auch im gesamten internationalen Transportsystem die Stimmung geändert, Misstrauen und krankhafte Gründlichkeit haben selbst die gewöhnlichsten Routinekontrollen vergiftet. Mittlerweile sieht man nur noch wenige Liebespaare, die sich umarmen, dafür viele Polizisten mit Wachhunden, Soldaten im Kampfanzug, fanatische Kontrolleure, einschüchternde Schilder, Videokameras, die alles aus verschiedenen Winkeln aufnehmen. Ihm scheint, als verwandelten sich die Flughäfen immer mehr in Labore, wo die präventiven Abwehrsysteme einer zu Recht ängstlichen Gesellschaft erprobt werden: Metalldetektoren, Lesegeräte für Fingerabdrücke, Iris-Lesegeräte, Body-Scanner, mit denen man durch die Kleidung hindurchsehen kann wie mit jenen Spanner-Brillen, die er als Kind in den Anzeigen seiner Comic-Hefte eifrig studierte. Im Tausch gegen Sicherheitsversprechen unterziehen sich die Reisenden außerordentlich fügsam jeder Art von Beraubung, sie gewöhnen sich an Maßnahmen, die dann früher oder später bei jeder Bank, jedem öffentlichen Amt, jedem Kaufhaus, jedem Arbeitsplatz oder Wohngebäude eingeführt werden.

Jetzt, da er sich in den großen, klimatisierten, kühlen und von weißem Tageslicht durchfluteten Räumen aufhält, muss er jedoch zugeben, dass ihn hier noch immer einiges fasziniert. Die Vielfalt der Menschen hat keineswegs abgenommen, es scheint sogar, als sei sie noch reicher an Typen und Farben; Gleiches gilt für die unerschöpfliche Skala von Verhaltensweisen, Gesten, Kleidern, Frisuren und Beziehungen und Motivationen all dieser Leute, die mit unterschiedlicher Dringlichkeit in alle Richtungen streben. Er sieht den Reisenden, die auf den Ausgang zugehen, ziemlich genau an, aus welchem Grund sie unterwegs sind, und den Wartenden, warum sie in der internationalen Ankunftshalle vor den Mattglastüren stehen. Auf Anhieb kann er eine wartende Ehefrau von einer wartenden Geliebten unterscheiden, eine Arbeitskollegin von einer Schwester oder Mutter, einen Ehemann von einem Chauffeur, einem Angestellten, einem Reiseleiter, einem Verkäufer oder Börsenmakler. Diese Fähigkeit, die er im Lauf der Jahre vervollkommnet hat, beruht auf einer Übereinstimmung von Wahrnehmung, Vorstellung und Erfahrung. Sie gehört auch zu seinem Beruf; nicht dass er besonders stolz darauf wäre.

Was ihm am Flughafen noch immer am besten gefällt, ist die Dimension des Wartens: der Raum von Möglichkeiten, der sich ausdehnt und sich mit Vorahnungen, Rekonstruktionen, Zweifeln, Unsicherheiten, Bedürfnissen, Erinnerungen, Absichten, latenter Unternehmungslust und geistigem Voraus- und Zurückeilen füllt. Er könnte stundenlang hier warten, fasziniert von der ständigen Vervielfältigung der Möglichkeiten bis zu dem Augenblick, in dem die Vorstellung sich schlagartig verdichtet und der scheinbaren dreidimensionalen Objektivität der Tatsachen Platz macht.

Ein großer, schlanker Mann mit Brille kommt mit nicht ganz sicherem Schritt und ebenso unsicherer Miene auf ihn zu, so als wollte er ihn etwas Absurdes fragen oder ihn vielleicht sogar angreifen.

Instinktiv spannt er die Muskeln an, bereit, zurückzuweichen oder zur Seite zu springen, prompt und heftig zurückzuschlagen.

Stattdessen streckt der Mann ihm die Hand entgegen: »Ich wollte Ihnen danken.«

»Wofür?« Er ist noch auf alles gefasst, während er das blasse Gesicht, den langen Arm des anderen mustert.

»Für Ihre Bücher.« Der Mann steht weiter leicht schwankend mit ausgestreckter Hand vor ihm.

Zuletzt ergreift er sie, sie ist knochig und zart: »Ich danke *Ihnen*.« Er fühlt sich ein bisschen paranoid, weil er einem so friedfertigen Menschen böse Absichten unterstellt hat, aber es ist ja nicht seine Schuld, findet er, sondern das Symptom einer viel umfassenderen Verkommenheit der Beziehungen.

»Wann erscheint das nächste?«, fragt der Mann mit einem erwartungsvollen Blick.

»Oh, vielleicht nie.« Deserti schüttelt den Kopf.

»W-wie, n-nie?« Plötzlich stottert der Mann, vorher hatte er es offenbar unterdrücken können.

»Die Bücher wachsen ja nicht wie die Kartoffeln oder die Karotten«, sagt er, verärgert wie jedes Mal, wenn ein Bewunderer seiner Arbeit zeigt, dass er nicht die mindeste Ahnung davon hat, was dahintersteckt.

Der Mann nickt; aus seiner Haltung wird deutlich, dass er noch etwas hinzufügen möchte, es aber nicht schafft, den Satz zu formulieren, weil er zu verdutzt oder zu eingeschüchtert ist.

Deserti macht ihm ein Zeichen, als hätte er es eilig, entfernt sich ein paar Schritte, damit er das Gespräch nicht weiterführen muss, liest zum dritten oder vierten Mal die Namen der Abflugstädte und die Ankunftszeiten auf der Leuchttafel über ihm. Eine Zeitlang, denkt er, hat es ihm

Spaß gemacht, von seinen Lesern erkannt zu werden, er konnte mit Wärme, ja sogar Neugier auf ihre Annäherungen reagieren. Zwei- oder dreimal hat er sogar ein paar von ihnen in die Bar eingeladen, hat sich ihre Kommentare und Standpunkte angehört; mit ein paar Leserinnen hat er auch angebändelt. Er fragt sich, ob es nur eine Form von Narzissmus war oder ein Zeichen von Weltoffenheit; er fragt sich, was sich danach verändert hat und warum.

Aber eigentlich hat er keine Lust, hier in diesem unangenehmen Ambiente herumzustehen und sich selbstkritische Fragen zu stellen; vor allem wartet er darauf, dass auf der Tafel neben der Abkürzung und der Nummer des Fluges aus London endlich der Vermerk LANDED aufleuchtet.

Vielleicht ist das sonderbar für eine Frau

Vielleicht ist das sonderbar für eine Frau, aber ehrlich gesagt hat ihr Shopping noch nie besonders Spaß gemacht. Zwar gefallen ihr die tausend Farben und Muster, die unterschiedlichen Schnitte, die Beschaffenheit der Stoffe, die Art, wie sie Teile ihres Wesens zur Geltung oder überhaupt erst zum Vorschein bringen, wenn sie sie anzieht. Doch eigentlich mag sie es viel lieber, wenn sie auf einem kleinen Markt unter freiem Himmel oder auch im Schrank ihrer Schwester etwas Passendes findet. Ihr scheint, dass sie sich mehr über ein neues Kleid freut, wenn sie zufällig darauf stößt, nicht geplant. Ebenso froh macht es sie, wenn sie eines ihrer Kleider einer Freundin oder Bekannten schenkt und feststellt, dass es der anderen besser steht als ihr: Das findet sie wunderbar.

Wenn sie doch etwas kaufen muss, was sie nicht auf dem Markt findet, geht sie lieber in ein Kaufhaus als in ein Geschäft, wo die Verkäuferin oder noch schlimmer die Inhaberin sie bedrängt und kontrolliert, während sie sich im Spiegel begutachtet, und sie überzeugen will, dass ein Rock oder eine Bluse, die ihr überhaupt nicht stehen, wie für sie gemacht seien. In einem Kaufhaus kann sie wenigstens anprobieren, was sie mag, dann womöglich alles wieder an seinen Platz hängen und gehen, ohne beim Verlassen des Geschäfts böse angeschaut zu werden. Wahrscheinlich kommt ihr Desinteresse daher, dass sie in einer Familie aufgewachsen ist, in der die Kleider von Schwester zu Schwester weitergegeben wurden, bis sie völlig verschlissen waren, aber ihr ist es recht so, sie hat kein Bedürfnis, an dieser Seite ihres Wesens etwas zu ändern.

Jedenfalls ist sie jetzt ins Untergeschoss des Kaufhauses Coin hinuntergegangen, das zwanzig Minuten von ihr zu Hause entfernt ist, einerseits, um der unglaublichen Hitze draußen zu entfliehen, andrerseits, weil sie eine Tischdecke sucht, die ein bisschen fröhlicher ist als die braune marokkanische, die Matilde immer auf dem Tisch in ihrer sowieso schon ziemlich trostlosen Küche ausbreitet. Abgelenkt von Gesichtern, Bewegungen und Worten anderer Kunden stöbert sie in den Regalen, bis sie eine in einem warmen rötlichen Orange findet. Sie würde auch gern zwei oder vielleicht vier von den matten Gläsern kaufen, deren unregelmäßige Form ihr gefällt, aber in diesem Augenblick wüsste sie nicht, in welcher Wohnung sie sie gebrauchen könnte und mit wem. Die Wohnungsbesichtigung mit Stefano und seiner Mutter kommt ihr wie ein böser Traum immer wieder hoch, und jedes Mal empfindet sie erneut Angst und Schuldgefühle. Es hängt nicht nur mit der geschmacklosen Einrichtung der Wohnung oder mit der Dynamik zwischen den beiden Panbiancos während ihres Rundgangs zusammen; da ist noch etwas anderes, das sie jetzt gar nicht in Betracht ziehen will, aber es belastet ihre Gedanken und ihren Magen. An der Kasse wartet sie hinter einer Frau, die ein halbes Dutzend Unterhemden und Unterhosen für ihren Mann eingekauft hat; schließlich schafft sie es, die Tischdecke zu bezahlen, nimmt ihre Tüte und wird von einem Mann angerempelt. »Entschuldigung«, sagt er, ohne stehen zu bleiben. Dann ruft er gehetzt: »Jenny?!«, und schaut in alle Richtungen. »Jehennnnny?!«

Sie schaut ihm nach, braucht ein paar Sekunden, bis sie kapiert, dass es Daniel Deserti ist. Er trägt weite schwarze Hosen, ein altes graues T-Shirt, und seine Haare sind wirr. Weiter hinten in dem weitläufigen Verkaufsraum steht ein großer, dünner Junge von etwa fünfzehn Jahren, der ähnlich aufgeregt wirkt; als Daniel Deserti auf ihn zugeht, wechseln sie besorgte Blicke. *»Where the hell is she?!«*, fragt Daniel Deserti.

»I know as much as you do, Dad!«, sagt der Junge.

»You were supposed to keep an eye on her!«, sagt Daniel Deserti.

»You were!«, sagt der Junge, ganz rot im Gesicht. Beide sind sichtlich in Panik.

Daniel Deserti macht wieder kehrt, stößt an Kleider, Menschen und Schaufensterpuppen, schaut noch einmal nach rechts und links, ruft: »Jehennnnnyyyyy?!«

Die anderen Kunden ringsum sehen sich halb neugierig, halb beunruhigt zwischen den Regalen und Kleiderständern um, die zwei Kassiererinnen behalten die Szene im Auge, im Hintergrund kommt langsam ein Wachmann näher.

Der Junge, mit dem Daniel Deserti gesprochen hatte, kommt zur Kasse, wendet sich an die Kassiererin, ist aber so aufgeregt, dass er auf Italienisch nicht die richtigen Worte findet: »Meine Schwester da… nein, meine Schwester *nicht* da.« Die Verkäuferin starrt ihn kopfschüttelnd an.

Clare tippt dem Jungen auf den Arm: *»Are you looking for your sister?«*

Der Junge wendet sich um: *»Yeah«*, sagt er; seine großen grauen Augen leuchten kurz auf.

Sie sagt zu der Verkäuferin: »Die Schwester dieses Jungen ist verlorengegangen. Können Sie sie über die Lautsprecher ausrufen, bitte?«

»Wie heißt sie?«, fragt die Verkäuferin.

»What's her name?«, gibt Clare weiter.

»Jenny«, sagt der Junge gepresst. »Jenny Deserti.«

»Deserti?«, wiederholt die Verkäuferin, als würde sie immer noch nicht verstehen. Der Wachmann kommt hinter die Kassentheke und mustert Clare und den Jungen, als ob sie potentiell gefährlich wären.

»Jenny De-ser-ti«, sagt Clare. »Bitte rufen Sie sie am Lautsprecher aus.«

»Versteht sie denn Italienisch?«, fragt die Verkäuferin.

»Ja.« Der Junge nickt.

Die Verkäuferin zögert, sieht den Wachmann an, der seine Zustimmung signalisiert. Endlich drückt sie eine Taste, beugt sich über ein Mikrophon, und dann hört man überall ihre durch die Verstärker leicht hallende Stimme: »Die kleine Jen-ny De-ser-ti wird gebeten, sich im Untergeschoss an der Kasse zu melden.«

Gleich darauf erscheint auf der Rolltreppe abwärts ein mageres, etwa zwölfjähriges Mädchen mit Sommersprossen und rötlichen Haaren. Sie macht ein besorgtes Gesicht und hält einen Bikini aus geblümtem Synthetikstoff in der Hand.

Daniel Deserti taucht aus dem Labyrinth der Kleiderständer auf und packt sie unsanft am Arm: *»Where the hell have you been?«*

»Upstairs, looking for this«, sagt Jenny Deserti und zeigt ihm den Bikini.

Er schüttelt sie: *»You nearly killed me, Jen.«*

»I was away for less than ten minutes.« Das Mädchen versucht sich loszumachen, peinlich berührt von dieser Szene in der Öffentlichkeit und den Blicken der Umstehenden.

Der Bruder reißt ihr das Bikinioberteil aus der Hand, studiert die großen, mit Schaumstoff gefütterten Körbchen, die absurd sind angesichts der Proportionen seiner Schwester. *»What's this?«* Er lacht.

Jenny Deserti will das Oberteil zurückhaben, der Junge hebt es hoch, außer Reichweite; sie balgen sich, keineswegs nur zum Spaß.

Daniel Deserti geht dazwischen, trennt sie. Dann dreht er sich mit unentschiedener Miene zu Clare um: »Was machen Sie denn hier?«

»Das ist ein Kaufhaus.« Sie hält ihre Tüte hoch. Doch seine Art, sie anzusehen, überrascht sie: der tiefe Blick seiner haselnussbraunen Augen, die feurige Aufmerksamkeit, die ihr entgegenschlägt und sie anzieht wie ein Magnet, fast unwiderstehlich.

»Ach, danke«, sagt der Junge zu ihr, noch außer Atem von dem Gerangel mit seiner Schwester.

»Bitte.« Sie ist froh, dass wenigstens einer ihren Beitrag anerkennt.

Daniel Deserti schaut seinen Sohn fragend an.

»Sie hat sehr geholfen.« Der Junge deutet auf die Theke, von der aus die beiden Kassiererinnen sie immer noch beobachten. In Wirklichkeit spricht er ziemlich gut Italienisch, wenn er nicht gerade extrem gestresst ist.

»Was zum Teufel fällt dir ein?«, sagt Daniel Deserti zu seiner Tochter. »Das ist was für Matronen, vier Nummern zu groß für dich! Siehst du das nicht?«

»What's a Matrone?« Jenny Deserti schließt halb die Augen: empfindlich, misstrauisch.

»Vielleicht sollte sie mal in der Mädchenabteilung schauen«, sagt Clare, hin- und hergerissen zwischen dem Impuls, sie einfach stehenzulassen, und dem Wunsch, ihnen zu helfen.

»Ja, klar.« Er macht seiner Tochter ein Zeichen: »Such dir dort was.«

»But they're for kids!«, protestiert Jenny Deserti. *»They have Barbie dolls and teddy bears all over them!«*

»Geh du mit ihr«, sagt Daniel Deserti zu dem Jungen.

Der Junge nickt, aber zuletzt gehen sie alle in dieselbe Richtung, einschließlich Clare. Sie weiß nicht genau, warum sie das macht, um zu helfen oder aus Neugier, weil sie einen extrem heißen freien, unverplanten Nachmittag vor sich hat. Sie bleibt stehen und beobachtet aus ein paar Metern Abstand den jungen Deserti, der mit Duldermiene einige Bikinis von einem Ständer nimmt und sie seiner Schwester hinhält, die den Kopf schüttelt und wegschaut. In der Tat sind es Kinderbikinis mit Glitzersternchen oder Comic-Figuren, kein Wunder, dass ein Mädchen in ihrem Alter sie nicht will.

»Nimm doch irgendeinen!«, sagt Daniel Deserti. »Du willst dich ja nicht an eine billige Fernsehshow für schweinische Voyeure verkaufen, oder?!«

Jenny Deserti verschränkt die Arme, ihre Augen füllen sich mit Tränen vor Wut und Frust über die Beleidigung.

»Darf ich auch mal nachschauen?«, sagt Clare zu ihr.

Das Mädchen fixiert sie, abwehrbereit: Ihr Blick ist eigensinnig, intensiv wie der ihres Vaters. Sie nickt fast unmerklich.

Clare mustert die Teile an einem anderen Ständer, geht um eine Trennwand herum, sucht noch weiter. Sie zieht einen lila Bikini heraus, der zumindest weder kindisch gemustert noch beschriftet ist, auch die Größe müsste ungefähr passen.

Sie reicht ihn dem Mädchen: »Probier den mal.«

Jenny Deserti betrachtet den Bikini mit äußerstem Misstrauen, nimmt ihn aber mit in eine Ankleidekabine und zieht den Vorhang zu.

Daniel Deserti blickt Clare herausfordernd an: »Warum tun Sie das? Die ewige Samariterin spielen? Was haben Sie davon, wenn Sie Opfer von Autounfällen und Mädchen ohne Badeanzug retten?«

»Das Unfallopfer war auf uns draufgefahren.« Sie merkt, wie sie wütend wird. »Und das kleine Mädchen ist in Wirklichkeit ein Teenager, das sollte sich besser auch der Vater bewusst machen!«

Daniel Deserti wendet sich wortlos ab; er geht auf den Kassentisch zu, als wollte er nichts mehr von ihr wissen. Seine Art, sich zu bewegen, ist extrem kompakt, muskelbetont, beinahe bedrohlich.

Sie sieht sich um, erneut unsicher, ob sie nicht einfach gehen soll.

Der Junge deutet mit dem Kopf auf seinen Vater und zuckt die Achseln, als wolle er sagen: »So ist er eben.«

»Wie heißt du?«, fragt Clare ihn.

»Will«, antwortet der Junge. Er dreht sich zum Vorhang der Kabine um, in der seine Schwester den Bikini anprobiert. *»You okay in there?«*

»Yeah, leave me alone!«, sagt die Schwester.

Will kratzt sich am Kopf.

»Du wirkst ziemlich ausgeglichen«, sagt Clare.

Will lächelt, ganz ähnlich wie sein Vater, aber ohne dessen provokatorische Härte. »Ich gebe mir größte Mühe«, sagt er, »schließlich lebe ich zwischen einem pubertierenden Mädchen und einer Frau an der Schwelle zu den Wechseljahren.«

Clare muss lachen, über seine Wortwahl und über die Vorstellung als solche. »Das kann ich mir denken«, sagt sie, obwohl sie nicht genügend Elemente hat, um es sich im Einzelnen auszumalen. »Und du musst der Mann im Haus sein?«

»Mhm.« Trotz allem scheint Will recht stolz auf seine Rolle zu sein.

»Wo wohnt ihr?«, fragt sie.

»Kingston Near Lewes«, sagt Will. »East Sussex. Südengland.«

»Ah, das muss schön sein«, sagt Clare.

Will wackelt unentschlossen mit dem Kopf; dann dreht er sich um: »Also, Jen?«

Jenny kommt mit finsterem Gesicht aus der Kabine, sagt nichts, hält aber ihren lila Bikini fest in der Hand.

An der Kasse bezahlt Daniel Deserti, seine Kinder immer im Blick. So völlig überfordert und zerknittert wirkt er wie ein Schiffbrüchiger im Besitz einer Kreditkarte und einiger anderer Requisiten für das bürgerliche Leben, aber nur einiger. Auf einmal denkt Clare, dass sie ihn gern am

Arm nehmen und durch die Regale zerren würde, um ein paar T-Shirts und ein paar Hosen für ihn auszusuchen und sie ihm hinzuwerfen, einfach so. Gleich darauf hat sie das Gefühl, dass sie ihm, ohne etwas zu sagen, die Hände auf die Brust pressen und ihn unvermittelt wild küssen möchte. Es sind zwei spontane Regungen, völlig losgelöst von ihren übrigen Gedanken; sie machen sie ratlos.

Er nimmt die Tüte mit den Badesachen und strebt dem Ausgang zu; alle folgen ihm, treten durch die Glastüren in die Gluthitze und das weiße Licht hinaus.

Clare hatte die Unbarmherzigkeit des Stadtsommers ganz vergessen; sie schaut sich um, ohne recht zu wissen, in welche Richtung sie gehen soll.

Auch Daniel Deserti und seine Kinder wirken unentschieden, stehen zusammen am Bordstein der vielbefahrenen Straße.

Sie macht eine Handbewegung, sagt: »Na gut, ich gehe«, rührt sich aber nicht.

»Ist Ihnen nicht heiß?«, fragt Daniel Deserti. Er scheint sich wirklich zu wundern, und seinem Blick haftet auf einmal nichts Polemisches mehr an.

»Doch, sehr«, antwortet sie.

»Wir fahren an einen See, weiter nördlich.« Er deutet vage in Richtung Norden.

»Mir machen Seen ein bisschen Angst«, sagt sie, ohne zu überlegen. »Vielleicht, weil ich am Lake Ontario aufgewachsen bin, und als ich in der Grundschule war, ist eine Klassenkameradin von mir darin ertrunken.«

»Tut mir leid.« Er wirkt echt betroffen, lässt seinen Blick zum Gebäude gegenüber wandern.

»Dad?«, sagt Jenny.

»Aber unser See ist kein *richtiger* See«, sagt er. »Es ist ein kleiner Quellsee, ziemlich unberührt, jedenfalls zum Teil. Nicht einmal Motorboote dürfen dort fahren, das Wasser ist sauber.«

»Oh, schön«, sagt Clare. Die Hitze steigt vom glühenden Asphalt ihre Beine hinauf, streichelt ihre Haut unter dem leichten Baumwollkleid, hüllt sie ganz ein. Sie versteht nicht recht, ob das Gerede über den See eine indirekte Einladung ist oder eine Aufforderung, sich selbst einzuladen, oder einfach eine Information oder was.

»Ja«, sagt er. Er schiebt die Hände in die Hosentaschen und sieht einem knatternden Motorrad nach.

Sie wartet noch auf irgendeine Klärung, da aber nichts kommt, sagt sie: »Ich dagegen gehe nach Hause, um was Kaltes zu trinken.«

»Was denn?« Daniel Deserti dreht sich um und schaut ihr in die Augen.

»Weiß ich nicht«, sagt sie. Ihre Gedanken werden mit jedem Atemzug unschärfer von der seltsamen magnetischen Anziehung, die zwischen ihnen herrscht, von der Hitze, von den Empfindungen auf ihrer Haut. »Wasser, glaube ich.«

Er fixiert sie weiter, nickt fast unmerklich.

Sie wendet den Blick nicht ab, sie ist ganz verwirrt und aufgewühlt.

Die beiden Geschwister beobachten Clare, aus irgendeinem Grund scheinen sie sehr an ihren Reaktionen interessiert zu sein.

Sie zögert: »Und wie kommt ihr da hin, an den See? Ist Ihr Auto nicht kaputt?«

»Jemand hat mir eins geliehen.« Er streichelt seiner Tochter über den Kopf.

»Ja, aber«, sagt sie leiser, weil sie nicht weiß, ob die Kinder über das, was passiert ist, genau Bescheid wissen, »und der Führerschein?«

Er zuckt die Achseln, lächelt zaghaft.

Auch sie lächelt, völlig verunsichert. Einen Augenblick lang sieht sie sich im Auto neben ihm sitzen, die zwei Kinder hinten, zusammen unterwegs zu dem kleinen See, der kein richtiger See ist.

»Dad?«, sagt Jenny erneut; auch sie wartet auf eine Auflösung der Situation.

Aber die Situation löst sich nicht auf; sie bleiben alle vier noch mehrere Sekunden auf dem Bürgersteig stehen, direkt an der vielbefahrenen Straße.

Zuletzt sagt sie mit einem Ruck: »Dann viel Spaß am See. Viel Spaß beim Baden.«

»Danke«, sagt Will Deserti, plötzlich ungeduldig.

»Danke«, sagt Jenny Deserti.

»Danke«, sagt Daniel Deserti, sein Gesichtsausdruck ist noch in der Schwebe.

Clare gibt dem Mädchen die Hand, kommt sich aber so förmlich und ungeschickt vor, dass sie den anderen beiden nur kurz zuwinkt, sich umdreht und davongeht. Als sie die Kreuzung überquert, ist ihr, als kitzelten sie die Blicke der Desertis an den Waden und in der Kniekehle, an den Schenkeln, am Hintern, den Rücken hinauf bis in den Nacken. Auf der anderen Seite dreht sie sich unauffällig ein wenig um und sieht sie in die entgegengesetzte Richtung marschieren: drei Fremde an einem glühend heißen Sommervormittag.

Bis voriges Jahr hatten sie die Unbefangenheit eines kleinen wilden Stammes

Bis voriges Jahr hatten sie die Unbefangenheit eines kleinen wilden Stammes: Ständig suchten sie körperlich und geistig Kontakt, Stimmen und Bewegungen überschnitten sich, sie redeten zusammen, lachten zusammen, schliefen in einem Bett. Ein wunderbares Fluidum verband sie, ließ sie ununterbrochen kommunizieren, bei Vergnügen, bei Neugier, bei Hunger, bei Durst, bei Müdigkeit. Sie kannten keine festen Zeiten, machten keine Pläne; sie waren wie drei Kinder ohne Eltern, die frei tun und lassen konnten, was ihnen passte, und sie wussten nur zu genau, wie kostbar jeder gemeinsame Augenblick war, so schmerzlich weit weg vom vorherigen und vom nächsten.

In diesem Sommer ist das alles nicht mehr da, wie durch einen bösen Zauber verschwunden: Ein unüberwindliches Misstrauen herrscht zwischen ihnen und verdirbt jede Bewegung, jeden Blickwechsel. Alles, was vorher instinktiv aus dem Augenblick heraus geschah, ohne dass man ein Wort darüber verlieren musste, muss jetzt angekündigt, erklärt, diskutiert und verhandelt werden und zieht einen Rattenschwanz von Unzufriedenheit, Forderungen und Enttäuschungen nach sich. Mit seinen Kindern zusammen zu sein, erweist sich plötzlich als aufreibend und mühsam – da sind so viele unausgesprochene Wünsche und offensichtliche Schwächen, Gewohnheiten, die wer weiß wie und wann entstanden sind, und soeben gebildete, aber schon felsenfeste Meinungen, Blicke in die Ferne, heimliche Gedanken. Ihm ist, als kenne er sie gar nicht mehr oder wisse zumindest nicht, was aus ihnen geworden ist, was aus ihnen werden wird. Ihm scheint, als habe er die Fähigkeit verloren, sie zu begeistern, sie auch nur zu verstehen; er empfindet sie als distanziert, zerstreut, unaufmerksam, beinahe feindselig.

Jetzt zum Beispiel sitzt Jenny vor dem Computer an seinem Schreibtisch, die kleinen nervösen Finger eilen rasch über die Tasten, vielleicht um ihren Freunden in England etwas mitzuteilen, die Nase fast am Bildschirm, um ja nicht gestört zu werden. Will dagegen lümmelt auf dem Sofa, gedämpfter Schlagzeugrhythmus dringt aus den Kopfhörern seines MP3-Players, die langen Beine sind ausgestreckt, die nackten Füße wippen auf der Lehne, im Vergleich zum Vorjahr sind sie um mindestens eine Nummer größer.

»Pa?«, sagt Jenny an einem bestimmten Punkt, ohne die Augen vom Bildschirm des PCs abzuwenden. »Weißt du, dass du zweitausenddreihundertsiebenundfünfzig Freunde hast?«

»Wie bitte?«, sagt er.

»Und es werden ständig mehr«, sagt Jenny.

»Wovon redest du?«, fragt er leicht beunruhigt.

»Auf Facebook«, sagt Jenny. »Deine *page*.«

»Meine was?« Er schaut ihr über die Schulter. Auf dem Bildschirm sieht er ein altes Foto von sich auf dem Motorrad, das von der Website stammt, die der Verlag für ihn eingerichtet hat, und unter der Überschrift *Personen, die du vielleicht kennst* folgen kleinere Fotos von gänzlich unbekannten Leuten mit gänzlich unbekannten Namen.

»Siehst du?«, sagt Jenny.

»Wer zum Teufel ist das?« Er versucht, die kleinen Gesichter und die kurzen Texte zu entziffern.

»Deine Freunde«, sagt Jenny; seine Reaktion scheint sie zu amüsieren.

»Das sind nicht meine Freunde!«, sagt er. »Die habe ich noch nie im Leben gesehen!«

»Aber sie lesen deine Bücher!«, erwidert Jenny. »Es sind noch viel, viel mehr, schau mal.« Sie klickt auf *Freunde*: Dutzende neue Gesichter erscheinen, ebenso unbekannt.

»Wie sind die denn da reingekommen?«, fragt er, immer aufgeregter. »Und warum?«

»Sie wollen dir was sagen«, sagt Jenny.

»Was sagen?«, wiederholt er. »Ja, was denn?«

»Dich grüßen, zum Beispiel«, sagt Jenny. »Oder Fragen stellen. Schau hier.« Sie klickt irgendwo, weitere kleine Fotos erscheinen, daneben eine schier endlose Reihe von Sätzen wie: *DD, ich liebe dich, du lässt mein Herz höher schlagen*, oder: Notizen aus dem Nichts *ist jdfls eine herbe Enttäuschung im vgl zu dem* Hasen, oder: *Der* Blick *ist der schönste Roman, den ich überhaupt je gelesen habe, italienisch oder ausländisch, habe mich so mit der weiblichen Hauptperson identifiziert, dass ich am Schluss geweint habe wie ein Kind*, oder: *Ist die Figur von Erica autobiographisch im Sinn von: dass es eine Frau ist, mit der du wirklich zusammen warst?*, oder: *Weiß jemand, ob bald was Neues aus dem Hause Deserti zu erwarten ist, weiß jemand schon den Titel, ev. Erscheinungsdatum?*

»Ich habe aber keine Lust, auf irgendwelche Fragen zu antworten!«, sagt Daniel Deserti lauter. »Noch dazu von *total* fremden Leuten!«

»Sie sind nicht *total* fremd, Pa.« Will taucht aus seinem Schwebezustand auf und nimmt die Kopfhörer ab. »Sie haben einen Namen und ein Gesicht, sie sind *akzeptiert* worden.«

»Akzeptiert? Von wem?«, schreit er. »Von *mir* bestimmt nicht!«

»Es ist eine Fanpage«, sagt Jenny, als spräche sie von einer Tatsache ohne Nebenwirkungen.

»Ich habe nie eine Fanpage autorisiert!«, schreit er.

»Eine Fanpage muss nicht autorisiert werden.« Wills geduldiger Tonfall versetzt seinen Vater noch mehr in Rage. »Irgendwer richtet sie ein und basta.«

»Aber nicht gegen meinen Willen!«, schreit er, während er mit Abscheu auf die kleinen Gesichter und die Kommentare blickt, die immer weiter, von Jennys schmalen Fingern befördert, über den Bildschirm flimmern. »Ohne mich zu fragen!«

»Du hättest abgelehnt«, sagt Jenny, die Stimme der Vernunft der elektronischen Gemeinde.

»Das ist eine Verletzung der Privatsphäre!«, schreit er. »Ein unerträglicher Übergriff!«

»Es geht nicht, dass du kein Profil bei Facebook hast, Pa«, sagt Will vom Sofa her.

»Wer hat gesagt, dass das nicht geht?«, schreit er. »Wer sagt das?! Ich denke nicht daran, Leute in mein Leben eindringen zu lassen, von denen ich nichts weiß und die mir völlig egal sind!«

»Aber du kannst ja was über *ihr* Leben erfahren! Schau her!« Jenny klickt auf eines der kleinen Fotos, öffnet eine ähnliche Seite wie die vorige, nur dass links Foto und Name einer kleinen Brünetten erscheinen, einer gewissen Samantha Ramuglio. Noch ein Klick, und man sieht Fotos von Samantha Ramuglio im Bikini am Strand, Samantha Ramuglio Arm in Arm mit einem anderen unbekannten Mädchen, Samantha Ramuglio in der Hocke neben einem unbekannten Dalmatiner, Samantha Ramuglio lächelnd in einer ganzen Gruppe von Unbekannten rund um eine Geburtstagstorte. Dazu jede Menge Äußerungen von Samantha Ramuglio, Sätze wie: *Heute würde ich am liebsten den ganzen Tag im Bett bleiben, grrr, Büro, ich hasse dich!*, oder: *Furchtbarer Sonnenbrand, nächstes Mal Creme mindestens Schutzfaktor 30...* Es gibt auch kleine Fotos von unbekannten Schauspielern und Sängern mit den Adressen ihrer Webseiten, kindliche Zeichnungen, die vielleicht aus japanischen Comics stammen, das Logo des Fremdenverkehrsbüros von Gallipoli, Miniherzen und lächelnde Gesichter, Strophen von Gedichten aus Schulanthologien, absolut törichte Betrachtungen über das Leben, die Liebe und die Welt.

»Ich will *nichts* wissen über das Leben von Samantha Ramuglio!«, schreit er, mittlerweile voll in Panik. »Und auch von sonst keinem irren egozentrischen Unbekannten! Nehmt mich sofort da raus!«

»Das geht nicht.« Jenny wird wohl langsam bewusst, wie ernst es ihm ist. Sie kehrt zu der Seite mit seinem Bild und seinem Namen zurück, und er erkennt mit Entsetzen in der Reihe kleiner Gesichter in der Mitte auch das von Marcella

Cartorilio, mit der er wenige Tage zuvor dummerweise ins Bett gegangen ist, und weiter unten das von Pino Noce mit seinem schlauen Idiotenlächeln, und darunter Agneta Sorenstedt, mit der er vor Urzeiten eine jahrelange Beziehung hatte, noch weiter unten sogar Sarah, seine Exfrau und Mutter seiner Kinder, darunter einen ehemaligen Schulkameraden vom Gymnasium namens Massimiliano Sottocarro, der, soweit er weiß, bei einem Bergunfall ums Leben gekommen ist.

»Was heißt, das geht nicht?«, schreit er. »Es muss doch eine Möglichkeit geben, mich aus diesem Albtraum rauszunehmen! Ich will da keine Minute länger drinbleiben!«

»Du kannst niemanden daran hindern, auf Facebook eine Fanpage für dich einzurichten, Pa«, sagt Will in seinem coolen Ton. »Es ist ja keine persönliche Seite.«

»Da steht es ganz deutlich, *Fanpage*, siehst du?« Jenny verschiebt den kleinen Pfeil auf dem Bildschirm, um ihn auf das Wort hinzuweisen.

»Aber das ist doch, als hätte man eine ganze Bande von Dieben im Haus!«, schreit er, in die Enge getrieben durch die ständige Vermehrung von unbekannten Männern und Frauen und ehemaligen Geliebten und Freunden und noch mehr Unbekannten samt ihren Fotos vom Urlaub, vom Hochschulabschluss und von Weihnachten, die sich in jeden Winkel seines Privatlebens einschleichen. »Und ihr findet so einen Horror ganz normal!« Unsanft schiebt er Jenny beiseite, drückt wahllos auf einige Tasten, erreicht damit natürlich gar nichts.

»Das ist zwecklos, Pa«, sagt Will von seinem Sofa her; dann entschließt er sich endlich aufzustehen.

»Was soll das heißen, zwecklos?«, schreit Daniel Deserti. »Ich will da nicht drin sein, basta! Könnt ihr das denn wirklich nicht verstehen?«

»Im Internet bist du *sowieso*, Pa«, sagt Will. »Selbst wenn du es schaffen würdest, die Fanpage auf Facebook zu löschen.« Um seinen Standpunkt zu verdeutlichen, setzt er sich an den Computer und öffnet eine Seite bei YouTube, tippt *Daniel Deserti* in das leere Fenster ein. Auf dem Bildschirm erscheint eine Reihe von Bildern von ihm an Orten und in Momenten, an die er sich nicht erinnert: an Konferenztischen vor dem Mikrophon sitzend, stehend mit seinen Büchern in der Hand. Will klickt auf eines der Bilder, es wird lebendig, ein Videofilmchen schlechtester Qualität zeigt, wie er vor einem unsichtbaren Publikum redet oder liest, mit durch die ebenso miese Tonqualität verzerrter Stimme.

»Wer hat das Zeug da reingestellt?«, fragt er, so bestürzt, dass er nicht einmal mehr die Kraft hat zu schreien.

Will zuckt die Achseln: »*Jeder* kann das.« Er blickt seinen Vater an, wie um festzustellen, ob er die Sache erfasst.

»Ja aber, wie haben sie das denn aufgenommen?« Daniel Deserti denkt an die vielen Male, die er vor Publikum geredet oder gelesen hat, fast immer gegen seinen Willen und nur, weil ihn der Verlag dazu zwang. Er denkt an all die Augenblicke von Gereiztheit, mangelnder Inspiration, geistiger Ermüdung infolge sinnloser Reisen, tiefer Verlegenheit und Langeweile, an die wiederkehrende Versuchung, keine einzige Seite mehr zu schreiben, endgültig von der Bildfläche zu verschwinden.

»Mit dem Fotoapparat, dem Handy, wie auch immer«,

sagt Will achselzuckend. Dann hält er seine erzieherische Aufgabe offenbar für erfüllt, er schlurft wieder zum Sofa, setzt die Kopfhörer auf und schaltet seinen iPod ein.

Deserti dreht sich nach Jenny um und merkt, dass sie weinend am Fenster steht. »Hey«, sagt er. »Was ist los?«

Jenny antwortet nicht: Sie schluchzt lautlos, wie damals, vor der Scheidung, bei seinen schrecklichen Streitereien mit ihrer Mutter.

Er geht zu ihr, fasst sie an der Schulter, plötzlich tut ihm alles unendlich leid: »Wein doch jetzt nicht, bitte.«

Jenny rückt von ihm ab, läuft quer durchs Wohnzimmer: rasch und leichtfüßig – doch noch ein Kind.

Er folgt ihr auf den Flur, aber sie kommt schon zurück; sie stoßen mit den Schultern aneinander. »Warte«, sagt er, versucht vergeblich, sie aufzuhalten.

Jenny setzt sich wieder an den Computer, um sich selbst oder ihm etwas zu beweisen, oder vielleicht, weil sie in diesem Haus sonst nichts Interessantes zu tun findet.

Er widersteht der Versuchung, sich weiter um Kontaktaufnahme zu bemühen, nimmt wahllos ein Buch aus dem Regal und blättert aufgewühlt darin.

So verbringen sie etwa zwanzig Minuten, jeder scheinbar gefesselt von dem, was er tut, von den anderen getrennt. Die Luft ist schwül, die schwache Klimaanlage bewirkt so gut wie nichts, von der Straße dringen Motorengeräusche herauf, die ab und zu die Fensterscheiben zittern lassen.

Er springt in dem Essay eines Professors der Universität Budapest, der seine Bücher wissenschaftlich analysiert, zwischen den Kapiteln hin und her, und als er sich zu sehr ärgert, schleudert er es zu Boden. Aus einem Stoß noch nicht gelesener Sachen zieht er ein Etymologie-Lexikon hervor, blättert darin. Ab und zu wirft er einen Blick auf seine Kinder: Sie könnten sich natürlich einfach weiter anschweigen, denkt er, die Zeit verstreichen lassen, bis sie vorbei ist und die beiden nach England zurückmüssen. Stattdessen springt er auf, geht zu Will und macht ihm ein Zeichen, den iPod auszuschalten.

Unwillig setzt Will die Kopfhörer ab, sieht ihn an.

»Hör zu«, sagt er. »*Picknick*. Weißt du, woher das Wort kommt?« Bis vor kurzem begeisterte es sie alle drei, die Herkunft eines Ausdrucks oder einer Redewendung nachzuschlagen, in Wörterbüchern zu stöbern auf der Suche nach Synonymen und Gegensätzen, Verbindungen zwischen einer Sprache und der anderen herzustellen. Auch Jenny vergnügte sich stundenlang damit, ohne zu ermüden; schon immer hatte sie die Fähigkeit gehabt, ad hoc Anagramme zu erfinden, vorwärts und rückwärts lesbare Sätze zu entdecken, mit den Wörtern zu spielen. Er war glücklich bei dem Gedanken, dass sich seine Kinder auf so fröhliche Art die Mittel aneigneten, um Empfindungen auszudrücken, Zustände zu beschreiben, Abläufe zu rekonstruieren.

»Keine Ahnung«, sagt Will jetzt, ohne eine Spur von Interesse in den Augen.

»Vom Französischen *pique-nique*«, liest er. »Was wörtlich bedeutet ›nimm nichts‹, weil jeder der Teilnehmer etwas zu essen mitbringt.«

Will nickt, damit sein Vater zufrieden ist und er zu seiner Musik und seinen Gedanken zurückkehren kann, worum auch immer die sich drehen mögen.

Deserti schlägt das Buch zu: »Wenn es dir egal ist, kannst du es gleich sagen! Dann spare ich mir die Energie!«

Will schließt halb die Augen: Seine Lider senken sich und heben sich wieder, als wollte er dieser unangenehmen Äußerung Zeit lassen zu verfliegen.

»Könnt ihr mir erklären, was zum Teufel mit euch los ist?«, schreit er mit unvermittelter wachsender Heftigkeit.

Alle beide drehen sich um und schauen ihren Vater an, als hätten sie es mit einem Geistesgestörten zu tun: leicht beunruhigt, aber auch mit einem Hauch von Spott in den Augen.

»Was wollt ihr überhaupt von mir?«, brüllt er. Wenn es eine Rolle gibt, die er um keinen Preis spielen will, dann die des nervtötenden Vaters; noch hat er genug Frauen und Leser und genug Aufregung und Abwechslung im Leben, dass er bei niemandem um Aufmerksamkeit betteln muss, zum Glück.

»*Schrei* nicht so«, sagt Jenny, sie hat es immer gehasst, wenn er laut wurde.

»Braucht ihr Unterhaltung, oder wie?«, schreit Deserti. »Eine Party mit ein paar hundert von euren Facebook-Freunden? Einen Megabildschirm, um euch einen Film mit Computeranimation anzusehen? Oder wärt ihr einfach lieber zu Hause bei eurer Mutter in England?«

Die beiden antworten nicht, ihre Gesichter sind undurchdringlich.

»Ich erkenne euch nicht wieder!«, schreit Deserti. »Was ist aus euch geworden?«

Will und Jenny würdigen ihn keines Blickes mehr, sie kehren zu ihren vorherigen Beschäftigungen zurück. Nur die Klimaanlage brummt leise.

Er geht in die Küche, gießt sich drei Finger hoch Wodka ein, kippt ihn auf einen Zug hinunter. Er denkt, dass er in diesen Tagen ganz andere Sachen hätte tun können, wenn er geahnt hätte, was auf ihn zukommt. Es wäre auch viel einfacher gewesen, er hätte nicht mit seiner Exfrau lang und breit über die Einzelheiten verhandeln müssen, hätte keine Flüge buchen, die Wohnung nicht irgendwie herrichten, die Arbeit nicht unterbrechen, keine Termine absagen und Anfragen hinausschieben müssen.

»Hast du Mehl?« Jenny steht mit verkniffenem Gesicht in der Tür.

»Wozu brauchst du das?« Er öffnet den Kühlschrank, gießt sich noch etwas Wodka ein.

»Dad«, sagt Jenny. »Um diese Zeit?«

»Führ dich jetzt nicht auf wie deine Mutter!«, sagt er und knallt die Flasche auf das Spülbecken, bereut es aber sofort.

»Was hat Mama damit zu tun!«, sagt Jenny, zum Glück unbeeindruckt.

»Wozu brauchst du das Mehl?«, fragt er.

»Ach, egal«, sagt Jenny, blickt zur Seite.

Manchmal fragt er sich, ob er zu einem der beiden größere Nähe empfindet, zu Will, der die Augen und das Gesicht seiner Mutter hat, oder zu Jenny, die ihm ähnlich sieht – sie sind so unglaublich verschieden in Charakter und Aussehen. Und jedes Mal kommt er zu dem Schluss, nein, man kann sie nicht vergleichen, und beide können ihm das Herz auf gleiche Weise brechen.

»Verzeih mir, okay?«, sagt er jetzt, das Wodkaglas in der Hand, betroffen bei dem Gedanken, dass seine Kinder wahrscheinlich die einzigen Menschen auf der Welt sind, denen gegenüber er bereit ist, sich zu entschuldigen, jedenfalls wenn er weiß, dass er im Unrecht ist. »Auch wegen vorhin. Dass ich dich angeschrien und weggeschubst habe.«

»Ich verzeihe dir nur, wenn du das wegschüttest.« Mit dem Kinn deutet Jenny auf den Wodka im Glas.

»Du kannst dir nicht vorstellen, was für ein Alptraum diese Geschichte für mich ist«, sagt er. »Ein Heer von Unbekannten in meinem Privatleben.«

Jenny zeigt mit dem Finger auf das Glas, sie hat nicht die Absicht, sich ablenken zu lassen.

Er leert den Wodka demonstrativ von weit oben in den Ausguss. »Zufrieden?«

Sie nickt: ernst, taff, bei näherem Hinsehen schon fast erwachsen.

»Nicht zu fassen, da habe ich also eine Tochter, die kontrolliert, was ich trinke«, sagt er. »Aber dass sie mich im Internet bei lebendigem Leib auffressen, das findet sie normal.«

Jenny steckt die Hände in die Taschen ihres kurzen Jeansrocks und antwortet nicht.

»Sag mir, was du mit dem Mehl machen willst«, sagt er. »Sonst schenke ich mir sofort ein neues Glas ein.«

»Einen Kuchen.« Jenny hat schon immer leidenschaftlich gern gebacken. Schon als sie noch zusammen in England lebten, sprang sie oft sonntags um sechs Uhr früh aus dem Bett, um einen Kuchen zuzubereiten und in den Ofen zu schieben, bevor der Rest der Familie zum Frühstück herunterkam; dann schnitt sie ihn am Tisch auf und beobachtete ihre Reaktionen beim ersten Bissen.

»Was für einen Kuchen?«, fragt Will, an den Türrahmen gelehnt. »Mürbeteig, Blätterteig, Biskuit, superluftiger Hefeteig?«

»Weiß ich noch nicht«, antwortet Jenny.

»Du hast beschlossen, einen Kuchen zu backen, und weißt noch nicht, was für einen?«, sagt Will.

»Noch nicht«, sagt Jenny. Vielleicht streiten sie nur selten, weil sie so verschieden sind; oder vielleicht, weil sie zu viel Streit bei ihren Eltern miterlebt haben.

Zu den Dingen, über die er nicht nachdenken mag, gehören die möglichen Auswirkungen, die der Krieg zwischen ihm und Sarah auf die beiden damals noch kleinen Kinder gehabt hat. Doch trotz seiner Abwehrhaltung gibt es immer wieder Splitter, die ihn mitten ins Gehirn treffen samt Begleitgeräuschen und entsprechenden Empfindungen. Zum Beispiel jener Heiligabend in Kingston: Er brüllt Gemeinheiten nach oben, Sarah kommt die Treppe herunter, ein Handtuch um den Kopf gewickelt, und keift zurück, gleichzeitig fällt der Weihnachtsbaum um, die Hälfte der bunten Glaskugeln zerbricht – und erst da bemerken sie beide, dass Jenny reglos in der Küche steht und mit Tränen in den Augen eine Serviette zwischen Daumen und Zeigefinger reibt. Diese Erinnerungen sind verheerend für ihn: Es gibt keinen passenderen Ausdruck dafür.

»Das ist alles, was ich habe«, sagt er jetzt zu seiner Tochter und öffnet den Schrank, wo zwei Dosen Makrelen, eine Dose Linsen und ein Glas eingemachte Tomaten in den ansonsten leeren Regalen stehen.

Jenny schaut hinein, mit ihrem prägnanten, empfindsamen Profil, den rötlichen Haaren und den Sommersprossen, die sie von ihrer Mutter hat. Sie ist eine sehr genaue Beobachterin. Manchmal betrachtet sie minutenlang schweigend eine Situation, danach ist sie in der Lage, mit äußerster Schärfe jede Kleinigkeit zu beschreiben und überraschende Einzelheiten zu enthüllen. Sie zieht eine Tüte Mehl heraus, dreht sie hin und her: »Seit wann hast du das?«, fragt sie.

»Keine Ahnung«, sagt er. »Warum?«

»Das ist vor fünf Jahren abgelaufen«, sagt Jenny. Ein Sprung geht durch ihr Gesicht, ihre Augen blitzen, es ist kein echtes Lächeln, aber fast, es erschüttert und tröstet ihn gleichzeitig.

Ihn verblüfft auch die Vorstellung, dass eine Tüte Mehl unbemerkt seit fünf vollen Jahren in seiner Wohnung steht, wo doch die Person, die es mitgebracht hat, samt der Gründe, aus denen sie es getan hat, längst nicht mehr da ist. Er fragt sich, welche Frau sich wohl einen Kuchen oder einen Fladen oder sonst irgendeinen Gebrauch von Mehl ausgedacht hatte, dann aber aus seiner Küche und seinen Gedanken entschwunden ist. Er denkt an all die fremden Absichten, die im Lauf der Zeit in sein Leben hereingekommen, eine Weile geblieben und schließlich wieder gegangen sind, enttäuscht und zögerlich oder verärgert, Hals über Kopf. »Was sollen wir tun?«, fragt er, um sich von diesen Überlegungen loszureißen. »Neues Mehl kaufen?«

»Wenn du willst, dass ich einen Kuchen backe, ja«, sagt Jenny. Im vorigen Jahr, als sie noch viel müheloser miteinander sprachen, hatte sie ihm erklärt, wenn sie groß sei, wolle sie Konditorin werden oder Geschichten schreiben oder vielleicht beides zusammen, Süßigkeiten herstellen, die Geschichten erzählen, oder Geschichten in die Päckchen mit den Süßigkeiten legen, etwas in der Art.

Einen Vater mit labilem Charakter zu haben, denkt er, hat in seinen Kindern vielleicht das Bedürfnis nach Ausgeglichenheit hervorgebracht, und dadurch ist ihre Beziehung abwechselnd harmonisch oder gerät aus den Fugen, je nachdem, in welcher Phase sie sich gerade befinden. Ihm fällt auch ein, wie sehr er sie immer einbezogen hat bei allen Zweifeln oder Sorgen, die er ihretwegen hegte, da er sich weigerte und auch ihnen nicht gestattete, sich hinter einer Rolle zu verstecken, ungeachtet des Altersunterschieds und ihrer verschiedenen Lebenslagen. Sarah machte es rasend, wenn sie ihn etwa fragen hörte: »Meint ihr, dass ich ein guter Vater bin?«, obwohl sie genau wusste, dass ihn das echt interessierte. »Das kannst du doch *sie* nicht fragen«, zischte sie dann, in der Hoffnung, dass es die Kinder nicht hören würden, auch wenn die beiden es natürlich mitbekamen. »Das ist nicht fair von dir! Es ist einfach nur unreif!«

Will und Jenny antworteten allerdings meistens bereitwillig auf solche Fragen und gaben ziemlich deutliche und auch harte Urteile ab, zum Glück teilweise gemildert durch ihren Humor.

»Hättet ihr lieber einen anderen Typ Vater?«, hakte er nach, da an diesem Punkt weder er noch sie einen Rückzieher machen konnten. »Einen, der ganz anders ist, sich anders verhält? Der euch mehr Sicherheit gibt? *Normaler* ist?«

Gewöhnlich verneinten sie diese oder ähnliche Fragen, weshalb er sich zwar als Vater nicht weniger verkehrt fühlte, aber es schien ihm doch wenigstens gelungen zu sein, seinen Kindern Nicht-Neutralität, Nicht-Gleichgültigkeit und Nicht-Alltäglichkeit zu vermitteln. Immerhin; doch vielleicht macht er sich auch hier etwas vor, versucht vor allem, sich selbst in ein gutes Licht zu rücken.

Wenn sie bei einer Verabredung warten muss, fragt sie sich immer, warum

Wenn sie bei einer Verabredung warten muss, fragt sie sich immer, warum, und ihre Zweifel erstrecken sich nach und nach auf ihr ganzes Beziehungssystem zur Welt. Allerdings hat es auch eine faszinierende Seite: Während die Minuten vergehen, tauchen unerwartete Alternativen auf, mögliche Fluchten, Begegnungen, Offenbarungen, Abenteuer, ganz überraschend tun sich parallele Horizonte auf. Dadurch ergeben sich für den, der wartet, plötzlich ganz neue Perspektiven. Jetzt zum Beispiel, nachdem sie schon beinahe zwanzig Minuten an der Ecke zum Naviglio Grande gewartet hat, wäre sie richtig froh, wenn Stefano noch eine Weile nicht käme und seine Verspätung so unverzeihlich würde, dass es ihr freistünde, wieder heimzugehen, um Salat mit etwas frischem Ziegenkäse und ein paar Tropfen Öl zu essen und dazu am Küchentisch ein Buch zu lesen, oder auch allein oder mit einer Freundin einen Aperitif zu trinken, frei mitten im Stimmengewirr, den Blicken und dem Hin und Her des Mailänder Juliabends.

Abgesehen davon steht sie nicht einmal so ungern hier, die fast tropische Luft ist kaum verpestet von den süßlichen Abgasen der Autos, die die Allee am ehemaligen Hafenbecken entlangfahren, wo dank der Nachlässigkeit der Stadtverwaltung im halbausgetrockneten Schlamm eine

Art Sumpfdschungel wuchert. Sie lehnt sich an die steinerne Balustrade des Kanals, hält die Augen so, dass sie die Passanten beobachten kann, ohne den Blicken der Männer zu begegnen, die sie mehr oder weniger direkt anstarren, je nachdem, ob sie allein, in der Gruppe oder am Arm ihrer Frau vorbeikommen. Das ununterbrochene Defilee verschiedener Menschentypen fasziniert sie, das Zurschaustellen von Gesichtern, Armen, Schenkeln, Waden, Brüsten, Rücken, Frisuren, Bräunung, Schuhen, die leichten Kleider, die dafür gemacht sind, zu entblößen und zu betonen, die gespielt gleichgültigen Augen, die wandern, um Eindrücke zu hinterlassen oder zu sammeln. Es ist ein langsamer Fluss sich streifender Blicke und Körper, scheinbar gerechtfertigt durch die Jahreszeit, die Temperatur und die Stunde, in diesem Stadtviertel, das ein beliebter abendlicher Treffpunkt ist.

Sie setzt sich auf die Balustrade, die Handflächen auf dem ein wenig kratzenden Stein, baumelt mit den Beinen und lässt sich bezaubern von dem Menschenstrom, der sie abwechselnd amüsiert und abschreckt, ihr das Gefühl gibt, mitten im Leben zu sein oder davonlaufen zu müssen in ihren kleinen Garten mit den Olivenbäumen gleich über der ligurischen Küste. Sie fragt sich, was sie wohl täte, wenn sie wählen müsste zwischen der grenzenlosen Vielfalt von Alternativen und der Kargheit, die jedem einzelnen Element Sinn und Bedeutung verleiht; wahrscheinlich braucht sie beides, denkt sie, denn das eine gewinnt an Wert im Kontrast zum anderen. Deshalb bekommt sie Angst und wird wütend, wenn jemand versucht, sie zu einer Entscheidung zu drängen, die alle anderen Möglichkeiten ausschließt, wenn er ihr einreden will, sein Vorschlag sei das Beste und Richtigste. Sie war schon immer so, von klein auf, wenn ihre Mutter oder ihr Vater oder ihre Schwestern versuchten, ihr eine dauerhafte Rolle in der Familie zuzuweisen, wie sie es mit sich selbst und mit den anderen gemacht hatten. Lange hat sie ihr chronisches Widerstreben, sich festzulegen, als einen Fehler betrachtet, doch in letzter Zeit ist sie etwas gnädiger mit sich selbst. Ihre wiederholten Anpassungsbemühungen haben einfach nicht viel gebracht: weder, als sie mit Luigi versuchte, die brave kleinbürgerliche Ehefrau zu spielen, noch als sie bei Alberto die Rolle der Muse und Assistentin und Krankenschwester übernahm, noch als sie Stefanos Druck nachgegeben und auf ihr Leben in Ligurien verzichtet hat, um zu ihm nach Mailand zu ziehen. Immer häufiger denkt sie, dass sie lieber zu sich stehen sollte, anstatt weiter zu versuchen, sich den Welten der Männer anzupassen, die sie liebt oder zu lieben glaubt.

Dann plötzlich taucht Stefano in seinem klassischen Sommer-Freizeitoutfit aus dem Strom von Leuten auf: die Augen hinter den abgedunkelten Gläsern seiner selbsttönenden Sonnenbrille, die feinen hellen Haare ordentlich zurückgekämmt, lila T-Shirt von Lacoste, weiße Bermudas, Mokassins ohne Strümpfe. Er beugt sich zu ihr herab, küsst sie auf die Wange: »Es war kein Parkplatz hier in der Nähe zu finden, ich musste eine halbe Stunde rumfahren, um das Auto abzustellen.« Er nimmt höflich die Brille ab.

Gemeinsam schlendern sie durch die Menge, die zwischen den Ständen, wo Händler gefälschte Taschen, Gürtel und Brillen feilbieten, den Ateliers schlechter Maler und den Schildern der auf alt getrimmten Pizzerias und Trattorias herumflaniert, die Alzaia Naviglio Grande neben dem Kanal entlang. Er hakt sich bei ihr unter: »Wie war's bei der Arbeit heute?« Er ist immer noch leicht abgehetzt, sein Atem hat eine säuerliche Note, zwar versucht sie, es nicht zu riechen, aber sie riecht es.

»Gut«, antwortet sie.

»Gab's Notfälle oder andere schwierige Situationen?«, fragt Stefano. Er setzt die Brille mit den durchsichtigen Gläsern auf, dreht sich um und mustert einen orientalischen Typen, der winzige Megaphone verkauft.

»Ein widerlicher Versicherter hatte einen Unfall auf Malta«, sagt sie. »Er hat einen Obststand umgefahren, der Verkäufer musste ins Krankenhaus eingeliefert werden, und der Typ behauptete, er sei im Recht, weil die Fahrbahn in schlechtem Zustand sei.«

»Wie ist die Sache ausgegangen?«, fragt Stefano, während er den Blick weiterschweifen lässt.

»Die Polizei sagt, dass er viel zu schnell fuhr«, antwortet sie. »Er hat kein bisschen recht.«

»Ach ja?«, sagt Stefano, die Augen starr auf den Hintern einer gebleichten Blondine in einem kurzen schwarzen Kleid gerichtet, das ihre supergebräunten und von Creme glänzenden Schenkel und Waden dem Blick freigibt.

Sie nickt, ihrerseits abgelenkt von dem doppelten Strom von Menschen, die sich streifen wie in einem langen Bassin hin und her schwimmende Zuchtfische. Sie fragt sich, ob es bei einem gefestigten Paar nach einer Weile unweigerlich so kommen muss: bruchstückhafter Informationsaustausch, schwankende Aufmerksamkeit, automatische Sätze, Blicke, die in Sekundenschnelle bekannte Einzelheiten aufnehmen und sofort woandershin wandern. Sie fragt sich, ob ihre Träume von ständiger Innigkeit und glühendem Austausch und bleibender Fähigkeit, sich gegenseitig zu überraschen, einfach nicht realistisch sind, sondern bloß unreif und unbegründet. Mit Alberto hat sie manchmal Augenblicke großer emotionaler Nähe erlebt, aber nur vorübergehend und immer um den Preis, sich anschließend todunglücklich zu fühlen. Vielleicht liegen die Gründe, aus denen sie sich auf Stefano eingelassen hat, genau darin: in der fehlenden Sprunghaftigkeit, die sie sofort herausspürte, in der Quasi-Unveränderlichkeit seiner Ansichten, in der Konsequenz seines Verhaltens.

Auch jetzt zum Beispiel könnte sie jede seiner Bewegungen vorhersagen, wie er sich von ihr löst und zwischen den Tischchen vor dem Pseudobistro an der steinernen Brücke auf Lauretta und Tommaso zugeht, die schon dort sitzen. Er umarmt sie, und sein mimisches und gestisches Repertoire stimmt vollkommen mit der Umgebung überein, genauso wie sein Blick, sein Lächeln und seine Kleidung – da ist kein einziger Misston. »Hallo«, sagt er; in seiner Stimme klingen keine Kanten oder Brüche an. Als er sich umdreht und sie anschaut, haben seine lombardischen Augen die Farbe von Flusswasser.

Sie umarmt Tommaso und Lauretta ebenfalls, ohne dass es ihr gelingt, echte Wärme in dieses kleine gesellschaftliche Ritual zu legen. Die italienische Angewohnheit, auch unter einfachen Bekannten Umarmungen und Küsse auszutauschen, macht sie immer noch leicht verlegen, sie hat sich nie ganz daran gewöhnt. Anfangs hielt sie es für ein Zeichen mediterraner Herzlichkeit und Offenheit, doch mit der Zeit dachte sie, dass man letztlich nur die Menschen umarmen und küssen sollte, mit denen einen echte Zuneigung verbindet, da diese wahllose Umarmerei sonst leicht zu einer nervtötenden Pantomime verkommt, die innerhalb von zwei Sekunden Gefühle weckt und gleich wieder verschwinden lässt. Meistens würde ihr ein Händedruck genügen oder auch ein einfaches Handheben, wie es in den USA üblich ist.

Allerdings hat Stefano viel mehr Grund als sie, seine Freunde zu umarmen und zu küssen, denn Tommaso kennt er seit der gemeinsamen Zeit auf dem Gymnasium, und mit Lauretta hatte er eine Beziehung, Jahre bevor sie Tommaso heiratete. Wenn man sie so ansieht, könnten sie alle drei Schulkameraden sein, wie sie da zwischen der Balustrade des Kanals und dem ununterbrochenen Strom von schaulustigen Spaziergängern unter dem weißen Sonnensegel am Tisch sitzen und sich scherzhafte Anspielungen zuwerfen, sich necken und lachen. Am Anfang ihrer Zeit in Mailand erregten solche Situationen ihre anthropologische Neugier, weil sie die Sitten und Gebräuche der Bewohner des Ortes offenbarten; jetzt merkt sie dabei vor allem, dass sie nicht den vollständigen Code beherrscht, um jeden Schlagabtausch zu entschlüsseln. Wieder scheint ihr, als habe sie im Vergleich zu ihnen die falsche Frisur, die falschen Kleider, ja sogar das falsche Gesicht: Ihr ist, als könnte das jeder sehen, selbst der zerstreuteste der vielen Menschen, die im Vorüberschlendern schleimige Blickspuren hinterlassen.

Die zwei Männer brauchen ein paar Minuten, bis sie sich auf einen Wein geeinigt haben, dann bringt der singhalesische Kellner eine Flasche Lagrein, entkorkt sie gekonnt, gießt Stefano einen Finger hoch ein, der probiert einen Schluck, bewegt ihn im Mund hin und her und nickt.

Alle vier heben ihr Glas. Tommaso schaut seinen Freund an: »Was ist, Ste?«

Stefano zögert kurz, dann sagt er lächelnd: »Auf die neue Wohnung.«

»Welche Wohnung?«, fragt Lauretta, das Glas noch in der Luft.

»Chiara und ich ziehen zusammen«, sagt Stefano im Ton einer offiziellen Erklärung.

»Wie meinst du das?« Lauretta legt den Kopf leicht schief.

»Sie neh-men zu-sam-men ei-ne Woh-nung«, sagt Tommaso, als würde er für Schwerhörige übersetzen.

»Offiziell?«, fragt Lauretta.

»Jawohl, gnädige Frau«, sagt Stefano, ein wenig rot im Gesicht. »Hundertvierzig Quadratmeter, zwei Bäder. Selbe Straße, zwanzig Häuser weiter unten, Ecke Via Racamardi.«

»Ich bin sprachlos.« Lauretta wirkt echt geschockt.

»Dieses war der erste Streich, und der zweite folgt sogleich?« Tommaso boxt Stefano zum Scherz in die Schulter.

Clare fühlt sich in einen Hinterhalt gelockt. Am liebsten würde sie sagen, dass in Wirklichkeit noch nichts entschieden ist, dass es gar keinen Grund gibt, solche Ankündigungen zu machen.

»Immer mit der Ruhe.« Stefano winkt leicht verlegen mit beiden Händen ab.

»Wow«, sagt Lauretta, wobei sich das sehnige Gesicht der achtunddreißigjährigen Mailänderin, die einmal die Woche

eine Gesundheitskolumne bei einer Tageszeitung hat, leicht verkrampft.

»Eins nach dem anderen, nicht wahr?«, sagt Stefano mit der Miene dessen, der soeben einen unwiderruflichen Schritt getan hat, die Tragweite der folgenden jedoch noch überdenkt.

»Ja, aber es ist schon ein bedeutender Schritt, gib's zu!«, sagt Tommaso.

»Sag bloß in der Kanzlei nichts davon, Tom«, sagt Stefano.

»Ich schweige wie ein Grab.« Tommaso legt sich die gekreuzten Finger auf die Lippen.

»Auch du, La, erzähl's nicht überall herum«, sagt Stefano.

»Hey, ich bin ja nicht bei der Klatschpresse.« Lauretta tut beleidigt.

Clare weiß gar nicht, was sie jetzt von dieser Vorsicht halten soll; plötzlich fühlt sie sich entsetzlich unwohl, ihr ist zu heiß, die Luft steht und alles klebt, einfach ekelhaft.

»So oder so, wo bleibt der Champagner?!« Tommaso dreht sich um, als wolle er dem Kellner ein Zeichen machen, man weiß nicht, ob aus Spaß oder was.

»Bitte, Tom.« Clares Ton klingt verzweifelt.

»Vorerst reicht der Lagrein vollkommen.« Stefano legt seinem Freund die Hand auf den Arm, damit er aufhört.

Lauretta hebt ihr Glas: »Na, wie auch immer, auf euer Wohl!«

Sie stoßen alle vier miteinander an und sehen sich dabei auf diese etwas übertriebene Art in die Augen, die alle Freunde von Stefano haben.

Lauretta schüttelt den Kopf. »Erklärst du mir, wie du dieses Wunder vollbracht hast?«, fragt sie Clare.

»Welches Wunder?« Clare fühlt sich immer mehr in die Enge getrieben.

»Ihn rumzukriegen!«, sagt Lauretta. »Ich hätte geschworen, dass er für immer ein unverbesserlicher Single bleiben würde, der hier anwesende Panbianco.«

»Hör schon auf, La«, sagt Stefano, obwohl es ihm gewiss nicht missfällt zu hören, dass sie ihn als uneinnehmbar bezeichnet.

»Ich habe niemanden rumgekriegt«, sagt Clare verärgert.

»Das ist genau der Punkt!«, sagt Tommaso mit verhaltenem Lächeln. »Das ist die erfolgreiche Strategie!«

Am liebsten würde sie ihm ihren Wein ins Gesicht schütten und aufstehen, weglaufen, untertauchen in dem Strom von Leuten, so dass keiner von ihnen sie je wiederfindet. Stattdessen verzieht sie die Lippen mit echter Anstrengung zu einem Lächeln und lauscht Laurettas superdetailliertem Bericht darüber, auf welch unglaublich umständliche Weise es ihnen in letzter Sekunde gelungen ist, an diesem Abend einen Babysitter für die Kinder zu finden.

Der Wecker auf dem Nachttisch funktioniert nicht, aber er ist längst vor der Zeit aufgewacht

Der Wecker auf dem Nachttisch funktioniert nicht, aber er ist längst vor der Zeit aufgewacht, noch bevor Wills Handy mit seiner Sciencefiction-Filmmusik loslegt. Er setzt sich auf den Bettrand und betrachtet seine Kinder. Im Zimmer herrscht unbeschreibliche Unordnung rund um das große Bett, in dem sie alle drei geschlafen haben wie an Land geworfene Schiffbrüchige, an unterschiedlich große, mehr oder weniger weiche Kissen geklammert, die in der Wohnung herumlagen.

Jenny springt ebenfalls auf: »Ich gehe zuerst ins Bad, dann kann ich gleich das Frühstück machen.«

»Lasst mich schlafen«, brummt Will, dreht sich zur anderen Seite.

»Wir machen das Frühstück zusammen«, sagt Deserti mit der rauhen Stimme, die er immer hat, wenn er ausnahmsweise früh aufsteht. Er schlüpft in seine Hose, geht in die Küche, legt eine CD mit Hawaii-Musik auf.

»Dad!«, sagt Jenny in dem großen grauen T-Shirt, das er ihr jedes Mal als Nachthemd leiht. Kaum aus dem Bett, scheint sie schon hellwach und reagiert empfindlich. Sie wühlt in den vielen CDs, die sich wahllos um die Stereoanlage und auf einem Regal türmen, bewegt die Lippen, während sie die Namen auf den Hüllen liest.

»Wie zum Teufel ist es möglich, dass ihr schon wieder abreisen müsst?«, sagt er. Es gibt so viel, was sie sich nicht gefragt und erzählt haben, so viel, was sie gemeinsam hätten unternehmen können.

»Hm«, macht Jenny, noch mit ihrer Auswahl beschäftigt. Sie legt eine alte Live-CD mit *electric blues* von Rory Gallagher auf, für noch schläfrige Ohren eine kratzige Angelegenheit.

»Dass *drei Tage* so schnell vorbei sein können!«, sagt Deserti. »Ist das nicht absurd?« Wie seltsam es ist, dass seine Kinder die gleiche Musik mögen wie er, mit wenigen Ausnahmen und obwohl sie sich doch ständig verändern. Als sie klein waren, hätte er das nie vermutet. Er hatte sich vorgestellt, sie würden eine Art Ultraschallvibrationen hören wie Marsmenschen, stattdessen versuchte Jenny gestern, die Akkorde des Beatle-Songs *Hey Jude* auf der kleinen Gitarre zu lernen, die er ihr voriges Jahr geschenkt hat.

»Der reinste *Betrug*.« Jenny öffnet den Kühlschrank, um Milch und Orangensaft herauszuholen. »Einfach fies.«

»Diebe«, sagt er mit Blick auf den Kalender, der an der Wand hängt. Er blättert eine Seite zurück zum Juni, der schon eine Weile vorbei ist: ein Farbdruck mit Rambutan-Früchten und einem verschwommenen Leoparden, der auf einem Ast balanciert. Dann geht er wieder zum Juli, der schon fast vorbei ist, blickt auf das Ankunfts- und Abreisedatum der Kinder und den roten Filzstiftstrich, der ihre schon vergangenen gemeinsamen Tage einrahmt. Das Jammern über die gestohlene Zeit ist eines ihrer Lieblingsspiele, aber die Bestürzung, die er jedes Mal empfindet, ist nur zu echt, so wie der Schmerz über die unvermeidliche Trennung.

»Halunken«, sagt Will von der Tür her mit seinem leicht ausländischen Akzent, die Haare zerzaust, die Augen schläfrig, als hätte er gern noch stundenlang weitergeschlafen. Doch er lacht, in Gedanken mindestens zum Teil schon wieder in England, bei einem Treffen mit Freunden oder vielleicht auch mit einem Mädchen.

»Ich komme gleich wieder, nichts anrühren.« Leichtfüßig entschwindet Jenny ins Bad.

Deserti stellt die Musik leiser, denkt an die Zeit, die Sekunde für Sekunde vergeht, ohne dass einer von ihnen etwas dagegen tun kann. Es dreht sich natürlich nicht nur um jetzt, sondern um alle Trennungen, die es gegeben hat, seit er aus England weggegangen ist, und die es in Zukunft geben wird, jedes Mal wenn sie sich an dem einen oder anderen Ort wiedersehen.

Jenny kommt zurück, mit nassem Gesicht und nassen Haaren, in einer Wolke von Bitterorangenessenz, die sie wohl auf dem Regal im Bad gefunden hat, ein Geschenk, das ihm irgendeine Frau irgendwann mal gemacht haben muss. »He«, sagt sie, »ich habe gesagt, dass ich das Frühstück mache!«

»Bitte sehr, Frau Konditor!«, triezt Will sie, wie er es als großer Bruder gerne mal tut. Er stibitzt einen Keks aus einer Packung, schiebt ihn in den Mund und geht seinerseits ins Bad.

Jenny hantiert mit Töpfen und Töpfchen, erhitzt Milch und überbrüht den Malzkaffee und macht auch eine große Tasse gefriergetrockneten Kaffee, den ihr Vater gern trinkt, seit er in Amerika war. Jede Handbewegung sitzt, ist geübt wie bei einem kleinen Profi.

Deserti fragt sich, ob ihre Leidenschaft für Kuchen und Torten nur die flüchtige Schwärmerei einer Zwölfjährigen ist oder ob dank ihrer Begabungen wirklich etwas daraus entsteht, das sie langfristig weiterentwickelt und verfolgt.

»Es ist grässlich, dass man uns so die Zeit stehlen kann«, sagt er, obwohl das Spiel allmählich ausgereizt ist. »Ohne Rücksicht auf Verluste.«

Jenny nickt ernst. Sie holt die Gläser mit Blaubeer-, Himbeer- und Aprikosenmarmelade aus dem Kühlschrank, die sie vor drei Tagen zusammen gekauft haben, als sie noch meinten, viel Zeit für intensive gemeinsame Erlebnisse vor sich zu haben.

»Drei Tage sind einfach *nichts*«, sagt er, obgleich ihm bewusst ist, dass er ihre Trennungen nicht jedes Mal so dramatisch aufbauschen dürfte, darauf hat Sarah ihn schon öfter hingewiesen. »Da liegen sie zuerst vor uns, prall und verheißungsvoll, und einen Moment später, *schwupp!,* sind sie vorbei.«

»Ich weiß, aber wir sehen uns ja Ende August, oder?« Jennys weiser Ton bricht ihm schier das Herz, fast wie der Gedanke, dass sie und ihr Bruder in wenigen Stunden im Flugzeug sitzen, das sie weit weg bringt.

»Ja, klar.« Er versucht den selbstsicheren Vater zu spielen, aber ganz gelingt es ihm nicht. In Wirklichkeit, denkt er, waren ihre gemeinsamen Tage vorwiegend eine Katastrophe, erst gegen Ende haben sie sich etwas besser verstanden.

Jenny legt das Brot auf das Holzbrett, schneidet es in Scheiben, nicht zu dünn und nicht zu dick, ihre Präzision ist bewundernswert. »Und wenn diese Tage so schnell um waren, werden auch die bis Ende August rasch vergehen, meinst du nicht?«

»Ja, und alle anderen auch«, erwidert er, ohne zu überlegen.

Sie dreht sich um und sieht ihn beunruhigt aus ihren hellen Augen an.

Ihm wird klar, dass er unbedingt umschalten muss: »Jedenfalls, wenn du als Erwachsene immer noch Konditorin werden willst, investiere ich in deine Backstube.«

»In mein *Geschäft* mit eigener Backstube«, berichtigt sie ernst, während sie zwei Brotscheiben in den Toaster schiebt.

»In dein *Geschäft* mit eigener Backstube«, wiederholt er.

Jenny schließt halb die Augen: »Was meinst du mit ›investieren‹?«

»Ich werde Geld reinstecken«, sagt er. »Als dein Teilhaber. Vielleicht könnte ich auch mitarbeiten. Du würdest natürlich die unumstrittene Chefin bleiben.«

Mit einem Kaffeelöffelchen probiert Jenny ein wenig Himbeermarmelade. »Und deine Arbeit?«, fragt sie. »Deine Bücher?«

»Schluss mit Büchern«, sagt er. »Allerdings könnte ich kleine Geschichten schreiben, die von deinen Kuchen handeln.«

»Das will ich selber machen«, sagt Jenny. »Die Geschichten der Kuchen erzählen, *mit* oder *in* den Kuchen. Oder *durch* die Kuchen.«

»Aber sicher«, antwortet er. »Dann könnte ich dir einfach ab und zu als Gehilfe zur Hand gehen. Wenn du mich willst.«

Jenny lacht, sieht ihn in Abständen an.

»Ernsthaft«, sagt er. »Ich habe mir schon immer eine Arbeit gewünscht, die nicht aus Luft besteht und nicht vom Mond und den Wolken abhängt.«

»Deine Arbeit besteht nicht aus Luft«, erwidert sie. »Sie besteht aus *Wörtern*. Und auch die Herstellung von süßen Sachen hängt vom Mond und den Wolken ab, wenn sie besonders gut sind.«

»Ich weiß.« Die klaren Vorstellungen seiner Tochter beeindrucken ihn dermaßen, dass ihm ganz flau wird. »Deswegen freut es mich, dass du dich dafür begeisterst.«

»Gibst du mir mal die Butter?«

Er öffnet den Kühlschrank, um die Butter herauszuholen, versucht dabei, sich auch die Flasche Wodka zu angeln, aber seine Tochter fixiert ihn. Er lässt es bleiben, obwohl er es sehr schwierig findet, diese Situation vollkommen nüchtern durchzustehen.

Will kommt in die Küche zurück, gewaschen, gekämmt und angezogen, bereit für die Reise. Er zeigt auf seine Armbanduhr: »Ich will ja nicht drängen, aber in einer Stunde müssen wir los.«

»Eine Stunde ist lang«, sagt Deserti, auch wenn ihm zum Heulen zumute ist. »Da ist Platz für ein phantastisches Frühstück und tausend andere Sachen.« Natürlich weiß er, dass die Stunde, die vor ihnen liegt, gleich wie alle anderen Stunden, Tage und Jahre seines Lebens fortgeschwemmt wird vom unaufhaltsamen Strom der Zeit.

»Hauptsache, wir verpassen das Flugzeug nicht.« Will lacht, aber er redet nicht von einem gänzlich unwahrscheinlichen Risiko.

»Wann hättet ihr je meinetwegen das Flugzeug verpasst?«, fragt Deserti.

»Mindestens, warte –« Will zählt an den Fingern ab: »Drei Mal!«

»Ach was, nur einmal, und das war nicht meine Schuld«, sagt Deserti. »Da hat die Londoner U-Bahn gestreikt, der ganze Verkehr war lahmgelegt.«

»Auch einmal in Spanien«, sagt Jenny, während sie weiter die Toastscheiben akkurat mit Butter bestreicht.

»Und damals in Mailand?«, sagt Will. »Vor drei oder vier Jahren, als ich am nächsten Tag wieder in die Schule musste?«

»Aaaah, jetzt seid doch nicht so unnachsichtig«, sagt er. »In den allermeisten Fällen wart ihr rechtzeitig am Flughafen. Sonst würde euch eure Mutter bestimmt nicht mehr zu mir kommen lassen.«

Bei der Erwähnung ihrer Mutter verstummen die Kinder, wie die Repräsentanten eines neutralen Staates, die versuchen, sich aus den Händeln zweier kriegführender Großmächte herauszuhalten.

Er hat seine Bemerkung schon bereut, öffnet den Kühlschrank, blickt erneut auf die Wodkaflasche, macht ihn mit größter Anstrengung wieder zu. Er fragt sich, ob seine Fehler bei seinen Kindern zum Ausgleich wohl entsprechende Qualitäten hervorgebracht haben; ob sie dadurch letztendlich besser gerüstet sind, um in der Welt zu bestehen. Er fragt sich, ob er ein Alibi sucht, um weniger Schuldgefühle zu haben; ob es irgendwo einen echt guten Vater gibt. Er ist noch nie einem begegnet, das ist sicher, weder als Sohn noch als erwachsener Mann, der in der Welt herumkommt und sich umsieht.

Jenny gießt Milchschaum in die Tassen mit Malzkaffee und Pulverkaffee: »Es ist alles fertig.«

Sie setzen sich auf die drei Hocker rund um die Küchentheke und versuchen, sich auf dieses letzte gemeinsame Frühstück zu konzentrieren, während ihre Gedanken in tausend unterschiedliche Richtungen eilen, auf geraden und krummen Wegen, von Gewinn zu Verlust und wieder zurück.

Matildes emotionales Gleichgewicht ist allmählich genauso prekär wie ihre Arbeit

Matildes emotionales Gleichgewicht ist allmählich genauso prekär wie ihre Arbeit: Als Clare nach dem Joggen leise die Küche betritt, um zu frühstücken, findet sie sie zusammengesunken auf einem Stuhl, in Unterhöschen und T-Shirt, eine Zigarette in der Hand, in Tränen aufgelöst.

»Hey, alles in Ordnung?«, fragt Clare. Sie geht zu ihr, aber nicht so nah, dass sie ihre Privatsphäre verletzt. Sie hatte schon immer ein ausgeprägtes Gefühl für Abstand: Ihr Vater fand, sie sei sensibel wie ein Katzenmensch, und die Katzenmenschen bildeten eine kleine Minderheit gegenüber den Hundemenschen, die oft ohne die geringste Zurückhaltung auf andere losgehen.

Matilde schüttelt den Kopf: »Mein Job ist das Fliegen und nicht, am Boden zu bleiben wie eine Gepäckfrau, das ist der Punkt!«

»Das kann ich verstehen.« Clare ist ehrlich betrübt.

Matilde starrt sie an, als würde sie die Gründe für diese Anteilnahme nicht begreifen: »Was hast du?«

»Nichts, ich höre dir nur zu«, sagt Clare.

»Gehst du arbeiten?« Offensichtlich ist Matilde diese Bekundung selbstloser Gefühle unangenehm. Sie zieht an ihrer Zigarette, hustet, kratzt sich innen am Schenkel: *scratch, scratch, scratch.*

»Nein«, erwidert Clare. »Ich habe zwei Tage frei.« Sie gießt sich Wasser ein aus der Plastikkanne, deren Filterkartusche seit mindestens zwei Wochen ausgewechselt werden müsste, wenn sie bloß endlich mal eine neue kaufen würden. Beim Gedanken an die zwei freien Tage bekommt sie Lust auszureißen, Herz und Beine beginnen unruhig zu zucken.

Die Sommerhitze nimmt immer noch zu, obwohl das kaum möglich scheint: Durch das geöffnete Fenster, dessen staubiger Rollladen zu einem Drittel heruntergelassen ist, dringen tropische Luft und Benzingeruch herein, Stimmen, die in einer nordafrikanischen Sprache streiten oder diskutieren, Motorengeräusche, das Kläffen eines kleinen Hundes. Im ersten Stock eines solchen Hauses zu wohnen ist fast, als lebte man auf der Straße, kaum geschützt durch ein paar Zentimeter Backstein und Zement.

Ihr Handy klingelt, man hört aus dem Flur den kleinen schrillen Gitarrenriff. Sie nickt Matilde zu und zieht sich dann in ihr Zimmer zurück, um zu antworten.

»Hallo«, sagt Stefano am anderen Ende.

»Hallo«, erwidert sie. Sich seiner Ausdrucksweise anzugleichen ist Teil ihrer Anpassungsbemühungen, auch wenn es sie in letzter Zeit immer größere Mühe kostet.

»Vorher bist du nicht drangegangen«, beschwert sich Stefano. »Ich habe es mindestens vier Mal probiert.«

»Ich war draußen«, sagt sie. Sie wirft einen raschen Blick auf die »Anrufe in Abwesenheit« und sieht, dass es stimmt; es kommt ihr albern vor, dass sie ihr Jogging geheimhalten muss, als würde sie ihn betrügen.

»Wieso draußen?«, will er wissen.

»Ich war joggen«, sagt sie schließlich. »Ich bin früh aufgewacht.«

»Und konntest du nicht das Handy mitnehmen?« Jetzt, da er es weiß, ist Stefano doppelt sauer. »Ist es so schwer, daran zu denken?« Er ärgert sich nicht zum ersten Mal darüber, fast, als bestünde eine direkte Verbindung zwischen ihrer telefonischen Erreichbarkeit und der Qualität ihrer Beziehung.

»Es stört mich beim Laufen«, sagt sie. Doch ihr fällt ein, dass sie in der ersten Zeit, als sie zusammen waren, nicht nur das Handy immer dabeihatte, sondern auch alle zehn Minuten die Aufladung und den Empfang kontrollierte aus Angst, der unsichtbare Faden, der sie verband, könnte reißen. Wahrscheinlich deutet Stefano ihre Unlust, das Handy mitzunehmen, durchaus richtig.

»Jedenfalls wollte ich dir sagen, dass wir heute Abend bei Tom und Lauretta zum Essen eingeladen sind«, sagt er. »Und morgen Mittag bei meiner Mutter.«

»Ich kann nicht«, rutscht es ihr unwillkürlich heraus, schneller als jeder ausformulierte Gedanke; sie ist selbst verblüfft über diesen Reflex.

»Wie, du kannst nicht?« Stefano wirkt bestürzt.

»Ich muss nach Ligurien.« Sie staunt, wie folgerichtig sich ihre Worte ganz von allein aneinanderreihen. »Es hat einen Rohrbruch gegeben, der Garten ist schon halb überschwemmt.«

»Und woher weißt du das?«, fragt Stefano, ganz irritiert, dass gleich zwei Pläne auf einmal ins Wasser fallen.

»Vor ein paar Minuten hat mich der Nachbar angerufen«, antwortet sie. »Ich muss mich beeilen.«

»Jetzt?«, sagt Stefano. »Einfach so?«

»Ja«, sagt sie. Je länger das Gespräch andauert, umso unvorstellbarer kommt es ihr vor, je gedacht zu haben, dass sie in Mailand bleiben könnte. »Ich muss zum Bahnhof sausen, sonst verpasse ich den Zug.«

»Ja sag mal, und wolltest du mir gar nicht Bescheid geben?«, fragt Stefano.

»In einer Minute hätte ich dich angerufen«, sagt sie. »Tut mir leid.«

»Tom und Lauretta tut es bestimmt auch leid.« Stefano klingt bitter enttäuscht. »Und meiner Mutter. Und mir.«

»Ich weiß nicht, was ich machen soll.« Sie versucht, nichts von ihrer wachsenden Ungeduld durchsickern zu lassen.

»Du könntest die verdammte Bruchbude endlich verkaufen!«, sagt Stefano aufbrausend. »So einfach! Du hast doch sowieso nur Probleme damit, ich begreife nicht, warum du so stur daran festhältst! Das hat doch überhaupt keinen Sinn!«

»Wir reden ein andermal drüber, ja?«, sagt sie.

»Natürlich, ein andermal«, erwidert er.

»Ich muss mich jetzt beeilen«, sagt sie. »Ciao.«

»Ciao«, sagt Stefano und legt auf.

»Ciao«, sagt sie noch einmal in die stumme Leitung, dann schiebt sie das Handy in die Hosentasche. Sie nimmt zwei T-Shirts, zwei Höschen und einen leichten Rock aus dem kleinen Schrank aus Stoff und Holz, den sie in einem Fair-Trade-Laden gekauft hat, wirft die Sachen aufs Bett, rollt sie zusammen, wie ihr Vater es ihr beigebracht hatte, damit sie nicht knittern, und stopft sie in den kleinen Rucksack.

Sie verabschiedet sich von Matilde, die immer noch in der Küche sitzt, raucht und ins Leere starrt, durchquert rasch den Flur, verlässt die Wohnung, springt die Treppe hinunter, plötzlich froh darüber, wie leicht auf Gedanken Taten folgen können, wenn man es nur will.

In der U-Bahn überlegt sie, was ihre spontane Reaktion auf Stefanos Anruf bedeutet: Auflehnung gegen Zwangsveranstaltungen, Angst vor langfristigen Verpflichtungen, Langeweile, Gereiztheit oder was? Sie fragt sich, ob ihr Verhalten ein Zeichen von Unreife oder von Unabhängigkeit ist und warum sie sich jetzt zwar schuldig, aber auch viel freier fühlt als vor dem Telefonat. Schließlich tut sie ja niemandem weh, denkt sie, und das Häuschen in San Minimo muss ein bisschen in Schuss gehalten werden, die Idee, zwei Tage weit weg von der Stadt zu sein, erfüllt sie mit zunehmender Freude.

Die Stazione Centrale ist jahrelang für wahrscheinlich sehr viel Geld umgebaut worden, aber das Ergebnis ist ein Pfusch und in mancher Hinsicht absurd: seitliche Rolltreppen, die die Wege verlängern, anstatt sie zu verkürzen, schwer zu verstehende Routen, Geschäfte wie unterirdische Höhlen, durchsichtige Trennwände, die schon stumpf sind. Sie holt sich ihre Fahrkarte an einem der Automaten, nachdem sie eine Weile Schlange gestanden hat hinter aufgeregten Reisenden, die ihn nicht bedienen können, und geht dann zur Zugebene hinauf. Mehrere Touristen irren mit ihren riesigen Rollenkoffern durch Korridore, die im Nichts enden, wechseln zwei- oder dreimal hintereinander die Richtung. Sie ist froh, dass sie nur ihren kleinen Rucksack dabeihat; ihr scheint, dass sie endlich die Kunst des leichten Reisens beherrscht. Bei dem Gedanken, dass sie früher für Situationen und Notfälle, die dann nie eintraten, stets eine Menge Zeug mitschleppte, auch wenn sie nur ein paar Tage unterwegs sein wollte, muss sie lachen.

Auf der oberen Ebene schaut sie zu der Anzeigetafel hinauf, wo das Abfahrtsgleis und der Zielort angegeben sein müssten, aber da ist nichts zu sehen. Gruppen von Leuten stehen wartend und mit gerecktem Hals davor. Es missfällt ihr nicht, Zeit zu haben, um die anderen Reisenden zu betrachten, Einzelheiten ihrer Kleidung und ihres Verhaltens zu registrieren, zu überlegen, was wohl dahintersteckt. Schon immer überkommt sie auf Bahnhöfen eine seltsame Mischung aus Erregung und Nervosität und Zerstreutheit, die ebenso widersprüchlich ist wie erst die unvermeidliche Hetze und dann die toten Zeiten vor der Abfahrt, das erneute Gerenne, das lange Sitzen auf der Reise.

Endlich erscheinen auf der Tafel die Gleisnummern; die Reisenden stürzen mit ihrem Gepäck zu den Bahnsteigen. Clare läuft durch das Gewühl von Personen und Koffern und Elektrowagen und Bildern auf den Fernsehern längs der Gleise, springt in ihren Zug. Er ist alt und schmutzig, schwarzer Staub klebt in den Ritzen, es stinkt nach Minestrone und Kloake. Sie geht durch einige Waggons, bis sie einen Fensterplatz findet, legt ihren Rucksack auf die Ablage, lässt sich auf dem Sitz mit den müden Sprungfedern nieder, beobachtet die anderen Reisenden, die hastig die übrigen Plätze besetzen. Dann schaut sie durch die von undefinierbaren Flüssigkeiten verschmierten Scheiben, minutenlang, im summenden und klopfenden Stillstand. Die Hitze ist noch ärger als draußen, weil die Fenster nicht aufgehen und die Reisenden schwitzen, und die Sitzpolster tun ein Übriges. Sie möchte nur eines: dass der Zug losfährt. Irgendwann meint sie, er setze sich in Bewegung, aber es ist eine Täuschung: Ein anderer Zug fährt in der Gegenrichtung ein. Sie hat das Zugfahren erst als Erwachsene in Italien entdeckt, denn in den Vereinigten Staaten war sie nie mit dem Zug unterwegs gewesen. Als Kind hatte sie manchmal Güterzüge gesehen, dann dachte sie immer an die Songs von Onkel Harry, in denen sich Landstreicher für endlose Überlandfahrten in den dunklen Ecken der Wagen versteckten.

Ein Ruck geht durch den Zug, jetzt bewegt er sich tatsächlich, die alten Säulen, die Bögen und Streben aus verschraubtem Eisen gleiten langsam vorbei. Sie lehnt sich zurück, ihr fällt ein, wie ihre erste Zugreise von Rom nach Florenz sie mit intensiven literarischen Emotionen erfüllt hatte: Sie war sich vorgekommen wie die Heldin eines Romans aus dem 19. Jahrhundert, dessen Handlung bestimmt wurde von romantischen oder schrecklichen Empfindungen, stimmungsvollen Landschaften, die man durchqueren musste, unerwarteten, schicksalhaften Begegnungen.

Eine Dame mit Perlenkette im tiefen Ausschnitt, der eine runzelige orangerote Haut zur Schau stellt, sagt etwas zu ihr, doch Clare sieht nur, wie sich ihre Lippen bewegen, ohne die Worte zu hören.

»Gehört das Ihnen?«, sagt die Dame, als Clare endlich in der Lage ist zu verstehen. Sie deutet auf ein Taschenbuch, das in der Ritze zwischen den Sitzen steckt, als wäre es ein potentiell verseuchter Gegenstand.

Clare schüttelt den Kopf, doch gleich darauf beugt sie

sich vor und zieht es heraus. Auf dem Umschlag sieht man ein impressionistisches Schlafzimmer, der Titel *Falscher Schritt* ist rot gedruckt, darüber in grauer Schrift der Name des Autors: Daniel Deserti. Vor Überraschung lässt sie es fallen.

Die Dame ihr gegenüber schaut sie an, als hätte sie nun den Beweis, dass ihr Verdacht begründet war. Ihr Handy klingelt, und sie beginnt mit einem Freund oder Verwandten ein Gespräch über eine Wohnung, die eine noch lebende Tante ihr vererben müsste. Laut und ungeniert spricht sie über diese doch sehr private Angelegenheit, es sieht fast so aus, als mache es ihr Spaß, die Mitreisenden daran teilhaben zu lassen. Die scheint das nicht zu stören: Einige hören offen zu, andere lesen in ihren Gratisblättern oder Frauenzeitschriften oder Autoillustrierten oder führen ebenso laut private oder berufliche Telefongespräche.

Clare wartet ein paar Minuten, dann blickt sie wieder auf das Buch, das sie in Händen hält, dreht es um: Auf der Rückseite ist ein nicht mehr ganz neues Foto von Daniel Deserti, der auf einem Holzzaun sitzt, seine Haare sind schwärzer als jetzt, das Gesicht weniger gezeichnet. Darunter steht: »Vom Autor von *Der Blick des Hasen*«. Unten rechts klebt das Schildchen eines Ladens mit antiquarischen Büchern, der Preis ist handgeschrieben: vier Euro fünfzig. Seltsam, denkt sie, dass sie unter allen möglichen liegengelassenen Büchern ausgerechnet dieses hier findet. Sie sieht Daniel Deserti vor sich, wie er im strömenden Regen in dem zerbeulten alten Jaguar sitzt und das Blut ihm über Stirn und Hals läuft; wie er die Porzellankuh mit dem Bauernpärchen in der Hand hält; wie er mit seinen Kindern im Kaufhaus steht. Die Bilder überlagern sich in ihrem Kopf, wecken zwiespältige, schwer zu bestimmende Gefühle.

Die Temperatur im Waggon steigt mit jedem Kilometer; sie steht auf und versucht das Fenster zu öffnen, aber ein Herr, der zwei Plätze weiter sitzt, erklärt ihr, es sei verriegelt. Alle Passagiere leiden. Die Dame mit der Perlenkette gegenüber fächelt sich mit einer zusammengefalteten Zeitung Luft zu, während sie in voller Lautstärke weitertelefoniert, ein magerer Typ steht auf und geht gestikulierend im Korridor auf und ab, ein Kind quengelt unentwegt, und seine Mutter sagt immer wieder: »Giorgio, hör auf, du machst es nur noch schlimmer.« Irgendwann kommt eine dicke junge Frau in Eisenbahneruniform, auch sie verschwitzt und hochrot im Gesicht, und wird von den Passagieren mit Beschwerden überschüttet. Sie murmelt etwas und breitet zum Zeichen ihrer Ohnmacht die Arme aus, stürzt dann davon, ohne die Fahrkarten zu kontrollieren, weiter in einen anderen Wagen, wo sie gewiss die gleichen Vorwürfe erwarten.

Um das Erstickungsgefühl zu mildern, macht Clare einige gedankliche Übungen, die ihr Vater ihr und ihren Schwestern beigebracht hat: Sie versucht, den Waggon aus wachsender Distanz zu sehen, verringert die Empfindlichkeit der Wärmerezeptoren der Haut. Sie hat einige Zeit gebraucht, um die pragmatische Verbindung von Philosophie, Meditation und Kampfsportarten, die Jack Moletto nach jahrelanger Lehrzeit und Berufstätigkeit in asiatischen Ländern entwickelt hatte, im richtigen Licht zu sehen. Als Kind kam es ihr wie ein Spiel vor, Überlebenstechniken zu lernen, als junges Mädchen wie die Folge einer Besessenheit, die sie gern abgelegt hätte; jetzt denkt sie einfach, dass es zu den Dingen gehört, die ihr Vater ihr weitergegeben hat, so wie die Linie der Augenbrauen und die Augenfarbe, den Eigensinn, den Humor. Es gibt einige Kernpunkte, die ihr in Momenten wie diesem wieder einfallen: wie wichtig es ist, in einer Situation zu sein und gleichzeitig nicht darin kleben zu bleiben; stets bereit zu sein, die Anker zu lichten, zumindest im Geist, wenn es körperlich nicht möglich ist.

Sie betrachtet die Landschaft, die vor dem Fenster vorbeizieht, atmet eine winzige Menge Luft durch die Nase ein, strafft den Rücken, streckt die Beine, entfernt sich gedanklich von der Hitze. Sie schlägt Daniel Desertis Buch auf, beginnt zu lesen. Bei den ersten Seiten hat sie die gleichen Empfindungen wie in dem Moment, als sie in den alten Jaguar hineingeschaut und Deserti in die Augen gesehen hat: Anziehung, Angst, den Wunsch, mehr zu erfahren. Es ist ein Roman, der als Essay daherkommt, oder ein Essay mit ständigen romanhaften Einschüben, der aus reflexiven Passagen, Unterbrechungen im Erzählfluss, Streifzügen in die Gebiete der Geschichte, der Anthropologie und der Verhaltenswissenschaften besteht. Die Hauptfigur ist ein Mann, der mehrere Liebesbeziehungen hat, aber an keine davon glaubt, und anstatt sie zu beenden, ständig weitere eingeht. Der Stil ist elegant, präzis, doch kommt es ihr vor, als wolle die Erzählerstimme die Leser eifersüchtig und die Leserinnen wütend machen, ihre Gedanken und Einstellungen sind eine einzige Provokation zwischen den Zeilen. Dennoch drängt irgendetwas sie zum Weiterlesen, Seite für Seite ohne aufzublicken, die Hitze, die stickige Luft und das Gejammer der Mitreisenden nimmt sie gar nicht mehr wahr.

Am Bahnhof Tortona steigen zwei Typen im Overall vom Zivilschutz ein und verteilen Halbliterflaschen Mineralwasser. Sie streckt die Hand aus, nimmt eine, trinkt ein paar Schlucke und liest weiter. Das Buch ist von Ernüchterung geprägt, aber nicht zynisch, die Trostlosigkeit wird ab und zu schwungvoll aufgelockert, die Desillusionierung ist im Widerstreit mit einer träumerischen Romantik. Sie empfindet rasch abwechselnd Empörung, Wut und Bewunderung; an manchen Stellen möchte sie aufhören und das Buch wegwerfen, aber sie tut es nicht.

Draußen auf dem Bahnsteig umlagern einige ausgestiegene Passagiere den Bahnhofsvorsteher, der nickt und hilflos herumfuchtelt. Es sieht aus, als gebe es einen Versuch, die Geleise zu blockieren, doch am Ende steigen alle wieder ein, und der Zug fährt wieder an. Clare liest weiter in Daniel Desertis Buch, ohne aufzuschauen. Zwischendurch fragt sie sich, ob die Aufmerksamkeit, die sie Seite für Seite vorantreibt, von dem Buch abhängt oder davon, dass sie den Autor kennt, oder von dem Bedürfnis, nicht an die unerträgliche Hitze im Zug zu denken, an Stefano und seine Mutter und Tommaso und Lauretta, die sie mit ihrem Spontantrip enttäuscht hat.

Als der Zug in Genua hält, ist sie auf Seite 97 angekommen. Sie liest auch weiter, während sie auf einer Betonbank unter einem Dach, das sie vor der Sonne, aber nicht vor der Hitze schützt, auf den Anschluss wartet, und im Regionalzug, dessen Fenster zum Glück offen sind und die Meeresluft hereinlassen.

In Rapallo holt sie beim Mechaniker ihren Motorroller ab, den sie dort abgegeben hatte, um die Zündung reparieren zu lassen. Der Mechaniker heißt Fabio, ist klein und stämmig und flirtet immer ein bisschen mit ihr, halb scherzhaft und halb im Ernst. Er zeigt ihr, dass der Motor jetzt sofort anspringt, klopft zufrieden mit einer Hand auf den Sitz. Wie jedes Mal muss sie darauf bestehen zu bezahlen, sie lacht, setzt den Helm auf und fährt los im sommerlichen Verkehr von Autos, Lastwagen und Motorrädern. Unterwegs hält sie bei dem Lebensmittelgeschäft, kauft zwei Stücke Focaccia mit Olivenöl und drei weiße Pfirsiche, fährt weiter Richtung Hügel. Sie biegt in die schmale Straße ein, die zwischen Stellplätzen für alte Wohnwagen und Lagern für Baumaterialen hindurchführt, überquert den kleinen Fluss, wo sie oft die Enten mit Brot füttert, fährt vorbei an dem Zaun mit den Baggern, vorbei an dem Parkplatz der Müllautos, vorbei an der Jagdhundeschule, vorbei an dem Rohrlager, vorbei an der ewigen Baustelle für eine kleine Brücke, die wer weiß wohin führen sollte. Endlich beginnen rechts die Terrassen mit den Ölbäumen, links steht die alte Mühle, umgebaut zu einem Restaurant, das immer leer ist; dann erst erreicht sie die enge, steile Rampe, die zu ihrem Haus führt.

Das Vorhängeschloss, das die Kette am Tor zusammenhält, ist verrostet, sie muss hartnäckig drehen und zerren, bis es aufgeht. Der kleine Garten ist noch stärker verwildert als vor einem Monat, als sie sich ein paar Tage hier geleistet hatte. Das hohe Gras, die Zitronenbäumchen und die jungen Pfirsich- und Kirschbäume haben ziemlich unter dem Wassermangel gelitten. Den Olivenbäumen dagegen geht es gut, wie auch den Agaven und den Kakteen, die Alberto überall gepflanzt hat, ohne im Geringsten zu bedenken, dass sie ja noch wachsen. Auch hier ist es heiß, doch die Luft ist frischer als unten und tausendmal sauberer und duftender als in Mailand. Rundherum kreischen die Zikaden, der ganze Hügel vibriert in ihrem Rhythmus.

Sie stellt den Roller auf den Ständer, schaut nach den verschiedenen, noch von ihrem Vater angelegten Winkeln, die sie erhalten und manchmal verbessert hat, ohne ihren Geist zu verfälschen: die zwischen zwei Olivenbäumen gespannte Hängematte, das Bistrotischchen mit zwei Stühlen vom Schrottplatz eines französischen Dorfes, der Tisch unter der Pergola aus getrocknetem Schilfrohr und wildem Wein, die lange, inzwischen wackelige Bank. Jedes Mal macht sie bei der Ankunft diesen raschen Erkundungsgang, wie um den Kontakt zur Basis wiederherzustellen, ihr grundsätzliches Gleichgewicht wiederzufinden. Zwei Katzen überqueren eilig den Rasen, sausen die steinerne Treppe hinauf, laufen den gepflasterten Weg vor dem Haus entlang. Sie zieht die Schuhe aus und folgt ihnen mit leichten Schritten. Es ist herrlich, das Gras unter den Füßen zu spüren und so viel Platz rundherum zu haben, sie kann es kaum fassen, dass sie wie durch ein Wunder dem Räderwerk der konstruierten, automatisierten Welt entronnen ist.

Im Haus ist es im Vergleich zu draußen beinahe kühl. Sie macht die zwei Türflügel weit auf, öffnet im kleinen Wohnzimmer die Fensterläden; der feine weiße Baumwollvorhang leuchtet im warmen Licht. Über die kleine steile Schiefertreppe steigt sie ins obere Stockwerk hinauf, schiebt die Tür zum Bad auf, zieht die von der Zugfahrt verschwitzten Kleider aus und lässt sie zu Boden fallen. Sie stellt sich unter die kalte Dusche, reibt sich mit dem Handtuch ab, während sie im Schlafzimmer hin und her geht, und schlüpft dann in den mitgebrachten leichten Rock und ein dünnes T-Shirt. Sie schaut aus dem Fenster, genießt die Aussicht auf die grünen Hügel, hinter denen sich das Meer verbirgt. Sie fühlt sich frei, ein wenig verloren, von Gedanken erfasst, die schwer aufzuhalten sind. Es ist, als ob sie Hunger hätte, aber nicht direkt, als ob sie auf ein Geräusch wartete, aber nicht sagen könnte, welches.

In der Küche holt sie die Focaccia aus der Papiertüte, legt sie auf einen Teller, schält einen Pfirsich, nimmt eine Flasche Wasser und das Buch von Deserti, dann geht sie hinaus und setzt sich in den Schatten der Pergola. Sie isst und liest und trinkt, umgeben vom unermüdlichen Gekratze der Zikaden.

Am Nachmittag nimmt sie den Roller, fährt die Straße hinauf, die auf den Hügel führt und an einer bestimmten Stelle kurz vor dem Dorf zwischen den Hausmauern so schmal wird, dass ein großes Auto nicht durchpasst. Einmal war ein deutscher Tourist mit seinem Wohnwagen dort steckengeblieben wie ein Hummer in einer Reuse, und sie hatte versucht, ihm zu helfen bei seinem verzweifelten Versuch, sich im Rückwärtsgang bergab zu befreien. Jetzt folgt sie ein paar Kurven lang der Staatsstraße und biegt dann in die von ausladenden Schirmpinien gesäumte Allee zur Kirche San Rocco ein. Dort lässt sie die Vespa stehen, geht mit ihrem kleinen Rucksack an der Statue des Hundes vorbei, der irgendwann irgendwen gerettet hat, schaut hinunter auf die glitzernde, blendende Weite des Meeres, den grünen Hügel mit den pastellfarbenen rosa und gelben Häusern, das Panorama der Küste, die von Camogli über

Genua und San Remo bis nach Frankreich hinüber reicht. Zügig marschiert sie den schmalen Pfad mit dem rostigen Eisengeländer zwischen den Terrassengärten mit ihren Lorbeerbüschen, Erdbeerbäumen und Zitrusgewächsen entlang, dann hinunter, hinauf und wieder hinunter über die Stufen, die zu den Felsen von Punta Chiappa führen. Im Meer schaukeln Schlauchboote, Motorboote und Segelboote unterschiedlicher Größe, die Badegäste auf den Felsen gleichen einer Kolonie von Seelöwen, die in der Sonne braten. Sie schaut sich um unter der Vielfalt ausgestreckter Körper, die sich der unregelmäßigen Oberfläche anpassen, sich eincremen, sich umarmen, Zeitung lesen; sie wickelt sich in ihr Handtuch, zieht den Badeanzug an, klettert vorsichtig den rauhen Felsen hinunter, springt ins Meer. Sie schwimmt unter und über Wasser – es ist fast lauwarm – und genießt jeden Zug: die Dichte, den Auftrieb, den nachgiebigen Widerstand bei jeder Bewegung. Es ist zwar nicht wie das Fliegen in ihren Träumen, kommt dem aber sehr nahe und vermittelt ihr ein ähnliches Gefühl von Schwerelosigkeit, ähnlich kontemplative Gedanken. Das Meer war eine ihrer großen Entdeckungen, als sie nach Italien kam; vorher war sie nur in öffentlichen Schwimmbädern oder in Teichen oder manchmal im See geschwommen. Die überwältigende Lebenskraft des um die Felsen schwappenden Salzwassers zu entdecken war eine Offenbarung für sie; sie glaubt nicht, dass sie je wieder darauf verzichten könnte. Die Durchsichtigkeit verzaubert sie, das Licht, das auf der Oberfläche schimmert und sie durchdringt, das ständige Farbenspiel von Himmelblau bis Kobaltblau. Sie könnte stundenlang im Wasser bleiben, im regelmäßigen Takt halbkreisförmiger Bewegungen der Küste folgen, Arme, die ziehen, Beine, die schieben, Kopf, der unter- und wieder auftaucht, Mund, der sich schließt und wieder öffnet, Lungen, die ausatmen und sich wieder mit Luft füllen. Als sie müde wird, hält sie sich an einem Felsen fest und klettert hinaus, zieht das T-Shirt über den Badeanzug, ohne sich abzutrocknen, und macht sich auf den steilen Rückweg, solange sie noch abgekühlt ist, mit nassen Haaren und salziger Haut. Sie strengt die Beine an, fordert das Herz heraus, hält den Rhythmus, ohne stehen zu bleiben oder zu verlangsamen. Und die ganze Zeit geht ihr das Buch von Daniel Deserti, das sie noch nicht ausgelesen hat, nicht aus dem Kopf: die Charaktere, die allmählich aus den Seiten hervortreten, die wohlgebauten Sätze, die überraschenden Einsichten, der umfassende Überdruss, die zentralen Gedanken. Ihr ist, als hätte sie eine Stimme im Ohr, die ihr überallhin folgt, einen Blick in den Augen, sogar gut sichtbare Gesten um sich herum. Es ist ja normal, dass ein Buch Eindrücke und Empfindungen hinterlässt, denkt sie, kann sich aber nicht an viele Bücher erinnern, die eine so lebhafte und nachhaltige Wirkung auf sie hatten.

Als sie heimkommt, kippt sie zwei Gläser Wasser hinunter, dann bindet sie ihre Haare zusammen, zieht die grünen Gummistiefel und die alten Gartenhandschuhe an und beginnt das Gras mit dem mechanischen Spindelmäher zu mähen, auf den ihr Vater so stolz war, weil er besser funktionierte als einer mit Motor. Obwohl er verrostet ist und der Lack abblättert, schneidet er noch sehr gut, außer bei Pflanzen mit zu dicken Stielen, und auch ihr gefällt die Idee, kein Benzin zu brauchen und keinen Lärm, keine Abgase und keinen Geruch zu produzieren. Gras zu mähen gibt ihr ein Gefühl von Harmonie, von vorübergehend wiederhergestellter Ordnung in dem kleinen Ausschnitt der Welt, den sie vor sich hat. Sie geht hin und her, Bahn um Bahn wird das Grün heller; die Wiese wird wieder zum Rasen, auch wenn er etwas trocken und unregelmäßig ist. Zentimeter um Zentimeter arbeitet sie sich vor, mit viel Anstrengung und Aufmerksamkeit, der Schweiß läuft ihr über die Stirn, macht Achselhöhlen und Schenkelansatz nass, tränkt das T-Shirt und den noch vom Meer feuchten Badeanzug. Als sie mit dem Rasenmähen fertig ist, nimmt sie die Sichel und schneidet die stehengebliebenen Büschel ab, *zack, zack, zack,* mit gezielten Schnitten parallel zum Boden, wie Mauro, der Bauer, der in dem Haus weiter drüben wohnte, es ihr beigebracht hat. Das ist die körperliche Dimension, die ihr in der Stadt fehlt, egal wie viel sie joggt und turnt: der Kontakt mit der Erde, die Freiheit, halb nackt herumzulaufen und ihren Bewegungsdrang nicht bremsen zu müssen.

Dann reißt sie sich ihre klatschnassen Sachen vom Leib, stellt sich unter die Freiluftdusche im hintersten Winkel des Gartens, wo das Wasser erst kochend, dann immer kälter aus der erhitzten Leitung kommt, wäscht Schweiß und Salz und Schmutz ab. Dann wickelt sie sich ein Handtuch um die Taille, geht in die Küche, um einen Pfirsich zu essen, und greift wieder zu dem Buch von Daniel Deserti. Lesend geht sie von einer Stelle zur anderen, um die seltsame Unruhe auszugleichen, die sie immer noch umtreibt: vom Hocker zum Sofa in dem kleinen Wohnzimmer bis an den Bettrand oben im Schlafzimmer und zu dem Mäuerchen vor dem Haus, während die Hitze allmählich nachlässt und auch die Zikaden stiller werden.

Als die Sonne hinter den Hügeln versinkt, ist Clare auf der letzten Seite angekommen; ratlos bleibt sie einige Minuten mit dem Buch in der Hand stehen. Es gibt keine Auflösung am Ende wie in einem klassischen Roman, auch keinen unkonventionellen Schluss, wie man ihn bei dieser Zwitterform eines zeitgenössischen Romans erwarten könnte. Die Geschichte, die gar keine richtige Geschichte ist, bricht einfach ab, mitten in einer Überlegung des Protagonisten und Alter Egos des Autors, so als hätte jemand die letzten Seiten herausgetrennt. Sie sieht nach, ob das womöglich stimmt, aber die Seiten sind alle da, und es ist klar, dass einzig Daniel Deserti für das schroffe Ende verantwortlich ist. Empört schleudert sie das Buch durch den Garten, sieht zu, wie es zwischen den Blättern eines Zitronenbaums herunterfällt. Gleich danach geht sie hin und hebt es wieder auf, aber ihr scheint, nur ein sehr eingebildeter Mann könne verlangen, dass ein Leser über fast zweihundertfünfzig Seiten seinen Denkansätzen folgt, sie nachvollzieht und ihnen zumindest teilweise zustimmt, um dann plötzlich so vor den Kopf gestoßen zu werden. Das ist unzumutbar, findet sie, es erfüllt ihr Bedürfnis nicht, so wenig wie das Wasser ihren Durst gestillt und die Arbeit im Garten ihren Bewegungsdrang befriedigt hat.

Morgens um neun zeigt das Thermometer neben dem Fenster schon dreißig Grad

Morgens um neun zeigt das Thermometer neben dem Fenster schon dreißig Grad an; ohne Klimaanlage wäre diese Wohnung im Sommer völlig unbewohnbar. Deserti schaltet sie mit der Fernbedienung ein, schließt halb die Augen in dem nach und nach kälter werdenden Luftstrom, obwohl er sich gleichzeitig auch schämt, dass er ein so mieses, umweltschädliches Gerät benutzt. Eigentlich müsste er sich solche Gedanken verbieten, denn unweigerlich folgt daraus ein Rattenschwanz an Überlegungen über die Kluft zwischen dem, was er sagt, und dem, was er tut, zwischen dem, was er gern wäre, und dem, was er ist.

Dass er gestern Abend zugestimmt hat, als Miriam Lovati ihn besuchen wollte, ist ein weiteres gutes Beispiel für seine Inkonsequenz und ein Beweis seiner Neigung, den gleichen Fehler mehrfach zu wiederholen. Sie haben sich kennengelernt, als er sich an das Immobilienbüro wandte, für das sie arbeitet, weil er erwog, die Wohnung in Mailand zu verkaufen und nach England zu ziehen, um näher bei seinen Kindern zu sein. Doch dann war die Idee verpufft, er war in dem Büro vorbeigegangen, um ihr das mitzuteilen und sich zu entschuldigen, und schließlich hatte er sie ins Restaurant zum Abendessen eingeladen, eher aus anthropologischer Neugier als weil er sie attraktiv gefunden hätte.

Im Lauf der letzten drei, vier Jahre hatten sie, oft weil sie nicht lockerließ und er sich allein oder angeödet fühlte, ein paar Dutzend Rendezvous, und jedes Mal ist das Resultat das Gleiche: Gesprächsthemen und gegenseitige Anziehung sind in weniger als einer Stunde abgehakt, er fühlt sich in die Falle getrieben, dazu kommt eine schlaflos zugebrachte Nacht, in der er sie im Bett auf Abstand hält, so weit er kann, Bedauern über die vergeudete Zeit, Verzweiflung bei dem Gedanken, dass es in seinem Leben niemand Besseren gibt, Mitleid mit ihr, Schuldgefühle, Ungeduld, sie möglichst schnell loszuwerden.

Jetzt klingelt auch noch das Handy auf dem Tisch im Wohnzimmer, mit dieser unerträglichen Rap-Musik, die sein Sohn Will ihm zum Spaß heruntergeladen hat und die er natürlich nicht mehr wegkriegt. Wenigstens ist es eine gute Ausrede, um aus dem Bett zu springen und die Hose anzuziehen. Er läuft mit der Hand an der Gürtelschnalle auf den Flur, stolpert über einen der Kartons, die überall in der Wohnung herumstehen, und fällt hin.

»Alles in Ordnung?«, ruft Miriam Lovati aus dem Schlafzimmer in ihrem Turiner Akzent mit offenen Vokalen, wo sie geschlossen sein müssten, und umgekehrt.

»Ja!«, ruft er, schon wieder auf den Beinen, doch der rechte Knöchel schmerzt. Er nimmt das Handy: »Hallo?«

»Daniel Deserti?«, sagt eine weibliche Stimme am anderen Ende ganz zögerlich.

»Wer ist da?«, bellt er. »Wer spricht?«

»Clare Moletto«, sagt die Stimme. »Störe ich Sie?«

»Woher haben Sie diese Nummer?« Er spürt einen stechenden Schmerz, der Knöchel muss halb verstaucht sein.

»Die haben *Sie* mir gegeben«, sagt die Moletto. »Als wir uns vor Ihrem Haus gesehen haben. Wegen des Schadens am Auto, auf das Sie draufgefahren sind. Im Regen.«

»Ach so, ja«, sagt Deserti, mit einem verschwommenen Bild von ihr auf der Straße vor seinem Haus. »Nicht dass ich *Dutzende* von Autos angefahren hätte, das versichere ich Ihnen.«

»Da bin ich ja froh.« Die Moletto lacht.

»Ich habe Ihrem Verlobten das Geld schon überwiesen«, sagt er. »Was wollen Sie noch?«

»Gar nichts.« Sie klingt beleidigt. »Ich hatte Sie wegen etwas ganz anderem angerufen, aber egal.«

»Weshalb denn?«, fragt er; er wendet den rechten Fuß hin und her, um zu sehen, wie sehr der Knöchel gelitten hat.

Die Moletto schweigt, vielleicht hat sie aufgelegt.

»Hallo?«, sagt er. »Nun sagen Sie schon!«

»Ach nichts«, sagt sie.

»Gerade haben Sie behauptet, Sie wollten mit mir reden«, sagt er. »Worüber denn?« Eigentlich interessiert es ihn nicht, aber zumindest ist es ein Vorwand, um nicht wieder ins Schlafzimmer gehen zu müssen, bevor Miriam Lovati sich nicht angezogen hat.

»Über eines Ihrer Bücher«, sagt die Moletto feindselig.

»Welches?« Er beugt sich hinunter und massiert sich den Knöchel.

»Egal«, sagt die Moletto.

»Über welches wollten Sie reden? Ich habe sechs Bücher geschrieben.«

»Falscher Schritt«, sagt die Moletto gezwungen.

»Und?« Allmählich fallen ihm ihre seltsam exotischen

Gesichtszüge wieder ein, ihre schüchterne und doch harmonische Art, sich zu bewegen.

»Nichts«, sagt die Moletto. »Jemand hatte es im Zug liegenlassen.«

»Da haben Sie es auf der Fahrt gelesen«, sagt er.

»Ja«, erwidert die Moletto. »Aber dann habe ich es weggeworfen.«

»Wirklich?«, fragt Deserti. »Warum denn?« Vor allem will er sie aus der Reserve locken, herausfinden, mit welcher Einstellung sie versucht, ihm als interessante Leserin zu erscheinen, unter zigtausend uninteressanten Lesern.

»Ich glaube kaum, dass Ihnen das wichtig ist«, sagt die Moletto. »Und außerdem habe ich jetzt zu tun, auf Wiedersehen.«

»Nachdem Sie schon mal dran sind, können Sie es mir doch sagen«, drängt er. »Schließlich haben Sie mich angerufen.« Der Schmerz am Knöchel nimmt ab: Er spürt ihn fast nicht mehr.

»Verzeihen Sie vielmals die Störung«, sagt die Moletto. »Guten Tag.« Sie legt auf.

»Hallo?«, ruft er in das stumme Handy, wirft es auf das Sofa, macht endlich seinen Gürtel zu. Das ist wirklich ein bescheuerter Vormittag, denkt er, in einem bescheuerten Sommer, in einem bescheuerten Leben.

»Alles im Ordnung?«, jammert Miriam Lovatis Stimme aus dem Schlafzimmer.

»Nein!«, schreit er.

»Kommst du nicht noch ein bisschen her?«

Er steckt den Kopf durch die Schlafzimmertür: »Ja bist du immer noch im Bett?«

In schmachtender Pose, die sie wahrscheinlich einstudiert hat, während er im Wohnzimmer war, liegt Miriam Lovati zwischen den Laken: »Du hast's aber eilig.«

»Ich habe einen Termin.« Er zieht sein Hemd an.

»Auf einmal?« Sie entblößt ihr eines Bein bis zur Leiste.

»Ja.« Er wendet den Blick ab.

»Was machst du, läufst du davon?«, sagt Miriam Lovati. »Komm mal eine Minute her, gib mir wenigstens einen Kuss.«

»Ich habe keine Zeit.« Am liebsten würde er ihr das Laken wegreißen und sie am Arm hochziehen, wenn es nicht als erotische Geste missverstanden werden könnte.

»Nur Ruuuhe«, sagt sie. »Immer mit der Ruuuhe.« Aber wenigstens steht sie auf, wenn auch mit einer nervtötenden Langsamkeit, die womöglich verführerisch wirken soll.

Um sie nicht nackt zu sehen, dreht er sich um, geht ins Wohnzimmer, zieht seine Schuhe an. Er möchte bloß endlich den Hahn der vergeudeten Zeit zudrehen, allein sein, etwas Konstruktives tun.

Miriam Lovati verschwindet im Bad, macht ewig herum; das Wasser läuft und läuft durch die Leitungen in den Wänden, durch die unsichtbaren Eingeweide des Hauses. Von der Straße tönt gedämpfter Lärm von Autos und Motorrädern herauf, das tiefere Brummen eines Lastwagens. Er öffnet ein Fenster im Wohnzimmer: Eine Welle feuchter, stickiger Hitze überfällt ihn wie ein außerirdisches Monster, geifert ihm ins Gesicht, dringt unter seine Kleider. Er macht sofort wieder zu, geht zum Bad und klopft mit der flachen Hand an die Tür: »Mach schon. Es ist spät!«

Zuletzt kommt Miriam Lovati heraus, frisch geschminkt

und frisiert in ihrem pfirsichfarbenen Kleid, als müsste sie gleich einem Kunden eine der teuersten Wohnungen zeigen, die ihr Maklerbüro im Angebot hat. »He, Daniel?«, sagt sie. »Alles okay?« Die Pupillen ihrer himmelblauen Augen sind immer noch verengt.

»Ja, wunderbar«, sagt er, noch ungehaltener, weil sie ihn mit Namen angesprochen hat. Natürlich tut es ihm gleichzeitig leid für sie, für ihre gelegentlichen zwecklosen Bemühungen, ihn zu verführen, die ganze Sorgfalt, die sie gestern Abend und auch jetzt auf ihr Äußeres verwandt hat. Trotzdem schiebt er sie rasch zur Tür und die Treppe hinunter, durch die Eingangshalle nach draußen.

Auf der Straße nehmen die Gluthitze und das weiße Licht allen Raum ein, sättigen jeden freien Millimeter zwischen den Fassaden der Gebäude. Miriam Lovati setzt die Sonnenbrille auf, vollführt eine halbe Drehung, geht langsamer: »Auch wenn es dich nicht interessiert, es war wunderschön, jedenfalls für mich«, sagt sie in einem kindlichen Tonfall, gespielt wie alles Übrige.

»Freut mich«, erwidert Deserti. Er gibt sich einen Ruck, beugt sich vor und küsst sie auf die Stirn. Dann zeigt er auf die Straße in der entgegengesetzten Richtung, die sie einschlagen muss. Der Knöchel sticht erneut, wie ein wiederkehrender Gedanke. Als er losgeht, bemüht er sich, nicht zu hinken.

Nachdem er eine längere Runde um den Häuserblock gedreht hat, geht er zurück in die Wohnung, öffnet das Fenster des Schlafzimmers, das noch von Miriam Lovatis schwerem, süßlichem Parfüm erfüllt ist. Zwischen den zerwühlten Laken liegt ihre Perlenkette, bestimmt absichtlich vergessen, um einen Vorwand zu haben, ihn wiederzusehen. Er legt sie auf ein Regal in der Küche, gießt sich ein halbes Glas Orangensaft ein, kippt zwei Finger hoch Whisky dazu und nimmt einen langen Schluck. Im Wohnzimmer betrachtet er die alte tragbare Olivetti, auf der er vier oder fünf Tage lang versucht hat, seinen neuen Roman von Seite eins an umzuschreiben in der Hoffnung, dass das Werkzeug einen Einfluss auf den Inhalt hat. Er wirft einen Blick auf die Blätter auf dem Tisch, aber er sieht nur professionell aneinandergereihte Wörter. Er knüllt die Seiten zusammen, schmeißt sie an die Wand. Dann hebt er sie auf, streicht sie glatt, probiert sie durchzulesen und zerreißt eine nach der anderen.

Er wandert in der Wohnung hin und her, fühlt sich ausweglos in der Falle. Sein rechter Knöchel schmerzt, ihm wird schon übel, wenn er nur ans Schreiben denkt. Er versucht sich andere Bücher vorzustellen als das, das er begonnen hat, doch ihm scheint, als habe er sie alle schon gelesen oder geschrieben, so bar jeder Überraschung ist alles. Er versucht sich eine Reise vorzustellen, die ihm neue Bilder und Eindrücke vermitteln könnte, ist aber ziemlich sicher, dass die Orte, die er noch nicht gesehen hat, ihn sowieso nicht interessieren. Er probiert, an irgendeine Tätigkeit zu denken, die er ausüben könnte, anstatt zu schreiben – aber was? Er schenkt sich noch ein halbes Glas Orangensaft mit Wodka ein, doch der Alkohol verbessert seine Sicht der Dinge in keiner Weise. Ohne die Handschuhe anzuziehen, versetzt er dem Boxsack, der im Wohnzimmer hängt, ein paar Faustschläge und tut sich an Fingerknöcheln und Handgelenken weh.

Er setzt sich auf ein schwedisches Designersesselchen, das ihm eine krankhaft eifersüchtige Exfreundin hinterlassen hat, probiert es mit einer Inventur der wirklich denkwürdigen Dinge, die ihm in den letzten drei, vier Jahren passiert sind: nichts, nichts, nichts. Ihm ist, als sei er in einem Kreislauf schon gedachter Gedanken, schon erlebter Ereignisse und schon gesagter Worte gefangen und finde keinerlei guten Grund, um da überhaupt wieder herauszukommen. Auf dem Tisch liegt die Fotokopie eines Klassenaufsatzes von Will, den sie zusammen gelesen und kommentiert haben, ohne dabei die Barriere der Nicht-Kommunikation länger als ein paar Sekunden durchbrechen zu können. Das danebenliegende kleine Zebra aus Holz mit eingebrannten Streifen, das Jenny ihm geschenkt hat, gibt ihm einen heftigen Stich.

Clare Molettos Stimme am Telefon fällt ihm wieder ein: die verhaltene Neugier, die leichte Trauer, die Unsicherheit, der frische, dann aber wieder zurückgezogene Schwung, ihre wütende Art, das Gespräch zu beenden. Dass ihm jemand den Hörer aufknallt, hat er noch selten erlebt, außer in ein paar sehr zerrütteten Beziehungssituationen; das war immer eher seine Rolle. Er erinnert sich an einige andere Merkmale der Moletto, als sie sich unten vor dem Haus getroffen hatten: den rasch aufflammenden Stolz, die präzisen Antworten, ihre wilden Haare, die Farben in ihrem Blick. Einen Moment lang meint er, sich durch ihre Augen zu sehen, und es ist gar kein erfreulicher Anblick.

Er nimmt das Handy vom Tisch, ruft, ohne nachzudenken, die Nummer des letzten beantworteten Anrufs an. Er hört das gedehnte Tuten, das wer weiß welcher Klingelmelodie entspricht, in wer weiß welchem Zimmer oder welcher Straße. Er bereut es schon, kommt aber auch nicht auf die Idee aufzulegen, obwohl das vergebliche Läutenlassen allmählich peinlich wird.

Dann plötzlich die Stimme der Moletto: »Ja, hallo?«

»Wer spricht?«, fragt er.

»Clare Moletto«, sagt sie, nicht gerade freundlich. »Was wollen Sie?«

»Ich muss die falsche Taste gedrückt haben«, sagt er mit schlechtgespielter Überraschung. »Ich habe noch nicht kapiert, wie dieses dämliche Handy funktioniert.«

»Na dann, Wiedersehen«, sagt die Moletto schroff.

»Warten Sie«, sagt er, ohne so schnell eine passende Notlüge erfinden zu können.

»Was wollen Sie?«, fragt die Moletto.

»Warum haben Sie mich angerufen?«, fragt er.

»Sie haben mich doch angerufen«, sagt die Moletto genervt.

»Aber vorher haben Sie mich angerufen!«, erwidert er. »Das können Sie nicht bestreiten!«

»Jetzt hören Sie mir mal gut zu!« Es klingt, als würde sie ihn gleich mit Beschimpfungen überschütten, stattdessen fängt sie an zu lachen: perlende kleine glucksende Laute, dazwischen holt sie immer wieder kurz Atem.

Er fühlt sich auf einmal verunsichert, unter allen vorstellbaren Reaktionen ist dies die einzige, die er nicht bedacht hat. »Was finden Sie denn so amüsant?«, fragt er.

»Amüsant? Gar nichts«, antwortet die Moletto. »Höchstens *grässlich*.« Aber sie lacht weiter.

»Und warum?«, sagt er mit plötzlich unverhohlener Neugier, die er nicht mehr überspielen kann.

»Weil Sie so unglaublich egozentrisch sind!«, sagt die Moletto. »So unfähig zuzugeben, dass Sie unrecht haben!«

»Woher wollen Sie wissen, wie ich bin?«, erwidert er, obwohl er genau weiß, dass er sich nicht auf diese Ebene begeben darf. »Haben Sie irgendwelche Anhaltspunkte?«

»Ich glaube schon«, sagt sie. Ihre Stimme schwankt zwischen Ungeduld, Vergnügen und Ratlosigkeit.

»Zum Beispiel?«, fragt er, wie ein Soldat, der den Kopf selbstmörderisch aus dem Schützengraben streckt.

»Lassen Sie es lieber, Sie kämen nicht gut weg, wenn ich damit anfange«, sagt die Moletto, halb zugewandt, halb distanziert, eine seltsame Gratwanderung.

»Wo sind Sie?«, sagt er auf einmal, er weiß selbst nicht, warum.

»Wie meinen Sie das?«, fragt die Moletto.

»Zu Hause, bei der Arbeit, wo?« Ihm ist, als durchschnitte ihn eine feine Klinge – ein unheimliches Gefühl.

»Ich bin nicht in Mailand«, sagt sie.

»Und wo dann?«

Sie zögert, als hätte sie nicht die Absicht, ihm zu antworten. Dann sagt sie: »In Ligurien.«

»Wo in Ligurien?«, fragt er. »Ich habe die Hälfte eines Buches in der Nähe von Lerici geschrieben, als ich noch mit meiner ersten Frau zusammen war.« Er versteht nicht, warum er einer Fremden, mit der ihn kein gutes *feeling* verbindet, diese Dinge erzählt; er weiß es nicht.

»Es ist kein Dorf«, antwortet die Moletto, »sondern ein einzelnes Haus.«

»Aber die Gegend wird doch einen Namen haben, oder?«, drängt er. »Der Ort, zu dem es gehört.«

»San Minimo«, sagt die Moletto.

»Und wo liegt San Minimo?« Mehrere aus verschiedenen Zeiten und Orten stammende Bilder der ligurischen Küste gehen ihm durch den Kopf.

»Auf dem Land, zwischen Rapallo und Camogli«, sagt sie schließlich.

»Sieht man von dort das Meer?«, fragt er.

»Nein, es liegt in den Hügeln«, antwortet sie.

»Aha«, sagt er.

»Wieso stellen Sie mir jetzt alle diese Fragen?«, sagt die Moletto.

»Einfach so«, erwidert er. »Um besser zu verstehen.«

»Verstehen? Was wollen Sie verstehen?«, fragt die Moletto.

»Keine Ahnung«, sagt er. »Wie Sie sind, vermutlich, warum Sie so sind, Ihre Geschichte.«

»Na gut, ich muss jetzt Schluss machen.« Plötzlich hat sie es eilig. »Ich habe zu tun.«

»Was haben Sie denn vor?« Bei dem Gedanken, dass sie gleich auflegt, überkommt ihn eine absurde, panische Verlassenheitsangst: lächerlich, unbegründet.

»Eine Menge.« Es klingt wie das letzte Zugeständnis, zu dem sie bereit ist. »Ich muss mich jetzt wirklich verabschieden.«

»Warten Sie«, sagt er hastig. »Haben Sie nicht gesagt, Sie wollten über mein Buch reden? Als Sie mich vorher angerufen haben?«

»Ach, deswegen haben Sie mich zurückgerufen?«, sagt die Moletto. »Weil Sie wissen wollen, was ich über Ihr Buch denke?«

»Nein, nein«, sagt er, und mindestens daran besteht kein Zweifel. »Mein Buch interessiert mich überhaupt nicht.«

»Vielleicht ergibt sich mal eine andere Gelegenheit«, sagt sie, ohne freundlicher zu werden. »Jetzt muss ich gehen.«

Er zögert, würde gern noch weiterreden, doch ihm scheint, als habe er das Kräfteverhältnis sowieso schon auf erstaunliche Weise zu seinem Nachteil gewendet. »Einverstanden«, sagt er. »Bis bald.«

»Auf Wiedersehen.« Sie legt auf.

Gleich danach schenkt er sich noch ein halbes Glas Orangensaft mit Wodka ein, doch als er einen Schluck nimmt, ekelt ihn der Geschmack. Er kippt alles in den Ausguss, wie er es unter den Augen seiner Tochter getan hatte, und spült das Glas lange aus. Er geht ins Wohnzimmer, dreht wieder um. Seine Beine sind wie elektrisiert, der Atem ist flach, der Kopf voller Gedanken, die ihm wieder entschlüpfen, bevor er versteht, wohin sie ihn führen wollen. Er stopft die Geldscheine, die auf einer Konsole liegen, in die Hosentasche, zieht seine Schuhe an, verlässt die Wohnung, läuft die Treppe hinunter.

Die Zikaden in den Olivenbäumen kreischen unermüdlich

Die Zikaden in den Olivenbäumen kreischen unermüdlich, wie eine Lärmmaschine. Die Steine der Hauswand, die Steinplatten auf dem Weg und das Trockenmäuerchen davor sind glühend heiß; die Katzen haben sich an geschützten Plätzen versteckt. Mit dem Rechen recht sie die vertrockneten Olivenblätter auf der westlichen Seite des Rasens zusammen, muss aber bei jeder Bewegung gegen die Hitze ankämpfen und kneift im blendenden Licht die Augen zusammen. Jedes Mal, wenn sie sich in diesem Garten umsieht, findet sie es bewundernswert, wie es ihrem Vater gelungen ist, unter Berücksichtigung der Vegetation, der Sonnenlage und der Windeinflüsse Bereiche mit deutlich verschiedenem Charakter zu schaffen. Trotz seiner Neigung, über andere zu urteilen und sie bis an die Grenze des Erträglichen unter Druck zu setzen, wurde er in seinem kleinen Garten zu einem anderen, meditativen, nachdenklichen, ja sogar sanften Mann. Häufig meint sie ihn irgendwo mit Spaten, Heckenschere und Gießkanne hantieren zu sehen; Spuren seines Tuns hängen noch in der Luft, nach Jahren. Im Garten fehlt er ihr am meisten, ihr ist, als stehe sie hier mit ihm in stiller Verbindung. Auch deshalb hat sie keine Absicht, etwas daran zu verändern oder das Häuschen gar aufzugeben, obwohl die Männer in ihrem

Leben ihr immer wieder dazu geraten haben. Alberto hatte unter den Olivenbäumen einen großen Kühlschrank aus glänzendem Stahl aufgestellt und unter dem Feigenbaum eine Plattform gebaut, wo er bis zum Morgengrauen mit seinen Freunden trinken und singen und rauchen konnte, mit dem Ergebnis, dass der Feigenbaum genau dann verdorrte, als auch ihre Beziehung in die Brüche ging. Sie hatte darin das Sinnbild für seine ständigen Manipulationsversuche gesehen und die Bretter der Plattform nach der Trennung einzeln abmontiert und sie zusammen mit dem Kühlschrank einem Nachbarn geschenkt, dem Alberto später mit harten Forderungen alles wieder abgenommen hatte. Stefano wiederum hasste den Ort von Anfang an, weil er seinen bürgerlichen Maßstäben von Schönheit und Komfort nicht entspricht, weil vor ihm Alberto und noch früher Jack Moletto längere Zeit dort verbracht haben, aber vor allem, weil sie dort ihre wilde, naturverbundene Seite ausleben kann. Mit der Zeit entwickelte er fast eine Art ideologische Abneigung gegen das Häuschen von San Minimo, die sich gelegentlich in Nervenkrisen wie gestern Morgen am Telefon äußert.

Am Anfang verteidigte sie ihr Refugium genauso vehement, wie sie einen guten Freund in Schutz genommen hätte, dann ging sie dazu über, es kaum noch zu erwähnen, so wie sie es auch mit anderen Dingen hält, die ihr wichtig sind und für Stefano eine Bedrohung darstellen. Doch sie ist entschlossen, diese Mischung aus Einfachheit und Natürlichkeit und minimalem Komfort, aus Anspruchslosigkeit und Schwerelosigkeit zu erhalten. Von hier aus gesehen, wirkt die Stadt absurd kompliziert, zeitraubend, anstrengend und aufreibend. Vielleicht kommt sie deshalb viel seltener nach San Minimo, als sie eigentlich möchte: Jedes Mal zweifelt sie erneut an den Gründen, aus denen sie ist, wo sie ist, und tut, was sie tut. Ihr Vater nannte San Minimo den »Garten der Zweifel«, entsprechend seiner Theorie, wonach aus Zweifeln die interessantesten Ideen erwachsen.

Jetzt läutet das Handy beharrlich im unteren Stock. Sie fragt sich, ob sie es einfach überhören soll, dann geht sie die kleine verwinkelte Treppe hinunter. Auf dem Display steht *Stefano*. Sie zögert noch einmal; schließlich hebt sie ab.

»Mäuschen?«, sagt Stefanos Stimme.

»Ja?« Sie ist verblüfft, wie genau sie den Klang vorausgeahnt hatte, der jetzt in ihr rechtes Ohr tönt.

»Ich wollte dir nur kurz hallo sagen.« Keine Spur mehr von der Spannung des Vortags.

»Ciao«, sagt sie.

»Wie geht's da bei dir?«, fragt Stefano.

»Gut«, sagt sie.

»Und das Wasserrohr, alles in Ordnung?«, fragt Stefano.

Sie braucht ein paar Sekunden, bis sie versteht, wovon er redet. »Ja, alles in Ordnung.« Es tut ihr leid, dass sie ihn angelogen hat, aber so sehr dann auch wieder nicht. Letztlich, findet sie, ist es eine Form von Selbstverteidigung, bedingt durch die Umstände, ohne schwerwiegende Folgen.

»Hör zu, mir ist klar, dass du ein paar Tage allein sein möchtest«, sagt Stefano. »Nach all den Neuigkeiten der letzten Zeit.«

»Welche Neuigkeiten?«, sagt sie mit einem unbehaglichen Gefühl, das sich in mehrere Richtungen ausdehnt.

»Na ja, die neue Wohnung und alles Übrige«, sagt Stefano. »Auch meine Mutter meint, ich hätte dich wahrscheinlich etwas überfordert, weil ich dir gar keine Zeit zum Überlegen gelassen habe.«

»Es iiist so!«, kreischt die schrille Stimme seiner Mutter im Hintergrund.

»Schöne Grüße.« Clare kaut an ihrem Daumen.

»Sie grüßt dich auch«, sagt Stefano.

»Jedenfalls fühle ich mich nicht überfordert«, sagt sie. Oder vielleicht doch; und noch dazu voller Zweifel, Aversionen und Fluchtgedanken.

»Ein Glück«, sagt Stefano. »Mit welchem Zug kommst du zurück, heute Abend?«

»Ich weiß noch nicht«, antwortet sie.

»Wie, hast du noch keine Fahrkarte?« Sofort schwingt wieder ein vorwurfsvoller Ton in seiner Stimme mit.

»Nein«, sagt sie. Sie mag es überhaupt nicht, bei der Abreise schon über die Rückfahrt nachzudenken, und sie mag es auch nicht, so überwacht zu werden. Da wird sie scheu wie ein in die Enge getriebenes Reh, bekommt Lust, zu treten und sich loszureißen.

»Ruf kurz an, wenn du zurück bist, okay?«, sagt Stefano. »Dann weiß ich Bescheid.« Er bietet nicht an, sie am Bahnhof abzuholen: Sein Eifer hält sich in Grenzen, seit die allererste Zeit ihrer Beziehung vorbei ist.

»Ja, gut«, sagt sie. »Versprochen.« Sie möchte einen liebevolleren Ton anschlagen, doch woher nehmen, wenn nicht stehlen?

»Ciao, Mäuschen«, sagt Stefano.

»Ciao«, antwortet sie.

»Ach, Mama sagt, im August musst du unbedingt nach Ovada kommen«, sagt Stefano. »Du musst eine Möglichkeit finden, dich von deiner dämlichen Arbeit freizumachen.«

»Ich weiß nicht, wie das gehen soll«, erwidert sie.

»Man muss nur wollen«, sagt Stefano. »Denk, wie schön kühl es sein wird, beim Schlafen braucht man sogar eine Decke. Abseits von den überfüllten Stränden und Bergen verbringen wir vierzehn herrliche Tage mit Spazierengehen, gutem Essen und gutem Wein.«

»Mal sehen«, sagt sie, während sie sich in der schattigen Küche und dem kleinen Wohnzimmer umschaut, vor der Sonne geschützt, die draußen brennt.

»Tom und Lauretta kommen dann vielleicht auch ein paar Tage«, sagt Stefano. »Hundert Prozent sicher ist es nicht, aber wenn sie es schaffen, die Kinder zu ihren Eltern nach Macugnaga zu bringen, kommen sie.«

»Das wäre schön«, sagt sie, als handle es sich um eine ganz unwirkliche Szene auf einem anderen Stern.

»Also dann«, sagt er. »Irgendwie schaffst du es schon, frei zu kriegen.«

»Ich versuch's«, erwidert sie, nur um das Gespräch zu beenden.

»Küsschen, Mäuschen«, sagt Stefano.

»Ciao.« Sie legt auf.

Anschließend spürt sie innerlich eine so heftige Unruhe, dass sie noch einmal hinaufstürmt, sich den Rock herunterreißt, ein Paar Shorts anzieht, wieder hinuntereilt, in die Joggingschuhe schlüpft, die sie immer neben der Türe stehen hat, und losläuft, ohne auch nur abzuschließen, den

Maultierpfad hinauf, der direkt hinter dem Haus vorbeiführt und den Kurven der Hügel folgt.

Jedes Mal ist sie wieder bezaubert von dem Weg zwischen den Oliventerrassen und den Gärten der umliegenden Häuser, den Zitronen- und Bitterorangenbäumen, den wilden Weinranken und dem Bambus hinter den Maschendrahtzäunen, wo Hibiskusblüten leuchten, aus denen Nektar tropft und die von der zuckrigen Essenz und der Hitze trunkenen Insekten anlockt. Von hier aus und noch ein gutes Stück weiter sieht man weder Straßen noch Strommasten, Kiesgruben, hässliche Gebäude oder Autos, es gibt kein anderes Geräusch als das unablässige Kreischen der Zikaden. Immer wieder findet sie es ein Wunder, dass dieser kleine Ausschnitt der Welt beinahe genau so geblieben ist, wie ihr Vater ihn viele Jahre zuvor entdeckt hat, fern von den Hässlichkeiten, die jede geschwungene Linie mit Kanten aus grauem Zement verschandeln und das Gras unter Beton begraben und achtlos jede Harmonie zerstören. Die Illusion dauert an, die Zeit scheint stehengeblieben, dank des Winkels und der Ausrichtung, dank der alten Anwesen in den Händen zerstrittener Erben, dank der zu engen Durchgänge, der zu steilen Steigungen und der ungünstigen Verkehrsverbindungen, die für träge Köpfe und plumpe Hintern zu mühsam sind.

Heute allerdings wird ihre kontemplative Stimmung ständig gestört durch wirre Gedanken über das Leben und den Sinn der Dinge im Allgemeinen und über Stefano und über sie selbst. Sie fragt sich, wer sie wirklich sein will, wie, wo und warum, und ob es wohl stimmt, dass Zweifel interessante Ideen hervorbringen, denn in diesem Augenblick kann sie keinen zündenden Funken erkennen. Dafür mehren sich die Zweifel unentwegt, verfolgen sie, wie schnell sie auch laufen mag, rütteln an jeder armseligen Überzeugung, die sie in den letzten Jahren gehegt hat.

Ihr fällt wieder ein, wie sie Stefano zum ersten Mal gesehen hat, in dem Hotel in Santa Margherita, wo sie als Direktionsassistentin arbeitete und wo er zu einem zweiwöchigen Urlaub mit seiner Verlobten Susanna anreiste. Sie empfand eine Mischung aus Belustigung und Verlegenheit über seine förmliche, etwas gestelzte Galanterie, wenn er mit ihr sprach und ihr von weitem zulächelte, wenn er die Halle durchquerte, erinnert sich an seine Bitten um unnötige Auskünfte am Telefon, an den Zettel mit einem Gedicht von John Keats, den er ihr eines Morgens unauffällig in die Hand schob, den Kuss, den er ihr unerwartet direkt vor der Abreise im Gepäckraum abrang, den Brief voller erstaunlicher Adjektive, den er ihr an der Rezeption hinterlegte. Obwohl sie es damals nicht wahrhaben wollte, hatte sie es doch bewundert, wie sein Gesicht und der Klang seiner Stimme und sein Haarschnitt und jedes andere Detail an ihm zusammenpassten, gefestigt, stabil, Lichtjahre entfernt von der inneren und äußeren Unordnung Albertos. Dann erinnert sie sich an ihre Überraschung und Bestürzung, als er sie drei Tage nach seiner Rückkehr nach Mailand anrief, um ihr mitzuteilen, dass er sich von Susanna getrennt habe, genau wie er es in seinem Brief versprochen hatte, und demnach frei sei. Nachdem sie jahrelang versucht hatte, sich an das chronische Zuspätkommen, die verpassten Züge, die nicht gehaltenen Versprechen, die pubertären Anwandlungen, die übersteigerten Schwärmereien und die

Panikanfälle Albertos zu gewöhnen, konnte sie kaum glauben, dass es einen so verlässlichen, pünktlichen, wohlerzogenen Mann gab und dass ein solcher Mann sich auch noch für sie interessierte.

Dennoch brauchte sie mindestens sechs Monate, um sich von Alberto zu trennen; erst, als sie zufällig seine irrsinnige E-Mail-Korrespondenz mit der Sängerin Lisa Grosto entdeckt und ihn nach wochenlangem Zögern und stillem Leiden eines Abends damit konfrontiert hatte, brachte sie die Kraft dazu auf. Er brach in Tränen aus wie ein großes, verstörtes Kind und gestand, dass er tatsächlich ein paarmal mit Lisa Grosto ins Bett gegangen war, als sie im Haus ihrer Eltern in der Nähe von Scilla zusammen geprobt hatten. Selbst da hatte sie noch keine klare Entscheidung treffen können; weitere Wochen widerstreitender Impulse und unergiebiger Gespräche waren nötig gewesen, nutzlose Ratschläge seitens ihrer Schwestern, Freundinnen und Freunde, lange Spaziergänge und schlaflose Nächte. Dann besuchte sie ihn eines Tages in Recco in seiner Atelierwohnung unter der Überführung, um herauszufinden, was seinem Verwirrungszustand zugrunde lag, und da schrie er sie mit unerwarteter Heftigkeit an, er habe das Recht zu machen, was er wolle, und sie solle ihn nicht nerven. Sie lief heulend auf die Straße, und im selben Augenblick rief Stefano sie an, mit seinem akkuraten Akzent, seinem freundlichen Ton. Ein bewundernswertes Beispiel für klare Gefühle, ein Mann, der zu geradlinigen Entscheidungen fähig war und geduldig zwischen tausend Turbulenzen und Unschlüssigkeiten auf sie wartete, ohne je wirklich die Fassung zu verlieren. Er war anders als sie, ja, aber gemessen an Albertos Überheblichkeit und Unzuverlässigkeit und jetzt auch noch Untreue wirkten seine bürgerlichen Qualitäten ungemein beruhigend auf sie. Auf einmal kam sie sich dumm vor, weil sie sein Werben nicht sofort angenommen hatte.

In diesem Licht besehen, scheint es klar, warum sie mit ihm nie ganz sie selbst sein kann: Sie war so entschlossen gewesen, aus den Fehlern der Vergangenheit zu lernen, die schlechten Seiten ihres Charakters abzulegen, ein mental und gefühlsmäßig ausgeglichenerer Mensch zu werden. Deswegen stimmte sie zu, als er sie bat, die Arbeit im Hotel und das Häuschen auf dem Hügel und die Freunde und das Leben an der ligurischen Küste aufzugeben und nach Mailand zu ziehen, in sein Revier. Sie tat alles, um sich seinem Geschmack, seiner Sprache, seiner Zeiteinteilung, seiner Art, mit den anderen umzugehen, seinen Freunden, seiner Arbeit, seiner Mutter anzupassen. Lange dachte sie, das gehöre dazu, wenn man sich von einem halbwilden zappeligen Mädchen zu einer erwachsenen Frau entwickeln wollte, die in der Welt bestehen, heiraten, einen Beruf finden und vielleicht sogar Mutter werden konnte. Doch an einem bestimmten Punkt ist die Verwandlung zum Stillstand gekommen, und ohne es zu wollen, hat sie begonnen, zu ihrem ursprünglichen Selbst zurückzukehren. Wann genau oder warum könnte sie nicht sagen: ob es vom mangelnden Willen abhing, von Stefanos plötzlicher Abneigung, seine Wohnung mit ihr zu teilen, von Enttäuschung, Routine, Monotonie. Sie weiß nur, dass sie in letzter Zeit immer häufiger schwankt zwischen Gleichmut und Aversion, plötzlichen Bedürfnissen, unterdrückten und sogleich wieder aufflackernden Regungen, Unruhe, Erschrecken und Bedauern. Sie fragt sich, ob es eine vorübergehende Phase ist, auf die ein neuer Entwicklungsschub folgen wird, oder ob sie vor einer Art natürlichem Hindernis steht, das nur schwer zu überwinden ist. Sie fragt sich, ob es ihr Schicksal ist, mögliche Leben zu beginnen, um sich zurückzuziehen, sobald es endgültig ernst werden könnte, und ob ihre Träume weniger denn je mit der Wirklichkeit zu tun haben.

Sie läuft an dem verlassenen Haus vorbei, das über dem Maultierpfad am Hang klebt, folgt dem kurvigen Steinmäuerchen zwischen den mit Oliven bebauten Terrassen, atmet den Ziegengeruch ein, den Geruch nach glühender Erde. Die Zikaden spannen immer noch unermüdlich ihre Singmuskeln an, *zagzagzagzagzag* lassen sie Zweifel über Zweifel in der stehenden Luft vibrieren. Sie läuft durch den Engpass, wo die Brombeerranken den Weg überwuchern und ihr Arme und Beine zerkratzen, überquert den Graben mit seinem feuchteren und kühleren Lufthauch, biegt nach links ab, läuft die steile asphaltierte Straße hinauf zu dem Haus mit dem gut gepflegten Gemüsegarten und weiter bergauf bis hinter das große verlassene Haus mit der dunkelrosa gerahmten Fassade und dem einstigen Garten, der nun ein Dschungel ist, von wo aus man unten die verbaute Ebene und hinter den Bergen die Autobahn auf Stelzen sieht und aus der Ferne Motorenlärm hört.

Als sie nach Hause kommt, ist sie erschöpft, das T-Shirt und die Shorts sind schweißgetränkt, sie hat Muskelkater, und doch hat sich ihre Unruhe keineswegs gelegt. Sie zieht sich aus und dreht die Dusche auf. Ihr Herz klopft immer noch schnell, fast wie vorher beim Laufen, braucht zwei, drei Minuten, bis es sich beruhigt. Nackt und tropfend überquert sie den Rasen, zieht drinnen ein Höschen und ein T-Shirt an und frottiert sich die Haare, während sie herumgeht.

Im unteren Stock verzehrt sie den letzten Pfirsich, dann greift sie zu der alten Eko, die in der Ecke hinter dem Sofa steht, und spielt ein paar Akkorde. Es ist eine große, schwere Gitarre, die in den siebziger Jahren in Italien gebaut wurde. Sie hat sie von den ersten Ersparnissen in einem kleinen Geschäft in Genua gebraucht gekauft, als sie in dem Büro für technische Übersetzungen ihr erstes italienisches Gehalt bekam. Auch Gitarrespielen gehört zu jenem Teil ihrer selbst, den sie in den letzten Jahren beiseitegeschoben hat, und mindestens das war bestimmt eher ein Verlust als ein Fortschritt. Anfangs interessierte Alberto das kleine Folk- und Bluesrepertoire, das sie von Onkel Harry gelernt hatte, doch ermunterte er sie nie zum Spielen; nur zwei- oder dreimal hatten sie zusammen herumgeschrammelt, dann war Schluss. Es passte ihm nämlich kein bisschen, dass sie ebenfalls ein Instrument spielte: Er wollte sie als inspirierende Muse, als Zuschauerin und Assistentin, gewiss nicht als Kollegin. Was Stefano angeht, so hat er nichts übrig für Musik, das Einzige, was sie ihn je hat singen hören, waren Bruchstücke aus Opernarien, die er von seiner Mutter kannte. Auch er fand es in der allerersten Zeit amüsant, sie singen und spielen zu hören, danach verlor er rasch das Interesse; und einige Monate später verriet er ihr gar, dass er eine Frau mit Gitarre in der Hand, ehrlich gesagt, vulgär finde. Sie war gekränkt, trug es ihm aber nicht nach; ab da spielte sie einfach nur noch heimlich, wenn auch selten.

Jetzt sind die Fingerkuppen ihrer linken Hand wegen der fehlenden Übung zu weich und schmerzen schon nach wenigen Akkorden, die Koordination der Finger ihrer rechten Hand ist mangelhaft. Sie fragt sich, ob es sich lohnen würde, wieder regelmäßiger zu üben, die Gitarre eventuell nach Mailand mitzunehmen, oder ob es besser wäre, sich wichtigeren Dingen zuzuwenden. Sie fragt sich, ob es in ihrem Leben ein einziges Eckchen gibt, das nicht von Zweifeln durchzogen ist: Nein, scheint ihr, jedenfalls nicht in diesem Augenblick. Der Gedanke erschreckt sie und bringt sie zum Lachen; sie kratzt sich am Kopf, zieht ein altes Buch mit Folksongs heraus, versucht *Lil' Miss Kathy Had A Cow* zu spielen. Es gefällt ihr, wie die Saiten je nach Griff harmonisch vibrieren, jeder Akkord weckt ein besonderes Gefühl. Sie fängt an zu singen, auch wenn sie bei dem Refrain oft die Töne nicht ganz richtig trifft. Die Musik war eines der wenigen fröhlichen Elemente ihrer Kindheit in Rochester: Die Ausflüge im Auto kommen ihr in den Sinn, Tänze mit den Schwestern, Onkel Harold an Frühlingsabenden hinter dem Haus mit seiner Gibson, einer Mandoline aus den zwanziger Jahren. Auf dem Küchenschrank beginnt ihr Handy zu klingeln und zu vibrieren. Wahrscheinlich wieder Stefano, denkt sie, oder womöglich jemand von der GreatAssistance, der möchte, dass sie einspringt; sie lässt es klingeln und konzentriert sich auf die Gitarre. Was ihr bei dem großen Hals etwas schwerfällt, ist der Barrégriff beim F-Akkord: Es kostet Anstrengung, alle Saiten mit dem quergelegten Zeigefinger herunterzudrücken, ohne dass eine dumpf klingt oder surrt.

Irgendwann schaut sie auf das Handy wegen der Uhrzeit

und sieht, dass sie schon los muss, wenn sie nicht zu spät in Mailand ankommen will. Ihr Kopf füllt sich mit Bildern rasch aufeinanderfolgender Handlungen: ihre Sachen wieder in den kleinen Rucksack packen, das Haus abschließen, nach Rapallo fahren, den Motorroller beim Mechaniker am Bahnhof abstellen, Fahrkarte kaufen, in den Zug steigen. Sie geht ins Schlafzimmer hinauf, zieht die leichte Baumwollhose mit den vielen Taschen an, putzt sich die Zähne, schaut sich um, ob sie nichts Wichtiges vergessen hat. Dann tritt sie ans Fenster, um die Läden zu schließen, und sieht einen Mann in weißem Hemd und dunkler Killerbrille das steile Sträßchen heraufkommen, das zwischen zwei Steinmäuerchen zum Haus führt. Seltsam, in dem blendenden Licht kann sie ihn nicht deutlich erkennen, und dennoch hat sie nicht den geringsten Zweifel: Es ist Daniel Deserti.

Diese Erkenntnis versetzt sie augenblicklich in Panik: die erste Reaktion, die ihr in den Sinn kommt, ist, aus dem rückwärtigen Fenster zu schlüpfen, auf dem Maultierpfad wegzulaufen und zwischen den Olivenbäumen abzuwarten, bis er wieder gegangen ist. Doch ebenso rasch und heftig wächst ihre Neugier, schießt ihr ins Blut und beschleunigt ihren Herzschlag. Sie späht noch zwei-, dreimal hinter dem halb geschlossenen Fensterladen hervor, dann findet sie es absurd, sich weiter so zu verstecken; sie geht hinunter, zögert kurz zwischen Küche und Haustür, tritt hinaus.

Daniel Deserti ist nur noch wenige Meter entfernt: Ihre Blicke kreuzen sich, und beide zucken leicht zusammen, im selben Moment.

»Also ist es das richtige Haus«, sagt er lächelnd. Er keucht wegen der Steigung, aber nicht sehr. In der Hand hält er eine

Flasche Spumante Rosé: Kleine Tropfen laufen über das dunkle, beschlagene Glas.

»Was machen Sie hier?«, sagt sie, die Augen wegen der Sonne halb geschlossen.

»Ich kam hier vorbei«, sagt Daniel Deserti. Er nimmt die Killerbrille ab, wischt sich mit dem Handrücken den Schweiß von der Stirn.

»Das ist aber kein Ort, an dem man einfach so vorbeikommt«, sagt sie.

»Nein.« Er wendet sich um. Seine Art, sich zu bewegen, ist ausgeprägt männlich: kontrolliert und doch angespannt, leicht bedrohlich.

Der Rhythmus der Zikaden lässt die Luft vibrieren.

»Unser Telefongespräch war nicht besonders«, sagt er.

»Nein«, erwidert sie. Der abschüssige Hang ist für sie von Vorteil, der Stand der Sonne aber von Nachteil: Sie fühlt sich exponiert und kann ihn doch nicht gut sehen.

»Heiß.« Er wischt sich erneut mit der Hand über die Stirn.

»Wie haben Sie das Haus hier gefunden?«, fragt sie. Sie atmen auf gleiche Weise, auch wenn er wer weiß wie lange bergauf geklettert ist, sie nicht.

»Es gibt nicht viele San Minimo, glaube ich.« Daniel Deserti lächelt. »Außerdem sind Sie hier in der Gegend offenbar ein Begriff. Ich habe in der Bar unten an der Staatsstraße gefragt, wo mich das Taxi abgesetzt hat, und sie sind zu zweit herausgekommen, um mir den Weg zu erklären. ›Die schöne Amerikanerin‹, sagten sie. Sie haben echte Fans unter den Leuten hier.«

»Wie auch immer, ich wollte gerade gehen«, sagt sie,

ohne ein kleines Lächeln unterdrücken zu können. Doch je mehr sie den Eindruck hat, dass seine Gesichtszüge wieder entspannt sind, umso mehr nervt sie sein ungefragtes Auftauchen.

»Aber ich bin doch gerade erst angekommen«, protestiert er. Sein weißes, verschwitztes Baumwollhemd klebt an den breiten Schultern, den muskulösen Armen.

»Ich habe Sie ja nicht hergebeten.« Sie wirft einen Blick ins Haus, betrachtet den Teil des Gartens weiter unten; sie glaubt, dass sie ihm keine Erklärungen schuldig ist oder Ausreden erfinden muss, aber ganz sicher ist sie nicht.

»Trinken wir nicht wenigstens einen Schluck?« Daniel Deserti hebt die Flasche hoch, die er in der Hand hält. »Bevor er zu warm wird?« In Wirklichkeit, wenn man genau hinschaut, wirkt er gar nicht so sicher: Am Grund seiner Augen, in seiner Art dazustehen, liegt ein Hauch von Verzweiflung.

Sie zögert: »Nur einen Schluck, dann muss ich los.« Sie geht in die Küche, holt zwei Gläser, tritt rasch wieder hinaus, aus Angst, dass er hereinkommen könnte. Doch er sitzt auf dem Mäuerchen, das das Haus vom Garten trennt, und betrachtet die steinerne Fassade.

»Es gefällt mir«, sagt er, als hätte sie auf seine Meinung gewartet. Er steht auf, geht die Stufen zu dem kleinen wilden Garten hinunter, lehnt sich an den Tisch hinter den Zitronenbäumchen, entfernt bedächtig die Metallkapsel von der Spumante-Flasche.

Sie beobachtet ihn oben von der grauen Steintreppe aus, die Gläser in der Hand. Absurd, diese Situation, und dennoch ist sie beinah sicher, dass sie sie vorhergesehen hat: in einem seltsamen Traum, in irgendeinem verwinkelten Gedanken.

»Könnte ich mal die zwei Gläser bekommen?« Mit dem Daumen drückt Daniel Deserti den Korken heraus: Es gibt einen Knall, der Korken fliegt über die Ranken der Pergola, der Schaum läuft den Flaschenhals hinunter auf seine Hose, auf das Gras des Rasens.

Sie eilt mit den Gläsern zu ihm, hält sie ihm hin, während er die rosa Flüssigkeit eingießt.

Es hat etwas Surreales, als sie sich kurz zuprosten, beide verlegen. Der Spumante ist gut, wenn auch mittlerweile fast lauwarm, die Gläser sind dickwandige Wassergläser; die Zikaden lassen nicht locker.

Daniel Deserti streicht mit der Hand über die Bretter des alten Tisches, dreht sich um und betrachtet die zwischen den Olivenbäumen gespannte Hängematte, die zwei verblassten Rattansesselchen, den Stumpf des Feigenbaums, der wegen Alberto eingegangen ist und den sie noch nicht beseitigt hat.

Sie weiß nicht genau, was sie tun soll: ihm erneut sagen, dass sie jetzt wirklich aufbrechen muss, ihm erzählen, wie ratlos und wütend sie sein Buch gemacht hat, über allgemeine Themen plaudern, hineingehen, den Rucksack nehmen, die Tür abschließen, den Helm aufsetzen und ohne weitere Erklärungen auf den Motorroller springen? Sie schwankt zwischen diesen unterschiedlichen Impulsen, doch keiner scheint stärker als die anderen zu sein.

Er trinkt sein Glas Spumante aus, geht über den unebenen Rasen, folgt der Lorbeerhecke und kommt wieder auf sie zu, hört aber nicht auf, die Einzelheiten rundherum aufzunehmen: »Dieser Ort ähnelt dir«, sagt er mit einer Handbewegung.

Sie ist überrascht von seinen Worten, davon, dass er sie plötzlich duzt.

»Er hat die gleichen Grundelemente«, sagt er.

»Was weißt du von meinen Grundelementen?« Sofort denkt sie, dass sie sich mit dieser Antwort schon eine Blöße gegeben hat.

»Ich sehe sie.« Er blickt ihr in die Augen, streckt die Hand aus und streicht ihr über eine Seite des Kopfes. Es ist keine wirkliche Liebkosung: Er berührt nur leicht ihre Haare, das linke Ohr, das Kinn.

Sie dreht den Kopf ein wenig weg, aber das Gefühl seiner Finger löst noch sekundenlang, nachdem er sie zurückgezogen hat, einen feinen Schauer in ihr aus.

»Hier kannst du sein, wie du wirklich bist.« Er lächelt, seine Lippen zittern leicht: Auch er wirkt ziemlich offen, seltsam verletzlich.

»Mag sein.« Sie schluckt; es ist zu wenig Abstand zwischen ihnen, sie begreift nicht, wie das passieren konnte.

»Das habe ich von Anfang an gespürt.« Seine Stimme klingt warm, hat die gleiche Temperatur wie das Licht.

»Was heißt von Anfang an?« Ihr ist, als könnte sie sich nicht von der Stelle rühren.

»Da im Regen«, sagt er. »Du warst eine Lichtgestalt in all dem Grau.« Wieder streckt er die Hand aus, berührt ihr linkes Ohr, ihre Haare. Diesmal weicht sie nicht aus; wieder überläuft sie ein Schauer, noch tiefer. Sie atmet ein, fühlt sich innerlich zerfließen, aber nicht wegen der Hitze, auch wenn die gewiss ihren Anteil daran hat.

»Du hattest alle diese Farben in den Augen«, sagt er. »Du fielst völlig aus dem Rahmen. Als kämst du von einem anderen Stern.«

Endlich bewegt sie sich, um sich der Berührung zu entziehen, wenn auch mit unglaublicher Verspätung. »Ich hätte nicht gedacht, dass du dich an viel erinnerst. Du hast einen ziemlich verwirrten Eindruck gemacht.«

Er lacht, dreht sich um und beobachtet eine Katze, die die Treppenstufen herunterstolziert und sich dann an seinem Hosenbein reibt; er bückt sich, krault sie am Kopf. Irgendwo rattert eine Mähmaschine, so ausdauernd wie die Zikaden.

»Möchtest du noch ein Glas?«, fragt sie. Gleich danach denkt sie, dass sie ihm so ein Angebot eigentlich nicht machen dürfte, aber ihr scheint auch, dass sie nicht viel Kontrolle über das Geschehen hat.

»Gern«, sagt er, noch immer die Katze streichelnd. »Vielleicht könntest du die Flasche vorher kalt stellen.«

Sie nimmt die Flasche, geht die Treppe hinauf ins Haus; sofort kühlt der Schatten ihre Haut, dafür erhitzt er ihr Blut umso mehr. Deserti folgt ihr bis zur Tür, wirft einen Blick hinein, bleibt aber auf der Schwelle stehen. Sie öffnet das Kühlfach, schiebt die Flasche hinein. »Das wird wohl eine Weile dauern«, sagt sie.

»Vermutlich schon«, sagt er. Er tritt ein paar Schritte zurück, löst sich fast auf im gleißenden Licht.

Sie geht ins obere Stockwerk, betrachtet sich atemlos im Spiegel an der Badezimmertür. Ihre Pupillen sind geweitet, die Haare zerzaust: Sie erkennt sich beinahe nicht; sie erkennt sich doch. Dann läuft sie wieder hinunter, hinaus in die Hitze.

Er ist erneut unten im Garten, sitzt gedankenverloren auf einem der Sesselchen im spärlichen Schatten eines Olivenbaums. Als er sie die Stufen herabkommen sieht, dreht er den Kopf, schließt halb die Augen.

Sie zögert, dann setzt sie sich in das andere Sesselchen, zieht es einen halben Meter nach hinten. Der Schatten ist durchlässig; sie haben die Ohren voller Geräusche. Sie sehen sich an, als wollten sie gleich etwas sagen, sagen aber nichts; sie lassen die Zikaden den Raum mit ihrem Lärm erfüllen. Ab und zu mustert sie ihn unauffällig: Er wirkt immer noch in Gedanken versunken, längst nicht mehr so herausfordernd wie bei seiner Ankunft. Sie würde gern etwas über ihn wissen, kann aber keine Frage formulieren.

»Dein Vater hat diesen Platz hier gefunden, nicht wahr?«, sagt er und bricht damit das Schweigen.

Ihr Herzschlag setzt einmal aus: »Woher weißt du das?«

»Das haben sie mir in der Bar unten erzählt«, erwidert er. »Der verrückte Amerikaner, sagten sie.«

»Er war überhaupt nicht verrückt.« Sie fühlt, wie sie errötet. »Ganz im Gegenteil.«

»Ich finde, das ist ein Kompliment, weißt du.« Er lächelt, einen Hauch Wehrlosigkeit im Blick.

Sie betrachtet die Hängematte zwischen den zwei Olivenbäumen, den knorrigen Apfelbaum mit den zu langen Ästen.

»Jedenfalls spürt man es«, sagt er.

»Was?«, fragt sie. Sie ist sich bewusst, dass sie ihn auf einmal zu aufmerksam ansieht, zu viel erwartet. Die Grenzen zwischen ihren Gefühlen und seinen Gedanken scheinen immer mehr zu verfließen.

»Seine Gegenwart.« Mit der Hand weist er um sich herum.

Sie lässt sich von seinem Blick entführen.

»Und man spürt, dass dies der Endpunkt einer langen Suche ist«, sagt er.

Sie schweigt. Da hatte sie sich so bemüht, um erst Alberto und dann Stefano die Bedeutung dieses Ortes zu erklären – ohne den geringsten Erfolg. Und er erfasst es einfach so.

Er zeigt auf die Lorbeerhecke, die den Garten an der unteren Seite abschließt, auf das gesplitterte, verkohlte Stück Holz mit weiß-blauen Lackspuren und einer roten Linie. »Was ist das?«, fragt er.

»Das Boot meines Vaters«, erwidert sie.

Er wirkt gar nicht erstaunt über die Erklärung. »Verbrannt?«, fragt er.

»Explodiert«, sagt sie.

Er schließt halb die Augen.

»Er war krank und wusste, dass nichts mehr zu machen war«, sagt sie. »In einer Vollmondnacht hat er das Boot mit Dynamit gefüllt und ist aufs offene Meer hinausgefahren.« Sie fixiert ihn, bereit, jeden urteilenden Kommentar, jede ironische oder banale Bemerkung abzuschmettern.

Er nickt einfach: Seine Augen sind warm, aufmerksam.

»Er hätte es nicht ausgehalten, langsam in seinem Bett dahinzusiechen«, sagt sie. »Und er wollte keinen Körper hinterlassen, der beerdigt oder verbrannt werden muss.«

»So ähnlich würde ich es auch halten wollen«, sagt er. »Aber dazu braucht man große Geistesgegenwart, genau dann, wenn sie im Abnehmen begriffen ist. Der Punkt ist, dass du den Moment erkennen musst, wo dir kein Spielraum mehr bleibt.«

Sie sieht ihn weiterhin forschend an und hat nicht den Eindruck, dass er nur so daherredet: Sein Gesichtsausdruck ist so eindringlich, es erschreckt sie fast, wie nah er ihr ist.

»Ich wollte ein Stück von dem Boot behalten«, sagt sie. »Es gab noch mehr, ich habe das ausgesucht, das mir am besten gefiel.«

»Sehr gut«, sagt er. »Ein großartiger Mann.«

»Ja«, erwidert sie.

»Kein einfacher, vermute ich«, sagt er.

»Nein«, bestätigt sie.

Er steht auf, kniet sich wortlos vor sie hin, streckt die Hände aus und umfasst ihr Gesicht. Sie sehen sich aus abnehmendem Abstand an, umtanzt von Licht und Farbe, gebrochen in Splitter, winzige Teile, einzelne, unstet leuchtende Pigmente. Sie denkt, dass sie sich vielleicht nähern könnten, bis ihre Lippen sich berühren, feucht, warm; aber es kommt ihr auch absurd und unbegründet vor.

Gleich danach hat er sich schon aufgerichtet, sitzt wieder in dem alten Rattansesselchen; beide nehmen wieder ihre ursprüngliche Haltung ein. Sie lächeln, in einem Übergangsstadium zwischen verschiedenen Unsicherheiten. Sie erhebt sich ebenfalls, ihr Sesselchen fällt um, sie will es wieder aufstellen, es gelingt ihr aber nicht sofort. Sie dreht sich zur Sonne um, die langsam über den Hügeln im Westen sinkt: »Sie geht bald unter.«

»Jetzt schon?« Sein Ausdruck ist so erstaunt, dass sie fast darüber lachen könnte, wenn sie nicht in diesem Zustand wäre. Und wenig später ist die Sonne schon hinter dem Hügelkamm verschwunden; im Garten und rundherum verliert das Licht rasch den fiebrigen Glanz. Die Luft kühlt ab, die Zikaden verlangsamen ihren Rhythmus. Wie jedes Mal empfindet sie ein Gefühl von Wohltat und Verlust zugleich, Erleichterung und Sehnsucht durchdringen ihre Seele.

»Willst du den Sonnenuntergang am Meer sehen?«, fragt sie, ohne zu überlegen. Gleich danach denkt sie, dass sie sich eigentlich von ihm verabschieden sollte und fertig, dass sie ihren Rucksack schultern, zum Bahnhof gehen und den Zug nach Mailand nehmen sollte. Aber der Gedanke kommt zu spät, er taucht zwischen ihren Empfindungen auf wie die Katze, die jetzt lautlos das Steinmäuerchen entlangläuft und irgendwohin verschwindet. Und sie hat überhaupt keine Lust, wieder in einem Zug zu sitzen, auf einmal wieder in der Stadt zu sein, diese seltsame Stimmung zu durchbrechen.

»Ja.« Daniel Deserti steht auf und geht auf das Tor zu.

Er kann sich nicht mehr erinnern, wann er zum letzten Mal Motorrad gefahren ist

Er kann sich nicht mehr erinnern, wann er zum letzten Mal Motorrad gefahren ist: Es muss mindestens fünfzehn Jahre her sein. Und es ist auch kein Motorrad, sondern ein Roller, ohne Tank in der Mitte, mit einem roten Schutzblech über dem Hinterrad zur Abschirmung der Beine und vorn einem Windschutz aus Plexiglas. Die Moletto nimmt ihren Helm aus dem Staufach und holt noch einen zweiten aus dem Schuppen. Sie bewegt sich so locker und natürlich, ihre krausen Haare sind zu einem kleinen Zopf geflochten, das T-Shirt lässt die bernsteinfarbenen Arme frei, die langen Beine stecken in einer grauen Cargohose mit vielen Taschen, die Füße in Sandalen: Sie wirkt meilenweit entfernt von dem wohlerzogenen bürgerlichen Mädchen, das ihn in Mailand aus dem Auto gezogen hatte, nach dem Unfall im Regen.

»Hier.« Sie hält ihm den zweiten Helm hin.

Er nimmt ihn, setzt ihn auf; mit fahrigen Fingern versucht er den Riemen unter dem Kinn zu schließen.

Die Moletto hilft ihm: Ihr genügt eine rasche Geste, aber sofort sind sie sich wieder sehr nah, atmen aus wenigen Zentimetern Abstand den Duft des anderen ein, in der von jeder Fläche vervielfachten Hitze.

Er schiebt den Roller vom Ständer, will ihn anlassen, schafft es aber nicht.

Sie lacht. »Du musst die Bremsen drücken«, sagt sie und zeigt ihm, wie.

Er probiert es erneut: Der Motor springt an, *wrrrrmm, wrrrrmm*, der Roller macht einen Satz nach vorn, reagiert rascher, als er vermutet hat. Er fühlt sich nicht Herr der Lage, was ihn einerseits amüsiert, andererseits beunruhigt. Wenn er ein Glas Spumante mehr getrunken hätte, denkt er, würde er sich vielleicht besser im Hier und Jetzt verankert fühlen, ohne die Angst, umzukippen und wie ein Idiot dazustehen.

»Bist du sicher, dass du fahren willst?«, sagt die Moletto, und er hat keine Ahnung, ob ihre Frage völlig unschuldig oder ein absichtlicher Versuch ist, ihn durcheinanderzubringen.

»Ja«, antwortet er, obwohl »sicher« das allerletzte Wort ist, das er in diesem Moment für seinen Zustand wählen würde.

Sie öffnet das Tor, hält einen Flügel auf, um Deserti vorbeizulassen, schließt es wieder. Ihre Art, sich umzudrehen, gefällt ihm; sie hat einen schönen, hohen, runden Po.

Er fährt ruckelnd hinaus, stützt einen Fuß auf den Boden, biegt mit größter Vorsicht in die kleine Asphaltstraße ein, die ihm noch steiler vorkommt als auf dem Herweg. Er bremst, hält sich mit den Beinen aufrecht.

Sie steigt hinter ihm auf, stellt die Füße auf die kleinen Stützen: »Los.«

Der Roller schwankt fürchterlich, bevor er auf der abschüssigen Straße das Gleichgewicht findet. Sie bleibt gelassen; als sie unten angekommen sind, sagt sie: »Nach rechts.«

Er verlangsamt, biegt in die asphaltierte Straße ein, beschleunigt in der Steigung, bremst, gerät erneut ins Schleudern, wird wieder schneller.

Sie ist auch eine gute Beifahrerin: Sie klammert sich nicht fest, lehnt sich weder vor noch zurück, verlagert ihr Gewicht nicht brüsk zur Seite. Es scheint sie nicht sonderlich zu beunruhigen, sich und ihren Motorroller einem Mann anzuvertrauen, mit dem sie als Erstes durch einen Auffahrunfall in Berührung gekommen ist; sie dreht sich um und betrachtet im Vorbeifahren die Hügelflanke: »Ich mag diese Stunde.«

»Ich auch«, antwortet er laut, damit sie ihn hört. Allmählich wird er mit dem Fahrzeug vertraut. Die diversen Techniken kommen ihm teilweise wieder in den Sinn: wie man in der Kurve das Gewicht verlagert, das Gas benutzt, um die Stabilität zu halten. Langsam macht es ihm auch Spaß; die warme Luft weht ihm entgegen, ins Gesicht und durch das Hemd, trocknet den Schweiß. Sie fahren an Gärten und Terrassen mit Olivenbäumen vorüber, durchqueren ein Waldstück mit hohen Kastanien.

Genau am steilsten Punkt ist ein Engpass zwischen zwei sehr nahe beieinanderstehenden Häusern, dann folgt eine Kurve, eine Kirche, ein kurzes Stück bergab; sie kommen auf einer Staatsstraße heraus. Sie berührt ihn von hinten an der linken Hüfte: »Nach links«, sagt sie.

Er biegt ab. Dann berührt sie ihn an der anderen Hüfte, und er biegt nach rechts ab, und plötzlich sind sie auf der anderen Seite des Hügels, wo die Sonne wieder mit unerwarteter Kraft die Szene beherrscht: orangefarbenes Licht färbt die Luft, ergießt sich über die rosa und gelben Häuser des Dorfes, über die Küste und die Weite des Meeres, das unter ihnen glitzert.

»Heeey!«, sagt sie, schlingt ihre Arme um seine Taille, schmiegt sich an ihn.

Die Sonne, das Licht, die Aussicht und die Empfindungen bei dieser Berührung stürmen gleichzeitig auf ihn ein, so dass er eine Sekunde lang den Eindruck hat, er bewege sich weder vorwärts noch rückwärts, sondern schwebe. Ein überraschender und doch bekannter Zustand, geboren aus dem Augenblick, in dem sie sich gerade befinden, und aus einer irgendwo in den Falten seines Gedächtnisses verborgenen Erinnerung. Die Überraschung bringt ihn ins Schleudern: Der Roller schwankt ein paar Meter hin und her, bevor er ihn wieder unter Kontrolle hat.

Sie lockert die Arme, drückt ihn wieder an sich. Sie fahren die kurvige Straße hinunter wie bei einer Phantasiereise mit offenen Augen, völlig versunken in den Körperkontakt, die Temperatur der Luft, die flimmernden Farben, das Ausbalancieren des Motorrollers, der brummt wie ein großes Insekt. Sie sehen die Küstenlinie von weit oben, doch geht es Serpentine für Serpentine bergab. Sie kommen an Hausgärten mit Bougainvilleakaskaden, Palmen und Zitronenbäumen vorbei, an Terrassen und Toren. Sie durchqueren das hässliche Neubauviertel eines Dorfes und folgen der Küste weiter unten, viel näher am Meer. An einer bestimmten Stelle streckt sie den linken Arm aus und schmiegt sich erneut an ihn: »Hier entlang.«

Er biegt in eine kleine abschüssige Straße ein, fährt langsam weiter, bis sie sagt: »Okay.«

Sie steigen ab. Er stellt den Roller auf den Ständer,

nimmt den Helm ab. Eigentlich fällt ihm alles recht leicht, dennoch fühlt er sich viel gehemmter als zuvor in der fließenden Bewegung des Rollers: zu sehr von der Schwerkraft bestimmt, zu sehr in jede Bewegung verhakt, zu sehr Sklave seines Gesichtsausdrucks.

Auch sie nimmt den Helm ab, schüttelt die Haare, lächelt. Sie geht einen schmalen Weg zwischen zwei hohen Mauern entlang, hinter denen sich Blumen- oder Gemüsegärten verbergen. Er folgt einige Schritte hinter ihr, bemüht sich, unbefangen zu wirken, nur im Hier und Jetzt verhaftet. Doch je länger er ihre Leichtigkeit beobachtet, umso bewusster wird ihm, wie schwer er sich fühlt. Er fragt sich, ob auch sie einen Widerstand überwinden muss, um sich so fließend und scheinbar leicht zu bewegen. Er kommt nicht dahinter, ob seine Unsicherheit von einem Übermaß an Selbstkontrolle herrührt oder ob sein Urteilsvermögen ernsthaft Schaden genommen hat.

Der Weg öffnet sich, unter ihnen liegt das Meer, und jetzt mischt die Sonne rötliche und goldene Töne am Himmel und auf der welligen Wasserfläche. Sie steigen eine in den Stein gehauene Treppe hinunter, folgen einem gepflasterten Pfad, der an den Felsen entlangführt bis zu einer kleinen Reihe von Tischen, die an einer Bar endet. Da sind Leute, die trinken und reden und das Licht- und Farbenspiel am Horizont betrachten; Satzfetzen und Gelächter, die von der lauen Luft verschluckt werden, Gesten, Blicke, Gläser, Zigaretten.

Sie setzen sich an ein Tischchen voller leerer Gläser und Tellerchen, Krümel, zerbröckelter Kartoffelchips. Die Stühle wackeln auf den ungleichen Steinen: Sie stützen sich beide mit den Füßen ab, schauen hinunter auf die von kleinen, glänzenden Wellen umspülten Klippen.

Ein Junge mit Bart und langen Haaren kommt aus der Bar und räumt den Tisch ab, macht eine kleine Verbeugung mit zusammengelegten Händen, irgendwie orientalisch. Die Moletto grüßt ihn freundschaftlich, sie kennt ihn, wie auch noch andere Personen, die ihr von Tischen weiter drüben zuwinken. Sie lächelt, winkt ebenfalls mit ihren eleganten Fingern. Sie denkt kurz nach und bestellt einen falschen Negroni, daraufhin wählt er mit scheinbar gleicher Unbefangenheit einen Vodkatini. Sie lächeln sich zu, aber ohne sich anzuschauen; sie drehen ihre Stühle so, dass beide der untergehenden Sonne zugewandt sind, strecken die Beine aus, nehmen das rotgoldene Licht auf. Sie schweigen, bis der Typ aus der Bar ihre Cocktails und einen Teller Focacciastückchen bringt und mit einer weiteren kleinen Verbeugung wieder verschwindet. Deserti greift nach seinem offenen Kelch mit dem schmalen Stiel, hebt ihn, um mit ihr anzustoßen.

»Prost!«, sagt sie lachend: die Mädchen-Kind-Frau, fröhlich, frei, unabhängig, lebhaft. Sie berührt mit dem Rand ihres Glases das seine und nimmt einen Schluck von ihrem Getränk, das die gleiche Farbe hat wie der Sonnenuntergang vor ihnen.

Er trinkt ebenfalls, mit einem Hauch Bedauern, nichts Stärkeres genommen zu haben, denn sein Cocktail ist durchsichtig und trocken. Doch der Alkohol tut seine Wirkung, wenn auch schwächer und langsamer, als er es jetzt bräuchte; er bestellt einen zweiten, als er noch mindestens einen Schluck übrig hat.

Sie nippt bedächtig ihren falschen Negroni und schaut aufs Meer.

»Wie kommt eine Amerikanerin hierher?«, fragt er mit einer Handbewegung, die die Bar, die Sonne, das Meer, die Küste und die Berge dahinter einschließt.

»Mein Urgroßvater väterlicherseits war aus Zoagli«, antwortet sie. »Er arbeitete als Matrose auf den Überseedampfern.«

»Moletto«, sagt er.

Sie nickt; sie hat diese Art, ab und zu die Augen zusammenzukneifen, um ein Detail schärfer zu sehen oder weiter in die Ferne zu blicken. »Er fuhr auf der Route Italien–Amerika, zuletzt hat er beschlossen, dorthin auszuwandern.«

»Wohin?«, fragt er.

»Rochester«, erwidert sie. »New York State.«

»Einmal war ich in Syracuse«, sagt er; sofort fühlt er sich albern, weil es wirkt, als versuchte er, alles auf sich zu beziehen. »Das ist da in der Nähe, oder?«

»Ja«, sagt sie.

»Es lag eine Menge Schnee«, sagt er, in der Erinnerung an seine nächtliche Ankunft an einem Busbahnhof, das Herz vereist von einer Beziehung, die gerade in die Brüche gegangen war. »*Mauern* von Schnee.«

»Die Winter da oben sind ziemlich hart«, sagt sie. »Mein Großvater sagte immer, man sollte nie auf der Ostseite eines Landes oder Kontinents leben.«

»Das stimmt, auf der nördlichen Erdhälfte.« Er findet die Klarstellung selbst pedantisch.

»Er wäre gern nach Kalifornien gegangen«, sagt sie, »hat

es aber bloß geschafft, im Alter eine Woche dort Urlaub zu machen.«

»Also bist du auch in der Kälte aufgewachsen?« Vor seinem inneren Auge sieht er ein kleines Mädchen im Schnee, auf einem zugefrorenen See.

»Ja«, sagt sie. »Im Winter schliefen meine Schwestern und ich mit Wollsocken und Mütze, morgens kostete es riesige Überwindung, aus dem Bett zu kriechen und in die Schule zu gehen.«

»Du hast Schwestern?«, fragt er.

»Vier.« Sie hebt die Hand, knickt den Daumen, zeigt die vier Finger.

»Donnerwetter«, sagt er. »Und Brüder?«

Sie schüttelt den Kopf: »Lauter Frauen in der Familie. Und mein Vater war einer von denen, die gern in männlicher Gesellschaft leben und nicht zugeben wollen, auch nur den winzigsten weiblichen Anteil in ihrer Persönlichkeit zu haben.«

»Was machte er?« Warum er jetzt so viele Informationen einholt, weiß er nicht, gewöhnlich hütet er sich vor dieser Art Befragung. In zwei seiner Bücher hat er auch eine Theorie dazu aufgestellt, wie entscheidend es sei, sich in der Praxis und auch mental von den Familien der anderen fernzuhalten.

»Er bildete die Soldaten der Spezialtruppen aus«, antwortet sie. »Nahkampf, Überlebenstechniken.«

»Aha.« Er merkt, wie ein leicht beunruhigendes männliches Konkurrenzgefühl in ihm hochkommt.

»Ja«, sagt sie. »Er hatte eine eigene Kampfsportart aus Jiu-Jitsu, Karate, Taekwondo und Aikido erarbeitet.«

»Und die hat er auch euch Töchtern beigebracht?« Ihm ist, als könnte er sie und ihre Schwestern als kleine Mädchen sehen, in Kampfsportstellungen auf einer amerikanischen Wiese; ein weiterer Beweis dafür, denkt er, dass du, sobald du deine Nase in das Leben einer Frau steckst, Gefahr läufst, ihre Geisel zu werden.

»Ein bisschen was«, sagt sie. »Mit uns hat er vor allem Überlebenstechniken geübt.«

»Na ja, die sind doch recht nützlich, oder?«, sagt er.

Sie zuckt die Achseln, lächelt. In der Tat hat sie etwas an sich, das daher kommen muss: auch jetzt, wie sie dasitzt, locker, aber mit geradem Rücken, in der Schwebe zwischen Entspannung und Anspannung.

»Auch als du mich nach dem Unfall herausgezogen hast«, sagt er, um sie ein wenig auf den Arm zu nehmen. »Da hat man gleich gemerkt, dass du dich auskanntest.«

Sie blickt ihn an, den Kopf leicht geneigt, ein seltsames Leuchten in den Augen. Ihre Physiognomie ändert sich je nach Blickwinkel, nach Licht, nach Situation: Verschiedene Seiten kommen zum Vorschein, mal ironische, mal tiefsinnige.

»Und deine Mutter?« An diesem Punkt, denkt er, kann er auch gleich ihren gesamten Hintergrund erfragen. »Woher stammt die?«

»Aus Irland«, sagt sie. »Ihre Familie ist viele Generationen vor der meines Vaters nach Amerika gekommen. Ihr Ururgroßvater hat mit dem Bruder von Jesse James zusammengearbeitet.«

»Mit dem Bruder?«, lacht er.

»Frankie James«, sagt sie ernst.

»Wie ist deine Mutter?«, fragt er.

»Geheimnisvoll, unergründlich«, erwidert sie. »Von der ätherischsten Unbestimmtheit geht sie nahtlos zu klaren Ansprüchen über.«

Er ist hingerissen von der Art, wie sie das T ausspricht: mit der Zungenspitze, die die oberen Zähne berührt und ganz kurz hervorschaut, rosa, feucht. »Haben sie sich oft gestritten?«, fragt er.

Sie nippt an ihrem falschen Negroni, blickt in die tief über dem Meer stehende Sonne. »Sie waren ein Extremfall von Anziehung der Gegensätze.«

»Der schöne Italiener mit der schönen Irländerin«, sagt er, einige recht lebendige Bilder von einem möglichen Vater und einer möglichen Mutter vor Augen.

»Woher weißt du, dass sie schön waren?«, sagt sie.

»Ich schaue dich an«, sagt er.

»Ach was.« Ihm ist, als erröte sie, doch sicher sein kann man bei diesem Licht nicht.

»Stimmt es nicht?«, fragt er.

»Doch«, sagt sie. »Unser Vater hatte große, dunkle Augen, volle Lippen. Er war muskulös, gut gebaut, hatte eine Art schmachtende Körperlichkeit verbunden mit latenter Aggressivität.«

»Und eure Mutter?«, fragt er. Er versucht es zu erraten, indem er sie betrachtet: die Gesichtszüge hinter ihrem Gesicht, die Zeichen und Spuren ihrer Herkunft.

»Milchweiße, durchsichtige Haut«, sagt sie. »Und durchsichtige Augen, wie der Himmel. Sie war Papas südländischer Sinnlichkeit absolut hörig, und dafür schämte sie sich, glaube ich, obwohl sie es nicht zeigte. Sie bemühte sich, uns nach unbeugsamen moralischen Grundsätzen zu erziehen, und derweil war da dieser magnetische Strom zwischen ihnen. Das merkten wir auch als Kinder. So etwas spürt man.«

»Zum Beispiel?« Unbeirrt folgt er mit dem Blick den Linien ihres Mundes, ihrer Wangenknochen, ihrer Brauen, ihrer Nase.

Sie schließt halb die Augen. »Es genügte, im Sommer an einem Sonntagnachmittag aus Versehen ihr Zimmer zu betreten und zu sehen, wie sie zwischen den Laken lagen und sich ausruhten.«

»Wie denn?« Er sucht weiter in ihrem Gesicht nach den zwei gegensätzlichen Naturen, die beide darin existieren und sie viel komplizierter, viel interessanter und schwerer klassifizierbar machen, als er am Anfang gedacht hatte.

»Verloren, erschöpft«, sagt sie.

»Hm!« Er kann das Licht im Zimmer sehen, den hellen Vorhang am Fenster, den kein Lufthauch bewegt.

»Natürlich nur, wenn er da war«, sagt sie. »Wenn er nicht irgendwo anders auf der Welt war, um Leuten beizubringen, wie man jemanden geräuschlos umbringt.«

»Beunruhigte euch diese Anziehung zwischen den beiden?« Er versucht die Bilder zu sortieren, die ihm durch den Kopf gehen.

»Manchmal«, sagt sie. »Vor allem der Widerspruch zwischen der Tatsache, dass man über bestimmte Dinge nicht einmal sprechen durfte, und der Tatsache, dass genau diese Dinge eindeutig im Mittelpunkt ihrer Beziehung standen.«

»Sex?«, sagt er. »Leidenschaft?«

Sie nickt. »Die seltsame Kraft, die sie magnetisch anzog und sie zusammenhielt, trotz ihrer Verschiedenheit, oder vielleicht deswegen. Das ständige Spiel zwischen der ausgeprägten Männlichkeit unseres Vaters und der extremen Weiblichkeit unserer Mutter. Seine Begierde, die träumerische, aber gleichzeitig widerwillige Art, mit der sie es genoss, Objekt dieser Begierde zu sein. Sie ist eine verführerische Frau, auch jetzt noch.«

»Ach ja?« Deserti ist beeindruckt von ihrer Fähigkeit zu erzählen, vom Klang ihrer Stimme, ihrem Blick.

»Sie würde das nie zugeben«, sagt die Moletto. »Sie hat ein hochgradig intellektuelles und spirituelles Verhältnis zum Leben. Vor zwei Jahren hat sie ihr Studium in Religionsgeschichte an der Uni von San Diego abgeschlossen, mit vierundsiebzig.«

»Jedenfalls bestand diese andauernde körperliche Spannung zwischen ihnen«, sagt er.

»Ja«, sagt sie. »Und gleichzeitig funktionierte ihre geistige Verbindung überhaupt nicht. Unser Vater fühlte sich als Mann von Natur aus überlegen. Er hatte diese intellektuelle Arroganz, so als wüsste er alles über die Mechanismen der Welt und sie gar nichts.«

»Und wie reagierte eure Mutter darauf?«, fragt er.

»Mit Rückzug«, antwortet sie. »Auf einmal war sie weit weg und völlig unfassbar.«

»Kümmerte sie sich denn um euch?«, sagt er.

»Oh, sie hat uns immer gegeben, was wir brauchten«, sagt sie. »Wir hatten genug zu essen und zum Anziehen, gingen in die Schule.«

»Und sonst?«, sagt er.

»Sonst war sie eine Sphinx«, antwortet sie. »Undurchschaubar.«

»Und euer Vater? Kümmerte der sich um euch?«, sagt er.

»Wenn er nicht gerade in Malaysia war oder in Kambodscha«, sagt sie. »Oder auf Ceylon oder in Nicaragua oder so.«

»Wenn er da war«, sagt er.

»Er setzte uns die ganze Zeit unter Druck«, sagt sie.

»Wie, unter Druck?«, fragt er, obwohl ihm klar ist, dass sie ihm das vielleicht gar nicht erzählen möchte.

»Er hat uns ständig gedrillt, auf die Probe gestellt«, sagt sie. »Wir sollten noch schneller reagieren, noch besser, damit wir in jeder Notlage zurechtkommen.«

»Und ihr?«, fragt er.

»Wir gaben unser Bestes«, erwidert sie. »Doch er wirkte immer etwas enttäuscht.«

»Warum denn?« Deserti schüttelt leise den Kopf.

»Ich glaube, er hätte lieber Söhne gewollt«, sagt sie.

»Die Familie ist einfach eine entsetzliche Einrichtung«, sagt er. »Sie ist ein vom Gesetz geschützter Ort des Verbrechens.«

»Aber nicht immer«, sagt sie.

»Fast immer.« Er denkt an seine Familie, seine *Familien*.

Sie zuckt die Achseln, schaut weg; es ist klar, dass sie nicht darüber reden will.

»Jedenfalls ist zum Schluss was Gutes rausgekommen«, sagt er. »Wenn man dich ansieht.«

»Ich weiß nicht«, sagt sie.

»Die interessantesten Menschen kommen oft aus schwierigen Situationen.«

»Vielleicht.« Sie lächelt schwach. Ihre Haut ist durchsichtig wie die ihrer Mutter: Man sieht die kleinen Adern an den Schläfen, auf der Stirn – Zeichen von Empfindsamkeit und Seelengröße.

»Wenn es keine Probleme gibt, kommen nur Dummköpfe heraus«, sagt er. Er fragt sich, ob es am Alkohol liegt, dass er so beharrlich ist; oder an dem glühenden Licht, am Plätschern der kleinen Wellen auf den Felsen, daran, dass er so nah neben ihr sitzt, obwohl er sie kaum kennt.

»Und woher stammst du?«, fragt sie, um sich dem Verhör zu entziehen.

»Meine Mutter kam aus Nizza«, antwortet er, »mein Vater war halb Sizilianer, halb aus Uruguay.«

»Auch eine schöne Mischung.« Sie lacht.

»Ja«, sagt er, auch wenn ihm gar nicht danach ist, jetzt seine Autobiographie zu schildern.

»Wo sind sie sich begegnet?« Die Neugier in ihren Augen ist echt, lebhaft, nicht aufgesetzt.

»In Genua.« Er zeigt in Richtung Küste.

»Tatsächlich?« Überrascht richtet sie sich auf.

»Ja«, bestätigt er, bezaubert von ihrem Mienenspiel.

»Und was haben sie gemacht, in Genua?«, fragt sie.

»Meine Mutter war Schauspielerin im Ensemble ihrer Familie«, sagt er. »Und mein Vater war ins Theater gegangen, um das Stück zu sehen.«

»Und es war Liebe auf den ersten Blick?« Sie mustert ihn, um seine Antwort zu erraten.

»Das meinten sie«, erwidert er mit einem leichten Schauder im Nacken. »Aber die Geschichte konnte nicht gutgehen.«

»Warum?«, fragt sie.

»Weil sie quicklebendig war und er langweilig«, sagt er.

»Ein weiterer Fall von Anziehung der Gegensätze. Es bestand keine Hoffnung, dass es langfristig funktionieren würde, null.«

»Und wie ist es ausgegangen?« Sie blickt ihn weiterhin forschend an.

»Als ich zwei Jahre alt war, haben sie sich getrennt«, sagt er. »Meine Mutter hatte das Gefühl, in dem bürgerlichen Leben zu ersticken, mein Vater konnte den Gedanken nicht ertragen, dass seine Frau wieder als Schauspielerin arbeiten wollte.«

»Dann bist du allein bei deiner Mutter aufgewachsen?«, fragt sie.

»Sie konnte kein zweijähriges Kind gebrauchen.« Er schüttelt den Kopf. »Sie hat mich bei ihrer Schwester in Nizza gelassen.«

»Und ist verschwunden?«, sagt sie.

»Ab und zu kam sie mich besuchen«, sagt er. »Sie schenkte mir Bücher in seltsamen Sprachen, Russisch, Türkisch, Portugiesisch. Manchmal ging sie mit mir ins Kino oder ins Theater oder in ein Konzert, dann verschwand sie wieder.«

»Hast du sehr darunter gelitten?«, fragt sie.

Er zuckt die Achseln: »Mir blieben die Bücher in den seltsamen Sprachen.«

»Aber die konntest du ja nicht lesen«, sagt sie.

»Ich betrachtete die Umschläge, tagelang«, sagt er. »Ich suchte nach Hinweisen, wovon sie wohl handelten.«

»Und? Hast du was verstanden?«, fragt sie.

»Wer weiß«, sagt er. »Jedenfalls tat ich so, als würde ich sie meiner Tante vorlesen, und erfand dabei Geschichten. Ich glaube, so habe ich angefangen.«

»Wie alt warst du da?« Mitgefühl leuchtet in ihren Augen, ihrem Ausdruck.

»Vier oder fünf«, sagt er.

»Ging es dir gut bei deiner Tante?«, fragt sie.

»Ich war total in sie verliebt«, sagt er.

»Dann war sie wie eine Mama für dich«, sagt sie.

»Ja, aber dann hat sie geheiratet«, sagt er. »Sie hat zwei eigene Kinder bekommen, und die Dinge haben sich radikal geändert.«

»Und deine Mutter?«, fragt sie.

»Sie hat auch geheiratet«, antwortet er. »Wieder geheiratet. Einen Typen, der in Israel eine Exportfirma hatte, in Haifa. Sie ist dort geblieben, ich habe sie nie wiedergesehen.«

»Du Ärmster«, sagt sie.

»Oh, ich wollte kein Mitleid erregen«, sagt er mit gut gespielter Souveränität; aber in Wirklichkeit erschüttert ihn ihre sichtliche Betroffenheit, er kommt sich scheinheilig vor, weil es ihm nicht gelingt, offener zu sein.

Dann tritt vom Weg her jemand in ihr äußeres Blickfeld, bleibt hinter ihnen stehen. Deserti dreht sich um: ein Typ in einem weiten blau-lila gemusterten Hemd über der Hose blickt ihn an, blickt die Moletto an. Ein blondes Mädchen, tief gebräunt und stark geschminkt, hält ihn an der Hand.

Die Moletto dreht sich um, ihre Gesichtszüge sind sofort angespannt.

Der Typ lässt seinen Blick von ihr zu Deserti und wieder zurück wandern: »Was machst du hier?«, fragt er.

»Ich trinke einen Aperitif.« Sie lächelt, ist aber in der Defensive.

»Danke, dass du mich nie zurückgerufen hast, was?«, sagt der Typ. Er ist groß, mit schütterem Haar, das ihm in die flache Stirn hängt und hinten zu einem Pferdeschwanz zusammengefasst ist. Unaufhörlich tritt er von einem Fuß auf den anderen, knetet seine Hände; sein Brustkorb bewegt sich unter dem Clownshemd auf und ab vom heftigen Atmen.

»Ach hör doch auf, Alberto.« Ihr gelassener Ton scheint eine Frucht langer Übung zu sein.

»Danke, dass du mich aus deinem Leben rausgeschmissen hast wie einen räudigen Hund, was?«, sagt Alberto lauter. »Tausend Dank, echt!«

An den anderen Tischen drehen sich einige Köpfe und schauen zu ihnen herüber. Das blonde Mädchen lässt die Hand des Typen los und stöckelt auf ihren zu hohen Absätzen mit erbosten, wackeligen Schritten auf die Felsen zu, die zum Meer hinunterführen.

»Und wer ist das?«, fragt Alberto mit Blick auf Deserti, verlagert das Gewicht von einem Bein auf das andere, kratzt sich am Hals; seine Lippen zittern. »Hast du dir schon wieder einen Neuen angelacht?«

Deserti setzt sich auf, Adrenalin schießt ihm in Kopf und Muskeln.

Die Moletto drückt ihm eine Hand auf die Schulter, damit er sitzen bleibt: »Das ist ein Freund von mir, er heißt Daniel.«

»Na klar, ein Freund, was sonst!«, höhnt Alberto. »Dann war es gar nicht die Beziehung deines Lebens, wie du behauptet hast, mit deinem Scheißanwalt aus Mailand! Alles, was wir hatten, hast du gnadenlos weggeworfen, um zwischendurch mal zwei, drei Jahre brav und bürgerlich zu vögeln, und jetzt bist du schon wieder hier als Nutte unterwegs!«

»Pass auf, was du sagst!«, sagt Deserti. Er springt auf, im Kopf eine stark komprimierte Bewegungsabfolge: den anderen am Kragen packen, ihn gegen die Felswand knallen, ihm mit dem Knie einen Stoß in den Unterleib verpassen, ihn am Arm nach vorn reißen und ins Meer stoßen.

»Halt's Maul, du!«, sagt Alberto. Seine Augen gleichen toten Schnecken, die wieder lebendig werden, wieder tot, wieder lebendig: schleimig, beharrlich, schlüpfrig, herausfordernd, hemmungslos.

Deserti packt ihn am Hemd, schiebt ihn heftig rückwärts, ist aber abgelenkt von dem Sandelholzparfüm und dem schweißgetränkten Stoff, von der kranken Überheblichkeit in seinem Blick und dem dumpfen Widerstand seiner Körpermasse. Die Leute an den anderen Tischen haben sich jetzt fast alle umgedreht und verfolgen aufmerksam das Schauspiel.

Mit unerwarteter Kraft und Gewandtheit wirft sich die Moletto dazwischen: »He, aufhören!«, schreit sie. »Basta! Ihr führt euch ja auf wie kleine Kinder!« Sie presst die Fingerspitzen hinten in Desertis rechten Ellbogen, so dass er loslässt, drängt ihn zur Seite, stemmt ihren Fuß gegen Albertos Fessel, bringt ihn aus dem Gleichgewicht und schiebt ihn zur anderen Seite. Sie nutzt die Überraschung der beiden Männer aus, um Alberto, der sich schon wieder nach Deserti umdreht, am Arm zu nehmen und Richtung Bar zu ziehen. Deserti bleibt unschlüssig am Tisch stehen, noch voller Rauflust, aber mit dem zunehmenden

Eindruck, sich lächerlich gemacht zu haben. Er macht eine wütende Geste zu den Gästen hin, die ihn weiter anstarren; sie wenden sich ab und beobachten Clare Moletto und Alberto, die vor der Bar diskutieren.

Sie gestikulieren und gehen hin und her, die Moletto leichtfüßig und harmonisch, Alberto schwerfällig und schwankend, mit vorgeneigtem Oberkörper. Er zupft an seinem Pferdeschwanz, schüttelt den Kopf, fasst sich zwischen die Beine, dreht sich in verschiedene Richtungen, redet, redet, redet. Sie hört zu, hebt und senkt beide Hände in dem Versuch, ihn zu beschwichtigen, weicht aus, um die Distanz wiederherzustellen, wenn er sie am Arm packen oder ihr zu nahe treten will. Doch ihre Miene ist übertrieben mitleidig, ernst und einfühlsam.

Deserti muss sich ehrlich anstrengen, um nicht aufzustehen und Alberto wieder am Schlafittchen zu packen und der Szene so ein Ende zu machen. Er bemüht sich, nicht hinzuschauen, sich andersherum zu setzen, sich auf das Schauspiel der Sonne zu konzentrieren, die den Himmel und das Meer mit rotem Widerschein entflammt. Absurd, denkt er, wie kommt es, dass er Beschützergefühle oder sogar Besitzansprüche gegenüber einer Frau entwickelt hat, die er kaum kennt? Er sollte seinen Hang, das Leben zum Roman zu machen, besser im Zaum halten.

Die Sonne scheint jetzt genau über der Horizontlinie stillzustehen, als hätten die Hitze und das Licht den Tag so weit gedehnt, dass er nie mehr aufhört. Doch dann berührt die Sonne das Meer und taucht mit wachsender Geschwindigkeit unter, verschwindet; was bleibt, sind bloß ein paar blassviolette und orangefarbene Streifen am Himmel. Er streckt die Füße aus, versucht, tief ein- und auszuatmen, denkt daran, wie viele andere Gründe zur Sorge und Unzufriedenheit er hat.

Die Moletto kommt an den Tisch zurück: »Tut mir leid.« Sie wirkt beunruhigt, sieht ihm nicht in die Augen.

»Was war denn da los?«, fragt er mit schlecht geheuchelter Gleichgültigkeit.

»Lassen wir's lieber.« Sie setzt sich, trinkt aber nicht mehr, betrachtet ihr Glas, in dem das Eis längst geschmolzen ist, wodurch die Flüssigkeit aussieht wie stark verdünntes Blut.

Schweigend blicken sie in die Ferne, während das Licht am Himmel weiter abnimmt und das Meer immer dunkler und metallischer schimmert.

Alberto streitet neben der Bar mit dem blonden Mädchen, das ihm die Hände auf die Brust drückt und ihn zwei- oder dreimal wegschubst.

»Gehen wir?«, fragt Deserti und springt auf.

Sie steigen den gepflasterten Weg hinauf, er vorneweg, sie hinterher. Entsprechend ihrer unterschiedlichen Körperbeschaffenheit erreichen sie die gleiche Geschwindigkeit auf verschiedene Weise, beide sind jedoch geübte Läufer: In wenigen Minuten sind sie schon an der Straße. Unschlüssig bleiben sie neben dem Roller stehen, am Rand des Lichtkreises einer aufflammenden Straßenlaterne. Der Himmel und das Meer unter ihnen sind mittlerweile dunkel, der Asphalt und die Fassaden der Häuser knistern noch nach der Hitze des schier endlosen Sonnentages, der nun vorbei ist. Deserti fragt sich, ob mit der Sonne auch das verschwunden ist, was zwischen ihnen war, was immer es sein mochte, gänzlich unausgesprochen und vermutlich hinfällig. Eine leichte kühle, feuchte Brise steigt durch die Gärten vom Meer herauf, weht durch sein Baumwollhemd, dass es ihn bis in die Knochen fröstelt.

Sie holt die beiden Helme aus dem Staufach; ihr Ausdruck ist im Halbdunkel nicht zu erkennen.

Um irgendwie zu reagieren, sagt er: »Gehen wir was essen?«

»Was denn?«, fragt sie, als hätte sie nicht die geringste Vorstellung, was zwei Menschen wie sie essen könnten und warum.

»Was auch immer«, antwortet er, mit der plötzlichen Ahnung eines nahenden Unheils.

Sie zögert: »Wenn du willst, gibt es ein Lokal drei Minuten von hier.« Sie setzt einen Helm auf, reicht ihm den anderen.

Er fährt den Roller das Sträßchen hinauf, erneut unsicher und wackelig. Sie sitzt hinten, hält sich am Griff des Helmfachs fest, der Kontakt zwischen ihnen beschränkt sich auf das Nötigste.

Ein kurzes Stück folgen sie der Staatsstraße, gleich nach einer Kurve berührt sie ihn an der Schulter, damit er links abbiegt. Sie fahren durch ein Dorf am Ufer des Meeres; sie zeigt ihm einen freien Platz am Pfeiler einer Überführung: »Halt hier an.«

Er stellt den Motor ab und schiebt den Roller auf den Ständer.

Im Licht der Straßenlaternen gehen sie durch die dunklen Gassen, vorbei an Grüppchen von Leuten, die auf einer Piazza reden und lachen; aus offenen Fenstern dringen

Fernsehgeräusche, vom weitem hört man Motorenlärm und ferne Musik. Immer einen halben Schritt voraus, führt sie ihn die Stufen einer Treppe hinauf.

Sie isst ab und zu in diesem Lokal

Sie isst ab und zu in diesem Lokal, kennt die Frau, die es führt, seit Jahren. Es bietet nur zwei oder drei Gerichte pro Abend, doch die Zutaten sind frisch und gut, auch wenn es auf den ersten Blick nur wie eine Sommerbar mit Terrasse aussieht. Auf der einen Seite sind die von den Laternen beleuchteten Häuser mit ihren gelb und rosa gestrichenen Fassaden, auf der anderen der steinige Strand und das Meer, immer mehr im Dunkeln; das Schwappen der Brandung mischt sich mit der Musik aus einer Stereoanlage und mit den anderen Geräuschen des Abends.

Als die Inhaberin des Lokals Clare sieht, grüßt sie sie auf ihre gewohnt schroffe Art, wie üblich ist sie burschikos gekleidet. Sie sollen sich hinsetzen, wo sie wollen, bedeutet sie ihnen, drei oder vier Tische sind noch frei. Dann bringt sie die Tageskarte, legt sie ohne Kommentar auf den Tisch. Sie studieren die Karte, schauen sich um. Die Frau kommt, um die Bestellung aufzunehmen; ohne sich abgesprochen zu haben, nehmen sie beide Spaghetti in Seebarbensoße, dazu eine Flasche Pigato.

Nur noch zwei weitere Tische sind besetzt. Sie betrachten die Leute, die dort sitzen, das Schwimmbecken gleich hinter der Terrasse mit seinen abgegrenzten Bahnen, das reglose Wasser; sie betrachten die große Betonbrücke hoch oben über dem Dorf, auf der die Scheinwerfer von Autos und Motorrädern entlangstreichen. Die Musik ist unpassend, leicht verzerrt von den Lautsprechern, die an zwei Metallpfosten hängen. Reggae-Versionen von Songs aus den siebziger Jahren. Vom Meer weht eine Brise herauf, aber nur gelegentlich.

Als der Weißwein kommt, schenkt Daniel Deserti ein und hebt sein Glas: »Auf dich.«

»Auf dich«, sagt sie. Sie trinkt einen Schluck: Der Wein ist kalt und trocken, schmeckt leicht nach Pfirsich und Honig, Feldblumen, Salbei, Moos, Harz und Bittermandeln. Doch sie lächelt nicht; beim Gedanken an Albertos Worte, seinen Ton und seinen Blick krampft sich ihr immer noch der Magen zusammen. Sie sollte in Mailand sein, nicht hier.

»Was wollte der Hampelmann an den Felsen?« Daniel Deserti sieht sie über den Rand seines Glases an.

»Alberto?« Sie hat keine Lust, darüber zu sprechen; aber vielleicht tut es ihr ja gut.

»Ja, genau«, sagt er. »Er hatte so einen unglaublich fordernden Ausdruck, wie sein eigener Gewerkschafter.«

»Er behauptet, dass ich sein Leben ruiniert habe«, sagt sie. »Dass ich seine Selbstachtung zerstört habe.«

»Und wie hättest du das angestellt?«

»Indem ich ihn verlassen habe.« Sie schaut ihn prüfend an, verunsichert. Warum fragt er sie das alles: aus Freundschaft, beruflichem Interesse oder will er sie aus der Reserve locken oder was?

»Nachdem du entdeckt hast, dass er mit einer anderen herummacht«, sagt er, ohne fragenden Tonfall.

»Warum weißt du das?« Sie fühlt sich plötzlich viel zu exponiert. Trotz der Zeit, die vergangen ist, gibt es in ihrer

Sicht auf das Ende der Beziehung zu Alberto noch teilweise verschwommene Randzonen. Er schien so verwirrt damals, brachte tausend Rechtfertigungen vor, hielt aber trotz allem sein Verhältnis mit der Sängerin bis zuletzt aufrecht; er gab vor, nur noch zu ihr zurück zu wollen, seine Bitten verwandelten sich in Klagen und dann in Anklagen, bis sie auf einmal Schluss machte und sich vornahm, ihr Leben zu ändern.

»Er hat so hässliche Augen«, sagt Deserti. »Penetrant, aufdringlich.«

»Du hast ihn doch bloß ein paar Minuten gesehen«, sagt sie.

»Das hat mir gereicht«, erwidert er.

»Gereicht wozu?«, fragt sie.

»Um zu kapieren, dass er ekelhaft ist«, sagt er. »Deiner absolut unwürdig.«

»Er ist nicht ekelhaft«, sagt sie. »Wir waren fünf Jahre zusammen.« Aber unweigerlich muss sie an das feine Ekelgefühl denken, das sich bei den ersten Malen, als sie zusammen waren, in die Anziehung mischte; an den wiederholten Zweifel, sich auf ein schmutziges Spiel mit einem moralisch angeknacksten Mann eingelassen zu haben.

»Kommt vor«, sagt er. »Vor allem, wenn man dazu neigt, anderen Qualitäten zuzuschreiben, die sie nicht besitzen. Und wenn man in jemanden investiert und dafür jemand anderen aufgibt, samt dem ganzen Leben, das man mit ihm hatte. Dann ist man nicht bereit zuzugeben, dass man sich geirrt hat, nicht einmal, wenn es offensichtlich ist.«

»Ach was, ich bin ja nicht blöd.« Sie ist stocksauer bei dem Gedanken, dass ihre Fehler so einfach erkennbar sein sollen.

»Du bist *alles andere* als blöd«, sagt er. »Aber deine Großzügigkeit gegenüber anderen bringt dich dazu, sie viel positiver zu sehen, als sie sind.«

»Was weißt du denn davon?«, sagt sie.

»Das sehe ich«, antwortet er. »Ich habe ja gesehen, wie du nach dem Unfall mit mir umgegangen bist, anstatt mich gleich da liegen zu lassen oder mich aus dem Auto zu werfen. Ich habe dich vorhin mit dem Hampelmann gesehen. Das absurde Verständnis, das du für seine rachsüchtige Raserei gezeigt hast. Wie du ihm *zugehört* hast.«

»Alberto hat auch andere Seiten.« Sie versucht, die Gründe für ihre Beziehung wieder auszumachen. »Er ist ein durchaus sensibler Mensch, und er hat sehr schöne Lieder geschrieben.«

»Hm«, macht er.

»Hast du je was von ihm gehört?«, fragt sie herausfordernd. Mehr denn Alberto verteidigt sie sich selbst.

»Nein.« Er begegnet ihr mit einem ebenso standhaften Blick. »Was hätte ich denn zum Beispiel hören sollen?«

»Ich weiß nicht, *Ho rubato una rosa*, vielleicht«, sagt sie. »Oder *La luna negli occhi*.«

»Oje, die Titel sagen alles«, knurrt er.

»Das sagst du nur, weil du voreingenommen bist«, sagt sie.

»Warum sollte ich voreingenommen sein?«, fragt er. »Aus welchem Grund?«

Sie gibt keine Antwort, schaut zur Seite. Sie bewegen sich an einer gefährlichen Linie, ohne Rückendeckung und ohne zu wissen, was sich auf der anderen Seite befindet, und riskieren, eine Grenze zu überschreiten.

»Ich frage mich bloß, was er dir wohl vorgegaukelt hat, um dich zu erobern«, sagt er. »Der kleine Wichtigtuer aus der Provinz, der sich als Künstler ausgibt.«

»Er ist kein kleiner Wichtigtuer aus der Provinz!«, protestiert sie.

»Siehst du?«, sagt er. »Du verteidigst deine Investition immer noch, obwohl sie den Bach runtergegangen ist. Erklärst und rechtfertigst sie, beschönigst. Wer weiß, wie viel Aufmerksamkeit und Hingabe du ihm gewidmet hast, ihm und seinen mittelmäßigen Liedern.«

»Sie sind nicht mittelmäßig«, sagt sie. »Jedenfalls nicht alle.« Mit Begeisterung hatte sie in den ersten Jahren die Entstehung von Albertos Liedern verfolgt, die Überführung der anfangs vagen Intuitionen in präzise melodische Linien, die, so schien es, schon immer in der Luft gelegen hatten. Ihr Staunen über den geheimnisvollen Schaffensprozess fällt ihr wieder ein, ihre Anteilnahme, wenn sie Alberto im Studio bei der Aufnahme zuschaute, die totale Identifikation, wenn sie bei den Live-Konzerten in ganz Italien hinter der Bühne stand oder in der ersten Reihe saß; die Tourneen im Auto oder im Kleinbus, die Hotels, die Abendessen mit den Mitgliedern der Band und den Fans, die Nächte voller Wein und noch nicht abgebautem Adrenalin, das aufgeregte Gerede, das Geschrei. Was für ein Gegensatz zu ihrem vorherigen Leben mit Luigi, zu ihrem Alltag als junge verheiratete Frau zwischen Haushalt und Arbeit in einem Übersetzungsbüro: die Ausflüge in die Berge, die Abende vor dem Fernseher oder mit zu Freunden gewordenen Nachbarn, die besonnenen Unterhaltungen, die gelassenen Gesten. Ihre Freude über die Entdeckung der Unvernunft fällt ihr wieder ein, die Lust an plötzlich erlaubten kindischen Verhaltensweisen, das Gefühl von Befreiung; und das Durcheinander, die Bestürzung, die Mühe, alle Teile zusammenzuhalten, weiterhin sie selbst zu sein. Ihr kommt der Tag in den Sinn, an dem Alberto erklärt hatte, er dürfe absolut nicht gestört werden, während er an dem Projekt mit der kalabresischen Sängerin arbeite; der Tag, an dem sie aus Versehen die E-Mail-Korrespondenz der beiden entdeckt hatte. Wieder Staunen, diesmal umgekehrt, lähmend.

»Du hast seine Charakterfehler als faszinierende Eigenschaften gedeutet«, sagt Daniel Deserti. »Seine krankhafte Egozentrik als Kreativität, seine Schlauheit als Intelligenz, seine Überdrehtheit als positive Energie. Wenn das nicht grenzenlose Großzügigkeit ist, was dann?«

»Ich bin nicht grenzenlos großzügig«, sagt sie. Sie denkt, dass ihre Großzügigkeit ein Wesenszug ist, den die Männer ihr kurioserweise gern zum Vorwurf machen, nachdem sie genug davon profitiert haben. So war es mit ihrem Vater und mit Jim Lowell, ihrem ersten Freund, mit Luigi, mit Alberto und mit Stefano.

»Das ist eine sehr kostbare Gabe«, sagt er. »Und sehr gefährlich.«

Sie antwortet nicht, trinkt einen Schluck Wein. Das Essen lässt weiter auf sich warten; das Lokal ist nicht berühmt für schnellen Service. Sie fragt sich, warum sie mit ihm hier sitzt.

»Wie auch immer«, sagt er. »Wahrscheinlich ist Alberto dir so interessant vorgekommen, weil du vorher mit jemandem zusammen warst, der todlangweilig war.«

»*Tod*langweilig nicht«, sagt sie. Doch sie dreht den Kopf zu den Lichtern des Dorfes hin, und unvermittelt überwältigen sie die Empfindungen eines Sonntagnachmittags mit ihrem Mann Luigi, an dem sie buchstäblich den Eindruck hatte, in einem Meer von Langeweile zu ertrinken.

»Wie hieß er?«, fragt Daniel Deserti.

»Luigi«, sagt sie widerwillig.

»Was für ein Typ war er?« Deserti übt nicht eigentlich Druck aus, doch sein Blick und sein Ton halten diesen Fluss zwischen ihnen aufrecht, es ist schwierig, dagegen anzukommen.

»Seinetwegen bin ich nach Italien gekommen«, sagt sie.

»Wo hast du ihn kennengelernt?«, fragt er. »In Venedig? In Rom?«

Vehement wehrt sie sich gegen seine Klischeevorstellung: »In der Nähe von Lucca. Ich bin da zufällig auf eine Party geraten.«

»In einem wunderbaren italienischen Frühling oder Sommer«, sagt er. »Die süß duftende Luft der ländlichen Toskana, der Wein, die Musik.«

»Ich war zwanzig«, sagt sie barsch. »Um die Reise zu bezahlen, hatte ich ein Jahr lang jeden Nachmittag in einem Kentucky Fried Chicken gearbeitet.«

»Hast du nicht studiert?«, fragt er.

»Nur zwei Jahre, an der Uni von Buffalo«, sagt sie. »Dann haben meine Eltern sich getrennt, es war nicht genug Geld da, ich habe geheiratet und bin nach Italien gezogen, Schluss.«

»Welches Fach?«, fragt er.

»Literatur«, sagt sie.

»Und hast du es bedauert, dass du nicht fertigstudieren konntest?«, sagt er.

»Ja.« Sie denkt an ihre Unsicherheit, die ab und zu wieder hochkommt, wenn sie mit Leuten zusammen ist, die eine akademische Bildung genossen haben: wie Luigi seine Schulbildung ausspielte oder wie Stefano sorgsam ausgewählte Namen und Zitate fallenlässt. Albertos intellektuelle Unbelecktheit war eine Erleichterung, zumindest am Anfang, sie fühlte sich unbeschwert wie eine Gymnasiastin in den Ferien. Mehrmals erwog sie, sich an einer italienischen Universität einzuschreiben und einen Abschluss zu machen, aber es gab immer zu viel anderes zu tun, und sie fand nie die Zeit dazu.

»Das war auch nicht nötig«, sagt er. »Man hätte dir den Kopf nur mit Allgemeinplätzen vollgestopft, die ein paar Generationen toter Akademiker perfektioniert haben. Du hast wirklich nichts verpasst, glaub mir.«

»Na, ich wäre trotzdem sehr froh gewesen, wenn ich den Abschluss hätte machen können.« Der polemische Unterton, den sie aus seinen Worten heraushört, drängt sie in die Defensive. Sie trinkt noch einen Schluck Wein, dreht sich um und hält ihr Gesicht in den lauen Wind, der jetzt vom Meer heraufweht.

»Mit welchen Vorstellungen kamst du nach Italien?«, fragt er. »Wolltest du zum italienischen Teil deiner Wurzeln zurückkehren? Etwas über dich herausfinden?«

»Vielleicht auch«, sagt sie. Sie würde gern Widerstand leisten, die Tür zumachen oder wenigstens anlehnen, aber sie schafft es nicht. »Eine Großtante von mir hatte eine Sammlung herrlicher Postkarten vom Mittelmeer, französische Riviera, italienische Riviera, Golf von Neapel ... Sie standen bei ihr auf dem Kaminsims, und jedes Mal, wenn ich zu Besuch kam, konnte ich mich gar nicht satt sehen. Ich träumte davon, eines Tages dorthin zu fahren.«

»Und sobald es ging, hast du dich aufgemacht«, sagt er.

»Mit einer Freundin namens Betty Valerio«, sagt sie. »Die lebt jetzt in Orlando in Florida. Wir sind zusammen nach Rom geflogen und dann zwei Monate durch Italien gereist.« Sie sieht Bettys Gesicht vor sich, die großen, dunklen, treuherzigen Augen; sie fragt sich, was Betty wohl dächte, wenn sie sie in diesem Moment hier sähe.

»Und dann bist du eines Abends in der Nähe von Lucca Luigi begegnet«, sagt er.

»Wir wohnten in einem kleinen Hotel, das wir im Reiseführer gefunden hatten«, sagt sie. »Am Abend sind wir losgezogen, wollten etwas essen und haben in einem Garten eine Menge Lichter gesehen. Ein Streichquartett spielte Mozart, wir sind durchs Tor gegangen, um zuzuhören.«

»Die zwei jungen, romantischen Amerikanerinnen.« Er lächelt.

»Ja, aber nach wenigen Minuten kam die Gastgeberin«, sagt sie. »Das sei ein privates Fest, wo wir herkämen, wer uns eingeladen hätte. Wir haben gestottert: ›Scusa, scusa‹, zusammen konnten wir höchstens zehn Wörter Italienisch. Da kam Luigi und sagte: ›Das sind Freundinnen von mir, ich habe sie eingeladen.‹«

»Bravo, Luigi!«, sagt er. »Großartiges Timing.«

»Es waren nur noch fünf Tage bis zu unserem Rückflug«, sagt sie. »Er hat uns die Versiglia gezeigt, Pisa, Arezzo, das Casentino.«

»Was für eine rührende Geschichte.« In seiner Stimme schwingt etwas mit, was wie leichte Eifersucht klingt, vielleicht ist es auch Sarkasmus. »Wie ging es dann weiter?«

»Als ich wieder daheim war, haben wir uns geschrieben, über Monate.« Sie blickt in die Ferne. »Kurz vor Weihnachten hat er mich dann in Rochester besucht. Und wir haben geheiratet.«

»So schnell.« Für einen Augenblick scheint die Sicherheit des Geschichtenbauers ins Wanken zu geraten.

»Ja«, sagt sie. »Ich wollte von zu Hause weg, die Perspektive verändern, die Welt entdecken.« Bildfetzen schießen ihr durch den Kopf: Luigi, wie er damals war; wie er später wurde.

»Und wo habt ihr gelebt?«, fragt er.

»In Genua«, sagt sie. »Dann zwei Jahre in Lissabon, weil seine Versicherungsgesellschaft ihn dorthin geschickt hat. Dann ein Jahr in São Paulo, danach sind wir hier an die Küste zurückgekehrt.«

»Und nach einer Weile hast du angefangen, dich tödlich zu langweilen«, sagt er.

»Luigi ist ein hochanständiger Mensch«, sagt sie. »Aber unsere Charaktere waren zu unterschiedlich. Außerdem war er fünfzehn Jahre älter als ich.«

Erinnerungen stürmen auf sie ein: Küsse im Schlafzimmer, Frühstück am Morgen, beruhigende Rituale, die zur Manie werden, Gespräche im Wohnzimmer, die sich immer mehr wiederholen, praktische Fragen, die belastender werden, Perspektiven, die Jahrzehnte im Voraus erwogen werden; die Bücher und Zeitschriften, die gebildete, kluge und traurige Schwiegermutter im Stockwerk über ihnen, die Normalität des Alltags, die wie eine Falle zuschnappt, die Gründe für ihr Zusammensein, die Tag für Tag schwinden, gemeinsam mit der Neugier, der Phantasie und allem Lebendigen, Unvorhersehbaren und Amüsanten, was es je gegeben haben mochte.

»Deswegen hat dich die hündische Hyperaktivität von Alberto so angezogen?«, sagt er. »Sein ständiges Hin und Her, wie er kommt und schnuppert, sich kratzt und an dir hochspringt, den Schwanz einzieht und bellt und winselt?«

»Hör auf«, sagt sie, obwohl sie über dieses Bild auch lachen muss, denn sie hat selbst mehr als einmal gedacht, dass Alberto entsprechend den Theorien ihres Vaters einen Hundecharakter hatte.

»Dass er ein stark gestörter Hund ist, hast du erst später gemerkt«, sagt Deserti. »Als dein Florence-Nightingale-Syndrom schon ausgebrochen war.«

»Ach komm«, sagt sie. Warum sollte sie das jetzt zugeben, vor einem Fremden, der seinerseits alles andere als ausgeglichen wirkt und dessen Absichten ihr gegenüber absolut unklar sind, außer dass er mit unerbittlicher Genauigkeit ihr Leben durchleuchtet.

»Jedenfalls besteht kein Zweifel darüber, was ihn an *dir* angezogen hat.« In Desertis Augen funkelt das gespiegelte Licht. »Und vor ihm Luigi und nach ihm deinen kleinen Rechtsanwalt.«

»Was denn?«, will sie wissen.

»Also, lass mich mal die richtigen Adjektive finden, um dich zu charakterisieren«, sagt er. Erneut füllt er ihr Glas, dann seines. Er studiert sie, als müsste er sich inspirieren lassen.

»Ach, nicht so wichtig.« Sie bereut schon, ihn gefragt zu haben. Sie trinkt einen Schluck Wein, die Flasche ist fast leer, ihre Empfindungen schwanken. Sie hat Hunger und auch nicht, möchte woandershin, möchte hierbleiben.

»Superaufmerksam«, sagt er. »Superintelligent. Brillant. Intuitiv. Schnell.«

»Okay, okay.« Sie winkt ab. »Das reicht.«

»Spontan«, sagt er. »Reaktionsfähig. Nachdenklich.«

»Danke«, sagt sie, »schon gut.« Aber sie lacht, ihre Wangen glühen; sie dreht sich um, betrachtet die Lichter des Dorfes, die fast weiße Brücke, den dunklen Hügel dahinter.

»Hübsch«, sagt er mit glänzenden Augen.

»Schluss jetzt«, sagt sie. Sie kann es nicht fassen, dass er so mit ihr spricht.

»Verdammt hübsch sogar«, wiederholt er. »Nicht gekünstelt und nicht aufgeblasen. Unangestrengt und locker.«

»Ich habe gesagt, Schluss jetzt«, sagt sie. Sie fürchtet sich fast.

»Mit der Figur einer Schwimmerin.« Er tut so, als hätte er nichts gehört. »Aber nicht wie eine Maschine, die Olympiaden gewinnen muss. Wie eine Meerjungfrau aus der antiken Mythologie. Elegant, harmonisch, stark. Mit dem aufmerksamen, ausdrucksvollen Kopf einer Löwin.«

»Du sollst aufhören«, sagt sie; dennoch spürt sie innerlich ein Ziehen bei jedem Wort, ausgelöst vom Klang seiner Stimme, dem warmen Licht in seinen Augen. Sie fragt sich, warum, warum nur.

»Mit einer schier grenzenlosen Bereitschaft, auf andere einzugehen«, sagt er.

»Das stimmt nicht«, sagt sie.

»Aber genau das war es, was deine Männer angezogen hat wie der Honig die Fliegen«, sagt er. »So viel Aufmerksamkeit, so viel Verständnis zu erhalten, deine wunderbare Vitalität anzapfen und sich Tag und Nacht wie ein kleiner Gott fühlen zu können. Verstanden, bewundert, auf Händen getragen wie noch nie, nicht einmal bei ihrer Mama.«

»Hör auf«, sagt sie. »Das stimmt nicht.« Der Gedanke, dass er schon nach so kurzer Beobachtungszeit zu ihrem Innenleben vorgedrungen ist, fasziniert und stört sie gleichermaßen; sie möchte, dass er aufhört, möchte, dass er weiterspricht.

»Du weißt genau, dass es stimmt«, sagt Daniel Deserti. »Und je mehr dich einer mit Forderungen bedrängt, umso mehr gehst du drauf ein.«

»Hör auf«, sagt sie. »Du hast keine Ahnung.«

»Stimmt«, sagt er. »Ich habe keine Ahnung.« Er trinkt einen Schluck Wein, sieht sie an, lächelt.

»Was gibt es da zu lachen?«, sagt sie.

»Ich lache nicht«, erwidert er, »ich lächle.«

»Und warum?«, fragt sie.

»Deine Natürlichkeit ist phantastisch.« Er sieht sie weiter unverwandt an, mit fast absurder Eindringlichkeit, ohne sich ablenken zu lassen.

»Na ja, das wäre schön.« Sie spürt eine Art Kitzeln, während sein Blick über ihr Gesicht, ihren Hals und die Linie ihrer Schultern wandert.

»Es ist so«, sagt er. »Man braucht nur zu sehen, wie du durch deinen Garten läufst. Deine langen Schritte und wie du die nackten Füße aufsetzt. Die Energie und Leichtigkeit. Wild und gleichzeitig superzivilisiert.«

»Jetzt fang nicht wieder an.« Sie kreuzt die Hände. Müsste sie ein schlechtes Gewissen haben, weil sie diese Komplimente genießt, oder ist nichts dabei? Sollte sie sie zurückweisen? Oder annehmen?

»Du bist eine seltene Kombination von scheinbar widersprüchlichen Eigenschaften«, sagt er.

»Ja, echt selten.« Sie trinkt einen Schluck, verändert ihre Haltung auf dem Stuhl, um sich der frontalen Beobachtung zu entziehen. Warum sagt er ihr das alles: aus Spaß, um sie zu reizen, zu verführen, zu studieren, zu sezieren? Damit ihr schwindlig wird? Um sie fertigzumachen? Und was soll sie nach dem Essen tun, wie ihn verabschieden und wann?

»Es ist so«, wiederholt er stur.

»Wie auch immer.« In einer der Taschen ihrer Cargohose surrt das Handy, *drrr-drrr, drrr-drrr*. Sie zieht es heraus. Eine SMS von Alberto: *kompliment das beweist wie gewissenlos du bist madonna echt scheißfurchterregend.*

»Du solltest ihm einen Tritt geben«, sagt Daniel Deserti, als hätte er die Nachricht auch gelesen. »Dieser Feigling spielt mit gezinkten Karten.«

Sie schweigt, sieht ihm von unten ins Gesicht, mit vorgebeugtem Kopf.

»Das hättest du gleich zu Anfang tun müssen«, sagt er. »Bevor er dir das Herz brach.«

»Das weißt du jetzt auch?«, sagt sie. »Bin ich so ein offenes Buch? So banal und transparent?« Sie möchte lächeln, aber es gelingt ihr nicht; sie fühlt sich auf sonderbarste Weise vereinnahmt.

»Du bist überhaupt nicht banal«, sagt er. Mit dem Blick folgt er der Linie ihrer Arme und Hände.

»Ein Glück«, sagt sie, hätte aber trotzdem gern irgendeinen Schutz, um sich dahinter zu verstecken.

»Aber transparent schon«, sagt er. »Auch das ist eine sehr schwer zu findende Qualität.«

»Sehr nützlich, vor allem«, sagt sie. »Erleichtert einem das Leben, wirklich.«

»Tja«, sagt er. »Alles hat eben seinen Preis. Je schöner und seltener die Qualität, umso höher die Kosten.«

Sie wendet sich noch weiter zur Seite, lässt sich von dem lauen Wind Gesicht und Haare streicheln. Das Handy in der Tasche vibriert erneut, das Display blinkt unter dem dünnen Baumwollstoff. Sie zieht es heraus, eine SMS von Stefano: *Mailand angekommen?* Die Schuldgefühle lassen nicht auf sich warten.

»Unglaublich, dass du diesem Halunken gegenüber immer noch Schuldgefühle hast«, sagt Daniel Deserti.

»Wen meinst du?«, fragt sie erschrocken. Durchschaut er sie wirklich so, dass er an ihrem Ausdruck ablesen kann, von wem diese Nachricht kommt?

»Den Hampelmann«, antwortet er.

»Ich habe keine Schuldgefühle.« Sie fühlt sich kurz erleichtert, was aber nicht viel ändert. In Wirklichkeit hat sie eine Menge Schuldgefühle: gegenüber Stefano, Alberto, Luigi, ihrem Vater, ihrer Mutter, ihren Schwestern, sich selbst. Von klein auf fühlte sie sich schuldig für alles, was sie getan und nicht getan hatte, dafür, wie sie es getan oder nicht getan hatte; ihr scheint, Schuldgefühle gehören zu ihren treuesten Weggefährten, sie verfolgen sie auf Schritt und Tritt.

Er schüttelt den Kopf: »Es funktioniert eben fast immer.«

»Was?«, fragt sie. Sie weiß nicht, was sie Stefano antworten soll und wie.

»Die moralische und intellektuelle Unaufrichtigkeit funktioniert immer«, sagt er. »In jedem Bereich.«

Sie tippt rasch *Nein* auf dem Handy und schiebt es wieder in die Hosentasche. Sie fühlt sich eingezwängt zwischen der Unerbittlichkeit von Daniel Desertis Beobachtungen, Albertos Groll, Stefanos Besitzanspruch: von allen Seiten belagert.

»Vor allem bei einer wie dir«, sagt Daniel Deserti. »Wegen deiner natürlichen Neigung zur Aufrichtigkeit.«

»Woher willst du das jetzt schon wieder wissen?«, fragt sie. »Könnte ich nicht auch ein Miststück sein?« Ihr Handy vibriert erneut in der Tasche: *drrr-drrr, drrr-drrr.*

»Wohl kaum.« Er schüttelt den Kopf, sieht sie weiter unverwandt an.

Sie zieht das Handy heraus. Wieder eine SMS von Stefano: *Wann kommst du?* Die Belagerung wird fortgesetzt.

»Siehst du, wie sie dich bedrängen?«, sagt Daniel Deserti. »Siehst du?«

Sie beißt sich auf die Lippen; und schon wieder vibriert das Handy, dazu ertönt jetzt auch der kleine Elektrogitarren-Riff. Erneut denkt sie, dass sie nicht hier sein dürfte, dass sie sich in die Klemme gebracht hat, ohne nachzudenken.

Er schüttelt den Kopf, lacht, dreht sich um und schaut aufs Meer.

Sie steht auf, geht ans Ende der Terrasse, während das Handy in ihrer Hand unermüdlich zum Klingelton vibriert; sie antwortet erst, als sie bei den Stufen angekommen ist, die zur Straße hinunterführen.

»Mir Bescheid sagen, wenn du deine Pläne änderst, ist wohl zu viel verlangt!« Stefanos Stimme klingt zum Zerreißen gespannt, so wie jedes Mal, wenn er nicht weiß, was in ihr vorgeht. »Wolltest du nicht heute Abend nach Mailand zurückkommen?«

»Gerade wollte ich dich anrufen«, sagt sie ohne rechte Überzeugung; ihre Aussprache ist unpräzis wegen des Weißweins, den sie nach dem falschen Negroni auf leeren Magen getrunken hat.

»Ach ja?«, sagt Stefano.

»Ja«, sagt sie. Ausreden zu erfinden war noch nie ihre Stärke, schon beim bloßen Gedanken daran fühlt sie sich mies.

»Was ist los?«, fragt Stefano. »Hast du beschlossen, die zwei Tage in einen längeren Urlaub umzuwandeln?«

»Es ist alles komplizierter, als ich dachte.« Das wenigstens stimmt, denkt sie; wenn es ihr gelingt, ganz allgemein zu bleiben, braucht sie vielleicht gar nicht zu lügen.

»Aber musst du morgen früh nicht zur Arbeit?«, sagt Stefano. »Hast du getrunken? Du redest so komisch.«

»Ich nehme den Zug um sechs.« Sie bemüht sich, die Wörter ordentlich zu trennen. »Der kommt um acht Uhr zwanzig in Mailand an, um neun bin ich im Büro.«

»Was ist das für Musik?«, fragt Stefano. »Wo bist du? Sag, hast du getrunken?« Seit sie zusammen sind, versucht er, ihren Worten Hinweise zu entnehmen und sie so auch aus der Ferne zu kontrollieren, nicht um sie zu beschützen, sondern eher aus Angst, sie könnte aus dem Gehege ihrer gemeinsamen Sprache ausbrechen und in einen Bereich davonlaufen, wohin er ihr nicht folgen kann.

»Ich bin beim Abendessen mit Freunden.« Sie weiß nur zu gut, dass die Lüge hier nicht nur im Plural liegt; der Wein hilft ihr jedoch darüber hinweg, er dämpft die Schuldgefühle, verwischt die Grenzen.

»Dann viel Vergnügen«, sagt Stefano, indem er plötzlich den Ton ändert, wie seine Mutter es auch oft macht. »Guten Appetit.«

»Danke.« Sie übergeht den vorwurfsvollen Unterton, versucht, die Gewissensbisse einzudämmen.

»Schönen Abend mit deinen Freunden«, sagt Stefano. »Und gute Nacht.«

»Dir auch.« Sie ist nicht besonders stabil auf den Beinen, sondern schwankt leicht; sie möchte sich wieder zu Daniel Deserti an den Tisch setzen.

»Viel Vergnügen«, wiederholt Stefano.

»Danke.« Sie legt auf.

Als sie an den Tisch zurückkommt, liest Daniel Deserti gerade mit unbeteiligter Miene seine SMS. Er blickt auf: »Diese kleinen virtuellen Fenster auf unsere parallelen Dimensionen. Erbärmlich, was?«

Sie antwortet nicht, gießt sich Mineralwasser ins Glas: eine symbolische Geste, meint sie, um etwas Distanz zu schaffen zu vorher, als sie Wein getrunken und einen unerlaubten Ausflug in die Räume ihres Lebens unternommen hatten.

Er scheint es nicht zu bemerken, schiebt seine rechte Hand über die Tischdecke aus strohgelbem Papier.

Sie zieht die linke Hand zurück, aber nicht bis über den Tischrand. Sie müsste nachdenken, hat aber keine Lust dazu.

»Gibst du mir nicht die Hand?« Er schaut ihr in die Augen: kindlich, verschlagen, direkt, zynisch, eindringlich, man begreift es nicht.

»Warum sollte ich?«, gibt sie zurück, in einem Ton, der sie nicht überzeugt, weil er zwischen zu gegensätzlichen Haltungen schwankt.

»Damit ich sie anschauen kann.« Er lächelt, als wäre seine Bitte vollkommen unschuldig, ohne andere mögliche Interpretationsebenen.

»Ach, Handlesen kannst du jetzt auch?«, sagt sie. »Reicht dir dein Röntgenblick nicht?« Wellen der Anziehung und Angst wechseln in ihr ab.

Er lacht: »Ich will sie nur anschauen.« Er dreht seine Hand um, Handfläche nach oben, als wollte er etwas anbieten und nicht fordern.

Sie zögert, dann schiebt sie ihre Hand langsam nach vorn: Ihre Finger gleiten über seine, die fast sofort zudrücken, warm und stark. Beide schweigen, versunken in die Übertragung von Temperatur und Beschaffenheit und Spannungen; im Hintergrund flimmern die warmen Lichter des Dorfes, das plätschernde Geräusch der Brandung kommt und geht.

Er zieht ihre Hand zu sich und dreht sie um, betrachtet von nahem die Linien auf der Handfläche, fährt sie sacht mit dem Daumen nach. »Du hast edle Hände«, sagt er.

»Ach komm«, sagt sie, aber ein anhaltender Schauer überläuft sie. Sie versucht, nüchtern und beherrscht zu sein; es gelingt ihr nicht.

»Feinfühlige, elegante, aktive, interessante Hände.« Jetzt betrachtet er ihren Handrücken, fährt mit seinem Zeige-

und Mittelfinger über die ganze Länge, vom Handgelenk bis zu den Fingerkuppen. »Unverfälscht, authentisch.«

»Machst du das bei allen Frauen so?«, fragt sie. Sie kann das durchaus, wenn sie will: selbstbewusst, witzig oder auch verführerisch gegenüber Männern auftreten. Sie lacht, spürt, dass ihre Zähne blitzen, ihre Augen leuchten; ihr ganzer Körper ist wie elektrisiert. Sie fragt sich, warum, warum nur.

»Nein.« Er schüttelt den Kopf.

Endlich kommt die Frau des Restaurants und bringt die Pasta. »Tut mir leid«, sagt sie. »Heute Abend ist es halt so.«

Sie zieht ihre Hand zurück, er lässt sie los: Ihre Finger gleiten übereinander, bis sie den Kontakt verlieren. Beide greifen stumm zur Gabel, führen sie zum Mund, kauen langsam. Der Geschmack der Spaghetti mit Seebarbensoße ist einfach und komplex, perfekt. Auch die Temperatur und die Dichte der Luft sind perfekt: Alle Leere ist ausgefüllt.

»Gut«, sagt Daniel Deserti. *»Gut.«* Seine Zufriedenheit wirkt echt, ungefiltert.

»Schmeckt es dir wirklich?«, fragt sie.

»Unglaublich gut«, sagt er. »Wunderbar. Völlig unerwartet.«

»Genauso unerwartet wie du«, sagt sie spontan und kichert. Sie tasten sich weiter an der gefährlichen Grenze entlang, teils kühn, teils vorsichtig; die elektromagnetische Welle kommt und geht, Anziehung und Angst wechseln sich ab.

»Meinst du, wie ich hergekommen bin?« Er legt den Kopf schief.

»Auch, wie du bist«, sagt sie: auf der Kippe, sehr auf der Kippe.

»Stört es dich nicht, dass ich in deinen geheimen Garten eingedrungen bin?«, sagt er.

»Nein.« Leise lächelnd schüttelt sie den Kopf. Allmählich lässt ihre innere Spannung nach, sie spürt es, es ist wie ein tiefer Atemzug, der die Gedanken und die Muskeln löst: Sie bekommt eine Gänsehaut, lehnt sich auf ihrem Stuhl zurück, schiebt erneut die linke Hand über den Tisch. Er kommt ihr mit der Rechten entgegen; ihre Finger verschränken sich, immer inniger. Sie sehen einander in die Augen, schwebend im Fluss der Kommunikation, in der Strömung, die sie verbindet.

»Das passiert nicht häufig«, sagt er.

»Was?« Ihr ist, als spräche sie mit einer Kinderstimme.

»Das hier.« Mit der freien Hand macht er eine Bewegung, die sie beide umfasst und alles, was rundherum ist.

»Nein.« Der Schrecken kommt zurück, wie ein kalter Schatten aus einem tiefen, dunklen Bereich. Sie fragt sich, was das alles für Konsequenzen hat; ob es sich wiedergutmachen lässt, wie und wann.

»Eigentlich passiert es so gut wie nie«, sagt er. Gleich danach lacht er, aber sein Ton klingt absolut ernst.

»Beunruhigt dich das?«, fragt sie, selbst zutiefst beunruhigt, was nur oberflächlich damit zu tun hat, dass sie zusammen hier sitzen.

»Ja.« Er lacht erneut, drückt ihre Hand fester.

Hunger und Durst sind gestillt

Hunger und Durst sind gestillt, sie haben beide keine Lust mehr sitzen zu bleiben. Sie stehen auf, er geht zur Theke und bezahlt bei dem Kollegen der Frau, die sie bedient hat, da diese gerade versucht, die Lautstärke der alten Stereoanlage zu regulieren, obwohl inzwischen alle Tische auf der Terrasse leer sind.

Sie steigen die Stufen zur Straße hinunter, überqueren den kleinen asymmetrischen Dorfplatz; ihre Arme und Beine streifen sich. Nur wenige Menschen sind unterwegs, was für so eine Julinacht unglaublich ist. Sie erkennt einen Typen, der mit einer Frau auf einer Bank sitzt, geht hin und umarmt ihn, spricht mit ihm, sie lachen zusammen. Deserti geht ein Stück weiter, er möchte nicht zur Begrüßung oder Konversation mit Unbekannten gezwungen sein. Nach ein paar Minuten holt die Moletto ihn mit langen Schritten ein, läuft wie bei einem Wettrennen schnell an ihm vorbei auf den steinigen Strand zu. Er verfolgt sie, freut sich über die Elastizität seiner Muskeln, die er in den Beinen spürt. Beide ziehen die Schuhe aus, gehen barfuß über den Kies, der unter ihren Schritten knirscht. Der Mond steht hoch am Himmel, drei Viertel voll: Auf dem schwarzen Meer wirft er einen zittrigen weißen Lichtstreifen auf die kleinen Wellen.

Schweigend gehen sie nebeneinander her, ohne sich anzusehen, vorbei an zwei Fischern mit langen Angeln und leeren Eimern, versunken in den Anblick der Lichter mehrerer Fischerboote am Horizont und des Himmels über ihnen. Sie nähern sich dem Wasser, gehen auf die dunklere Silhouette der Küste zu: Vom Ende des Strands her kommt Musik, man sieht den rötlichen Widerschein eines Feuers, sich bewegende Gestalten. Er atmet den Salzgeruch ein, lauscht den Klängen; irgendwann dreht er sich zu ihr um und nimmt sie am Arm, zieht sie an sich. Er hat keine bestimmten Absichten, und das erstaunt ihn.

Eine Weile bleiben sie so stehen, im Spiel von Nebeneinander und Atem, der Abstand verringert sich nicht, ihre Aura berührt die seine.

Dann kommen plötzlich zwei Typen mit einem Bierkasten und einer Gitarre und rufen: »Clare!« – »Hey!«, ruft sie und stürmt los, um sie mit Umarmungen und Küsschen zu begrüßen. Er empfindet ein unerklärlich heftiges Verlustgefühl.

Sie stellt ihm die beiden vor: »Marco, Gio.« Die ungeteilte Aufmerksamkeit von vorhin, als sie beim Essen saßen, ist aus ihrer Stimme und ihren Gesichtszügen verschwunden, ebenso wie der verschiedenste mögliche Entwicklungen versprechende Schwebezustand von vorher. Sie hüpft vergnügt herum, während ihre beiden Freunde auf sie einreden, sie anschauen und um sie herumscharwenzeln. Sie lacht mit ihnen, schubst sie, stellt Fragen; Namen anderer Leute und Orte fallen, lösen weiteres Wortgeklingel aus. Vielleicht läuft sie davon, vor ihm und vor dem, was hätte geschehen können: vielleicht.

Er steht ein paar Meter weiter weg und beobachtet die

Szene mit einer Mischung aus Irritation über die Ablenkung, Eifersucht wegen der Vertraulichkeit, mit der die beiden Kerle sie behandeln, Wut, weil sie darauf eingeht.

Der Typ namens Gio zeigt ans Ende des Strands, wo das Feuer lodert: »Kommt ihr auch mit?«

»Klar doch!« Sie fragt Deserti gar nicht, was er will. Sie hilft dem Typen namens Marco, den Bierkasten zu tragen, obwohl er darauf beharrt, dass er es allein schafft; sie nimmt eine Seite, fängt an zu ziehen, lacht. Da geht sie: fröhlich, leichtfüßig, beseelt vom Gemeinschaftsgeist. Flüchtet sie?

Er folgt ihnen auf dem steinigen Strand, orientierungslos wie vorher, als die Sonne plötzlich hinter dem Horizont verschwand, nachdem sie in ihrer Herrschsucht so lange den ganzen Himmel eingenommen hatte. Er hat sich ja selber in diese Klemme gebracht, denkt er; es war wirklich nicht nötig, sich in die mentalen und emotionalen Kreisläufe einer weiteren Frau einzuklinken, bei all den Forderungen und Enttäuschungen und Klagen, mit denen er sowieso schon zurechtkommen muss. Er fühlt sich am falschen Platz, in der falschen Rolle, unzufrieden. So interessant und anders sie ihm auch erschienen war, das, worauf sie jetzt zugehen, kennt er in- und auswendig. Wenn er sich bemühen wollte, könnte er sich an *Dutzende* solcher Strandpartys erinnern, samt Lagerfeuer aus vom Meer angeschwemmtem Holz, lauwarmem Bier und billigem Wein und Joints und leerem Gerede und grundloser Euphorie und Blicken und Küssen zwischen halb Fremden und allem Übrigen. Er braucht das nicht, hat keine Lust darauf, schließlich ist er nicht deswegen spontan von Mailand bis hierher gefahren. Doch die Moletto geht schnell mit ihren Freunden voran, und ihm bleibt nichts, als hinterherzulaufen und auch noch so zu tun, als sei er wenigstens halbwegs guter Laune.

Am Ende des Strands sind etwa dreißig Personen versammelt, die zur Musik eines Stereogeräts tanzen und reden und lachen und gestikulieren und am Rand eines knackenden, in der Nacht rot lodernden Feuers über der Glut gebratene Würstchen essen. Die Moletto begrüßt alle genauso schwungvoll und freudig wie schon die ersten beiden, ist zu Männern und Frauen gleich herzlich, doch die Männer sind sichtlich begeistert über die kameradschaftliche Vertraulichkeit, die sie ihnen entgegenbringt. Sie selbst wirkt dabei ganz unbefangen und ohne Hintergedanken, aber sie ist eine attraktive Frau, und falls sie sich dessen zufällig nicht bewusst sein sollte, so sind es die anderen nur zu genau, nach der Art zu urteilen, wie sie sie umringen, sie drücken, sie »Amore mio!« oder »Schöne Clare!« oder »Chiarina!« nennen und sie am Arm fassen, ihren amerikanischen Akzent nachahmen, lachen, sie anstoßen. Allerdings sind auch die Frauen herzlich zu ihr, vielleicht, weil sie so ungekünstelt und fröhlich auf sie zugeht, wegen der Freundschaft, die sich über Jahre bei Begegnungen an der Küste, bei Gesprächen, Abendessen, beim gemeinsamen Baden und Scherzen gefestigt hat.

Je länger Deserti sich diese verzweigte, lange Geschichte vorstellt, umso mehr fühlt er sich wie ein zur Innerlichkeit Verdammter, sein eigener Grubenarbeiter, der sich verbissen dem im Grunde sinnlosen Unterfangen widmet, Wahrnehmungen in Gedanken und Gedanken in geschriebene Wörter zu übersetzen. Ein Konstrukteur von Sätzen, der sich selbst einredet, eine Art höheren Auftrag zu haben, dabei liegen seine Beweggründe doch ganz in der Anpassungsschwierigkeit, deretwegen er sich schon als Kind aus jedweder Gesellschaft oder Fußballmannschaft oder Gruppe ausgeschlossen fühlte, wenn sie mehr als zwei oder drei Personen auf einmal umfasste. Natürlich ist er jetzt ein Mann von Welt, der beim Erscheinen seiner Bücher in den Buchhandlungen Dutzende von Exemplaren signiert und ziemlich gut gelernt hat, Fremden gegenüber Unbefangenheit vorzutäuschen; dennoch bleibt innerlich das Gefühl des Nicht-Dazugehörens bestehen, das seinen kritischen Geist in eine geschliffene scharfe Waffe verwandelt, und damit spießt er jede Erwartung, jede Überraschung sofort auf und lässt sie platzen und zusammenschnurren, noch bevor er sie überhaupt genauer ins Auge gefasst hat.

Ein Dutzend Schritte von ihm entfernt scherzt und lacht die Moletto mit ihren Freunden. Der Typ namens Gio stellt das Stereogerät ab, setzt sich, greift zur Gitarre und beginnt zu singen, ein anderer Typ hinter ihm trommelt auf Bongos. Sie singt mit, beginnt zu tanzen, lässt dabei ihre Arme am Körper entlanggleiten bis zu den Hüften und dann wieder aufwärts, die langen Beine bewegen sich zum Rhythmus der Musik, die Hüften kreisen mit der unschuldigen Sinnlichkeit einer Inselbewohnerin des Pazifik, die wilden Locken wogen im warmen Schein des Feuers. Sie verweilt nur kurz bei dem Gitarrenspieler, dann bewegt sie sich den abschüssigen Strand entlang, tanzt mit Männern und Frauen, trinkt aus einer Flasche, die ihr jemand hinhält. Sie wirkt meilenweit entfernt von dem Gespräch vorhin auf der Terrasse, und auch so vollkommen anders als jene eifrige, wohlerzogene junge Frau, die am südwestlichen Stadtrand von Mailand aus dem angefahrenen Auto ihres Verlobten ausgestiegen war. Und während Deserti sie so beobachtet, wächst das rätselhafte Verlustgefühl, das er empfindet: Am liebsten würde er sich die Hosentaschen mit Steinen füllen, ins Meer springen, sich ertränken. Lächerlich, wie er sich vorher exponiert hat, als er sie mit vermutlich unzutreffenden Beobachtungen und rückhaltlosen Komplimenten überschüttet hat.

Sie ist jetzt zu dem Gitarrenspieler zurückgekehrt, sie machen ein Spiel. Er klimpert ein paar Akkorde und fragt nach dem Titel des Songs. »Es liegt mir auf der Zunge!« Sie streckt die Zungenspitze heraus, berührt sie mit dem Zeigefinger, hält bei jedem Titel, der ihr einfällt, den Finger in die Luft. Die Umstehenden lachen, klatschen, feuern sie an weiterzumachen mit der kleinen improvisierten Performance. Hastig wechselt der Typ mit der Gitarre die Akkorde, reißt die Saiten mit dem Plektron an, um das musikalische Quiz fortzusetzen. Deserti fragt sich, wieso er nicht gleich erkannt hat, was für ein Typ sie ist, als sie in den kaputten Jaguar hineinschaute, anstatt sich so blenden zu lassen. Er fragt sich, ob seine Menschenkenntnis schlechter geworden ist, ob die vielen Erfahrungen und die geistige Trägheit ihn zu automatischen Einordnungen verleiten und ihn daran hindern, das Wesentliche zu erfassen und rechtzeitig zu reagieren.

Die Moletto nähert und entfernt sich, tanzt und spricht mit anderen Leuten, ständig in Bewegung auf dem schrägen steinigen Strand. Sie verschwindet im tieferen Dunkel außerhalb des Feuerscheins, dann taucht sie wieder auf, kommt auf ihn zu, aber mit einem langen, dünnen Kerl im Schlepptau. »Paolo führt die Buch- und Schreibwarenhandlung hier im Dorf, er kennt dich bestens!« Es scheint sie zu beglücken, diese Begegnung zu vermitteln, an diesem schönen Sommerabend unter Freunden. Vielleicht nutzt sie aber auch jeden Vorwand, um Hindernisse zwischen ihnen aufzubauen und Abstand herzustellen.

»Sehr erfreut!«, sagt Paolo, der Buchhändler. Mit einer sehnigen, feinknochigen Stelzvogelklaue drückt er Deserti die Hand.

»Ciao«, antwortet Deserti. Er hat keinen Millimeter geistigen Raum für ihn übrig; er möchte nur kapieren, was sie tut und warum.

Paolo mustert ihn aus nächster Nähe, dreht sich um und reicht der Moletto die Flasche Weißwein, die er in der Hand hält. Sie trinkt einen Schluck, gibt sie ihm zurück, lächelt.

Der Gitarrenspieler ruft: »Clare, kennst du das?«, und schlägt die Saiten an, um sie mit einem weiteren Song wieder in seine Nähe zu locken. Der Bongospieler begleitet ihn mit einem hämmernden Rhythmus.

»Ich komme!«, ruft sie, macht Deserti ein Zeichen, dass sie gehen muss, und läuft zu dem Gitarristen, der sofort lauter spielt und singt, wie eine fette Zikade, entschlossen, die Gelegenheit beim Schopf zu packen. Sie singt mit ihm und dem Bongospieler, setzt sich mit untergeschlagenen Beinen neben die beiden, schlägt mit den Händen auf den Knien den Takt. Wirft ihm keinen Blick zu. Keinen Blick.

Paolo der Buchhändler ist sturzbetrunken, doch hindert ihn das keineswegs, Deserti eine Reihe äußerst kenntnisreicher ausführlicher Fragen zu seinen Romanen zu stellen. »Was ich dich fragen wollte, ist«, sagt er und: »Ich habe mich schon immer gefragt, ob«, »Erklär mir doch mal, wie.« Er erinnert sich an alle Erscheinungsdaten, an die Namen sämtlicher Protagonisten, stellt willkürliche Bezüge her, findet Übereinstimmungen und Widersprüche, formuliert Hypothesen, von denen er wissen möchte, ob sie stimmen.

Deserti antwortet auf die halbautomatische Weise, die er in unendlich vielen Gesprächen dieser Art perfektioniert hat, und verfolgt dabei die Moletto mit seinem Blick. Ab und zu reicht ihr jemand eine Flasche; sie lehnt nie ab, trinkt, lacht, singt, steht wieder auf und tanzt im Gedränge ihrer Freunde. Zwei- oder dreimal spürt Deserti den Impuls, hinzulaufen und wild mit ihr zu tanzen oder sie am Handgelenk zu packen und fortzuziehen aus dieser Menge von aufdringlichen Fremden, die viel mehr über sie wissen als er. Aber er rührt sich nicht, bleibt dem Buchhändler mit seinen endlosen Fragen und Beobachtungen ausgeliefert.

Nach einer Weile kommt noch eine kleine kurzhaarige, nicht unbedingt hässliche Blonde mit hohen Wangenknochen und sagt: »Daniel Deserti, ich kann es nicht fassen!«

Er lächelt, aber der kleine Funke von Befriedigung, den er empfindet, gleicht kein bisschen den Ärger darüber aus, dass er hier auf diesem feuchten, dunklen Stück ligurischem Strand festsitzt, egal welche guten oder schlechten Gründe ihn hergeführt haben. Er sollte gehen, denkt er, sofort, Verluste abhaken, sein Gesicht wahren.

»Ich habe alles, aber wirklich alles gelesen, was du geschrieben hast«, sagt das Mädchen.

»Freut mich«, erwidert er. Mehrere ähnliche Antworten fallen ihm ein, die er im Lauf der Jahre erprobt hat, bis sie ganz natürlich klangen; er überlegt, wie er die Belagerung sprengen, von hier verschwinden kann.

Das Mädchen streckt die Hand aus: »Sonia«, sagt sie, oder so ähnlich, es ist nicht ganz klar. Ihre Anwesenheit scheint Paolo den Buchhändler noch mehr anzustacheln, er zieht eine richtige Schau ab und verdoppelt seine hektischen Fragen und Bemerkungen. Um Musik und Gelächter zu übertönen, spricht er lauter, schwankt auf seinen dünnen, langen Beinen, nimmt ab und zu einen Schluck aus seiner Flasche. Als die Flasche leer ist, macht er sich auf die Suche nach einer neuen, doch mittlerweile hat Sonia, oder wie sie heißt, selber angefangen, ihn mit Fragen und Bemerkungen zu bombardieren, noch dazu so leise, dass es schier unmöglich ist, sie zu verstehen.

Der Buchhändler kommt schon wieder zurück, schwenkt eine Flasche Rum wie eine Trophäe. Er nimmt einen Schluck, reicht sie an Sonia weiter, sie trinkt und hält sie Deserti hin. Er zögert, die Flasche in der Hand, während die zwei anderen weiter auf ihn einreden, dann setzt er sie an und kippt den Rum in großen Schlucken hinunter, als ob es Wasser wäre. Zuletzt lässt er die leere Flasche auf den Kiesstrand fallen. Paolo und Sonia starren ihn an.

Unterdessen sind ein paar Leute ins Meer gesprungen: Man hört Gekreische, Knirschen von Kies unter eiligen Füßen, Platschen, Spritzen, unterschiedlich hohe Stimmen.

»Kommt ihr nicht auch?«, ruft die Moletto, nicht zu ihm persönlich, aber wenigstens in seine Richtung. Zwei oder drei Typen ziehen sie an den Armen; sie lacht, versucht sich loszumachen.

»Ich habe keine Badehose«, sagt er. Am liebsten würde

er sich umdrehen und gehen; oder zu ihr hinlaufen, sie befreien, links und rechts Schläge austeilen, egal wohin.

»Ich auch nicht!«, ruft sie zurück. Sie zieht Hose und T-Shirt aus, läuft in einem bunt gestreiften Höschen auf das Meer zu und springt ins Wasser. Die anderen lassen ebenfalls die Kleider fallen und rennen, so schnell sie können, mit Geschrei und Gelächter hinterher, dass es nur so spritzt und klatscht.

Er könnte jetzt demonstrativ auf dem Trockenen bleiben und sich weiter mit dem Buchhändler und dem Mädchen mit den hohen Wangenknochen unterhalten, denkt er, um sich selbst und den anderen zu beweisen, dass es Leute gibt, die ihn interessant finden, und dass er es keineswegs nötig hat, um Aufmerksamkeit zu betteln. Oder er könnte zu Fuß die Straße hinaufgehen, ein Hotel suchen, ins Bett fallen, sich am Morgen zum nächsten Bahnhof bringen lassen und den ersten Zug nach Mailand nehmen, Clare Molettos Nummer aus dem Speicher seines Handys löschen und sie vergessen. Das macht er häufig: in Welten hineinschauen, sich aus Welten zurückziehen. Lange dachte er, ohne diese Eigenart hätte er niemals Romane geschrieben, was vermutlich stimmt; doch inzwischen hat er aufgehört, Schreiben als etwas Verdienstvolles zu betrachten. Vor allem scheint es ihm ein sehr gut konstruiertes Alibi zu sein, um das bittere Gefühl des Selbstausschlusses zu bemänteln und zu rechtfertigen, das ihn jedes Mal überkommt, wenn er ein Angebot ausschlägt und wieder allein seines Weges geht.

Ohne zu überlegen, reißt er sich die Kleider herunter, rennt aufs Meer zu, stürzt sich mit einem furiosen Kopfsprung hinein. Er schwimmt unter Wasser, so weit der

Atem reicht, taucht wieder auf und krault mit wilden Armschwüngen und hektischen Beinschlägen vorwärts. In dem lärmenden, lachenden, spritzenden Gewühl von Menschen ist die Moletto nicht von den anderen zu unterscheiden, aber er sucht sie auch nicht. Tief taucht er mit den Händen ins Wasser, schwimmt mit voller Kraft durch das aufgewühlte, wogende Schwarz aufs offene Meer hinaus, auf den Streifen Mondlicht zu.

In einer schwankenden, lärmenden Gruppe kehren sie in das schlafende Dorf zurück

In einer schwankenden, lärmenden Gruppe kehren sie in das schlafende Dorf zurück; lachend stolpern sie den Weg zur Straße entlang, wo sie die Autos und Motorräder geparkt haben. Ständig bleiben sie stehen, lehnen sich aneinander, müde, verlangsamt, verwirrt, sie können sich nicht trennen. Sand und kleine Steinchen kleben an ihrer Haut, unter den Kleidern, in den Haaren. Auf einem Mäuerchen oder am Randstein sitzend, oder auf einem, dann auf dem anderen Bein balancierend, versuchen sie sich die Füße zu säubern; sie machen noch Bemerkungen über dies und das, obwohl keiner mehr zuhört. Clare betrachtet die halbgeöffneten Fenster der Häuser, die Schaufenster der Geschäfte und Bars mit herabgelassenen Rollläden in der regungslosen, von leise zischenden Laternen beleuchteten Straße. Wie traurig und hässlich der neue Teil des Dorfes ist, denkt sie, im Vergleich zu dem alten, wenige Dutzend Meter weiter drüben; sie fragt sich, warum sie sich nicht einmal jetzt vor diesen Empfindungen abschirmen kann. Um nicht daran zu denken, blickt sie auf den verlassenen Strand, den Dreiviertelmond, der sich im schwarzen Meer spiegelt, die Lichter der Fischerboote am Horizont. Melancholie überkommt sie bei der Vorstellung, dass nun alle heimgehen, die Situation sich auflöst, der nächste Tag schon vor der Tür steht mit seinen drückenden Sorgen. Sie mustert Daniel Deserti, verblüfft, dass er noch da ist, dass er nicht gegangen ist. Sie fragt sich, was für Absichten er hat, wo er die Nacht zu verbringen gedenkt. Sie fragt sich, ob sie Gewissensbisse haben müsste, weil sie sich von ihm ferngehalten hat, findet aber, nein; es war eher eine elementare Form der Selbstverteidigung. Außerdem hat sie sowieso schon genug Schuldgefühle.

Der Reihe nach umarmt sie die Freunde und Freundinnen zum Abschied, verspricht jedem und jeder, dass sie sich wiedersehen. Was sie mit Alberto teilte, war die Freude daran, mit Menschen zusammen zu sein, auch wenn das bei ihm schier krankhafte Züge annahm, da er nicht einmal einen Abend lang allein sein konnte. Lange, aufreibende Nächte mit viel Alkohol und Joints fallen ihr ein, an deren Ende er versuchte, alle so lange wie möglich vom Aufbruch abzuhalten, indem er die Wörter dehnte, noch mehr Wein entkorkte, noch mehr Whisky und Gin einschenkte, noch mehr Geschichten erzählte, Ausreden erfand, sich an die Leute hängte, ohne Maß und Ziel Freundschaftserklärungen und galante Komplimente verteilte. Daniel Deserti hat ganz recht mit seiner Behauptung, dass wir uns gegensätzliche Menschen aussuchen, sie braucht nur an die unverrückbare geistige Ordnung Luigis zu denken, der darauf bestand, um Mitternacht zu Hause zu sein bei seiner toskanischen Zigarre und seinem Buch. Stefano wiederum gelingt es immer, den richtigen Augenblick zu erfassen, um aufzubrechen, sich zu verabschieden, auf die Tür zuzugehen und so ins Bett zu kommen, dass er eine angemessene Anzahl von Stunden schlafen kann. Wenn sie von hier aus daran denkt, müde und wehmütig nach dem zu Ende gegangenen Fest, dann kommt ihr dieses Spiel der Gegensätze wirklich lächerlich vor: Ordnung–Durcheinander, Lebenslust–Zuverlässigkeit, Oberflächlichkeit–Tiefe, Spaß–Langeweile. Nie wollte sie sich zwischen Schwarz und Weiß entscheiden, auf die Hälfte der Möglichkeiten verzichten, die das Leben bietet, um die andere Hälfte zu bekommen, auch wenn alle ständig wiederholen, dass es nun mal so sei und dass auch sie das zur Kenntnis nehmen müsse. Sie wünschte, man ließe ihr die Freiheit, je nach Laune so zu sein, wie sie gerade will, ohne um Erlaubnis bitten oder befristete Zugeständnisse aushandeln zu müssen. Jedenfalls braucht sie mehr Raum für sich, als sie in letzter Zeit hatte, weniger Ecken und Kanten, weniger Schranken, weniger Regeln, die man annehmen und anwenden muss. Sie findet diese Forderung nicht absurd und versteht nicht, warum sie so schwer zu akzeptieren ist.

Daniel Deserti betrachtet sie aus ein paar Metern Entfernung, am Rand der kleinen Gruppe von Freunden und Freundinnen; sie weiß nicht, ob er verärgert ist, dass er um zwei Uhr früh noch mit wildfremden Leuten hier herumsteht, oder interessiert, gelangweilt, angewidert, zerstreut, müde. Vielleicht ist er enttäuscht, dass er seine Rolle als Protagonist verloren hat, nicht mehr Herr der Lage und nicht mehr mit ihr allein war wie vorher auf der Terrasse. Falls es so ist, tut es ihr leid, aber sie möchte in diesem Augenblick weich und flexibel sein, anstrengende Gedanken fernhalten, sich nicht schon vom nächsten Mann belagern lassen.

Einige der Freunde machen sich auf den Weg, andere

bleiben noch, reden und lachen noch zusammen. Besonders Gio war schon immer ein wenig hinter ihr her mit seinem empfindsamen, traurigen Ausdruck, den er laut Stefano, der ihn einmal gesehen hat, absichtlich kultiviert, was durchaus sein kann. Aber er spielt gut Gitarre und kennt viele Lieder auswendig, und er hat so eine Art, sie anzusehen, während er spielt, sie zum Singen zu bringen, sich zu freuen über ihren Akzent und ihr Repertoire an Beatles- und Rolling-Stones-Songs, die sie alle auswendig kann. Tatsächlich spielt sie gern die Entertainerin, wenn sie ein Publikum hat, das sie gut kennt: Es gefällt ihr, die Leute zu animieren. Vielleicht liegt es unter anderem daran, dass sie zwischen den militärischen Drillübungen ihres Vaters und der ständigen Zerstreutheit ihrer Mutter und später der Scheidung und den finanziellen Schwierigkeiten und der Verantwortung für die zwei jüngeren Schwestern nie eine echte Kindheit hatte; heute ergreift sie jede sich bietende Gelegenheit, um ihre kindliche Seite auszuleben. Stefano schien anfangs überrascht zu sein und bewunderte ihre Begabung als Tänzerin und Improvisationskünstlerin: Er sah ihr zu und lachte, erstaunt über ihre Bereitschaft, sich so rückhaltlos einzubringen und zu exponieren. Ähnlich wie Luigi vor ihm behandelte er sie wie ein exotisches Tier, das auf geheimnisvolle Weise in sein Leben als junger Mailänder Anwalt, Sohn einer kalten Mutter und Exfreund einer Reihe kalter Frauen getreten war. »Woher hast du bloß dieses Gefühl für Rhythmus?«, sagte er zu ihr. »Erklärst du mir mal, wie du diese Bewegungen gelernt hast?« Sein Staunen amüsierte sie, und sie erklärte ihm, dass sie das schon immer konnte, dass auch ihre Schwestern gute Tänzerinnen sind, dass vielleicht Onkel Harold mit seiner Musik einen Einfluss gehabt hat, dass es den Molettos aber wahrscheinlich einfach im Blut liegt. Er schüttelte den Kopf, hin- und hergerissen zwischen dem Stolz des erfolgreichen Jägers und aufkommendem Unbehagen. Im Laufe der Jahre hat das Unbehagen überhandgenommen, und jetzt zeigt er sich jedes Mal irritiert, wenn sie Anstalten macht, ihre Lebhaftigkeit vor Publikum unter Beweis zu stellen.

Wie auch immer, nun gehen wirklich alle, einer nach dem anderen: Sie drehen sich um und winken von weitem, bevor sie ins Auto steigen. Daniel Deserti hat den Roller schon vom Ständer geschoben und den Motor angelassen, sie setzt sich hinter ihn auf den Rücksitz. Soll sie ihn jetzt fragen, wo er zu übernachten gedenkt? Ihr fällt kein passender Satz ein; eigentlich hat sie auch keine Lust dazu, darüber nachzudenken. Sie fahren die Straße über der Küste hinauf wie zwei Schlafwandler, wahrscheinlich beide gleich erstaunt, dass sie es bei jeder Kurve schaffen, ihr zu folgen, und nicht den Steilhang rechts von ihnen hinunterstürzen. Sie hält sich am Fahrgestell des Rollers fest, betrachtet die Lichterkette an der Küste, weiße und gelbe und bernsteinfarbene Punkte, so weit das Auge reicht. Die Temperatur schwankt je nach Lage des Horizonts, Blütenduft weht vorbei, süß, harzig, stechend, Hunde bellen an den Toren, Autos schlafen am Straßenrand neben dunklen Bäumen und schemenhaften Balkonen. Langsam fahren sie durch die Nacht, erst lange bergauf, dann wieder bergab folgen sie auf wundersame Weise der Straße, auch wenn sie sich verengt und in die dichte, dunkle Vegetation eintaucht, um dann im Licht einer einsamen Laterne wieder herauszukommen. Endlich erklimmen sie den letzten steilen Hang und kommen vor dem Tor zu dem kleinen Garten mit den Olivenbäumen zum Stehen. Er schaltet den Motor ab, unterbricht das Brummen und die Vibration. »Da sind wir!«, sagt er und kann es offenbar kaum glauben.

Sie steigt ab, öffnet mit langsamen, sorgfältigen Bewegungen das Tor, bleibt stehen. Als er den Roller an der Agave mit den langen Stacheln vorbei um den Olivenbaum geschoben hat, macht sie ebenso langsam wieder zu. Plötzlich wird ihr bewusst, dass sie erneut zu zweit hier sind; sie fragt sich, ob sie das Tor wieder öffnen, darauf zeigen, sich verabschieden und ihn hinausschieben sollte.

Die Luft in dem kleinen Garten duftet feucht und süß. Alle beide bewegen sich träge, die Müdigkeit eint sie, sie sind klebrig vom Salz des Meeres, spüren die kleinen Steinchen vom hinteren Teil des Strands zwischen den Zehen. Das Zirpen der Grillen erfüllt mit einer feinen, regelmäßigen Frequenz den akustischen Raum, der den ganzen Tag über rücksichtslos von den Zikaden besetzt gewesen war.

»Kennst du das Gesetz von Dolbear?«, fragt sie zu ihrer eigenen Überraschung. Gleich darauf ist sie sich gar nicht mehr sicher, ob sie überhaupt gesprochen hat, so rasch verliert sich der Klang ihrer Stimme in der Nacht. Sie fragt sich, ob sie Zeit schinden will und welche Klärungen oder Erleuchtungen sie dabei erwartet.

Doch er hat sie gehört, denn er schüttelt den Kopf: »Das Gesetz von wem?«

»Amos Dolbear«, sagt sie. »Er war ein amerikanischer Physizist.«

»What are you talking about?« Er lacht. Irgendwie schwanken sie auf ähnliche Weise; die Höhe ihrer Blicke verändert sich je nachdem, wie sie sich bewegen, und nach der Neigung des Rasens. Die Situation wirkt gefährlich, dann wieder unschuldig.

»A physicist«, sagt sie, das Wort sträubt sich ihr auf der Zunge, es kommt ihr auch auf Englisch seltsam vor.

»Ein Physiker«, sagt er.

»Genau.« Sie lehnt sich an den runzeligen Stamm eines Olivenbaums, um mehr Halt zu haben. »Aus dem 19. Jahrhundert, glaube ich.«

»Und was hat der gemacht?« Im Mondlicht ist Desertis Gesichtsausdruck komisch, konfus, hat nicht mehr den leicht bedrohlichen Schatten wie bei seiner Ankunft am Nachmittag.

»Ach, verschiedene Entdeckungen.« Sie muss zwischen einem Satz und dem nächsten eine Pause machen, um Luft zu holen. »Aber berühmt ist er für sein Gesetz.«

»Und wie lautet es?«, fragt er.

»Er hat einen Artikel geschrieben«, sagt sie. *»The Cricket as a Thermometer.«* Ja, sie versucht Zeit zu gewinnen.

Er beobachtet sie und wirkt belustigt, neugierig, herzlich: ein unerwarteter Spielgefährte, nicht aggressiv, nicht urteilend.

»Ja«, sagt sie. »Er hatte eine Korrelation festgestellt, weißt du? Zwischen der Frequenz des Zirpens der Grillen und der Lufttemperatur.«

»Wirklich?«, sagt er. »Eine Kor-re-la-tion?« Wie sie scheint er fasziniert vom Klang des Wortes, und wie sie scheint er nicht genau zu wissen, was es bedeutet.

»Ja.« Sie nickt mit einer gewissen Feierlichkeit. Sie nimmt sich Zeit, weiß aber nicht, wofür.

»Und woher weißt du das?« Er lässt sich rückwärts in eines der Sesselchen fallen.

»Mein Vater hat es mir erklärt«, sagt sie.

»Wirklich?«, wiederholt er. Nach seinem Ton und seinem Blick zu urteilen, scheint er sie zu fragen, ob sie beide wirklich echt sind, ob der Garten und die Grillen echt sind, ob die Nacht echt ist, die sie umgibt.

»Jaha«, sagt sie. Sie ist genauso erstaunt, ratlos und verunsichert.

»Und dann hat er eine Formel daraus abgeleitet?«, sagt er. »Um die Temperatur zu berechnen?«

»Jaha«, sagt sie in leicht singendem Tonfall. »Fast aufs Grad genau.«

»Kennst du sie?«, fragt er. »Die Formel?«

»In Celsiusgraden oder Fahrenheit?« Sie sind wie zwei Kinder, denkt sie, unter sich und abgeschottet von der Welt der Erwachsenen, dabei sind sie sich jedoch deren Regeln bewusst, die ständig unvermutet auftauchen können.

»Celsius«, antwortet er aufs Geratewohl.

Sie richtet sich auf. »Man muss die Anzahl des Zirpens pro Minute zählen, vierzig abziehen, durch sieben teilen und zehn dazuzählen«, sagt sie, ohne mit der Wimper zu zucken.

»Ach komm.« Er lacht, klatscht in die Hände.

»Ich schwör's dir«, sagt sie, kann sich aber das Lachen nicht verbeißen.

Er erhebt sich leicht torkelnd aus dem Sesselchen und stellt sich vor sie hin: »Danke.« Mit zusammengelegten

Händen macht er eine kleine orientalische Verbeugung, wie der Kellner bei Sonnenuntergang in der Bar.

»Wofür?« Sie stehen einander gegenüber: Das Gefühl von Nähe kommt und geht, kommt und geht.

»Für dieses Geschenk«, sagt er. »Dass du mir etwas beigebracht hast, was ich nicht wusste.«

»Aha.« Sie schwankt wieder. »Es ist mir einfach so eingefallen.«

»Also, welche Temperatur haben wir jetzt?«, sagt er.

»Weiß ich nicht.« Sie fragt sich, ob er versuchen wird, ihr näher zu kommen, und wie.

»Was soll das heißen?« Er lacht. »Man braucht doch nur das Zirpen zu zählen, oder?«

»Zähl du es.« Sie denkt, dass sie ihn näher bei sich möchte; oder weiter weg.

Stumm und reglos stehen sie beide in der vom Mondlicht erhellten Dunkelheit und lauschen der hohen Frequenz des Grillengesangs.

Zuletzt sagt er: »Ich schaffe es nicht.«

»Ich auch nicht«, erwidert sie.

»Du bist wirklich eine unglaubliche Frau, weißt du?«, sagt er.

»Wieso?« Sie denkt, dass sie sich vielleicht auch rückwärts fallen lassen könne, so wie er vorher, aber kein Sesselchen bräuchte, weil die Luft sie auffangen würde, die Nacht, die dichte Spannung, die zwischen ihnen herrscht, die formlosen Gedanken, die ihr durch den Kopf gehen.

»Weil du so *bist*.« Er streckt die Hand aus und streicht ihr über die Haare: Die Berührung dauert nur eine Sekunde, ist nicht vorbedacht, nicht fordernd.

Sie hält still, grenzenlos tiefe Erleichterung durchströmt sie. Gleich danach wird ihr schwindlig; sie dreht sich um, durchquert mit vorsichtigen Schritten den kleinen Garten. Er folgt ihr in etwa einem Meter Abstand; sie fühlt es, dreht sich aber nicht um. Vielleicht könnte sie ihm noch sagen, dass er gehen muss, vielleicht ist es zu spät. Ihr scheint, sie hat sich da etwas ganz Übles eingebrockt, dann wieder meint sie, es ist doch nichts dabei. Hintereinander steigen sie die Treppenstufen zum Haus hinauf.

Beide sind anlehnungsbedürftig

Beide sind anlehnungsbedürftig: Sie lehnen sich an das Mäuerchen oben an der Treppe, dann an die Hauswand.

»Am Strand habe ich dich beobachtet«, sagt er. »Du hast ein natürliches Talent zur Performerin.« Er sieht sie an, nimmt ihre Gesichtszüge in sich auf.

»Ach komm.« Sie lacht, stützt ihre Stirn in die Hand und den Handrücken gegen den Türrahmen.

»Echt.« Er schwankt rückwärts. »Zur Schauspielerin, was weiß ich. Zur Akrobatin, zur Musikerin. Dein Ausdrucksrepertoire ist erstaunlich.« Und immer noch staunt er, genauso wie am Strand, weshalb er Mühe hat, genauere Definitionen zu finden.

»Was meinst du damit?« Sie legt den Kopf schief.

»Zum Beispiel, wie du dir auf die Zungenspitze getippt und dann die Titel der Songs gesagt hast. Du hast die Zungenspitze rausgestreckt, sie mit dem Zeigefinger berührt und die Hand nach oben gestreckt mit deinem langen, wohlgeformten Arm, und dabei verrutschte dein T-Shirt und entblößte deinen Bauch. Es war phantastisch.«

»Ach komm.« Sie lacht, schwankt vor und zurück. »Ach komm.«

»Ich bin nicht der Einzige, der das bemerkt hat«, sagt Deserti. »Alle Männer am Strand waren hingerissen.«

»Das stimmt nicht«, sagt sie.

»Du weißt, dass es stimmt«, sagt er. »Dieser Typ mit der Gitarre, er kratzte auf den Saiten herum wie eine Riesenzikade, unermüdlich.«

»Gio?«, fragt sie.

»Ja«, sagt er. »Der war ja nicht mehr zu bremsen, *vrlang, vrlang, vrlang*. Und der andere mit den Bongos auch, oder?«

Sie lacht immer weiter, schwankt nur noch ganz leise: »Das sind doch bloß Freunde.«

»Total verknallt in dich.« Sein Ton mag amüsiert klingen, aber zum Teil nagt es ihm an der Seele.

»Und was ist mit dir?«, sagt sie. »Ich hab doch gesehen, wie Sonia an deinen Lippen hing. Sie hat alle deine Bücher gelesen und konnte es kaum fassen, dass du da warst.« Jetzt ist es, als sei ihre Stimmung halb so wie vorher am Strand, halb so wie beim Abendessen: der seltsamste Wechsel zwischen Schwere und Leichtigkeit drückt sich in ihren Worten aus.

»Darüber wollte ich aber gar nicht reden.« Vergeblich bemüht er sich, gerade zu stehen. Er fragt sich, ob er nicht hier aufhören, sich verabschieden und gehen sollte, kann sich aber überhaupt nicht vorstellen, wie.

»Worüber wolltest du denn reden?« Sie schiebt den Schlüssel ins Schloss.

»Über deine erstaunliche Fähigkeit, dich zu bewegen«, sagt er. »Zum Beispiel, wie du dir im Rhythmus mit der Hand auf die Hüfte geklopft hast. Oder diese Art zu tanzen, wie eine Pazifikinsulanerin. Wo zum Teufel hast du das her?«

Sie fährt sich mit der Hand durch die Haare, die noch

krauser sind als gewöhnlich. »Manchmal habe ich mit einer meiner kleineren Schwestern getanzt. Onkel Harold war Musiker und gab nachmittags Gitarren- und Banjounterricht. An den Wochenenden spielte er in einem Hawaii-Lokal. Harry Moletto's Island Trio hieß seine Gruppe.«

»Und ihr habt zu der Musik getanzt?«, sagt er.

»Ja.« Sie lacht, öffnet die Tür und geht ins Haus.

»Wie alt wart ihr da, du und deine Schwester?« Er folgt ihr im Dunkeln in die kleine Wohnküche.

»Ich weiß nicht.« Sie knipst das Licht an, reguliert es mit dem Dimmer. »Ich etwa dreizehn, Julia elf.«

»Ihr wart ja noch *Kinder*.« Er zieht die Schuhe aus; die kleinen Steinchen lösen sich von seinen Zehen und fallen auf den Fußboden.

»Hmmm.« Mit einer ihrer witzigen, nonchalanten Bewegungen schüttelt sie sich die Sandalen von den Füßen. »Queen Aaliyah hieß das Lokal. Onkel Harold spielte *steel guitar*. Dann waren da noch Tom Pancano am Kontrabass und Jonnie Lonegan an der Gitarre. Julia und ich tanzten Hula. Im Baströckchen.«

»Hula?«, wiederholt er. »Wo hattet ihr das denn gelernt?« Er sieht sie genau vor sich, die Kindfrau: biegsam, eifrig, freudig, ernst.

»Bei einer gewissen Daisy Dowson«, sagt sie. »Daisy hatte zwanzig Jahre in Oahu gelebt. Sie war dick, und die Arthrose hatte ihre Hände ruiniert. Aber beim Hulatanzen bewegte sie sie mit unglaublicher Anmut.«

»Dann hast du ja sogar eine Ausbildung als Performerin.« Er setzt sich auf den Rand eines Hockers. »Siehst du?«

»Ach, hör auf.« Sie winkt ab, aber sie lacht amüsiert.

»Machte dein Onkel auch noch andere Musik?« Ihm gehen zwei, drei sehr lebhafte Bilder durch den Kopf, wie Onkel Harold sein könnte, wenngleich sie zumindest teilweise aus Filmen stammen. Einen Augenblick lang fragt er sich, ob es überhaupt noch möglich ist, sich jemanden oder etwas vorzustellen, ohne von dem beeinflusst zu werden, was man schon so oft gesehen hat; ob es nicht immer schwieriger wird, je mehr Darstellungen man kennt.

»Ja«, sagt sie. »Country und Western, *old style*. Gelegentlich spielte er auch in anderen Lokalen. Einmal hat er eine Nummer vorbereitet. Mit uns fünf Schwestern. Ein Lied. Es heißt: *How Much Is That Doggie in the Window?* Es handelt von einer Frau, die sich ein Hündchen kaufen lassen will, das im Schaufenster sitzt, in einer Zoohandlung. Der Onkel spielte und sang. Meine Schwestern und ich gingen hin und her, Hände auf den Hüften, und schnitten lustige Grimassen. Die Leute lachten. Wir haben uns köstlich amüsiert.«

»Siehst du?«, sagt er erneut, mit dem heftigen Gefühl, dass er noch immer nicht alles erfasst, was es zu erfassen gäbe. »Siehst du?«

Sie vollführt eine kleine Drehung, die Hände auf den Hüften, die Ellbogen ausgestellt, und schneidet eine lustige Grimasse.

»Hey«, sagt er. »Du bist erstaunlich. Weißt du, dass du erstaunlich bist?«

Sie bewegt den Zeigefinger, runzelt die Brauen, bläht die Backen auf, bewegt die Lippen wie eine Vaudeville-Sängerin und -Tänzerin.

Er lacht, hält sich an der Küchenplatte fest, wankt vor und zurück; er sieht sie unverwandt an.

Sie füllt zwei Gläser mit Leitungswasser, reicht ihm eines. Kinn erhoben, Kopf zurückgelegt, trinkt sie in großen Schlucken, das T-Shirt entblößt ihren Bauch. Sie füllt das Glas erneut, kippt es hinunter: das naturverbundene Mädchen, das sich mit Wasser vom Alkohol, den es im Blut hat, kuriert.

Er trinkt ebenfalls, ohne den Blick von ihr zu wenden. Die Zeit vergeht, ungemessen; keiner von beiden möchte genau wissen, an welchem Punkt die Nacht ist. Die Schärfe ihrer Gedanken ist ebenso beeinträchtigt wie ihre Standfestigkeit; vielleicht stehen gegenseitige Angebote im Raum zwischen ihnen, doch sie tauchen auf und verschwinden wieder, und weder ihm noch ihr gelingt es, sie festzuhalten. Beide scheinen nah dran zu sein, einen Schritt zu machen, ein Wort zu sagen, aber sie schweigen, nähern sich nicht. Wieder denkt er, er sollte auf die Tür deuten, ihr zuwinken oder sie zum Abschied vielleicht auf die Wangen küssen, an die Küste hinuntergehen und sich ein Hotel suchen, falls noch eines offen hat, oder den Rest der Nacht am Bahnhof verbringen. Wieder kommt ihm diese Vorstellung unendlich irreal vor, schier unmöglich, sie in die Praxis umzusetzen.

Sie geht zum Sofa, nimmt die Kissen, wirft sie zur Seite, zieht an einem Stoffgriff und klappt ein Bett auf.

Wortlos beobachtet er die Szene: als ob gerade ein Wunder geschehe.

Sie durchquert das Zimmer, verschwindet nach oben: *swishh, swishh*, ihre nackten Sohlen auf den glatten Schieferstufen. Sie kommt mit einem Stoß Leintücher zurück, richtet mit wenigen, wunderbar effizienten Handgriffen das Bett, noch bevor er ihr seine Hilfe anbieten kann: »Vielleicht sollten wir jetzt schlafen gehen.«

»Darf ich hier übernachten?«, fragt er langsam, überrascht und grenzenlos erleichtert.

»Ja«, sagt sie. »Gute Nacht, auch wenn nicht mehr viel davon übrig ist.«

»Nein.« Weder Gegenvorschläge noch stimmungsvolle Bilder, noch wohlklingende Worte wollen über seine Lippen kommen.

Sie lächelt, geht ohne Hast zur Treppe.

Er sieht sie an, aber auch jetzt gelingt es ihm nicht, irgendetwas zu sagen: Er fühlt sich wie verhext.

Als sie die Treppe erreicht, dreht sie sich um, als wollte sie ihm noch einmal zunicken, doch stattdessen kommt sie zurück. Einen Schritt von ihm entfernt, bleibt sie stehen: Ihr Blick wandert über seine Haare, die Stirn, die Augen, den Mund.

»Hey«, sagt er, da ihm sonst nichts einfällt.

Sie kommt noch näher, aber immer noch liegt ein Abstand zwischen ihnen, in dem es pulsiert, vibriert.

Er versucht gar nicht, auf sie zuzugehen oder sie an sich zu ziehen: Er ist total versunken in das Hin und Her der unausgesprochenen Empfindungen.

Mit leuchtenden Augen macht sie einen Schritt rückwärts, atmet tief.

Auch er weicht zurück, lehnt sich an die Wand, holt Luft.

»Versuchen wir zu schlafen?«, sagt sie unsicher in fragendem Ton, plötzlich verletzlich.

»Ja«, antwortet er; die Vorstellung zu schlafen kommt ihm seltsam vor, wie der ganze Rest.

Sie lächelt, macht eine ausladende Handbewegung, durchquert erneut das Zimmer, geht die Treppe zum Schlafzimmer hinauf, verschwindet.

Er könnte ihr nach oben folgen, denkt er, sie am Arm packen und an sich ziehen, sie drücken und küssen, ihr elektrisierende Worte sagen, mit ihr aufs Bett fallen; aber es wäre ein Verbrechen, auf welche Weise auch immer den namenlosen Zauber zu brechen, den sie gerade erlebt haben.

Morgens im Zug wissen sie nicht recht, wie sie sich verhalten sollen

Morgens im Zug wissen sie nicht recht, wie sie sich verhalten sollen, mit welchem Abstand, welchem Ausdruck sie sich begegnen sollen. Zwischen ihnen liegt ein Raum voller nicht erklärter Gesten und nicht geschehener Dinge, ausgesprochener Eindrücke und vorenthaltener Informationen: Das kompliziert den minimalen Blickkontakt, dehnt ihn, beschleunigt ihn, führt zu widersprüchlichen Reaktionen. Die Brutalität, mit der sie der Wecker aus dem zu kurzen Schlaf gerissen hat, war gewiss nicht hilfreich, ebenso wenig wie die hastige Fahrt zum Bahnhof hinunter, das Rattern auf den Gleisen, das grelle Licht und die erstickende Hitze im Abteil und jetzt der Anruf von Stefano, der den Kontrollverlust nicht mehr aushält. Er überschüttet sie mit Anklagen und Vorwürfen, was das Kopfweh verschlimmert, mit dem sie aufgestanden ist. Sie drückt das Handy an die Schläfe, geht auf den Gang hinaus, wo es noch lauter ist, versucht zuzuhören, während sie die Landschaft betrachtet, die vor dem Fenster vorbeizieht, immer wieder unterbrochen vom staubigen Dunkel der Tunnels, in denen die Verbindung jedes Mal abbricht. Jedes Mal ruft Stefano wieder an, wutentbrannt, als sei sie auch an den Unterbrechungen schuld, abgesehen davon, dass sie nicht auf seine nächtlichen Anrufe und SMS reagiert hat. Sie sah sie erst, als sie in den Zug stieg: die verschiedenen *Wo bist du?* und *Rufst du mich zurück?* und *Es ist 1 Uhr 35, meldest du dich bitte?* und *Es ist Viertel nach zwei, wo zum Teufel steckst du?* und *Es ist 3 Uhr morgens Chiara soll ich die Polizei rufen oder was?* Es war auch eine SMS von Alberto dazwischen: *Ich weiß du bist auf dem strandfest in sori kompliment großartig hast mich in 2 sekunden aus deinem leben geschmissen wegen so kleiner sache die jedem passieren kann treibst dich mit dem erstbesten herum wie eine hure wirklich zum kotzen.* Diese Nachricht hat sie sofort gelöscht, sie war zu unangenehm; als Stefano mit seinen Rückrufen fertig ist, löscht sie auch seine.

Als sie ins Abteil zurückkommt, hat Daniel Deserti den Kopf an die Scheibe gelehnt, die Knie angezogen und die Füße gegen den metallenen Abfallbehälter gestemmt. Sein Hemd ist zerknittert, er hat sich nicht rasiert und auch nicht geduscht, seine strähnigen, verklebten Haare sind noch voller Salz. Einen Augenblick lang wendet er ihr den Kopf zu; aber sie tragen beide eine Sonnenbrille, hinter der sich ihre Blicke verbergen.

Sie setzt sich wieder auf ihren Platz, stöpselt die Ohrhörer des alten Discman ein, den sie hartnäckig weiterbenutzt, obwohl Stefano und seine Arbeitskollegen sie ständig damit aufziehen, wie veraltet er ist. Aber sie mag es nicht, ein funktionierendes Gerät wegzuwerfen, nur weil es einen technologischen Sprung gegeben hat; außerdem mag sie lieber echte CDs mit ihren Hüllen und Covern als aus dem Internet heruntergeladene Dateien. Leider hat sie jetzt nur eine in ihrem kleinen Rucksack, Cajun-Musik aus Louisiana, die gar nicht zu ihrem Gemütszustand passt. *»C'est* *le hippie Cajot qui a volé mon capot«*, singt die klagende Stimme in dem seltsamen Französisch der Enklave zum wilden Rhythmus von Akkordeon, Bass, Elektrogitarre und Schlagzeug. *»Quand il a vu que j'étais chaud il a ramené mon capooot…«* Sie schaltet den Player ab, verstaut ihn wieder im Rucksack. Immer wieder tauchen in ihrem Gedächtnis Berührungen, Bilder, Geräusche und Gerüche der letzten Nacht auf und machen sie abwechselnd unruhig und ratlos, sie möchte Fragen stellen, hat das Bedürfnis zu schweigen. Winzige Einzelheiten und konturlose Empfindungen mischen sich in ihre Gedanken, kriechen ihr unter die Haut: Körperbeschaffenheit, Atem, Luft, Wasser, schwierig zu trennende Gefüge. Ein Fluss, der alle paar Minuten unterbrochen wird, ihre ganze Sinneswahrnehmung besetzt und ausleert.

Daniel Deserti scheint in Gedanken versunken, vielleicht schläft er sogar; es ist schwer zu sagen, denn seine Sonnenbrille ist sehr dunkel, und sie hat sicher keine Lust, ihn länger anzusehen. Doch nach einer Weile fällt ihr ein, dass er ihr von der Stirn ablesen könnte, was ihr durch den Kopf geht. Sie steht auf, tritt erneut auf den Gang hinaus, um sich seinem Wahrnehmungsfeld zu entziehen, tut so, als würde sie telefonieren, geht wieder hinein, setzt sich und löscht auch die Nachrichten aus dem Handy, die sie verschickt hat: rückwärts, eine nach der anderen, bis sie bei denen von vor einer Woche ankommt, wo ihr die Vorstellung, mit Daniel Deserti im selben Zugabteil zu sitzen, noch völlig absurd erschienen wäre. Sie versucht sich auf den schnellsten Weg vom Bahnhof zur GreatAssistance zu konzentrieren; auf die Arbeit, die sie erwartet; auf Stefanos Tonfall am Telefon vorhin. Doch es gelingt ihr nicht, die verschwommene, noch lebendige Erinnerung daran zu verscheuchen, wie sie und Daniel Deserti unter den Olivenbäumen im kleinen Garten voreinander standen; daran, wie sie im Haus waren und Fluchtimpulse und Annäherungswünsche sich die Waage hielten. Sie versucht sich zusammenzureißen, schafft es aber nicht.

Er fühlt sich gefangen in dieser lächerlichen Kommunikationslosigkeit

Er fühlt sich gefangen in dieser lächerlichen Kommunikationslosigkeit, halb gleichgültig, halb verzweifelt, enttäuscht und verärgert über die beschämende Unsinnigkeit der Beziehungen zwischen Mann und Frau. Die willkürlichen Eindrücke, die unbegründeten Hoffnungen, die Suche nach Bestätigung, die distanzierte Beobachtung, das Sammeln von Anhaltspunkten, die automatischen Reflexe, die verfrühten oder verspäteten Reaktionen, die sich auflösenden Überzeugungen, die überhandnehmende Ratlosigkeit: Das Spiel stößt jedes Mal sehr bald an seine Grenzen. Er bemüht sich um mehr Abstand, ihm scheint, dass er einfach nicht genug Bewegungsfreiheit hat, dass sich seine Hände und Füße in dem Netz des Wie-es-sein-könnte-und-wie-es-ist verfangen haben.

Ab und zu wirft er durch die dunklen Brillengläser, die ihn vor dem blendenden Licht schützen, einen Blick auf die Moletto, registriert ihre Haltung, ihren Stimmungswandel. Sie wirkt unruhig, besorgt, wahrscheinlich verlegen, dass sie hier mit ihm im selben Abteil sitzt, ohne die Spuren der letzten Nacht, die Worte und Gesten abschütteln zu können. Sie hält ihr Handy in der Hand, lässt halb zerstreut die Nachrichten über das Display laufen. Das Handy klingelt andauernd: Sie geht jedes Mal auf den Gang hinaus, um zuzuhören, zu sprechen, Bewegungen zu machen, die ihr Gesprächspartner nicht sieht, sich aber wahrscheinlich denken kann. Als sie sich wieder hinsetzt, meint er, einen Hauch von Müdigkeit in ihrem Ausdruck zu erkennen, während sie die Sonnenbrille abnimmt und das Licht ihre Augen trifft. Es ist dieselbe Frau, die ihn nach dem Unfall aus dem Auto gezogen hat, schüchtern und mutig, fähig, in jedem Gespräch Paroli zu bieten und auch zu erröten, wenn ein Wort ihr zu nahe tritt. Dennoch ist er gar nicht sicher, dass sie wirklich so ist, dass das, was er zu sehen glaubt, nicht bloß eine Projektion dessen ist, was er gern sehen möchte. Es wäre ja nicht das erste Mal: Sein Leben ist voll von unbegründeter Begeisterung und peinlichen Missverständnissen.

An einem bestimmten Punkt dreht sie sich zu ihm hin, entspannt die Lippen in einem kurzen Lächeln; doch es wirkt zweifelnd und bedauernd, als würde eine Strömung sie fortziehen.

Diverse Sätze, die er jetzt sagen könnte, fallen ihm ein – die Auswahl reicht von der geistreichen Bemerkung über das nackte Geständnis bis hin zur tiefsinnigen Betrachtung –, einschließlich ihrer Betonung und der sie begleitenden Gesten, die den Kontakt wiederherstellen könnten. Doch die Sätze überlagern sich ungeschickt, und schon steht sie erneut auf und tritt, das Handy in der Hand und mit einem Ausdruck, der jede mögliche Bresche zu schließen scheint, auf den Gang hinaus. Er ist fassungslos, dass alles, was er im Lauf der Jahre erworben zu haben glaubte, ihm jetzt gar nichts nützt: Alle seine Überzeugungen haben sich in dem Lärm und in der Hitze aufgelöst, im Schweiß, der ihm über Stirn und Achseln und Rücken läuft. Er rückt seine dunkle Brille zurecht, schaut wieder aus dem Fenster und versucht, eine möglichst unbeteiligte, lässige Haltung einzunehmen, um den Mangel an Kontrolle zu kaschieren, der gleich darunter lauert.

Außerdem ist die Reise auch zu kurz: Sie lässt nicht genügend Raum für eine Entwicklung. Im einen Augenblick befinden sie sich erst auf halber Strecke, müssen noch ganze Gebirge durchqueren, und im nächsten fahren sie schon in den Mailänder Bahnhof ein, werden auf dem Gang von anderen Passagieren angerempelt, die den vorderen Waggontüren zustreben, damit sie schon ein paar Meter gewonnen haben, bevor der Zug hält. Auch sie stehen beide auf, er ganz ohne Gepäck, sie mit ihrem kleinen kanadischen Rucksack. Als der Zug endgültig bremst, stoßen sie aneinander. Es bräuchte nicht viel, denkt er, um sie an sich zu ziehen und sie zu küssen, wie er es in der vergangenen Nacht nicht getan hat; es wenigstens zu probieren. Aber die Signale zwischen ihnen sind zu unklar und haben sich scheinbar verschlechtert, zu viele Geräusche und Bewegungen und mechanische Abläufe füllen den Raum rundherum, der Augenblick ist vorbei.

Sie steigen aus, auf dem Bahnsteig herrscht feuchte Hitze, verstärkt durch die Glasgewölbe, die den Bahnhof in ein riesiges, stumpfes, rostiges Gewächshaus verwandeln; ohne sich anzuschauen gehen sie in dem Strom von Rücken und Beinen und Koffern und Schuhen und Haaren und Profilen und Bruchstücken von Gesprächen. Am Kopf des Bahnsteigs angekommen, teilt sich der Fluss der Passagiere in Rinnsale, die sich rasch in unterschiedlichen Richtungen verlaufen. Endlich wendet er sich ihr zu, möchte etwas sagen oder eine Geste machen. Auch sie dreht sich um, hebt die Sonnenbrille: flatternd, unsicher, besorgt, nicht rechtzeitig zur Arbeit zu kommen.

Und sofort schieben sich wieder Reisende mit Taschen und Rucksäcken und Rollkoffern zwischen sie, Stimmen aus Lautsprechern, Lärm von Presslufthämmern, Kreischen von Metall auf Metall, eine ganze Stadt, die sie von außen belagert. Sie und er können zum Abschied nur noch die Hand heben, bevor sie sich unter Hunderten von dahineilenden Fremden verlieren und von zwei getrennten Strömungen weggeschwemmt werden.

Stefanos Mutter hat heute einen etwas anderen Blick als sonst

Stefanos Mutter hat heute einen etwas anderen Blick als sonst: In kleinen Happen isst sie ihren Reissalat und lässt die Augen von ihrem Sohn zu Clare wandern, halb voreingenommen, halb besorgt. Ihr Lächeln ist allerdings so künstlich und gefährlich wie immer: Es verflüchtigt sich umgehend, wenn jemand es für ehrlich hält und zurücklächelt. Bei jedem Besuch bemüht sich Clare, unbefangen auf sie zuzugehen, aber es fällt ihr nicht leicht, bei dieser Kombination aus Überfürsorglichkeit gegenüber Stefano, Hang zur Familienverklärung, Prahlen mit Schulbildung und schwerverständlichem Humor. Anfangs lachte sie manchmal über etwas, das sie für einen Witz hielt, und entdeckte dann, dass es zynisch gemeint war. Stefano ist in solchen Fällen nicht sehr hilfreich, denn seiner Mutter gegenüber schwankt seine Haltung gewöhnlich zwischen Irritation und Mitverantwortung. Dass sein Vater mit der zwanzigjährigen Sekretärin nach Costa Rica durchgebrannt ist, als er vierzehn Jahre alt war, hat eindeutig dazu beigetragen, das sowieso schon enge Verhältnis zwischen Mutter und Sohn Panbianco noch mehr zu festigen. Jedes Mal, wenn Clare versucht, mit ihm darüber zu reden, reagiert er, als würde ihn das in seinen Grundfesten erschüttern; das Thema ist abgeschlossen, man darf nicht daran rühren.

Jetzt handhabt Lorella Panbianco das Besteck mit übertriebener Akkuratesse, während sie Stefano nach den neuesten Verschiebungen im Machtgefüge der Rechtsanwaltskanzlei fragt, in der er Juniorpartner ist. Das Wohn- und Esszimmer ist erstickend, die Rollläden sind halb heruntergelassen, die Fenster geschlossen, weil die Dame des Hauses nicht nur gegen Klimaanlagen und Ventilatoren ist, sondern auch gegen Zugluft. Der Reis wiederum kommt direkt aus dem Kühlschrank, die Essiggürkchen haben jedes Reiskorn mit Säure durchtränkt, die Käsewürfel schmecken wie Gummi. Stefano erzählt von einem Teilhaber, der seit Jahren versucht, ihn in Schwierigkeiten zu bringen, sobald sich eine Gelegenheit dazu bietet; die Mutter sagt: »Wie auch immer, mein lieber Ste, ›den Ansichten der Feinde soll man stets die nötige Aufmerksamkeit schenken‹.«

»Carducci«, sagt Stefano automatisch. Er sieht sie mit einem kleinen Lächeln an, wartet auf Bestätigung.

Die Mutter spannt die Muskeln rund um den Mund an, ein rasches Licht blitzt in ihren kleinen grauen Augen auf: Befriedigung, dass sie ihren Sohn vom zartesten Alter an in die Werke der bedeutendsten Dichter eingeführt hat. Sie wendet sich zu Clare: »Du weißt vermutlich nicht, wer Giosuè Carducci ist, oder, Chiara?«

»Selbstverständlich weiß ich das«, erwidert Clare.

»Wirklich?«, staunt Stefanos Mutter. »Und wie das?«

»Meine Großmutter Amanda rezitierte ab und zu Gedichte von ihm«, sagt Clare.

»Na so was!« Stefanos Mutter spitzt die Lippen und schüttelt kaum merklich den Kopf.

»Ja«, bestätigt Clare. »Manchmal zitierte sie auch einen seiner denkwürdigen Sätze.«

»Ach ja?«, sagt Stefanos Mutter. »Welche denn, zum Beispiel?«

»Jetzt weiß ich gerade keinen.« Clare ist abgelenkt von den feinen waagrechten Falten über den blassen, trockenen Lippen ihrer Gesprächspartnerin.

»Nun gut, einer wird dir schon noch einfallen, nicht wahr?«, sagt Stefanos Mutter. »Wenn es denkwürdige Sätze waren, oder?«

»Warte«, sagt Clare. »›Wer fähig ist, in zwölf Worten zu sagen, was auch in zehn gesagt werden kann, ist auch zu jeder anderen Bosheit fähig.‹«

Halb erstaunt, halb beunruhigt hebt Stefano den Blick und sieht sie an. Seine Mutter lächelt kalt. »Ich glaube, es heißt ›zwanzig‹, Chiara. Zwanzig Wörter.«

»Zwölf«, sagt Clare. »Der Punkt ist, dass es nur um *ein paar* Wörter mehr geht. Nicht um das Doppelte.«

Stefanos Mutter schaut sie an, als hätte sie soeben eine schallende Ohrfeige bekommen: Sie bläht die Nasenflügel, schnaubt leicht.

»Großmutter Amanda, hm?« Stefano macht einen schüchternen Versuch der Entspannung. »Sie muss eine großartige Person gewesen sein.« In Wirklichkeit hat er nie viel Interesse für Clares Familie gezeigt, außer ganz am Anfang, als er meinte, diese Geschichten seien Teil der ausländischen Folklore.

»Kurzum«, sagt Lorella Panbianco, erneut zu Clare gewandt, »da musste eine Amerikanerin kommen, um Ste zu dem großen Schritt zu bewegen, hm?«

»Zu welchem großen Schritt?« Clare wird plötzlich nervös.

»Nun, die neue Wohnung, zusammenzuziehen.« Stefanos Mutter reagiert leicht gereizt darauf, dass ihre Worte nicht sofort richtig gedeutet werden. »Mir scheint das nicht wenig.«

Clare würde ihr gern antworten, dass sie ja eigentlich schon vor zweieinhalb Jahren das Zusammenleben geprobt haben, als Stefano sie überredet hatte, ihr Leben in Ligurien aufzugeben und nach Mailand zu ziehen, bloß um dann zu entdecken, dass er so viel Nähe gar nicht ertrug.

»Lass nur, Mama.« Mit gesenktem Blick sucht Stefano mit der Gabel nach den Wursträdchen im Reissalat.

»Stimmt doch«, sagt seine Mutter. »Bei deinen bisherigen Freundinnen hast du immer sorgfältig darauf geachtet, dir deine Unabhängigkeit zu bewahren. Sobald sie sich etwas mehr an dich hängten, Gott bewahre. Offenbar haben sie immer die falsche Taktik gewählt, die Ärmsten.«

Clare fühlt ihr Blut plötzlich kochen, ihr Gesicht glüht vor Wut: »Ich habe keinerlei Taktik angewendet. Und ich habe mich noch nie an irgendwen gehängt. Mir geht es prima, so wie ich lebe. Und vorher ging es mir auch prima.«

»Siehst du?«, sagt Stefanos Mutter: Ihre Lippen entblößen ganz kurz die Zähne, dann verdecken sie sie wieder. »Darin liegt deine Stärke. Wirklich der Charakter einer Pionierin.«

»Könnten wir bitte das Thema wechseln?«, fragt Stefano.

»Aber es ist doch wahr«, sagt seine Mutter. »Wenn du an ihre Vorfahren denkst, die im Planwagen zwischen Wüsten und Bergen durch den Staub reisten, in brütender Hitze und schrecklicher Kälte, mit wilden Bären in den Wäldern und Indianern, die sie mit Pfeilen beschossen. Um zu überleben, mussten sie recht widerstandsfähig und entschlossen sein, das steht fest.«

»Und eure Vorfahren haben in Ruinen gelebt, wenn wir es so betrachten wollen.« Clare würde am liebsten den Tisch umwerfen, samt allem, was darauf ist. »Unter der Herrschaft des Erstbesten, der Lust hatte, das Land zu überfallen.« Dass ihr Vater italienische Wurzeln hat, sagt sie gar nicht mehr.

»Na, da muss man aber ziemlich weit zurückgehen«, erwidert Stefanos Mutter. »Als deine Familie noch im Planwagen hauste, haben wir hier schon ein ziemlich zivilisiertes Leben geführt, würde ich sagen.« Wieder lächelt sie auf ihre flüchtige Art, diesmal besonders grausig.

»Mama«, sagt Stefano. »Bitte!«

Sie haben ein Verhältnis wie ein altes Ehepaar, die zwei Panbiancos, gegründet auf tausend geerbte und erworbene, kompensatorisch entwickelte Ähnlichkeiten.

»Meine Güte, seid ihr empfindlich, Kinder«, sagt die Mutter. »Man darf nicht einmal mit einem Schuss Ironie ein paar einfache Betrachtungen anstellen.«

Clare fragt sich, was sie hier macht an diesem Tisch, mit dieser Zwei-Personen-Familie, die sich um sie schließt wie eine fleischfressende Pflanze. Sie versucht sich zu erinnern, ob Stefanos Verhältnis zu seiner Mutter auch zu dem Verhaltenskodex gehörte, den sie am Anfang so beruhigend fand, aber sie weiß es nicht mehr. In Wirklichkeit hat sie das Gefühl, seit Tagen nicht sehr klar zu sehen; seit Daniel Deserti ungebeten und unerwartet in San Minimo aufgetaucht ist. Dass er sich seit ihrer Rückkehr nach Mailand nicht mehr gemeldet hat, macht die Lage keinen Deut besser; im Gegenteil, der Gedanke schwirrt dauernd durch ihre innere Landschaft und destabilisiert sie.

»Jedenfalls waren meine Betrachtungen durchaus *positiv*«, sagt Stefanos Mutter. »Mir scheint nicht, dass sie irgendwie auf deine Kosten gingen, meine Liebe.«

Clare achtet nicht auf ihr Lächeln, das immer eine Falle ist, sondern konzentriert sich auf die Reste auf ihrem Teller.

Zwei oder drei Minuten essen sie schweigend, Mutter und Sohn mit demonstrativ geradem Rücken, die Ellbogen eng an den Oberkörper angelegt; man hört nur das Klappern der Gabeln auf den Tellern, die mahlenden Kiefer. Wie lächerlich ihr würdevolles Gehabe ist, denkt Clare, während sie hier sitzen und sich das Essen in den Mund schaufeln und kauen und hinunterschlucken, während Zähne und Zungen arbeiten, Speichel und Magensäfte ihren Dienst tun. Die kahle Ordnung des Esszimmers bewirkt, dass sich Clares Muskeln und Gedanken verkrampfen, dass sie die Luft als noch stickiger empfindet. Und dennoch sind Mutter und Sohn hier, um ihr verbindliche Angebote zu machen, sie vor ihr auf den Tisch zu legen. Clare fühlt sich schuldig, weil es ihr nicht gelingt, dankbar zu sein, aber am liebsten möchte sie aufspringen, zur Tür gehen und die Treppe hinunterlaufen, um sich in die Suche nach jener glühenden und verkehrten Intensität zu stürzen, die sie hier ganz bestimmt nie erleben wird.

»Wie geht es bei der Arbeit?«, fragt Stefanos Mutter sie.

»Gut«, antwortet Clare. Ein Wust von Empfindungen und Gedanken erfüllt sie: Blicke, Hände, Muskeln, Körpersäfte, Hitze, Atem, sie verspürt das verzweifelte Bedürfnis, den Abstand zu verringern, gleichzeitig bleibt sie aus diffuser Unsicherheit auf Distanz.

»Du denkst aber nicht daran, auf die Dauer Telefonistin zu bleiben, oder?« Stefanos Mutter zeigt wieder ihr kleines falsches Lächeln. »Da gehe ich doch davon aus.«

»Ich arbeite nicht als Telefonistin.« Clare unterdrückt mühsam den Impuls, wenigstens den Teller mit dem Rest Reissalat umzuwerfen.

»Mama, sie ist keine Telefonistin«, sagt Stefano so zahm, dass er es auch gleich bleibenlassen könnte.

Clare hat derweil eine dreidimensionale Vision von Daniel Deserti, wie er in dem kleinen Garten mit den Olivenbäumen auf dem ligurischen Hügel vor ihr steht, während die Sonne sie blendet und die Zikaden unermüdlich kreischen: wie unglaublich eigentümlich und gefährlich ihre Begegnung war.

»Schon gut, schon gut, dann ist sie eben keine Telefonistin«, sagt Signora Panbianco, als wäre sie gezwungen, ihren Wortschatz zu vereinfachen, damit sie über das kulturelle Gefälle hinweg verstanden wird. »Aber ich vermute, diese Art von Tätigkeit bietet keine großartigen Aufstiegschancen, oder?«

»Nein.« Clare gibt dem Druck ihres Blicks nicht nach.

»Wir werden ja sehen«, sagt Stefano, als stünde ihm die endgültige Entscheidung über Clares Berufstätigkeit zu.

»Wichtig ist nur zu verstehen, warum man etwas macht, was der Grund dafür ist«, sagt seine Mutter.

Clare kommt es auf einmal so vor, als bezögen sich die beiden Panbiancos nicht auf ihre Arbeit, sondern auf die unerklärliche Anziehung, die Daniel Deserti auf sie ausgeübt hat, und dann auf die ebenso unerklärliche Distanz, die sich zwischen ihnen ausgebreitet hat, auf die Gefühle, die sie immer wieder empfindet, seit sie auseinandergegangen sind. Ihr Herz klopft schneller; sie hätte Lust, ihre Unruhe offen auf den Tisch zu legen, so wie die beiden ihre Angebote. Dafür gibt es nicht nur einen Grund, würde sie gern sagen, sondern viele Gründe, die bruchstückhaft und widersprüchlich sind: alles, was man suchen und wollen und sich erträumen kann, wobei man nie sicher sein kann, dass man es überhaupt erkennt, falls man es zufällig findet.

»Wir werden sehen, Mama«, wiederholt Stefano.

Seine Mutter lässt ihren Blick zu Clare wandern, und ihr Ausdruck verrät immer noch Befremden, kaum merklich, aber es ist vorhanden. »Kommt ihr nun nach Ovada, ja oder nein?«, fragt sie. »Ich warte immer noch auf eine Antwort auf meine Einladung.«

»Hast du bei der Arbeit nachgefragt?«, will Stefano wissen. »Ob du wenigstens zwei Wochen freibekommst, im August?«

»Zwei Wochen geben sie mir bestimmt nicht«, erwidert Clare. »In der Zeit ist mehr zu tun als im ganzen restlichen Jahr. Im August sind Millionen von Leuten unterwegs.«

»Vielleicht, wenn du ihnen erklärst, dass es sich um eine familiäre Verpflichtung handelt«, sagt Lorella Panbianco. »Ich meine nur.«

»Ich glaube, das ist denen ziemlich egal«, sagt Clare. »Sie haben einfach nicht genug Personal für die viele Arbeit, vor allem im Sommer.« Sie versucht sich dem vereinten Drängen von Mutter und Sohn zu entziehen, indem sie eine der

Techniken anwendet, die ihr Vater sie und ihre Schwestern gelehrt hat: keinen frontalen Widerstand leisten, versuchen, den Stoß abzulenken.

»Na, aber das ist doch deren Sache«, sagt Stefano. »Du bist schließlich nicht dazu da, betriebsinterne Mängel auszugleichen.«

»Genau«, bekräftigt seine Mutter. »Falls sie sich dann taub stellen sollten, haben sie dich halt gesehen. Ich vermute ja sowieso, dass du nicht gerade reich wirst, indem du dort am Telefon hängst, oder?«

Clare antwortet nicht; sie denkt an die englischen und italienischen Ausdrücke für angeheiratete Familienbeziehungen. Die englischen Formen *mother-in-law*, *father-in-law*, *sister-in-law* und so weiter scheinen ihr Frucht einer konsequenten Logik zu sein, die einem einerseits eine Mutter oder einen Vater oder eine Schwester schenkt und andererseits die permanente Einmischung des Gesetzes in dein Privatleben anzeigt. Die italienischen Bezeichnungen hingegen stellen die gleichen Verhältnisse ganz anders dar: Die Wörter *suocera* und *suocero* – Schwiegermutter und Schwiegervater – klingen wie die Namen von wilden Tieren mit Borsten und Stoßzähnen aus dem Dschungel; *nuora* und *genero* – Schwiegertochter und Schwiegersohn – sind von beleidigender Unbestimmtheit, an der Grenze der Verneinung. Zwei Passagen aus Daniel Desertis Buch, das sie im Zug gelesen hat, kommen ihr in den Sinn: In einer schreibt er, dass die Wörter nie unschuldig sind, auch wenn sie so tun; in der anderen bezeichnet er die Familien als »Kleintheater, in denen schlechte Schauspieler vor Zuschauern, die an ihre Stühle gekettet sind, unentwegt dasselbe miserable Stück aufführen«. In ihrer Eigenschaft als Tochter und angekettete Zuschauerin kann sie das nur bestätigen. Sie hätte sich gern mit ihm darüber unterhalten, als sie zusammen an der Küste waren, wie sie auch über vieles andere noch gerne mit ihm gesprochen hätte.

Stefano steht auf und räumt die Teller ab. Das macht er nur bei seiner Mutter; wenn er mit Clare zusammen isst, kommt er gar nicht auf die Idee, sondern findet es selbstverständlich, dass sie sich darum kümmert.

»Warte, Ste, lass nur«, sagt die Mutter, zu spät; sie folgt ihm in die Küche.

Vielleicht, denkt Clare, verbirgt sich hinter der bevormundenden Haltung der beiden ein Beschützerinstinkt, für den sie dankbar sein müsste anstatt genervt. Sie stellt sich die Blicke vor, die Mutter und Sohn Panbianco jetzt gewiss in der Küche wechseln, die leise geflüsterten Worte. Sie steht auf, schaut ohne jeden Grund in ihre Handtasche, die in einer Sofaecke liegt. Auf dem Display des Handys steht *angekommene Nachricht*. Daniel Deserti schreibt: *Sehen wir uns?*

Sie lässt das Handy fallen, als hätte sie einen elektrischen Schlag bekommen: Das Herz klopft ihr bis zum Hals.

»Chiara, willst du einen Espresso?«, ruft Stefano aus der Küche. Clare zuckt zusammen.

»Nein danke, wirklich«, ruft sie zurück. »Ich verschwinde einen Moment.« Sie nimmt die Tasche und geht rasch durchs Wohnzimmer.

Als sie beinah an der Tür zum Bad angekommen ist, hört sie die Schritte von Stefanos Mutter, die ihr durch den Flur folgt: »Chiara?«

Clare dreht sich ruckartig um, den Kopf voller hastiger Rechtfertigungsversuche.

»Hier.« Lorella Panbianco reicht ihr ein ordentlich zusammengelegtes rosa Gästehandtuch.

»Danke.« Clare zögert kurz, bevor sie zugreift.

Stefanos Mutter sieht sie mit einem inquisitorischen Blick an, vielleicht auch nur neugierig. Sobald Clare das Handtuch genommen hat, macht sie kehrt und geht auf ihren soliden, breiten Absätzen zurück, *tack tock tack*.

Clare schlüpft ins Bad, schließt die Tür, dreht den Wasserhahn auf, holt das Handy aus der Tasche. Sie liest Daniel Desertis Nachricht noch einmal und empfindet sie wie eine Drohung, ein heißbegehrtes Geschenk, eine Einladung mit unbegrenzten Möglichkeiten, eine Frage, die man nicht beantworten kann. Fieberhaft antwortet sie: *Ich kann nicht.*

Sie betrachtet sich im Spiegel: Man erkennt ihre Aufregung an den geröteten Wangen, an den geweiteten Pupillen. Mit beiden Händen schüttet sie sich kaltes Wasser ins Gesicht, dann tupft sie sich mit dem kleinen rosa Handtuch ab und schaut erneut in den Spiegel, hat aber nicht den Eindruck, dass sie nun beherrschter aussieht.

Sie pinkelt, und währenddessen vibriert das Handy auf dem Fensterbrett, das Display blinkt. Sie liest die Nachricht sofort: *Aber wir müssen uns sehen, das weißt du besser als ich.*

Sie zieht an der Spülung, bringt ihre Kleidung in Ordnung, wäscht sich die Hände, benetzt erneut ihr Gesicht, geht hin und her, vom Waschbecken zur Tür, das Herz macht keine Anstalten, langsamer zu schlagen, die Lunge brennt. Sie versucht, sich zu beruhigen, eine vernünftige mögliche Antwort zu formulieren. Sie denkt an das Essen mit Freunden heute Abend, das Stefano ihr schon seit Tagen angekündigt hat, daran, wie schwierig es wäre, so kurzfristig eine plausible Ausrede zu erfinden, und wie verkehrt, auch nur die Idee in Betracht zu ziehen, Daniel Deserti wiederzusehen. Sie nimmt das Handy, tippt mit fliegenden Fingern: *Ich melde mich in den nächsten Tagen.*

Gerade will sie die Tür öffnen, da vibriert das Handy wieder in der Tasche. Sie sieht nach, mit angehaltenem Atem: *Wann?*

Ihr Kopf ist zu voll, um darüber nachzudenken: *Wenn ich kann*, tippt sie. Dann tritt sie auf den Flur hinaus, mit lähmenden Schuldgefühlen und dem Wunsch wegzulaufen.

Es ist einfach nicht wahr, dass Warten auch faszinierende Seiten hat

Es ist einfach nicht wahr, dass Warten auch faszinierende Seiten hat, denkt er, während er durch seine irre heiße Wohnung läuft. Die Klimaanlage funktioniert nicht mehr, vielleicht wegen der zu hohen Außentemperatur oder weil er vergessen hat, sie regelmäßig warten zu lassen, aber jedenfalls hat er keine Lust, jemanden zu suchen, der sie repariert und im Haus herumfuhrwerkt. Selbst wenn das Warten auch faszinierende Seiten hätte, würden in diesem Augenblick die Ungeduld und die tausend unbeantworteten Fragen überwiegen, die an seinen Nerven zerren. Es macht ihn rasend, dass er sich freiwillig in diese Lage gebracht hat und das Rollenspiel nicht zu seinem Vorteil wenden konnte. Seit Tagen schläft er saumäßig schlecht, und obwohl er versucht hat, es auf die kaputte Klimaanlage und seine Schwierigkeiten mit dem neuen Buch zu schieben, das immer noch keine Form annehmen will: Das Problem sind eindeutig diese wiederkehrenden Bilder und Eindrücke von Clare Moletto. Es ist wie ein Fieber, das kommt und geht, und bei jedem Rückfall ist es etwas schlimmer als zuvor: ihre Art zu schauen, zu lächeln, den Kopf zur Seite zu drehen, zu gehen oder an einer Stelle zu stehen, ihre biegsame, schlanke Gestalt, ihre raschen, präzisen Gedanken. Die Farben ihrer Augen und das Licht darin, die Form ihrer

Lippen, ihrer Ohren, ihrer Nase; ihr Haaransatz, das Vibrieren in ihrer Stimme, wenn man sie von ganz nahe hört. Doch was ihn am meisten beschäftigt, sind nicht die Bilder und Eindrücke, sondern die *Zwischenräume*, die Leere zwischen einer Geste und einem Blick, die ihn manchmal wie ein zu starker Staubsauger zu verschlucken droht, ihm seine Kritikfähigkeit und seinen Humor wegreißt und ihn wehrlos wie einen Vollidioten zurücklässt.

Es mag ja durchaus möglich sein, dass alles von seinem Krisenzustand kommt, der schlimmer und umfassender ist, als er zugeben will, und dessen Ursachen in der Erschöpfung seiner kreativen Ader, in den Beziehungsschwierigkeiten mit seinen Kindern und der Häufung unbefriedigender Liebesaffären liegen, im zunehmenden Desinteresse an anderen Menschen und in der wachsenden Skepsis bezüglich der Idee, dass die Welt je ein besserer Ort werden könnte, als sie ist. Wahrscheinlich, denkt er, hat unter all dem sein Urteilsvermögen gelitten, weshalb er eine Frau extrem interessant findet, die vermutlich nichts anderes als durchschnittlich ist. Auch das kennt er längst: Er kann sich eine ganze Palette von Blicken und Lächeln und Bewegungen und Sprechweisen ins Gedächtnis rufen, die ihm wie die Materialisierung von Träumen oder wie Offenbarungen vorgekommen waren, bloß um sich dann im Lauf weniger Minuten oder Tage oder höchstens Wochen akkurater Beobachtung als ganz gewöhnlich herauszustellen. Dass er Clare Moletto nicht sofort der gleichen Prüfung unterziehen kann, sondern in dieser zermürbenden Unsicherheit leben muss, bis sie beschließt, einen Schritt zu tun, frustriert ihn. Sie anzurufen oder ihr noch eine Nachricht zu schicken, ist ausgeschlossen: Also tigert er weiter in der Falle hin und her, die er sich selbst gebaut hat, und wartet, dass sie sich meldet, wie sie versprochen hat.

Er setzt sich an den Tisch vor dem Fenster, versucht, etwas zu schreiben, aber alle Ideen, die er seit Monaten umkreist, scheinen künstlich und falsch zu sein und keine Verbindung zum Leben zu haben. Er sichtet die Unmengen von verschiedenfarbigen Zetteln, die an die Korktafel an der Wand gepinnt sind, mit Namen von Gestalten und Orten, einzelnen Sätzen, Dialogfetzen, Themen, Motiven, und es ist kein einziger dabei, der ihn weiterbringen könnte.

Er öffnet seine Mailbox: Sie quillt über von unbeantworteten E-Mails, einige davon sind mit kleinen roten Ausrufezeichen versehen, um ihre Dringlichkeit zu unterstreichen. Er lässt sie durchlaufen, ohne sie aufzumachen, empfindet jedes Mal flüchtig Erleichterung, wenn er auf Werbung stößt oder auf einen Newsletter oder auf Spam, zwischen all den Mails von Verlegern und Übersetzern und Frauen, von denen er lange nichts gehört hat, und Freunden, die er schon fast vergessen hat, und von seinem Steuerberater, den er anrufen müsste, und all den anderen Leuten, die aus irgendeinem Grund hinter ihm her sind, auch wenn er sich keinen Deut um sie kümmert. Er schließt das Postfach wieder und öffnet ein paar Ordner, die Notizen oder Entwürfe für nicht ausgearbeitete Seiten enthalten; er liest eine Weile, rekonstruiert einige Sätze, fügt hier ein Wort ein, nimmt dort eines weg. Doch es ist, als bemühte er sich, an diesem unerträglich heißen Nachmittag den Frost des Polarwinters auf der Haut zu spüren. Das Einzige, worüber er ziemlich sicher schreiben könnte, ist sein Überraschungsbesuch bei Clare Moletto auf den ligurischen Hügeln gleich hinter dem Meer: wie sie barfuß in den kleinen verwilderten Garten mit den Olivenbäumen tritt, warmes Licht in den Haaren. Alle Elemente sind vorhanden, die Empfindungen, die Bewegungen, die Blicke, die Worte. Es ist ein wandelbarer Stoff, der ihm durch den Kopf geht und sich weder festhalten noch definieren lässt. Doch er würde ihn nicht verwenden, auch wenn er könnte: Es käme ihm vor wie ein abscheulicher Versuch, die Schwingung eines freien Augenblicks zu fixieren. Wieder meint er, dass er seine Tätigkeit überhaupt nicht liebt, und noch weniger all das, was sie im Lauf der Jahre erst zu einer Arbeit gemacht hat: die geistige Übung, die tägliche Praxis, die Disziplin.

Er schaltet den Computer aus, geht in die Küche, schenkt sich drei Finger hoch eisgekühlten Wodka ein. Der erste Schluck hilft so wenig, dass er den Rest ins Spülbecken kippt, als stünde seine Tochter Jenny noch daneben und schaute zu. Er geht zurück ins Wohnzimmer, wirft einen Blick auf das Handy: Auf dem Display steht *eingegangene Nachricht*. Er sieht sofort nach, aber die Nachricht stammt von einer gewissen Adalind aus Amsterdam, mit der er vor einigen Jahren fünf oder sechs enttäuschende Tage verbracht hat; wutentbrannt löscht er sie, ohne sie überhaupt zu lesen.

Er geht ins Zimmer seiner Kinder, knipst das elektronische Keyboard an, das er Jenny geschenkt hat, spielt einen Boogie in G-Dur, grob und hämmernd. Die Finger gleiten an den Kanten der Tasten ab, die Töne überlagern sich oder verklingen zu rasch; nach ein paar Minuten gibt er es auf, schaltet das Keyboard wieder ab, schüttelt die Hände, als wollte er die absurde Idee, Musik zu machen, abschütteln

Er geht ins Wohnzimmer zurück, beginnt den Boxsack mit Fäusten zu bearbeiten, hämmert mit aller Kraft darauf ein, bis ihn die Fingerknöchel schmerzen und er fast außer Atem ist und die Wände zittern vom Widerhall; zuletzt verteilt er noch ein paar Fußtritte und Kniestöße, um noch eins draufzusetzen. Dann schaltet er den großen Flachbildschirm ein, der an der Wand hängt, zappt sich durch die Satellitenkanäle, ohne einen einzigen zu finden, der ihn fesselt. Er wühlt in den auf dem Regal aufgereihten CDs, schiebt ein Live-Konzert von Freddie King in den Player, stellt es nach der Hälfte des ersten Stückes wieder ab. Er legt eine CD mit Meeresrauschen auf, das macht ihn noch nervöser, er schaltet es ab. Dann probiert er es mit einem Konzert für Oboe und Orchester von Mozart, mit einer alten Aufnahme von Django Reinhardt, einer Single-Sammlung von Bo Diddley. Nichts passt ihm: Er legt auf, stellt ab, wirft die kleinen silbernen Plastikscheiben aufeinander, ohne sie wieder in ihre Hüllen zu stecken.

Auf einem neben der Ladestation des schnurlosen Telefons mit Tesafilm an die Wand geklebten Zettel liest er die Nummer seiner Kinder in Kingston Near Lewes und wählt sie. Auf und ab gehend lauscht er dem Doppeltriller des englischen Freizeichens, antizipiert schon den Klang der Stimme von Will oder Jenny oder seiner Exfrau. Aber niemand hebt ab, bis sich der Anrufbeantworter einschaltet und ausdruckslos die Nummer wiederholt. Er wartet auf den Pieps, schwankt bis zur letzten Sekunde, ob er etwas hinterlassen soll oder nicht. Schließlich sagt er: »Ich bin's, ich wollte euch nur kurz hallo sagen«, und legt auf. Danach fühlt er sich noch schlechter als vorher: in seinem Kopf nur gähnende Leere, Zimmer leer, Gänge leer, Sofas und Tische leer, Türen geschlossen, Auto und Fahrräder aus der Garage verschwunden.

Er geht ins Bad und duscht sich in der gläsernen Duschkabine mit den Seitendüsen, die ihn noch am selben Tag enttäuscht hat, an dem sie eingebaut wurde; er wäscht sich die Haare mit einem Shampoo, dessen Packung unzählige Wohltaten für den Kopf verspricht, und trocknet sie mit einem schwarzen Handtuch mit grauen Fransen ab, dem Geschenk eines Mädchens aus Bergamo, das aus unerfindlichen Gründen behauptete, eine gemeinsame Zukunft warte auf sie. Nach wenigen Minuten ist er so verschwitzt wie zuvor, mit glühenden Fußsohlen, gebeutelt von ziellosen Gedanken und Empfindungen. Er geht in die Küche, gießt sich aus Gewohnheit noch einmal drei Finger hoch Wodka ein, lässt das Glas dann aber unberührt auf dem Tisch stehen.

Am Telefon spricht ein Versicherter, der in der Nähe von Bern mit seinem Porsche im Graben gelandet ist

Am Telefon spricht ein Versicherter, der in der Nähe von Bern mit seinem Porsche im Graben gelandet ist und fordert, dass sofort jemand kommt, um ihn herauszuziehen, weil er in einer knappen halben Stunde einen ungeheuer wichtigen beruflichen Termin hat. Clare macht anhand der Daten des Navigators im Auto auf der Satellitenkarte die genaue Stelle ausfindig, sucht die nächste Vertragswerkstatt heraus, ruft an, damit eiligst ein Abschleppwagen geschickt wird, dann informiert sie den Kunden, der eine Premiumpolice bezahlt und daher Anspruch auf eine Extradosis Aufmerksamkeit hat.

Während sie auf die Bestätigung wartet, dass der Abschleppwagen aus der Werkstatt losgefahren ist, gibt sie, ohne zu überlegen, im Fensterchen der Suchmaschine *Daniel Deserti* ein: Sie folgt einfach einem Impuls, der schneller ist als jeder Gedanke. Es kommen Hunderte von Seiten als Ergebnis, sie klickt auf die erste, www.danieldeserti.it.

Im Zentrum der Seite ist ein Foto von Daniel Deserti in dunklem Jackett, Ellbogen auf die Armlehne eines Sessels gestützt, Hand an der Schläfe, Blick zum Objektiv gewandt. Ihn zu sehen, versetzt sie unverzüglich wieder in Aufregung, ihr ist, als fixierte er sie: bereit, sich auf seine intensiv körperliche Art vorzubeugen, sie an der Schläfe oder Schulter zu berühren, ihr etwas zu sagen in dem rauhen, warmen Tonfall, den sie nur zu genau noch im Ohr hat.

Sie ruft erneut die Werkstatt an, um sicherzugehen, dass der Abschleppwagen unterwegs ist, unterrichtet den Kunden über den neuesten Stand. Dann schaut sie sich um, ob die Supervisorin nicht gerade in ihre Richtung kommt, und kehrt zur Homepage von Daniel Deserti zurück. Es ist nichts Besonderes, einfach ein Ableger der Seite des Zattola Verlags, mit der gleichen blassen Graphik, weiße, schwer zu lesende Texte auf hellgrauem Grund. Auf der Biographie-Seite gibt es allerdings zwei recht schöne Fotos, auf dem einen sitzt er vor einer steinigen Landschaft auf einem alten Motorrad, auf dem anderen lehnt er in einer Großstadtperipherie am Geländer einer Eisenbrücke. Das zweite ist ziemlich neu, aus seinem Gesichtsausdruck spricht die Mischung von Schwermut und Ironie, die sie inzwischen zu kennen meint. Aber mehr beeindruckt sie das erste, weil sein Blick so abenteuerlich und leidenschaftlich wirkt, so romantisch. Das Bild verwirrt sie und beschleunigt ihren Herzschlag noch mehr.

Die Biographie als solche ist sehr dürftig, gerade mal die Angabe des Geburtsorts (Nizza) und einiger Städte, in denen Daniel Deserti gelebt hat (Marseille, Rom, Montevideo, New York, London, Brighton, Lorgues, Mailand). Auf der Seite mit den *Werken* schwimmen die Titel seiner Romane im grauen Feld, mit jeweiligem Erscheinungsjahr, kurzer Inhaltsangabe und einer Liste der Sprachen, in die sie übersetzt wurden. Auf der FAQ-Seite sind einige Fragen an den Autor nachzulesen; die Antworten sind so unpersönlich und distanziert, bestimmt hat sie ein Verlagslektor verfasst. Sie kann dem Ganzen nichts weiter entnehmen als die Bestätigung, dass es Daniel Deserti tatsächlich gibt, wenn auch in einer Dimension, die völlig getrennt ist von der, in der sie ihm begegnet ist.

Sie fragt sich, was ihn bewogen hat, nach San Minimo zu kommen: ein vages Interesse, die Suche nach Anregungen für einen Roman, die Gewohnheit, jede Frau, die er trifft, zu verführen, Ermangelung von etwas Besserem. Sie fragt sich, warum er am nächsten Tag auf der Zugfahrt nach Mailand nicht einmal das Wort an sie gerichtet hat. Warum er ihr Tage später diese bedrängenden Nachrichten geschickt hat. Ob er sie womöglich so sieht, wie sie wirklich ist, oder ob er sich mit dem äußeren Schein zufriedengibt. Ob es zur Klärung der Situation beitragen könnte, ihn wieder zu treffen, oder ob das alles eher noch verworrener machen würde. Ob sie ihm, wie gestern versprochen, eine Nachricht schicken oder sich lieber so weit wie möglich von ihm fernhalten und nicht zu erreichen sein sollte, falls er sich wieder meldet. Sie fragt sich, was in ihr vorgeht, in dem Aufruhr zwischen Gehirn, Herz und Bauch: Was sie denn sucht, wovor sie davonläuft, welche Wahrscheinlichkeit besteht, dass sie endlich kapiert, was sie von sich selbst und vom Leben möchte.

Der Versicherte mit dem Porsche ruft wieder an, empört: »Signorina, seit meinem ersten Anruf sind fünfundzwanzig Minuten vergangen, und hier ist weit und breit keine Menschenseele zu sehen!«

»Der Abschleppwagen ist unterwegs«, sagt sie. »Es kann sich nur noch um Minuten handeln.«

»Signorina, ich habe in einer halben Stunde einen sehr wichtigen Termin!«, schreit der Versicherte in seinem herben, näselnden Ton. »Mir scheint, ich habe Ihnen die Dringlichkeit der Sache erklärt, aber offenbar haben wir uns nicht verstanden!«

Sie widersteht der Versuchung, ihm zu sagen, er sei ein arroganter Schnösel und bestimmt nur im Graben gelandet, weil er mit seinem Angeberauto zu schnell fuhr oder am Handy quatschte oder beides zusammen; sie flötet: »Ich rufe Sie gleich wieder an.« Sie ruft erneut bei der Werkstatt in Bern an, wo man ihr bestätigt, dass der Abschleppwagen inzwischen an Ort und Stelle eingetroffen sein müsste, dann wieder bei dem Versicherten. »Ich sehe ihn, er kommt«, antwortet er trocken und legt grußlos auf.

Sie fügt am Computer Uhrzeit und Ort der Leistung auf der Karte des Versicherten hinzu und speichert sie in dem entsprechenden Ordner. Dann tippt sie rasch *Daniel Deserti* bei Facebook ein: Es gibt eine Fanpage mit dem Foto von ihm auf dem Motorrad, das von der Homepage stammt: der Blick, die Augen, die Augen. 3223 Freunde, überwiegend Frauen, und Kommentare à la: Der Blick des Hasen *ist einfach grandios!*, und: *Du hast buchstäblich mein Leben verändert, smack!*, und: *Ich weiß nicht, was ihr meint, aber für mich ist* der Blick *die schönste Liebesgeschichte, die ein italienischer Autor je geschrieben hat, einfach unvergleichlich*, und: *Danke Daniel Deserti, durch dich habe ich verstanden, dass es die wahre Liebe nicht gibt*. Sie schließt die Seite bald wieder, blickt sich mit unregelmäßig klopfendem Herzen um.

Besser, sie schickt ihm keine Nachricht, denkt sie, und

geht auf keine weitere Bitte um ein Treffen ein, falls er sich überhaupt noch an sie erinnert. Sie denkt an alle Schritte, die Stefano in letzter Zeit unternimmt, an seine sehr konkreten Pläne, an seine ehrlichen, gradlinigen Angebote für ein gemeinsames Leben. Es wäre ein Verbrechen, eine Zukunft mit einem zuverlässigen und konsequenten Mann, dessen Stärken und Schwächen sie gut kennt, aufs Spiel zu setzen, um wirren Empfindungen nachzugeben, die einer in ihr ausgelöst hat, über den sie fast nichts weiß, um zuletzt ziemlich garantiert gegen eine Wand von Enttäuschung zu prallen. Das hat sie schon einmal erlebt, als sie mit Luigi verheiratet war und Alberto getroffen hat, und das Resultat war verheerend. Wenn sie es jetzt bedenkt, so hat diese Flucht vor der Normalität ihr viel weniger gebracht als das stabile Leben, aus dem sie davongelaufen ist: Wahrscheinlich hinterlassen Nähe und Verständnis, gemeinsame Projekte und der Alltag zu zweit im Lauf der Jahre tiefere Spuren als der Überschwang des Augenblicks. Das einzig Richtige ist also, die Stimmungsturbulenzen, die Daniel Deserti in ihr geweckt hat, abklingen zu lassen und zuzusehen, wie sie sich verflüchtigen. Eigentlich ganz einfach, wenn auch traurig: ein simples Ad-acta-Legen. Etwa zwanzig Sekunden lang fühlt sie sich beinahe heiter, beinahe weise, beinahe im Einklang mit ihrem Gewissen. Gleich darauf denkt sie, das wahre Verbrechen wäre aber, die Gelegenheit einer möglichen Begegnung verwandter Seelen verstreichen zu lassen, auf die Intensität zu verzichten, die sie immer gesucht hat, in jedem Roman, den sie gelesen, in jedem Lied, das sie gehört hat, und sich mit der Vernünftigkeit der Vorhersehbarkeit, der Risikolosigkeit abzufinden. Sie ist noch unruhiger als zuvor, der innere Widerstreit wird immer heftiger; ihre Überzeugungen kommen und gehen, ihr wird bewusst, dass sie sich kein bisschen darauf verlassen kann.

Der Verlag hat ein Telefoninterview mit einer türkischen Literaturzeitung für ihn organisiert

Der Verlag hat ein Telefoninterview mit einer türkischen Literaturzeitung für ihn organisiert; Roberta Colajanni hat ihn drei Mal angerufen, bis sie ihn dazu überreden konnte, und dann noch zwei Mal, um sicherzugehen, dass er sich daran erinnerte. Dennoch fällt es ihm erst jetzt wieder ein, als das Telefon klingelt, während er den dritten Satz eines Quartetts von Haydn anhört, auf das Sofa im Wohnzimmer gelümmelt, die dunkle Killerbrille auf der Nase, um das Licht abzuhalten, das durchs Fenster fällt. Eine weibliche Stimme sagt auf dem Anrufbeantworter: »Signor Daniel Deserti, hier spricht Media Mihriban, wir sollten heute Morgen ein Interview machen?«, so als wäre es schon eine Nachricht aus der Vergangenheit, voller Bedauern darüber, dass sie wahrscheinlich Tage oder sogar Wochen zu spät abgehört werden würde.

Er nimmt das schnurlose Telefon von der Ladestation und antwortet: »Hier bin ich«, in einem Ton, der klarmachen sollte, wie viel Mühe es ihn kostet.

Die Interviewerin am anderen Ende spricht ein ziemlich gutes Italienisch, das sie, nach dem Akzent zu urteilen, vermutlich an der Universität Perugia gelernt hat; sie beginnt, ihm Fragen zum Erscheinen der Übersetzung seiner *Notizen aus dem Nichts* in der Türkei zu stellen.

Er schöpft aus seinem Repertoire automatischer Antworten, während er im Wohnzimmer auf und ab geht, ist aber doch erstaunt, dass er sich überhaupt nicht mehr erinnern kann, warum er dieses Buch geschrieben hatte. Was ihm vor allem in den Sinn kommt, sind die ständigen Streitereien mit einer Frau, die er schon seit mindestens zwei Jahren nicht mehr liebte: die krankhaften Eifersuchtsszenen, die zerbrochenen Teller, die umgeworfenen Möbel, die schlaflosen Nächte, die verdorbenen Reisen, die quälenden Fragen, die anstrengenden Antworten, die nutzlosen Erklärungen, die Beziehungspausen, die Zeitverschwendung.

Die Interviewerin ist offenbar ehrlich überzeugt, mit einer der Säulen der zeitgenössischen europäischen Literatur zu sprechen: Ihre Fragen sind äußerst respektvoll, äußerst gut vorbereitet, sorgfältig strukturiert. Dahinter stehen ein akademisches Studium und psychologische Einfühlungsgabe, mehrfache gründliche Lektüre seiner Bücher, unterfüttert mit den Meinungen einflussreicher Kritiker und gewichtigen Zitaten. »Signor Deserti«, sagt sie, »worauf ist die auffällige Veränderung im Erzählduktus zwischen dem *Blick des Hasen* und *Notizen aus dem Nichts* zurückzuführen?«

»Worauf was zurückzuführen ist?« Plötzlich ziehen einige Bilder und Empfindungen der Nacht, die er mit Clare Moletto verbracht hat, durch seine Gedanken, wie eine Unterseeströmung in einem veralgten Gewässer.

»Die Veränderung im Erzählduktus?«, wiederholt die Interviewerin verunsichert.

»Finden Sie, dass eine Veränderung im Erzählduktus stattgefunden hat?« Es ist, als wären die Wörter nur Töne, denen er keine genaue Bedeutung zuordnen kann.

»Ja, wie sagt man auf Italienisch?« Die Interviewerin ist leicht verwirrt.

»Ihr Italienisch ist ziemlich gut«, sagt er. »Ich wollte nur verstehen.« In Wirklichkeit denkt er daran, wie Clare Moletto manche Wörter ausspricht: ihr amerikanisches R, ihr T, bei dem überraschend ihre rosa Zungenspitze flüchtig zwischen den Vorderzähnen auftaucht.

Die Interviewerin strengt sich an, den Kurs zu halten, kann aber ihren fragenden Tonfall nicht abschütteln: »Die *Entwicklung* der *Sprache* in den beiden Werken? Der *Übergang* von einer vorwiegend *parataktischen* Struktur im ersten zu einer vorwiegend *hypotaktischen* Struktur im zweiten?«

»Ja?« Ihm kommen einige Dinge in den Sinn, die er auf der Zugfahrt nach Mailand zu Clare Moletto hätte sagen können: Dutzende von möglichen Bewegungen und Wörtern, um die Nicht-Kommunikation zu durchbrechen, die Distanz zu verringern, sie zum Sprechen, zum Lachen zu bringen.

»Können Sie mir sagen, wie Sie dieses Werk heute *einordnen* würden?« Die türkische Interviewerin versucht das Hindernis zu umgehen. »Im Vergleich zu Ihren vorherigen Romanen?«

Er denkt an zwei oder drei Antworten, die er zur Verfügung hätte, doch er fühlt sich wie einer, der die Trauerrede auf einen verhassten Menschen halten soll: »Ich würde es unter die Tausenden von leblosen Sachen einordnen, die die Regale der Buchhandlungen in aller Welt füllen.«

»Leblos?«, fragt die Interviewerin unsicher.

»Unnötig, *lust*los.« Durch die dunklen Brillengläser betrachtet er das staubige Licht, das ins Zimmer strömt.

»Ohne *Licht*.« Er hat ein Bild von Clare Moletto im

Kopf, wie sie sich auf der obersten Stufe der Treppe, die in den kleinen verwilderten Garten führt, umdreht und ihn anschaut: ihre innere Schwingung sichtbar, transparent, warm, intensiv.

»Entschuldigen Sie, Signor Deserti, wie meinen Sie das?«, fragt die Interviewerin, immer verunsicherter.

»Ich meine, dass ich das Buch rein mechanisch geschrieben habe«, erwidert er. »Bloß um woanders zu sein als in meinem miesen realen Leben.« Die Hitze wird immer unerträglicher; er ist schweißgebadet.

»Woanders?«, sagt die Interviewerin, erneut so, als wäre das Problem linguistischer Natur.

»Ja«, bestätigt er. »Natürlich gehört das mit zu den Gründen, aus denen *alle* zu schreiben anfangen. Das Dumme ist, dass meine Logik stur und kalt war, so als müsste ich eine Leiterplatte zusammenbauen.«

»Aber das Resultat ist ein bedeutendes Werk.« Verzweifelt versucht die Interviewerin, wieder zu den Eckpunkten zurückzukehren, von denen sie ausgegangen war.

»Es wirkt so, ist aber keins«, sagt er.

»Es ist kein bedeutendes Werk?«, sagt die Interviewerin.

»Es sind nur mit professionellem Sachverstand zusammengestellte Wörter.« Er knöpft sein Hemd auf, schüttelt es, damit sich der Stoff von der Haut löst und Luft dazwischen kommt.

»Zusammengestellt?«, sagt die Interviewerin.

»Ja«, sagt er. »Wenn ich wirklich ehrlich wäre, müsste ich die Leser, die das Buch gekauft haben, irgendwie dafür entschädigen. Auch die türkischen Leser, jetzt.« Er reißt sich das Hemd herunter, wirft es aufs Sofa.

Die Interviewerin schweigt mehrere Sekunden, in der Leitung knackt und rauscht es. Zuletzt ist wieder ihre Stimme zu hören, aber noch befangener als vorher: »Und woran arbeiten Sie jetzt, Signor Deserti, wenn ich fragen darf?«

»Ach, ich bin noch in der Anfangsphase«, antwortet er.

»Ja?« Ein Hoffnungsschimmer klingt in ihrer Stimme an.

»Eine Anfangsphase, die jetzt schon gut drei Jahre dauert«, sagt er.

»Können Sie mir wenigstens eine Andeutung geben, Signor Deserti?« An dieser Stelle sucht die Interviewerin nur noch nach einem Ausweg.

»Da gibt es nichts anzudeuten.« Er weiß ja nicht einmal mehr, wie die ursprüngliche Idee aussah: Wenn er versucht, sie zu visualisieren, sieht er nur einen Raum voller nutzloser Gegenstände, so wie der Fußboden seines Wohnzimmers voller Pappkartons.

»Und welches Verhältnis besteht zwischen dem neuen Werk und *Notizen aus dem Nichts*?«, fragt die Interviewerin. Sie scheint jedes Vertrauen in ihre Ausdrucksfähigkeit verloren zu haben, ihr Akzent schwankt viel mehr als zu Beginn.

»Alle beide sind aus reiner Frustration entstanden«, sagt er mit einem Blick auf die Stöße von gebundenen Heften auf der rechten Seite seines Schreibtischs. »Aus Unfähigkeit, einen Schlussstrich zu ziehen, den Laden dichtzumachen.«

»Den Laden *dichtzumachen?*«, wiederholt die Interviewerin.

»Aufzuhören und etwas anderes zu tun.« Er gibt einigen von Lesern gesandten Texten, dem letzten Roman mit Widmung eines französischen Kollegen und einer von der Gemeindeverwaltung zum Geschenk erhaltenen Gedichtsammlung einen Schubs: Die Sachen flattern zu Boden, samt ihrer gutgemeinten Absichten.

»Wie meinen Sie das, Signor Deserti?« Die Interviewerin klingt verstört.

»Sehen Sie, es gibt viele Klischees über Schriftsteller«, sagt er. »Und natürlich tragen die Schriftsteller selbst kräftig dazu bei, denn sie wollen ja zusammen mit dem, was sie machen, auch sich selbst verkaufen. Das allerschlimmste ist das Klischee von der Angst vor der weißen Seite.«

»Ja?«, sagt die Interviewerin.

»Ja!«, bestätigt er. »Schließlich sitzt der Schriftsteller nicht in einer hehren Mission gegenüber der Menschheit da vor der weißen Seite, der Halunke! Er sitzt da und ringt sich irgendwas ab, weil er kreditwürdig bleiben will, obwohl er zahlungsunfähig ist. Weil er nicht auf seine Rolle verzichten kann!«

»Was meinen Sie genau, Signor Deserti?« Die Interviewerin wirkt verzweifelt.

»Ich meine genau das, was ich gesagt habe!«, sagt er. »Und das Gleiche gilt für jeden, der sich als gequälter Künstler aufführt! Für jeden, der mit einem Tellerchen rumgeht und um Bewunderung bettelt! Soll er doch Kohlköpfe oder Kartoffeln anbauen, anstatt zu jammern!«

Auf der anderen Seite der rauschenden Leitung herrscht erneut Stille; zuletzt sagt die Interviewerin: »Gut, dann danke ich Ihnen, Signor Deserti!«

»Ich danke *Ihnen!*«, sagt er und legt auf. Danach fühlt

er sich keineswegs erleichtert, dass das Interview vorbei ist, und auch nicht froh über das, was er gesagt hat. Solche Fragen betreffen ihn nicht und interessieren ihn nicht, denkt er, es sind genau die Sümpfe, in denen er nicht mehr waten möchte. Er wandert im Wohnzimmer hin und her, ohne die Sonnenbrille abzulegen, setzt sich aufs Sofa und springt wieder auf. In diesem Augenblick interessiert ihn nur eines: ob es die Clare Moletto, an die er ständig denkt, tatsächlich gibt oder ob sie nur wieder so ein Hirngespinst ist. Denn sie geht ihm einfach nicht aus dem Kopf.

Das Telefon klingelt erneut; er lässt es läuten, bis der Anrufbeantworter anspringt. Eine weibliche Stimme sagt: »Hallo-ho? Hier ist Giovanna. Daniel? Bist du zufällig zu Hause?«

Er betrachtet den kleinen schwarzen Kasten, atmet flach in der Gluthitze, rührt sich nicht. Giovanna? Erst nach einigen Sekunden dämmert ihm, wer das ist: Giovanna Bernstein, die Vibraphonistin aus Lugano, mit der er seit drei, vier oder sogar fünf Jahren eine lockere Beziehung hat und mit der er hauptsächlich über SMS und E-Mails korrespondiert.

»Nichts, ich wollte nur wissen, wie es dir so geht«, sagt Giovanna Bernstein, auch ihre Stimme klingt, als käme sie vom Band, obwohl sie jetzt spricht, mit ihren ungeäußerten Zweifeln, ihrer Scheu, direkt zu fragen, warum er nicht mehr auf ihre Nachrichten geantwortet hat.

Er schwankt kurz, ob er vielleicht doch mit ihr sprechen soll, in dem halb liebevollen, halb verführerischen Ton, den er ihr und den anderen Frauen gegenüber anschlägt, deren wackeliges emotionales und sexuelles Gleichgewicht er stützt; dann lässt er es.

»Na gut«, sagt Giovanna Bernsteins Stimme enttäuscht. »Melde du dich, wenn du magst.« Dann klickt es, die Verbindung ist unterbrochen, es folgt der Pieps, und das rote Lämpchen des Anrufbeantworters, das neue Nachrichten anzeigt, blinkt.

Er versetzt dem Boxsack ein paar Fußtritte und Faustschläge, aber das reicht ihm nicht. Er braucht Bewegung, muss hier raus. Er zieht das Hemd wieder an, schlüpft in die Schuhe, öffnet die Tür.

Draußen geht er an den Fassaden der Häuser entlang, die die unnatürliche Hitze dieses Stadtsommers aufgesogen haben und sie unermüdlich wieder abgeben.

Von ihren vier Schwestern ist Paula die, mit der sie am besten über Herzensfragen reden kann

Von ihren vier Schwestern ist Paula die, mit der sie am besten über Herzensfragen reden kann, wahrscheinlich, weil Paula drei Jahre in Florenz gelebt hat und sich ziemlich gut mit italienischen Männern auskennt, so gut, dass sie sich irgendwann einen Kanadier gesucht hat und mit ihm auf eine winzig kleine Insel zwischen Vancouver und Victoria gezogen ist. Seit es Prepaid-Telefonkarten und Skype gibt, haben sich die Kommunikationsmöglichkeiten der Schwestern unglaublich erweitert, im Vergleich zu den Blitzgesprächen, die sie bis vor einigen Jahren führten, einmal im Monat zwei bis drei Minuten, mit der Uhr im Blick und dem Fuß, der die Sekunden klopfte. Mittlerweile reden sie, so lange sie wollen, sie müssen sich nur über die sechs, sieben oder acht Stunden Zeitverschiebung verständigen, die je nach Jahreszeit und Schwester dazwischenliegen. Zur kanadischen Westküste beträgt der Unterschied jetzt sogar neun Stunden, für Clare in ihrem Zimmerchen in Mailand ist es jetzt elf Uhr abends, für Paula in ihrem Wohnzimmer mit Blick auf das Grün der Lichtung und das glitzernde Wasser hinter den Bäumen ist es zwei Uhr nachmittags.

Paula trägt ein graues Hemdchen, heute hat sie es ausnahmsweise nicht eilig, bevor sie ihren Dienst beim mobilen Veterinärservice antritt, für den sie arbeitet. »Hey, du siehst super aus, Clarie-Pony«, sagt sie, zum Bildschirm ihres Computers gebeugt.

»Hier ist eine Affenhitze«, antwortet Clare, bemüht, sich nicht von ihrem eigenen Bild in dem kleinen Kästchen auf dem Bildschirm ablenken zu lassen.

»Hier auch.« Paula lächelt, lehnt sich zurück. Jedes Mal, wenn sie sich bewegt, löst sich ihr Gesicht im Spiel von Licht und Schatten in Pixel auf und braucht einen Moment, bis es sich wieder zusammensetzt.

»Aber hier gibt es kein Meer, und kein Lüftchen regt sich. Es ist, als säße man in einem Schmortopf.« Clare betrachtet sich in dem kleinen Kästchen, vergleicht ihr Gesicht mit dem ihrer Schwester. Abgesehen von den unterschiedlichen Proportionen und den verschiedenen Haarfarben besteht eine unbestreitbare Ähnlichkeit. Auf dem Foto an der Wand links von ihr sind sie, Paula, Anne, Julia und Skippy alle zusammen vor einem Wald in New England: jede Schwester eine feine Variation der Stirnlinie, des Augenschnitts, der Wangenknochen, der Lippenform, des Lächelns der Molettos. Dennoch gibt es riesige Unterschiede zwischen ihnen, im Charakter, was die Arbeit betrifft, die Männer, mit denen sie zusammen sind, die Orte, an denen sie leben. Von seiner Warte des Einzelkindes aus hat Stefano sie immer für ein faszinierendes Phänomen der Vervielfältigung gehalten. Einmal hat er auch gestanden, dass er geträumt habe, er sei mit allen fünf Schwestern im Bett, doch irgendwann hätten alle fünf angefangen, ihm aus unbegreiflichen Gründen Vorwürfe zu machen und ihn auszulachen.

»Stefano geht es gut?«, erkundigt sich Paula.

»Ja.« Clare fragt sich, ob es stimmt, dass sie eine Art telepathische Verbindung haben, wie ihr Vater immer behauptete.

»Wie läuft's in seiner Kanzlei?« Paula hat noch immer dieses Kleinmädchengesicht, keine Spur Make-up, die langen Haare zum Zopf geflochten.

»Gut, gut«, sagt Clare. »Er will jetzt eine größere Wohnung kaufen, weil er will, dass wir zusammenziehen.«

»Wow!«, sagt Paula. »Und das sagst du mir so nebenbei?«

»Hm«, macht Clare.

»Freust du dich?«, fragt Paula.

»Ich weiß es nicht«, antwortet Clare.

»Was soll das heißen?«, fragt Paula. »War es nicht das, was du wolltest? Mit ihm zusammenleben?«

»Ich weiß nicht.« Clare hat das Gefühl, allmählich sämtliche an sie gestellten Erwartungen zu enttäuschen.

»Aber deswegen hast du doch in Ligurien alles aufgegeben, oder?«, sagt Paula. »Das Haus, die Arbeit, alles.«

»Das war vor über zwei Jahren«, erwidert Clare. »Zweieinhalb.«

»Was hat sich denn in der Zwischenzeit geändert?« Paula trinkt einen Schluck aus der Kaffeetasse, die auf dem Tisch steht. Schon seit sie sechzehn und Clare vierzehn war, versuchen sie, einander ihr Liebesleben zu erklären und zu verstehen.

»Er hat sich geändert, ich habe mich geändert.« Clare würde gern offener reden, aber sie ist gar nicht sicher, wie die Dinge wirklich liegen: Sie weiß es nicht.

»Hast du einen anderen getroffen?«, fragt Paula zielsicher.

Clare sucht eine Ausflucht, doch mit ihrer Schwester gibt es die nicht: »Ja.«

»Wer ist es, Clarie?« Plötzlich ist Paula besorgt; man sieht es trotz der schlechten Videoqualität. »Einer, den du schon kanntest?«

»Nein«, sagt Clare. »Ich kannte ihn überhaupt nicht.«

»Was für ein Typ ist er?«, fragt Paula.

»Der verkehrte Typ.« Clare kommt der Kritik ihrer Schwester zuvor.

»Hervorragende Ausgangslage.« Paula lacht, aber ihr Ausdruck bleibt angespannt.

»Jetzt mach dir keine Sorgen«, sagt Clare. »Ich hätte es dir lieber gar nicht sagen sollen.«

»Wo bist du ihm begegnet?« Ihre Schwester ist zwar nur zwei Jahre älter als sie, versucht aber seit je, sie mit den Einsichten aus ihrem Erfahrungsschatz zu beschützen, wenn sie meint, Clare bringe sich in Schwierigkeiten. Andererseits hat Clare ja deshalb überhaupt davon angefangen: Von klein auf haben die fünf Schwestern ein Netzwerk zur gegenseitigen Unterstützung aufgebaut, um die geheimnisvolle Unergründlichkeit der Mutter und das sporadisch vorhandene Ungestüm des Vaters auszugleichen.

»Er ist auf Stefanos Auto draufgefahren«, sagt sie.

»Aha«, sagt Paula. »Perfekt.«

»Mach nicht so ein Gesicht«, sagt Clare. »Er ist kein Verbrecher. Es regnete in Strömen, die Straße war überschwemmt, er konnte nicht bremsen.«

»Was macht er?«, fragt Paula.

»Er schreibt«, sagt Clare.

Paula fixiert sie, wartet auf etwas weniger vage Angaben.

»Ein ziemlich bekannter Schriftsteller. Auch wenn er, glaube ich, in letzter Zeit etwas in der Krise ist.« Clare weiß, dass auch diese Details für einen Außenstehenden wenig beruhigend klingen.

Paulas Blick wird noch misstrauischer: »Was hat er geschrieben?«

»Sein berühmtestes Buch heißt *Der Blick des Hasen*«, antwortet Clare.

Paula legt den Kopf schief: »Ein Essay über das Verhalten von Tieren? Etwas aus meinem Bereich?«

»Nein, nein, ein Roman«, sagt Clare. »Er hat großen Erfolg gehabt und ist in viele Sprachen übersetzt worden. Auch in den USA und in Kanada.«

»Wie heißt er gleich noch mal, der Typ?«, fragt Paula.

»Daniel, Daniel Deserti.« Seinen Namen auszusprechen, beschleunigt Clares Herzschlag, sie wird ganz verlegen.

Paula tippt schon auf ihrer Tastatur, den Blick auf den Bildschirm geheftet.

»Was schaust du nach?« Clare weiß genau, dass ihre Schwester den Namen googelt und vielleicht schon bei Daniel Desertis Homepage oder der Fanpage auf Facebook angekommen ist.

»Clarie, dem Mann stehen die Schwierigkeiten ins Gesicht geschrieben«, sagt Paula. »In Großbuchstaben.«

»Wie kannst du das einfach so behaupten?« Ihre Abwehr gegen logische Folgerungen ist ungebrochen.

»Man muss ihn doch nur *ansehen*, Clarie«, sagt Paula. »Das Gesicht, die Haltung, alles. Der literarische Verführer, der sich obercool aufführt, um jedes Gänschen von Leserin einzufangen, das darauf hereinfällt.«

»Das ist nicht wahr, du kennst ihn überhaupt nicht!« Sie weiß nicht, ob sie ihn oder sich selbst verteidigt.

»Besonders jung ist er auch nicht mehr«, sagt Paula.

»Aber top in Form«, sagt Clare. »Er hat so eine intensive Körperlichkeit, fast martialisch. Typ Papa, weißt du?«

»O Gott, Clarie«, sagt Paula.

»Ich wollte dir nur eine Vorstellung geben, Paula!«, sagt Clare. »Ich bin ja nicht blöd.«

Paula sammelt Indizien wie eine Kommissarin am Ort des Verbrechens: »Und was ist passiert, nachdem er dem armen Stefano das Auto demoliert hat?«

»Von wegen ›armer Stefano‹.« Sie bemüht sich, ihre Schuldgefühle zu bändigen.

»Wo habt ihr euch wiedergesehen?«, fragt Paula.

»Vor seinem Haus, in Mailand«, sagt Clare. »Aber nur ein paar Minuten, um über die Versicherung zu sprechen.«

»Und Schluss?« Paula lässt sich nicht so leicht abspeisen; sie kennt ihre Schwester zu gut.

Clare überlegt, ob sie ihr auch von der Begegnung im Kaufhaus erzählen soll, findet es aber unnötig, schließlich war es purer Zufall: »Letzten Sonntag ist er nach San Minimo gekommen.«

»Nach San Minimo.« In Paulas Mund entfaltet der Name sein ganzes Gewicht.

»Ich war hingefahren, um etwas frische Luft zu schnappen.« Umsonst versucht sie, vom Thema abzulenken. »Ich hatte zwei Tage frei und war schon ewig nicht mehr dort gewesen.«

»O Gott, Clarie, bist du verrückt?«, stöhnt Paula. »Da hast du ihn hinkommen lassen, einfach so?«

»Nein!« Sie versucht, für die Webcam des Computers ihre schönste Unschuldsmiene aufzusetzen. »Er stand plötzlich vor der Tür. Ohne Vorwarnung. Ich weiß gar nicht, wie er hingefunden hat. Ich wollte eigentlich gerade nach Mailand zurückfahren.«

Paula seufzt; sie ist es gewöhnt, Clare als die jüngere Schwester zu betrachten, die sich verliebt und Studium und Job aufgibt, mit zwanzig heiratet, die Stadt, das Land und den Kontinent wechselt, sich erneut verliebt, den Mann, die Wohnung und die Arbeit verlässt, sich wieder verliebt und wieder Wohnung und Arbeit aufgibt, ohne je lange genug zu überlegen, ohne an die Folgen zu denken, ohne sich um die Gefahren zu kümmern: »Bist du mit ihm ins Bett gegangen?«

»Nein!« Nur zu lebhaft steht Clare die Erinnerung an die Nacht vor Augen: sie und Daniel Deserti im Haus, verwirrt vom Wein und der Nähe, mit den rundherum zirpenden Grillen. All die Blicke kehren zurück, die Bewegungen, die lange Spur tiefer, unklarer Empfindungen.

»Ihr zwei ganz allein, und da bist nicht mit ihm ins Bett gegangen?« Paula fixiert sie, von Bildschirm zu Bildschirm, die Kaffeetasse in der Hand.

»Neiin!« Clare fühlt sich wie ein in die Enge getriebenes Kind. Denn es hätte ja durchaus passieren können: Seit Tagen gehen ihr alternative Abläufe durch den Kopf. Auch wenn es nicht passiert ist, denkt sie, hat es vielleicht doch etwas zwischen ihnen gegeben, was sich schwer wiedergutmachen lässt.

»So einer stöbert dich in San Minimo auf und probiert es nicht einmal?«, sagt Paula. »Mach mir nichts vor.«

»Er ist mich *besuchen* gekommen. Das ist alles.« Natürlich weiß Clare, dass das nicht stimmt und dass Paula es genauso weiß, doch andererseits ist es ihr noch nicht gelungen, zu den wahren Gründen vorzustoßen, warum er sie besucht hat oder warum sie ihn nicht weggeschickt hat.

»Und dann?« Paula wartet. »Als ihr in die Stadt zurückgekehrt seid?«

»Nichts«, sagt Clare. »Er hat mir ein paar SMS geschrieben, ich habe aber nicht geantwortet.«

»Nein?«, sagt Paula. »Gar nicht?«

»Nur auf die ersten beiden«, sagt Clare. »Dann war Schluss.«

»Aber was habt ihr denn in San Minimo gemacht?«, fragt Paula.

»Geredet«, sagt Clare.

»Geredet«, wiederholt Paula.

»Ja. Weißt du, wenn du mühelos über jedes Thema reden kannst, ohne auch nur drüber nachdenken zu müssen? So. Er hat diese Art, Sachen im Nu zu erfassen, unglaublich.«

»Welche Sachen?« Paulas Gesicht ist immer noch sehr angespannt.

»Also zum Beispiel meinen Charakter«, sagt Clare. »Wie ich bin, warum ich so bin. Und er schafft es, *darüber hinaus* zu gehen, zu den Gründen hinter den Gründen, ich weiß nicht, wie ich es sagen soll. Mir ist so etwas noch nie passiert, noch dazu mit einem, der mich ja überhaupt nicht kennt. Wir hatten uns nur zweimal gesehen, Paula, einmal war er verletzt, wegen des Unfalls, und das andere Mal haben wir gestritten, dennoch hat er Dinge von mir begriffen, die Stefano bis heute nicht kapiert hat, obwohl wir schon fast drei Jahre zusammen sind.«

»Das ist eine *Technik*, Clare«, sagt Paula. »Es gehört zu seinem Job, dass er sich ein bisschen mit Psychologie auskennt und gut mit Wörtern jonglieren kann.«

»Er hat auch viel von *Papa* verstanden.« Ihre Stimme verrät ihre Betroffenheit. »Was für ein Typ er war, sein Verhältnis zu dem Haus in San Minimo, sein Verhältnis zu uns.«

»Clarie.« Paula fixiert sie vom Bildschirm.

»Er hat Sachen von *Alberto* verstanden, die nicht einmal ich richtig begriffen hatte«, sagt sie. »Du hättest ihn hören sollen.«

»Clarie-Pony.« Paulas Ausdruck bleibt unverändert.

»Es war keine Technik, das schwöre ich dir.« Jetzt klingt ihr Ton wahrscheinlich leicht verzweifelt. »Er ist ein sehr sensibler Mann, Paula. Und er ist kein Egozentriker, wie ich dachte, er spielt sich nicht als großer Schriftsteller auf, sondern spricht kaum von sich.«

»Vielleicht weil er weiß, dass ihm das nützt«, sagt Paula.

»Nein, weil er zuhört!«, erwidert Clare. »Er hört dir wirklich zu, wenn du sprichst, und tut nicht bloß so.«

»Aber er ist trotzdem der verkehrte Mann«, sagt Paula. »Das hast du gesagt, nicht ich.« Ihr Beschützerinstinkt hat zugenommen in den Jahren der häufigen Krisen mit Alberto und dem ständigen Wechsel von Euphorie und Depression, aus dem Clare ihn mit Liebe und Vernunft herausholen wollte, bis sie schließlich selbst mit abstürzte.

»Ich weiß nicht, warum ich das gesagt habe. Vielleicht, weil er von außen gesehen diesen Eindruck machen kann«, sagt Clare.

»Oder vielleicht, weil es stimmt«, sagt Paula.

»Keine Ahnung«, sagt Clare. »Ich kenne ihn nicht gut genug.«

»Du kennst ihn gut genug, um zu wissen, dass er der Verkehrte ist.« Paulas Blick wirkt ganz entsetzt, doch vielleicht liegt es auch an dem Licht und der schlechten Auflösungsqualität, es ist schwer zu sagen.

»Nein, *wissen* kann ich es nicht«, sagt Clare. »Warum schaust du mich dauernd so an?«

»Weil ich Angst um dich habe, Clarie«, sagt Paula. »Das weißt du genau. Ich will dich nie wieder in dem Zustand sehen wie vor vier oder fünf Jahren mit Alberto, oder womöglich noch schlimmer.«

»Ich weiß«, sagt Clare. »Aber warten wir's mal ab, bevor wir uns Sorgen machen, okay?«

»Was willst du abwarten, Clarie?«, fragt Paula. »Stefano kauft eine neue Wohnung, um mit dir zusammenzuziehen! Du wirst doch jetzt nicht alles über den Haufen werfen wollen, bloß wegen einem, den du selbst als den verkehrten Typen bezeichnest?!«

»Ach, das habe ich nur so gesagt«, verteidigt sich Clare.

»Aber gesagt hast du es.« Paula lässt nicht locker.

»Jedenfalls ist zwischen uns nichts passiert. Und das wird es auch nicht. Höchstwahrscheinlich hat er mich schon wieder vergessen.« Sie bemüht sich, so entschieden wie möglich zu klingen, aber der letzte Satz gibt ihr einen Stich ins Herz und in die Lunge, ihre Stimme kippt.

»Das Problem ist, dass du ihn nicht vergessen hast«, sagt Paula. »Zumindest habe ich nicht diesen Eindruck.«

»Das ist kein Problem.« Clare ist durchaus klar, wie widersprüchlich ihre Äußerungen sind, unhaltbar, kindisch und peinlich.

»Du denkst ununterbrochen an ihn«, sagt Paula. »Und setzt deine Beziehung zu Stefano aufs Spiel wegen einer Sache, die wahrscheinlich nur in deinem Kopf existiert, die es gar nicht gibt.«

»Komm, Paula«, sagt Clare. »Sieh's nicht so tragisch.«

»Wie sollte ich es denn sehen?«, fragt Paula. »Clarie?«

»Ich habe ja kapiert, was du meinst«, sagt Clare. »Ehrlich.«

»Ja, aber versprich mir, dass du diesen Deserti nicht mehr anrufst«, sagt Paula.

»Einverstanden.« Sie will das Thema endlich abschließen.

»Auch wenn er sich wieder bei dir melden sollte«, sagt Paula.

»Er wird sich nicht melden.« Deutliches Bedauern schwingt in ihrem Tonfall mit, sie kann es nicht verhindern.

»O doch«, sagt Paula. »Wahrscheinlich ist sein Verhalten reine Berechnung und gehört zu den bewährten Strategien eines Verführers.«

»Er ist kein Verführer«, sagt Clare, »Jedenfalls nicht mit mir.«

»Ein Verführer ist ein Verführer, Clarie. Punkt.« Hier schöpft Paula bestimmt aus ihrer Erfahrung mit Riccardo Erlandi, der sie in Florenz über eineinhalb Jahre zappeln ließ, bevor er ihr enthüllte, dass er verheiratet war und mindestens noch zwei weitere Geliebte hatte. »Versprich mir, dass du ihn nicht mehr anrufst.«

»Ja«, sagt Clare.

»Ich will es aus deinem Mund hören«, drängt Paula.

»Ich habe es doch gerade gesagt«, erwidert Clare.

»Sag: Ich verspreche es«, sagt Paula.

»Versprochen«, sagt Clare schleppend. »Können wir jetzt über etwas anderes reden? Ich hatte dich angerufen, um ein bisschen mit dir zu plaudern.«

»Du hast mich angerufen, um mit mir genau darüber zu reden«, sagt Paula. »Deiner Schwester kannst du nichts vormachen, Clarie.«

»Na gut«, sagt Clare. »Aber jetzt reden wir über etwas anderes. Bitte!«

Sie wechseln das Thema, auch wenn Daniel Deserti immer im Hintergrund lauert wie ein Jaguar, der im Bambus herumstreicht.

Als sie sich schließlich verabschieden und die Verbindung unterbrechen, bleibt sie mit schweißnassem T-Shirt vor dem Computer sitzen; ihre Haut glüht.

Sie tippt *www.danieldeserti.it* in das Browser-Fenster ein, öffnet die Webseite. Wieder betrachtet sie die beiden Fotos von Daniel Deserti, liest seine zu knappe Biographie und bemüht sich dabei, alles durch die Augen ihrer Schwester zu sehen, was ihr natürlich nicht gelingt. Ihre Eindrücke sind genauso wie vorher, vielleicht noch stärker; nur sind sie jetzt überschattet von der Vorstellung, sie vor dem Rest der Welt verteidigen zu müssen. Dennoch fragt sie sich, wie begründet das instinktive Misstrauen ihrer Schwester wohl ist; wieweit sie es in Betracht ziehen müsste. Das Versprechen einzuhalten, ihn nicht mehr anzurufen, könnte alles vereinfachen, scheint ihr, und eine Last von ihr nehmen, sie wieder frei atmen lassen. Doch gleich darauf fühlt sie wieder das Gift all dieser Eindrücke und Empfindungen, Träume und Ängste im Blut, die sie seit seiner Ankunft vor dem Häuschen auf dem Hügel umtreiben, oder vielleicht auch schon seit sie im Zug sein Buch gelesen hat, seit sie im strömenden Regen die Tür des schrottreifen alten Jaguar geöffnet hat.

Beim letzten Mal stand auf der Seite *Veranstaltungen* nichts, jetzt ist ein Termin für morgen um 21 Uhr angekündigt, in einem Theater im Zentrum von Mailand. Der Titel des Abends lautet: *Deserti, Farul, Olacin: drei Kontinente des Erzählens*. Sie zuckt zusammen, fühlt, wie sie rot wird, ihr Herz rast. Sie speichert Ort und Zeit im Kalender ihres Handys. Wie er wohl reagiert, wenn er sie im Publikum entdeckt? Mit verschlossenem Gesicht, als kennte er sie gar nicht; mit einem vagen Kopfnicken; mit einem offenen, strahlenden Lächeln, wie in dem Augenblick, als er sie unter der sengenden Sonne vor ihrem kleinen Haus auf dem Hügel gesehen hat? Wer weiß. Sie mag jetzt nicht darüber nachdenken.

Stattdessen duscht sie, versucht, die Ratlosigkeit abzuwaschen, die wie Schweiß an ihr klebt an diesem unerträglich heißen Abend.

Die von der Presseabteilung des Zattola Verlags haben ihn mit der üblichen Methode geködert

Die von der Presseabteilung des Zattola Verlags haben ihn mit der üblichen Methode geködert, indem sie ihm diesen Auftritt schon im Januar vorgeschlagen haben, als Ende Juli noch in weiter Ferne lag, im Reich der Hypothesen wie das Schmelzen der Pole oder die Fertigstellung seines neuen Romans oder die Begegnung mit der Frau seines Lebens oder wer weiß was. Dann war die Zeit unaufhaltsam vergangen, Monat für Monat vom Kalender verschluckt, als würden die einzelnen Tage gar nicht zählen, und nun sitzt er hier auf einem zu weichen Sesselchen, das ihn zwingt, sich vorzubeugen, damit er vor dem Publikum im Saal eine einigermaßen würdevolle Haltung bewahrt.

Rechts und links von ihm sitzen auf identischen Sesselchen Omar Faruk, der ägyptische Schriftsteller, unter anderem Autor von *Fatale Ufer*, und Semen Olacin, der kirgisische Schriftsteller, der im vorigen Jahr mit seinem Roman *Die Intelligenz des Nebels* den Booker Prize gewonnen hat. Außerdem ist noch Amedeo Tascato da, der für die Tageszeitung *La Repubblica* schreibt, eine sehr dünne und nervöse Übersetzerin namens Donatella Cardamomo und ein weiterer Übersetzer oder Dolmetscher, dessen Namen Deserti nicht verstanden hat. Jeder mit seinem ans Revers geklemmten Mikro, dem Kabel und dem Senderkästchen in der Tasche. Vorher, als sie hinter der Bühne in der Garderobe warteten, haben sie sich die Hand geschüttelt und ein paar Floskeln ausgetauscht, doch obgleich Deserti, Faruk und Olacin sich dem Namen nach kennen und sich schon auf etlichen internationalen Kongressen getroffen haben, sind sie keineswegs Freunde und haben auch die Bücher der anderen nicht gelesen. Jetzt ist jeder der drei ausschließlich auf seine Selbstdarstellung konzentriert, vom Gesichtsausdruck bis zur Haltung auf den zu weichen Sesseln.

Tascato hält eine gewundene Einführung, deren Ziel es ist, die Bedeutung der drei Schriftsteller und somit des Abends und auch seiner selbst als Moderator gebührend hervorzuheben. Ausführlich geht er auf Bio- und Bibliographien ein, verrenkt sich, um Verbindungen zwischen Werken herzustellen, die nichts miteinander zu tun haben. Die Cardamomo flüstert schnell in Olacins Ohr, der andere Dolmetscher macht es ebenso mit Faruk, der jedoch ziemlich uninteressiert wirkt, ins Publikum schaut und mit dem Fuß wippt. Deserti wiederum ist hauptsächlich auf das Brummen der alten Klimaanlage konzentriert und streckt alle paar Minuten die Hand nach dem Wasserglas aus, das vor ihm auf dem Tischchen steht.

Schließlich beendet Tascato seine Einführung und geht zu den Fragen an die drei Schriftsteller über, will ihnen geistreiche Stichworte zuwerfen, die bei der Simultanübersetzung verlorengehen und verspätete, unsichere Reaktionen hervorrufen. Das Publikum ist schläfrig, halb hypnotisiert und halb zerstreut, wie gewöhnlich bei solchen Anlässen: Deserti kann von der Bühne aus nur die Gesichter in der ersten Reihe erkennen, selbst da sitzen Leute, die schwatzen, Leute, die sich umschauen, wer noch im Saal ist. Armando Zattola checkt sogar seine SMS, in den Sitz gelümmelt, der ihn kaum fassen kann. Vielleicht um etwas Schwung hineinzubringen, fragt Tascato an einem bestimmten Punkt alle drei, aus welchem Grund sie zu schreiben begonnen haben und warum sie weiter schreiben. Natürlich denkt keiner der drei auch nur einen Augenblick daran, ehrlich zu sein: Im Gegenteil, sie wetteifern darin, wer den eindrucksvollsten Satz findet, um die Vorstellung zu festigen, dass ihre Arbeit von unvorhersehbaren höheren Mächten abhängt. Was sie gemeinsam haben, ist eine sehr hohe Meinung von sich selbst und die entsprechende Entschlossenheit, sich von dem, der vorher oder nachher spricht, nicht in den Schatten stellen zu lassen.

Wie peinlich es ist, mehrere Schriftsteller auf einmal am selben Ort zu sehen, denkt Deserti. Das gleiche Gefühl hatte er, als er mit seinen Kindern zwei- oder dreimal eine Hundeausstellung besuchte: Die Begeisterung war nach den ersten Minuten erschöpft, verdrängt vom Geruch nach Sägemehl, Pipi, feuchtem Fell und Deodorant, von der unbeschreiblichen Traurigkeit der geschlossenen und offenen Käfige und des neurotischen Stylings in letzter Minute samt allem, was dazugehört: Paradevorführung an der Leine, Begutachtung der Hunde in einer Reihe, langwierige Vermessung in der klassischen Position, zermürbendes Warten, verhaltenes Knurren, Beschnuppern aus der Entfernung. Und rundherum die Züchter und Ausbilder, Begleiter und Aussteller, durch Interessenkonflikte beeinträchtigten Schiedsrichter, Fachjournalisten, die nicht wissen, worüber sie reden, und ein banausenhaftes Publikum, das Bestätigungen und Erklärungen braucht, um zu erfahren, was am schönsten und am besten ist und wo es etwas zu bestaunen gibt.

Im Vergleich zu den Hundeausstellungen gibt es hier auch noch die sorgfältig gewählten Adjektive, die einstudierten Sätze, um das Publikum zu überraschen und zu beeindrucken, die falsche Bescheidenheit als wirksamste Waffe der offenen Anmaßung, die witzigen Bemerkungen, die improvisiert wirken, aber im Lauf von Monaten oder sogar Jahren perfektioniert wurden, den Austausch falscher Versicherungen gegenseitiger Hochachtung, das gespielte Interesse und Verständnis. Deserti lauscht der Stimme seiner Kollegen und seiner eigenen und findet es grässlich, auf dieser Bühne zu sein. Jedes Mal, wenn er Zattola in der ersten Reihe sitzen sieht, der ihn mit dem Ausdruck einer wohlgenährten Sphinx fixiert, möchte er ihn anschreien, ihn am liebsten anspucken. Als er sich die Szene vorstellt, muss er lachen; er lacht. Olacin, der gerade in ausgefeilten Bildern die Entwicklung von der keimenden Idee bis zum unaufhaltsamen Wachstum der üppigen Pflanze der Erzählung schildert, dreht sich um und sieht ihn vorwurfsvoll an.

Tascato beendet seine erste Fragerunde und macht dann sofort weiter; Deserti ist gezwungen, mit Wortgebäuden zu antworten, die mindestens ebenso elegant, brillant und mit abgehobenen Metaphern gespickt sind wie die seiner Kollegen. Nicht dass er damit Mühe hätte: Er beherrscht dieses Spiel ebenso gut, wie er bei einem offiziellen Essen Messer und Gabel handhaben kann. Er könnte auch Bücher wie die von Faruk und Olacin schreiben, wenn er wollte. Ein paarmal hat er es sogar ernstlich erwogen: sich einen Namen und eine Biographie und womöglich ein Gesicht zuzulegen, die den Autor einem kulturell benachteiligten Teil der Welt zuordnen, aus vielen geographischen und psychologischen Klischees einen Roman zusammenzubasteln, ihn einem Agenten anzuvertrauen, bei Erscheinen die Reaktionen zu genießen. Er ist fast sicher, dass so ein Roman viel mehr Aufmerksamkeit erregen und viel mehr Begeisterung wecken würde als seine letzten Bücher: Die gebildeten Leser würden ihn mit der gleichen Lust am Ungewöhnlichen kaufen, mit der sie in einem Fünf-Sterne-Restaurant Seebarschravioli mit Blaubeersauce bestellen, die weniger gebildeten würden sich nach Belieben einschüchtern und gefügig machen lassen.

Das Problem ist, dass ihm die ganze Inszenierung samt seiner eigenen Rolle dabei immer mehr zuwider ist. Ihm ist, als säße er im Publikum und sähe und hörte sich von außen, und das steigert seine Verlegenheit darüber, hier mit den anderen beiden öffentlich über eigentlich vollkommen private Fragen zu diskutieren, so wie sich die Patienten im Wartezimmer eines Gastroenterologen gegenseitig mit plastischen Worten das Funktionieren ihres Verdauungsapparats schildern. Daher sagt er, als ihn Tascato erneut nach dem Kern seiner Arbeit fragt: »Jeder Schriftsteller ist wie ein Hund, der sein Futter auskotzt und es dann noch einmal auffrisst.«

»Und warum macht er das?«, fragt Tascato mit einem professionellen Lächeln, um nicht zu zeigen, dass ihn diese Äußerung schockiert.

»Aus Gewohnheit«, sagt Deserti. »Aus Faulheit, aus Feigheit. Aus Habgier.«

Olacin und Faruk wirken gar nicht einverstanden: Im Gegenteil, ihre Missbilligung wird deutlicher mit jedem Wort, das die Dolmetscher ihnen ins Ohr flüstern.

»Was müsste ein Schriftsteller denn tun?«, fragt Tascato. »Um die ausgespiene Mahlzeit nicht wieder aufzuessen?«

»Sich erschießen?«, antwortet Deserti mit Blick auf Zattola, der auf seinem Platz in der ersten Reihe zusammengesunken ist. »Oder wenigstens rausgehen, um die Welt außerhalb seines stickigen Zimmers zu erkunden? Aufhören, sich selbst als jemanden darzustellen, der auf Kommando Wunder vollbringt?«

Olacin und Faruk sind eindeutig empört, nachdem sie die Übersetzung gehört haben: Sie bewegen die Lippen, schütteln den Kopf, heben die Hand. Auch das Publikum scheint seine Äußerungen überhaupt nicht zu billigen, nach den Gesichtern in der ersten Reihe zu urteilen. Die Leute sind hergekommen, um sich von der multikulturellen Offenheit und Tiefsinnigkeit der internationalen Literatur anregen und beeindrucken zu lassen, gewiss nicht, um Schriftsteller in einer Schaffenskrise über Erbrochenes reden zu hören.

Tascato spürt, dass die Zustimmung abnimmt; sofort stellt er Faruk die gleiche Frage, und dieser betont die lebenswichtige Bedeutung des Erzählers in der heutigen, von Massenkommunikationsmitteln und deren minderwertigen Botschaften beherrschten Gesellschaft. Das Publikum ist einverstanden: Die Erleichterung im Saal ist groß, es gibt Beifall, als Faruk über die Funktion der Literatur als unersetzliches kritisches Gewissen spricht. Gleich anschließend ergreift Olacin das Wort, um noch eins draufzusetzen: ein großer Roman könne das Bewusstsein des Lesers verändern. Zum Beweis zitiert er den Fall eines seiner Bücher, das ihm zufolge angeblich sogar entscheidend dazu beigetragen habe, das alte Regime in seinem Land zu Fall zu bringen. Das Publikum klatscht erneut, seine Überheblichkeit wird ihm verziehen, da er aus einem der entlegensten Randgebiete der Welt stammt.

Als dieser Teil endlich abgeschlossen ist, verkündet Tascato, dass sich nun auch das Publikum an der Diskussion beteiligen könne. Im Saal gehen die Lichter an, das bisschen Atmosphäre, das die Bühne umgab, verfliegt, man sieht nun die Gesichter der Leute auch hinter der ersten Reihe, hinter Zattola, der sich gerade träge auf seinem Platz aufrichtet. Ein Mädchen in Museumswächter-Uniform geht mit einem schnurlosen Mikrophon in Form einer Eistüte durch den Gang zwischen den Sitzen und schaut, ob jemand die Hand hebt, um etwas zu sagen. Deserti folgt ihr mit dem Blick, denkt, dass er jedes mühsame Detail dieses Rituals voraussagen kann, und entdeckt auf einmal Clare Moletto im Publikum.

Sie sitzt in der Mitte des von ihm aus gesehen rechten Teils, ihr Gesicht sticht zwischen den Dutzenden von unbekannten Gesichtern heraus: Sie trägt die Locken zusammengebunden, ist aufmerksam, gespannt. Sie schaut nicht zu ihm her, sondern dreht sich nach links zu den ersten Reihen, wo ein grauhaariger Mann aufgestanden ist, das Mikrophon in der Hand, das ihm das Mädchen soeben gereicht hat.

Nur eine Sekunde oder zwei verfolgt Deserti diese Bewegungen, doch als er sich wieder nach Clare Moletto umblickt, findet er sie nicht mehr. Er versucht, sich an die genaue Stelle zu erinnern, wo sie saß, sucht mit dem Blick Reihe für Reihe den ganzen Saal ab, aber nichts: Sie bleibt verschwunden.

Der Grauhaarige mit dem Mikro ergeht sich minutenlang in geschraubten Betrachtungen, die Olacins Werk gelten sollen, aber bisher auf keine Frage hindeuten. Tascato denkt nicht im Traum daran, ihn zu unterbrechen oder ihm wenigstens ein Zeichen zu machen, sich kürzer zu fassen; das Publikum wirkt wie hypnotisiert, ohne Zeitgefühl und auch ohne die natürliche menschliche Ungeduld. Es ist eine Art abschließende Feier der Leere, bei der die Wörter anmaßend die Vorherrschaft über ihren Inhalt einfordern.

Deserti hält es kaum noch aus: Er sucht weiter mit dem Blick den Saal ab, rutscht auf dem zu weichen Sessel herum, möchte nur noch eins, aufstehen und gehen, um Clare Moletto zu suchen, solange noch eine Möglichkeit besteht, sie zu finden.

Wie durch ein Wunder hört der Grauhaarige zu sprechen auf und setzt sich, doch Olacin antwortet sofort mit einem Schwall verzweigter Sätze und unterbricht seinen Singsang nur, um dem Dolmetscher zu erlauben, mit verbissener Genauigkeit zu übersetzen. Desertis Beine bewegen sich von allein, er schafft es nicht mehr, sitzen zu bleiben und so zu tun, als hörte er zu. Er springt auf, das Senderkästchen fällt ihm aus der Tasche, hängt am Kabel des kleinen Mikros, das an seinem Revers steckt. Olacin verstummt; der akustische Raum ist nur vom Summen der alten Klimaanlage erfüllt. Nach den allgemeinen Mienen zu schließen, einschließlich der von Tascato auf der Bühne und von Zattola in der ersten

Reihe, scheinen alle einen heftigen, polemischen Beitrag zu erwarten, vielleicht sogar auch ein menschliches und künstlerisches Geständnis an der Grenze zur selbstmörderischen Verzweiflung: Da ist dieses kollektive Atemholen, ein Meer voyeuristischer Erwartung, das sich vor ihm auftut.

Stattdessen nimmt er das Mikro ab, legt es zusammen mit dem Kabel und dem Kästchen auf den Tisch, geht auf direktem Weg hinter die Kulissen; er steigt das Treppchen hinter der Bühne hinunter, eilt den neonbeleuchteten Korridor entlang, bis er das Foyer erreicht, durchquert es im Laufschritt, verlässt das Theater. Draußen auf der Straße sieht er sich um, es ist immer noch heiß und laut: von Clare Moletto keine Spur, nirgends.

Er holt das Handy aus der Tasche, schaltet es ein, sucht im Adressbuch. Doch gleich darauf kommt es ihm sinnlos vor, sie auf diese leichte und feige Art zu verfolgen, nachdem sie so gegangen ist, wahrscheinlich angewidert von dem, was er gesagt hatte, oder einfach gelangweilt, überdrüssig, weil jede noch übrige Neugier erschöpft war. Er steckt das Handy wieder ein, zieht die viel zu warme Jacke aus, geht durch die im fahlen Abendlicht versunkene Stadt.

Sie macht zusammen mit fünf oder sechs Kollegen Feierabend, die die gleiche Schicht hatten

Sie macht zusammen mit fünf oder sechs Kollegen Feierabend, die die gleiche Schicht hatten, und fährt mit ihnen im Aufzug hinunter, während sie über Arbeitszeiten und Wochentage sprechen. Kaum tritt sie aus der Glastür des Hochhauses der GreatAssistance, sieht sie Stefano, der dort auf dem Bürgersteig auf sie wartet. Nichts an seinem Äußeren ist überraschend: die leicht getönte Brille, das hellblaue Baumwolljackett, das hellblaue Hemd darunter, die cremefarbene Hose, die hellen Mokassins: Es ist das gleiche beruhigende Ensemble wie bei ihrer ersten Begegnung im Hotel in Santa Margherita, vor drei Jahren. Und doch beruhigt es sie jetzt überhaupt nicht; im Gegenteil, als sie ihn plötzlich vor sich sieht, zuckt sie zusammen, ihr Ausdruck gerät aus den Fugen, ihr Schritt aus dem Takt.

Er umarmt und küsst sie, als hätten sie sich wer weiß wie lange nicht gesehen, auf dem Asphaltstreifen zwischen den Hochhäusern, wo der Autolärm der breiten Verkehrsstraße anbrandet und sich die Hitze staut. Nachdem er sich mehr als zwei Jahre wie ein in seinem Versteck aufgestöberter Single benommen hat, ist er in letzter Zeit wahrhaft kontaktsüchtig: wie er sie an sich drückt, ihr über den Kopf streicht, sich umsieht, als wollte er sich versichern, dass niemand ihm seinen Besitz streitig macht. Sie denkt an die verschiedenen Phasen seiner Liebesbeweise, die beharrlichen, komisch formalen Galanterien, als sie sich gerade kennengelernt hatten, den demonstrativen Sex, als er überzeugt war, mit Albertos morbidem Verhalten wetteifern zu müssen, bis hin zu der Überschwenglichkeit, die seine Verlegenheit kaschieren sollte, wenn sie sich in der Öffentlichkeit befanden, sie erinnert sich an ihr anfängliches Zusammenleben, daran, wie rasch sich alles stabilisierte, an die plötzlichen wütenden Forderungen nach Autonomie, als er sich eingeengt fühlte, an die verzweifelte Abbitte gleich danach, an die Trotzphase, die erneuten Absichtserklärungen, die konkreten Vorschläge, die er in immer kürzeren Abständen und mit immer mehr Druck vorlegte. Jetzt hängt er an ihr wie ein leicht zwanghafter Verliebter, der darauf brennt, Pläne zu verwirklichen, die lange auf zu viel Widerstand gestoßen waren, und endlich konkrete Schritte zu unternehmen, um ein gemeinsames Leben aufzubauen. Diese Metamorphose erfüllt sie mit Staunen und Besorgnis, sie fragt sich, ob die inneren Prozesse bei Männern anders ablaufen als bei Frauen, wie sehr jeweils Tatsachen und Absichten auseinanderklaffen und inwieweit Empfindungen und Gefühle kontrollierbar sind.

Wenn sie an ihre eigene innere Wandlung ihm gegenüber denkt, fällt ihr ein, wie neugierig, aber auch wie reizbar sie am Anfang war und wie sehr sie sich von Verhaltens- und Seinsweisen angezogen fühlte, die sie nie aus der Nähe kennengelernt hatte, darauf folgte ihr Wunsch nach Verwandlung, ihre teilweise Abhängigkeit, als sie sich wie ein Flüchtling vorgekommen war, und später die Enttäuschung, die

Distanz und die erneute Gereiztheit, die Gewohnheit, die Langeweile, die Routine, und jetzt sogar diese leichte körperliche Aversion, gemischt mit Bedauern und Zuneigung. Dennoch, scheint ihr, ist sie im Grunde dieselbe geblieben, mit demselben Charakter, denselben Qualitäten und Fehlern. Sie fragt sich, durch welche Prozesse sich die Wahrnehmung so einschneidend verändern kann: das ständige Schwanken zwischen Traum und Wirklichkeit, die Verblendung und die Bewusstwerdung, die Höhenflüge und die abrupten Landungen, die chemischen Veränderungen, die Verschiebung von Bedürfnissen und Wünschen.

Stefano hingegen scheint weit entfernt von seiner lange kultivierten Unentschlossenheit: Blick und Miene sind die eines religiösen Fanatikers, der, wenn er auch gut gekleidet und gepflegt auftritt, voll von seiner Mission überzeugt ist. »Meine wunderbare Telefonistin!« Er fasst sie an beiden Handgelenken, zieht sie an sich, presst seine Lippen auf ihre.

Sie wendet den Kopf ab, lächelt, versucht sich auf freundliche Weise zu befreien: »Wie kommt es, dass du heute so früh bei der Arbeit Schluss gemacht hast?«

»Weil ich einen Termin hatte, den man nicht verschieben kann.« Stefano lässt ihr eines Handgelenk los, hält aber das andere weiter fest: Er lässt nicht locker.

»Was für einen Termin?« Sie schaut einer Kollegin nach, die auf dem Fahrrad davonflitzt, den kleinen Rucksack geschultert, allein, frei.

»Die Möbel für die neue Wohnung!«, sagt Stefano. »Hast du das schon vergessen?«

»Ah.« Die Idee kommt ihr unglaublich merkwürdig vor.

»Ich wollte dir ein Geschäft zeigen. Es ist nur fünf Minuten von hier.« Er zieht sie schon an einem Arm vorwärts.

»Jetzt gleich?« Ihr gehen ganz andere Dinge durch den Kopf und den Körper: Sie möchte nach Hause, die Kleider ausziehen, duschen, sich in ihrem Zimmerchen aufs Bett fallen lassen und darüber nachdenken, was in ihr vorgeht.

»Ja natürlich!«, drängt Stefano. »In ein paar Tagen macht hier alles zu, und dann läuft bis September nichts mehr. Bevor wir einziehen, muss zwar noch einiges an der Wohnung gemacht werden und so weiter, aber wenn du bedenkst, wie lange die Lieferfristen sind, sind wir schon ziemlich spät dran.«

Sie lässt sich durch mehrere Straßen der Innenstadt und über eine Piazza schieben und ziehen, in dem schwülen, noch hellen Abend voller Bewegung, Lärm, Autos, Mopeds, Bussen und Leuten, die braun sind von Wochenenden am Meer und vorgezogenem Urlaub, von selbstbräunenden Lotionen und Cremes und Bräunungskapseln. Sie überlegt, auf welche Art sie Stefanos besorgniserregendem Plan entkommen könnte, doch ihr fällt nichts Akzeptables ein. Sie sieht es schon halb vor sich, wie sie sich von Stefano losreißt und im Gedränge davonrennt, so schnell sie kann; aber es kommt ihr ungerecht und grausam vor. Sie versucht, die Bilder zu verscheuchen, ruhig zu bleiben, nach vorn zu blicken, Stefano zuzuhören, der gerade von den letzten Entwicklungen der Beziehungen zu seinen Vorgesetzten und Kollegen in der Kanzlei erzählt.

Tatsächlich ist das Möbelgeschäft kaum mehr als zehn Minuten von der GreatAssistance entfernt, hat große Schaufenster unter den Arkaden eines hässlichen Gebäudes aus den sechziger Jahren an der Ecke zum inneren Ring. Offenbar war Stefano schon mal dort, denn der überkorrekt gekleidete Besitzer oder Geschäftsführer winkt einer Verkäuferin ab und tritt selbst auf ihn zu, sagt »Avvocato Panbianco, guten Abend«, schüttelt ihm die Hand, erkundigt sich nach seiner Mutter. Die Klimaanlage ist so eingestellt, dass sie das Geschäft in einen Kühlraum verwandelt; der Gegensatz zu der brütenden Hitze draußen verursacht Magenkrämpfe.

Stefano macht eine Handbewegung: »Darf ich vorstellen, Chiara Moletto, meine Verlobte.«

Clare streckt mit wachsendem Unbehagen die Hand aus.

»Sehr erfreut«, sagt der Besitzer oder Geschäftsführer. »Sie ziehen in eine neue Wohnung?«

»Ja«, sagt Stefano.

»Die Frau Professor hat mir alles erklärt«, sagt der Besitzer oder Geschäftsführer.

Clare sieht Stefano an: dass der Besuch offenbar von der gesamten Familie Panbianco arrangiert wurde, macht sie noch verlegener.

Stefano nickt: »Wir brauchen sozusagen alles.«

»Ausgezeichnet.« Sichtlich angeregt führt der Besitzer oder Geschäftsführer sie in den großen Ausstellungsraum.

»Vielleicht schauen wir uns erst einmal allein ein bisschen um, danke«, sagt Stefano in seinem untadeligen Ton. Er wirft Clare einen raschen Blick zu, um zu sehen, ob er ihre Wünsche richtig erraten hat.

Sie nickt, fühlt sich aber in Wirklichkeit immer elender.

»Selbstverständlich. Rufen Sie mich, wenn Sie mich brauchen.« Der Besitzer oder Geschäftsführer zieht sich zurück und bedeutet der Verkäuferin, sich ebenfalls fernzuhalten.

Stefano und Clare gehen zwischen Sofas und Sesseln herum, die mit schwarzem und weißem Leder bezogen sind und einheitliche Sitzgruppen bilden, in L-Form und U-Form. Es gibt Couchtische, Esstische, Betten, Regale, Konsolen, alles ohne eine Spur Wärme in den Linien oder Materialien. Weiter drüben sind einige Küchen ausgestellt, als Block im Raum und Kombinationen an der Wand, nicht weniger schauderhaft mit ihren Oberflächen aus lackiertem Holz und mattem Stahl, in das erbarmungslose Licht von ganzen Batterien von Halogenstrahlern getaucht. Clare versucht sich vorzustellen, in einer Wohnung mit solchen Möbeln zu leben, und der bloße Gedanke schnürt ihr den Hals zu. Sie begreift nicht, wie sie es überhaupt so weit kommen lassen konnte, warum sie es nicht geschafft hat, die Kette von falschen Interpretationen und nutzlosen Anpassungsversuchen, die sie bis hierher gebracht hat, früher zu zerreißen. Plötzlich ist sie beinahe sicher, dass es ihr auch nie gelungen ist zu klären, wer sie nicht ist, was sie nicht will, was sie nicht interessiert, was ihr nicht gefällt.

»Siehst du etwas, das dir gefällt?«, fragt Stefano mit dem Gesichtsausdruck dessen, der sich ein Leben zu zweit aufbaut.

»Sind die Möbel, die du hast, nicht gut genug?«, fragt sie leise, in einem verzweifelten Versuch, den Schaden zu begrenzen.

»Nein«, sagt Stefano. »Sie sind fast alle maßgeschreinert, und auch die Maklerin meint, es sei besser, die Wohnung möbliert zu verkaufen. Außerdem vereinfacht es den Umzug, und wir können zusammen neue Sachen aussuchen, die uns beiden gefallen.«

»Bist du wirklich sicher?« Immer verschreckter betrachtet Clare die Möbel um sich herum.

»Ganz sicher«, sagt Stefano. »Hundert pro.«

»Wenigstens für die Küche brauchen wir ja nichts.« Sie klammert sich an die Idee, dass doch irgendetwas von dieser traumatischen Entscheidung ausgenommen sein könnte. »Die nimmt die Besitzerin bestimmt nicht mit, es ist ja eine extra für dieses Tortenstück angefertigte Einbauküche.«

»Ach, die kommt sowieso weg.« Stefano macht eine wegwerfende Handbewegung. »Wir versetzen die Wände, beseitigen alle Kurven und unnützen Winkel und schaffen einen linearen, funktionalen Raum.«

»Hast du nicht gesagt, du fändest die Küche witzig?«, fragt Clare.

Stefano schüttelt den Kopf: »Meine Mutter hat recht, diese Form ist lächerlich, einfach unsinnig. Wir wollen doch kein Puppenhaus, sondern eine angemessene Wohnung.«

Sie versucht tief durchzuatmen, obwohl die Kälte ihr Lunge und Magen lähmt.

Stefano fährt mit der Hand über das Kopfteil eines grauenhaften Bettes, Stahl und bleigraues Leder. Er setzt sich, klopft mit der Hand auf die Velourstagesdecke und lächelt vielsagend.

Ihr Herz krampft sich zusammen: »Gibt es nicht etwas Farbigeres?«

»Das da zum Beispiel?« Stefano springt auf, deutet auf ein Ecksofa aus rotem Leder.

»Ein Entwurf von Aaron Moltke«, sagt der Besitzer

oder Geschäftsführer, der sie aus ein paar Metern Abstand weiter im Auge behält. »Büffelleder auf einem Rahmen aus Karbonfaser, praktisch unzerstörbar.«

»Was Weicheres?«, sagt sie halblaut zu Stefano.

»Es ist weich.« Stefano setzt sich, klopft mit der Hand auf die Armlehne. »Solide, aber weich. Probier's doch auch mal aus.«

»Was Sympathischeres, meine ich?«, sagt sie.

Stefano neigt den Kopf, als verstünde er sie nicht. Wahrscheinlich treten ihre Unterschiede ja auch zum ersten Mal so offen zutage, weil sie gemeinsam etwas auswählen sollen: Es ist nicht so, wie wenn er zu ihr sagt, das Haus in San Minimo sei eine Bruchbude, oder sich eine Krawatte kauft, die ihr nicht gefällt, oder ihr zum Geburtstag eine Handtasche schenkt, die überhaupt nicht zu ihr passt. Ihr kommen einige Meinungsverschiedenheiten bei der Wahl eines Hotels oder eines Restaurants in den Sinn, doch das waren vorübergehende Misstöne, die am nächsten Tag vergessen waren. Hier betrifft der Mangel an Übereinstimmung dauerhafte Elemente ihres möglichen zukünftigen Lebens und könnte es zutiefst erschüttern.

»Was Freundlicheres?«, sagt sie noch leiser. »Vielleicht in einem anderen Geschäft?«

Stefano lächelt kopfschüttelnd. Man kann sein Verhalten gewiss nicht überheblich nennen, dennoch besteht kein Zweifel, dass er entschlossen ist, die Einrichtung für die neue Wohnung zu finden, und zwar bald, in diesem Geschäft. Rational, praktisch, fest verwurzelt im Familiengeschmack blickt er in die Zukunft, die rasch näher kommt: »Aber Mäuschen, du hast doch noch gar nichts gesehen.«

»Es gibt natürlich auch noch das obere Stockwerk«, sagt der Besitzer oder Geschäftsführer, der ein außergewöhnlich gutes Gehör haben muss oder vielleicht sogar die Fähigkeit des Lippenlesens beherrscht. Sofort tritt er zu ihnen und führt sie eine Treppe hinauf.

Während sie hinaufgehen, berührt Stefano sie leicht am Hintern und flüstert ihr ins Ohr: »Du gefällst mir, wenn du aussiehst wie eine Wilde in der Falle. Echt sexy …«

Sie entzieht sich mit einem zu heftigen Ruck, stößt mit dem Knöchel an eine Stufe. Wie oft sie sich gewünscht hat, Stefano wäre offener und zärtlicher, denkt sie, und wie paradox es ist, dass sie jetzt, da er endlich so ist, reagiert, als würde er ihr zu nahe treten. Ob das mit der üblichen Geschichte zusammenhängt, nämlich immer das zu wollen, was man nicht hat, und nicht zu wollen, was einem angeboten wird? Wohl eher nicht. Es scheint eine Frage von Ungleichzeitigkeit zu sein, von Forderungen und Angeboten, die nicht zum richtigen Zeitpunkt aufeinandertreffen, sondern immer zu früh oder zu spät kommen. Voller Gewissensbisse steigt sie die Treppe des Einrichtungshauses hinauf, und der Ärger über die Umstände und das gleichzeitige Bedauern lassen sie noch mehr frösteln als diese eiskalt eingestellte Klimaanlage.

Auch im oberen Stockwerk des Geschäfts sind Kombinationen für unendlich fremde Lebensentwürfe ausgestellt; sobald ihr Blick irgendwo hängenbleibt, überkommt sie ein so heftiges Verlorenheitsgefühl, dass sie nur noch davonlaufen möchte. Betten, Schränke, Nachttische und Lampen zeigen ihr mit unerträglicher Deutlichkeit eine ganze Palette von Bewegungen und Blicken, von Beziehungen zu

Freunden, Verwandten, Nachbarn, von Feierabenden, Essen zu zweit, Essen mit Gästen, Einschlafen, Aufwachen – ein Alptraum mit offenen Augen.

Stefano befühlt wieder Lehnen und Kopfteile, testet die Beschaffenheit von Betten und Kissen, fährt mit der Hand über Oberflächen, studiert Einzelheiten, umkreist sie; vermutlich malt auch er sich Momente und Situationen in ihrer neuen Wohnung aus. Er erkundigt sich bei dem Besitzer oder Geschäftsführer nach Materialien und Maßen, fragt nach Preisen und Lieferfristen. Ab und zu dreht er sich zu ihr um: Er beobachtet ihr Mienenspiel, wirft ihr aufmunternde Blicke zu, ganz darauf aus, seine Zweifel zu beseitigen wie die sinnlosen kleinen Winkel in der Küche, die Sache abzuschließen, zu anderem überzugehen.

Sie tut so, als würde sie ebenso engagiert Sachen ansehen und vergleichen; sie setzt sich sogar probehalber auf ein paar Sofas und Sessel, die sie nie im Leben um sich haben möchte. Wenn Stefano es nicht merkt, beobachtet sie ihn: Sein Verhalten weckt eine Mischung aus Aversion und Zärtlichkeit in ihr, die sie zur Verzweiflung treibt. Wie viel einfacher es wäre, wenn er das, was er sich in den Kopf gesetzt hat, mit einer Frau verwirklichen würde, die ihm gleicht, anstatt mit ihr, denkt sie; dann käme jede Entscheidung fast wie von selbst. Stattdessen sind sie beide in diese Falle gegangen, weil sie fälschlicherweise meinten, sie müssten einander beweisen, dass sie sich anpassen, ja sogar ein anderer Mensch werden können, um den gegenseitigen Erwartungen zu entsprechen. Je länger sie ihn beobachtet, umso mehr scheint ihr, als erkenne sie unter seiner zur Schau gestellten Sicherheit eine Verzweiflung, die ebenso groß ist wie ihre eigene. Man weiß natürlich nie, womöglich bildet sie es sich nur ein, um sich weniger im Unrecht zu fühlen.

»Nun?«, sagt Stefano, nachdem sie noch einige Zeit in der Eiseskälte unter den Halogenstrahlern durch erlesenes Design spaziert sind.

»Könnten wir einen Tag oder zwei darüber nachdenken?« Sie hat Herzstechen, ihr ist, als würde sie gleich in Tränen ausbrechen.

»Aber selbstverständlich, Mäuschen«, sagt Stefano, ohne das kleinste Anzeichen von schlechter Laune, die doch in diesem Augenblick ein wunderbares Mittel gegen die schadhaften Gefühle wäre, die sie innerlich verzehren.

»Macht es dir wirklich nichts aus?«, fragt sie.

»Aber nein.« Lächelnd neigt Stefano sich ihr zu und küsst sie auf die Haare. »Wir denken einen Tag lang darüber nach und entscheiden, sobald du überzeugt bist.«

»Ich gebe Ihnen die Kataloge mit, dann können Sie schon die Maße studieren.« Der Besitzer oder Geschäftsführer geht vor ihnen her zur Treppe ins Parterre.

Als sie wieder in der Gluthitze auf der Straße stehen, fühlt sie sich vorübergehend erleichtert, als wäre ihre Hinrichtung zumindest um einige Stunden aufgeschoben. An Stefanos Arm schaut sie auf den lärmenden Verkehr, die Schilder, das Hin und Her auf dem Gehsteig. Jede Bresche zwischen Menschen und Autos kommt ihr vor wie eine Fluchtgelegenheit, die sich aber ständig verschiebt und daher schwer zu ergreifen ist.

Es gibt mehrere Arten, um herauszufinden, ob das, was man geschrieben hat, etwas taugt

Es gibt mehrere Arten, um herauszufinden, ob das, was man geschrieben hat, etwas taugt: eine davon ist, den Text ein paar Wochen beiseitezulegen und ihn dann wieder zu lesen, als wäre es das Werk eines anderen. Natürlich funktioniert das nie wirklich, man bräuchte Jahre, um all die kleinen Bausteine zu vergessen, die man zusammengetragen hat, Bild für Bild, Grundgedanke für Grundgedanke, Stilmittel für Stilmittel, Ungenauigkeit für Ungenauigkeit, Satz für Satz, Seite für Seite. Eine weitere Möglichkeit ist, den Text jemandem zu geben, der einem sehr nahe steht, am besten einer Frau, die bereit ist, ihn unbeeinflusst und unvoreingenommen zu lesen, und danach ihre Eindrücke anzuhören, ohne ihr freundschaftliche oder diplomatische Filter zu gestatten.

Doch ihm steht im Augenblick keine solche Leserin zur Verfügung, und schon der Gedanke, sich hinzusetzen und die Seiten wieder durchzugehen, an denen er monatelang umsonst gearbeitet hat, verursacht ihm Übelkeit. Trotzdem zwingt er sich, am Tisch vor dem offenen Fenster, durch das Hitze und Lärm hereinkommen, die Seiten zur Hand zu nehmen, die der hinter einem alten Sessel verborgene Laserdrucker blitzschnell ausgespuckt hat. Er liest etwa eine Stunde, die häufigen Unterbrechungen mitgerechnet, wenn er aufsieht, um die Fassade des Hauses gegenüber zu betrachten: den Balkon, wo die Pflanzen vertrocknet sind, weil vielleicht die automatische Bewässerungsanlage kaputt oder der Besitzer gestorben ist, und das unnatürliche Weiß des Mailänder Himmels gleich darüber. Hinter ihm rattert auf Hochtouren ein Ventilator, den er aus reiner Verzweiflung am Tag zuvor gekauft hat, wirbelt aber nur die glühende Luft etwas durcheinander. Der Schweiß rinnt ihm über die Stirn, den Hals und den nackten Bauch, und ab und zu nimmt er einen großen Schluck aus der Flasche Mineralwasser, die vor ihm steht, um den Flüssigkeitsverlust auszugleichen und die Bitterkeit zu verdünnen, die in seinem Blut zirkuliert.

Als er aufhört, scheint ihm, dass das Gelesene nichts Gutes enthält: Die seltenen interessanten Ansätze verlieren sich in einem Gewirr falscher Absichten, verfehlter Ziele, richtungsloser Überlegungen. Der ganzen geistigen Landschaft, die er mit so viel Ausdauer zusammengestückelt hat, fehlt es an Notwendigkeit, an Schwung, Begehren, Vergnügen, Überraschung, Risiko und Freude. Es sind nur Wörter, Wörter, Wörter, die durch die technische Meisterschaft, mit der er sie aneinandergereiht hat, nur noch irritierender wirken: Da ist keine Lebendigkeit, kein Grund, der ihn anregt, die Reise fortzusetzen, zu entdecken, wo sie hinführt.

Ein paar Minuten bleibt er noch in der unerträglichen Hitze sitzen, dann springt er auf, stößt einen heiseren Schrei aus, bei dem ihn die Stimmbänder schmerzen, knüllt die ausgedruckten Seiten einzeln zusammen und wirft sie in den großen Papierkorb aus Palmblättern unter dem Schreibtisch. Die Dramatik der Szene wird durch die Wiederholung stark abgeschwächt, auch weil der Originaltext sowieso als Datei im Computer auf dem Schreibtisch überlebt. Es ist bloß ein lächerliches Theater, um den vernünftigen Teil seines Selbst zu beeindrucken, der täglich die Launen des unvernünftigen Teils mit ansieht. Sowieso besteht seine Arbeit ja seit je aus dem Versuch, eine schizophrene Haltung zu kultivieren: durch den ständigen Wechsel von Betroffenheit und Distanz, Anteilnahme und Loslösung, Handlung und Betrachtung; hinein und hinaus, hinein und hinaus.

Befremdlich ist nur, dass es ihm, abgesehen von dem Gefühl der Frustration, fast egal ist. Denkt er an die Verbissenheit, mit der er vor zwei Monaten zu schreiben versuchte, oder im vorigen Monat oder sogar noch vor vierzehn Tagen, kommt ihm das recht erstaunlich vor. Er weiß zwar nicht genau, warum, doch ist er ziemlich sicher, dass das, was ihn interessiert, keineswegs in den zusammengeknüllten Seiten im Papierkorb ist, sondern draußen, in Bewegung und im Begriff, endgültig aus seinem Aktionsradius zu verschwinden.

Ohne nachzudenken greift er zum Telefon, wählt Clare Molettos Nummer.

Nach fünfmaligem Klingeln, als er schon auflegen will, antwortet sie. »Guten Tag«, sagt sie in ihrem melodischen Singsang mit leicht fragender Stimme.

»Wie geht's?« Er findet keinen richtigen Ton, weil es gar nichts Gefestigtes zwischen ihnen gibt: nur gefühlte und nicht ausgesprochene, geahnte, vergessene, vielleicht schon verlorene Dinge.

»Gut, und dir?«, antwortet sie nach einer Pause. Im Hintergrund hört man andere Stimmen, das Klingeln von Telefonen auf verschiedenen Frequenzen.

»Ich habe dich im Theater gesehen«, sagt er. »Vorgestern Abend.«

»Ach ja?« Sie macht keine Anstalten zu erklären, warum sie dort war oder warum sie fortgelaufen ist.

»Dann warst du plötzlich weg«, sagt er. »Verschwunden.« Sofort bereut er, dass er so dumm war, Fakten zu beschreiben, die beiden Gesprächspartnern bekannt sind.

»Ich hatte zu tun.« So wie jetzt auch, nach den Geräuschen zu urteilen.

»Das habe ich mir gedacht«, sagt er. »Oder fandest du das Ganze so abstoßend?«

»Aber nein.« Sie lacht.

»Jedenfalls bin ich auf die Straße gelaufen, um dich zu suchen«, sagt er. »Aber du warst nicht mehr da.« Ihr das zu erzählen ist noch peinlicher für ihn, denkt er, als wenn er sie dort vor dem Theater angerufen hätte, aber er kann nicht anders: Es ist so.

»Wirklich?« Sie klingt erstaunt, ungläubig.

Er hofft auf eine Eingebung, die sich rasch und spielerisch in eindrucksvolle Worte kleiden lässt; aber ihm fällt nichts ein, es ist wie in einem Traum, in dem er rennen müsste und sich nicht bewegen kann. »Was machst du am nächsten Wochenende?«

»Ich arbeite«, sagt sie, abwehrend, angespannt.

»Dann wirst du doch unter der Woche mal frei haben?« Bloß keine Pause machen, abwarten, überlegen, aufschieben ist nicht erlaubt, das weiß er; er hat es eilig, und er hat Angst.

»Mittwoch und Donnerstag«, antwortet sie. »Warum?«

»Fährst du Mittwoch mit mir nach Frankreich?« Er schafft es nicht, vorher das Terrain zu sondieren. Tatsache ist, dass ihm nur lächerlich wenige Sätze einfallen und die Zeit, die ihm zur Verfügung steht, schon fast um ist.

Plötzlich hört man in der Leitung ein Gewirr von Fragen und Antworten anderer Leute, es geht wahrscheinlich um Motorschäden, Unfälle, Krankheiten, ruinierte Urlaubsreisen. »Du meinst morgen?«, sagt sie zuletzt.

»Mhm«, macht er. »Wir kommen Donnerstagnacht zurück.«

»Das geht nicht.« Wieder eine kurze Pause. »Am Donnerstag bin ich zu einem Abendessen eingeladen.«

»Wir kommen rechtzeitig zu deinem Essen zurück«, sagt er: Etwas anderes fällt ihm nicht ein. Er findet immer noch keine besseren Worte, und das macht ihn so rasend, dass er mit dem Kopf gegen die Wand rennen möchte. Er fragt sich, ob diese plötzliche Unfähigkeit, sich auszudrücken, mit der Hitze zu tun hat, damit, dass er all diese nutzlosen Sachen gelesen hat, die er in den letzten Monaten geschrieben hat, oder mit der unerklärlichen Angst, die er empfindet.

»Das geht nicht«, sagt sie noch einmal. Sie schwankt offenbar zwischen der Möglichkeit, das Gespräch freundlich zu beenden oder schroff aufzulegen.

»Aha.« Er kann sich nicht beruhigen, dass ihm ausgerechnet jetzt die Worte fehlen, obwohl er doch schon ein Leben lang unablässig an der Vervollkommnung seiner verbalen Ausdrucksfähigkeit feilt; er könnte sich ohrfeigen vor Wut.

»Wohin in Frankreich?«, fragt sie.

»In den Süden.« Dass sie trotz allem nachfragt, verwirrt ihn.

Wieder hört man am anderen Ende die Stimmen und Geräusche des Call-Centers.

»Man braucht nur ein paar Stunden.« Ihm ist durchaus bewusst, dass es gar keinen Sinn hat, logistische Aspekte ins Feld zu führen, ohne wenigstens einen guten Grund für die Reise zu liefern.

»Ich schaffe es nicht«, sagt Clare Moletto; sie scheint Schluss machen zu wollen. Wer weiß, was sie zu erledigen hat, wie viele Anfragen dringend ihre Aufmerksamkeit fordern.

Voller Verzweiflung versucht er, seine letzten Reserven zu mobilisieren: »Es ist wirklich sehr schön dort.« Natürlich genügt das nicht: Vor Zorn tritt er nach einem Stuhl, der umfällt, und tut sich am nackten Fuß weh.

»Was ist los?«, fragt sie.

»Nichts«, antwortet er. »Ich muss in mein ehemaliges Haus, um einige Bücher zu holen, weil meine zweite Exfrau sie sonst wegwirft.« Er könnte schreien, denn ihm ist völlig klar, dass keine dieser Einzelheiten verlockend klingt.

»Deine zweite Exfrau?«, sagt sie.

»Ja, sie ist bis Ende des Monats verreist.« Wenigstens diese Antwort kommt prompt. »Wir können die Bücher holen und dann machen, was wir wollen, uns die Gegend ansehen.«

»Und wie fährst du da hin?« Man versteht nicht, ob sie aus reiner Neugier fragt oder um einen hypothetischen Raum zu erweitern, bevor sie ihn endgültig abserviert.

»Mit meinem Auto«, sagt er. »Sie haben es repariert.«

»Und der Führerschein?«, sagt sie.

»Du fährst«, sagt er.

»Ich?« Sie lacht verblüfft.

»Ja«, sagt er. »Also abgemacht.«

»Gar nichts ist abgemacht!« Jetzt klingt sie panisch.

»Am Donnerstagabend sind wir wieder zurück, versprochen.« Er geht mit dem schnurlosen Telefon in der Hand auf und ab; etwas Besseres fällt ihm nicht ein, stillhalten kann er nicht.

Am anderen Ende der Leitung nehmen die Geräusche und Stimmen des Call-Centers überhand.

»Wir kommen um *sieben* zurück«, sagt er. »Mein Ehrenwort.«

Sie schweigt weiter: die Geräusche von Tastaturen, Stimmen, Klingeln, Schneuzen, Rauschen, Krächzen und Knacken in der Leitung vervielfachen sich.

»Hallo?«, sagt er aufgeregt.

»Ja?«, antwortet sie, erschrocken, unsicher.

»Also sind wir uns einig«, sagt er.

»Nein«, sagt sie, doch ihr leicht fragender Unterton scheint auf eine mögliche Schwächung ihrer Abwehr hinzudeuten.

»Um wie viel Uhr kommst du von der Arbeit nach Hause?« Aus reiner Verzweiflung hakt er da ein, wo er eine Öffnung zu erkennen meint, aber sicher ist er sich nicht.

»Keine Ahnung«, sagt sie. »So gegen sieben, das hängt vom Tag ab.«

»Dann hole ich dich um acht Uhr ab«, sagt er. »Du hast gesagt, du wohnst in der Via Palinari, nicht wahr?«

»Ja, aber Moment mal«, sagt sie.

»Neben dem Eisenwarengeschäft, oder?«, fragt er.

»Jetzt hör mal kurz zu«, sagt sie.

»Macht nichts, ich finde dich schon«, sagt er. »Wir sehen uns um acht.« An diesem Punkt will er nur das Gespräch beenden, die Situation anhalten, wie sie ist, ihr nicht die Zeit lassen, in Einzelteile zu zersplittern, die man unmöglich wieder zusammensetzen kann.

»Daniel«, sagt sie.

»Clare«, sagt er, erschüttert, als er sich beim Namen rufen hört.

»Hör mal zu«, sagt sie.

»Morgen Abend vor deinem Haus.« Er legt auf, bevor sie weitersprechen kann. Gleich darauf scheint ihm, dass es ihm nicht mehr genügt, zu Hause im Wohnzimmer auf und ab zu gehen: Er stürmt aus der Wohnung, läuft die Treppe hinunter, eilt mit wilden Schritten den Gehsteig entlang, der vor Hitze schier geschmolzen ist, mit brennender Lunge, ohne zu begreifen, ob er gerade einen kleinen Freiraum an Möglichkeiten erobert oder ihn endgültig verspielt hat.

Die Zeiger des Nachttischweckers springen in unerklärlichem Tempo vorwärts

Die Zeiger des Nachttischweckers springen in unerklärlichem Tempo vorwärts, schneller als die *Bluegrass*-Mandolinenmusik, die aus den winzigen, an den tragbaren CD-Player angeschlossenen Boxen kommt. Jedes Mal, wenn Clare hinschaut, sind die Zeiger wieder ein Stück auf dem Abschnitt des Ziffernblattes vorgerückt, der bis acht noch übrigbleibt. Auf dem Bett liegen zwei Baumwollröcke, ein T-Shirt, zwei Blusen, drei Höschen, eine Jeans und ein Kleid mit provenzalischem Blumenmuster; sie hat alles schon durchprobiert, ohne sich entscheiden zu können, was sie anziehen und was sie mitnehmen soll. Eine so banale Entscheidung, verglichen mit dem, was sie erwartet: Wahrscheinlich reagiert sie deshalb so verwirrt, läuft in ihrem engen, glühend heißen Zimmerchen von einer Wand zur anderen.

Stefanos Stimme um die Mittagszeit fällt ihr wieder ein, als sie in einer plötzlichen Anwandlung zum Telefon gegriffen und ihm erzählt hatte, sie müsse ihre Tante in Ancona besuchen. »Wie, einfach so?«, hatte er gefragt, einen unerwarteten Hauch Sprödigkeit in seinem vernünftigen Tonfall. »Ich habe sie schon ewig nicht mehr gesehen, die Ärmste«, hatte sie geantwortet und sich wie ein Ungeheuer gefühlt, weil sie ihm etwas vorlog und noch dazu ihre Tante als Vorwand benutzte, aber sie war so begierig darauf, frei zu sein, zu entdecken, was es zu entdecken gibt, so verkehrt und hochgradig schädlich es auch sein mochte.

Aus der Küche kommen Fernsehgeräusche, Matilde sieht sich ein Quizprogramm an. Clare schlüpft rasch ins Bad, duscht fast kalt. Mehrmals gleitet ihr die Seife aus der Hand; wenn sie sich nicht so gehetzt und an allen Fronten unter Druck fühlte, würde sie loslachen. Sie springt aus der Wanne, frottiert sich Körper und Haare mit dem Handtuch, wickelt es um die Taille und geht in ihr Zimmer zurück. Unterdessen haben die Zeiger des Weckers fast den ganzen freien Raum verschlungen, aus den Boxen klingt weiter das *dowodidoo-dowodidoo-tchac-tchac-dowodidoo* der Musik, was sie noch nervöser macht. Sie schlüpft in ein schwarzes Spitzenhöschen, das ihre Freundin Anna ihr geschenkt hat, aber es kommt ihr unerträglich albern vor; sie zieht es aus, schleudert es mit dem Fuß weg, nimmt ein anderes aus weißer Baumwolle ohne jeden verführerischen Reiz. Dann zieht sie die Jeans an und ein T-Shirt mit einem Fisch, handgemalt von Maria und Silvia, doch die Jeans sind zu warm und kratzen an den Beinen. Sie reißt sie wieder herunter, holt aus dem Koffer, der ihr als Schrank dient, ihre Cargohose mit den vielen Taschen hervor, zieht sie an; dann schüttelt sie die Haare, die in der Hitze schon fast getrocknet sind.

Auf der Kommode klingelt und vibriert ihr Handy, ihr Herz macht einen Sprung. Sie stürzt sich darauf, voll Schrecken, sie könnte Daniel Desertis Namen lesen und ihn sagen hören, dass er schon unten steht; oder dass er seine Pläne geändert hat und sie nicht abholen kommen kann.

Wie unendlich erleichtert sie sich fühlen würde, denkt sie, wenn sie sich so aus der Affäre ziehen könnte, ohne selbst entscheiden zu müssen; und wie unendlich enttäuscht.

Doch es ist Stefano: »Bist du im Zug?«

»Ja, ja.« Sofort kommen neue Schuldgefühle hoch, Eile, Genervtheit und Bedauern, Bedauern.

»Alles in Ordnung?«, sagt Stefano. »Hast du rennen müssen?«

»Nein, nein, ich war rechtzeitig da.« Sie spricht lauter, damit es nicht auffällt, dass kein Zuglärm, dafür aber Fernsehgeräusche und Stimmen und Autos von der Straße zu hören sind.

»Nimm ein Taxi, wenn du ankommst, ja?«, sagt Stefano. »Fahr bloß nicht mit den öffentlichen Verkehrsmitteln um diese Zeit.«

»Selbstverständlich, mach dir keine Gedanken.« Wieder staunt sie, wie unglaublich fürsorglich er jetzt auf einmal ist, seit er sich zum pflichtbewussten Familiengründer, Wohnungskäufer und Einrichter gewandelt hat. Sie findet es traurig und ungerecht, Wut mischt sich in ihre Schuldgefühle, Schuldgefühle mischen sich in ihre Wut.

»Dann gute Reise«, sagt Stefano. »Schick mir eine SMS, wenn du ankommst.«

»Ja, natürlich.« Sie fühlt sich wie eine Verräterin, sie fühlt sich durch die Umstände gerechtfertigt, ein Opfer des Schicksals, Komplizin bei einem schmutzigen Vorhaben. Ob in Stefanos Tonfall untergründig doch ein Verdacht mitschwingt? Nein, findet sie, eigentlich nicht. Jedenfalls ist sie mindestens mit der Hälfte ihrer Gedanken nicht bei diesem Telefonat, sondern bei den Zeigern des Weckers, bei den Geräuschen auf der Straße. Sie hat auch angefangen, vor dem kleinen Spiegel an der Tür ihren Eyeliner aufzutragen, das Telefon in der Linken.

»Mäuschen?«, sagt Stefano: besorgt, drängend, weit weg von hier, weit weg von der Wahrheit.

»Was ist?« Sie will nur noch auflegen, die paar Minuten, die ihr noch bleiben, nutzen, um nachzudenken, sich fertig zu machen oder vielleicht ihre Meinung zu ändern.

»Nichts«, sagt Stefano. »Gute Reise.«

»Danke.« Sie legt auf, und mittlerweile hat der Minutenzeiger des Weckers den Kreis schon geschlossen, es ist acht. Ihr Herz klopft erneut schneller. Sie geht noch einmal in das kleine Bad, mustert sich im Spiegel, lockert mit den Händen die schon beinahe trockenen Haare auf. Sie verbringt gewöhnlich nie viel Zeit vor dem Spiegel: Aber jedes Mal ist da ein Unterschied zwischen dem Gesicht, das sie zu haben glaubt, und dem Gesicht, das sie gespiegelt sieht; wenn sie sich lange genug betrachtet, überkommen sie wieder Selbstzweifel. Die Wirkung des Eyeliners gefällt ihr überhaupt nicht: Sie wäscht ihn mit Seife ab, trocknet sich das Gesicht mit einer Ecke des Handtuchs.

Zurück in ihrem Zimmer, wirft sie einen Blick auf den Minutenzeiger, der seine nächste Runde begonnen hat, dann auf das Handy, das schweigend auf dem Bett liegt. Es ist durchaus möglich, denkt sie, dass Daniel Deserti überhaupt nicht kommt und gar nicht daran denkt, ihr Bescheid zu sagen, weil irgendein Problem in seinem Leben aufgetaucht ist, von dem sie nichts weiß, oder weil er etwas Besseres zu tun hat, weil er die Verabredung vergessen hat, zu der er sie so wortkarg genötigt hat, weil er das Spiel als abgeschlossen betrachtet, das ihn eine Weile amüsiert hat und jetzt plötzlich kaltlässt. Die Vorstellung nimmt ihr den Atem, ihr steht schier das Herz still, aber gleichzeitig wäre sie erleichtert, wenn ihre Gefühle wieder die von vor dem Autounfall im Regen wären. Sie ist hin- und hergerissen zwischen Erwartung und Flucht, Begehren und Angst, Traum und Wirklichkeit, Unrast und Vernunft.

Dann auf einmal hört sie direkt unter ihrem Fenster ein Motorengeräusch, ein kurzes leises Hupen. Ihr Herz zuckt zusammen, vor Schreck saust sie von einer Ecke des Zimmers zur anderen. Sie zieht den Rollladen etwas höher, schaut hinunter: Daniel Deserti sitzt bei offenem Verdeck am Steuer seines alten grünen Jaguar, mit dem er den Unfall hatte. Sobald er sie sieht, winkt er, lächelt, steigt aus. Die Motorhaube scheint repariert zu sein, jedenfalls von hier aus gesehen.

»Ich komme«, sagt sie zaghaft und schließt das Fenster. Sie fühlt sich wie eine Kriminelle, die ein grausames und noch dazu grundloses Verbrechen begeht; wie ein armes Opfer; sie ist so aufgewühlt, dass ihr alles aus der Hand rutscht, als sie versucht, die auf dem Bett ausgebreiteten T-Shirts und den Rock zusammenzurollen. Sie läuft ins Bad, um ihre Zahnbürste samt Zahnpasta zu holen, kommt zurück und stopft alles hastig in den kleinen Rucksack.

Als sie den Reißverschluss zuzieht, tritt Matilde auf den Flur: »Was machst du?«

»Ich fahre weg«, sagt sie, ohne den Blick zu heben. Die Vorstellung, einen Augenzeugen ihres Verbrechens zu haben, lässt ihr Blut stocken und erhöht aus irgendeinem seltsamen Grund ihre Entschlossenheit.

»Das sehe ich«, sagt Matilde, halb inquisitorisch, halb komplizenhaft. »Mit dem Typen da unten im Jaguar?«

»Ja.« Am liebsten würde sie es abstreiten.

»Und Stefano?« Matilde hat Stefano höchstens drei-, viermal gesehen, sympathisch waren sich die beiden nie; die Frage kommt ihr automatisch, es geht ihr ein Stück weit um die Wahrung des Status quo.

»Stefano arbeitet.« Clare schultert ihren kleinen Rucksack, bereit, Matilde beiseitezuschieben, sich mit Gewalt einen Weg durch den Flur zu bahnen.

»Nur um Bescheid zu wissen.« Matildes Ton ist schon viel neutraler.

»Jetzt weißt du Bescheid«, antwortet Clare immer ungeduldiger.

»Kein Problem.« Matilde kratzt sich am Bauchnabel, den ihr T-Shirt freilässt.

Und ob es ein Problem ist, denkt Clare, ein schier unlösbares sogar, so oder so. Sie nickt kurz zum Gruß, tritt auf den Flur; eine Sekunde später ist sie schon durch die Wohnungstür, saust die Treppe hinunter.

Draußen steht Daniel Deserti auf dem Gehsteig, in dem Licht, das nun milder, aber immer noch stark ist: weißes Hemd, dunkler, warmer Blick, der sie stolpern lässt, als er dem ihren begegnet. Sobald er sie aus der Haustür kommen sieht, lächelt er: »Hey.«

»Hey.« Sie schaut ihn kaum an, denn sie wird auch so nicht herausfinden, mit wem sie da eigentlich wegfährt. Sie ist so aufgeregt wie noch selten in ihrem Leben, das Herz schlägt ihr bis zum Hals. Vielleicht könnte sie noch eine Ausrede erfinden, denkt sie, zu Stefanos Wohnung laufen, unten auf der Straße auf ihn warten, falls er noch im Büro ist, ihm erzählen, dass sie an der ersten Station wieder ausgestiegen ist, weil sie gemerkt hat, dass sie den Abend unbedingt mit ihm verbringen will, und ihm sagen, dass sie es sich noch einmal überlegt hat mit den Möbeln, dass die Sachen, die sie gesehen haben, völlig in Ordnung sind und er sie ruhig bestellen soll.

»Gib her.« Daniel Deserti versucht ihr den Rucksack abzunehmen.

»Donnerstagabend um sieben muss ich zurück sein.« Sie hält den Rucksack am Riemen fest, als enthielte er den Teil ihres Lebens, den sie kennt, dem sie vertraut und von dem sie sich nicht trennen will.

»Auf jeden Fall«, sagt er. »Ich habe es dir doch versprochen.« Er streckt die Hand aus, schafft es, sich den Rucksack geben zu lassen, und verstaut ihn im Kofferraum. Sie sehen sich an, jeder an einem Ende des alten Jaguar, der aus der Nähe gesehen doch nicht so gut wiederhergerichtet zu sein scheint. Daniel Deserti zeigt auf den Platz am Steuer.

»Was?« Sie fühlt sich den Ereignissen ausgeliefert, hilflos.

Er zuckt die Achseln: »Fahr du«, sagt er. »Dann musst du nicht befürchten, dass sie uns verhaften.«

Sie atmet tief die glühende Luft ein. »Okay«, sagt sie, öffnet die Tür und setzt sich auf den Fahrersitz. Er liegt tief, knapp über der Straße; und er ist ziemlich durchgesessen, der Rahmen der Windschutzscheibe ist schmal, die Schaltung automatisch, die Kühlerhaube doppelt so lang wie bei Stefanos Auto.

Daniel Deserti setzt sich auf den Beifahrersitz, schiebt ihn nach hinten, um Platz für die Beine zu haben.

Sie fragt sich, welche kleineren Frauen als sie dort wohl schon gesessen haben; wann, auf der Fahrt wohin.

Er sieht sie an, ihr Ausdruck scheint ihn zu amüsieren: »Die Automatik sollte für dich kein Problem sein, oder? Als Amerikanerin?«

Sie schüttelt den Kopf, studiert noch die Armaturen, stellt den Sitz und die Rückspiegel ein. Dass sie am Steuer sitzt, beruhigt sie ein wenig, vielleicht hat er es ihr genau deshalb überlassen. »Wie geht das Verdeck zu?«

»Es geht nicht zu«, sagt Daniel Deserti. »Dann hätte die Reparatur zwei Wochen länger gedauert.«

Sie dreht den Zündschlüssel: Der Sechs-Zylinder-Motor erwacht mit heftigem Fauchen zum Leben, gibt eine Reihe ächzender, quietschender Nebengeräusche von sich, die sie erschrecken.

Er lacht: »Keine Sorge, fahr zu.«

Sie tritt aufs Gaspedal: Der Jaguar macht einen Satz nach vorn, noch bevor sie sich auf der Straße umgeschaut hat. Die Lenkung ist nur zu weich, der Motor brummt ungewohnt, und überall gibt es noch andere sonderbare Töne, aber sie schafft es, um die erste Kurve zu biegen, ohne gegen den Randstein oder die am Straßenrand parkenden Autos zu fahren. Allmählich gewinnt sie etwas Sicherheit, und wenige Minuten später sind sie schon auf der Überführung, auf der Zubringerstraße, an der Autobahnauffahrt nach Genua. Seit jeher hat sie gedacht, der einzige Vorteil ihrer Wohnung dort ist, dass man nicht quer durch die ganze Stadt muss, wenn man an die Küste will. Die heiße Luft weht ihr immer schneller entgegen, zupft an ihren Haaren, dringt ihr durch die Kleider, lärmt in ihren Ohren. Daniel Deserti schaltet die Stereoanlage ein, die Stimme eines älteren Mannes sagt auf Deutsch: *»Darf ich um diesen Tanz bitten?«* Sofort nimmt er die CD heraus, wirft sie auf den Rücksitz, legt eine andere mit Bluesmusik ein, doch man hört fast nichts.

Als sie ungefähr zwanzig Kilometer südöstlich von Mailand sind, beginnt sie ruhiger zu atmen. Ihr Herzschlag ist fast wieder unter Kontrolle, fast. Ihre Schuldgefühle haben keineswegs abgenommen, mischen sich aber immer mehr mit Euphorie bei dem Gedanken, mit einem beinahe fremden und potentiell gefährlichen Mann unterwegs zu sein, während es ganz langsam dunkel wird. Ihr ist, als bewege sie sich mit hoher Geschwindigkeit auf eine Katastrophe zu, und gleichzeitig, als unternehme sie gerade den berechtigten Versuch zu ergründen, was sie braucht, was sie sucht. Es macht nichts, wenn sie es nicht sofort herausfindet; jetzt liegt ihr erst mal daran, Kilometer um Kilometer den Abstand zur Stadt zu vergrößern, sich hineinzustürzen in den dichten, immer weniger hellen Raum.

Sie hat eine schöne Art zu fahren

Sie hat eine schöne Art zu fahren, mit zurückgeschobenem Sitz, Beine und Arme gestreckt, die Hände fest ums Lenkrad geschlossen, die Haare mit einer Spange gebändigt, damit sie ihr nicht ins Gesicht fallen. Nach den ersten Kilometern scheint ihr der alte Jaguar keine Angst mehr einzujagen: Ihr Gesicht ist gespannt wie bei einem Abenteuer, ihr Blick unerschrocken.

Er mustert sie immer wieder, dann wendet er sich ihr auf einmal zu und sagt: »Dein Stil gefällt mir.«

»Was?« Sie wirft ihm einen raschen Seitenblick zu.

»Dein Stil gefällt mir!«, wiederholt er schreiend, um das Dröhnen der Luft zu übertönen.

Sie lächelt kaum, antwortet nicht, schaut weiter geradeaus. Sie könnte eine Pilotin aus den Pionierzeiten des Fliegens sein, wenn man sie so sieht.

Gewöhnlich mag er es gar nicht, anderen das Steuer zu überlassen, doch jetzt macht es ihm Spaß, zurückgelehnt dazusitzen, einen Fuß gegen das Armaturenbrett gestemmt, einen Arm auf die Tür gelehnt, im Wind, der über alles hinwegfegt. Es macht ihm Spaß, durch die Sommernacht zu fahren mit einer Frau, mit der er noch nie im Bett war, ihr die Kontrolle zu überlassen, um irgendwann die Kontrolle vielleicht selbst zu übernehmen oder auch nicht. Die Unvorhersehbarkeit der Situation fasziniert ihn, erregt ihn, verringert die Leerräume, verschärft die Empfänglichkeit der Rezeptoren, verstärkt jedes kleine Signal, regt Gedanken an, die vorauseilen und zurückkehren.

Kurz vor der französischen Grenze berührt er sie am rechten Arm, deutet auf das Schild einer Raststätte, schreit: »Sollen wir mal anhalten?«

Sie wäre vermutlich lieber weitergefahren, denn sie schaltet den Blinker ein, als täte sie es nur seinetwegen. Sie biegt in eine Parklücke ein, bremst abrupt.

In der nach stundenlangem Brausen plötzlich stillstehenden Luft steigen beide aus. Sie gehen über den Platz: sie vorneweg mit langen, leicht wiegenden Schritten, ohne sich umzusehen, ob er nachkommt.

Die Raststätte ist voller Leute, die aus dem Urlaub zurückkommen oder gerade erst losfahren, bei Dunkelheit, um die schlimmste Hitze zu vermeiden. Sie und er stellen sich an der Kasse an, um zweimal belegte Focaccia und zwei Bier zu ordern, dann stehen sie noch einmal Schlange, um die Sachen an der Theke zu holen. Sie warten Seite an Seite, verbunden durch das Neonlicht und den Mangel an Vertrautheit; als sie sich im Spiegel hinter dem Tresen sehen, haben sie beide eine ähnliche Ausstrahlung, etwas leicht Verwegenes.

Als der Barmann ihnen endlich die Focaccia und die Biere aushändigt, gehen sie damit an ein hohes Tischchen voller gebrauchter Servietten, Pappteller und Plastikbecher. Sie essen und trinken und schauen sich um, folgen mit den Augen Familien, Paaren und Gruppen von Reisenden, die sich an der Kasse oder vor dem Tresen drängen oder mit Essen beschäftigt sind oder zwischen den mit Lebensmitteln und anderen Produkten beladenen Regalen herumschlurfen.

An einem bestimmten Punkt deutet er auf einen Typen Ende dreißig mit kurzen weiten Hosen, einem T-Shirt mit einem dummen Spruch, kahlrasiertem, glänzendem rundem Kopf und Gummisandalen an den Füßen. Neben ihm seine unter der Hitze und der Reise leidende Frau mit hochgesteckten Haaren und einem hübschen haselnussbraunen kurzen Kleid, an der Hand ein Kind, das genauso angezogen ist wie der Vater. Halblaut sagt Deserti zu Clare: »Ist es nicht trostlos, diese Sache mit den Männern, die sich anziehen wie kleine Kinder?«

»Ziemlich.« Sie lacht.

»Aber es ist ein Symptom«, sagt er.

»Für die Regression der Männer?«, sagt sie.

»Mhm«, macht er. »Es zeigt den völligen Verzicht auf jeglichen Anspruch, sich weiterzuentwickeln.«

»Schon«, sagt sie. »Aber es ist Sommer und sehr heiß.«

»Hör zu«, sagt er. »Als ich klein war, träumte ich nur davon, dass endlich der Tag käme, an dem ich die kurzen Hosen für immer loswürde. Sie waren ein demütigendes Symbol für Unreife, für Unmündigkeit.«

»Unmündigkeit?«, wiederholt sie, als zweifelte sie an der Bedeutung des Wortes.

»Die Unmöglichkeit, selbst zu wählen und über das eigene Leben zu entscheiden«, sagt er. »Der Familie, der Schule, der Welt der Erwachsenen und ihren Regeln hörig zu sein. Kurze Hosen zu tragen war so, als trüge man ein Schild um den Hals: *Ich zähle nichts, ich weiß nichts, ich tue nur, was man mir sagt.*«

»Hm!« In ihren Augen glitzern rasche Reflexe, verspiegelte Gedanken.

»So war das«, sagt er. »Der Übergang zur langen Hose bedeutete den Eintritt in einen Bereich, in dem du zwar immer noch ein Gefangener warst, aber doch hoffen konntest, deine Autonomie zu erweitern, etwas zu erfinden, Fähigkeiten zu entdecken, dich zu verlieben, dazuzulernen, zu wachsen. Als ich endlich lange Hosen anziehen durfte, wäre ich nie freiwillig zu den kurzen zurückgekehrt.«

»Wie alt warst du da?«, fragt sie.

»Zwölf, glaube ich«, antwortet er.

»Und warum ziehen die erwachsenen Männer jetzt wieder kurze Hosen an?«, sagt sie.

»Weil sie gar keine Lust mehr haben, erwachsen zu werden«, sagt er. »Oder dazuzulernen. Im Gegenteil, sie bestehen auf ihrem Recht, unreif zu bleiben. Und natürlich reden wir hier nicht von der freien, kontemplativen, unverdorbenen Seite des Kindseins. Wir reden von der alles verschlingenden Egozentrik, von den Gefühlsausbrüchen, der Ungezogenheit, der Dummheit, der Faulheit, der Feigheit, der Inkonsequenz, der Haltlosigkeit, der Unersättlichkeit, der Unfähigkeit, Verantwortung zu übernehmen.«

»Aber woher kommt das denn, deiner Meinung nach?« Ihre Aufmerksamkeit ist jetzt ebenso ungeteilt, tief und leuchtend wie bei ihrem Gespräch in der Kneipe am Meer.

»Weil es mit der Welt bergab geht«, sagt er. »Weil die Verhaltensregeln, zu denen wir im Lauf der Jahrhunderte gefunden hatten, heute veraltet und unbrauchbar sind und sich aufgelöst haben. Im ersten Augenblick schien das eine Befreiung, doch anstelle der alten Regeln sind wir keineswegs zur edlen und reinen Natürlichkeit der Wilden zurückgekehrt. Wir sind in die abstoßende Barbarei zurückgefallen, aus der sich unsere Vorfahren mit großer Mühe zu erheben versucht hatten. Wir leben nicht zwischen Bäumen und Flüssen, sondern auf einem Trümmerhaufen.«

Sie nickt nachdenklich, ganz einverstanden wirkt sie nicht: Sie ist keine Frau, der man fertige Theorien auftischen kann in der Meinung, dass sie sie unbesehen schluckt.

»Es ist so«, sagt er. »Außerdem gibt es noch die großen wirtschaftlichen und politischen Kräfte, die Millionen von urteilsunfähigen Konsumenten und Wählern brauchen, denen sie jede Art von Müll verkaufen können, zum Essen, zum Trinken, zum Anziehen, zum Fahren, zum Hören, zum Anschauen und zum Glauben.«

»Es ist auch *einfacher*«, sagt sie. »Nichts zu lernen, nichts auszuprobieren, sich nicht zu entwickeln.«

»Ja«, sagt er. »Und du kannst dein mieses Verhalten immer als cool hinstellen. Dich als eine Art Künstler betrachten, nicht wahr? Dabei sind Ungezogenheit und Dummheit und Anstößigkeit durch die Bank die Regel, angefangen bei den Regierungschefs über die Gerichtsvorsitzenden bis hin zum kleinsten Polizisten und Fernsehmoderator.«

Sie nickt, trinkt einen Schluck Bier.

»Solche Männer habt ihr jetzt am Hals«, sagt er. »Sie reden wie Kinder, kleiden sich wie Kinder, sind von sich eingenommen wie Kinder, wollen immer neues Spielzeug wie Kinder, bohren in der Nase und kratzen sich an den Eiern und essen und trinken und rülpsen und furzen wie Kinder, aber gleichzeitig konsumieren sie Rohstoffe wie Erwachsene, wollen Sex haben wie Erwachsene, müssen sich rasieren wie Erwachsene, haben eine Glatze wie Erwachsene, wiegen so viel wie Erwachsene, sind arrogant und gefährlich wie Erwachsene und zerstören die Umwelt wie Erwachsene.«

Sie lacht.

»Findet ihr das gut?«, sagt er. »Ist euch das recht?«

»Im Allgemeinen?« Sie schüttelt den Kopf. »Nicht besonders.«

»Aber denkt ihr darüber nach?«, sagt er. »Redet ihr darüber? Unter Frauen?«

»Über die kurzen Hosen, ehrlich gesagt, nicht.« Sie lacht erneut. »Über den Rest schon, wenn auch vielleicht nicht so unversöhnlich.« Möglicherweise denkt sie an ihren Mailänder Anwalt, an den singenden Hampelmann, der ihr bei den Felsen eine Szene gemacht hat. Warum stört es ihn, fragt er sich, dass diese Männer zu ihrem Leben gehören; ist er eifersüchtig? Er weist die Idee weit von sich, nein, das wäre ja absurd.

»Jedenfalls glaube ich, dass es sich um eine Mutation handelt, die sich nicht mehr rückgängig machen lässt«, sagt er. »Unabhängig vom Alter ergreift sie alle, in wachsendem Tempo. Auch die, die sich etwas weiterentwickelt hatten, wollen plötzlich ebenfalls kurze Hosen und T-Shirts mit dummen Sprüchen.«

»Nicht, dass die Frauen so viel besser wären.« Mit dem Kinn deutet sie auf eine junge Frau am Tresen, gekleidet und geschminkt wie ein Fernseh-Showgirl, stark gebleichte Haare, gebräunte Haut, im tiefen Ausschnitt hochgepushter Busen, fast bis zur Leiste zur Schau gestellte Schenkel, schwindelerregende Plateausohlen.

»Sie bemühen sich, den männlichen Anforderungen zu entsprechen«, sagt er. »Das habt ihr doch schon immer gemacht, oder?«

»Uns prostituiert?« Ihre Augen glitzern.

»Euch angepasst.« Er lacht. Doch gleich darauf fühlt er sich geschwätzig, weltfremd, ein Snob. Immer wieder überrascht ihn das rasche, unabhängige Licht in ihrem Blick, genauso wie ihre Art, den alten Jaguar zu fahren, durch den kleinen Garten mit den Olivenbäumen in Ligurien zu gehen, mit ihren Freunden am Strand zu tanzen. Je länger er sie beobachtet, umso weniger hat er den Eindruck, dass er ihr etwas vorspielen und ungeschoren davonkommen kann, glaubhaft wirken und Applaus erhalten kann. Die Vorstellung beflügelt und verwirrt ihn in fast gleichem Maße: Er versucht sich zu erinnern, wann ihm das zum letzten Mal passiert ist, und es fällt ihm nicht ein. Plötzlich nerven ihn die vielen Leute in der Raststätte, der geschlossene, künstliche Raum voller fremder Blicke und Bewegungen und Geräusche. Er deutet auf den Ausgang: »Gehen wir?«

Sie nickt, trinkt den letzten Schluck Bier aus, wirft das Plastikglas zusammen mit dem Pappteller in einen Abfallkorb, strebt schon dem Ausgang zu.

Er folgt ihr auf dem vorgezeichneten Weg zwischen Regalen, in denen sich Chips-Packungen, Salamis, Weinflaschen, Rasierschaum und Autozeitschriften häufen. Auf einem Bord sind ein paar Spielzeugschweine und -ziegen ausgestellt, die ununterbrochen grunzen und blöken und sich um sich selbst drehen wie in einem mechanischen Todeskampf.

Sie und er bleiben stehen, betrachten die Tiere mit der gleichen Mischung aus Neugier und Entsetzen, stoßen im

Gedränge der Reisenden aneinander. Dann legt ihr er unvermittelt die Hand auf die Schulter und küsst sie auf den Mund. Es dauert nur eine Sekunde, dann schauen sie sich an, in der Schwebe zwischen einer nochmaligen Annäherung und einem Rückzieher. Flüssiges Licht spiegelt sich in der Iris ihrer Augen; manche der Vorübergehenden drehen den Kopf, hinterlassen Blickspuren.

Immer noch ohne zu überlegen, sagt er: »Du hast mir gefehlt.« Er weiß nicht, wie ihm das einfällt und was das zu bedeuten hat.

Sie legt den Kopf leicht schief, ganz durcheinander.

Er betrachtet ihre Augen, ihre Lippen. »Wirklich«, sagt er, in dem Bewusstsein, die Gefahr noch zu erhöhen, ohne jede Rückendeckung.

Sie wirkt immer noch verstört, von dem Kuss, von seinen Worten, davon, dass sie in diesem Moment zusammen hier sind.

Er fühlt, dass seine beiden Hauptströmungen hartnäckig miteinander im Widerstreit liegen: Sehnsucht nach Nähe und Bedürfnis nach Abstand, Ungeduld und Vorsicht. Keiner von beiden gelingt es, die Oberhand zu gewinnen; nichts zu machen. Als ihm nur noch ein winziger Spielraum bleibt, um nicht in eine unhaltbare Lage zu geraten, sagt er: »Das ist das erste Mal, dass ich in einer Raststätte jemanden küsse.«

»Für mich auch«, sagt sie.

Er wendet sich um, stößt die Glastüre auf, tritt auf den Parkplatz hinaus in die sich kreuzenden Lichtbündel, den Fahrtwind, das Dröhnen der Lastwagen und Autos, die aus Frankreich kommen oder dorthin unterwegs sind.

Gegen Mitternacht verlassen sie die Autobahn

Gegen Mitternacht verlassen sie die Autobahn, er lotst sie auf eine kurvige Staatsstraße, die durch eine Gegend mit Weinbergen und Pinienwäldern führt. Es ist dunkel, duftet nach Harz und Früchten, feuchte und trockene Strecken wechseln ab, aufgelockerter Boden und Felsen, die die während des Tages aufgenommene Hitze abstrahlen, kleine Wildbäche, Röhricht, vertrocknetes Gras. Am Himmel hinter ihnen ist der Mond aufgegangen, noch fast voll, groß, weiß, besorgniserregend.

»Bieg hier ab«, sagt er an einem bestimmten Punkt. Seine Stimme dringt an ihr rechtes Ohr wie eine Niedrigfrequenz, unter dem Motorengeräusch, unter dem Wind, der schwächer wird, als sie bremst.

Sie fahren um einen Kreisverkehr, dann an den alten Gemäuern eines Dorfes entlang: Straßenlaternen erhellen die Fassaden der Häuser, durch die Fenster sieht man gelb erleuchtete Innenräume, den bläulichen Schimmer laufender Fernseher. Sie schauen durch das offene Verdeck nach oben, Clare fährt immer langsamer.

»Halt an, wenn es irgendwo möglich ist.« Seine Hand streift ihren Arm. Sie parkt auf einem freien Platz neben der grauen Steinmauer einer Kirche: Der Motorenlärm und alle quietschenden und knackenden Nebengeräusche, die sie bis jetzt umhüllt und geschützt haben, verstummen schlagartig. Wie Schiffbrüchige steigen sie aus, plötzlich ohne Deckung, ausgespuckt aus dem Fluss der ständigen Bewegung, mit den Füßen auf dem Boden der Wirklichkeit dieses Landes, dieser Lichter, dieser Gerüche, dieser Töne. Die Dichte und Wärme der Luft genügen nicht, um den Leerraum zu füllen, jede Bewegung bleibt isoliert.

Clare schaut sich in der leicht abschüssigen Straße um: das Schaufenster eines Antiquitätengeschäfts mit einem Gitter davor, das Schild eines Beerdigungsinstituts, die Fassaden der Häuser aus dem achtzehnten oder neunzehnten Jahrhundert, einige grau und rissig, andere frisch und sauber restauriert. Sie wartet darauf, dass er etwas sagt oder tut, aber er steht da, die Hände in den Hosentaschen, wahrscheinlich damit beschäftigt, die jüngsten Veränderungen an den Einzelheiten zu registrieren, die er kennt. Sie beugt sich vor und nimmt ihre Handtasche vom Rücksitz; gleich darauf denkt sie, dass es ein Fehler war, möchte sie am liebsten zurücklegen.

Endlich rührt er sich: Er holt den kleinen kanadischen Rucksack aus dem Kofferraum, reicht ihn ihr, nimmt einen stark abgewetzten Ledersack und wirft ihn sich über die Schulter, überquert die Straße. Er wartet nicht auf sie, dreht sich nicht um, um sie zu küssen, legt ihr nicht den Arm um die Schultern, sagt nichts, was der Stimmung entspräche, in der sie in der Raststätte und auch noch bis vor wenigen Minuten im Auto waren. Stumm geht er vorneweg, biegt nach etwa zwanzig Metern rechts in eine Gasse ein.

Sie folgt ihm zwischen den engen alten Mauern, wo es nach Jasmin und Katzenpisse riecht, nach wilden Gärten, kürzlich gesprengtem Rasen, moosigen Steinen. Der Abstand zwischen ihnen beträgt nur ein paar Schritte, könnte aber viel größer sein; ihr ist, als betrete sie eine Zone, die noch unsicherer, vielleicht sogar gefährlich ist. Sie öffnet ihre Tasche einen Spaltbreit, um einen Blick auf das Handy zu werfen: Auf dem Display leuchtet der helle Streifen, der einen nicht angenommenen Anruf oder eine SMS oder beides anzeigt. Ihr fällt ein, dass sie Stefano weder angerufen noch ihm geschrieben hat, seit sie losgefahren ist; sie begreift nicht, wie sie so lange Zeit nicht daran denken konnte.

Jetzt steht Daniel Deserti vor einer Haustür, drückt auf eine Klingel.

Sie bleibt etwas abseits stehen, mit klopfendem Herzen und widersprüchlichen Impulsen. Sie möchte ihn wenigstens fragen, wo sie genau sind, doch scheint es ihr zu spät, unwichtig im Vergleich zu allem Ungefragten und Ungesagten, das zwischen ihnen ist.

Er drückt erneut auf den Klingelknopf, dreht sich zu ihr um, lächelt sie an. Wie auch immer man sein Verhalten auslegt, es hat nichts von der zurückgebliebenen Art des kindischen Mannes, über den sie in der Raststätte gesprochen haben: Die Aura eines erwachsenen Machos umgibt ihn bei allem, was er tut, und das findet sie gar nicht vertrauenerweckend.

Sie zwingt sich, ebenfalls zu lächeln; doch ihre Gedanken sind so verworren wie ihre Empfindungen, schwankend, ein Riesendurcheinander.

Aus der Sprechanlage sagt eine heisere misstrauische Stimme: »*Oui?*«

»C'est Daniel«, antwortet er.

Nach zwei Sekunden macht es *klick*, das Schloss springt auf.

Er drückt die Türe auf, tritt in den dunklen Eingang. Sie folgt ihm, sieht aber fast nichts außer dem Widerschein des schwachen Lichts von der Gasse. Beide tasten an der Wand nach einem Schalter, stoßen aneinander.

Plötzlich wird es hell im Raum; eine große, dünne Frau mit kurzen, beinahe senkrecht abstehenden blonden Haaren kommt hüpfend eine seitliche Treppe herunter. Leicht theatralisch bleibt sie auf der letzten Stufe stehen; mit vermutlich holländischem Akzent sagt sie: »Mal wieder eine kleine Programmänderung à la Deserti!«

»Heeey, Nicolina!« Er lässt den Sack fallen, den er über der Schulter trägt, läuft auf sie zu.

Sie umarmen sich fest, die Frau klettert fast an ihm hoch, umschlingt ihn mit Armen und Beinen.

Clare beobachtet die Szene: Ob das wohl die Exfrau ist, von der er gesprochen hatte? Sie fragt sich, in was für eine Lage sie sich da gebracht hat, ohne wenigstens die unvermeidlichsten Fragen zu stellen, und wie sie nun wieder herauskommen soll.

Endlich lösen Daniel Deserti und die Frau sich voneinander, drehen sich beide zu ihr um. Er macht eine eher förmliche Handbewegung: »Nicole, Clare«, stellt er vor, ohne sich im Traum einfallen zu lassen zu erklären, wie seine Beziehung zur einen und zur anderen aussieht. Entsprechend misstrauisch geben sich die beiden Frauen die Hand: mit ausgestrecktem Arm und vorgereckt, als hätten sie Angst, einen elektrischen Schlag zu bekommen.

»Hast du geschlafen?«, fragt er Nicole, mehr belustigt als besorgt.

»Ach, zum Schlafen ist es zu heiß«, sagt Nicole. »Ich habe mit einem eisgekühlten Glas Wein auf dem Fensterbrett gesessen.« Sie sieht aus wie ein nordeuropäischer Rockstar, fast weiße Haut, feine Gesichtszüge.

»Du gibst uns natürlich mein Lieblingszimmer?« Er deutet nach oben, und sein Gesicht verrät eine Vorfreude, die weder zu einem zivilisierten Erwachsenen, noch zu einem kleinen Jungen passt, sondern eher zu einem Wilden, so wie auch sein dunkler Blick.

»Aber nur für heute Nacht«, sagt Nicole.

»Auch für morgen Nacht«, sagt er.

Nicole schüttelt den Kopf: »Morgen kommen Holländer, die eine Woche bleiben. Sie haben das Zimmer schon letztes Jahr gebucht.«

»Eine Nacht lang bringst du sie in einem anderen Zimmer unter«, sagt er. »Unter Landsleuten versteht ihr euch doch, komm schon.« Er greift nach seinem Reisesack, als wäre die Sache erledigt, geht zur Treppe.

Im Gänsemarsch steigen sie die hohen Steinstufen hinauf, er vorneweg, Clare und Nicole hinterher. Es ist ein stattliches Gebäude mit dicken Mauern, hohen Decken; bestimmt hat es einmal dem Bürgermeister des Ortes oder einer anderen bedeutenden Persönlichkeit gehört, denkt Clare.

Im zweiten Stock angekommen, geht Nicole vor und öffnet eine Tür: Ein großes Zimmer tut sich auf, ganz weiß, abgesehen von dem Fußboden aus sechseckigen dunkelroten Terrakottafliesen. Die Restaurierung ist amateurhaft, was den Raum freundlicher macht: wenige Möbel, weiß gestrichen wie die Konsolen und Wandschränke, ein runder Tisch mit vier Stühlen, ein breites Bett, dessen Kopfteil in eine Mauernische geschoben ist, wo vielleicht einmal ein Bücherregal oder ein Schrank war, links ein neu eingebautes Bad, weiter vorn eine Kochecke. Drei große Fenster gehen auf einen Garten im Innenhof hinaus: Man sieht eine große Platane, deren heller Stamm von unten angestrahlt ist.

»Gut.« Nicole mustert die beiden leicht fragend.

»Gut.« Daniel Deserti öffnet einen Wandschrank, schaut hinein.

»Wir sehen uns morgen beim Frühstück«, sagt Nicole, bleibt aber weiter mitten im Zimmer stehen.

»Ja«, sagt er.

»Frühstück gibt es von acht bis zehn«, sagt Nicole.

»Perfekt.« Er betrachtet das Regal über dem Spülstein in der Kochecke.

»Im Kühlschrank müsste noch eine Flasche Rosé liegen, trinkt sie ruhig«, sagt Nicole.

»Danke«, antwortet er.

»Gute Nacht.« Nicole rührt sich immer noch nicht vom Fleck, groß, dünn und hell, mit ihren kurzen, zu Berge stehenden Haaren.

»Gute Nacht, Nicolina bella.« Er geht zu ihr, umarmt sie; wieder drücken sie sich zu heftig, zu lang.

Clare schaut aus einem Fenster, kann aber nicht umhin, die Szene zu beobachten, fühlt, wie ihr Blut in Wallung gerät.

»Gute Nacht?«, sagt Nicole, zu ihr gewandt, blickt sie aus ein paar Metern Entfernung an.

»Nacht«, erwidert sie. Ihre Gesichtsmuskeln sind angespannt, sie schafft es kaum zu lächeln.

Endlich wendet Nicole sich zum Gehen, schließt die Tür hinter sich.

Daniel Deserti zeigt auf das Zimmer: »Gefällt es dir?«

»Schön«, sagt sie, ohne die geringste Überzeugung in der Stimme. Sie findet es schrecklich, dass Nicoles Erscheinen sie so gestört hat und dass sie jetzt darauf wartet, dass Daniel ihr sein Verhältnis zu dieser Frau erklärt, was ihm aber gar nicht in den Sinn kommt. Außerdem denkt sie ununterbrochen an ihr Handy mit Stefanos Nachricht oder seinem nicht entgegengenommenen Anruf; ihr ist, als bestehe ein übertriebenes Missverhältnis zwischen dem schon begangenen Unrecht und den schon enttäuschten Erwartungen an diese Reise.

Er öffnet den Kühlschrank, holt die Flasche Rosé heraus, von der Nicole gesprochen hatte: »Trinken wir ein Glas?«

»Ja, ich komme gleich.« Sie verschwindet im Bad, das schmal und lang ist, mit einem Fenster, das auf einen anderen Winkel des Gartens hinausgeht, wo andere Platanen wachsen. Sie holt das Handy aus der Tasche: Es zeigt zwei Anrufe von Stefano an und zwei Nachrichten. Eine davon stammt von Alberto: *am meisten kotzt mich an dass du alles kaputt gemacht hast für so eine scheißgeschichte die schon nach knapp 3 Jahren aus ist kompliment cool echt*. Sie fühlt Bitterkeit in sich hochkommen, drückt sofort die Löschtaste, als könnte sie damit die Worte nicht nur aus dem Speicher des Handys verschwinden lassen, sondern auch aus ihrem Gedächtnis. Die zweite Nachricht ist von Stefano: *Ich wollte nur wissen, ob die Reise ok war. Du fehlst mir.*

Sie lehnt sich mit dem Rücken an die Wand, geht in die Hocke. Schuldgefühle und Bedauern schnüren ihr die Luft ab. Und doch findet sie auch, dass sie viel zu wenig auf ihre innere Stimme hört, wenn sie Bilanz zieht. Es ist doch zum Beispiel absurd, dass sie Albertos falsche, erpresserische Anklagen höher bewertet als ihren eigenen Schmerz über seinen Seitensprung und über das ganze chronische Unbehagen, das dem vorausging. Und dass Stefano ihr ausgerechnet jetzt zum ersten Mal sagt, sie fehle ihm, ist einfach gemein, denkt sie; vielleicht ein Zufall oder das Gegenteil von Zufall. Auf dem Boden des Badezimmers sitzend, mit dem Rücken an die Wand gelehnt, versucht sie, wieder zu Atem zu kommen. Sie würde Stefano gern kurz anrufen, weiß aber nicht, wie, mit Daniel Deserti auf der anderen Seite der dünnen Tür; wenigstens eine passende Nachricht wird ihr hoffentlich einfallen. Sie tippt: *Gut angekommen, du fehlst mir auch*, was jedenfalls teilweise stimmt. Zu scheinheilig, findet sie dann, löscht den Text, schreibt: *Reise sehr gut, todmüde. Gute Nacht, 1000 Küsse*, und drückt auf »Absenden«. Sie will sich einreden, dass sie nichts Falsches geschrieben hat, aber es funktioniert nicht. Sie pinkelt, wäscht sich Gesicht und Hände. Der Spiegel über dem Waschbecken ist klein, besser so, denn in diesem Moment erträgt sie kaum den Gedanken, sich gespiegelt zu sehen, ihr genügen die hässlichen Bilder, die sie von sich im Kopf hat. Auch ein paar Bilder von Alberto sind dabei, der auf und ab geht und heult und herumfuchtelt, trotzig wie ein großes verlassenes Kind; von Stefano, der sie durch das Möbelgeschäft führt, mit seinen plötzlich gereiften, konstruktiven Absichten, seinen langfristigen Plänen, die er mit ihr teilen will. Und sie ist nur zu Ratlosigkeit und Gehemmtheit fähig, zweifelt an sich selbst, an den Männern, am Leben. Welchen Sinn hat diese Flucht, die womöglich alles zerstört, was sie sich in den letzten Jahren aufgebaut hat oder aufbauen hat lassen? Was soll sie bringen?

Sie geht zur Tür, hält mit der Hand auf der Klinke inne, den Kopf voller Sätze, Betonungen, sogar Gesichtsausdrücke, um Daniel Deserti zu sagen, dass ihr Ausflug ein Missverständnis ist und ihr Kuss in der Raststätte ein dummer Fehler, dass es ihr hier überhaupt nicht gefällt, dass sie allein schlafen will, egal in welchem Zimmer, dass sie morgen am nächsten Bahnhof den ersten Zug nehmen und nach Mailand zurückfahren will, dass sie sich nicht wohl fühlt, dass ihr nicht bewusst war, wie viel auf dem Spiel steht, dass es ihr nur zu bewusst ist, dass es ihr leid tut, dass er es war, der sie so gedrängt hat, dass sie einfach nichts weiß, gar nichts. Die möglichen Sätze werden immer mehr, ihr Herz schlägt immer banger, sie schwankt zwischen einem Impuls und dem anderen. Zuletzt reißt sie mit einem Ruck die Tür auf, tritt in das große Zimmer, das jetzt dunkel ist, abgesehen von dem Streifen Mondschein, der aus dem Garten durch die weit geöffneten Fenster hereinfällt.

Daniel Deserti sitzt bequem zurückgelehnt auf einem der Stühle, die Füße auf dem runden Tisch, wo die Flasche und zwei Gläser bereitstehen. Die heiße Luft von draußen mischt sich mit der heißen Luft im Raum, wie wenn zwei tropische Meere zusammenfließen. Er dreht sich nicht um, spürt aber ihre Schritte auf dem vibrierenden Boden, der die Schwingungen bis zu den Wänden weiterleitet. »Bist du müde?«

»Ja«, antwortet sie halblaut, ein klein wenig erleichtert, dass das eine gute Entschuldigung für einen Rückzug sein könnte.

»Ein echter Schock, oder?«, sagt er.

»Was?« Sie erschrickt: Ahnt er etwa, was gerade in ihr vorgeht?

»Das hier«, sagt er. »Wenn aus der bloßen Vorstellung, mit jemandem an einem bestimmten Ort zu sein, plötzlich etwas Konkretes wird. Die beiden Ebenen stimmen nie so magisch überein, wie man gern möchte, nie. Es gibt tausend unvorhergesehene Einzelheiten, zu viele Dinge, die nicht passen. Du wirst von der Wirklichkeit erdrückt wie von einer Ladung Zement.«

Seine Worte entsprechen in beängstigender Weise genau dem, was sie fühlt.

»Vielleicht sollten Menschen wie wir viel langsamer reisen«, sagt er. »Zu Fuß, oder mindestens sollten sie alle paar Dutzend Kilometer anhalten, um die Veränderungen nach und nach zu verarbeiten.«

»Menschen wie wir?« Sie ist nicht ganz sicher, ob sie richtig gehört hat. Nach den vier Stunden ununterbrochenen Lärms hat sie ein Ohrensausen und ist alles andere als klar im Kopf; auf keine ihrer Wahrnehmungen kann sie sich hundert Prozent verlassen.

»Wie du und ich.« Endlich dreht er sich zu ihr um.

Ganz kurz meint sie, dass sich ihr Wirrwarr von Empfindungen und Gedanken auflöst in dem Halbdunkel, das sie von ihm trennt. Ihr ist, als schwankte sie, aber vielleicht ist es der Fußboden oder noch eine Nachwirkung der Vibration im Auto.

»Hier.« Er reicht ihr ein Glas.

Sie zögert, dann nimmt sie es – es ist kalt.

Er prostet ihr zu, stößt mit ihr an, *kling*. »Auf die Trostlosigkeit aller Übergänge.« Sein Gesicht ist im Licht, verschwindet im Schatten.

Sie nimmt einen Schluck: Der Rosé ist trocken, mit einer kaum wahrnehmbaren aromatischen Note, und gleitet eiskalt wie eine Klinge ihre Kehle hinunter zwischen die verkrampften Magenwände. Sie stellt das Glas auf den Tisch, zieht die Sandalen aus, schiebt sie an die Wand, geht an eines der großen offenen Fenster, schaut hinaus.

Dann bebt der Boden unter seinen Schritten, als er zu ihr tritt. Beide schauen hinaus: die große Platane mit dem fleckigen Stamm, eine Lorbeerhecke, die den Garten von einem mit hellen Steinplatten gepflasterten Hof trennt, wo einige Tischchen stehen. Die Grillen zirpen einen raffinierten Rhythmus; der Kontrast zwischen dem Frieden der Nacht rundherum und den ungelösten Verwicklungen im Zimmer könnte nicht stärker sein.

Tief atmet Clare die süßen Düfte ein, die in der Luft liegen, doch anstatt sich zu beruhigen, wird sie immer angespannter. Fast merkt sie nicht, dass sie spricht: »War das deine Exfrau?«

»Wer?«, sagt er.

»Die von vorhin.« Sie macht eine unbestimmte Handbewegung Richtung Tür.

»Nicole?«, sagt er.

»Mhm.« Sie bereut es schon, dass sie gefragt hat.

»Nein.« Er lacht. »Wahrhaftig nicht.«

Sie kann sich nicht zurückhalten: »Und wer ist sie dann?«

»Eine Freundin«, sagt er.

Eine nichtssagendere Antwort wäre wohl kaum möglich gewesen, findet sie; sie trinkt noch einen Schluck, aber der Wein schmeckt jetzt so herb, dass sie ihn kaum runterbringt.

»Nicole und Martin haben dieses Haus vor fünf Jahren übernommen«, sagt er. »Keiner wollte es, zu aufwendig. Deshalb konnten sie es für wenig Geld kaufen und haben es selbst hergerichtet, eigenhändig.«

»Hattet ihr mal was miteinander?« Clare ist verlegen, dass sie so offen fragt, aber eine innere Stimme drängt: Erklär's mir, erklär's mir.

»Ja«, sagt er nach ungefähr zwei Sekunden. »Warum?«

»Nur so.« Das Blut steigt ihr in den Kopf, sie fühlt ihre Wangen glühen in der Dunkelheit.

»Wir haben sofort gemerkt, dass es mit uns nicht funktioniert«, sagt er.

»Wie das?« Ihr Ton sollte nach unbeteiligtem Interesse klingen, offenbart aber mindestens teilweise ihre hochgradig widersprüchlichen Gefühle: Kränkung, Anziehung, Eifersucht, Verlangen, Gereiztheit.

»Na ja, es kommt auf die Charaktere und den richtigen Zeitpunkt an, nicht wahr?«, sagt er. »Darauf, was du suchst, was du willst und warum.«

»Kann sein.« Sie fragt sich, was sie wohl in ihm oder durch ihn finden wollte oder finden zu können glaubte, als sie eingewilligt hat, hierherzukommen.

Sie schweigen, aus dem Fenster gelehnt, Schulter an Schulter, aber ohne sich anzusehen; sie nippen ein paarmal an dem Rosé, der rasch lauwarm wird. Dann plötzlich wendet er sich ihr zu, legt ihr die Hände auf die Hüften und zieht sie an sich, küsst sie auf den Mund. Sie kann gerade noch das Glas auf dem Fensterbrett abstellen; das große, von dem Streifen Mondlicht durchschnittene Zimmer dreht sich um sie herum. Sie küssen sich lange, verwirrt und atemlos, gehen rückwärts auf dem Boden, der unter ihren Füßen bebt, fallen aufeinander auf das niedrige Bett, rollen über die Tagesdecke aus grober weißer Baumwolle. Seine Hände streifen Clare die leichten Kleider ab, zart, aber stetig, geübt. Sie schiebt seine Kleider weg, langsam, staunend, wie anders als Stefanos dieser Körper ist, den sie entdeckt: die Proportionen, das Gewicht, die Beschaffenheit. Auch sein Geruch ist anders, die Oberfläche seiner Haut, seine Haare, sein Atem, der Geschmack seines Mundes, seine Art, die Zunge zu bewegen.

Die Kleider segeln in verschiedenen Richtungen auf den Fußboden, auch die grobe Tagesdecke landet dort. Sie und er küssen sich und berühren sich, reiben sich und drücken sich, Körper an Körper, Atem an Atem, erhitzt, verschwitzt, keuchend, hin- und hergerissen zwischen Beklommenheit, Verlegenheit, Begehren, Widerstreben, Leichtsinn, Ungeduld, Neugier, Lust, Verlangen, Angst.

Dann fühlt sie eine Welle wachsender, universeller Verunsicherung in sich aufsteigen, die ihr in zwei Sekunden Herz und Magen abschnürt. Sie befreit sich von seinen Lippen, seinen Händen, Armen und Beinen, schiebt ihn zurück, rollt zur Seite, setzt sich hastig am Bettrand auf.

»Hey, was ist los?« Leicht keuchend beugt er sich zu ihr.

»Nichts.« Sie versucht, tief durchzuatmen, doch die Welle universeller Verunsicherung steigt weiter, immer heftiger, und schwemmt Bruchstücke von Bildern, Stimmungen und Wahrnehmungen an, einige erkennbar, andere nicht: Gesichter, Orte, Gegenstände, Augenblicke, Motive, Namen.

»Hallo?« Er streckt die Hand aus, berührt vorsichtig ihre Schulter.

Sie springt auf, läuft zur Badtür, schlägt sie zu, erreicht das Klo und übergibt sich, und wegen der Peinlichkeit der Situation und der Geräusche, die sie macht, wird ihr immer übler. Aber sie kann nichts dagegen tun: Sie spuckt immer weiter, als müsse sie zusätzlich zum Inhalt ihres Magens auch alles Übrige herauskotzen, was sie in sich hat.

Minutenlang sitzt sie auf dem Boden und ringt nach Luft; weitere Minuten lehnt sie sich an das Waschbecken und atmet ganz langsam. Sie fühlt sich von allen Seiten belagert, von Alberto, von Stefano und von Daniel Deserti, jeder mit seinen eigenen Forderungen, seinen eigenen Strategien, sie zu verändern oder zu vereinnahmen. Am liebsten würde sie durch eine Falltür im Boden in einen unterirdischen Geheimgang verschwinden und davonlaufen, irgendwie nach Italien zurückkehren, sich schnellstens in ihr Häuschen an der Küste flüchten, das Alberto verunstalten wollte, auf das Stefano eifersüchtig ist und wo Daniel Deserti sie aufgestöbert hat, um ihr Leben noch komplizierter zu machen, als es sowieso schon war. Oder sie könnte die ganze Nacht hier im Bad bleiben, ein Handtuch auf den Boden legen und darauf schlafen, falls sie das überhaupt kann in dieser Hitze, in diesem verwirrten Zustand, zu dem sich jetzt auch noch die Verlegenheit gesellt, und dann im ersten Morgenlicht herausschlüpfen.

Stattdessen zieht sie an der Spülung, wäscht sich das Gesicht, spült den Mund aus, putzt sich die Zähne: Danach trocknet sie sich langsam ab, mustert sich in dem kleinen Spiegel, ohne sich ganz zu erkennen. Sie trinkt aus dem Wasserhahn, die Hände zu einem Kelch geformt, in großen Zügen. Noch einmal trocknet sie sich das Gesicht ab, schaut in den Spiegel: Wieder wundert sie sich über das Gesicht, das sie sieht. Zuletzt öffnet sie die Tür, tritt wieder in das halbdunkle Zimmer und nähert sich mit unsicheren Schritten dem Bett.

Er liegt auf dem Rücken, richtet sich halb auf: »Alles in Ordnung?«

»Ja.« Sie zögert, setzt sich auf die andere Seite des Bettes, streckt sich allmählich aus. Ihr ist, als sei sie völlig leer: Essen, Flüssigkeiten, Energie, Ideen, Motivationen, alles weg.

»Ist dir noch schlecht?«, fragt er. »Soll ich hinuntergehen und dir etwas holen?«

»Nein, nein, schon vorbei.« Tatsächlich ist die Übelkeit ganz verschwunden, zusammen mit allem anderen.

»Willst du nicht ein Glas Wasser oder so?«, sagt er.

»Ich habe schon einen Liter aus dem Wasserhahn getrunken, danke.« Dass die Nacht diese Wendung genommen hat, mildert wenigstens teilweise ihre Schuldgefühle gegenüber Stefano, dafür ist das Atmen anstrengender, der Herzschlag langsamer als normal.

Sie liegen beide still da, jeder auf seiner Seite.

»Tut mir leid«, sagt er nach einer Weile.

»Was?« Ihre Stimme klingt heiser.

»Dass ich diese Wirkung auf dich hatte.« Er lacht, aber sein Ton ist untröstlich.

»Du doch nicht«, sagt sie. »Das muss die Focaccia von

der Raststätte gewesen sein, der Wind, die Hitze, was weiß ich.«

»Es ist die Situation«, sagt er. »Das weißt du genau.«

Sie bringt nicht die Kraft auf, es abzustreiten: »Ja, vielleicht.«

»Und die Situation habe ich herbeigeführt«, sagt er.

»Waren wir da nicht beide beteiligt?« Stimmt das denn überhaupt, fragt sie sich; im Moment hat sie wirklich keine Ahnung.

»Jedenfalls habe ich sie kaputtgemacht«, sagt er.

»Wieso?« Jetzt fragt sie sich, ob er nicht einen ehrenvollen Ausweg sucht, um wenigstens sein Selbstbild zu wahren.

»Weil ich es nicht erwarten konnte, dir viel zu nahe zu kommen«, sagt er.

»Wieso zu nahe?« Sie glaubt zu spüren, was er meint, ist aber nicht sicher; nichts ist sicher, nicht einmal, ob sie es wirklich wissen will.

»Die Distanz mit einem Schlag aufzuheben«, sagt er. »Weil wir uns ja eigentlich nicht kennen.«

»Na gut, wir sind aber zusammen hergekommen«, sagt sie. »Du hast mich doch nicht mit Gewalt entführt.«

»Einverstanden, aber dann?«, sagt er. »Der Druck, meine animalische Beharrlichkeit?«

»So beharrlich warst du gar nicht.« Sie fragt sich, ob sie tatsächlich ein anderes Tempo bevorzugt hätte, ob sie sich nicht doch teilweise darauf verlassen hatte, dass er sich als Macho verhalten würde, aus Bequemlichkeit oder Feigheit, um sich nicht verantwortlich fühlen zu müssen.

»Immer das alte, unerträgliche Rollenspiel«, sagt er, als hätte er ihre Gedanken gelesen.

»Hör mal, vielleicht sind wir zu müde, um jetzt darüber zu reden«, sagt sie. »Nach der langen Fahrt, dem Arbeitstag, und außerdem habe ich schon nächtelang kein Auge zugetan.«

»Ich auch nicht«, sagt er. »Aber für so ein barbarisches Verhalten gibt es keine Rechtfertigung.«

»Versuchen wir zu schlafen, okay?« Sie weiß nicht, wie sie auf seine gnadenlosen Selbstanklagen reagieren soll.

»Einverstanden«, sagt er.

Sie schweigen, haben zu viele Gedanken im Kopf, zu viele namenlose Empfindungen, und es ist zu heiß. Außerdem haben sie noch nie eine Nacht zusammen verbracht, sind es nicht gewohnt, einander so nahe zu sein: Einschlafen ist unmöglich.

»Jedenfalls ein Glück, dass wir es seingelassen haben«, sagt er.

»Das, was wir vorher gemacht haben?«, sagt sie.

»Es ist so eine unglaublich dumme Nummer«, sagt er.

»Na ja, nicht immer«, sagt sie.

»Betrachte es doch mal mit ein bisschen Distanz«, sagt er. »Aus ein paar Schritten Abstand. Findest du es dann intelligent? Oder interessant?«

»Das kommt darauf an.« Wieder versteht sie nicht, welches Spiel er spielt; wie die Rollenverteilung aussehen soll.

»Worauf?«, sagt er.

»Ob du nur den mechanischen Teil betrachtest oder nicht«, sagt sie.

»Und was wäre der *nicht* mechanische Teil?«, fragt er. »Der, den man braucht, um das Ganze irgendwie schmackhaft zu machen?«

»Die Gefühle vielleicht?«, sagt sie. »Die tiefe Verbindung?«

»Ach ja, klar«, sagt er.

»Warum?«, sagt sie. »Glaubst du, das gibt es nicht?«

»Wann denn?«, sagt er. »Mit wem?«

»Mit einem Menschen, den du wirklich liebst?« Ihr Ton ist unsicher, weil sie noch immer nicht die Positionen erkennt, die gegenseitigen Absichten.

»Hast du es je erlebt?«, fragt er.

»Aber sicher«, sagt sie.

»Ach ja?«, sagt er.

»Ja.« Aber sie versucht nicht einmal, sich zu erinnern, wann und mit wem.

»Oder hast du bloß *gedacht*, du würdest es erleben?«, sagt er. »Weil du es zu gerne glauben wolltest?«

»Ich habe es erlebt«, sagt sie.

»Wie schön für dich«, sagt er. »Und wie lange hat es gedauert? Eine Nacht? Eine Woche? Einen Monat?«

»Das weiß ich nicht«, sagt sie. »Ich habe weder die Stunden noch die Tage gezählt.«

»Also ist es kein permanentes Gefühl?«, sagt er. »Oder zumindest nicht auf Kommando reproduzierbar?«

»Ich weiß nicht, worauf du hinauswillst.« Das Schlimmste ist, dass sie es nicht einmal von sich selbst weiß; falls es überhaupt etwas gibt, das sie anstrebt.

»Wie ist es mit deinem Stefano?«, sagt er. »Habt ihr eine wunderbare, tiefe Verbindung?«

»Ja«, sagt sie, aber sie bemüht sich, nicht genauer darüber nachzudenken.

»Ist er die Verwirklichung all deiner Träume?«, sagt er.

»All dessen, was du dir je ausgemalt hast, was zwischen dir und einem Mann sein könnte?«

»Es ist eine sehr reale Beziehung«, sagt sie. »Eine echte Beziehung.«

»Also etwas ganz anderes als ein Traum«, sagt er.

»Träume interessieren mich nicht«, sagt sie. »Jedenfalls nicht jetzt.«

»Lügnerin«, sagt er. »Dein Kopf ist doch voll von Träumen. Voll.«

»Das ist nicht wahr.« Es klingt erbärmlich nach Rechtfertigung, findet sie.

»Warum bist du denn mit mir hierhergefahren?«, sagt er. »Wenn du nicht von was Besserem geträumt hast als dem, was du hast?«

»Ich habe mich geirrt, okay?« Sie fühlt sich in die Enge getrieben, erstaunt und wütend, dass es so gekommen ist. »Ich war dumm.«

»Wieso dumm?« Seine Neugier wirkt verblüffend echt.

»Ich hätte nicht darauf hereinfallen dürfen«, sagt sie.

»*Wir* hätten nicht darauf hereinfallen dürfen«, sagt er. »Weder du noch ich.«

Eine Weile schweigen sie; Stechmücken summen ums Bett.

»Und doch sprichst du in deinen Romanen sehr eindrücklich davon«, sagt sie unvermittelt.

»Wovon?«, fragt er.

»Von der Liebe und allem«, sagt sie.

»Ach, nur um gewisse Reaktionen auszulösen«, sagt er.

»Es wirkt aber nicht so, als ob sie kaltblütig geschrieben wären«, sagt sie.

»Was weißt du denn davon?«, sagt er.

»Ich habe zwei gelesen«, sagt sie. »Einen vor Jahren, und den aus dem Zug. Und außerdem habe ich die Kommentare der Leser auf deiner Facebook-Seite gelesen.«

»Ich habe nichts mit dieser Seite zu tun!«, sagt er auffahrend. »Es ist eine total unautorisierte Initiative von irgendwelchen Unbekannten, ich versuche gerade, sie löschen zu lassen!«

»Jedenfalls«, sagt sie, »bricht in deinen Romanen die Handlung, nachdem sie sich über Seiten hinweg entfaltet hat, immer urplötzlich ab, immer kommt dieses abrupte Ende. Deine Leser müssen jedes Mal bitter enttäuscht sein.«

»Genau«, sagt er. »Wenn ich nicht einmal Liebe und Sex ins Spiel brächte, würde mich überhaupt niemand mehr lesen.«

Wieder schweigen sie, bewegen ab und zu Beine und Arme ein wenig unter dem schweißnassen Laken. Nichts deutet darauf hin, dass die Hitze nachlässt: Sie hängt in der Luft, lastet auf ihren Körpern und Gedanken, erdrückt jede Empfindung.

»Wie viel Grad hat es jetzt nach dem Gesetz von Dolbear?«, sagt er.

»Weiß ich nicht.« Es wundert sie, dass er sich noch daran erinnert.

»Du hast bloß keine Lust zu zählen«, sagt er.

»Kann sein«, sagt sie. »Und du, hast du Lust dazu?«

»Nein«, sagt er.

Ohne zu zählen lauschen sie wieder den Grillen, obwohl zählen besser wäre, als in dieser lähmenden Starre zu verharren.

»Die Idee der Liebe ist schon ein totales Missverständnis«, sagt er.

»Mag sein«, antwortet sie.

»Wenn du ehrlich bist, musst du zugeben, dass es ein Missverständnis ist«, sagt er. »Wenn du deine persönliche Erfahrung und die der Männer und Frauen, die du kennst, wirklich ganz aufrichtig betrachtest.«

»Mag sein«, wiederholt sie, da sie es paradox findet, in so einer Situation eine unhaltbare Idee weiter zu verteidigen.

»Also gibst du es zu«, sagt er.

»Vielleicht«, sagt sie. »Manchmal denke ich, wir sind wie Tiere von zwei verschiedenen Spezies, auch wenn wir technisch derselben Art angehören.«

»Genau«, sagt er. »Dennoch tun wir weiter so, als wüssten wir es nicht.«

»Na ja«, sagt sie. »Wenn du hören könntest, wie Frauen unter sich über Männer reden, würdest du das nicht behaupten.«

»Auch wenn du Männer über Frauen reden hören könntest«, sagt er. »Sie tönen wie die Jäger, aber gleich unter ihrer miesen Angeberei lauert die schreckliche Kluft, das absolute Unverständnis.«

»Meinst du, dass man das einfach hinnehmen muss?«, fragt sie.

»Ich glaube schon«, sagt er. »Jenseits aller Illusion von Dialog und Verständnis.«

Unwillkürlich geht sie die Paare durch, die sie kennt: ihr Verhalten, wie sie zusammenpassen, ob sie sich ebenbürtig sind oder einer dem anderen unterlegen ist.

»Siehst du nicht, was passiert, jedes Mal?«, sagt er. »Sobald die Phase der Eroberung und der Scheinheiligkeit vorbei ist?«

»Dann kommt alles heraus, Enttäuschung und Bitterkeit?«, sagt sie. »Dann kommen die Forderungen und die Anklagen?«

»Die Übergriffe, die Erpressungen«, sagt er. »Das Gefühl, getäuscht und hereingelegt und verraten worden zu sein. Es ist nur eine Frage der Zeit.«

»Aber doch nur, weil jeder versucht, den anderen zu vereinnahmen«, sagt sie. »Ihn anders zu machen, als er wirklich ist.«

»Der andere spielt natürlich mit«, sagt er. »Er tut so, als wäre er, wie man ihn gerne hätte, häufig noch bevor man es ausdrücklich von ihm verlangt. Und da er schon dabei ist, tut er gleich, als ob er sogar noch besser wäre, als man ihn gerne hätte.«

»Meinst du, das ist immer so? Immer Heuchelei? Immer Theater?«

»Fast immer«, sagt er.

»Also nicht *immer.*« Hat sie in ihrem Beziehungsleben je irgendwelche Rollen gespielt, fragt sie sich. Wenn sie ganz ehrlich sein soll, ja: die hübsche, naive junge Ehefrau mit Luigi, die ausschweifende Künstlerin, die trinkt und raucht und singt und tanzt und keine Grenzen und Zeiten kennt mit Alberto, die fast zur Mailänderin gewordene Amerikanerin und fast zivilisierte Wilde mit Stefano.

»Je nach Personen und Umständen mag das Spiel mehr oder weniger bewusst sein«, sagt er. »Es soll sogar vorkommen, dass gewisse Beteiligte tatsächlich daran glauben wollen.«

»Es kann auch vorkommen, dass gewisse Beteiligte tatsächlich daran *glauben*«, sagt sie.

»Ja«, sagt er.

»Und was passiert dann mit so jemandem?«, fragt sie.

»Er kriegt es satt«, sagt er.

»Warum?«, sagt sie.

»Weil er erreicht hat, was er wollte«, sagt er. »Oder eben nicht. Weil das So-tun-als-ob so mühsam ist, dass er es nicht ewig durchhalten kann.«

»Wie traurig«, sagt sie. »Und wie grausam.« Sie denkt daran, wie sie sich jeweils am Ende einer Beziehung nicht mehr verstellen und anpassen mochte; an das Gefühl von Verlust und Befreiung, an die unwirkliche Leichtigkeit, in der sie sich schrecklich allein fühlte, bis sie beschloss, sich die nächste Last aufzuladen.

»Ja«, sagt er.

»Sind Männer und Frauen darin gleich, deiner Ansicht nach?«, fragt sie. »Im So-tun-als-ob und im Fallenstellen und dem ganzen Rest?«

»Jeder macht es auf seine Art«, sagt er.

»Soll heißen?«, fragt sie.

»Die Frauen sind weniger mechanisch«, sagt er. »Sie bleiben mehr mit ihren Träumen in Kontakt als die Männer.«

»Träumen die Männer nicht?«, fragt sie.

»Sie träumen, solange sie jung sind«, sagt er.

»Und dann hören sie auf?«, sagt sie.

»Dann träumen sie nur noch davon, etwas zu *haben*«, sagt er. »Geld, Frauen, Macht, Autos, Häuser, irgendeine Sammlung von Gegenständen.«

»Und Schluss?«, sagt sie.

»Ja«, sagt er. »Sie hören sogar auf, Romane zu lesen, außer Krimis oder verstaubte Klassiker.«

»Während die Frauen weiterträumen«, sagt sie.

»Zu meinem Glück, ja«, erwidert er.

»Aber wieso das Theater?«, sagt sie. »Wieso? Bloß um einen Fortpflanzungspartner abzukriegen? Ist es nur das?«

»Wenn du der Sache auf den Grund gehst, ja«, sagt er. »Wenn du den ganzen kulturellen und sozialen Überbau weglässt und die Bedingungen in Betracht ziehst, die galten, als wir noch in Höhlen lebten.«

»Das geht nicht«, sagt sie. »Weil wir ja viel komplizierter sind als damals.«

»Aber das Grundmuster bleibt dasselbe«, sagt er.

»Nach dem Motto: Wenn ein Mann eine Frau geschwängert hat, möchte er sofort losziehen und sich die nächste suchen? Der Befruchter, der Millionen von Spermien produziert und möglichst viele Gelegenheiten suchen muss, um seine Gene überall zu verbreiten?«

»Wenn er ein Alphatier ist, ja«, sagt er.

»Und wenn nicht?«, sagt sie. »Was ist mit dem nicht dominanten und nicht vom Reproduktionswahn besessenen Mann?«

»Der interessiert euch nicht, das weißt du genau«, sagt er.

»Und was ist mit der Frau?«, sagt sie. »Mit ihrem einen, einzigen Ei im Monat gegen Millionen von Spermien? Wenn sie dann schwanger wird, braucht sie neun Monate, um das Kind auszutragen, und dann dauert es noch Jahre, bis das Kind selbständig wird.«

»Für sie ist es wichtig, dass der Mann bei ihr bleibt.«

»Und deswegen will sie nicht bloß vögeln, sondern eine *Beziehung.*« Sie schäumt vor Wut, wenn sie nur daran denkt. »Die arme Irre. Legt sich derart ins Zeug, damit die Geschichte so lang wie möglich dauert.«

»Gewöhnlich ist es so«, sagt er.

»Der Mechanismus ist aber zu dumm und primitiv«, sagt sie. »Man kann es nicht hinnehmen, dass er unser Leben weiterhin so bestimmt.«

»Der Mechanismus wird auch gut geölt«, sagt er. »Mit all den Geschichten vom Märchenprinzen und den anderen Disney-Klischees, mit denen Werbung und Fernsehen und Kino und Schlager und Illustrierte und Bücher uns jeden Tag überschütten.«

»Märchen gab es lange vor Walt Disney«, sagt sie. »Schon immer.« Sie denkt daran, wie sie als Kind zusammen mit ihren Schwestern Phantombilder von möglichen Männern ihres Lebens entwarfen, ohne die geringste Ahnung, weder von Männern noch vom Leben.

»Und sie wurden immer von Männern geschrieben«, sagt er.

»Damit sie von Frauen gelesen werden«, sagt sie.

»Eben«, sagt er.

»Aber es gibt ja nicht nur diesen Mist, mit dem wir zugeschüttet werden!«, sagt sie. »Innerlich streben wir durchaus nach Höherem!«

»Aber gewiss«, sagt er. »Du meinst die Vorstellung von der verwandten Seele, oder? Deine andere Hälfte, körperlich und geistig, die in diesem Augenblick mit wer weiß welchem Gesicht oder Namen wer weiß wo in der Weltgeschichte herumschwirrt, die du aber, wenn du ihr begegnen würdest, auf den ersten Blick erkennen würdest?«

»Und die anders ist als alles, was du bisher erfahren hast?«, sagt sie. »Die unvergleichliche ideale Ergänzung, die jede andere Kombination in den Schatten stellt?«

»Hm«, macht er.

»Gibt's die deiner Ansicht nach nicht?«, fragt sie.

»Ich fürchte, nein«, sagt er.

»Und warum glauben wir dann weiter daran?« Sie würde gern wissen, wie weit sie selbst noch daran glaubt: viel weniger als früher, meint sie, auch viel weniger als noch vor ein paar Stunden.

»Weil wir irgendwas erfinden müssen«, sagt er. »Um der trostlosen Wirklichkeit der Tatsachen einen Sinn zu geben.«

»Besser, als gar nichts zu erfinden, oder?«, sagt sie mit spitzer Stimme. »Und klaglos hinzunehmen, dass das Leben sowieso ein Reinfall sei!«

»Ja, aber jede Erfindung nutzt sich ab«, sagt er. »Es ist bloß eine Frage der Zeit.«

»Was schätzt du?« An diesem Punkt kann sie bei einem Mann wie ihm gleich ein paar genauere Daten erfragen und sich ein akkurates Bild machen.

»Sechs Monate?«, sagt er. »Ein Jahr, wenn es gutgeht?«

»Also machst du nach sechs Monaten oder höchstens einem Jahr Schluss?«, fragt sie. »Das war's, auf Wiedersehen? Einfach so?«

»Ich war nie besonders gut im Schlussmachen«, sagt er.

»Sondern?«, sagt sie.

»Ich bleibe hängen, wie jeder«, sagt er, »für Jahre, in Langeweile, Gewohnheit und Verlustgefühl. Es ist, als würde man in einen Zug steigen, um eine Reise von drei Stunden zu machen, und dann monatelang darin gefangen sein. Hin und zurück, hin und zurück, immer die gleiche Strecke, die gleichen Kurven, die gleichen Bahnhöfe, die gleichen Passagiere, die gleichen Kontrolleure.«

»Aber eine Zweierbeziehung ist keine Zugreise«, sagt sie. »Sie kann jederzeit neue Wege einschlagen, sich verändern, sich weiterentwickeln.«

»Das erzählen die Passagiere einander«, sagt er. »Und derweil legen sie Kilometer um Kilometer auf der ewig gleichen Strecke zurück.«

»Wenn die Männer wüssten, wie viel Enttäuschung sie bei den Frauen auslösen!« Plötzlich packt sie die Wut. »Sie brächten gar nicht mehr den Mut auf, sie anzusprechen.«

»Das ist wahr«, sagt er.

»Die *ständige* Enttäuschung.« Ihre Stimme wird lauter. »Noch mal und noch mal und noch mal.«

»Und wenn die Frauen wüssten, welchen Hass die Männer auf sie haben«, sagt er.

»Hass?« Die Brutalität seiner Feststellung erschüttert sie.

»Hass«, wiederholt er. »Wegen all der Unterschiede, die sich nicht vereinbaren lassen.«

»Also beruht das Gefühl auf Gegenseitigkeit.« Sie will keine Zugeständnisse mehr machen.

»Nein«, sagt er. »Denn in jedem Mann, egal wie zärtlich und sanft er wirkt, lauert ein brutaler Vergewaltiger, Folterknecht und Sklaventreiber, der nicht nur jede Frau missbrauchen will, die ihm über den Weg läuft, sondern sie auch in Stücke reißen würde, wenn er könnte. Und wenn er die Gelegenheit dazu hat, tut er es. Lies die Zeitung, falls du Beweise brauchst.«

»Na gut, das sind Extremfälle«, sagt sie, aber innerlich gerät sie ins Schleudern.

»Es sind *umgesetzte* Fälle«, sagt er. »Das Potential ist grundsätzlich vorhanden. Der Henker hält sein Messer stets hinter dem Rücken bereit. Und meistens betrachtest du ihn keineswegs als Henker, weil du ihn gut kennst und weißt, wie schwach und furchtsam er ist, auf der Suche nach einer Mama, die ihn ernährt, und einer Krankenschwester, die ihn pflegt. Henker haben nämlich keine Heldenseele, ganz im Gegenteil.«

»Hey, *du* bist doch selbst ein Mann«, sagt sie. »Kein Marsmensch, der herkommt, um den distanzierten, unparteiischen Beobachter zu spielen.«

»Deshalb sage ich es dir ja«, erwidert er. »Weil ich die ganze Trostlosigkeit der Männerphantasien kenne, die mechanische Abscheulichkeit ihrer Gedanken, ihre Art, eine Frau Stück für Stück mit den Augen abzutasten wie Schlachtvieh, die unverzeihliche Vulgarität der Blicke und Worte, den Galgenhumor.«

»Nicht alle sind so«, sagt sie. »Es gibt auch andere Männer.«

»Solche wie die Modeschöpfer, die Frauen wollen, die nur Haut und Knochen sind, als bewegliche Gliederpuppen für ihre Kleider?«, sagt er. »Oder die Herausgeber von Illustrierten oder die Werbefritzen, die die Frauen mit Bildern von magersüchtigen Sechzehnjährigen überschwemmen, um Cremes gegen Zellulitis und nutzlose Diäten und

Rezepte für nicht existierende Lebensentwürfe zu verkaufen, und sie ganz unglücklich machen mit ihren endlosen tagtäglichen Erpressungen?«

»Ich meine *emotional reifere* Männer«, sagt sie. »Die sensibler und aufmerksamer sind.«

»Ach ja?«, sagt er. »Wer denn, zum Beispiel? Machst du mich mit einem bekannt, für den du die Hand ins Feuer legen würdest? Nicht wegen des Zeugs, das er dir erzählt, während er eine Rolle mimt, um sein Ziel zu erreichen, sondern auf der Basis dessen, was du absolut sicher weißt, weil du in seine geheimsten Gehirnwindungen vorgedrungen bist?«

Könnte sie für Stefano die Hand ins Feuer legen? Nein, findet sie, nicht unter diesen Umständen. Bezogen auf Alberto wäre es geradezu lächerlich, und Gleiches gilt für Luigi und für Jim; sogar für ihren Vater.

»Wenn die Frauen wüssten, mit wem sie tatsächlich zum Abendessen ausgehen«, sagt er, »mit wem sie ins Bett steigen und morgens frühstücken. Wer der widerliche Besessene, mit dem sie zusammenleben, wirklich ist, der Egozentriker, das große Kind, das immer neues Spielzeug sucht, der Voyeur und Onanist, der sich mit Pornoseiten im Internet die Augen verdirbt, der lustlose, gleichgültige Vielfraß und Schnarchsack, in den sich im Lauf weniger Monate oder Jahre der Mann verwandelt hat, der sie mit Lächeln und Floskeln und stereotypen Gesten so hartnäckig und beharrlich belagert hatte, bis sie schließlich überzeugt waren, er sei der Beste, dem sie je begegnen könnten.«

»Nicht, dass alle Frauen unendlich viel besser wären, weißt du?«, sagt sie. »Mir scheint, deine Vorstellung ist ein bisschen –«

»Ich weiß«, sagt er. »Ich habe etliche kennengelernt.«

»Und viele von ihnen fühlen sich auch sehr wohl in ihrer Rolle«, sagt sie. »Sie finden sie sogar befriedigend.«

»Es gibt immer einen gewissen Prozentsatz von opportunistischen Sklaven«, sagt er. »Opfer, die mit ihrem Peiniger sympathisieren, ja seine Forderungen vorwegnehmen, ihm die Wünsche von den Augen ablesen. Und außerdem haben die Frauen auch einen masochistischen Zug. Da ist der Mutterinstinkt, die Ernährerin, die sich verpflichtet fühlt, den Trog zu füllen, und die es beglückt, wenn das Schwein die Schnauze hineinsteckt, und sogar, wenn sie ihn hinterher säubern muss. Immer verständnisvoll, bereit, zu entschuldigen, zu rechtfertigen, als wäre es ein gottgewollter Auftrag.«

Sie lässt seine Worte verklingen, überlegt, was sie erwidern könnte, doch ihr fällt nichts ein. »Was sollten wir denn deiner Ansicht nach tun?«

»Vergesst es einfach«, sagt er. »Es bringt sowieso nichts. Wir haben euch jahrtausendelang betrogen und diskriminiert, eingesperrt, benutzt und ausgebeutet, ihr habt die raffiniertesten Strategien der Verführung, der stillschweigenden Zermürbung und emotionalen Erpressung entwickelt, bis sie euch zur zweiten Natur geworden sind. Wir haben uns in jeder Form alle denkbaren Lügenmärchen aufgetischt, haben umsonst ganze Ozeane von Wörtern vergeudet. Wir haben uns geradezu kriminell mit unseren Rollen identifiziert und unkontrolliert vermehrt, bis wir beinahe sieben Milliarden geworden sind, wir haben den Planeten, auf dem wir leben, unwiederbringlich verwüstet und jedes Gleichgewicht zerstört. Alles nur wegen dieses idiotischen Arterhaltungstriebs. Und die Tatsache, dass unser Gehirn viel zu groß ist im Vergleich zu unseren reinen Überlebensbedürfnissen, macht alles noch komplizierter und schlimmer.«

»Was für eine romantische Vision, Donnerwetter!« Sie lacht, aber gleichzeitig drückt ihr die Bitterkeit schier das Herz ab.

»Mit dreizehn hatte ich vielleicht noch eine romantische Vision«, sagt er. »Vielleicht auch noch etwas später, in manchen Momenten. Aber das war total abstrakt, beruhte auf den Romanen, die ich gelesen, und den Filmen, die ich gesehen hatte, nicht auf Lebenserfahrung.«

Sie schweigen, ziehen an dem Laken, jeder in eine andere Richtung. Eigentlich könnten sie auch ganz aufhören, miteinander zu sprechen, denkt sie, sagt aber: »Dann hast du mich nur hierher eingeladen, um mich sexuell auszubeuten?«

»Aber nein«, antwortet er.

»Nein?«, sagt sie. »Und was soll das dann alles, was du mir gerade so scharfsinnig erklärt hast?«

»Zumindest nicht *nur*«, sagt er.

»Welche Absichten hattest du denn sonst noch?«, fragt sie. »Etwa, dieses erhellende Gespräch führen zu können?«

»Ach komm«, sagt er.

»Was heißt hier: ach komm?«, sagt sie. »Welche Absichten hattest du?« Sie geht ihn direkt an, will ihm keine Rückzugs- oder Fluchtmöglichkeit mehr offen lassen.

»Okay, rein sexuelle Absichten«, sagt er zuletzt.

»Wow!«, sagt sie, wie eine, die fordert: Komm schon, schlag zu!, und wenn der Schlag dann kommt, ist sie völlig baff, trotz allem.

»Automatischer männlicher Eroberungstrieb«, sagt er.

»Vielen Dank für die Aufrichtigkeit«, sagt sie.

»Bitte sehr«, antwortet er. »Das ist ja auch schon was, oder?«

»Ja.« Sie nickt.

Sie schweigen beide, rühren sich kaum. Die Grillen zirpen weiter, wenn auch mit längeren Pausen als vorher; wahrscheinlich sind auch sie erschöpft von der stehenden Hitze der Nacht. Sie ist unendlich müde, dreht sich zur anderen Seite, versucht, nicht seinem Atem zu lauschen; vermutlich, denkt sie, wird keiner von beiden in der Lage sein zu merken, ob und wann der andere einschläft.

Das Zimmer ist voller außerordentlich bösartiger, zudringlicher Stechmücken

Das Zimmer ist voller außerordentlich bösartiger, zudringlicher Stechmücken: Sein Rücken, seine Arme und Beine, seine Hände und sogar die Zwischenräume zwischen den Fingern jucken unerträglich. Er wälzt sich in den schweißnassen Laken herum, schlüpft aus dem Bett, durchquert das Zimmer, schließt die Fensterläden. Die Nacht draußen ist zäh und unbewegt wie ein von einem Ölfilm bedecktes Meer; der Mond scheint stur und feindselig, sein kaltes Licht dringt auch noch zwischen den Lamellen hindurch. Der Boden, die Wände und die Decke strahlen weiterhin Wärme ab, die Uhr unten an dem kleinen in der Ecke hängenden Fernseher zeigt in grünen Leuchtziffern drei Uhr fünfundvierzig.

Er geht zur Kochecke, trinkt aus dem Wasserhahn. In seinem Gehirn und seinem Körper klingen noch die Wörter und Empfindungen des Gesprächs nach, das er vorhin mit ihr im Bett geführt hat, kommen in Wellen. Bei der kleinsten Bewegung schwappen sie in den Magen, in die Leerräume zwischen den Gedanken, über die Haut. Ebenen, die übereinandergleiten, so wie sie und er, bevor sie sich aus der Umarmung befreite, aufsprang und ins Bad rannte, um sich zu übergeben.

Nun lehnt er sich an die Wand, atmet langsam im Dunkeln. Er fühlt eine Unruhe, die er nicht benennen kann, sie ähnelt Orientierungslosigkeit, Kontrollverlust, Sinnentleerung. Ihm ist, als befände er sich auf einem lebensgefährlichen Terrain, ohne Verteidigungswaffen oder angemessene Strategie. Wie konnte das nur geschehen, fragt er sich: aus übergroßer Vorsicht oder aus Mangel an Aufmerksamkeit, aus Impulsivität, Leichtsinn, Verwirrung? Konturlose Bilder gehen ihm durch den Kopf, verlangsamen und beschleunigen seinen Kreislauf, verschieben seinen Herzrhythmus. Mit Clare Moletto hierherzukommen, fragt er sich, war das wieder einer der vielen Fehler, die er machte, obwohl er von vornherein wusste, dass es verkehrt sein würde? Er hat einen ganzen Katalog davon im Kopf, angefangen bei der Zeit, als er drei Jahre alt war: Taten, die nicht mit den Gedanken übereinstimmen, und umgekehrt, verpasste oder verspielte Gelegenheiten, ohne den Verlust, die möglichen Auswirkungen zu bedenken, unsichtbare Gelegenheiten, die sich erst hinterher als das erweisen, was sie hätten sein können, zu spät. Dennoch hat er nie etwas bereut, sich nie zurückgesehnt; immer hat er sich vorgestellt, dass es weiter vorn, in irgendeinem unvorhergesehenen Augenblick, an irgendeinem Ort noch etwas Besseres gebe. Ihm scheint auch nicht, dass ein direktes Verhältnis besteht zwischen der Schwere der Fehler und der Länge der Zeit, die er vorher darüber nachgedacht hat: Die Folgen seiner impulsiven Entscheidungen waren stets ebenso katastrophal wie die der lange überlegten. Ebenso wenig stimmt es, dass seine Fehler auf Aussetzern seiner Vernunft beruhen; im Gegenteil, bei eingehender Prüfung erweisen sich die Gründe dafür als genauso hieb- und stichfest wie die für seine besten Entscheidungen. Vor allem kommt es ihm so vor, als sei das Leben in seiner Gesamtheit hochgradig mangelhaft, als sei der gute Ausgang einer Unternehmung noch mehr vom Zufall abhängig als der schlechte. Schon lange stellt er sich einen Tag ohne Probleme vor wie einen Gang über einen zugefrorenen See, ohne dass das Eis plötzlich kracht und er ins eisige Wasser stürzt. Du kannst so gut aufpassen, wie du willst, wenn du aber die Dicke der Eisschicht nicht prüfen kannst, ist es auch keineswegs dein Verdienst, wenn du nicht einbrichst und ertrinkst.

Die Stechmücken umschwirren ihn weiter, fast schlimmer als im Bett, stechen ihn erneut am Rücken, am Nacken, an den Schläfen, an den Armen. Sie gehören zu der lautlosen Sorte, die diese Gegend bevölkert: Er hört ihr Summen kaum, wedelt mit den Händen, um sie zu verjagen, obwohl er weiß, dass es gar nichts nützt. Wieso hat er bloß gedacht, dass Clare Moletto grundverschieden sein könnte von den anderen Frauen, die er schon kennt? Wieso hat er sie spontan hierher eingeladen? Er fragt sich, welches Geschenk er sich von ihr erwartet, was er durch sie zu entdecken oder zu erfinden gehofft hatte. Auf einmal kommt es ihm unglaublich dumm und arrogant vor, sie auf diese Art aus ihrem Leben gerissen, sie unbegründetem und unbestimmtem Druck ausgesetzt und aus dem Gleichgewicht gebracht zu haben. Er überlegt, wie er da herauskommen könnte, ohne noch mehr Schaden anzurichten, ohne bei ihr den dauerhaften Eindruck zu hinterlassen, er sei noch schrecklicher, als er tatsächlich ist. Ihm fällt nichts ein, seine Reserven sind aufgezehrt.

Möglichst geräuschlos kehrt er zum Bett zurück, aber der Fußboden vibriert bei jedem Schritt und die Wände beben. Er setzt sich auf seiner Seite auf den Bettrand, lauscht lange ihrem Atem und den Grillen draußen. Die Haltung kostet ihn Mühe, er spürt die Anspannung in den Nervenbahnen und den Beinmuskeln und schwitzt noch mehr. Vorsichtig streckt er sich auf der schwankenden Matratze aus, zieht das Laken bis über den Kopf, um sich wenigstens ein bisschen vor den Mücken zu schützen. Sie dreht sich leise seufzend auf die andere Seite. Plötzlich möchte er sie umarmen, sich an sie schmiegen, sie drücken; die Bewegung bleibt ihm minutenlang im Kopf, in den Armmuskeln, in den Fingern. Im schwachen Licht, das durch die Fensterläden sickert, kann er ihren Körper unter dem Laken erahnen, die weiche, volle Rundung der Hüfte; zudem hat er eine noch sehr frische Erinnerung daran, wie sie sich anfühlt, wie alles in ihr pulsiert. Er weiß nicht, woher das verzweifelte Bedürfnis nach Kontakt stammt, das er empfindet: vielleicht aus der Häufung früherer Verluste, weil das Gleichgewicht immer wieder in die Brüche ging, was ihn einem endgültigen Zusammenbruch immer näher bringt. Um der Versuchung zu widerstehen, Clare an sich zu drücken, umarmt er das Kissen und verharrt regungslos in seiner Hälfte des Bettes, zu aufgeregt, zu verwirrt, zu erhitzt, zu wach und zu müde, um zu schlafen.

Lichtstreifen ziehen sich durch den Halbschatten des Zimmers

Lichtstreifen ziehen sich durch den Halbschatten des Zimmers; von draußen hört man das rhythmische Zirpen der Grillen, gedämpfte Stimmen, das Klappern von Metall auf Porzellan und Glas. Sie dreht sich in dem zerwühlten, feuchten Bett um: Daniel Deserti liegt neben ihr, mit dem Gesicht nach unten, das Kissen im Arm, sein nackter Körper fast fremd, fast vertraut. Er atmet, als ob er tief schliefe, doch einen Augenblick später dreht er sich um, blickt sie an, lächelt: »Ciao.«

»Ciao.« Sie lächelt zurück, aber verunsichert. Wer weiß, wie ihr Gesicht und ihre Haare aussehen, nach so einer Nacht von furiosen, mittendrin unterbrochenen Umarmungen, Übelkeitsattacken und trostlosen Überlegungen zum Verhältnis zwischen Männern und Frauen, drückender Hitze und schrecklichen Stechmücken und endlosem Hin-und-her-Wälzen. Sie streckt eine Hand aus, um ihr Höschen oder wenigstens das T-Shirt vom Fußboden zu angeln, aber sie liegen zu weit weg, daher schlüpft sie nackt aus dem Bett, so rasch sie kann.

»Hey, du hast es aber eilig.« Er lacht.

Sie antwortet nicht; ihr ist schwindelig, weil sie so schnell aufgestanden ist. Ihre Kleider sind überall verstreut, zusammen mit seinen, wie Spuren eines Kampfes oder eines heftigen Missverständnisses. Sie hebt sie nicht auf, um nicht stehen bleiben zu müssen, nimmt nur ihre Handtasche und verschwindet im Bad. Sie geht zum Waschbecken, dreht den Hahn auf, schüttet sich Wasser ins Gesicht. Dann betrachtet sie sich in dem kleinen Spiegel, auf der vergeblichen Suche nach einem überzeugenden Ausdruck. Während sie pinkelt, kontrolliert sie ihr Handy: der kleine rote Pfeil der nicht entgegengenommenen Anrufe und der kleine gelbe Umschlag der eingegangenen Nachrichten leuchten. Der Anruf ist von Stefano, das wusste sie schon vorher. Eine der SMS ist von Alberto: *traust dich nicht mal zu antworten hast wohl schuldgefühle dass du alles schöne kaputtgemacht hast was wir hatten schämst dich aber nie genug.* Die andere stammt von Stefano: *Ich wollte dir nur einen schönen Tag wünschen.*

Sie zieht an der Spülung und macht ein paar Schritte, wieder kommen Schuldgefühle hoch, und das nächtliche Gespräch mit Daniel Deserti rumort noch in ihr. Außerdem ist ihr nicht klar, ob Stefanos Nachricht ganz harmlos ist oder ob ein verhüllter anklagender Unterton mitschwingt: Die kleinen schwarzen Buchstaben auf leuchtendem Grund geben auch bei mehrmaligem Lesen hintereinander nicht genügend Hinweise.

Sie fängt zwei oder drei Antworten an, um zu erklären, warum sie seinen Anruf nicht abgenommen hat; zuletzt tippt sie nur: *Danke, Küsse* und drückt sofort auf »Absenden«. Sie zieht einen trockenen weißen Frotteebademantel über, der an der Tür hängt, geht zurück ins Zimmer.

Er steht in dem großen weißen Raum, in den durch die weit geöffneten Fenster Licht und Geräusche hereinströmen: schon angezogen, schon in Bewegung, schon unglaublich weit entfernt von dem unbestimmten Ausdruck, den er noch vor wenigen Minuten hatte, als er sie vom Bett aus ansah und doch nicht ansah. Er geht zur Tür: »Wir sehen uns im Hof.« Weg ist er.

Sie wandert durchs Zimmer, immer aufgeregter und ratloser. Sie hat Mühe zu begreifen, was in ihr vorgeht und was um sie herum passiert, kann schlecht unterscheiden zwischen äußeren Fakten und dem, was sie von nahem betrifft. Daniel Deserti muss ihre Kleider vom Boden aufgelesen haben, er hat sie ordentlich über die Armlehne des Sofas gelegt. Wie soll sie das jetzt verstehen: als Beweis seiner Freundlichkeit oder als Eindringen in ihre Privatsphäre oder als symbolische Trennung ihrer beider Leben? Sie lässt den Bademantel fallen, der sie zu ersticken droht, zieht sich in wenigen Sekunden an. Dann zieht sie alles wieder aus, geht zurück ins Bad, duscht kalt, um sich den Schweiß und das Jucken der Mückenstiche und die klebrige Unsicherheit abzuwaschen, die Angst, die weiter in ihr zirkuliert. Nachdem sie sich oberflächlich abgetrocknet hat, zieht sie sich erneut an, verlässt das Zimmer mit noch nassen Haaren, geht die prächtige Treppe hinunter ohne die geringste Vorstellung, wie sie sich verhalten soll.

Im Erdgeschoss muss sie drei durch Stufen verbundene Säle durchqueren, eingerichtet mit wahrscheinlich hier und da beim Trödler gefundenen Sofas und Sesseln, mit Tischen, auf denen Vasen mit frischen und getrockneten Blumen stehen. Sie lässt sich vom Licht leiten, tritt in den Hof hinaus, wo Eisentischchen auf hellem Steinpflaster stehen; er ist größer, als er vom Zimmerfenster aus wirkte. Zwei junge Paare sitzen beim Frühstück: eins mit einem Baby im

Kinderwagen, das mit einem orangefarbenen Schirmchen vor der schon starken Sonne geschützt ist. Alle drehen sich zu ihr um, grüßen lächelnd. Sie erwidert das Lächeln und die Grußgesten, schaut in die Runde. Daniel Deserti steht im hintersten Teil des Hofes in einer von einem weißen Sonnensegel überspannten Sommerküche. Er hat die Hand auf Nicoles Schulter gelegt und sieht ihr dabei zu, wie sie Pancakes in der Pfanne hüpfen lässt; beide lachen.

Clare würde am liebsten auf dem Absatz kehrtmachen, rasch wieder ins Zimmer hinaufgehen, ihre Sachen nehmen, zur Bahn- oder Busstation laufen, so schnell wie möglich verschwinden. Stattdessen geht sie auf Daniel Deserti und Nicole zu wie in einem törichten Traum, in dem man nicht entscheiden kann, was man tut: »Guten Morgen.«

»Guten Morgen«, antworten sie, fast im Chor: ein seit langem aufeinander eingespieltes Paar in bester Laune zu Beginn eines schönen Tages. Nicole überlässt Daniel Deserti die Pfanne, wischt sich an einem Küchentuch die Hände ab, kommt auf Clare zu, umarmt sie und küsst sie auf beide Wangen.

Clare antwortet mit hölzernen Bewegungen, schaut ihn an, wie er die Pancakes in der Luft wendet, unbefangen, fröhlich, Herr seiner Bewegungen, Herr der Lage. Wenn man ihn so sieht, kann man sich kaum vorstellen, dass er die Nacht mit ihr verbracht hat und nicht mit Nicole; sie würde gern die unbefangene Meinung der beiden Paare an den Tischen einholen, hören, was sie darüber denken.

Elegant lässt er die Pancakes auf zwei Teller gleiten, als folgte er dem Rhythmus einer Musik: »Die habe ich dir zu Ehren gebacken. Nur für dich«, sagt er.

»Danke«, erwidert sie, aber die Anspannung blockiert ihre Gesichtsmuskeln, hindert sie zu lächeln.

Er reicht ihr die beiden Teller, deutet auf ein freies Tischchen: »Setz dich dorthin, ich bringe den Rest.«

Sehr ungern begibt sie sich zu dem schon weiß gedeckten Tischchen, auf dem ein Körbchen mit Pfirsichen, Aprikosen und Feigen steht. Sie kneift die Augen zusammen wegen der Sonne, denkt, dass sie wenigstens gern noch einmal hinaufgehen und die Sonnenbrille aus ihrem Rucksack holen würde, um einen kleinen Schutzfilter zu haben. Ihre Haare trocknen in der zunehmenden Hitze, sie fühlt, wie sie sich am Hals und über der Stirn in kleinen Löckchen ringeln. Immer noch gehen ihr die Empfindungen und die Wörter der Nacht durch den Kopf, wie Fische, die beharrlich gegen den Strom schwimmen. Sie rutscht auf dem Stuhl hin und her, schirmt mit der Hand die Augen ab, doch es hilft nichts: Sie kann die unentwegt wiederauftauchenden Erinnerungen an Berührungen und die geistigen Bilder nicht stoppen.

Er kommt mit einem kleinen Tablett mit einem Glas Honig, zwei Croissants, einem Kännchen Kaffee und zwei Gläsern Orangensaft. Nacheinander stellt er alles auf den Tisch, souverän, als gehörte der Ort ihm, und setzt sich. »Na?« Er sieht sie an.

»Na?« Sie versucht erneut zu lächeln.

Er steckt die Hand in die Hosentasche, zieht eine Bougainvilleadolde heraus, überreicht sie ihr, beugt sich vor und küsst sie auf die Stirn.

Sie weiß nicht, wie sie reagieren soll: Sie nimmt die Blüten, starr lächelt sie ihn und die anderen Leute im Hof an, die sich umgedreht haben und die Szene beobachten.

Er gießt Honig auf die Pancakes, für sie und für sich: »Ahornsirup gibt es leider nicht.«

»Ach, das macht nichts.« Sie fragt sich: Warum diese plötzliche Beflissenheit, worauf will er hinaus?

»Probier mal!«, drängt er. »Sag mir, ob sie dir schmecken!« Mit der Gabel spießt er ein Stück von seinem Pancake auf, schiebt es in den Mund, kaut genüsslich, dreht sich um und lächelt dem Mädchen mit dem runden Gesicht zu, das am Nebentisch sitzt.

Lustlos zerteilt auch Clare ihren Pancake, verblüfft, wie Deserti von einer Laune zur anderen wechselt, von einem Verhalten zum anderen. Vielleicht ist er nicht so pathologisch sprunghaft wie Alberto, aber dafür scheinen seine Schwankungen noch unvorhersehbarer zu sein und auch die Auslöser dafür noch unklarer. Welch ein Gegensatz zu Stefanos Stabilität, die sie in der ersten Zeit so beruhigend fand und die ihr jetzt so langweilig vorkommt. Jedes Mal, wenn sie versucht, sich ein ganzes Leben mit ihm auszumalen, sieht sie es schnurgerade und banal vor sich wie eine Autobahn. Als sie sich ein Leben mit Alberto vorstellte, glich es mehr einer klapprigen Achterbahn. Mit Daniel Deserti hat sie sich nie mehr als diese zwei Tage vorzustellen versucht, doch es war ihr nicht gelungen. Dennoch hat er etwas an sich, was ihr Verlangen nach Überraschungen weiterhin heftig anstachelt, auch jetzt, jedes Mal, wenn sie ihn anschaut, gegen ihren Willen. Sie fragt sich, ob es ein Zeichen von Unreife ist, eine offene Bedrohung ihres mühsam erworbenen inneren Gleichgewichts oder was.

»Isst du nicht?« Er deutet auf den goldbraunen Pancake, der nach und nach den Honig aufsaugt.

»Doch, doch.« Sie versucht gerade, sich mit den Distanzierungstechniken, die ihr Vater ihr beigebracht hat, mental einen Freiraum zu schaffen, aber es ist nicht leicht in diesem schattenlosen Licht, mit den tausend Zweifeln, die sie plagen, und den nächtlichen Gefühlen, die immer wieder auftauchen, sobald er ein paar Zentimeter näher kommt.

»Und?« Er hat wieder diesen Ausdruck unschuldiger Neugier: erwartungsvoll, in der Schwebe.

»Gut«, sagt sie.

»Wirklich?«, fragt er. »Überzeugt er dich?«

»Ja, doch.« Tatsächlich hat der Pancake die richtige weiche und elastische Konsistenz, denkt sie.

»Das habe ich in den Catskills gelernt, in New York State«, sagt er. »In dem kleinen Restaurant eines Freundes von mir, wo ich eine Weile gearbeitet habe.«

»Bravo.« Aus irgendeinem Grund stört sie die Vorstellung von ihm in dem Staat, wo sie geboren ist, es kommt ihr vor wie eine Besetzung ihres Reviers.

Er deutet in die Runde: »Die Energie hier ist fast durchweg positiv«, sagt er. »Das spürt man, oder?«

Sie nickt stumm. Im Kopf wälzt sie weiter einige Sätze hin und her, um ihm zu sagen, dass sie sofort nach Mailand zurückmuss, weiß aber nicht, wie sie sie in gesprochene Worte umsetzen soll: in welcher Stimmlage, mit welchem Blick, wann? Nicole macht ihr ein Zeichen aus der Küche, ob ermutigend, hämisch oder herausfordernd, ist nicht klar. Sie hebt auf ebenso zweideutige Weise die Hand.

Daniel Deserti isst seinen Pancake auf und tunkt dann sofort ein Croissant in die Kaffeetasse, lutscht es halb aus und beißt hinein, kippt Kaffee hinterher, schiebt sich eine

Feige in den Mund, ohne sie zu schälen. Seine Bewegungen haben die gleiche männliche Sinnlichkeit wie am Anfang der Nacht, als sie zusammen im Bett waren: begehrlich, aber nicht ungehörig, mit einer natürlichen Lebensfreude, die sie von weitem zu erkennen meint, als wäre es ein Teil ihrer selbst.

Sie isst ihren Pancake in kleinen Bissen. Wahrscheinlich müsste sie lachen, wenn sie sich jetzt von außen sähe, so krampfhaft beherrscht. Ab und zu nippt sie an ihrer Kaffeetasse, registriert nebenbei seine Bewegungen, tut so, als konzentriere sie sich ganz auf ihr Frühstück.

Als sie fertig ist, springt er auf, sammelt die leeren Teller ein: »Hast du Lust, einen Spaziergang durchs Dorf zu machen?«

Jetzt wäre der richtige Augenblick, um ihm mitzuteilen, dass sie nicht hierbleiben kann, sondern sofort nach Mailand zurückmuss, denkt sie; wenn er sie zum Bahnhof bringen will, gut, andernfalls schafft sie es auch allein. Doch sie lässt den Augenblick verstreichen: sieht zu, wie er vergeht.

»Es gibt einen wunderschönen Markt«, sagt er, während er auf die Sommerküche zugeht. »Wir treffen uns vor der Haustür, in zehn Minuten.«

Sie nickt, obwohl sie sich ärgert über sein Verhalten und ihre Unfähigkeit, darauf zu reagieren, überwältigt von der Sonne und abgelenkt durch den Geschmack des Frühstücks. Sie steht auf, nimmt die Bougainvilleablüten, die er ihr geschenkt hat, erwidert erneut den Gruß der anderen Gäste, durchquert das Erdgeschoss des Gebäudes, geht in den oberen Stock hinauf. Sie putzt sich die Zähne, hin-

und hergerissen zwischen widersprüchlichen Impulsen: ihre Sachen in den kleinen Rucksack stopfen und abhauen, Stefano anrufen, dass sie beschlossen hat, früher zurückzukommen als vorgesehen; auf eigene Faust ins Dorf gehen und bis abends wegbleiben, ohne dass Daniel Deserti sie finden kann; sich ausziehen, ins Bett legen und warten, dass er heraufkommt, um nach ihr zu sehen. Sie wandert in dem großen weißen Zimmer umher in der Erwartung, dass ein Impuls die Oberhand gewinnt, aber vergeblich.

Zuletzt geht sie die Treppe hinunter, tritt auf die schmale Gasse hinaus. Doch er steht keineswegs wartend vor der Tür, wie abgemacht. Er steht am Ende der Gasse und unterhält sich mit einer alten Dame, die ein Hündchen an der Leine führt; er redet weiter, auch als Clare dazukommt.

Um nicht dumm danebenzustehen, überquert sie die Straße, betrachtet das Schaufenster des Antiquitätenladens, den sie am Vorabend bei ihrer Ankunft bemerkt hatte. Alte Möbel stehen darin, alte Gemälde, alte Vogelkäfige, alte Kinderwiegen, alte Spiegel. In der Straße herrscht Auto- und Fußgängerverkehr, aber nicht viel für ein Dorf in Südfrankreich Ende Juli; alles wirkt verlangsamt und gedehnt, und der Tag wird immer heißer.

Schließlich verabschiedet Daniel Deserti sich von der alten Dame, kommt zu ihr, ohne ein Wort der Entschuldigung: »Hier entlang.« Er legt ihr eine Hand auf die Hüfte, um sie vorwärtszuschieben. Sie möchte eigentlich nicht angefasst oder gedrängt werden; rasch geht sie das leicht ansteigende Trottoir entlang, vorbei an einem Geschäft, das Strohhüte und Stoffhüte und Seidentücher in allen Farben verkauft.

»Bist du woanders?«, fragt er knapp hinter ihr.

»Nein«, sagt sie in abweisendem Ton und beschleunigt ihren Schritt noch, obwohl der Weg steil ist und das Licht blendet.

Er geht ebenfalls schneller, um an ihrer Seite zu bleiben: »Findest du es nicht erstaunlich, wie man schon im ersten Augenblick der ersten Begegnung *alle* wichtigen Informationen über den anderen Menschen sammelt?«

Sie dreht sich nicht zu ihm um, wie er vermutlich erwartet hatte; sie antwortet nicht.

»Positive und negative«, sagt er. »Sie sind alle da, wie auf einem überdeutlichen Foto. Alle Merkmale, die dir vielleicht gefallen, und alle, die dir vielleicht nicht gefallen.«

Sie schweigt weiter. Ihr ist überhaupt nicht danach, das Gespräch von letzter Nacht fortzusetzen; sie möchte höchstens auslöschen, was sie sich gesagt haben, auslöschen, was vorher stattgefunden hat, samt den Empfindungen.

»Wirklich«, sagt er. »Denk mal an den ersten Augenblick, in dem du die wichtigen Männer deines Lebens gesehen hast.«

Sie denkt, dass dieser Konversationsversuch so fehl am Platz ist, dass er schon fast wieder rührend wirkt: Es gibt absolut keinen Grund, um mit unbarmherziger analytischer Offenheit über ihr Leben zu reden, Schluss, aus. Sie mustert die Hausmauern, betrachtet den Rand des Gehsteigs gegenüber.

Er redet weiter, als sei ihm nicht bewusst, wie sehr sich die Dinge geändert haben, oder als sei es ihm bewusst, aber egal. »Sag mir, ob die Egozentrik, die Arroganz, die Oberflächlichkeit, die Schwäche, die Öde, die grundsätzliche Unzuverlässigkeit nicht sofort offensichtlich waren, genauso wie die Eigenschaften, die dich angezogen haben.«

»Kann sein«, sagt sie wider Willen. Sie muss sich beherrschen, um nicht hinzuzufügen, dass die Egozentrik und die Arroganz und die grundsätzliche Unzuverlässigkeit zweifellos sehr offensichtlich waren, als sie *ihn* das erste Mal gesehen hat.

»Sei ehrlich«, sagt er. »Nicht schummeln.«

»Ich schummle nicht.« Ihr Tonfall ist so schroff wie möglich. »Ich habe gesagt: Kann sein.« Doch wenn sie daran denkt, wie sie ihn in dem zerbeulten Jaguar im strömenden Regen sitzen sah, kommt ihr vor allem die unerklärliche magnetische Anziehung wieder in den Sinn, die sie gespürt hatte: das Gefühl, von seinem Blick, seinen Gesichtszügen, seiner Stimme verschlungen zu werden.

»Denk mal dran, wie du deinen Mann getroffen hast oder deinen Mailänder Anwalt«, drängt er. »Oder diesen Hampelmann von Sänger. Sag mir, ob du nicht alles sofort gesehen hast.«

Daran will sie nun genau nicht denken, aber dennoch entsinnt sie sich, wie unattraktiv sie Luigi fand, bevor er ihr flächendeckend den Hof machte; wie wenig Vertrauen ihr Alberto einflößte, bevor er sie mit dem wunderbaren Versprechen eines leidenschaftlicheren Lebens köderte, wie wenig Sympathie sie instinktiv für Stefanos Art empfand, bevor er ihr die Vorstellung vermittelte, er könne ihr endlich erklären, nach welchen Regeln die Welt funktioniert.

»Es ist einer unserer Urinstinkte«, sagt er. »Auch das geht auf die Zeit der Höhlenmenschen zurück. Du musst im Bruchteil einer Sekunde erkennen können, ob der, der vor dir steht, dir das Leben retten oder es in Gefahr bringen könnte. Wenn du dich irrst, bist du tot. Von einem Tiger mit Säbelzähnen gefressen, in einen Abgrund gestürzt, verhungert oder einfach zu einem elenden Dasein verdammt.«

»Danach hat es allerdings mehrere Jahrtausende der Evolution gegeben.« Sie hat keine Lust mehr, sich wieder seine Theorien anzuhören; dass auch diese durchaus etwas Wahres zu enthalten scheint, macht sie wütend.

»Aber der Grundprozess ist gleich geblieben«, sagt er. »Wir machen diese mentale, ultradetaillierte Momentaufnahme mit allen relevanten Daten.«

»Und dann vergessen wir sie wieder.« So ist es doch, und wenn sie es genau bedenkt, trifft es auch auf die jetzige Situation zu.

»Gewöhnlich nicht«, sagt er.

»Warum?« Sie betrachtet zwei leere Schaufenster mit einem Schild »Pächter oder Käufer gesucht«.

»Weil wir nach Jahrtausenden der Evolution alles so stark rationalisieren, dass wir nicht mehr sehen, was wir nicht sehen wollen«, sagt er.

»Obwohl wir wissen, dass es vorhanden ist?« Es macht ihr nicht mehr viel aus, ihr Interesse zu zeigen, weil das Thema ihm bestimmt nicht zum Vorteil gereicht.

»Wir bemühen uns unermüdlich darum, alles zu entschuldigen und zu beschönigen«, sagt er.

»Warum?«, wiederholt sie; so leicht soll er nicht davonkommen.

»Um nicht zuzugeben, dass wir uns geirrt haben«, sagt er. »Darum versuchen wir ständig, alles zu verstehen, zu erklären, herunterzuspielen und abzuwiegeln, bis wir überzeugt sind, dass alle negativen Details auf unserer mentalen Fotografie falsche Eindrücke sind, oder jedenfalls viel unerheblicher als die positiven.«

»Aber früher oder später treten sie doch zutage«, sagt sie zornig. »Alles nur eine Frage der Zeit.«

»Da führt kein Weg dran vorbei«, sagt er. »Nach und nach treten sie zutage, oder auch alle auf einmal.«

»Tja.« Sie denkt an die Situation zwischen ihnen beiden gestern Abend und auch jetzt gerade.

Oben an der Ecke angekommen, halten sie sich links, und die Gasse wird zur Hauptstraße des Ortes, mit Platanen zu beiden Seiten und Tischen vor Cafés und Restaurants, einem Obstladen und einer Bäckerei. Die Gebäude sind mehrstöckig, spiegeln eine Vergangenheit als bedeutendes Zentrum im Herzen einer landwirtschaftlichen Gegend und bilden den passenden Rahmen für den Prachtbau, in dem sie übernachtet haben. Dennoch wird alles gemildert durch die Helle des Lichts, einige heruntergekommene Fassaden, das Grün des Laubs, die gelb, blau und rot gemusterten Tischdecken, die Kleider der Touristen, die erhitzt und geblendet die Gehsteige entlangspazieren.

Er stürmt auf eine grauhaarige Frau vor einem kleinen Restaurant zu, umarmt sie, spricht und lacht mit ihr, zeigt auf Clare, die vor Verlegenheit vom Gehsteig auf die Straße tritt, ohne sich umzuschauen, und beinahe von einem Motorrad überfahren wird. Nach ein paar Minuten holt er sie ein, schiebt sie vorwärts, berührt sie am Arm, um sie auf einen Mann mit gezwirbeltem Schnurrbart an einem Cafétischchen aufmerksam zu machen, auf einen Hund mit struppigem Fell neben einer Bank, die Fotos und Schilder in den Schaufenstern von zwei Maklerbüros, die klassizistischen Säulen des Rathauses, ein majestätisches Tor, einen Topf Geranien vor einem Fenster. »Schön, nicht wahr?« Er sieht sie fragend an, doch gleich darauf eilt er schon in eine Buch- und Schreibwarenhandlung, um den Besitzer zu begrüßen.

Es fällt ihr schwer, diesen Daniel Deserti mit dem Verletzten in Einklang zu bringen, den sie im Regen aus dem Jaguar gezogen hat, oder mit dem Wanderer, der in San Minimo überraschend vor ihrer Türe stand, oder mit dem ihr sehr nahen und gleich danach sehr fernen Mann, der sie in den schweißnassen Laken umarmt und mit dem sie in der brütenden Hitze der Nacht über die Unlogik der Liebe gesprochen hat. Sie geht neben ihm, fällt einige Schritte zurück, wenn er beschleunigt, schlendert einige Schritte voraus, wenn er stehen bleibt, und fragt sich dabei unausgesetzt, warum sie das macht und was eigentlich in ihrem Kopf und ihrem Herzen vorgeht.

Dann sind sie auf einem provenzalischen Markt, zwischen Ständen, Farben und Düften von Peperoni, Pflaumen, Pfirsichen, Aprikosen, Wassermelonen, Honigmelonen und Zucchini, Flaschen mit Öl und Wein, Lavendelsträußen und Knoblauchzöpfen, Honiggläsern und Bienenwachstafeln, Sortimenten von frischem und gereiftem Käse, Schneidebrettern und Schalen, Mörsern und Stößeln aus Olivenholz, Stoffen, Fläschchen mit Duftessenzen, Stimmen, Blicken, Geräuschen, Bewegungen.

Er unterhält sich mit einer Frau mit Kopftuch und sonnengegerbtem Gesicht, die Tomaten verschiedener Formen und Farben verkauft, goldgelbe, vollkommen runde, orangefarbene wie Ochsenherzen, blassrote breite, gedrungene und tiefrote traubenförmige, jede Sorte hat ihren eigenen Korb. In anderen Körben liegen runde und längliche gelbe Melonen und kleine Wassermelonen mit dunkelgrüner, fast schwarz gemaserter Schale. Die Frau spaltet eine davon in zwei Hälften, zeigt das lebhaft rote Fruchtfleisch, schneidet zwei Scheiben ab und reicht sie ihm. Er reicht eine davon an Clare weiter, die vorsichtig hineinbeißt: Sie möchte vermeiden, dass der zuckersüße laue Saft auf ihr T-Shirt tropft. Er isst seine Scheibe mit wenigen Bissen, spuckt die Kerne auf den Boden, lacht; plötzlich beugt er sich vor und gibt ihr einen Kuss. Sie ist überrascht, weicht aus, aber zu spät, lacht, um ihre Verlegenheit zu kaschieren.

Auch die Standfrau lacht: »Siehst du, welche Wirkung meine kleinen Wassermelonen ausüben?«

Er lässt sich eine einpacken, dazu eine Tüte mit kleinen gelben Tomaten und eine mit violetten Pflaumen. Er schaut Clare an, legt ihr den Arm um die Taille, küsst sie erneut auf die Stirn, bevor sie reagieren kann, als wäre es ein Spiel; er nimmt ihre Hand, zieht sie zwischen den Marktständen weiter. Er hat diesen unaufhaltsamen, ansteckenden Schwung; sie weiß nicht, wie sie reagieren soll, lässt sich mitziehen, fragt sich, ob das schlimm ist. Und wie schlimm.

Sie kaufen ein Holzofenbrot aus Mehl, das in einer Steinmühle gemahlen wurde, einen frischen Ziegenkäse, der in ein Feigenblatt gewickelt ist. »Ist es nicht *phantastisch*? Und auch, dass wir das später zusammen essen?« Er lacht, schüttelt sie an der Schulter, zeigt auf einen anderen Stand, der von Farben und Düften überquillt. Vielleicht ist es ja doch nicht so wichtig, denkt sie, eine bestimmte Haltung einzunehmen oder sofort die passende Reaktion auf sein Benehmen zu finden, wenn es ihr nur gelingt, einen gewissen Sicherheitsspielraum zu wahren. Vielleicht dürfte sie sogar mal den Ärger und die Schuldgefühle ablegen, so, wie die Nacht gelaufen ist. Sicher, Stefano wäre nicht sehr begeistert, wenn er wüsste, dass sie mit einem anderen Mann in einem Bett geschlafen hat, noch dazu mit einem, den er hasst, aber hier zu sein ist ja im Grund genommen nicht viel anders, als mit ihren Freundinnen essen zu gehen oder zu joggen, ohne es ihm zu sagen. Sie hat es für sich getan, weil sie es brauchte, ohne ihrer Beziehung etwas wegzunehmen, im Gegenteil, vielleicht hilft es, die Beziehung in Zukunft unbeschwerter zu machen, sie von manchen Zweifeln zu befreien.

Daniel Deserti zieht sie immer weiter, weist sie hier und da auf kleine Details hin, kommentiert, berührt sie am Arm oder an der Hüfte. Sie beugen sich über die Stände, genießen die Formen, Farben und Aromen, nehmen Dinge in die Hand, betasten sie, riechen daran. Sie kaufen ein Fläschchen Lavendelöl, ein Lavendelsäckchen, eine kleine Gewürzmühle aus Glas und Olivenholz mit Kräutern der Provence. Ständig beobachtet er ihren Gesichtsausdruck: »Gefällt dir das? Willst du es?« Es sind einfache Dinge, die wenig kosten; sie hat kein Problem, ja zu sagen oder auch nur zu lächeln, ihm zuzusehen, während er dem Verkäufer das Geld reicht. An einem Messerstand kauft er sich ein kleines Klappmesser mit Kirschholzgriff, dreht und wendet es hin und her, steckt es in die Hosentasche; seine Miene ist so fröhlich, dass er beinahe glücklich wirkt.

Dann schlendern sie die Straße zurück, Hand in Hand.

Er erzählt ihr, wie er vor Jahren zum ersten Mal hierherkam, an einem Sommertag, der fast so heiß war wie heute, mit seinen noch kleinen Kindern und deren Mutter, mit der er prompt wegen irgendeiner Dummheit gestritten hatte. Er erzählt, wie er im folgenden Sommer allein wiedergekommen ist und nach einem Haus gesucht hat, weil der Ort ihn nicht mehr losließ. Sie hört ihm zu, versucht nicht, ihm ihre Hand zu entziehen: Es gefällt ihr, so in ständiger Berührung mit ihm auf der Schattenseite der Straße zu gehen, um der heißen Sonne auszuweichen, Hüfte an Hüfte, Schulter an Schulter, Schläfe an Schläfe, sobald sie stehen bleiben, um ein Schaufenster zu betrachten. Wann hat sie eigentlich zum ersten Mal so eine durch reine Nähe hervorgerufene, elektrisierte Erregung empfunden? Ein Nachmittag fällt ihr ein, als sie vierzehn war und mit einem zwei Jahre älteren Freund ihrer Cousine ausgegangen war, der eine umwerfende Art hatte, sich zu bewegen und sie anzusehen und von Rockmusik zu sprechen. Im Kino hatte er ihr dann einen Kuss gegeben, ihre Cousine schaute nicht hin, und am nächsten Tag war er mit seiner Familie nach Chicago abgereist, für immer aus ihrem Leben verschwunden. Jetzt ist die Lage komplizierter, konzentrierter und vielschichtiger, dennoch reagiert sie mit wachen Sinnen auf das kleinste Signal; die kleinste Veränderung zwischen ihrer und seiner Körperhaltung verursacht ihr Herzflattern. Wenn sie es mit ein wenig Distanz bedenkt, merkt sie, wie verkehrt das ist, doch bringt sie diese Distanz nur gelegentlich auf. Ansonsten lässt sie sich von ihren Empfindungen bei der Berührung tragen, von der Bewegung, vom Licht und der Temperatur und seiner warmen, leicht rauhen Stimme an ihrem linken Ohr.

In dieser Atmosphäre gehen sie die ganze Straße zurück, kommen wieder an den Maklerbüros, dem Rathaus, den Cafés und dem kleinen Restaurant vorbei, biegen um die Ecke und gehen bergab zwischen den teilweise renovierten und teilweise heruntergekommenen Gebäuden, vorbei an dem Geschäft mit den bunten Hüten und Seidentüchern, den leeren Schaufenstern, die auf Pächter oder Käufer warten, dem Begräbnisinstitut, dem Geschäft mit alten Bildern, Spiegeln und Rahmen; bei dem alten grünen Jaguar, der neben der Mauer aus großen Steinquadern geparkt ist, bleiben sie stehen.

Er wirft die Tüten mit den Einkäufen auf den Rücksitz, dann hält er die Hand auf: »Der Schlüssel?«

»Aber du hast doch keinen Führerschein.« Sie drückt ihre Handtasche an sich.

»Ach, hier macht das nichts.« Er lächelt. Entwaffnend, unschuldig, beharrlich, ansteckend. Fast unwiderstehlich.

Obwohl sie nicht ganz überzeugt ist, holt sie den Schlüssel aus der Tasche und hält ihn ihm hin.

Er setzt sich ans Steuer, greift nach seiner Sonnenbrille: »Fahren wir?«

»Wohin?« Sie fühlt sich so hin- und hergerissen wie noch nie: angezogen und abgestoßen, offen und ablehnend, nah und distanziert, völlig unfähig, sich für eine Haltung zu entscheiden.

»Die Bücher holen.« Er beugt sich herüber, um die Beifahrertüre zu öffnen, klopft mit der Hand auf den Sitz.

Sie steigt ein, setzt die Sonnenbrille auf, bändigt die Haare mit einem Haarband. Jetzt, denkt sie, kommt es auch nicht mehr darauf an, jetzt will sie bis an die Grenzen dieser Erfahrung gehen und entdecken, was es zu entdecken gibt, damit sie in Zukunft wenigstens nicht mehr die gleichen Fehler begeht. Dann wieder denkt sie, dass sie wie ein Dummkopf alles nur noch schlimmer macht.

Er fährt um die Kathedrale, aus dem Dorf hinaus, nimmt eine schmale Straße, die erst an der Stadtmauer, dann an den Gärten einiger Häuser entlangführt und immer weiter aufs offene Land hinaus. Er hat eine unbekümmerte Art zu lenken, bewegt das Steuer immer nur ganz sachte, als sei es eine Sache des Zufalls oder des Glücks, den Weg zu finden, den er im Kopf hat.

Sie hat sich zurückgelehnt, den glühend heißen Wind im Gesicht und in den Haaren, und ist ganz versunken in die Landschaft: Die Felder weichen einem Pinienwald, der sich zu einer Lichtung mit Olivenbäumen und Weinreben öffnet und wieder zum Wald mit noch höheren Pinien wird, als Daniel Deserti rechts in eine schmalere Straße einbiegt. Je nach Sonne oder Schatten wechseln die Gerüche: glutheiße Erdschollen, balsamische Essenzen, Harz, Staub. Die Straße ist nun nicht mehr geteert; der alte Jaguar holpert auf dem unregelmäßigen Untergrund, manchmal knallt ein Stein gegen den Boden des Autos.

»Weißt du, dass das eine Römerstraße ist?«, sagt er. »Siehst du das antike Pflaster?«

Sie schaut genauer hin, und tatsächlich gibt es breite, helle, flache Steine, die hier und da aus dem Schotter ragen, gegen die Reifen stoßen und das Rütteln noch ärger machen. Sonnenstrahlen dringen durch die Kronen der Pinien wie blendende Klingen, verdichten die weiße Staubwolke, die das Auto hinter sich aufwirbelt.

Er fährt schnell, ohne sich um die römischen Pflastersteine oder die Schlaglöcher und Vertiefungen zu kümmern: Schnaubend und klappernd rast der alte Jaguar durch den Wald. Dann biegt er um eine Kurve, fährt noch ein Stück und verlangsamt endlich vor einer kleinen steinernen Brücke, die mindestens so alt aussieht wie die Steine der Römerstraße. Etwas weiter hinten ist ein Tor; er hält an, steigt aus, wühlt im Unkraut zu beiden Seiten, bis er einen Schlüssel findet. Er schließt auf, öffnet die Torflügel, steigt wieder ins Auto, fährt ein paar Meter vor und parkt am Hang. Rechts ist eine große, weite Lichtung in dem Pinienwald, der die steile Welle des Hügels vor ihnen hinaufwächst; links steht auf halber Höhe ein asymmetrisches Steinhaus.

Sie steigt aus, schaut sich um: Die Sonne brennt unerbittlich, das Kreischen der Zikaden rundherum ist ohrenbetäubend.

Mit gesenktem Kopf geht er auf den nächstgelegenen Rand der Lichtung zu.

Sie folgt ihm bis zum Ufer eines Flüsschens, das hell und klar zwischen den grasbewachsenen Böschungen plätschert. »Schön hier!«, sagt sie, obwohl die Situation gefährlich auf sie wirkt, trotz des natürlichen Zaubers des Ortes.

Er dreht sich um, blickt sie an.

Sie deutet auf die Lichtung, das Haus, den Hügel. Die Stimmung von vorher, als sie über den provenzalischen Markt schlenderten, scheint plötzlich verflogen, hat erneut einer wachsenden Beklemmung Platz gemacht.

»Es war das Wasser, das mich hierher gezogen hat.« Er nimmt die Sonnenbrille ab, kniet am Ufer des Flüsschens nieder, benetzt Gesicht und Haare.

Auch sie nimmt die Sonnenbrille ab, taucht die Hände ins kühle Wasser, spritzt sich nass. Dann betrachtet sie das Steinhaus auf halber Höhe: »Hast du es schon lange?«

»Es gehört nicht mehr mir«, sagt er. »Es gehört jetzt meiner zweiten Exfrau.«

Stumm hocken sie am Ufer des Flüsschens, benommen vom Schlafmangel, von der Hitze und vom Rhythmus der Zikaden, vom Klang des fließenden Wassers. Dann erhebt er sich wortlos und geht auf das Haus zu.

Sie folgt ihm, fragt sich, ob sie ihn lieber allein lassen soll. Wieder ist sie verwirrt von seinem radikalen Stimmungsumschwung, vollkommen verstört. Am Rand der sonnenheißen Lichtung geht sie hinter ihm her über den schrägen Hügel und die Stufen zum Haus hinauf. Es ist etwas größer und ausgebauter als ihres in Ligurien, die Fensterläden sind provenzalisch blau gestrichen anstatt grün, aber der Stil ist so ähnlich, dass ein befremdliches Gefühl von Vertrautheit in ihr aufkommt.

»Als ich es gekauft habe, war es ein Schafstall.« Er kramt in zwei Töpfen mit Zitronenbäumen auf einer kleinen Terrasse, die von einer Pergola mit weißen Trauben überwuchert ist.

Seltsam, denkt sie, dass zwei Menschen verschiedener Herkunft, verschiedenen Charakters und Geschlechts einen so verwandten Geschmack und Geist haben können, jedenfalls, soweit sich aus ihren Häusern schließen lässt. Sie fragt sich, ob es sich um reinen Zufall oder um etwas Bedeutsameres mit unsichtbaren, aber vielleicht sehr weitreichenden und tiefgehenden Verästelungen handelt. Seit je neigt sie dazu, Zeichen zu lesen und zu deuten, ihre verborgenen

Ursprünge aufzuspüren, sich ihre fernsten Auswirkungen auszumalen. Nur zu gut weiß sie, wie man sich dabei irren kann, aber sie kann einfach nicht anders, es ist stärker als sie.

»Ich habe es bloß etwas erweitert.« Er deutet nach oben, auf den letzten, zum Hang hin verschobenen Teil des Gebäudes. »Aber ich habe versucht, den Geist des Ortes nicht zu zerstören.«

»Das ist dir gelungen, glaube ich.« Ihre Haare, die sie mit dem Wasser des Flüsschens angefeuchtet hatte, sind in den wenigen Minuten schon getrocknet, wieder glüht ihr Kopf in der Sonne. Über die Steine der Terrasse huschen ein paar Eidechsen, eine Ameisenkolonne kriecht ein Mäuerchen entlang; die Zikaden setzen ihre akustische Belagerung fort, gnadenlos.

Endlich findet er in einem der Zitronentöpfe den Hausschlüssel und schließt die Tür auf. Mit größter Vorsicht tritt er ein, bewegt sich im Halbdunkel, als erwarte er jeden Augenblick ein Gewitter. Sie folgt ihm tastend, unsicher. Sie nimmt die Sonnenbrille ab, sagt: »Darf ich?«, achtet darauf, wohin sie den Fuß setzt. Warum ist sie hier, warum?

»Komm nur.« Er öffnet schon die Fensterläden: Das Licht flutet bis in die Ecken eines kleinen Wohnzimmers, einer Einbauküche, einer Treppe.

Die Einrichtung ist einfach, wenige zusammengewürfelte Möbel, harmonisch, leicht. Ein kaum wahrnehmbarer Hauch von Schimmel liegt in der Luft, von Kernseife, Lavendelblüten, Zwiebeln, gemahlenem Kaffee, ein klassisches weibliches Parfüm. An den Wänden hängen einige recht hässliche Bilder: große runde Köpfe auf dünnen Körpern in leeren Räumen.

Er fängt ihren Blick auf: »Die sind von Lisettes Freund, er ist Maler.«

Sie betrachtet ein gerahmtes Foto auf einem Sims: Eine blonde Frau mit kurzen Haaren balanciert auf einem Felsen mitten im Meer. »Ist sie das?«

»Ja«, antwortet er, ohne hinzuschauen, schon auf der Treppe.

Sie folgt ihm, weiß nicht recht, welche Grenzen der Aufmerksamkeit und Diskretion sie bei diesem Besuch einhalten muss. Im oberen Stockwerk stehen ein Tisch und ein Stuhl vor einem waagrechten, schmalen, langen Fenster, durch das man die sonnengelbe Lichtung sieht, den kleinen Fluss, der rundherum fließt, die großen Eichen am Ufer.

»Hier habe ich zwei Bücher geschrieben«, sagt er, »oder vielmehr eineinhalb.«

Das anschließende kleine Zimmer ist fast ganz von einem breiten Bett mit orangefarbener Tagesdecke ausgefüllt. Links an der Wand hängt ein weiteres hässliches Bild, in der Ecke steht eine Stereoanlage, CDs liegen auf einem Tischchen und auf dem Fußboden verstreut. Unwillkürlich registriert sie weitere Einzelheiten, und jede gibt ihr einen schmerzlichen Stich. Der Hauch von weiblichem Parfüm ist hier deutlicher als im Untergeschoss, steckt wahrscheinlich in den Laken und den Kleidern in dem alten, mattblau gestrichenen Schrank. Sie mag nicht daran denken, was hier in diesem Bett für wer weiß wie viele Nächte und Morgen zwischen ihm und seiner zweiten Exfrau gewesen ist, und auch nicht, was in den anderen Räumen alles war. Was sie gern wüsste, ist, welche seiner Bücher er hier geschrieben hat, aber sie kann die Reihenfolge der Titel, die sie im Internet gelesen hat, im Kopf nicht abrufen, sie ist verwirrt von zu vielen Eindrücken, die gleichzeitig auf sie einstürmen. »Welche Bücher hast du denn hier geschrieben?«

Er ist schon aus dem Zimmer gegangen, schließt schon die Läden des schmalen, langen Fensters vor seinem ehemaligen Schreibtisch. »Was?«, fragt er, schon auf dem Weg nach unten.

»Welche Bücher?«, wiederholt sie oben an der Treppe; aber im Grund ist es völlig unwichtig, denkt sie, es ändert nichts.

»Das weiß ich nicht mehr.« Es ist klar, dass er nur so tut, er hat einfach keine Lust, darüber zu reden.

Sie folgt ihm und denkt, sie hätte gar nicht mit hereinkommen dürfen, es wäre viel besser gewesen, draußen an dem kleinen Fluss irgendwo im Schatten auf ihn zu warten. Oder noch besser, abzureisen, nach Mailand zurückzufahren.

Er schaut in die Küchenschränke, in die Regale, in den Kühlschrank. Er liest einige an ein kleines Korkbrett gepinnte Zettel, betrachtet ein paar Fotos, streicht mit den Fingern über mehrere Schlüssel in einem Körbchen. Mit der Hand fährt er über die Hocker, die Stühle, die Holzbretter, als wollte er mit diesen Tastempfindungen seine Erinnerung an den Ort festigen.

»Wo sind die Bücher, die du mitnehmen sollst?«, fragt sie, um ihn an den Grund des Besuchs zu erinnern, falls es denn wirklich darum ging. Eigentlich ist das nicht ihre Sache, denkt sie, es geht sie nichts an.

»Keine Ahnung«, sagt er.

Sie laufen weiter durchs Haus, zwischen dem blendenden Licht, das von draußen kommt, und der Dunkelheit hinten in den Räumen, schauen in einer Abstellkammer nach, in zwei kleinen Bädern. Sie fühlt sich immer unwohler, wie ein Eindringling in einem fremden Leben, und weiß nicht, wo sie hinschauen soll. Zuletzt geht sie zur Tür: »Ich warte draußen.«

»Ich komme mit«, sagt er, als hätte er keine Lust, allein gelassen zu werden. Er geht vor ihr her, steigt einige Steinstufen hinauf, die der Neigung des Hügels folgen, betritt das letzte Zimmer.

Sie bleibt auf der kleinen Terrasse vor dem Wohnzimmer im kümmerlichen Schatten der Pergola mit den weißen Trauben stehen und betrachtet ein rundes Tischchen mit zwei Eisenstühlen: Es gleicht fast aufs Haar dem, das sie in ihrem Garten hat. Ob das auch Zeichen sind, fragt sie sich, oder ist es einfach der Zufall, der im Leben verschiedener Menschen oft ähnliche Ereignisse und Formen hervorbringt, ohne dass es gewöhnlich jemand bemerkt.

»Hier bin ich.« Er steht in der Tür zum letzten Zimmer.

Sie blickt ihn an, von ein paar Metern weiter unten: Sie hätte einige Fragen, findet aber nicht die Worte, und außerdem scheint ihr, dass zwischen ihnen nicht die nötige Vertrautheit da ist. Die Hitze lähmt ihre Bewegungen, das Licht löscht ihre Gedanken aus; sie bleibt stehen, wo sie ist, schließt halb die Augen.

»Hey, alles in Ordnung?«, fragt er, an den Türrahmen gelehnt.

»Ja, ja«, antwortet sie, dabei ist gar nichts in Ordnung: Sie wird von einer Traurigkeit überwältigt, die genauso riecht wie das Parfüm seiner zweiten Exfrau in ihrem früheren Schlafzimmer. Eine zum Verkauf angebotene Wohnung zu besichtigen ist nichts im Vergleich zu dem hier: Hier hat sie den unerträglichen Eindruck von auseinandergerissenen Existenzen.

Er ist erneut verschwunden, taucht aber bald mit einem Karton voller Bücher wieder auf, stellt ihn ab, geht zurück.

Sie steigt die Steinstufen hinauf, erreicht die Tür, als er gerade einen zweiten Karton heraustägt, der nicht nur Bücher enthält, sondern auch farbige Mappen, lose Blätter, Zeichnungen und verschiedene Gegenstände. Weitere stehen auf dem Boden an der Wand. Der übrige Raum ist voll mit Leinwänden, die teils unbearbeitet, teils mit den gleichen großen runden Köpfen auf dünnen Körpern in leeren Räumen bemalt sind; daneben Staffeleien, Tuben und Dosen mit Farben, Pinsel. An der Tür steht noch ein altes Spinnrad mit einem Zettel, auf dem in rotem Filzstift geschrieben steht: *Autrement je le jette!*

Er deutet darauf: »Interessiert dich das?«

»Nein, danke«, sagt sie.

»Ich muss es hier wegräumen«, sagt er. »Es ist einer dieser Gegenstände, die die Verantwortung für einen gewissen Augenblick tragen.«

Sie nickt, hat aber keine Lust, sich vorzustellen, wofür das Spinnrad wohl verantwortlich ist, für welchen Augenblick. Es ist ja nicht ihr Leben.

»Unglaublich, wie sich das Leben mit Schlacken füllt«, sagt er. »So völlig unkontrollierbar. Du bist überzeugt, nichts anzuhäufen, und dann das.«

»Es wäre auch traurig, wenn es vollkommen leer bliebe«, sagt sie. »Findest du nicht?«

Er schüttelt den Kopf: »Die sperrigen Überbleibsel sind noch trauriger. Die Idee, dass die Gegenstände bleiben, als stummer Vorwurf.«

Sie lächelt: »Die Gegenstände können nichts dafür, die Ärmsten.«

»Aber die, die all die Gegenstände wollen, die schon«, sagt er. »Die sie benutzen, um ihr leeres Leben zu füllen.«

»Soll ich dir helfen?« Sie deutet auf die Kartons, denn sie will sich nicht weiter in diese Geistesverfassung hineinziehen lassen.

»Wenn du willst«, sagt er.

Sie tragen die schweren Kartons einen nach dem anderen zum Auto und hieven sie auf den Rücksitz. Auch das Spinnrad tragen sie zu zweit und verstauen es, so gut es geht, zwischen den Kartons und den Lehnen der Vordersitze. Dann sehen sie sich wortlos um, im Gestrüpp der Lichtung, wo kleine weiße Schneckenhäuser vertrockneter Schnecken blinken, unter der sengenden Sonne, die den Boden zum Glühen bringt, im monotonen Lärm der Zikaden.

Mit gesenktem Blick geht er an dem kleinen Fluss entlang. Wieder zögert sie, dann folgt sie ihm in ein paar Meter Abstand. Sie kommen unter einer großen Eiche vorbei, an einem Bambuswäldchen; weiter drüben stehen einige baufällige Holzboxen. »Hattest du Pferde?«

Er nickt, schaut in die erste Box: das durchhängende Dach ist mit rostigen Metallstreben gestützt, damit es nicht einstürzt. Die anderen beiden sind im gleichen Zustand, die Holzlatten abgeblättert und spröd von der Sonne, mit breiten Ritzen dazwischen; innen sind alte Bretter und Schaufeln, zerfranste Seilrollen, in einer Ecke ein verstaubter, abgenutzter Sattel.

»Wie viele Pferde hattest du?« Sie möchte den Bildern, die ihr gegen ihren Willen ununterbrochen durch den Kopf gehen, etwas mehr Schärfe verleihen.

»Drei«, sagt er. »Wenn meine Kinder kamen, veranstalteten wir irre Rennen.« Mit ausladender Bewegung weist er auf die Lichtung, als folgte er einem zügellosen Galopp.

»Jenny und Will?«, sagt sie.

Er wirkt erstaunt: »Erinnerst du dich an ihre Namen?«

»Ja, selbstverständlich.« Sie denkt an die Blicke seiner Kinder im Kaufhaus, halb neugierig, halb besorgt.

»Es gibt immer zu viel Blutvergießen, am Ende jeder Geschichte«, sagt er. »Zu viele Tote und Verletzte.« Er rüttelt an der Tür einer Box: Die alte Holzhütte erzittert. Dann wischt er seine staubigen Hände an der Hose ab und geht quer über die Lichtung.

Sie folgt ihm, betrachtet die zahllosen kleinen weißen Schneckenhäuser, die dem Ort, der sonst zauberhaft sein könnte, etwas Beunruhigendes verleihen. Am oberen Rand der Lichtung wachsen etliche Obstbäume, übel zugerichtet durch die Hitze und weil sie vermutlich schon lange nicht mehr geschnitten oder gegossen wurden. Kurz darauf kommt eine halb vertrocknete Lorbeerhecke, dann ein grünlicher Pool. Tote Insekten und Blätter schwimmen auf dem stehenden Wasser, eine ertrunkene Eidechse mit dem Bauch nach oben, gelb und aufgedunsen; ein Plastikschlauch ringelt sich wie eine ertrunkene Schlange. Am Beckenrand stehen drei zerschlissene, verblasste Liegestühle, ein von der Sonne gebleichter Korbsessel, zwei geschlossene Sonnenschirme, vergessene Gläser, eine nicht ganz geleerte Flasche Pernod.

Mit dem Blick eines zurückgekehrten Flüchtlings betrachtet er das Ganze, halb zärtlich, halb befremdet. Er nimmt ein umgekipptes Glas, stellt es wieder hin, öffnet einen der rostigen, staubigen Sonnenschirme, zieht zwei Liegestühle in den Schattenkegel, setzt sich auf den einen.

Sie setzt sich steif auf die Kante des anderen. Warum, fragt sie sich, folgt sie ihm immer weiter auf seinen Wegen, bei seinen Stimmungsumschwüngen? »Bist du traurig?«

»Nein«, sagt er.

»O doch.« Sie weiß nicht, warum sie nachhakt: Sie weiß es nicht.

»Na gut.« Er mustert sie. »Bist du jetzt zufrieden?«

»Nein«, sagt sie. »Warum sollte ich?«

Sich am Kopf kratzend, blickt er zum Haus hinüber. Aus seinen Gesten, seinem Ausdruck ist jede Spur der freudigen Sicherheit gewichen, mit der er sie über den provenzalischen Markt gezogen hatte, scheinbar Herr der Lage, Herr des Ortes und dessen, was zwischen ihnen beiden passierte.

»War das eine große Liebe, mit dieser Lisette?« Eigentlich dürfte sie ihn das nicht fragen, denkt sie, aber an diesem Punkt ist jede Frage legitim, es hat keinen Sinn, weiter imaginäre Grenzlinien zu beachten.

Er dreht sich zu ihr um, sieht sie an, als hätte er keine Ahnung, wovon sie redet. Doch dann sagt er: »Ob sie groß war, weiß ich nicht.«

»Aber du hast sie geliebt«, sagt Clare.

»Ja«, sagt er.

»Wie war sie?«, fragt sie.

»Einfach, normal«, sagt er. »Sie hatte ein kleines Stoffgeschäft im Dorf. Sie hat es immer noch.«

»Waren die Frauen, die du vorher hattest, denn nicht normal?«, fragt sie.

Er schüttelt den Kopf: »Nein, die waren alle ziemlich verrückt. Maßlos, unausgeglichen, unvernünftig.«

»Warum wohl?«, sagt sie.

»Wahrscheinlich fand ich sie spannender«, sagt er.

»Und stimmte das nicht?«

»Vielleicht schon«, sagt er. »Aber was sich dann jeweils abspielte, war gar nicht spannend.«

»Warum?«, sagt sie.

»Ein elender Machtkampf«, sagt er.

»Wer sich mehr für den anderen interessiert und wer weniger?« Plötzlich bekommt sie Herzflattern, mit der gleichen Frequenz wie das ununterbrochene Zirpen der Zikaden.

»Die kleinste Abweichung genügt«, sagt er. »Ein Milligramm mehr oder weniger.«

»An Aufmerksamkeit, an Fürsorge?« Sie hält den Atem an.

Er nickt.

»Ich weiß.« Sie denkt an die Machtspiele der Männer in ihren Liebesbeziehungen: an ihre Art, mit Kenntnissen und Fähigkeiten zu protzen, an ihre permanenten Versuche, ihre Selbstsicherheit zu untergraben. Das kleine herablassende Lächeln, der gutmütige, paternalistische Ton, die Erklärungen über die Welt, die Anweisungen, wie man sich zu verhalten hat. Sobald sie aber ein bisschen das Interesse verlor oder ein ganz klein wenig Unabhängigkeit gewann, wurden sie plötzlich kindlich, wehleidig, verletzlich, pathetisch, aufdringlich.

»Das ist doch schrecklich, oder?«, sagt er. »Dass knapp unter der Oberfläche jeder Beziehung ein Dauerkonflikt lauert.«

»Und mit Lisette war es nicht so?«, fragt sie.

Er schüttelt den Kopf. »Mit ihr habe ich entdeckt, was es bedeutet, unbeschwert zu sein. Ohne ständige Spannungen, ohne Szenen, ohne Selbstmorddrohungen, ohne Wegrennen und Verfolgungsjagden. Ein ganz normales Leben.«

»Aber?« Es erschüttert sie, wie vertraut ihr die Sache ist, wie sehr sie sie selbst betrifft.

»Offenbar eigne ich mich nicht besonders gut für das normale Leben«, sagt er. »Vielleicht kann ich das nicht, vielleicht genügt es mir nicht, ich weiß es nicht.«

»Was ist passiert?«, fragt sie. »Wieso ist es zwischen euch aus gewesen?«

Er blickt auf das stehende Wasser im Schwimmbecken: »Als ich einmal zwei Monate in Japan war, hat sie diesen Antoine Roccali aufgelesen. Diesen grottenschlechten Maler. Aber er gehört zu der Sorte Künstler, die ausgezeichnete Kritiker ihrer selbst sind und sich hervorragend promoten können. Dann hat er mich gefunden: Ich sponsere ihn, mit Leinwänden, Farben, Essen, Wohnen. Er hätte es schlechter treffen können, oder?«

»Tut mir leid.« Mehrere Vorstellungen von seinem Leben und seinem Verhalten gehen ihr durch den Kopf. Wird er dadurch besser, wird er schlechter? Sie weiß es nicht.

Er zuckt die Achseln, schaut weg.

»Tut mir leid«, wiederholt sie. Am liebsten würde sie

aufstehen, sich zu ihm auf den Liegestuhl setzen, ihm die Hand auf die Schulter legen; ihn fest umarmen, ihn küssen. Doch sie kann sich nicht wegrühren von der Holzkante, die ihr in den Po schneidet.

»Auch bei ihr war alles schon da, sofort«, sagt er. »Gleich als ich sie zum ersten Mal gesehen habe. Die Stabilität und die Grenzen der Stabilität.«

»Trotzdem hast du nicht aufgegeben«, sagt sie.

»Ja«, sagt er. »Am Anfang war es eine unendliche Erleichterung. Und eine Entdeckung. Dass man mit Freuden die kleinen Dinge genießen kann, nicht gleich alles vergiften muss durch die ständige Forderung nach etwas anderem, nach mehr, nach Besserem.«

»Und dann?« In ihre Neugier mischt sich eine Form von bekanntem, fremdem, diffusem Schmerz.

»Dann haben sich die Grenzen gezeigt«, sagt er. »Nicht ihre, sie hat nie so getan, als wäre sie anders, als sie ist. Meine Grenzen in Bezug auf Stabilität.«

»Was ist passiert?«, fragt sie.

»Ich wurde allmählich depressiv«, sagt er. »Ich fühlte mich wie im Käfig. Ich dachte an die Zeit, die vergeht, an die Vergeblichkeit jedes menschlichen Tuns. Ich bin in einer Routine versackt, habe die Lust am Erfinden verloren.«

»Daraufhin hast du eine Möglichkeit gefunden auszusteigen.« Sie würde ihn gern fragen, wie man es macht, aus einer Beziehung herauszukommen: ob es eine Methode gibt, dem anderen und auch sich selbst nicht zu weh zu tun. Ob es eine Frage der Zeit, der Art und Weise, der Worte und Gesten ist. Sie würde gern fragen, was sie beide hier machen.

»Nein, ich bin noch jahrelang drin hängengeblieben.« Er schüttelt den Kopf.

»Aber warum denn?«, sagt sie.

»Weil es mir aufrichtig leidtat«, sagt er. »Ihr weh zu tun, eine gute und solide Beziehung zu zerstören. Wegen allem, was wir zusammen aufgebaut hatten. Dieses Haus, der Gemüsegarten, der Obstgarten, die kleinen gemeinsamen Träume, die wir uns erfüllt hatten. Wegen der Zeit, die wir in der Gewissheit, dass der andere da ist, Seite an Seite verbracht hatten, wie Pilot und Kopilot, Jahr für Jahr perfekter. Wegen der Verantwortung, die ich für sie empfand. Weil es zu spät war, um zu gehen, ohne mich wie ein schrecklicher Verräter zu fühlen.«

»Obwohl du die Grenzen von Anfang an gesehen hattest«, sagt sie. »Auf der berühmten, ultradetaillierten Momentaufnahme.«

Er schaut weg: »Oft denkst du, du findest etwas, weil du es gesucht hast.«

»Und ist es nicht so?« Sie wüsste es wirklich gern; es würde ihr nützen.

Er lächelt bitter. »Es handelt sich fast immer um eine Einbildung. Oder um eine vorübergehende Wahrheit.«

»Du meinst, wir übertünchen das, was wir finden, mit dem, was wir *finden möchten*?«, fragt sie.

»Ja«, erwidert er. »Wir finden die Andeutung eines Zeichens und fangen sofort an, die Leinwand zu bearbeiten, bis ein faszinierendes Porträt herauskommt, ohne uns klarzumachen, dass wir das Bild ja fast ganz selbst gemalt haben.«

Sie fragt sich, ob sie je begriffen hat, was oder wen sie

eigentlich sucht; ob sie es oder ihn denn je gefunden hat, wenn auch nur für einen Augenblick. Sie erinnert sich an zwei oder drei sehr faszinierende Bilder, die sie unmittelbar oder auch lange immer neu gemalt hat, aber sie kann sich an keine wundergleiche Offenbarung erinnern, an kein Licht, das so hell strahlte, dass jede Unsicherheit von ihr abfiel. Nur von Zweifeln durchsetzte Gefühlsaufwallungen kommen ihr in den Sinn, Strohfeuer, die lang nachwirkende Enttäuschungen hinterlassen, sekundäre Einzelheiten, die so viel Bedeutung erlangen, dass sie gar nicht mehr sekundär sind, letzte Versuche, die erst vorletzte und dann wieder letzte Versuche werden, Trauer, die alles Übrige noch lange überdauert.

»Die Suche ist meist auch sehr oberflächlich«, sagt er. »Verfälscht durch zeitliche, räumliche, charakterlich bedingte Grenzen. Außerdem verworren, weil es häufig der andere ist, der *uns* findet und das dann gern auch noch als schicksalhaft versteht.«

»Das kann sehr überzeugend wirken.« Sie denkt an Albertos melodramatische Emphase, nachdem sie sich bei einem seiner Konzerte begegnet waren, wie er von Übereinstimmung der Gestirne gesprochen hatte; und an Stefanos Entschlossenheit, jetzt, da er seine wohlüberlegte Entscheidung getroffen hat.

»Eigentlich wissen wir ja gar nicht genau, was wir suchen«, sagt er. »Deshalb gestalten wir unsere Suche jedes Mal nach anderen Kriterien. Instinkt, Vernunft, Ähnlichkeiten, Gegensätze. Wenn wir im Osten gescheitert sind, wenden wir uns nach Westen.«

»Klingt nach einem kindlichen Mechanismus«, sagt sie.

»Genau«, sagt er. »Wie verstörte Kinder, die sich verlaufen haben.«

Sie schweigen; rundherum kratzen unermüdlich die Zikaden, *zagzagzagzagzagzagzagzagzagzag*.

»Hängst du sehr an diesem Ort hier?«, fragt sie.

»Ich habe nie an irgendeinem Ort gehangen«, sagt er.

»An dem hier schon.« Es ist so deutlich.

»Ein bisschen«, gibt er zu.

Sie stellt sich den Ort an einem lauen, luftigen Frühlingstag vor, wenn alles besonders schön ist: die grüne Wiese, die Pferde auf der Weide, die blühenden Obstbäume, ein Hund, der fröhlich um die Lichtung schwänzelt. »Ist es deiner Meinung nach unvermeidlich?«

»Was?«, fragt er.

»Dass jede Beziehung früher oder später zu Ende geht?«, sagt sie.

»Es ist höchst wahrscheinlich«, sagt er. »Da ja das Leben selbst auch zu Ende geht, nicht wahr? Auch wenn du ab und zu denkst, dass es doch eine Ausnahme geben könnte, vielleicht gerade für dich und jemanden, den du besonders gern hast.«

Sie beißt sich auf die Lippen, unbequem am Rand des grünlichen Schwimmbeckens sitzend, in der sengenden Sonne. Sie möchte wieder zu der Stimmung von vorher zurückkehren, als sie über den provenzalischen Markt schlenderten, denkt sie; auch dieser Moment ist vorbei, zum Beweis dessen, was sie gesagt haben. »Dann meinst du also, es lohne sich gar nicht zu suchen? Weil das, was du findest, nie wirklich das ist, was du wolltest, und sowieso zu Ende geht?«

»Es kommt darauf an«, sagt er. »Manche Leute können einfach nicht aufhören, immer weiter zu suchen.«

»Kannst du es?«, sagt sie.

»Nein«, erwidert er. »Und du?«

»Nein.« Sie kann nicht, denkt sie, und sie will auch nicht.

»Siehst du«, sagt er. »Aber sollte man durch einen absolut unwahrscheinlichen Zufall tatsächlich das finden, was man gesucht hat, darf man einfach nicht vergessen, dass es nicht für immer ist.«

»Wenn ich nicht glauben darf, dass es für immer ist, interessiert es mich nicht!« Plötzlich ist sie wütend.

Er sieht sie an, wirkt erschüttert: »Aber es gibt kein ›für immer‹.«

»Für mich schon!« Sie merkt, dass ihre Stimme zittert und ihre Wangen glühen.

Erst will er etwas erwidern, doch dann holt er tief Luft; sein Ausdruck ist schwer zu deuten, aber einen Moment lang scheinen seine Augen zu glänzen. Wieder möchte sie ihn am liebsten umarmen; das ist absurd, denkt sie, nach dem, was er gerade zu ihr gesagt hat, nach seinem Gerede in der vergangenen Nacht. Dennoch, ein Teil von ihr will den Worten keinen Glauben schenken, sondern vertraut auf die trübe, warme Strömung der namenlosen Tiefe. Sie fürchtet sich davor, aber dieser Teil ist da, pulsiert, es lässt sich nicht leugnen. Um ihm nicht nachzugeben, springt sie auf und geht mit langen Schritten auf das Tor zu.

Wortlos, ohne sich anzusehen, gehen sie durch den Pinienwald

Wortlos, ohne sich anzusehen, gehen sie durch den Pinienwald, er vorneweg mit der Tüte voller Lebensmittel, die sie auf dem Markt gekauft haben, sie direkt hinterher, so rasch, als würden sie vor etwas davonlaufen. Die unbarmherzige Sonne folgt ihnen über den hohen Kronen der Pinien, schleudert ihre glühenden Strahlen durch jede Lücke zwischen den Ästen, trifft sie voll, sobald sie aus dem Schatten hinaustreten. Immer schneller folgen sie dem kleinen Fluss, der wenige Meter zu ihrer Rechten fließt und ab und zu glitzernd zwischen den Stämmen und Sträuchern blinkt.

Er kennt diese Pfade gut, er ist sie Hunderte von Malen gegangen oder geritten, allein oder mit seiner zweiten Exfrau, mit seinen Kindern, an Winter- und an Sommertagen wie heute, auf der Suche nach Schatten, Raum, Ideen, einfacher, intensiver Bewegung. Der Boden ist fest, mit rötlichem Staub und Piniennadeln bedeckt; alle paar Dutzend Meter gibt es Weggabelungen, wo man eine Richtung wählen muss, fast ohne nachzudenken, ohne den Schritt zu verlangsamen. Obwohl sie für solche Wanderungen wenig geeignete Sandalen trägt, bleibt sie ihm auf den Fersen, sie ist keine, die sich vom Tempo oder von Entfernungen abschrecken lässt. An einem bestimmten Punkt schlägt er einen Weg ein, der sich noch mehr dem kleinen Fluss annähert und gegen die Strömung an ihm entlangführt, nach einiger Zeit den Hang hinauf abbiegt und oben auf dem Grat immer schmaler wird. Beide setzen die Füße auf den beschränkten Raum, stoßen sich mit Fersen und Waden ab, schauen ab und zu den Abhang zu ihrer Rechten hinunter auf die schrägen Felsen, zwischen denen ganz unten das Wasser fließt. Zügig schreiten sie voran, unter der Sonne, die ihnen erbarmungslos auf den Kopf brennt.

Sie kommen zu der Stelle, wo der Pfad abbricht und er, wenn er hier entlangritt, absteigen und das Pferd am Zügel hinter sich herziehen und dabei achtgeben musste, dass es nicht ausrutschte. Sie erhöhen das Tempo noch, in einer Art Wettstreit, bei dem man nicht weiß, ob er sie hinter sich herzieht oder sie ihn vorwärtsschiebt: Sie heben die Knie und strecken die Beine, atmen durch die Nase ein und durch den Mund aus. Sie laufen davon vor dem, was sie sich gesagt, und dem, was sie nicht gesagt haben, vor den Zweifeln und den Fragen, vor der Schwierigkeit und der Unentschlossenheit, vor dem, was sie gesucht, und dem, was sie gefunden haben, vor dem, was sie sich ausgemalt haben, und dem, was ist. Nach etwa einer Dreiviertelstunde strengen Marschierens geht der Weg bergab, zurück in die Ebene, und kommt an der Lichtung heraus, wo die zwei Bauernhäuser stehen, mit den Autos und den landwirtschaftlichen Maschinen und dem angeketteten alten Hund, der bellend aus dem Holzschuppen herausläuft. Er geht noch ein paar Meter weiter, dann dreht er um, nimmt die Markttüte in die andere Hand, stößt an Clares Schulter, drängt sich an ihr vorbei, um zurückzugehen. Sie holt ihn sofort ein, folgt ihm auf dem Fuß; keine Chance, sie abzuschütteln, sie kann mindestens so gut laufen wie er. Sie springen über kleine Buckel und Löcher, pumpen mit den Armen; ab und zu werfen sie einen Blick links hinunter, auf das Wasser, das in der glühenden Landschaft wie eine Fata Morgana zwischen den Felsen plätschert. Er könnte noch stundenlang ohne ein Wort weitermarschieren, denkt er, sie hinter sich herschleppen bis zum Pinienwald und dann durch das Labyrinth von Pfaden, bis zum Abend, bis es Nacht wird, bis sie zusammenbricht und ihn bittet, anzuhalten oder wenigstens langsamer zu gehen. Eine ganze Weile findet er diese Idee sehr verlockend, dann plötzlich erscheint sie ihm als das, was sie ist: unglaublich kindisch, gemein und dumm. Er bleibt stehen, sieht sie an. Auch sie sieht ihn an, eine Hand in die Seite gestützt, keuchend wie er.

»Müde?«, fragt er.

»Nein«, sagt sie. »Du?«

»Nein.« Weder sie noch er würde es je zugeben, selbst wenn sie völlig am Ende wären.

Sie sind beide rot im Gesicht, schweißnass, von den Haaren über die T-Shirts bis zu den Schuhen; beide fahren sich gleichzeitig mit dem Handrücken über die Stirn.

Sie steigen den Steilhang hinab, klammern sich an Sträucher, an Äste und Wurzeln, treten Erde und Steine los. Weiter unten rutschen sie dann über die Felsen bis dahin, wo diese ganz glattgeschliffen sind von dem Wasser des Flüsschens, das durch den Einschnitt fließt und eine Reihe klarer Gumpen bildet, in denen einige Fische herumhuschen. Er stellt die Markttüte im Schatten hinter einem Felsblock ab: Sie gleitet ihm aus den verschwitzten Fingern. Sie schauen sich um: kein Hinweis auf Menschen weit und breit.

Die Felsen spiegeln das unerträgliche Licht, der Bach murmelt gedämpft; es ist zu heiß, um zu reden, zu heiß, um zu atmen. Er zieht sich die Schuhe aus, indem er mit der Spitze gegen die Ferse drückt, reißt sich die feuchten Kleider herunter, nähert sich dem Wasser; ihm ist bewusst, wie primitiv er sich bewegt, weil er nackt ist und weil seine Fußsohlen brennen. Er springt: Das Wasser ist eisig, der Gegensatz zur heißen Luft draußen könnte nicht brutaler sein, seine Körpertemperatur sinkt schlagartig. Er schnappt nach Luft, denkt, dass er an dem Kälteschock auch gut sterben könnte, immer noch gefangen in diesem idiotischen Nicht-Kommunikations-Spiel. Bei der Vorstellung muss er laut schreien, schluckt Wasser. Wütend strampelt er, taucht wieder auf, hustet, lacht, spritzt mit beiden Händen, plötzlich belustigt über die Situation. Er fuchtelt herum, ruft ihr zu: »Komm!«

Sie schaut ihn an, auf dem schrägen Felsen balancierend. Dann schleudert sie die Sandalen fort, zieht T-Shirt und Hose aus mit einer Natürlichkeit, in die sich Scham mischt, weil sie so im vollen Sonnenlicht steht; sie streift ihr Höschen ab und lässt es mit einer raschen Bewegung des Fußgelenks durch die Luft segeln. Ihre Proportionen scheinen noch ausgewogener zu sein, als er im Halbdunkel des Schlafzimmers erahnen konnte: weich, klar, zeitlos. Noch nie, scheint ihm, hat er einen Frauenkörper gesehen, der die gleiche Mischung aus Sanftheit und athletischer Biegsamkeit besaß: breite Schultern, hohe kleine Brüste, üppig gerundete Hüften, schwungvolle, lange Beine. Ihre Gestalt weist keine einzige geizige Magerkeit auf, keinerlei schlaffe Schwere; die Harmonie ihrer Proportionen ist so entwaffnend, dass ihm die Luft wegbleibt, dass er mit dem Kopf wieder untertaucht. Sie klettert langsam den Felsen hinunter, bleibt kurz am Rand der Gumpe stehen, springt mit einem kleinen Schrei kerzengerade hinein.

Die Gumpen sind nicht groß genug, um wirklich schwimmen zu können, doch einige Züge kann man machen, kreuz und quer. Beide bewegen hektisch Arme und Beine, um zum Grund hinabzutauchen und im durchsichtigen Wasser die hellen Felsplatten zu betrachten, die Risse darin, die von der Strömung fortgezogenen Kiesel, die davonhuschenden silbrigen Fischchen.

Irgendwann tauchen beide mit Kopf und Schultern wieder auf, Wasser rinnt über ihre Stirn, tropft von ihren Wimpern, und er nähert sich ihr, küsst sie auf die Lippen. Sie umarmen sich stürmisch, zwischen der eisigen Kälte und der Gluthitze, und ihre Füße rutschen auf den glatten Steinen. Dauernd verlieren sie das Gleichgewicht, fallen aufeinander, plantschen, lachen, versuchen, sich aufzurappeln, klammern sich aneinander, rutschen erneut, tauchen unter, schlucken Wasser, husten.

Dann plötzlich sind sie beide blaugefroren, im selben Augenblick: Zitternd und zähneklappernd sehen sie sich an. Sie schwimmt auf den Rand zu, um herauszuklettern, tastet an den Felsen nach einem Halt. Er kommt ihr zuvor, klammert sich an einen Spalt und springt heraus, reicht ihr die Hand, reißt sie nach oben, obwohl sie es eigentlich alleine schaffen will. Durch das Übermaß an Schwung von beiden Seiten verlieren sie das Gleichgewicht, stolpern, fallen auf den Felsen. Wieder lachen sie, haben Mühe, sich voneinander zu lösen, sehen sich in die Augen, zittern wegen der Berührung, wegen des Temperaturunterschieds. Jetzt ist alles überraschend einfach: als hätten beide ihre komplizierten Gedanken zusammen mit ihren schweißgetränkten Kleidern auf den glühenden Steinen abgelegt, um plötzlich frei und leicht zu sein, ganz den Empfindungen ihrer nackt dem Wasser, der Luft und der Sonne ausgesetzten Körper überlassen.

Sie steigen ein paar Meter die Felsplatten hinauf, strecken sich aus, machen sich ganz flach, nehmen mit der gesamten Hautoberfläche die Wärme auf, von der Stirn über die Wangen, den Hals, die Schultern, den Oberkörper, den Bauch, die Beine bis zu den Fußsohlen. Der poröse Stein zischt leise unter ihnen, saugt das Wasser auf, das noch an ihnen ist, und lässt es verdampfen. Mit nur einem Auge schauen sie sich aus nächster Nähe an, lächeln dabei ununterbrochen. Dann rutscht er zu ihr hin, als sie sich gerade auf ihn zubewegt: Sie küssen sich, zitternd, gierig, unkontrolliert, mit wachsender Heftigkeit. Er küsst ihre Lippen, die Augen, die Nase, die Wangenknochen und wieder die Lippen, den Hals, die Schultern, die Brustwarzen, rutscht nach unten, küsst ihren Bauchnabel, rutscht noch weiter, küsst ihren Venusberg. Sie spreizt leicht die Beine und lehnt sich nach hinten, atmet stärker. Mit der Zunge folgt er den Kurven und Linien an der Innenseite ihrer Schenkel, bald langsam, bald schneller, verloren in sehr klar umrissenen und gleich darauf konturlosen Empfindungen, Begehren, das sich erweitert und verengt, zwischen trocken und nass, süß und salzig. Beide im Gleichklang, so vollkommen und unvollkommen, wie zwei Menschen nur sein können, die Füße gegen den heißen Felsen gestemmt, die Zehen gespreizt, die Waden angespannt, alle anderen Muskeln sensibilisiert. Das Flüsschen plätschert weiter unten, in ihren Körpern braust es, irgendwann hat er das Gefühl, gar nicht mehr unterscheiden zu können zwischen seinem Begehren und ihrem, zwischen Erwartung und Suche, zwischen Druck und Nachgeben, zwischen Denken und Tun. Es ist die erstaunlichste Übereinstimmung, Gegensätze, die sich anziehen und beinahe verschmelzen und doch wie durch ein Wunder ihre Natur als Gegensätze bewahren. Positiv–negativ, männlich–weiblich; die winzigste Bewegung erhöht die Spannung und gibt sie weiter, als forschten sie nach den fernsten Ursprüngen ihres Hierseins, ihres Seins. Sie könnten stundenlang so weitermachen, ohne die Lust zu verlieren, unermüdlich. Doch sie nimmt seinen Kopf zwischen ihre Hände, zieht ihn an den Haaren an sich, immer fester, sie bäumt sich rückwärts auf, atmet so tief, dass sie seinen Atem mit einsaugt. Er macht weiter und hält inne und schaut zu ihr auf und ist total hingerissen von ihrem Ausdruck und von der Farbe, die ihr in die Wangen steigt, von ihren geweiteten Pupillen, die mit ihren vielfachen Signalen den unsichtbaren, unbeständigen Kern seiner Empfindungen und seines Wesens überfluten.

»Heeey!« Sie keucht, zittert.

»Heeey!« Er verliert das Gleichgewicht, rutscht fast den schrägen Stein hinunter, findet im letzten Moment am Felsen einen Halt.

Beide lachen; sie umarmen und küssen sich erneut, aneinandergepresst, in der sengenden Sonne, die schon länger wieder ihre Haut und ihre Köpfe zum Glühen bringt.

Am Abend essen sie in einem kleinen Restaurant an der Hauptstraße des Ortes

Am Abend essen sie in einem kleinen Restaurant an der Hauptstraße des Ortes, an einem leicht schiefen Tisch auf dem Trottoir. An Schnüren hängen Öllampen, auf den Tischen stehen Kerzen, die alles in ein ständig flackerndes, warmes Licht tauchen. Die Kellnerin scheint Daniel Deserti gut zu kennen, denn als sie kommt, um ihre zwei Kerzen anzuzünden, begrüßt sie ihn herzlich und blickt dann Clare an, als erwarte sie eine Erklärung.

Er weist mit offener Hand auf sie und lächelt.

Die Kellnerin nickt: »Interessant.«

Clare fühlt, dass ihr die Röte in die Wangen steigt, lacht verlegen; an den anderen Tischen drehen sich einige Gäste nach ihnen um.

Er bestellt eine Flasche lokalen Weißwein; die Kellnerin bringt ihn sofort, in einem eisgefüllten Kübel. Er schenkt ein, sie stoßen an, trinken gleichzeitig einen Schluck: mit glänzenden Augen im Lichtschimmer, die Empfindungen des Tages unter und auf der Haut. Auf einmal besteht diese unglaublich neue Vertrautheit zwischen ihnen: diese erregte, zarte Schwingung, die Gesichtszüge, Formen und Verhalten prägt, Informationen sammelt, sie in einem ununterbrochenen Hin und Her auswertet und immer neue Schauder auslöst.

Sie liest die Speisekarte, ist aber zu abgelenkt, um sich auf die Beschreibung der Gerichte zu konzentrieren; sie fängt immer wieder von vorne an, ihre Augen überfliegen die Wörter, ohne etwas aufzunehmen, die Gedanken schweifen zurück, voraus.

Nach einer Weile nimmt er ihr die Karte aus der Hand: »Soll ich bestellen?«

Sie lächelt, nickt. Hätte Stefano ihr den gleichen Vorschlag gemacht, denkt sie, hätte sie es als Versuch gedeutet, ihr seinen Willen aufzuzwingen. Doch hier ist die Atmosphäre zu romantisch für derartige Deutungen; und weiter vorn in der Straße hört man Gitarrenklänge und einen Elektrobass. Von den anderen Tischen kommen Stimmen, Gelächter, Blicke, mischen sich im Hintergrund. Ab und zu fährt ein Auto vorbei, gleitet leise davon, wie durch ein Bühnenbild, das extra für diesen Abend Ende Juli gebaut wurde.

Er steht auf, hält die Kellnerin an, die gerade mit einem leeren Tablett in der Hand wieder ins Lokal geht; sie reden und lachen.

Als sie ihn so aus einigen Metern Abstand im Licht der Öllampen sieht, kommt es ihr noch seltsamer vor, dass er ihr so nah gewesen ist. Sie fragt sich, ob ihre unglaubliche neue Vertrautheit ein Dauerzustand ist oder sich bei der nächsten Stimmungsschwankung auflöst und sie dann noch entfernter und orientierungsloser sind als zuvor. Eine Sekunde lang erfüllt diese Vorstellung sie mit Schrecken; gleich darauf befindet sie, dass es keinen Sinn hat, an die Zukunft zu denken, wenn sie sowieso morgen nach Mailand und in ihre jeweiligen Leben zurückkehren müssen.

Ebenso gut kann sie so lange wie möglich im Augenblick verweilen, der so zauberhaft und umfassend ist; sich widerstandslos und ohne Projektionen darin verlieren, alles Übrige seinlassen.

Irgendwie gelangt der Ton für »eingegangene Nachricht« ihres Handys durch viele andere Geräusche an ihr Ohr. Sie greift in die Tasche und drückt die Taste, um zu lesen. Stefano schreibt: *Hier Mordshitze, aber mit dem Daikin von Aldo ist es wie auf dem Himalaja, müssen wir in der neuen Wohnung auch einbauen, Kuss.*

Nur vage registriert sie den Sinn der Wörter, antwortet automatisch: *Kuss*, drückt auf »Absenden«, lässt das Handy wieder in die Tasche gleiten. Sie mag nicht daran denken, kein bisschen. Sie betrachtet die Leute, die an den anderen Tischen sitzen, atmet die Düfte in der Luft ein, lauscht der Musik, die von fern herüberweht.

Er kommt zurück, setzt sich lächelnd: »Na?« Das Licht der Kerzen auf dem Tisch spiegelt sich in seinen Augen: Sie leuchten warm, tief, vertraut.

»Na.« Sie hat tausend Gründe, aufgeregt zu sein, tausend.

»The Moletto girl.« Er sieht sie an. *»The Rochester prodigy.«*

Als sie ihn Englisch sprechen hört, zuckt sie innerlich zusammen: wieder die Schwankung zwischen nah und fern, vorübergehend und dauerhaft, einfach und kompliziert. Sie lacht: »Ich? Ich habe gar nichts Wunderbares an mir.«

»Ach nein?« Er fixiert sie weiter, als wollte er sich jeden Millimeter ihres Gesichts einprägen, jede winzige Veränderung ihres Ausdrucks.

Sie trinkt einen Schluck Wein, aber seine geballte Aufmerksamkeit ist viel berauschender. »Nein.« Sie möchte nirgends sonst sein, mit niemand sonst.

»Bilde ich mir alles bloß ein?«, sagt er. »Wie ein Dummkopf?«

»Vielleicht.« Sie lacht, wirft den Kopf in den Nacken. Sie möchte nur eins: dass diese Situation nicht aufhört, dass die Nacht sich über die Grenzen der Zeit und der vernünftigen Möglichkeiten hinweg ausdehnt.

Die Kellnerin bringt das Menü, das er bestellt hat; sie stellt alles auf den Tisch und lässt sie nach einem langen Blick wieder allein. Es sind leichte Gerichte: ein kleines, duftiges Tomatensoufflé, garniert mit Basilikum und Kerbel, panierte und frittierte Salbeiblätter, Kartoffelkroketten und grüne Bohnen mit Käse, Feldsalat mit Apfelessig. Sie kosten in kleinen Bissen, mit äußerster Langsamkeit, nippen dazwischen ab und zu an ihrem Glas, sehen sich an, sprechen, ohne überlegen zu müssen. Die trostlosen Gespräche der vergangenen Nacht und die Traurigkeit, als sie auf der Lichtung waren, scheinen unendlich weit weg zu sein, Teile einer vergangenen Epoche; jetzt gibt es zwischen ihnen nur die berauschende Freude des stetigen Austauschs, die Neugier, die sich auf alles erstreckt und in jeden noch unerforschten Winkel vordringt. Ihr Atem, ihre Bewegungen, ihr Ausdruck entspringen dem süßen Bewusstsein des Hier und Jetzt, als wäre es für immer; nichts führt zu Reibungen oder kostet sie Mühe, nichts verlangt rationale Verhaltensweisen oder Gedanken. Er füllt ihr Glas, sobald er sieht, dass es fast leer ist, trinkt, aber nicht viel; anscheinend ist er fröhlich, neugierig, kommunikativ. »Weißt du, dass du ein außerordentlich exotisches Gesicht hast?«

»Wie, exotisch?«

Geistig und auch körperlich genießt sie den Blick, mit dem er sie weiterhin forschend anschaut.

»Du hast sooo lang geschnittene Augen«, sagt er. »Und diese schillernde Iris. Da ist alles drin.«

»Was denn?« Sie will es ihn sagen hören, sie kann einfach nicht anders.

»Frühlings- und Herbstwälder«, sagt er. »Meer, Himmel und Feuer.«

»*Du* hast Feuer in den Augen.« Sie sieht es lodern, geschürt von der männlichen Intensität seines Geistes, seines Körpers.

»Aber du hast *verschiedene Arten* von Feuer«, sagt er.

»Ach ja?«, sagt sie gespannt.

»Ja«, sagt er. »Jedes mit seiner besonderen Farbe, je nach Augenblick.«

»Meinst du?« Ihr wird heiß, während sie von Feuer sprechen; ihre Haut glüht. Sie fühlt sich entflammt, strahlend.

»Außerdem hast du diese hohen Wangenknochen«, sagt er. »Diese vollkommene Stirn. Und was für ein Kinn!«

Sie lacht, wirft den Kopf zurück, nimmt noch einen Schluck Wein, isst noch ein Häppchen.

»Weißt du, dass du exotisch bist?«, fragt er noch mal, und seine Augen leuchten.

»Nein.« Sein Blick geht ihr durch und durch.

»Du bist es aber«, sagt er. »Und wie.« Er mustert sie unbeirrt, sammelt bedeutsame Details ihres Gesichts und ihrer ganzen Gestalt.

»Es wird die Mischung sein«, sagt sie. »Die halb ligurischen, halb irländischen Wurzeln, wer weiß.« Sie atmet, ihr Herz schlägt schnell.

»Ja, aber nicht nur«, sagt er. »Es ist eine Mischung innerer und äußerer Eigenschaften. Es liegt an deinen Gesichtszügen, an deinem Ausdruck, an deinen Bewegungen, an deiner Stimme, an *allem*.«

Sie rutscht auf ihrem Stuhl hin und her, fährt sich mit der Hand durch die Haare; es kommt ihr vor, als sei sie noch nie von einem Mann mit so viel Aufmerksamkeit und Sachverstand betrachtet worden. Natürlich hat sie sich gelegentlich irgendwie für etwas Besonderes gehalten, aber viel häufiger hat sie sich durch das, was er jetzt als ihr Exotischsein bezeichnet, fehl am Platz gefühlt und nicht begehrt und bewundert. Seit je passt sie in keine der vorhandenen Hauptkategorien, sie musste sich ihre Art zu sprechen, sich zu bewegen, zu denken und mit anderen umzugehen selbst erfinden, ohne Hilfe von außen und ohne des Ergebnisses je ganz sicher zu sein. Bei ihren Schwestern war es genauso: Jede ist durch eine Reihe von Versuchen und manchmal katastrophalen Fehlern zu der geworden, die sie heute ist, da ihre Eltern keine brauchbaren Vorbilder waren. Als Kind beneidete sie ihre Schulkameradinnen manchmal um die sorglose Leichtigkeit, mit der diese von ihren Müttern ein ganzes Bezugs- und Verhaltenssystem übernahmen, Kleider, Frisuren, nützliche Wörter, Tischmanieren, Formen des Umgangs mit anderen Kindern, ohne dass sie mühsam herausfinden mussten, wie man bei jeder einzelnen Gelegenheit zu sein und was man zu tun hatte. Mit der Zeit entdeckte sie dann, dass Selbststudium und Unangepasstheit auch Vorteile bringen, allerdings überwiegen sie die Nachteile wohl kaum. Und doch gefällt sie sich jetzt, ja wirklich.

Er streckt die Hand über den Tisch, ergreift die ihre, streichelt ihr Handgelenk. Die Geste ist fast die gleiche wie in Sori, in dem Restaurant am Meer – wie lange das her ist! –, doch hat sie nun eine ganz andere Bedeutung. Sie soll nicht die Distanz messen: Es ist eine Bestätigung der Nähe. Ein Schauer überläuft ihren Arm, bis zum Herzen.

Da kommt ein vibrierendes Geräusch aus ihrer Handtasche; sie beugt sich zur Seite, öffnet sie halb und sieht das Display leuchten: »eingegangene Nachricht«. Sie zögert, ob sie sie hier lesen soll, oder vielleicht gar nicht. »Entschuldige mich einen Moment.« Sie will die Hand zurückziehen und aufstehen, ist aber noch nicht ganz sicher, ob sie es wirklich will und kann. Sie hat Angst, den Augenblick zu verderben, ihn zu verlieren.

»Selbstverständlich.« Er lässt ihre Hand los, lehnt sich auf seinem Stuhl zurück, ohne den Blick von ihr zu wenden.

Sie nimmt ihre Tasche und steht auf, betritt mit schwankenden Schritten das Restaurant, bleibt stehen, sobald sie außer Sichtweite ist. Wieder eine SMS von Stefano: *Du weißt nicht, was du verpasst: schlage Cumiani vernichtend beim Tennis auf der WII 1. Satz, 6-0, sensationell!*

Sie hat keine Ahnung, was sie antworten soll, also schreibt sie: *Bravo*, drückt auf »Absenden«, steckt das Handy wieder ein, holt tief Luft. Ihr ist, als könnte sie nicht eine Sekunde mehr verlieren, daher geht sie sofort wieder hinaus, ohne die Toilette aufzusuchen. Sie sieht ihn im Dreiviertelprofil, das Glas in der Hand, dunkel, anziehend; noch nie, scheint ihr, hat sie einen Mann so attraktiv gefunden. Mit einer

Dringlichkeit, die bei jedem Schritt wächst, geht sie zu ihm und setzt sich an den kleinen Tisch: absolut besessen von dem Bedürfnis, den Kontakt wieder herzustellen, sich wieder dem Feuer seines Blicks und seiner Aufmerksamkeit auszusetzen, wieder den Klang seiner Stimme im Ohr zu haben.

»Wir waren dabei, von dir zu sprechen«, sagt er.

»Warum sprechen wir nicht mal von dir?« Ihr Herz klopft noch schneller als zuvor, ihr Kopf ist voller unkontrollierbarer Gedanken, die nicht wissen, wo sie anhalten sollen.

»Ach, ich bin überhaupt nicht interessant.« Obwohl klar ist, dass er das nicht ernst meinen kann, wirkt es in diesem Moment nicht wie eine Attitüde, sondern wie die Bestätigung, dass er ganz auf sie eingestellt ist.

»Ich auch nicht.« Sie schließt halb die Augen, versucht die Empfindungen zu sortieren, die auf sie einstürmen, aber es gelingt ihr nicht. Das Interesse richtet sich ganz auf das, was zwischen ihnen ist, scheint ihr; und es ist grenzenlos.

»Wenn du nicht interessant bist, wer dann?« Sein Blick erfasst sie wie eine Welle, die sichtbaren Seiten und auch die verborgenen, erreicht ihr Inneres.

»Ach, tu nicht so«, sagt sie, aber in Wirklichkeit möchte sie, dass er weitermacht, dass er alles entdeckt, was es zu entdecken gibt.

»Du lässt dich keinem Typ zuordnen«, sagt er. »Du wechselst von einer Seinsweise zur anderen, ohne in ein bestimmtes Muster zu verfallen.«

»Muss ich mir Sorgen machen?« Sie lacht. »Bin ich ein Fall von multipler Persönlichkeit?«

Auch er lacht: »Ich glaube nicht.«

»Also was dann?«, sagt sie.

»In großen Zügen?«, sagt er.

»Hm.« Sie ist keineswegs sicher, ob sie es hören will; sie kann es kaum erwarten.

»Du bist einfach und kompliziert«, sagt er. »Du kennst die Welt, kannst aber noch über Dinge staunen, dein Wesen ist wild, aber du hast eine romantische Seele, obwohl du einen mutigen Geist hast, bist du schreckhaft, bist fröhlich, neugierig, manchmal überdrüssig, suchst Aufmerksamkeit und Fürsorge, brauchst niemanden.«

»Na ja.« Sie ist es nicht gewohnt, dass jemand so lange über sie spricht. Die Männer in ihrem Leben neigten alle dazu, hauptsächlich über sich selbst zu sprechen: offenbar das einzige Thema, das tiefes, dauerhaftes Interesse in ihnen wecken konnte. Nur ihr unterlegene Männer waren bereit, sich ihr ohne Einschränkung zu widmen, doch die zogen sie nicht an, so viel Zärtlichkeit oder Sympathie sie ihr auch einflößen mochten. Sie hat daraus die Schlussfolgerung gezogen, es sei unmöglich, einen attraktiven, nicht völlig egozentrischen Mann zu finden – was ihr immer äußerst ungerecht vorkam.

»Es ist hinreißend, deine verschiedenen Eigenschaften im Zusammenspiel zu sehen«, sagt er. »Die wunderbare, einfache Komplikation.«

Seine Worte berauschen sie. Ab und zu versucht eine Alarmglocke, das diffuse Wohlbefinden zu übertönen, kommt aber nur gedämpft an, wirkungslos. »Du bist ein Verführer«, sagt sie. »Du willst mir den Kopf verdrehen, wie schon wer weiß wie vielen Frauen vor mir.«

»Nein.« Sein Gesichtsausdruck ist so betrübt, dass er einen Moment lang geradezu verloren wirkt.

Sie lacht: »Natürlich, noch keiner hast du je solche Sachen gesagt.«

»Nein«, sagt er. »Ich habe noch nie eine getroffen, die mich dazu inspiriert hätte.«

Sie fixiert ihn: »Du bringst mein Innerstes zum Schmelzen, wenn du das sagst.« Das Gefühl hat sie wirklich.

»Oh, gern geschehen!« Er lacht. »Du klingst auch so unglaublich weich. Wie ein Violoncello von Stradivari.« Helle Freude leuchtet auf seinem Gesicht, die sie noch nie gekannt hat, scheint ihr, auch wenn sie sie zu kennen meint.

»Du auch.« Ihre Scheu vor Wörtern ist ungebrochen, trotz aller Emotionen, die ungehindert zwischen ihnen fließen.

»Wir sprechen aber von *dir*.« Er drückt ihre Hand fester. »Die Frau aus Upstate New York, halb Irländerin, halb Italienerin, natürlich und anspruchsvoll, lebhaft, aufmerksam, intelligent, geistreich, tiefgründig, leichtsinnig. Wenn ich in einem Roman dein Porträt zeichnen müsste, würde ich am Ende bestimmt zu viele Adjektive brauchen.«

Sie lacht, trinkt einen Schluck Wein. Sie fühlt eine warme, lichte Aura um sich herum, wie in einem Traum, der sie auf unbestimmte Zeit wer weiß wohin entführt.

Er sieht sie weiter an: »Wenn ich aber nur ein einziges Adjektiv benutzen dürfte, weißt du, welches ich dann wählen würde?«

»Welches?«, sagt sie.

»Strahlend«, sagt er. »Strahlend.«

Sie holt Luft; sie würde gern bei einer geistreichen Antwort Schutz suchen, doch ihre Augen füllen sich mit Tränen.

»Und dann ist da dieser leicht schmerzliche Ausdruck am Grund deiner Augen«, sagt er. Er lässt ihre Hand los, streicht mit ausgestreckten Fingern über ihre Schläfe, zart, vorsichtig.

»Wie kannst du das sehen?«, sagt sie mit angehaltenem Atem; ihr Herzschlag stockt.

»Es ist da.« Auch ihm stehen scheinbar plötzlich die Tränen in den Augen. »Ich sehe es.«

Sie beißt sich auf die Lippen, wendet den Blick ab.

Er beugt sich über den Tisch und küsst sie auf die Stirn; sein Glas fällt um. Er taucht zwei Finger in das verschüttete Nass, legt sie hinter ihr linkes Ohr, hinter sein linkes Ohr.

Sie fragt sich, was passiert: Ihr scheint, sie haben beide ein unkontrollierbares Terrain betreten, und die Vorstellung macht ihr Angst.

Die Kellnerin kommt und fragt, welches Dessert sie möchten, reicht ihnen eine kleinere Karte.

Ohne sich abzusprechen, wählen sie und er das Pistazieneis mit geraspelter Orangenschale; ihre Stimmen überlagern sich. Die Kellnerin lächelt, sie lächeln ebenfalls.

Eine Weile schweigen sie, nehmen die Geräusche von den anderen Tischen auf, die Musik, die vom Ende der Straße herüberweht. Die Kellnerin bringt zwei Tellerchen mit Eis: kleine pastellgrüne, stumpfe Kegel, bestreut mit orangefarbenen Flöckchen. Beide nehmen andächtig ein Löffelchen voll, kosten schweigend.

Er hebt den Blick. *»Hey, Brighteyes!«* Er streckt die Hand aus und streicht ihr über die Wange.

»Warum?«, sagt sie, das Eislöffelchen halb in der Luft. Sie fragt sich warum, warum, warum.

»Ich habe noch nie zuvor so leuchtende Augen gesehen«, sagt er. *»Brighteyes.«*

Sie fixiert ihn, und ihr ist, als sähe sie ihn jenseits des Ausdrucks, den er gerade hat, jenseits seiner Art, ihr gegenüberzusitzen, jenseits dessen, was er sagt; wieder erschrickt sie.

Sie verlassen das Restaurant

Sie verlassen das Restaurant, gehen der Musik nach die Hauptstraße des Dorfes entlang; leicht unsicher auf den Beinen, benommen von den Dingen, die sie einander gesagt, und dem Wein, den sie getrunken haben, von der schwülen Luft, dem schrägen Trottoir. Er kann es nicht glauben, wie anders sich dieser Weg jetzt anfühlt, den sie ja auch heute Morgen gegangen sind: wie viel tiefer die Spannung ist, die sie jetzt verbindet. Diese Vorstellung erstaunt und besorgt ihn, doch hat er gerade nicht viel Platz für Gedanken, er ist fast ausschließlich mit Empfindungen beschäftigt.

Sie kommen an den zwei Cafés und dem alten Hotel mit seinen Tischchen auf der anderen Seite vorbei, an dem Rathaus mit seinen Säulen und den für den Sommer gehissten Stoffbannern, den Maklerbüros mit ihren beleuchteten Schaufenstern voller Fotos und Beschreibungen, die lauter mögliche Leben feilbieten. Sie bleiben da stehen, wo die Klänge des Elektrobasses und des Schlagzeugs herkommen, auf dem Platz, der heute Morgen von Obst- und Gemüseständen besetzt war und wo nun ein hölzernes Podest aufgebaut ist, auf dem die Leute vor einem kleinen Orchester tanzen. Zwei Sängerinnen in engen Jäckchen und kurzen Röcken bewegen sich im Gleichschritt, begleitet von einem Keyboarder, einem Gitarristen, einem Akkordeonspieler, einem Bassisten und einem Saxophonisten in auberginefarbener Uniform mit Goldtressen. In voller Lautstärke spielen sie ihre Versionen von Walzern und Mazurkas und Foxtrotts und Popsongs, die am anderen Ende der Straße so undeutlich klangen wie Unterseegeräusche, hier aber durchaus rhythmische, erkennbare Formen annehmen.

Sie und er lehnen sich an ein Absperrgitter und sehen den älteren Paaren zu, die über das Podest gleiten, den Müttern mit Kindern, den kleinen Jungen und Mädchen, die am Rand drollige Bewegungen vollführen; sie klatschen mit den anderen Zuschauern, wenn ein Stück zu Ende ist. Dann kommt wieder ein Walzer, er packt sie unvermutet am Handgelenk und zieht sie auf die Tanzfläche. Zuerst bewegen sie sich ein bisschen unsicher, was den Rhythmus angeht, dann gewinnen sie Schwung, werden allmählich gelöster. Er hält sie um die Taille gefasst, beginnt, sie im Kreis zu führen, lässt sie mit wachsender Kraft herumwirbeln »Hey!«, ruft sie, versucht aber nicht zu bremsen; sie stolpern ein paarmal, beschleunigen erneut, setzen alle Muskeln ein, Wange an Wange. Keiner von beiden kann wirklich Walzer tanzen, doch sie gleichen ihre technischen Mängel durch die Körperenergie aus, die sich in ihnen angesammelt hat: Engumschlungen drehen sie sich rasch im Kreis, auf der Welle der Musik, die unter den Verstärkern die Luft in Schwingung versetzt. Ab und zu stoßen sie mit anderen tanzenden Paaren zusammen; einige Köpfe drehen sich um, aber alle sind eins in der Kreisbewegung: einzelne Drehungen in der allgemeinen Drehung. Er dürfte sich eigentlich nicht darüber wundern, wie gut sie der Musik folgt, denkt er, denn er hat sie ja am Strand tanzen und in dem Flüsschen schwimmen sehen, dennoch ist er beeindruckt von ihrer Elastizität, von ihrer Anmut, von dem lebhaften Vergnügen, das in ihren Augen blitzt. Auch die Proportionen stimmen, so eng umschlungen: das Verhältnis von Gewicht und Größe stimmt, an Hüften und Schultern berühren sie sich an der richtigen Stelle. Sie drehen sich ganz natürlich, und die Natürlichkeit verleiht dem Tanz immer neuen Schwung, lässt sie im doppelten oder dreifachen Tempo der anderen Paare über die Tanzfläche wirbeln. Sie vertraut sich seinen Armen an; Kreis um Kreis umrunden sie die hölzerne Plattform, ohne sich darum zu kümmern, die richtigen Bewegungen auszuführen, mitgerissen von der Dynamik des Walzers.

Als der Walzer zu Ende ist, lehnen sie sich lachend, schwer atmend und verschwitzt aneinander. Doch bleibt ihnen keine Zeit zum Verschnaufen, weil die Musik sofort in einem viel schnelleren und drängenderen Rhythmus wieder einsetzt. Sie tanzen voll Elan weiter, schöpfen aus einem Repertoire von Schritten und Bewegungen, die sie eben erst gesehen oder sich ausgedacht haben, mit einer Intensität, die wächst und wächst und immer wilder wird. Sie nähern sich und schieben sich weg, umrunden einander und fallen sich wieder in die Arme. Hemmungslos mixen sie die unterschiedlichsten Stile, tanzen langsam engumschlungen, gehen über zu Rock 'n' roll, machen Flamencoschritte mit einer Hand auf der Hüfte, den *duck walk* à la Chuck Berry, bewegen die Finger wie eine Schere vor den Augen, lassen die Arme kreisen, kreuzen sie, heben die Knie, treten nach der Seite, nach vorn und nach hinten, laufen auf der Stelle, tun so, als tanzten sie klassisches Ballett, lassen sich fallen, halten sich im letzten Moment, wirbeln so schwindelerregend herum, das sie die Paare in ihrer Nähe fast umreißen. Die Leute, die unten sitzen oder an den Absperrgittern um das Podest stehen, schauen zu, lachen, zeigen auf sie. Sie und er machen weiter, bieten alle Energie auf, die sie haben, ohne Vorbehalte, maßlos, teils für sich selbst, teils aus Spaß an der Show, teils, um sich aus dem Strom von klebrigen Gefühlen und komplizierten Gedanken herauszureißen, teils, um am namenlosen Grund dessen anzukommen, was sie aneinander anzieht.

Die Musiker werden auf sie aufmerksam, der Saxophonist deutet auf sie und ruft »Bravo!« ins Mikrophon; das Tempo nimmt zu, ihre Bewegungen werden schneller. Die Lampen rundherum erzeugen weiße, gelbe und rote Lichtspuren, die Luft leistet allen Bewegungen nachgiebigen Widerstand, streicht über ihre Haut, fährt in die Kleider. Sie tanzen und tanzen, angestachelt von der unerschöpflichen elektrisierenden Spannung der Berührung und der Improvisation, die Füße sausen über die Holzbretter, die Zentrifugalkraft, die sie selbst erzeugen, reißt sie mit, hemmungslos ergeben sie sich der urtümlichen Kraft, die der Musik und ihnen selbst innewohnt und die an die Oberfläche kommt, da die Zeit drängt, brennt, vergeht, Sekunde um Sekunde, Geste um Geste, Schwung um Schwung, Atemzug um Atemzug.

Sie hören erst auf, als auch die letzte Zugabe verklungen ist

Sie hören erst auf, als auch die letzte Zugabe verklungen ist, die Musiker die Verstärker abschalten und die Instrumente einpacken. Noch einmal durchqueren sie das Dorf auf der abschüssigen Hauptstraße, aufeinandergestützt, als rutschten sie; sie lachen, bleiben stehen, gehen weiter. Vom vielen Tanzen sind ihre Beine immer noch ungewöhnlich elastisch: Mit langen Schritten schieben sie sich vorwärts und berühren auf eine seltsame Art den Boden, als hätte sich etwas an der Schwerkraft geändert. Drei oder vier Leute sitzen rauchend an den Tischchen vor der Bar, drei oder vier unterhalten sich stehend auf dem Trottoir; aus einem offenen Fenster kommt der Klang einer Hammondorgel. Die leisen Stimmen verwehen in der warmen Luft.

Vor der Tür des Hauses in der Seitengasse zieht er den Schlüssel aus der Tasche: Beide schauen ihn an, überrascht, dass sie ihn haben, ihn benutzen können, um aufzuschließen. Stolpernd steigen sie die hohen Stufen der Treppe hinauf, die unter ihren Füßen und vor ihren Blicken immer länger zu werden scheint. Er hält sich mit einer Hand am Geländer fest, mit der anderen drückt er sie an sich, umfasst ihre Taille, als sie auf ihrem Stockwerk ankommen. Sie umarmen sich an der dicken, bröseligen Mauer, küssen sich, an die alte Holztür gelehnt.

Sie betreten das große weiße Zimmer, als stellten sie es sich nur vor: jede Bewegung leicht und erschöpft, erst im Nachhinein bedacht. Sie schütteln die Schuhe ab, stellen sich barfuß und verschwitzt auf die alten sechseckigen Kacheln, die sich im ersten Moment kühl anfühlen. Sie sehen sich an und sehen sich um wie Mondbewohner, die auf die Erde heruntergefallen sind, ohne die Gegenstände genau zu erkennen, die im Raum stehen.

Er deutet auf das Sofa, das Bett, den Tisch: »Ist das nicht seltsam?«

»Seltsam, ja«, sagt sie. »Sehr.« Sie nickt auch zur Bekräftigung, da sie gar nicht sicher ist, ob ihre Worte überhaupt zu hören sind.

»Hier zu sein.« Er breitet die Arme aus, als wollte er das Volumen des Zimmers messen.

»In genau diesem Augenblick?« Sie fühlt, dass ihre Beine nachgeben. Es kommt nicht vom Wein, den sie getrunken haben, es kommt nicht vom vielen Tanzen, es kommt nicht vom Schwitzen, es kommt nicht von der Erschöpfung.

»Du und ich?« Er berührt seine Brust, richtet den Zeigefinger auf sie.

»Statt irgendwo sonst«, sagt sie. »Irgendwo im All verloren.«

»Ohne zu wissen, was für ein Gesicht wir haben oder wie wir heißen«, sagt er.

»Die Mücken.« Sie zeigt auf die geöffneten Fenster. Sie findet nicht, dass sie die Stimmung des Augenblicks verdirbt; es ist nur, dass sie spontan alles ausspricht, was ihr durch den Kopf geht.

Er lächelt. »Zu spät.« Dennoch geht er zur Tür zurück,

knipst das Licht aus: Für ein paar Sekunden wird es dunkel im Raum, bevor der Mond seine milchigen Strahlen hereinschickt.

In etwa eineinhalb Metern Abstand stehen sie mit hängenden Armen voreinander im Halbdunkel.

»Sind wir zwei Fremde?«, sagt sie.

»Zwei Fremde, die sich erkennen«, sagt er.

»Erkennen sie sich wirklich?« Ein Zittern liegt in ihren Stimmen. Ihr ist, als stünden sie auf einer hauchdünnen Schicht, sie wundert sich, dass diese ihr Gewicht aushält, aber wer weiß, wie lange.

»Fühlst du es nicht?«, sagt er.

»Doch.« Die Vorstellung erschreckt und freut sie, lockert die letzten inneren Widerstände, die ihr noch geblieben waren.

»Ist es nicht eine unsagbare Erleichterung?«, fragt er.

»Ja.« Auch ihr lag das Wort Erleichterung schon auf der Zunge. Es gäbe noch andere Wörter, aber sie hat weder Lust noch Zeit, danach zu suchen. Die unaufhörlichen Drehungen beim Tanzen sind noch in ihr, der Boden schwingt bei der kleinsten Bewegung wie der Resonanzkörper eines großen, primitiven und sehr empfindlichen Musikinstruments: Man braucht nur ein klein wenig das Gewicht zu verlagern, schon klingt es.

Sie stehen noch im selben Abstand da, dann gehen sie allmählich aufeinander zu, nehmen sich an den Händen; wieder drehen sie sich im Kreis, durchsichtig und aufgewühlt, schnell und in Zeitlupe. Der Raum zwischen ihren Körpern wird geringer und geringer; einen Augenblick später sind sie eng umschlungen; sie sind noch teilweise bekleidet, und dann sind sie ganz ohne alles, die warme, weiche Luft streichelt ihre Haut, dringt wie ein Atemzug in jede Ritze, jede Falte. Sie umarmen sich, so fest sie nur können, sie küssen sich und ziehen und schieben sich, fallen aufs Bett, rollen von einer Seite zur anderen, pressen sich aneinander, Gesicht an Gesicht, Bauch an Bauch in dem verzweifelten Wunsch, den Abstand, der sie trennt, noch zu verringern, auch wenn gar kein Abstand mehr da ist und sie sich dessen auch bewusst sind, aber es genügt ihnen nicht. Ihre Bewegungen fließen wie von selbst ineinander, ihre Hände, ihre Augen, ihre Ohren, ihre Lippen und ihre Zungen sammeln Daten und erregen ein Staunen, das sich über alle Kanäle ihrer Sinne mitteilt und immer noch größer wird.

Er drückt sie enger an sich, küsst zitternd ihre Stirn, die Wangenknochen, die Brauen, die Augen, die Nase, das Kinn, den Hals, den Mund, den Mund. Immer unaufhaltsamer strömen Geist und Materie zwischen ihnen, bis sich beide ganz verlieren in der wachsenden Schwingung, in der Berührung ihrer Körper, im Schweiß, in der Süße des Speichels, bis die immer dünnere Barriere bricht, die ihre Körper, ihren Atem und ihre Gedanken noch trennte: Es ist, als würden sie schwimmen oder fliegen, schwerelos, mühelos, absichtslos, verschmolzen auf die verblüffendste Weise, weit weg von allem, was nicht zu ihnen gehört.

Im Morgenlicht betrachtet er sie aus nächster Nähe

Im Morgenlicht betrachtet er sie aus nächster Nähe: wie sie daliegt mit geschlossenen Augen, die Haare zerzaust von der Nacht und vom Tanzen, Frau und kleines Mädchen zugleich. Ihm scheint, dass ihre Gesichtszüge und ihre Formen vollkommen natürlich jedem Traum entsprechen, den er je gehegt hat, jede Leere füllen, die er je empfunden hat. Sie kommt ihm vor wie ein Wunder, das ihn erstarren und in der Hitze des Zimmers frösteln lässt. Er umarmt sie, nimmt ihre Körperbeschaffenheit auf; die innere Kälte vergeht, nach und nach.

Sie öffnet die Augen, lächelt.

»Hallo.« Seine Stimme klingt gar nicht wie seine; zu viele Daten der Nacht müssen verarbeitet werden, sie stürmen alle auf einmal auf ihn ein.

»Hallo«, erwidert sie, ein wenig heiser.

»Was ist passiert?« Er deutet auf sie beide, das Bett, das Zimmer. In seinem Kopf drängen sich Blicke, Tastempfindungen, das Echo innerer Schwingungen. Er fühlt sich nicht im Geringsten in der Lage, das alles jetzt zu entschlüsseln.

»Ich weiß es nicht.« Sie lacht, auf das Kissen gestützt, mit rosigem Gesicht, leuchtenden Augen. »Du müsstest es mir erklären.«

»Ach, ich kann gerade gar nichts erklären«, sagt er.

»Nicht einmal, warum uns die Mücken heute Nacht nicht gestochen haben.« Und er fühlt sich auch keineswegs so leicht, wie er vorgibt: Er hat einen ständigen Druck auf der Mitte der Brust, fast wie ein Schmerz, wenn auch nicht ganz.

Sie lächelt immer noch, und ihr Lächeln kommt ihm strahlender vor als alles, was er je gesehen hat.

Er umschlingt sie mit Armen und Beinen; sein Wunsch nach Nähe kennt keine Grenzen, dennoch weiß er genau, dass er nicht herankommen kann an das, was sie in der Nacht erreicht haben. So an sie geklammert, von nicht entschlüsselten Bildern, namenlosen Gefühlen und unerklärlichen Gedanken bewegt, wird ihm plötzlich bewusst, dass das, was er empfindet, auch eine Form von Glück sein könnte. Es ist kein vertrautes Gefühl, obgleich er schon mehr als einmal versucht hat, es sich vorzustellen, als einen schier unmöglich zu erreichenden und ganz unmöglich zu erhaltenden Zustand. Am erstaunlichsten ist, dass es ihm nicht zwangsläufig als vorübergehend erscheint: Die Elemente, denen es entspringt, sind alle hier im Zimmer, vielleicht könnten sie von Dauer sein. Sie und er, er und sie; die Essenz, das Wesentliche; die unerklärliche, unwiderstehliche Kraft, die sie zusammenhält. Wer weiß, vielleicht könnte es sich durch eine wundersame Verkettung von Umständen sogar um einen Dauerzustand handeln, soweit ein menschlicher Zustand überhaupt von Dauer sein kann. Eine unsagbare Vorstellung, sie erfüllt ihn in jeder Faser seines Wesens mit Angst.

Sie fahren über die Hügel, als wollten sie jede Minute ausdehnen

Sie fahren über die Hügel, als wollten sie jede Minute ausdehnen, und verbannen die Gedanken an das Nachher an den äußersten Rand ihrer Aufmerksamkeit. Er zeichnet jede Kurve nach, gibt gerade genug Gas, um das Auf und Ab zu bewältigen, blinkt rechts, um anderen, ungeduldigen Autofahrern zu bedeuten, sie sollen überholen. Sie sitzt zurückgelehnt da, den Arm auf der Wagentür, in das scheinbare Nicht-Vorhandensein von Eile und Richtung versunken. Dennoch rücken die Zeiger der Uhr auf dem Armaturenbrett des alten Jaguar unerbittlich vor: jedes Mal, wenn sie einen Blick darauf wirft, haben sie wieder einen Sprung nach vorn getan, auf den Moment zu, in dem sie zurückfahren müssen. Sie bemüht sich wegzuschauen, den Kopf der lichtdurchfluteten Landschaft zuzuwenden, die rund um sie vorbeizieht. Sie fahren an Olivenhainen und Weinbergen und Pinienwäldern entlang, an Häusern mit Gärten, Hecken, Toren, weißen Plastikstühlen; sie sprechen nicht, beide gleichermaßen verwirrt von den eindringlichen Erinnerungen an ihre nächtliche Vermischung in dem mondhellen weißen Zimmer.

Als die Sonne am heftigsten sticht, halten sie auf dem Platz eines Dörfchens, das oben auf einer Hügelkette thront. Es ist gar kein echter Platz, sondern eine gepflasterte Ausbuchtung an der Durchgangsstraße, mit Blick auf die

Häuser, die sich über der Ebene erheben. Auf der Bergseite gibt es eine steinerne Mauer, jahrhundertealte Platanen mit hell gefleckten Stämmen, einen Brunnen neben einer Kirche weiter oben, die roten Sonnenschirme und Tische einer Bar. Dort sitzen ein paar Leute, überwältigt vom Licht und von der Hitze: eine holländische Familie, ein Bodybuilder, der mit einem schmächtigen Mädchen spricht, zwei Freundinnen, die diskutieren, rauchen und Kaffee trinken.

Sie registriert diese Einzelheiten, ohne sie wirklich zu sehen, zu sehr eingehüllt in das Wahrnehmungsfluidum, das jeden Blick, jede Bewegung von ihr mit seinen verbindet, während er neben ihr ist. Es ist eine Mischung aus Verbundenheit, Verlangen und Sehnsucht, die unendlich viele Fragen ohne Antwort in sich birgt.

Wortlos setzen sie sich an ein Tischchen, verschieben die Stühle, um in den Schatten des roten Sonnenschirms zu gelangen. Sie haben beide die gleichen Schocksymptome: Sie halten die Augen hinter Sonnenbrillen verborgen, bewegen sich verkrampft, unfähig, genau zu rekonstruieren, was passiert ist.

»Du siehst aus wie nach einem Erdbeben.« Er lächelt kaum.

»Du auch«, sagt sie. »Haus eingestürzt, Dorf weggefegt.«

»Weggefegt«, wiederholt er.

»Sollten wir uns Sorgen machen?«, fragt sie, schon zutiefst beunruhigt, wie in Erwartung eines Knalls.

»Ja«, sagt er.

Sie versucht erneut, an die Nacht zurückzudenken, doch ihre Erinnerungen tragen sie nicht weit, Gefühlswellen spülen sie zurück.

Er streckt eine Hand über den Tisch, drückt die ihre; sie sind auf gleiche Weise gebeutelt von der überwältigenden Intensität dessen, was geschehen ist, und der Zerstörung vertrauter Landschaften, die daraus folgt.

»Lass uns weggehen«, sagt sie.

»Wohin?«, fragt er.

»Egal, wenn es nur weit weg ist.« Es verwundert sie, dass er den Vorschlag nicht sofort aufgreift.

»Einverstanden«, sagt er.

»Wirklich?« Plötzlich ist sie entsetzt über die Vorstellung, er könnte sie beim Wort nehmen, ohne ihr weiteren Spielraum zum Überlegen zu lassen. Ihr Kopf ist voll mit katastrophalen Folgen, bei denen eine die andere nach sich zieht, unaufhaltsam.

»Wir nehmen den Wagen und fahren los.« In seinem Körper ist diese Spannung, der männliche Tatendrang, der alles niederwalzt, Tote und Verletzte zurücklässt, als wollte er tatsächlich gleich aufstehen und zum Auto gehen.

»Aber wohin denn?« Ihre Stimme klingt brüchig.

»Nach Westen, nach Norden, wie es uns gerade einfällt«, sagt er. »Das können wir problemlos unterwegs entscheiden.«

»Bei dieser Hitze würden wir auch nichts brauchen«, sagt sie, als könnten solch nebensächliche Überlegungen sie beruhigen.

»Nichts«, sagt er.

Sie hat das Gefühl, dass ihre Lippen zittern, auch wenn sie nicht ganz sicher ist; außerdem glaubt sie, einen Muskeltick am linken Auge zu spüren. »Meinst du das ernst?«, fragt sie.

Er schaut sie verwundert an. »Ich schon«, sagt er. »Und du?«

»Hm.« Sie fühlt sich verloren. Am liebsten wäre ihr, er würde sie am Arm wegziehen, ohne ihre Zweifel zu hinterfragen; würde sie ins Auto schieben und schnell davonfahren, würde Hunderte von Kilometern zwischen diesen Augenblick und jede mögliche Erwägung legen.

Doch er sieht sie weiter forschend an, als wolle er verstehen, ob ihre Absicht echt ist oder bloß eine sentimentale Anwandlung, die in wenigen Minuten verfliegt. Er beobachtet sie stumm und dreht die auf dem Tisch liegende Sonnenbrille mit seinen kräftigen Händen hin und her.

Sie steht auf. »Ich gehe kurz pinkeln.« Sie überquert die Straße und spürt dabei, wie er ihr mit Blicken und Gedanken folgt. Die Gaststube des kleinen Restaurants ist leer, Tische und Stühle stehen verwaist im Halbdunkel. Durch das Fensterchen der Toilette sieht man die Mauern einiger Häuser steil über dem Tal aufragen. Sie zieht das Handy aus der Tasche. Zwei verpasste Anrufe von Stefano. Dazu eine SMS, auch von ihm: *Mäuschen, ich hole dich am Bahnhof ab. 1000 Küsse*.

Die Nachricht scheint von einem unendlich fernen Planeten zu kommen, ist unentzifferbar. Sie blickt sich in dem engen Raum um, ohne dass ihr eine Antwort oder eine sonstige Reaktion einfiele. Mit dem im Schloss wackelnden Schlüssel sperrt sie die Tür auf, geht zurück in die menschenleere Gaststube. Sie geht zwischen den kahlen Tischen auf und ab, schaut aus dem großen Fenster, das die westliche Wand einnimmt: Die darunterliegende Ebene löst sich in der Sonne auf. Sie zwingt sich, ruhig zu atmen, ist aber völlig in Panik, sie zittert. Sie möchte wieder hinausgehen und ihn fragen, was sie tun soll; ihn um Hilfe bitten; ihm sagen, er soll sie wegbringen; sie möchte allein zu einem Entschluss kommen und ihm den dann mitteilen; so tun, als wäre nichts. Am Ende wählt sie Letzteres, nur um Zeit zu gewinnen: Rasch tippt sie *Wann?*, drückt auf »Absenden«. Gleich darauf bereut sie es, aber die Nachricht ist abgeschickt.

Noch bevor sie es wieder in die Tasche gesteckt hat, beginnt das Handy zu vibrieren und die Elektrogitarrenklänge abzuspielen: Auf dem Display steht: *Stefano*.

Sie wandert in der Gaststube hin und her, weiß einfach nicht, wie sie mit der Situation fertig werden soll. Eine Kellnerin erscheint mit einem Tablett in der Küchentür, geht quer durch den Raum und über die Straße, hin zu dem Tischchen, wo Daniel Deserti sitzt. Das Handy vibriert und klingelt pausenlos, das Display blinkt. Sie denkt, sie ignoriert es einfach, bis es aufhört; sie schmeißt es aus dem Toilettenfenster; sie antwortet, dass sie jetzt keine Zeit hat zum Reden; sie schreit die ganze Wahrheit heraus, so brutal und ehrlich sie nur kann. Sie drückt auf »Abheben« und sagt: »Ja?«

»Na endlich«, sagt Stefano. »Ich habe mir langsam Sorgen gemacht.« Seine Stimme hat eine ganz unpassende, erschütternde Vertrautheit.

»Warum denn?« Vielleicht ahnt er schon von allein, was los ist, denkt sie; vielleicht geht es jetzt nur noch darum, seine Ahnung zu bestätigen, seinen Wutausbruch auszuhalten, die nötige Schuld auf sich zu nehmen, so weit wie möglich um Verzeihung zu bitten, die Sache nicht allzu schmerzhaft zu Ende zu bringen und sich dann unendlich erleichtert und frei und im Einklang mit sich selbst zu fühlen.

Stattdessen sagt Stefano in absurd zärtlichem Ton: »Ich wollte nur deine Stimme hören und dir ein Küsschen schicken.«

»Danke.« Sie ist so verblüfft, dass sie nicht weiß, was sie sonst antworten soll.

»Wie geht es dir?«, fragt Stefano, als würde er mühelos ein inniges, wer weiß wann, wer weiß wo begonnenes Gespräch wiederaufnehmen.

»Gut.« Sie kann es nicht glauben, dass er nicht merkt, welch abgrundtiefe Kluft sich zwischen ihnen aufgetan hat, dass er sich nicht dementsprechend verhält.

»Alles klar, du kannst jetzt nicht reden«, sagt Stefano. »In ein paar Stunden sehen wir uns ja sowieso am Zug.«

»Welcher Zug?«, sagt sie.

»Wie, welcher Zug?«, sagt Stefano.

»Wovon sprichst du?« In diesem Augenblick gibt es in ihrem Gedächtnis keine Spur von Zügen.

»Du erinnerst dich doch, dass wir heute Abend bei Marina zum Essen eingeladen sind, oder?« Endlich schwingt ein Hauch von Beunruhigung in seiner Stimme mit. »Um halb neun.«

Sie antwortet nicht, rührt sich nicht; Marina, halb neun, heute Abend sind für sie völlig abstrakte Größen, die sie nicht begreifen kann. Sie hofft, dass Stefano gleich einen seiner plötzlichen Wutanfälle kriegt, dass er sie mit Beleidigungen und Anklagen überschüttet, ihr alles vorwirft, was er an ihr nicht mag und nie gemocht hat, und nacheinander alle fundamentalen Charakterunterschiede zwischen ihnen aufzählt, derentwegen sie grundsätzlich nicht zusammenpassen; dass er sie anschreit, ihre Beziehung sei zu Ende, er sehe keinen Grund mehr dafür, sie am Bahnhof abzuholen oder sie wie jetzt gerade anzurufen oder ihr unnötige SMS zu schicken.

Doch Stefano ist schon wieder zu seiner neuerworbenen, geradezu krankhaft verständnisvollen Haltung zurückgekehrt. Im geduldigsten Ton der Welt sagt er: »Mäuschen, du musst den Eurostar nehmen, der um fünfzehn Uhr fünfzehn in Ancona abfährt, damit bist du um neunzehn Uhr in Mailand.«

»Ja?«, sagt sie, verzweifelt über seinen Tonfall, verzweifelt, dass sie keinen Vorwand findet.

»Nicht den um fünfzehn Uhr, denk daran«, sagt Stefano. »Den um fünfzehn Uhr fünfzehn.«

»Fünfzehn Uhr fünfzehn«, wiederholt sie, fasziniert von diesen Zahlen, während ihr Gedanken und Empfindungen ganz anderer Herkunft und Bestimmung durch den Kopf rasen wie zu Tode erschrockene Gazellen durch die Savanne.

»Wo bist du?«, fragt Stefano. »Noch bei deiner Tante?«

»Nein.« Einen Augenblick lang denkt sie an einen imaginären Ort oder einen Grund, den sie ihm nennen könnte, aber ihr wird bewusst, dass sie einfach keine Lügen mehr erfinden kann. Sie schweigt, hofft erneut, dass er plötzlich wie durch ein Wunder das zwischen ihnen herrschende Ungleichgewicht von Recht und Unrecht umdreht.

»Jedenfalls hast du alle Zeit der Welt«, sagt Stefano stattdessen. »Du kommst um neunzehn Uhr in Mailand an, ich fahre dich heim, du kannst sogar noch duschen und dich umziehen.«

»Ich weiß nicht, ob ich das schaffe«, sagt sie in einem verzweifelten Versuch, sich an die Wahrheit zu klammern.

»Ganz bestimmt schaffst du es, Mäuschen«, flötet Stefano, scheinbar gegen jeden Zweifel gefeit. »Es wäre ein Affront Marina gegenüber, wenn du nicht kommen würdest.«

»Aber ich kenne sie ja kaum, diese Marina.« Sie ist bestürzt, wie er ihr nacheinander alle Auswege versperrt. »Ich habe sie zweimal in meinem Leben gesehen.«

»Sie ist nicht nur eine Kollegin, sondern auch eine sehr liebe Freundin von mir, klar?« Stefano legt nur ein klein wenig mehr Nachdruck in die Stimme. »Es ist ihr sehr wichtig, dass du auch da bist, du kannst sie auf keinen Fall hängenlassen.«

»Na gut.« Sie schaut sich um, als ob sie sich von den Tischen und Stühlen dieser verschlafenen Gaststube eine Inspiration erhoffte.

»Der Eurostar um fünfzehn Uhr *fünfzehn*, okay?«, sagt Stefano.

»Alles klar«, sagt sie kraftlos, als hätte sie minutenlang gegen eine schreckliche Strömung anschwimmen müssen.

»Ich warte an der üblichen Stelle«, sagt Stefano.

»Wo?«, sagt sie.

»Da, wo ich dich immer abgeholt habe!« Stefano will es offenbar nicht glauben, dass sie sich nicht erinnert. »Wenn man aus dem Bahnhof rauskommt, links.«

»Ach ja.« Die Stelle, wo er immer auf sie wartete, taucht in ihrem Gedächtnis auf wie ein Relikt aus einer Vergangenheit, die nicht mehr zu ihr gehört.

»Ciao, Mäuschen«, sagt Stefano. »Gute Reise. Ich habe schon solche Sehnsucht nach dir.«

»Ciao«, antwortet sie mit glühenden Wangen, so erledigt, als hätte sie gerade einen Krieg verloren.

Sie geht zurück in die Toilette, dreht den Hahn auf, schüttet sich Wasser ins Gesicht, auf die Haare und auf das T-Shirt, trocknet sich nicht einmal ab. Tropfend durchquert sie erneut die dämmrige Gaststube, tritt mit unsicherem Schritt in das unbarmherzige Licht des Platzes hinaus, stolpert über einen unebenen Pflasterstein.

»Hey, alles in Ordnung?«, sagt er, als er sie kommen sieht. Er nimmt die Sonnenbrille ab und beugt sich auf dem Stuhl vor, um ihren Gesichtsausdruck zu erforschen.

»Ja, ja.« Sie setzt sich, betrachtet die beiden Biergläser, die auf dem Tischchen stehen; beschlagen, leuchtend, mit weißen Bläschen, die vom Grund zur Oberfläche aufsteigen, wo inzwischen kein Schaum mehr ist.

»Sicher?« Er sieht sie forschend an.

»Nein.« Sie schaut ihm in die Augen, von einem inneren Zittern erfasst, das sie nicht stoppen kann; niedergeschlagen lehnt sie sich an seine Schulter, drückt seinen Arm so fest, dass es ihm vermutlich weh tut.

Durch den Filter der Sonnenbrille betrachtet er die Straße

Durch den Filter der Sonnenbrille betrachtet er die Straße; ihm ist, als sei er geistig nicht genügend vorbereitet auf die Lage, in der er sich befindet. Bisher neigte er dazu, rechtzeitig aus einem Zustand herauszuspringen, wenn es unbehaglich wurde, Zuflucht zu suchen bei den Überraschungen des Neuen oder der erholsamen Leere der Einsamkeit, die Sehnsucht auszulöschen, wieder bei null anzufangen. In seinen Büchern und in Gesprächen mit Freunden und Geliebten hat er dieses Verhalten auch gelegentlich theoretisch untermauert und recht faszinierende Varianten erarbeitet. Jetzt aber steckt er bis zum Hals in einer Situation, die sehr bald übel ausgehen wird, und ist völlig unfähig, eine Strategie zu entwerfen, um unbeschadet herauszukommen.

Sie wirkt ebenso angespannt, hinter ihrer ebenso dunklen Sonnenbrille versteckt: Sie lockert sich mit zwei Fingern die Haare, schaut in die Landschaft. Wahrscheinlich denkt sie an ihren spießigen Mailänder Anwalt, der sie erwartet, um sich ihr zu widmen wie einem Eingliederungsprojekt, mit dem Ziel, ihre wunderbaren Unebenheiten eine nach der anderen abzuschleifen.

»Du bist einfach zu schnell bereit, andere zu verstehen«, sagt er unvermittelt.

»Nun, die haben auch ihre Gründe«, sagt sie.

»Das heißt nicht, dass du ihnen beipflichten musst«, sagt er. »Du musst es ja nicht wahllos jedem recht machen.«

»Wahllos bestimmt nicht.« Mit einer Hand streicht sie die Haare zurück, die ihr ins Gesicht flattern.

»Und was ist mit dir?« Er hebt die Stimme, um das Geräusch des Windes und der Reifen auf dem Asphalt zu übertönen. »Du hast doch auch deine Gründe. Warum hörst du nicht darauf?«

»Ich versuche es«, sagt sie.

»Aber das reicht nicht.« Gereiztheit kommt in ihm auf, gemischt mit Beschützerinstinkt und dem Wunsch, auf Distanz zu gehen: Die drei Elemente vertragen sich nicht, sie zerren an seinen Nerven.

»Was weißt du denn schon?« Sie hat das Profil einer Frau, die sich immer allein durchgeschlagen hat; einer Frau, die anderen zu sehr vertraut, ohne sich die Folgen klarzumachen.

»Ich weiß es einfach.« Er würde sie gern vor den endlosen Forderungen anderer Männer bewahren, vor dem ständigen Druck, vor den Gefahren, denen ihre weibliche Anpassungsgabe sie aussetzt.

»Das stimmt nicht«, sagt sie: teils zerbrechlich, teils hart, eine Frau, die arbeitet, seit sie sechzehn ist, die mit zwanzig aus ihrem Land weggegangen ist.

»Du lässt dich zu leicht erpressen«, sagt er. »Du glaubst, die anderen wüssten mehr als du und könnten dir etwas beibringen.«

»Was sollte ich denn deiner Meinung nach machen?«, sagt sie.

»Du solltest dich wehren, mit aller Kraft!«, sagt er. »Auf

dein Recht pochen, so zu sein, wie du bist, und niemandem erlauben, dich ändern zu wollen.«

»Und was tust du gerade?«, sagt sie.

»Ich will dich zur Vernunft bringen!« Er fühlt sich in der falschen Rolle. »Dich verändern bestimmt nicht!«

»Aber gerade hast du behauptet, ich müsste anders sein!«, sagt sie. »Wie alle!«

»Ich sage nur, dass du sein sollst, wie du *bist*!« Er spricht noch lauter. »Wer wären überhaupt diese alle?«

»Ihr, ihr Männer!« Selbst wenn sie so in die Enge getrieben wird, verliert ihre Stimme nicht die Musikalität.

»Ich habe nichts mit den anderen Männern gemein!«, sagt er. »Ich möchte nur, dass du überlegst, wie deine eigenen Vorstellungen aussehen, welches deine eigenen Gründe sind! Dass du sie gelten lässt!«

»Gibt es nicht schon genug Leute, die nur ihre Gründe gelten lassen?«, fragt sie.

»Und deswegen musst du die der anderen gelten lassen?«, fragt er zurück.

Sie starrt schweigend vor sich hin.

»Auch Attila hatte seine Gründe!«, sagt er. »Er war in Familienfehden hineingeboren, in den windgepeitschten Steppen des Ostens, der Ärmste!«

Sie lächelt wider Willen. »Wenigstens habe ich nichts mit Attila zu tun.«

»Du hast es mit einem Blödmann zu tun«, sagt er. »Was schlimmer ist.«

»Stefano ist kein Blödmann!«, sagt sie. »Es gefällt mir gar nicht, dass du so denkst! Es ist, als würdest du mich auch für blöd halten!«

»Schon gut, schon gut«, sagt er beschwichtigend. »Aber wie willst du einen, der dir ein Leben anbietet, das dir überhaupt nicht entspricht, denn sonst nennen? Einen, der deine Erkenntnis, anders zu sein, ausnutzt, um dich zu verunsichern und Macht über dich zu gewinnen?«

»So ist es nicht.« Sie schaut nach vorn, auf die Straße, die sie unerbittlich nach Mailand führt.

»Doch, bestimmt.« Anstatt sie in diesem anklagenden Ton zu bedrängen, denkt er, sollte er versuchen, ihr mehr Sicherheit zu geben, ihr praktikable Alternativen aufzuzeigen, konkrete Vorschläge auf den Tisch legen. Doch er weiß nicht, ob ihr das helfen würde und ob er sich dann nicht gleich wieder in der Falle fühlt, wie schon so oft.

»So ist es nicht«, wiederholt sie eigensinnig. Sie betrachtet die Weinberge zu ihrer Rechten, die von der Sonne vergilbten Blätter, die rote Erde.

»Was bietet dir denn dein Rechtsanwalt?« Ihm ist klar, dass sein Beschützerinstinkt mit leider recht primitiver Eifersucht aufgeladen ist: mit Besitzanspruch, dem Instinkt, das Weibchen zu packen und der Konkurrenz zu entziehen.

»Das, was er hat«, sagt sie. »Sein Leben.«

»Das mit deinem nichts zu tun hat.«

»Was weißt du denn schon?«, sagt sie erneut, und es ist eine echte Frage: offen, eindringlich.

»Ich kenne dich«, sagt er.

Sie fixiert ihn: »Du kennst mich, weil wir eine Nacht zusammen im Bett waren?«

»*Zwei* Nächte«, sagt er.

»Ach, natürlich«, sagt sie.

»Außerdem kenne ich dich schon viel länger, falls du es

wissen willst!«, sagt er, ohne vorher eine Sekunde nachzudenken.

»Wie lang?« Sie sieht ihn unverwandt an.

»Schon bevor ich dich getroffen habe.« Seine Stimme bebt.

Sie beißt sich betroffen auf die Lippen.

»Und wir waren nicht einfach nur zusammen im Bett, du und ich«, sagt er.

»Nein?«, fragt sie erwartungsvoll.

Er sucht nach einer Definition, aber seine widerstreitenden Gefühle hindern ihn am Denken. Das Spinnrad auf dem Rücksitz knarrt und klappert bei jeder Unebenheit des Asphalts, als wollte es gleich davonfliegen. Er bremst, biegt rechts in einen ungepflasterten Weg ein, holpert durch ein Steineichenwäldchen, fährt noch ein paar Meter, bis er an sanft abfallenden Weinbergen herauskommt, hält.

Durch die Staubwolke, die sie eingeholt hat, sehen sie sich an, beide mit starrem Gesicht. Der Staub legt sich; die Luft ist unbewegt, glühend heiß, rundherum hört man nur das Kreischen der Zikaden.

»Was ist denn dann passiert?«, sagt sie. »Wenn wir nicht einfach nur zusammen im Bett waren?« Jetzt wirkt ihr Gesichtsausdruck verzweifelt: Ihre schön geschwungenen Lippen zittern.

Er bemüht sich immer noch, Worte zu finden, um zu beschreiben, was passiert ist, aber es will ihm nicht gelingen; dann bemerkt er, dass das eine Glas ihrer Sonnenbrille einen kleinen Sprung hat, und das verschärft seine Sorge um sie aufs Äußerste. Er streckt die Hand aus, berührt ihre Schläfe: »Viel mehr.«

Sie beißt sich auf die Lippen.

»Du weißt es genau«, sagt er. »Du hast es ja auch gespürt.« Jetzt wartet er genauso gespannt auf eine Antwort wie vorher sie.

»Ja«, sagt sie zuletzt. »Aber dann?«

»Was, dann?« Er nimmt die Sonnenbrille ab, fixiert sie. Die Hitze ist unerträglich, das Hemd klebt schweißnass an seinem Rücken, Fliegen und Bremsen umkreisen sie, die Zikaden sägen immer weiter.

»Was wird aus uns?«, fragt sie.

Er schüttelt den Kopf: »Vorhersagen oder langfristige Pläne zu machen war noch nie meine Stärke. Ich neige eher dazu, auf Sichtweite zu segeln.«

»Ich habe mein ganzes Leben nichts anderes getan.« Sie lächelt, schaut weg.

Er steigt aus dem Auto aus, holt das Spinnrad vom Rücksitz, stellt es an den Rand der ungepflasterten Straße.

Sie steigt ebenfalls aus, nimmt die Sonnenbrille ab. Sie deutet auf das Spinnrad: »Hängst du gar nicht daran?«

»Nein.« Er zuckt die Achseln. »Soll es irgendeiner nehmen, der vorbeikommt.«

Eine Haarlocke um die Finger wickelnd, dreht sie sich um und blickt auf die Weinreben, die langsam unter der sengenden Sonne zu verdorren scheinen.

Er nimmt einen der Kartons voller Bücher, Briefe, Schriften und kleiner Gegenstände vom Rücksitz und stellt auch den an den Straßenrand. »Und jetzt?« Sofort wird ihm bewusst, dass die Frage zu unbestimmt ist, gemessen an all dem, was zwischen ihnen einer Antwort harrt.

In der Tat. »Jetzt, was?«, fragt sie.

»Segelst du nicht mehr auf Sichtweite?« Er nimmt den zweiten Karton aus dem Auto, stellt ihn neben den ersten.

»Ich weiß nicht.« Sie betrachtet die Kartons an der Straße vor dem Feld. »Was ist das hier, ein demonstrativer Akt?«

»Hast du aufgehört, weil es dich ängstigt?«, sagt er, ohne ihre Frage zu beantworten. »Um weniger verletzlich zu sein?«

»Ich weiß nicht«, sagt sie. »Vielleicht.«

Er nimmt den dritten Karton, wirft kaum einen Blick auf die verblassten Mappen und die Kinderzeichnungen, die sich darin stapeln.

»Willst du so deine Theorie umsetzen, dass man keine Schlacken der Vergangenheit anhäufen soll und so weiter?«

»Du kannst dich meiner Frage nicht durch eine andere Frage entziehen«, sagt er.

»Ich habe überhaupt nicht verstanden, was du eigentlich fragen willst.« Ihr Ton ist eher barsch, dennoch hört man darunter auch etwas Zärtliches, Wehrloses heraus.

»Warum willst du nicht mehr auf Sichtweite segeln?«, sagt er, während er den letzten Karton neben den anderen abstellt.

»Oh, das mache ich immer noch«, sagt sie. »Aber als meine Beziehung mit Alberto zu Ende ging, habe ich entdeckt, dass ich längst nicht so stark bin, wie ich dachte.«

»Und?« Er streckt die Hand aus, um ihren Arm zu berühren.

Sie weicht zurück: wenig, aber außer Reichweite. »Ich will nicht, dass mir so etwas noch mal passiert.«

»Garantiert dir dein Mailänder Anwalt, dass es dir nicht mehr passiert?«, sagt er.

Wortlos zuckt sie die Achseln.

»Nicht ganz, aber fast, oder?«, sagt er. »Vielleicht mit ein paar kleingedruckten Klauseln, doch in Anbetracht der Bedingungen anderer Firmen und der Marktlage ist es kein schlechtes Angebot.« Er fühlt sich nicht sehr wohl dabei, so eine Metapher zu benutzen, er fühlt sich insgesamt nicht sehr wohl. Ihm ist, als seien ihm an irgendeinem Punkt seines Lebens alle seine Qualitäten abhandengekommen, ohne dass er weiter darauf geachtet hätte, vielleicht sogar unbemerkt und als habe er jetzt keine Ahnung mehr, wo er sie wiederfinden könnte, falls das überhaupt noch geht.

Sie schüttelt den Kopf, blickt über die Weinstöcke, die Lider gegen die Sonne halb geschlossen: wie eine dreizehnjährige Amerikanerin, die in einer sommerglühenden Mittelmeerlandschaft dem zu starken Licht ausgesetzt ist.

»Also?«, sagt er.

»Also nichts«, sagt sie. »Ich suche keine Garantie, bei niemandem.«

Die vollkommene Harmonie der vergangenen Nacht ist wie weggeblasen, und hier stehen sie nun, kämpfen gegen die Gesetze der Physik und der Wahrscheinlichkeit und ringen um die Kontrolle über ihre Gesichtsmuskeln.

Sie setzt die Sonnenbrille wieder auf, geht mit langen Schritten zum Auto zurück.

Müsste er ihre Art zu gehen in einem seiner Romane beschreiben, würde es ihm nicht gelingen, denkt er, denn er hat noch nicht genau erfasst, welche Elemente dabei besonders von Belang sind. Wahrscheinlich handelt es sich um eine Kombination: die Länge der Beine und die weichen ausladenden Hüften, ihre Art, das Becken leicht vorzuschieben und die Knie höher zu heben als unbedingt nötig; dazu das Nebeneinander von Verlegenheit und Entschlossenheit, die versonnene Leichtigkeit, die fluktuierenden Gedanken, die sich darin widerspiegeln. Er könnte versuchen, auf Ähnlichkeiten mit gewissen Tierarten zurückzugreifen, eine Gazelle, einen weiblichen Geparden oder einen anderen Vertreter aus der Familie der Katzen beschwören, aber es würde zu nichts führen. Genug, er ist schlicht nicht fähig, ihren Gang zu beschreiben; alles, was er tun kann, ist, ihn zu bewundern.

Sie öffnet die Autotür, steigt ein: schon weit weg, sehr schwer einzuholen.

Er sucht nach einer schlagfertigen Bemerkung oder einer Beobachtung, damit sich ihre Laune wieder ändert, doch seine beleidigende, oberflächliche und idiotische Bemerkung über die Garantien geht ihm nicht aus dem Sinn. Er möchte den Damm brechen lassen, möchte aufhören, sich um die Folgen zu sorgen, aber die Zeit vergeht zu rasch, die Sonne brennt zu stark, der Lärm der Zikaden ist zu heftig, sie sind alle beide zu ungeschützt. Auch er setzt seine Sonnenbrille wieder auf, steigt ins Auto, wendet und fährt zurück zur Asphaltstraße. Sie sind wieder in der Nicht-Kommunikation gefangen wie im Zug auf der Rückreise von Ligurien, nur dass die Folgen jetzt viel gravierender sein werden, das wissen sie beide.

»Ist es noch weit bis zur Autobahn?«, fragt sie nach ein paar Kilometern.

»Wir schaffen es, keine Sorge«, antwortet er, beinahe feindselig.

»Ich mache mir keine Sorgen.« Sie zeigt ihm ihr Profil, schaut stur geradeaus.

Dann sind sie schon über die italienische Grenze, schon auf der Hälfte der Küstenautobahn, schon auf dem Abschnitt voller Kurven und Tunnels durch den Apennin, schon mitten in den flachen Feldern der Poebene, schon vor den Toren Mailands, schon im Verkehr der äußeren Umgehungsstraße; schon auf der Allee, die direkt zum Bahnhof führt. Das mit mechanischen Geräuschen erfüllte Schweigen der letzten dreihundert Kilometer hat sich zwischen ihnen gefestigt und macht es schwierig, ein einziges Wort herauszubringen.

»Setz mich hier ab«, sagt sie kurz vor dem Bahnhofsplatz.

Er hält abrupt, so dass auch das Auto hinter ihm scharf bremsen muss, und fährt an den Straßenrand.

Beide bleiben sitzen; sie sehen hinaus, sehen sich von der Seite an. Die Zeiger der Uhr auf dem Armaturenbrett stehen auf kurz vor acht; die Zeit verschlingt unaufhaltsam jeden noch übrigen Spielraum.

Schließlich dreht er sich zu ihr um: »Bist du sicher?« Seine Stimme klingt heiser, so als hätte er seit Monaten, seit Jahren nicht mehr gesprochen.

»Wie meinst du das?«, sagt sie.

»Willst du wirklich gehen?« Er zeigt auf den mit einem Dunstschleier überzogenen städtischen Raum um sie herum.

Sie antwortet nicht, doch in ihren Augen flackert Unsicherheit, vielleicht auch Erwartung.

Genau kann er es nicht sagen: Seine Auffassungsgabe scheint genauso außer Betrieb wie seine Fähigkeit, Wörter aneinanderzureihen.

Sie steigt aus dem Auto, schaut zum Bahnhof, angespannt, als rüste sie sich für eine Schlacht.

Er steigt ebenfalls aus, öffnet den Kofferraum, holt den kleinen kanadischen Rucksack heraus, hält ihn ihr hin. Erneut sehen sie sich an, voreinanderstehend, noch einen Augenblick in der Schwebe zwischen allen möglichen Sätzen, allen möglichen Gesten und dem genauen Gegenteil.

Dann ist der Augenblick vorbei; fast gleichzeitig murmeln sie tonlos »Ciao«, können sich nicht mehr in die Augen sehen. Sie küssen sich nicht, sie umarmen sich nicht; er berührt flüchtig ihren Arm, sie läuft rasch davon.

Er bleibt neben dem Auto stehen und blickt ihr nach, während sie mit ihrem kleinen Rucksack auf der Schulter den Bahnhofsplatz überquert. Noch könnte er ihr mit aller Kraft, die er in den Beinen hat, nachlaufen, sie aufhalten, ihr alles sagen, was er ihr nicht sagen konnte, sie zurückzerren und mit ihr durchbrennen, wohin auch immer. Stattdessen schaut er weiter zu, wie sie sich entfernt, bis sie unter den Bahnhofsarkaden verschwindet. Ihm ist, als schwemmte eine unsichtbare Welle ihn an den äußersten Rand der Bühne, in den mechanischen Lärm und den Feinstaub und den süßlichen Geruch der Abgase. Er steigt wieder ins Auto, fährt langsam los, das Herz beklommen, in der erstickenden Hitze, die alles noch schlimmer macht.

Als sie durch die Bahnhofshalle eilt, fragt sie sich, ob sie auch Erleichterung empfindet

Als sie durch die Bahnhofshalle eilt, fragt sie sich, ob sie auch Erleichterung empfindet, nicht nur Schmerz, Bedauern, Enttäuschung, Angst und andere, weniger benennbare, aber ebenso außer Kontrolle geratene Gefühle. Wenn sie es nüchtern betrachten könnte, käme sie wahrscheinlich zu dem Schluss, dass es das Einfachste wäre, Daniel Deserti zu vergessen. Sie geht rasch, mit gesenktem Kopf, so schnell sie kann, wie um die Zweifel und Ungewissheiten hinter sich zu lassen, die sie an dem alten Jaguar abgestreift hat, und sich vor einer Gefahr in Sicherheit zu bringen.

Die Uhr oben zeigt acht Uhr fünf, und sie hätte um sieben Uhr ankommen sollen; in ihrer Aufregung gelingt es ihr nicht, irgendeine plausible Ausrede zu erfinden. Sie hat auch Mühe, so zu tun, als sei sie mit dem Zug aus Ancona gekommen: Sie schaut auf die Leuchttafeln mit den Ankunfts- und Abfahrtszeiten, die Rolltreppen, die zur Gleisebene führen, die alte Haupttreppe, und kann sich für keinen Weg entscheiden. Auf ihrem Handy sieht sie drei nicht entgegengenommene Anrufe von Stefano, die sie überhört hat im Lärm des offenen Autos und wegen all der Gedanken, die auf sie einstürzten. Sie fragt sich, ob Daniel Deserti in der Hoffung, sie zurückkommen zu sehen, noch da steht, wo sie ihn verlassen hat, oder ob er schon weg ist, für immer; ob Stefano noch am Bahnsteig steht, ob er an ihrem früheren Treffpunkt auf sie wartet oder ob er auch weg ist.

Soll sie nun zur Ebene der Gleise hinaufgehen oder den Bahnhof gleich durch den Seiteneingang verlassen? Sie schwankt; zuletzt beschließt sie, gleich hinauszugehen. Ihr Herz klopft schnell; sie weiß, dass sie kein glaubhaftes Alibi hat, keine Verteidigungsstrategie. Im Lügen war sie noch nie gut, auch als Kind nicht; im Betrügen hat sie keine Erfahrung. Sie hasst es, sich in dieser Lage zu befinden: Jede andere Art von Hindernis oder Schwierigkeit wäre ihr lieber.

Sie verlässt den Bahnhof linker Hand, geht zu der Stelle, wo sie und Stefano sich in ihren Anfängen trafen: Da stand er neben dem Auto und wartete auf sie, ein wohlerzogener junger Mann, voller förmlicher Aufmerksamkeiten, die so sehr mit Albertos demonstrativ rüpelhaftem Benehmen kontrastierten. Lang hatte diese Phase nicht gedauert; sobald sie ihm gesagt hatte, er müsse sie nicht abholen, sie könne sehr gut mit der U-Bahn zu ihm fahren, war es vorbei gewesen. Er hatte sich so leicht überzeugen lassen, dass es sie befremdete, obwohl sie das damals nicht zugegeben hätte. Das ist eine der Sachen, die ihr in all dem Wirrwarr einfallen: die vorgebrachten und dann zurückgezogenen Angebote, die später wiederholt wurden, als ob sie neu wären.

Am Brunnen an der Ecke hält sie inne: Stefanos gewehrlaufgrauer Audi steht genau da, wo vor zweieinhalb Jahren sein weißer Golf stand, wenn er sie abholte, zwischen anderen im Halteverbot geparkten Autos. Er sitzt darin bei laufendem Motor; als er sie sieht, steigt er aus.

Er kommt ihr entgegen, mustert sie fragend. Er ist etwas größer, als sie ihn in Erinnerung hatte, sein Gesicht ist glatter.

»Ciao«, sagt sie. Sie umarmen sich ohne viel Schwung: Ihre Lippen berühren sich und gleiten zur Seite auf die Wangen.

Er nimmt ihr den Rucksack ab: »Entschuldige mal, mit welchem Zug bist du denn gekommen?« Seine Lippen sind schmaler als die von Daniel Deserti, seine Nase ist kürzer, seine Haare sind schütterer, die Augen hinter den Brillengläsern stehen näher beieinander.

»Mit dem, den wir ausgemacht hatten«, antwortet sie unsicher.

Er starrt auf ihren Mund, als könnte er sie nicht verstehen.

»Er hatte Verspätung.« Sie verhaspelt sich. »Und ich habe ewig zum Aussteigen gebraucht, weil er so voll war.«

Stefano schüttelt den Kopf: »Der Zug war superpünktlich.«

Sie fühlt, wie ihr Blut stockt; sie schaut zu der Allee vor dem Bahnhofsplatz hinüber, wo Daniel Deserti mit seinem alten grünen Jaguar angehalten hatte.

Stefano sieht sie weiter forschend an, hält ihren kleinen Rucksack in den Händen, als ob er ihn beschlagnahmt hätte. »Der Zug aus Ancona kam Punkt neunzehn Uhr an, jetzt ist es zehn nach acht.«

»Hm.« Ihr Kopf ist völlig leer, keine Ausrede, nicht das geringste Stichwort, um etwas zu erwidern.

Stefano öffnet eine Autotür, wirft den Rucksack auf den Rücksitz. »Steig ein«, sagt er, »hier draußen vergeht man ja in der Hitze.« Er hält ihr die Türe auf, wie in der kurzen Phase der Galanterie, aber steifer und irritiert.

Sie zögert, wie vor einer Falle; zuletzt steigt sie ein, drinnen ist es durch die Klimaanlage viel zu kalt.

Stefano setzt sich ans Steuer: »Ich war am Bahnsteig, habe gewartet, bis alle ausgestiegen sind, aber du warst nicht dabei.«

»Nein?« Es klingt, als wäre sie als Erste darüber erstaunt.

»Nein«, sagt Stefano. »Zuletzt bin ich wieder gegangen und habe hier gewartet, damit ich nicht vor Hitze umkomme oder hinterher mein Auto weg ist.«

Sie fragt sich, ob er den Geruch eines anderen Mannes wahrnehmen kann, der an ihr haften geblieben ist; ob er anhand des Zustands ihrer Haare und ihrer Kleidung weitere Indizien sammelt für das, was geschehen ist. Sie fühlt sich wie eine entlarvte Spionin in einem alten Kriegsfilm, in dem Moment, in dem ihre Maskerade elend zusammenbricht und der feindliche Offizier langsam die Pistole aus dem Halfter zieht, bebend vor Empörung, dass man ihn getäuscht hat. Sie fühlt sich hin- und hergerissen: Soll sie die Tür aufreißen und wegrennen oder in Tränen ausbrechen oder herausschreien, dass sie nie zu ihrer Tante nach Ancona gefahren ist, sondern dass sie in Frankreich war mit einem Mann, der ihr Herz und ihre Gedanken entflammt hat, wie es ihr noch nie passiert ist, obwohl sie sich ausgemalt hatte, dass es mal passieren könnte, der sie aber gerade abgesetzt hat, ohne etwas Bedeutsames zu ihr zu sagen oder ernstlich zu versuchen, sie aufzuhalten, dass aber jedenfalls der Schaden für alle drei nun nicht wiedergutzumachen ist und man ihn also auch gleich zur Kenntnis nehmen kann, da er sich sowieso nicht mehr verbergen lässt.

Doch Stefanos Gesichtsausdruck entspannt sich unerklärlicherweise, anstatt sich zu verkrampfen, bis er beinahe einem Lächeln gleicht: »Du hast den anderen Zug genommen, Mäuschen! Den Eurostar um fünfzehn Uhr, der um zwanzig Uhr in Mailand ankommt! Du bist eine Stunde länger gefahren, für nichts und wieder nichts!«

Sie fixiert ihn, ohne zu verstehen, ob das eine Strategie ist, um sie weiter aus der Reserve zu locken, oder einfach ein absolut unverdienter Vertrauensbeweis.

Stefano wirkt zufrieden, dass er das Rätsel für sich gelöst hat: Er lässt den Motor an. »Wirst du es je lernen, etwas weniger mit dem Kopf in den Wolken zu sein? Wenigstens die Zugfahrpläne richtig zu lesen?«

»Wer weiß«, sagt sie. Eine gewisse Enttäuschung breitet sich über ihre vielschichtigen Gefühle; sie kann nicht umhin zu denken, dass sie lieber ertappt worden wäre und somit gezwungen, sich der Situation zu stellen.

Stefano parkt umständlich aus, seine gewohnte Vorsicht hat seit dem Auffahrunfall mit Daniel Deserti noch zugenommen. Er fädelt sich in den abendlichen Verkehr ein. »Und wie geht's der Tante?«

»Gut.« Sie registriert den sanft würzigen Duft seines Eau de Toilette, die Gleichmäßigkeit seiner Züge, seinen guten Haarschnitt. Staunt über seine Art, die dem anerkannten Standard des vernünftigen Mannes entspricht. Er wird nie heftigen Erschütterungen oder Veränderungen ausgesetzt sein, wird nie bedrohlich oder unverständlich sein. Schön wär's, denkt sie, wenn sie glücklich darüber sein könnte, hier neben ihm zu sitzen: Wenn sie es ihm sagen, sich hinüberbeugen, ihm den Arm drücken und ihm einen Kuss geben könnte, wenn sie sich der tröstlichen Vertrautheit und Legitimität, der Risikolosigkeit überlassen könnte. Stattdessen überkommt sie ein so stechendes, überwältigendes Gefühl der Entbehrung, dass es ihr den Atem abschnürt und sie angstvoll wie ein Entführungsopfer aus dem Autofenster blickt. Am liebsten würde sie sich hinausstürzen, zwischen den Autos, den Bussen, den Motorrädern und den Fußgängern davonlaufen, um die erstbeste Ecke biegen und Daniel Deserti anrufen, damit er sie abholt, und sie ihm erklären kann, dass sie keine Versicherung oder Garantie braucht, dass sie zu jedem Risiko bereit ist.

Stefano wirft ihr ab und zu einen Blick zu. Als er an einer Ampel hält, sagt er: »Ich fürchte, dass uns keine Zeit mehr bleibt, um bei dir vorbeizufahren, Mäuschen.«

»Nein?« Sie begreift nicht, dass er nicht wenigstens teilweise ihre Gedanken lesen kann.

Er schüttelt den Kopf: »Du kannst dich ja bei Marina noch etwas frisch machen, wenn du willst.«

»Kein Problem.« Sie bewegt ihre Knie, schaut hinaus, ihr Herz schlägt unregelmäßig.

»Du siehst sowieso toll aus.« Er lächelt.

»Ja?« Sie hofft nur, dass er aufhört, sie anzuschauen.

»Du bist sogar ein bisschen braun geworden«, sagt er. »Hast ein wenig Farbe bekommen.«

»Wir hatten Sonne.« Sie fühlt sich außerordentlich feige, weil sie es nicht über sich bringt, ihm zu sagen, wo sie in der Sonne war und mit wem und warum.

»Niemand würde vermuten, dass du eben aus dem Zug gestiegen bist«, sagt Stefano. »Noch dazu nach fünf Stunden Fahrt. Niemand.«

Sie schweigt; sein vertraulicher Ton kommt ihr vor wie eine beinahe ekelerregende Zudringlichkeit und verschlimmert ihre Schuldgefühle noch, sie meint gleich zu ersticken. Sie öffnet das Autofenster, um dem Gefühl von Eingesperrtsein abzuhelfen.

»Mach zu, sonst kommt die Hitze rein!«, sagt Stefano in einer der Anwandlungen, die noch mit seiner neuen Reife kollidieren. »Draußen ist es siebenunddreißig Grad!«

»Aber ich krieg keine Luft!« Plötzlich hält sie es nicht mehr aus, sie hat das dringende Bedürfnis, ihre eigenen Ziele zu verfolgen, Widerstände zu überwinden, Leerstellen zu füllen, Hindernisse einzureißen, zum Kern dessen vorzudringen, was sie braucht, damit sie nicht das Gefühl hat zu ersticken.

»Du bist ja ganz schön gereizt«, sagt Stefano; aber er lächelt schon wieder, sein Ärger ist schon verraucht.

»Es tut mir leid«, sagt sie. Und es stimmt: Es tut ihr leid, dass die geweckten Erwartungen mit der Zeit enttäuscht werden, dass die Wiederholung aufreibend ist und zermürbt, dass die Neugier sich in Feststellungen verwandelt, dass die Überraschung verfliegt, dass die Aufmerksamkeit sich abwendet und woandershin richtet, dass die Distanzen sich vergrößern, dass Tage und Abende und Nächte vergangen und verloren sind.

»Du bist einfach müde, du Arme, auch wenn man es dir nicht ansieht. Du hast dir ganz schön was zugemutet, mit dieser Fahrerei.«

Sie lehnt sich im Sitz zurück, beißt sich auf die Lippen.

»Trotzdem, du bist hinreißend«, sagt Stefano, streckt die Hand aus, um sie knapp über dem Knie am Schenkel zu berühren. »Und sexy, in diesem dünnen Kleidchen.«

»Danke.« Sie zieht ihr Bein weg. Könnte sie doch mit einem Zauberspruch diese ganze durch unendlich viele Gesten, Wörter und zusammen verbrachte Minuten vielfach bestätigte Vertrautheit abschütteln, denkt sie, und zu der Zeit zurückkehren, als sie sich überhaupt nicht kannten und zwei unabhängige Menschen mit unabhängigem Leben an zwei unterschiedlichen Orten der Welt waren, ohne irgendwelche Erwartungen oder Versprechungen einhalten zu müssen.

»Marina hat die übliche Clique eingeladen«, sagt Stefano. »Es gibt sicher auch köstliche Sachen zu essen.«

»Gut.« Wenigstens bis sie dort sind, möchte sie lieber nicht darüber sprechen, sondern ihren Gedanken in ganz anderer Richtung freien Lauf lassen.

»Es wird bestimmt ein schöner Abend«, sagt Stefano.

Sie schafft es nicht mehr zu antworten; heimlich späht sie in ihre Handtasche, ob das Display ihres Handys aufleuchtet, weil eine Nachricht eingegangen ist, doch es ist aus: aus.

»Und genau im richtigen Moment«, sagt Stefano. »Bevor alle aus Mailand flüchten und in Urlaub fahren, nicht wahr?«

Sie nickt, beobachtet den Verkehr draußen, der sie nicht interessiert.

»Ach, apropos Urlaub«, sagt Stefano. »Denk daran, dass du dir morgen bei der Arbeit die zwei mittleren Augustwochen freigeben lässt. Vom achten bis zweiundzwanzigsten, ungefähr. Für Ovada.«

Sie antwortet nicht; sie versucht tief einzuatmen, aber ihr ist, als bekomme ihre Lunge noch immer nicht genug Luft.

Er wandert in seiner unerträglich leeren, vollgestellten Wohnung auf und ab

Er wandert in seiner unerträglich leeren, vollgestellten Wohnung auf und ab; eine namenlose Angst schneidet ihm in den Magen, stört seinen Herzrhythmus. Die Luft ist zum Ersticken schwül, die Nacht bringt keinerlei Abkühlung. Er streicht in der Küche herum, öffnet den Kühlschrank, schließt ihn wieder, öffnet ihn erneut, nimmt einen Schluck Wodka aus einer fast leeren Flasche, obwohl er genau weiß, dass das die Lage keinen Deut verbessert. Er geht ins Wohnzimmer, setzt sich an seinen Schreibtisch vor dem Fenster, schaltet den Computer ein, ruft sein Postfach auf, um nachzusehen, ob seine Kinder ihm geschrieben haben: Sie haben nicht geschrieben. Stattdessen sind da Dutzende von E-Mails von ausländischen Verlegern, von Frauen, die er nicht sehen mag, von Journalisten, Organisatoren von Festivals, Freunden, die ihn nicht interessieren, Reisebüros, Computerherstellern, Buchhändlern, Fluggesellschaften, Banken: lauter Müll, schlimmer als in seinen vollgestopften Schubladen, am liebsten würde er auch diesen Computer zertrümmern. Er kehrt in die Küche zurück, schüttet die zwei Finger hoch Wodka, die noch in der Flasche sind, in ein Glas, trinkt mit halbgeschlossenen Augen. Immer wieder sieht er Clare Moletto vor sich, wie sie ihm am Bahnhof gegenübersteht: mit ihrem kleinen Rucksack auf der

Schulter, dem unsicheren Blick, dem sensiblen Gesicht, das gleich die Fassung zu verlieren scheint. Er sieht, wie sie davongeht, mit langen Schritten, ohne sich umzudrehen, ohne dass er ihr nachläuft. Immer noch denkt er an all das, was er hätte sagen können und nicht gesagt hat, als sie noch in Frankreich waren, als sie noch auf der Autobahn waren, als sie noch auf den großen Straßen nach Mailand hineinfuhren und der Bahnhof noch weit weg war. Er schaut auf den Regalen und in den Schränken nach, aber er hat kein einziges alkoholisches Getränk mehr im Haus.

Wieder im Wohnzimmer, tritt er an das Fenster zur Straße. Die Gehsteige sind voller Leute: Männer und Frauen warten plaudernd und gestikulierend vor dem Eingang der Pizzeria neben seiner Haustür, Autos und Mopeds fahren vorbei, Gelächter und Gesprächsfetzen steigen herauf, zusammen mit dem gedämpften Summen einer Sommernacht in der Stadt. Bei jedem Signal, das aus der Außenwelt zu ihm dringt, fühlt er sich noch ausgeschlossener und verlassen, wie ein Fisch auf dem Trockenen. In diesem Zustand, denkt er, könnte er ebenso gut über das Geländer klettern und sich hinunterstürzen, um zur Überraschung und zur Freude aller Klatschmäuler auf dem Asphalt zu zerschellen; doch wahrscheinlich wäre diese Geste gar nicht so spektakulär, verglichen mit der Verzweiflung, die ihn bei lebendigem Leib auffrisst.

Wann er sich zum letzten Mal so gefühlt hat, weiß er nicht mehr; vielleicht als kleiner Junge ohne jede Entscheidungsgewalt über sein Leben. Er versteht nicht, wie es so weit kommen konnte, nach allem, was er aus den zahllosen Fehlern hätte lernen müssen, die er im Lauf der Zeit gemacht hat, und aus den dauerhaften Spuren, die sie hinterlassen haben. Ihm ist, als sei er völlig unfähig, sich weiterzuentwickeln, und werde ständig zurückgeworfen von seinem Hang zur Selbstzerstörung und seinem Ergeiz, mit seiner Arbeit erfolgreich zu sein. Wut erfüllt ihn bei der Vorstellung, geglaubt zu haben, künstlich Ausschnitte des Lebens nachzubilden könne interessanter und bedeutsamer sein als das Leben selbst, ganze Jahrzehnte vergeudet zu haben mit Surrogaten und Annäherungen. Doch er schafft es nicht, lange darüber nachzudenken; er weiß nur, wie er bis vor einer Stunde unter Strom stand, solange er mit Clare Moletto zusammen war. Nichts sonst interessiert oder betrifft ihn wirklich, nichts.

Er tigert in seiner glühend heißen Wohnung hin und her, den Kopf voller sich überlagernder Bilder: sie im Profil im Auto, sie in dem großen weißen Zimmer stehend, sie im Wasser des kleinen Flusses, sie nackt an den Felsen gelehnt, während ihre Haare sich in kleinen Spiralen ringeln, sie, wie sie zur Seite schaut und ihr Blick dabei die Farbe wechselt. Wenn er sie durch die Lupe dieser sehr frischen Erinnerungen betrachtet, erscheint ihm ihre Natürlichkeit wie ein Wunder, nicht zu vergleichen mit der Art der anderen Frauen, die er gekannt hat. Je länger er daran denkt, umso mehr verblüfft es ihn, wie sehr sie ihm gleicht, eine weibliche Ausgabe seiner eigenen widersprüchlichen Mischung von Charaktereigenschaften ist. Unbegreiflich, dass er das nicht früher gemerkt hat, es ihr nicht zu verstehen geben, nicht sagen konnte. Mit welch dummer Ironie er mit ihr gesprochen hat, als sie im Weinberg standen, denkt er, ohne die Angst, sie verlieren zu können, da sie ja noch bei ihm war. Es kommt ihm außerordentlich gemein vor, dass er sie so allein gelassen hat mit der Entscheidung, anstatt ihr unmissverständlich zu erklären, er wolle sie unbedingt und sei bereit, alles zu tun, um sie zu bekommen. Wenn er nur kurz nachdenkt, kann er sich an Dutzende von Episoden erinnern, in denen er Frauen zurückwies, mit dem Vorwand, ein Künstler brauche seine Freiheit. Über die Jahre hat er eine wahre Meisterschaft darin entwickelt, in fremde Leben hineinzuschauen, ohne die Absicht, sich lange darin aufzuhalten, und mit der Ausrede, er habe schon genug Schaden davongetragen und im Leben anderer angerichtet, wenn er geblieben sei. Zu lange hat er sich als Gefühlspirat und Beziehungsforscher betätigt, halb teilnehmender, halb distanzierter Beobachter, mehr auf die Fehler als auf die Qualitäten konzentriert, einen Fuß drinnen und einen draußen. Und jetzt, wo er eine wunderbar echte und offene Frau trifft, ist er nicht in der Lage, angemessen zu reagieren. Der Frust ist so groß, dass er mit dem Kopf gegen die Wand rennen könnte, die Einrichtung zertrümmern, alle Gegenstände um sich herum zertrampeln möchte. Mit Fäusten und Füßen geht er auf den Boxsack los, der an einem Deckenbalken hängt, dass die ganze Wohnung zittert, immer weiter, bis ihn die Knöchel schmerzen, bis sein Herz dreimal so schnell schlägt, bis er mit den Händen auf den Knien in die Hocke gehen muss, um Atem zu schöpfen.

Er holt das Handy vom Küchentisch, kontrolliert, ob es verpasste Nachrichten oder Anrufe anzeigt, aber nichts. Er stellt sich vor, wie Clare Moletto neben ihrem spießigen Mailänder Rechtsanwalt an einem großen Tisch mit Kollegen und Kolleginnen von ihm beim Abendessen sitzt, verwickelt in einen Austausch unverfänglicher Fragen, die einfache Antworten vorsehen. Froh um die wiedererrichteten Schutzschranken. Er kann sie sehen, wie sie auch dem nervigsten Gesprächspartner geduldig zuhört, wie sie trinkt, um die Langeweile und die Verlegenheit zu überwinden, während sie aus reiner Freundlichkeit ein aufmerksames Gesicht aufsetzt. Er kann ihren Blick sehen, ihr leuchtendes Lächeln, ihre ungekünstelten Bewegungen; ihre gebremste Unruhe, ihr verborgenes wildes Wesen. Wenn er seinen Gedanken nur ein wenig freien Lauf lässt, kann er sie auch schon in Stefanos Bett sehen, wie sie mit ihm zu Gesten und Empfindungen zurückfindet, die bestimmt beruhigender sind als die grenzenlose Verschmelzung, die sie beide in der vorigen Nacht erlebt haben. Die Vorstellung hebt sein inneres Gleichgewicht aus den Angeln, immer hektischer läuft er von einer Stelle der Wohnung zur anderen. Er müsste etwas tun, denkt er, weiß aber nicht, was: Er möchte laufen, herumfuchteln, schreien.

Im Gehen schaut er auf das Display des Handys, denkt sich Sätze aus, verwirft sie. Schließlich schreibt er: *Was zwischen uns gewesen ist, ist das Einzige, was mich interessiert.* Vor dem Absenden liest er es noch einmal und findet, dass es bloß ein weiterer erbärmlicher Ausdruck für seine Egozentrik ist, dafür, dass alles unweigerlich von ihm ausgeht und zu ihm zurückkehrt. Er löscht und schreibt: *Du bist die einzige interessante Sache auf der Welt.* Er liest es durch, und das Wort »interessant« gefällt ihm nicht, »Sache« noch weniger; »auf der Welt« lässt ihn schaudern. Also löscht er, in dem verzweifelten Gefühl, die wenigen Worte nicht finden zu können, die er wirklich bräuchte, obwohl er sein Leben damit verbracht hat, von Beruf Wörter aneinanderzureihen. Er legt das Handy auf den Tisch, geht in die Küche, ins Bad, ins Schlafzimmer, ins Kinderzimmer; dann zurück ins Wohnzimmer. In einer Verfassung von Verzweiflung und Panik schreibt er: *Tatsache ist, dass ich dich liebe.* Er liest es nicht durch, lässt sich keine Zeit zum Überlegen, drückt auf »Senden«. Gleich darauf scheint ihm, dass er damit eine total selbstzerstörerische Tat begangen hat, von der es kein Zurück gibt.

Er lässt das Handy auf dem Wohnzimmertisch liegen und läuft wieder kreuz und quer durch die Wohnung, Bilder von Clare vor Augen: wie sie seine Nachricht liest und ein verstörtes Gesicht macht; wie sie sie sofort löscht und schutzsuchend ihren Rechtsanwalt umarmt; wie sie die SMS gar nicht bemerkt, weil sie zu sehr in Anspruch genommen ist von dem Fest; wie sie mühsam eine Antwort tippt, um zu erklären, dass sie jedes Gefühl, das es zwischen ihnen gegeben haben mag, schon für immer ad acta gelegt und weggeschlossen hat.

Zwar hat er diesbezüglich keine Erfahrung, weil er in seinem ganzen Leben keiner Frau je so einen Satz geschrieben oder gesagt hat, obwohl es mehr als einmal dringend von ihm gefordert wurde, doch geht er davon aus, dass es nicht die Sorte Nachricht ist, über die man in aller Ruhe bis zum nächsten Tag nachdenkt. Wäre sie in der gleichen Verfassung wie er, hätte sie bestimmt schon längst mit einem ebenso rückhaltlosen, vielleicht noch stürmischeren Satz geantwortet. Stattdessen liegt das Handy da in seinem verhassten Stand-by-Modus, und inzwischen sind schon ganze fünf, zehn, fünfzehn, zwanzig Minuten vergangen, seit er diese selbstmörderische Geste vollbracht hat.

Dann fängt das Handy an zu klingeln. Er stürzt aus dem Flur ins Wohnzimmer, nimmt es hastig vom Tisch, ohne einen Blick auf den Namen des Anrufers zu werfen, sagt gespannt: »Ja?«

Am anderen Ende meldet sich keineswegs die melodische Stimme von Clare Moletto, sondern die trockene, eindeutig gereizte Stimme von Miriam Lovati: »Na endlich«, sagt sie, »seit drei Tagen versuche ich dich anzurufen.«

Er drückt auf »Auflegen«, wirft das Handy aufs Sofa, läuft von Zimmer zu Zimmer, noch kopfloser als zuvor.

Er schiebt mehrere CDs in die Stereoanlage, aber keine Musik ist ihm recht; er versucht es mit einigen Büchern aus dem Regal, das Ergebnis ist dasselbe. Er denkt, dass ein großer Teil der einzigartigen Eigenschaften, die er Clare Moletto zuschreibt, sehr wahrscheinlich seiner zu lebhaften Phantasie entsprungen sind; dass auch die Neugier und Anziehung, die er ihr gegenüber empfindet, wie gewohnt im Lauf weniger Wochen oder Monate verfliegen würden. Er versucht, sich an die ersten Begegnungen mit den Frauen zu erinnern, mit denen es schiefgegangen ist, denn er will den Beweis dafür finden, dass alles immer nach dem gleichen Muster abläuft: Auf das Interesse folgt unweigerlich die Enttäuschung. Aber es funktioniert nicht, es funktioniert einfach nicht: Je länger er an die anderen Frauen denkt, umso einzigartiger erscheint ihm Clare, unersetzlich, unvergesslich. Er weiß nicht, ob er zu Hause bleiben oder ausgehen oder ihr schreiben soll, sie möge es wenigstens klipp und klar sagen, wenn sie ihn nicht mehr sehen will. Ihm scheint, es ist ihm mit seiner SMS gelungen, eine sowieso schon arg verfahrene Situation noch zu verschlimmern; er sieht keine akzeptable Lösung, keinen Rettungsanker.

Wieder klingelt das Handy; er läuft hin, lächerlich aufgeregt. Auf dem Display steht: *Miriam Lovati.* So fest er kann, drückt er mit dem rechten Daumen auf »Ablehnen«, brüllt: *»Aaaaaaaah!«*, und wirft das Handy auf den Tisch. Das Handy gleitet langsam über die Holzplatte und fällt mit einem harten Knall auf den Boden, der Deckel springt auf, die Batterie fällt heraus.

Er bückt sich hastig, um die Teile aufzuheben, setzt sie wieder zusammen, drückt auf »Einschalten«, schaut beklommen auf das Display, das einen Sprung abgekriegt hat. Das Handy geht nicht mehr. Er studiert es aus nächster Nähe, versucht, die Batterie erneut herauszunehmen und wieder einzulegen: nichts. Wutentbrannt schmeißt er es an die Wand, hebt es auf und schleudert es zu Boden, trampelt darauf herum, um es unwiederbringlich zu vernichten.

Dann schlüpft er in seine Schuhe, obwohl seine rechte Fußsohle blutet, geht hinaus und saust die Treppe hinunter, als stürzte er in die Tiefe eines Brunnens.

Marina Recardinos Wohnung befindet sich in einer toten, piekfeinen Straße

Marina Recardinos Wohnung befindet sich in einer toten, piekfeinen Straße im ersten Stock eines Hauses aus der Jahrhundertwende mit einem kiesbestreuten Pseudo-Vorgarten und zwei Magnolien am Eingang. In dem großen, dank Klimaanlage kühlen Wohnzimmer auf zwei Ebenen sind mehr Leute, als Clare erwartet hatte: Kollegen und Freunde der Gastgeberin und von Stefano, darunter Tommaso und Lauretta und andere, die sie schon öfter im Restaurant oder im Kino getroffen hat, aber auch solche, von denen sie nur gelegentlich die Namen gehört hat. Um das Buffet kümmert sich ein Partyservice; ein Kellner und eine Kellnerin schenken Wein aus und sorgen dafür, dass auf dem langen, weißgedeckten Tisch immer genügend Platten mit Käse-Crêpes, kalter Pasta, Vitello tonnato und anderen Standardgerichten eines sommerlichen Abendessens stehen. Die Gäste lassen sich Gläser und Teller füllen, trinken und essen und reden im Stehen oder setzen sich auf die Stühle, Sessel und Sofas. Clare empfindet abwechselnd Erstickungsgefühle und Kälteschauer, während sie versucht, Lauretta zuzuhören, die von einem Interview erzählt, das sie am Tag zuvor mit einer neurotischen Schauspielerin geführt hat. Clare hat nie einen Film mit dieser Frau gesehen und keine Ahnung, um wen es sich handelt, aber sie ist so verstört, dass sie dem Gespräch sowieso nicht folgen kann. Sie kann nur nicken, und ab und zu beobachtet sie Stefano, der sich ein paar Meter weiter lebhaft mit Freunden und Kollegen unterhält.

Er ist viel übermütiger als vor einer halben Stunde, als er den aufmerksamen Verlobten am Bahnhof spielte: Jetzt trinkt er Weißwein und spricht laut, macht ironische Bemerkungen über einige nicht anwesende Kollegen und die Kanzleibosse, über Klienten, über die katastrophalen Ergebnisse der Fußballweltmeisterschaft, über die technischen Eigenschaften verschiedener Autos. Parallel zu Lauras Worten nimmt sie Fetzen seiner Sätze auf, und plötzlich wird ihr bewusst, dass auch er mindestens auf einen Teil von sich verzichten und Zugeständnisse machen muss, wenn sie zusammen sind. Sie fragt sich, wie viel Mühe ihn das kostet und warum er es tut, was er davon hat. Sie hat noch Daniel Desertis Bemerkungen darüber im Kopf, wie sich jemand in einen Menschen verliebt und dann, wenn er ihn hat, systematisch versucht, gerade die Eigenschaften des anderen zu verändern, die ihn in seinen Augen besonders ausgezeichnet hatten. In Wirklichkeit hat sie Daniel Desertis *Stimme* im Kopf: sein warmes, tiefes, leicht heiseres Timbre, während sie zusammen herumgingen oder nebeneinanderlagen oder -saßen. Sie spürt noch seine körperliche Nähe: an der linken Seite ihres Körpers, auf der bloßen Haut des Arms, auf der Schulter, im Nacken. Und nichts deutet darauf hin, dass dieses Gefühl schwindet oder sich in den Hintergrund drängen lässt in dem Gewirr von Stimmen, Gesten und Blicken rundherum.

Stefanos Kollegen und Kolleginnen und Freunde und

Freundinnen lachen, scherzen, gestikulieren, beugen sich vor und zurück. Abgesehen von ihrem strikt beruflichen Bereich klingen ihre Ansichten unglaublich beliebig, so abgedroschen, dass nichts Kantiges mehr bleibt. Einer redet über Fernsehmoderatoren, andere reden über Politiker, über Sportler, Formel-1-Rennen, die Lage an den Aktienmärkten, die Urlaubsziele. Einer sagt: »Ja, absolut«, einer sagt: »Das wurde im Fernsehen gesagt«, einer sagt: »Letzte Woche war ich in New York«, einer sagt: »Gerade gestern sagte mir Laurent Thomas von der Credit Suisse«, einer äfft einen anderen nach, manche lachen.

Sie bemüht sich teilzunehmen, fühlt sich aber wie jemand, der eine fremde Sprache spricht, auf einem fremden Planeten. Sie fragt sich, ob sie irgendeinen Grund hätte, mit diesen Menschen in diesem Raum zu sein, wenn sie nicht mit Stefano hier wäre, und muss es sich eingestehen, eigentlich nicht, nein, bestimmt nicht. Es kostet sie größte Anstrengung, auch nur ein paar Worte zu wechseln, das passende Gesicht aufzusetzen. Ihre Gedanken eilen ständig ganz woandershin: zu dem Moment, als sie und Daniel Deserti am Ufer des Flüsschens waren, überwältigt von der gegenseitigen wilden und unkontrollierbaren Anziehung; als sie sich aus wenigen Zentimetern Abstand betrachteten und unterhielten; als sie zweihundert Meter vom Bahnhof entfernt standen und sich nichts von dem sagten, was sie hätten sagen können, nichts von dem taten, was sie hätten tun können. Ihre Stirn glüht, ihr Magen krampft sich zusammen, ihr Herz rast; es gelingt ihr nicht stillzuhalten, sie wickelt sich Haarsträhnen um die Finger, stellt sich mal da, mal dort hin, schaut zu den großen geschlossenen Fenstern hinüber. Ab und zu fragt sie jemanden, wie spät es ist, und findet es unglaublich, dass die Zeit so langsam vergehen kann, so schnell.

Etwa zehn Minuten vor Mitternacht kommt Stefano zu ihr, leicht angeheitert. Er legt ihr eine Hand auf die Hüfte, küsst sie auf die Schläfe. Sie bemerkt, dass sich Gesichter zu ihnen umdrehen, Blicke auf sie richten, Münder in Ohren flüstern.

»Ihr habt uns nicht zufällig was zu sagen, ihr zwei?«, fragt Marina Recardino.

»Was?«, sagt Clare; plötzlich sind alle ihre Muskeln angespannt.

»Was heißt hier was?!«, sagt Marina Recardino in ihrem rauhen Ton und funkelt sie mit den dunklen blanken Augen eines großen Nagetiers an.

Sie dreht sich zu Stefano um und sieht, dass er lächelt.

»Rechtsanwalt Panbianco!«, sagt Marina Recardino. »Wollen wir jetzt mit der Sprache herausrücken oder nicht?«

»Ste-fa-no!«, sagt Antonio Sontra, den Clare erst dreimal gesehen hat, obwohl Stefano häufig von ihm spricht, wenn auch nicht sehr freundschaftlich.

Stefano lächelt immer noch, sein Gesichtsausdruck ist schwer zu deuten.

»Hier ist eine Erklärung vonnöten!«, sagt Antonio Sontra.

»Was denn für eine Erklärung?«, sagt Stefano, weiß aber genau, wovon die Rede ist, denn er dreht sich zu Tommaso um, der wenige Schritte entfernt ist, und zeigt mit dem Finger auf ihn, mit gespielt anklagender Miene.

Tommaso hebt die Arme zum Zeichen, dass er sich ergibt, dann tritt er auf Stefano zu, schubst ihn, klopft ihm mehrmals auf die Hüfte, lacht. Auch Lauretta lacht: »Jetzt kommst du definitiv nicht mehr drum herum, Ste.«

»Er-klä-rung!«, skandiert Marina Recardino zwei- oder dreimal, bis alle im Chor einstimmen.

Stefano sträubt sich, bewegt den Kopf, weicht den Blicken aus. Seine Verlegenheit ist nicht echt: Er ist unter lauter Menschen, die gekleidet sind wie er, die jahrelang die gleichen Schulen besucht, die gleichen Gerichte gegessen, an den gleichen Orten Ferien gemacht, den gleichen Sport getrieben, die gleichen Filme gesehen, die gleichen Songs gehört und die gleichen Zeitungen gelesen haben wie er. Sie sind verbunden durch ein Netzwerk von Informationen, parallelen Entwicklungen, gemeinsamen Programmen.

So sehr sie sich auch um Anpassung bemüht hat, die anderen werden sie doch immer als Ausländerin wahrnehmen, bald amüsiert, bald leicht genervt, je nach Augenblick und Dringlichkeit der Kommunikation. Es ist das Schicksal all derer, die ihr Ursprungsland verlassen, denkt sie, die andere Seite des Privilegs, nicht zwangsläufig alles zu kennen, was dich umgibt.

Marina Recardino nimmt sie am Arm und schubst sie zu Stefano, bevor sie reagieren kann. Es folgt allgemeines Gelächter, wachsende Aufregung.

Zuletzt sagt Stefano: »Okay, okay, okay.« Er wedelt mit flachen Händen.

Alle verstummen, jedenfalls fast; es gibt rasche Blickkontakte, geflüsterte Worte.

»Also«, Stefano schaut sich um, »die Erklärung lautet, dass die hier anwesende Chiara Moletto und ich zusammenziehen.«

»Wann?«, fragt eine Frau mit dem Gesicht einer Bulldogge und zum Knoten geschlungenen Haaren.

»Spätestens Ende September.« Stefanos Antwort kommt so prompt, als würde er einem Team einen Arbeitsplan erläutern.

»Ein Wunder!«, sagt Marina Recardino. »Mamma mia, wer hätte das gedacht!«

»Wie hast du ihn bloß rumgekriegt?«, fragt sie ein dünner, großer rothaariger Kollege von Stefano.

Sie antwortet nicht, würde ihm am liebsten einen Tritt geben.

Lauretta klatscht in die Hände: »Ja, aber so einfach kommst du nicht davon, Ste!«

»Genau, was soll das überhaupt sein?«, sagt Marina Recardino. »Eine Zusammenlebenserklärung?«

»Moment, immer mit der Ruhe.« Im Vergleich zu vorhin scheint Stefanos Selbstkontrolle sich etwas gelockert zu haben.

»Also?«, sagt Antonio Sontra mit geheucheltem Interesse. Seine Frau Susanna oder Rosanna, oder wie sie gleich noch mal heißt, schmiegt sich ebenso erwartungsvoll an ihn.

Clare kommt die Situation zunehmend unwirklich vor: Sie begreift nicht, warum Stefano eine vollkommen private Entscheidung, die sie noch nicht einmal ausführlich besprochen haben und von der sie selbst keineswegs überzeugt ist, auf diese Weise hinausposaunen will.

»Also?«, wiederholt Marina Recardino; im blanken Dunkel ihrer Augen kann man die Pupille nicht von der Iris unterscheiden.

»Es ist Mitternacht, der Augenblick der Offenbarung!«, sagt Tommaso, an Laurettas Arm geklammert.

»Genau!«, sagt Antonio Sontra. »Schluss mit Kneifen, Panbianco!«

»Raus mit der Sprache, Panbianco!«, sagt Marina Recardino.

Die anfeuernden Rufe werden lauter, Hände schieben und ziehen und knuffen Stefano mit der gleichen sadistisch angehauchten kollektiven Euphorie wie auf einem Examens- oder Geburtstagsfest, bis Stefano sich zu Clare umdreht und etwas aus der Tasche seines blauen Jacketts zieht. Und einen Augenblick später kniet er vor ihr, den rechten Arm ausgestreckt, ein blaues Schächtelchen auf der geöffneten Handfläche, in dem Schächtelchen ein Ring.

Rund um sie wird es still: Alle Stimmen und Bewegungen halten inne, alle Blicke richten sich auf einen Punkt.

Was Clare am meisten beeindruckt, ist die Ähnlichkeit mit Szenen aus Film oder Fernsehen, das absurde Fehlen jeder Originalität; sie weiß nicht recht, wie sie es interpretieren soll: ein Pennälerscherz Ende Juli? Ein Anfall von Wahnsinn, ausgelöst von der extremen Hitze? Doch je länger sie Stefano beobachtet, desto mehr wird ihr klar, dass er es schrecklich ernst meint: Man braucht nur die Anspannung in seinem Gesicht zu sehen, die verhüllte Rührung in seinem Blick, das leichte Zittern, das seinen Arm durchläuft bis zu der Hand, die das blaue Schächtelchen hält. Auch der Ring in dem mit weißem Satin ausgeschlagenen blauen Schächtelchen ist schrecklich ernst mit seinem Diamant und den Brillantsplittern darum herum, eine unbestreitbare Tatsache, der man sich nicht entziehen kann.

Sie steht wie gelähmt im Kreis der erwartungsvollen Blicke, während eine Welle von Verlegenheit, Schuldgefühlen, Traurigkeit und Empörung in ihr aufsteigt. Dann beugt sie sich vor, fasst Stefano an der Schulter, sagt halblaut: »Komm, steh auf.«

Doch Stefano rührt sich nicht und sieht sie weiter an; mit einem Ausdruck, der entweder sehr entschlossen oder sehr ratlos ist, verharrt er in seiner Pose einer romantischen amerikanischen Komödie, das Schächtelchen mit dem Ring schwankt leicht auf seiner ausgestreckten Hand.

Fieberhaft überlegt sie, wie sie aus der Situation herauskommen könnte, ohne ihn tödlich zu beleidigen und seine Eigenliebe zu zerstören und ihn vor allen seinen Freunden und Kollegen zu demütigen, aber ihr fällt nichts ein. So nimmt sie zuletzt das Schächtelchen und betrachtet den Ring aus der Nähe.

Das allgemeine Schweigen geht in Beifall, Geschrei und Gelächter über. Jemand bringt Gläser mit Spumante, es gibt Schulterklopfen, Gedränge, Umarmungen, sich streifende Wangen. Marina Recardino und Lauretta rufen: »Küs-sen, küs-sen!«, es bildet sich ein kleiner Chor, der immer mehr anschwillt. Schließlich erhebt sich Stefano, umarmt sie, presst seine Lippen auf ihre, öffnet den Mund, will sich mit der Zunge einen Durchlass erzwingen.

Mit glühenden Wangen dreht sie das Gesicht zur Seite, versucht, ihn mit beiden Händen wegzuschieben; die Schachtel mit dem Ring fällt zu Boden. Lauretta hebt sie sofort auf, fängt an zu zwitschern, den Ring zu mustern und ihn gemeinsam mit Marina Recardino und anderen Gästen zu kommentieren. Tommaso nimmt Stefano am Arm, boxt ihn ein paarmal spielerisch in den Magen, überhäuft ihn mit Gratulationen und Glückwünschen, frotzelt und neckt ihn in dem Code, den man schwer versteht, wenn man nicht Hunderte von Fußballspielen zusammen mit den beiden am Fernsehen gesehen hat.

Clare entwischt an eines der Fenster, öffnet es, betrachtet die Magnolien in dem Pseudo-Garten, riecht die heiße, klebrige, eindringliche Mailänder Nacht. Liegt es an einem ererbten Charakterfehler von ihr, fragt sie sich, dass sie sich in einem solchen Moment so schrecklich fehl am Platz fühlt, oder an ihrer kranken Phantasie, die sie immer woandershin zieht, ist sie einfach von Grund auf unvernünftig, unfähig anzunehmen, was ihr angeboten wird, wenn es eine Gegenleistung verlangt – das heißt, fast immer –, und hängt ihr geringes Verständnis für die Regeln und Erwartungen dieser Welt damit zusammen, wie sie ist oder wie die Welt ist? Nun, wie auch immer, sie hat, scheint ihr, keine Zeit, weiter darüber nachzudenken, um zu einem Schluss zu kommen, denn sie will nur noch eins: bei Daniel Deserti sein. Noch stärker als zuvor spürt sie überall wieder die Empfindungen der zwei Tage und Nächte mit ihm, im Blut, im Herzen, im Magen, im Gehirn, auf der Haut; es gibt nicht einen Millimeter ihres Körpers und ihres Geistes, der nicht von dem Verlangen nach ihm oder einer Erwartung an ihn besetzt ist.

Jemand tippt ihr auf die Schulter; sie dreht sich ruckartig um. Vor ihr steht die Frau mit dem Bulldoggengesicht, mit einem zu breiten Lächeln, das ihre gebleichten Zähne entblößt. »Und?«, sagt sie.

»Und?«, wiederholt Clare.

»Eine Erklärung für die Presse?« Die Frau mustert ihren Ausdruck.

»Ich komme gleich.« Clare macht eine vage Geste Richtung Toilette; ihre Beine sind schon in Bewegung. Zwischen Köpfen, die sich umdrehen, und Satzfetzen, die ihr folgen, durchquert sie das Wohnzimmer und betritt am Anfang des Flurs ein kleines Gästeklo neben der Küche, in der noch die Leute vom Partyservice hantieren. Sie schließt die Tür, holt das Handy aus der Tasche. Aus Angst, dass nichts gekommen ist, schaut sie nicht sofort auf die Seite mit dem Display, sondern hält es verkehrt herum; dann dreht sie es jäh um und sieht das Symbol für »eingegangene Nachricht«. Als sie es aufmacht und Daniel Desertis Nachricht liest, setzt ihr Herzschlag einmal aus: zweimal, dreimal, eine Hitzewelle steigt ihr ins Gesicht, ihre Augen füllen sich mit Tränen.

Total aufgewühlt verlässt sie das Klo, geht ein Stück den Flur entlang, späht ins Wohnzimmer. Stefano ist noch umringt von seinen lauten, gestikulierenden Freunden und Kollegen, Marina und Lauretta zeigen lachend den Ring in seinem blauen Schächtelchen herum.

Sie macht auf dem Absatz kehrt, bevor jemand sie entdeckt, geht rasch zum Eingang, nimmt ihren Rucksack, läuft die Treppe hinunter, tritt zwischen den Magnolien in den Pseudo-Garten hinaus, drückt den Öffner für das Metalltor in der Umzäunung. Als sie draußen auf dem Gehsteig in der immer noch heißen Nachtluft steht, schaut sie zu den erleuchteten Fenstern im ersten Stock hinauf, aus denen Stimmen und Gelächter dringen: Sie atmet erleichtert auf, so als wäre sie gerade aus einem Gefängnis ausgebrochen. Dann geht sie weg, so schnell sie kann, aus Furcht, Schuldgefühle oder Pflichtgefühl oder neuerliche Zweifel oder Stefano und seine Freunde könnten sie verfolgen und aufhalten und zurückzerren.

Mario aus der Weinbar begrüßt ihn mit der Aufmerksamkeit, die er für seine Stammgäste aufspart

Mario aus der Weinbar begrüßt ihn mit der Aufmerksamkeit, die er für seine Stammgäste aufspart: Er unterbricht ein Gespräch mit einigen braungebrannten Mädchen, reckt sich über den Tresen und haut die flache Hand gegen die von Daniel, als wären sie echte Freunde. »Was darf ich dir geben?«

»Hast du kein *Gift*?«, fragt Deserti ohne Andeutung eines Lächelns. Eine Frau, die Augen geschminkt wie eine alte Ägypterin, dreht sich um, Beine, Arme und Busen zur Schau gestellt in ihrem knappen schwarzen Kleid, und scharwenzelt dann weiter in ihren wadenhohen Stulpenstiefeln in der Bar herum, wobei ihre Füße garantiert bei jedem Schritt im Schweiß hin und her rutschen, *sguish sguash.* Er weiß überhaupt nicht, warum er hier hereingekommen ist, anstatt weiterzugehen. Seit er sein Handy zertrümmert hat, ist ihm, als habe er alle Leinen gekappt und treibe ohne Kompass, ohne Route dahin, einzig mögliches Ziel der totale Schiffbruch.

Mario lacht gepresst, weil noch andere Leute da sind, die bedient werden wollen. »Gift nicht, aber alles andere habe ich.«

»Gib mir einen doppelten Wodka«, sagt Deserti. Im Lokal und vor allem davor auf dem Gehsteig werden unablässig Blicke getauscht, Haltungen und Körperteile feilgeboten wie auf einem Sklavenmarkt, auf dem die Sklaven sich selber anpreisen und ständig den Einsatz erhöhen.

Mario holt ein Glas aus dem Kühlfach, tunkt es kurz in das gekörnte Eis, schüttelt es, so dass ein paar weiße Splitter am Rand und an den Seiten hängen bleiben, schenkt mit langer, geschmeidiger Geste den Wodka ein.

Deserti greift nach dem Glas, nimmt mit der heißen Hand die Kälte auf, trinkt einen langen Schluck, ohne sich weit vom Tresen zu entfernen. Sein Herzrhythmus stimmt nicht, auch die Lunge funktioniert schlecht; sein Gehirn ist außer Betrieb, überschwemmt von Bildern von Clare Moletto.

Er leert sein Glas, geht zurück, um es erneut füllen zu lassen. Dann durchquert er das Lokal, stellt sich draußen auf dem Gehsteig zu den Grüppchen von Männern und Frauen, die trinken und reden und lachen, wie es Clare Moletto in diesem Augenblick sicherlich auch macht, in einem anderen Leben, unerreichbar weit weg.

In theatralischer Pose, eine Hand in die Seite gestemmt, baut sich eine Blondine in einem türkisfarbenen Kleidchen vor ihm auf: »Siehst du, dass das Glück den Tapferen hold ist, wenigstens manchmal?«

Es dauert eine Weile, bis er Miriam Lovati erkennt, sonnenverbrannt und mit kürzeren Haaren als bei ihrem letzten Treffen, aber mit demselben Goldschmuck und mit demselben farblosen, zudringlichen Blick. Als er sie kennenlernte, hatte er sie für ein verstörtes junges Mädchen gehalten, Tochter einer übergriffigen Mutter, und natürlich war es schon damals nicht so; er hatte ein paar Monate gebraucht, um das zu kapieren.

»Ein schöner Flegel bist du«, sagt sie. »Seit Tagen versuche ich, dich anzurufen, und du gehst nie dran. Zweimal hast du sogar aufgelegt.« Sie verzieht den Mund zu ihrem typischen Lächeln, das ihre Lippen spannt und dann zu lange hängen bleibt, als erwartete es einen neuen mentalen Befehl, der nicht kommt.

»Und du bist unerträglich aufdringlich.« Er versucht nicht im Geringsten, seinen Ton zu mäßigen. Manche von denen, die sich auf dem Gehsteig trinkend und plaudernd selbst promoten, drehen den Kopf, unterbrechen für einen Augenblick ihr Gespräch.

»Ich wollte meine Kette wiederhaben«, sagt Miriam Lovati. »Ich habe dir auch zwei SMS und eine E-Mail geschrieben.«

»Ich habe sie nicht gelesen«, sagt er. »Ich hatte anderes zu tun.« Er hat nichts gegen sie, ehrlich, aber bei der Vorstellung, sie glaube das Recht zu haben, ihn in einem Moment wie diesem einfach so zu behelligen, möchte er sie vom Gehsteig hinunterstoßen und wegjagen.

»Mein Vater hat sie mir geschenkt«, sagt sie. »Als ich Examen gemacht habe.«

»Du hättest sie nicht liegenlassen sollen, wenn sie dir so wichtig ist.« Er trinkt noch einen Schluck und spürt, dass der Wodka ihm Übelkeit verursacht.

»Willst du sie mir etwa nicht zurückgeben?«, sagt Miriam Lovati herausfordernd, man weiß nicht, wie weit ihre Entrüstung gespielt ist.

»Du hast sie nur liegengelassen, damit du eine Ausrede

hast, um wiederzukommen.« Er hat das Gespräch schon längst satt.

»Ich will meine Kette!«, sagt sie in dem kindlichen Tonfall, der ihn anfangs rührte, bevor er entdeckte, dass es sich nur um eine Masche handelte.

»Wenn du wüsstest, wie egal mir deine Kette ist!« Wie konnte er je Interesse für diese Frau aufbringen, fragt er sich, für ihre Augen, die nie lange genug irgendwo verweilen, für ihre bemühten Gesten, für ihren familiären Hintergrund, der ihn überhaupt nichts angeht.

»Dann gib sie mir zurück«, sagt sie. »Wir gehen zu dir rauf und holen sie, jetzt gleich.« Sie zeigt auf die Straße, das dreireihige Goldarmband an ihrem Handgelenk glitzert im Licht der Straßenlampen.

»Geh allein rauf.« Er zieht den Hausschlüssel aus der Tasche, hält ihn ihr schroff hin. »Sie liegt irgendwo in der Küche. Wenn du nicht in zehn Minuten zurück bist, rufe ich die Polizei.«

Miriam Lovati zögert ein paar Sekunden, wahrscheinlich überlegt sie, ob und wie sie ablehnen soll oder ob sie doch zu sehr an der Kette hängt; zuletzt nimmt sie den Schlüssel, überquert die Straße.

Er kippt den Rest seines zweiten, schon fast lauwarmen doppelten Wodkas auf einen Zug, geht hinein, um sich einen dritten einschenken zu lassen von Mario, dem Barmann, der immer noch sehr beschäftigt ist.

Sie wählt immer wieder Daniel Desertis Nummer

Sie wählt immer wieder Daniel Desertis Nummer; jedes Mal sagt die Piepsstimme des automatischen Anrufbeantworters: »Die von Ihnen gewünschte Rufnummer ist im Augenblick nicht erreichbar.« Sie läuft schneller, versucht, gleichmäßig zu atmen, aber es gelingt ihr nicht. An einer Kreuzung bleibt sie stehen, tippt: *Ich bin auf dem Weg zu dir*, drückt auf »Absenden«. Ein roter Mini Cabrio fährt mit laut aufgedrehter Bass- und Schlagzeugmusik an ihr vorbei, zwei dämliche junge Kerle aus gutem Haus schreien ihr etwas zu. Sie tut, als hörte und sähe sie nichts, überquert rasch die Straße. In ihrer Handtasche klingelt das Handy. Mit klopfendem Herzen zieht sie es heraus, aber auf dem Display blinkt der Name *Stefano* so aufdringlich und erpresserisch, wie man es sich nur vorstellen kann. Sie beschleunigt ihren Schritt noch mehr, verfolgt von der Vorstellung von Stefano, der ungläubig Marina Recardinos Wohnung durchkämmt, ohne sie zu finden; der aus einem der großen Fenster auf die Straße schaut, nach rechts, nach links. Sie kann sein Gesicht sehen, die Gesichter seiner Kollegen und Freunde rundherum: die ratlosen Blicke, die vergeblich wiederholten Fragen. Sie lässt das Handy klingelnd und vibrierend und blinkend in die Tasche fallen und rennt auf dem immer noch heißen Gehsteig los. Sie rennt durch die beinahe menschenleeren Straßen, über rote Ampeln, gegen den Widerstand der schwülen Luft, als liefe sie am Grund eines Sees.

Schließlich kommt sie in die Straße, in der sie erst einmal gewesen ist, vor einem Monat oder einem Jahr oder einem Leben, als sie noch nicht wusste, wer Daniel Deserti wirklich war und was sie zu ihm hinzog. Sie kann es kaum fassen, wie himmelweit ihr jetziges Bedürfnis, ihn unbedingt zu finden, von ihrer damaligen vagen Neugier entfernt ist; sie kann nicht glauben, dass sie ein derart dringendes Bedürfnis hat, ihn zu sehen, zu umarmen, ihm zu erzählen, was passiert ist, und sofort sein Verständnis zu haben, das Vibrieren seiner Stimme zu hören, das herausfordernde, warme Licht seines Blicks zu sehen, seine starken Hände zu spüren, sich durch seine Nähe getröstet zu fühlen. Die Haustür sieht ganz anders aus als vor einem Monat oder einem Jahr oder einem Leben, als sie offen gestanden hatte, aber sie ist es, sie ist es wirklich. Mit wachsender Beklemmung liest sie die Namensschildchen und die Zahlen neben den messingnen Klingelknöpfen der Sprechanlage, aber auch auf den zweiten und dritten Blick kann sie seinen Namen nirgends finden. Sie sucht einen anderen Namen oder auch eine Zahl, die ihr etwas sagen könnte, vielleicht in Verbindung mit dem Titel eines seiner Bücher oder mit etwas, das er ihr erzählt hat: nichts. Sie holt das Handy heraus, schaut auf das Display: sechs verpasste Anrufe und fünf Nachrichten. Mit Herzklopfen checkt sie die verpassten Anrufe: alle von Stefano. Sie öffnet die Nachrichten, und ihre Unruhe wächst: Die erste stammt von Stefano: *Wo bist du abgeblieben?* Die zweite ist von Alberto: *alles deine schuld auch dass sie mich in sanremo nicht genommen haben hatte kopf woanders als du mich abserviert hast danke hast mir auch meine karriere versaut nur dass dus weißt.* Die dritte, die vierte und die fünfte Nachricht sind wieder von Stefano: *Chiara, ich weiß nicht, was mit dir los ist, aber bitte melde dich,* und: *Chiara, antworte mir,* und: *Wo bist du?*

Von Daniel Deserti gibt es nur die Nachricht, die sie in Marina Recardinos Wohnung erhalten hat. Als sie sie wiederliest, schlägt erneut eine heiße Welle über ihr zusammen, heftig, blendend. Noch einmal versucht sie, ihn anzurufen: Die automatische Piepsstimme wiederholt ihren ekelhaft unpersönlichen Satz etwa zum zehnten Mal. Sie schreibt ihm eine SMS: *Ich bin unten vor deiner Tür*, meint aber jetzt schon zu wissen, dass er sie nicht lesen wird, zumindest nicht rechtzeitig. Verschwitzt und atemlos schaut sie sich um, weiß nicht mehr, was sie tun soll.

Eine Blondine mit einem türkisfarbenen kurzen Sommerkleid und glitzerndem Goldschmuck kommt zur Tür, einen Schlüsselbund in der Hand. Die Frau mustert sie flüchtig: »Müssen Sie rein?«

»Ja«, sagt Clare.

Die Frau kehrt ihr den Rücken zu, schiebt den Schlüssel ins Schloss, öffnet.

Sie folgt ihr in den Eingang. »Wissen Sie, in welchem Stock Daniel Deserti wohnt?«

Die Blondine dreht sich um, mustert sie von Kopf bis Fuß, verzieht die Lippen zu einem kleinen Lächeln: »So ein Zufall, ich gehe grade zu ihm rauf.«

Plötzlich verunsichert, schaut auch Clare genauer hin: der Haarschnitt, im Nacken kürzer, über der Stirn länger, die kurze, gerade Nase, die beinahe phosphoreszierenden Augen in dem braungebrannten Gesicht, die verkrampften Kiefermuskeln, das dreireihige Goldarmband am rechten Handgelenk.

»Komm ruhig mit.« Die Frau geht ihr voran, an der Loge des Portiers vorbei, an den sie sich letztes Mal gewandt hatte, um Daniel Deserti zu finden, das einzige Mal, vor einem Monat, einem Jahr oder einem Leben.

Gemeinsam nehmen sie den schmalen Aufzug aus bossiertem Aluminium, der eindeutig erst kürzlich im Zuge der Renovierung eingebaut wurde, mit der das alte Haus offenbar in eine begehrte Wohnanlage umgewandelt wurde. Die Blondine drückt auf den Knopf für den fünften Stock. Auf der Fahrt nach oben betrachten sie sich im Spiegel: unterschiedlich in den Proportionen, in den Farben, im Stil, aber doch beide nicht unansehnlich, in leichte Stoffe gekleidet, extrem angespannt, Seite an Seite auf engem Raum. Das Parfüm der Blondine verbreitet im Aufzug einen durch die Hitze noch aufdringlicheren Duft nach Sandelholz, Weihrauch und Vanille. Auf der Höhe des dritten Stocks streckt sie die Hand aus, ohne sich umzudrehen: »Ich bin jedenfalls Miriam.« Sie blickt weiter starr in den Spiegel, als wäre die Szene dafür bestimmt, auch von anderen beobachtet zu werden.

»Clare«, sagt sie. Ihre Gedanken werden schärfer und verlieren dann sofort die Konturen; das verzweifelte Bedürfnis, wieder mit Daniel zusammen zu sein, hat sich in ein namenloses Gemisch verwandelt, das ihr Blut stocken lässt. Sie kann gar nicht mehr verstehen, warum sie nicht gleich wieder gegangen ist: Ihr ist, als sei sie verzaubert, entscheidungsunfähig und willenlos, verhext von Gefühlen, die sich immer rascher in ihr Gegenteil verkehren.

Mit einem kleinen Ruck hält der Aufzug im fünften Stock. Die Blondine namens Miriam geht schnurstracks auf eine Tür zu, dreht den Schlüssel im Schloss. »Bitte sehr.« Sie macht eine einladende Geste.

Clare bleibt wie angewurzelt auf dem Treppenabsatz stehen, als würde ein Gewicht sie zu Boden drücken. Das Handy in ihrer Tasche hat wieder angefangen zu klingeln und zu vibrieren; sie wirft gar keinen Blick darauf.

»Komm nur rein«, sagt Miriam. Ohne Zögern findet sie den Schalter, macht das Licht an, schließt die Tür.

Clare betritt mit vorsichtigen Schritten ein Wohnzimmer, das durch eine halbe Wand zweigeteilt ist. In der einen Hälfte steht ein Schreibtisch mit einem Laptop und Stößen von Papier vor einem großen offenen Fenster, in der anderen stehen ein paar Sofas und Sessel, die mit afrikanischen Stoffen bedeckt sind. Auf dem Boden mehrere Kartons und ein zertrümmertes Handy: Plastiksplitter, Glassplitter, heraushängende kleine Drähte. Miriam streift es mit der Fußspitze: Sie trägt Legionärssandalen, mit hellen Lederriemen, die sich an ihren gebräunten Waden hinaufwinden.

Auch Clare starrt es an: Wie unrealistisch ihre Erwartungen waren, einen Anruf zu bekommen, während sie durch die Stadt lief und es schien, als würde ihr ganzes Leben davon abhängen, den Klang seiner Stimme im Ohr zu haben.

»Clare, stimmt's?«, sagt Miriam mit einer halben Pirouette, die einstudiert wirkt, wie alle ihre Bewegungen.

»Ja.« Bloß raus hier, denkt Clare, wegrennen, so weit sie nur kann. Aber etwas hält sie zurück, und es ist nicht Trägheit: Es ist eine Form von verzögerter, schmerzhafter Neugier, die jede Ecke auslotet, jeden Gegenstand umkreist, ihr schier das Herz abdrückt.

Miriam geht voraus, drückt auf einen weiteren Schalter, ohne ihn suchen zu müssen, macht Licht in einer provenzalisch eingerichteten Küche: mattweiße Holzmöbel mit blauen Blümchen. Sie öffnet den zweitürigen Kühlschrank: Er ist leer bis auf eine halbe Zitrone, einen Rest Parmesan und eine Dose Tonic Water. Auf einem Bord steht eine leere Wodkaflasche, daneben ein Päckchen Mandeln. Sie nimmt eine und schiebt sie in den Mund, auch wenn diese Geste ganz offensichtlich einzig den Zweck hat, ihre Vertrautheit mit dem Ort zu beweisen. »Darf ich fragen, was du von Daniel wolltest?«

»Nichts.« Clare ist wie hypnotisiert von ihrem angedeuteten Lächeln, davon, wie sie schnell noch eine zweite Mandel stibitzt und daran knabbert.

»Ein Glück«, sagt Miriam. »Alles andere hat keinen Zweck, bei ihm.« Allmählich verbreitet sich ihr fruchtiges, aufdringliches Parfüm auch hier, hängt in der warmen, stagnierenden Luft.

»Und was willst du von ihm?«, sagt Clare, gar nicht zufrieden mit dem Ton ihrer Stimme.

»Nichts.« Miriam zuckt die Achseln. »Genau wie du.« Sie fährt mit der Hand über die Fläche neben dem Spülbecken, zwischen die leeren Fläschchen und Dosen, zieht eine Perlenkette hervor und hält sie ins Lampenlicht, als hätte sie sie soeben wunderbarerweise in einer Lotterie gewonnen. Sie legt sie um.

Das Handy in Clares Handtasche läutet und vibriert unermüdlich; sie betrachtet noch einmal Stefanos Namen und schaltet es aus.

»Tut mir leid«, sagt Miriam mit einem schrägen Blick.

»Was?«, fragt Clare. Ihre konturlosen Gedanken hängen in der Luft wie Miriams Parfüm, sie führen nirgendwohin.

»Der Andrang«, sagt Miriam. »Die Überschneidung.« Sie macht eine ausladende Handbewegung, das goldene Armband glitzert an ihrem schmalen Handgelenk. »Für mich war's auch nicht so schön, als ich draufgekommen bin.«

Clare beobachtet sie schweigend. Andere Gerüche liegen in der Luft: nach Holz, Zitrusfrüchten, Stadtstaub, Spuren von Tagen und Nächten, fremdem Atem, fremden Gedanken.

»Nachdem er dir einige Tage oder Wochen das Gefühl gegeben hat, du seiest etwas ganz Besonderes, nicht wahr?«, sagt Miriam. »Unglaublich, außerordentlich, unvergleichlich, die einzige Frau auf der Welt.«

Clare betrachtet eine Holzschale mit ein paar Reiswaffeln und Walnüssen auf dem Küchentisch. Daniel Desertis Verhalten auf dem provenzalischen kleinen Markt fällt ihr wieder ein: wie er mit der Neugier eines Wilden über alles staunt, was er sieht, wie sinnlich, ja gierig er alles aufnimmt und prüft und sie darauf aufmerksam macht.

»Nachdem er so tief in dein Leben eingetaucht ist«, sagt Miriam, »selbst über deine Jugend, deine Kindheit Bescheid weiß. Nachdem er dir alle Gründe aufgezählt hat, warum du so bist, wie du bist. Namen für Namen, Ort für Ort, Augenblick für Augenblick, bis du ganz berauscht warst von seiner verblüffenden Aufmerksamkeit.«

»Hör zu, das interessiert mich nicht.« Clares Knie geben nach, das Herz tut ihr weh in der unerträglichen Hitze dieser Küche, die ihr fremd ist.

»Den anderen Männern ist es völlig egal, wie du bist oder warum«, sagt Miriam. »Wenn du ihnen von dir erzählst, schlafen sie ein oder wechseln das Thema. Er dagegen hat diese unbändige Neugier, das kommt dir vor wie ein Wunder, oder? Es ist wie eine Droge, nach ein paar Stunden wirst du abhängig.«

»Ich habe gesagt, das interessiert mich nicht.« Clare hat das Gefühl, aus ihrem Leben herausgefallen zu sein, ohne Anweisung, wie sie wieder zurückfinden soll.

»Möchtest du nicht wenigstens wissen, warum er das macht?« Erneut verzieht Miriam die Lippen zu diesem schrägen Lächeln. »Ich schon.«

»Ich nicht.« Clare schüttelt den Kopf wie ein Kind.

»Vielleicht weil seine Mutter ihn als Baby verlassen hat?«, sagt Miriam. »Und seitdem versucht er, darüber hinwegzukommen, indem er jede Frau erobert, die ihm über den Weg läuft, weil er die allererste nicht haben konnte. Oder weil er Stoff für seine Arbeit braucht? Oder weil er schnell überdrüssig wird und was Neues erfinden muss? Oder was?«

Clare bemüht sich, nicht hinzuhören, aber die Wörter erreichen sie trotzdem, ziehen andere Bilder nach sich, die ihre Gedanken noch mehr verderben.

»Möchtest du nicht eine kleine Führung durch die Wohnung haben?«, sagt Miriam. »Es gibt überall Indizien, wo du auch hinschaust.« Sie nimmt ein kleines Bild von der Wand, ein Bleistiftakt einer sitzenden Frau auf einem Kissen, vielleicht ein Selbstporträt, und darunter steht: *Für Daniel, für das, was ist, und das, was nie sein wird. S.*

Unwillkürlich liest Clare die Worte, wie in einem Traum, in dem man nicht wählen kann, was man tut, und ist schmerzlich berührt von dem verzweifelten Distanzierungsversuch, den sie in dem Satz, in den schrägen Linien der Schrift zu erkennen meint.

»Wer ist S., zum Beispiel?«, sagt Miriam. »Weißt du es?«

Clare schüttelt den Kopf; sie will nicht weiter in dieses Spiel hineingezogen werden.

Miriam hängt das Bildchen wieder an seinen Platz und nimmt eine Haarspange aus falschem Schildpatt von einem Bord. »Und die?«, sagt sie. »Weißt du, wem die gehört? Mir bestimmt nicht.« In ihrer Stimme schwingt Schmerz mit, und sie muss blinzeln, als würde das Halogenlicht über dem Möbel sie blenden.

»Ich muss gehen«, sagt Clare.

»Komm wenigstens noch einen Augenblick mit rüber.« Miriam verlässt die Küche, öffnet die Tür zu einem Badezimmer gleich gegenüber auf dem Flur. Wieder findet sie sofort die Schalter, *klick, klick, klick*, jeder Schalter eine Bestätigung, dass sie sich gut auskennt, was ihr aber kein echtes Privileg garantiert.

Clare folgt ihr mechanisch, obwohl es gar nicht nötig wäre, sie weiß schon alles, was sie wissen muss.

Miriam öffnet ein Schränkchen, verschiebt die Gegenstände in den Fächern. »Sieh mal an. Tampax, Binden, zwei, nein, drei Gesichtscremes, Feuchtigkeitsmilch, Reiseschminkset, Wimperntusche, Rouge, Lidschatten, Lippenstifte, Augentropfen. Und wie viele Zahnbürsten gibt es?

Drei, nein, *vier*. Plus zwei neue, noch in der Packung, nicht schlecht. Falls er dich bittet, über Nacht zu bleiben, brauchst du dir wenigstens keine Sorgen zu machen, wie du dir die Zähne putzt.«

Clare ist schon halb wieder im Flur, der mit Kartons vollgestellt ist; sie möchte nur noch raus hier, abhauen, für niemanden mehr erreichbar sein. Als sie ins Wohnzimmer kommt, hört sie, dass jemand gewaltsam an die Eingangstüre hämmert. Daniel Desertis Stimme ruft: »Miriam?! Mach auf!«

Miriam läuft durch den Flur, aber Clare kommt ihr zuvor, öffnet die Tür.

Daniel Deserti sieht sie und erstarrt, vor Überraschung wie gelähmt.

Sie sieht ihn an: mit angehaltenem Atem, angehaltenem Herzschlag. Zwei oder drei Sekunden lang stehen sie reglos voreinander, Auge in Auge, ohne Worte.

»Wie kommst du denn hierher?«, sagt er zuletzt. »Wie kommst du denn hierher?« Er keucht, spricht langsam und gedehnt.

Mit gesenktem Kopf geht Clare an ihm vorbei auf die Treppe zu.

»Warte!« Doch als er versucht, sie am Arm festzuhalten, sind seine Bewegungen so unkoordiniert und plump, dass sie ihm entwischt.

Sie eilt hinunter, immer zwei Stufen auf einmal, sie will nur noch davonlaufen, vor allem, was sie kennt und was sie nicht kennt. Sie erwartet, seine Schritte zu hören, die ihr folgen, aber nichts, auch als sie schon ein Stockwerk tiefer ist, nichts, als sie mit wachsender Geschwindigkeit zwei

Stockwerke tiefer ankommt, nichts, auch nicht nach vier Stockwerken, auch als sie schon im Erdgeschoss angekommen ist, nichts.

Er tritt aus der Haustüre, und sie ist nicht mehr da

Er tritt aus der Haustüre, und sie ist nicht mehr da: weder auf der einen noch auf der anderen Seite der Straße. Ein paar Sekunden schwankt er zwischen den zwei potentiell gleichwertigen Richtungen, dann läuft er nach rechts bis zur Straßenecke, rempelt Grüppchen und Paare an, die nachts um eins noch mit unzumutbarer Langsamkeit über die Gehsteige schlendern. Auch er selbst ist unzumutbar langsam im Vergleich zu dem, was er möchte, seine Reflexe hinken weit hinter seinen Gedanken her, seinem Blick geht die Fähigkeit ab, wesentliche Details scharf zu sehen. Forschend schaut er die Querstraße hinauf und hinunter, doch keine der Gestalten weit und breit hat Clare Molettos Gang oder ihre Proportionen. Schwerfällig rennt er zurück, prallt beinahe mit Miriam Lovati zusammen, die noch immer vor seiner Haustür steht, sich umdreht und ihm mit einem sonderbaren, verwunderten Ausdruck nachschaut. Er läuft weiter bis zum anderen Ende der Straße, mustert den Corso in beiden Richtungen, auch wenn er längst genau weiß, dass die Wege, die Clare Moletto eingeschlagen haben könnte, mit jeder Minute mehr werden und sie außer Reichweite bringen.

Er läuft zu der Straße, wo er sein Auto geparkt hat, meint ständig, sie zu sehen, wie sie umkehrt und ihm entgegenkommt, wie sie ihm von der anderen Straßenseite zuwinkt. Er begreift nicht, dass es ihm nicht gelungen ist, sie an der Wohnungstüre aufzuhalten, als sie blass und herzzerreißend schutzlos zur Treppe ging; er begreift nicht, dass er nicht sofort hinterhergerannt ist, ihr keine überzeugenden Erklärungen nachgerufen hat, warum eine andere Frau in seiner Wohnung war, warum er außer Haus war, warum er meint, dass er nicht mehr ohne sie leben kann. Ob ihn der Wodka gelähmt hat, den er getrunken hat, fragt er sich, oder sein Hang dazu, sich aus dem Blickwinkel des anderen zu sehen, die Überraschung, weil sie plötzlich vor ihm stand, der neuerliche Verlust unentbehrlicher Fähigkeiten? Die vorher ausgebliebenen Reaktionen beeinträchtigen die jetzigen Bewegungen, schaffen einen dumpfen Widerstand, verkürzen seinen Atem, schwächen seine Beine.

Sobald er bei dem alten staubbedeckten Jaguar anlangt, springt er hinein, lässt den Motor an, fährt ruckartig durch die umliegenden Straßen, den Blick auf die Gehsteige gerichtet, so abgelenkt und durcheinander, dass er zwei- oder dreimal beinahe auf ein anderes Auto auffährt. Falls er einen Unfall bauen würde, würde er nicht warten, das ist sicher: Er würde aus dem Auto springen und jeden umrennen, der versuchte, ihn aufzuhalten, würde zu Fuß weitersuchen, getrieben von der Unrast seiner Gedanken.

Vergeblich kurvt er zwanzig, dreißig, vierzig Minuten lang herum, beschleunigt und bremst, fährt an den Rand und gleich wieder los. Zuletzt hält er an einer Ecke, wo Scheinwerfer ihn von hinten anblinken, weil er den Verkehr behindert; er beschließt, zu ihr nach Hause zu fahren. Natürlich glaubt er nicht, sie dort vorzufinden, aber ihm ist, als gebe es keine Alternative. Wahrscheinlich ist sie zu ihrem Rechtsanwalt zurückgekehrt, denkt er, die Brutalität der Tatsachen hat ihre Zweifel beseitigt, den Überschwang gedämpft, ihre unbotmäßigen Träume zerschlagen.

An den Straßennamen erinnert er sich nicht, aber an den Weg, auf dem er zu ihr gelangt ist, als er sie abgeholt hat, um mit ihr nach Frankreich zu fahren, vor nur drei Tagen. Er denkt an seine Stimmung an dem Abend: das aufgeregte Schwanken zwischen Beherrschung und Kontrollverlust, die Verlockungen des Unbekannten, die tausend Versprechungen der vor ihnen liegenden Reise, die unwiderstehliche Nähe. Jetzt fährt er denselben Weg mit wild klopfendem Herzen und zusammenhanglosen Gedanken, alles scheint ihm zu entgleiten in dieser klebrig-heißen Nacht.

Als er fast angekommen ist, bleibt er im Wirrwarr der Einbahnstraßen stecken; um endlich herauszufinden, durchquert er mit Vollgas eine davon verkehrt herum. Rücksichtslos biegt er nach den Schaufenstern eines Autosalons links ab und kommt in der Straße heraus, wo sie vor drei Tagen wunderbarerweise abends erschienen ist, um mit ihm wegzufahren. Er parkt das Auto in der ersten Lücke am Gehsteigrand und steigt aus. Zu beiden Seiten sieht er die trübseligen Gebäude aus den sechziger und siebziger Jahren mit ihren tristen graugrünen Fassaden, den scharfen Kanten, den kleinen jämmerlichen Balkonen, und er kann es nicht fassen, dass sie ihre leuchtende Energie so lange an einem Ort wie diesem verstecken konnte. Er denkt an die Leute, die in den Wohnungen schlafen oder zu schlafen versuchen, bei geöffneten Fenstern, um nicht zu ersticken, ahnungslos, dass sie nur wenige Dutzend Meter vom Ausgangspunkt aller Sorgen und Wünsche entfernt sind, die ihn im Augenblick quälen.

Er versucht sich klarzumachen, wie unwahrscheinlich es ist, dass sie zurückgekehrt oder auf dem Weg hierher ist; dennoch geht er, so schnell er kann. Unweit der Haustür, vor der er an dem Abend vor drei Tagen gehalten hat, sieht er einen Mann und eine Frau, die reden und gestikulieren. Die Frau hat einen orangefarbenen Koffer dabei, aber sie ist es nicht, sie ist es nicht.

Als er bis auf wenige Schritte herangekommen ist, erkennt er Stefano, den Mailänder Anwalt, von damals bei dem Unfall im Regen. Einen Moment lang fühlt er sich erleichtert, dass der Typ hier ist und nicht mit ihr zusammen; aber wirklich beruhigend ist das nicht, also sucht er fieberhaft nach weiteren Hinweisen.

Stefano bemerkt ihn gar nicht: Mit jesuitischer Beharrlichkeit redet er unbeirrt auf die Frau mit dem Koffer ein, drückt halb vorgebeugt ihren Arm.

»Lass mich jetzt gehen!« Die Frau versucht, seine Hand abzuschütteln, und zieht am Griff des Rollenkoffers.

»He, warte mal!« Plötzlich klingt Stefano verzweifelt aggressiv. »Das ist doch nicht zu viel verlangt, scheint mir!«

»Sie wird schon ihre Gründe haben«, sagt die Frau.

»Welche Gründe?« Stefano ist außer sich. »Erklärst du mir bitte, welche Gründe sie hat?«

»Das weiß ich nicht!« Die Frau hebt den Arm im rechten Winkel, um ihren Ärger, festgehalten zu werden, zu unterstreichen. »Ich rufe jedenfalls niemanden an, ich muss gehen.« Endlich kann sie sich losmachen, reißt den orangefarbenen Koffer weg, zieht ihn auf dem Gehsteig hinter sich her; rasch durchquert sie das Dunkel: von einem Lichtkegel einer Laterne zum nächsten. Stefano blickt ihr nach und bemerkt Daniel Deserti erst, als sie fast aneinanderstoßen: Er zuckt zusammen, im Lauf von zwei Sekunden verwandelt sich sein Erschrecken in Verblüffung und dann in Feindseligkeit.

»Wer war das?« Deserti deutet auf die Frau mit dem Koffer, die schon weit weg ist.

»Was machen Sie hier?«, fragt Stefano. Er ist verschwitzt, zerzaust, ohne Jackett, im blauen Hemd mit offenem Kragen und halb aufgekrempelten Ärmeln: der tapfere Mailänder Anwalt, von den Ereignissen überrollt.

Sie stehen nah voreinander und sehen sich an. »Wer war das?«, fragt Deserti erneut.

»Das geht Sie nichts an.« Stefano macht einen Schritt auf dem leicht abschüssigen Gehsteig, um wenigstens den Größenvorteil zu nutzen. »Und Sie haben mir noch nicht geantwortet.«

»Geantwortet?«, echot Deserti; er hasst die Farblosigkeit von Stefanos Blick, seine neutralen Gesichtszüge.

»Ja, was machen Sie hier?!«, bellt Stefano. »Wollen Sie mir gefälligst antworten, ja?«

»Ich suche Clare«, sagt er.

»Und warum?!« Stefano bläht seinen Brustkorb mit warmer Luft, er bebt am ganzen Körper. »Darf man erfahren, warum?! Darf man das erfahren?!«

»Weil ich nicht ohne sie auskommen kann«, sagt Deserti.

Einen Moment lang scheint Stefano das Gleichgewicht zu verlieren: Er strengt sich sichtlich an, nicht zu wanken. »Was?«, sagt er, von allen Dingen, die er sagen könnte.

»So ist es«, sagt Deserti, denn es ist genau so, und anders kann man es nicht sagen. Im Haus gegenüber zieht jemand die Jalousie hoch; beide drehen sich um und blicken auf die vielen offenen Fenster in der Straße, hinter denen ganz bestimmt einige schlaflose Menschen die Szene beobachten.

»Was soll das heißen?«, faucht Stefano, befremdet und feindselig zugleich, was einen seltsamen schillernden Ausdruck erzeugt.

»Ich spreche von Clare.« Deserti empfindet kein bisschen Mitleid; seine Gefühle sind vollkommen vereinnahmt von der Verzweiflung, dass sie ihm entwischt ist, und von der Hoffnung, sie wiederzufinden, für anderes bleibt kein Raum.

»Was redest du da für Scheiße?« Auf einmal klingt Stefanos Stimme überraschend kehlig, geradezu urig. »Chiara ist meine Frau!«

»Du weißt ja gar nichts von ihr«, sagt Deserti. »Du schaffst es nicht einmal, sie mit ihrem wirklichen Namen zu rufen. Über Jahre hast du versucht, sie zu bändigen und eine andere aus ihr zu machen, du armer Irrer.«

Stefano schüttelt den Kopf, als wollte er aus einem bösen Traum aufwachen, und fasst sich an den Hemdkragen. »Und du, was weißt du von ihr, du Scheißkerl?«, sagt er bissig, angestachelt von den Zweifeln, die ihm zunehmend kommen.

»Ich weiß *alles* von ihr«, erwidert Deserti.

»Was redest du da für Scheiße?« Sein Wortschatz scheint auf sehr wenige Wörter geschrumpft zu sein. »Was redest du da für Scheiße?«

»Ich kenne sie, seit sie *vierzehn* ist«, sagt er. »Seit sie *zwei* ist. Ich weiß, wie das Haus aussah, in dem sie aufgewachsen ist. Ich weiß, was sie zum Frühstück isst. Ich weiß, was für eine Bettdecke sie zum Schlafen hatte. Ich weiß, was sie nachts träumt. Ich weiß, was sie beim Tanzen fühlt. Ich weiß, was sie denkt, wenn sie schwimmt. Ich weiß, wer sie *ist.*«

»Du bist wohl nicht bei Trost!«, schreit Stefano. »Du bist stockbesoffen oder sonst irgendwie zugedröhnt!«

»Jahrelang hast du unbefugt ihr Leben in Beschlag genommen!«, schreit Deserti zurück. »Und hast nichts kapiert von ihr, nichts!«

»Ich habe ihr einen *Heiratsantrag* gemacht, heute Abend!«, brüllt Stefano so laut, dass wahrscheinlich seine Stimmbänder schmerzen. *»Alles klaahar?!«*

Jetzt ist Deserti erschüttert; aber es ist ein vages Gefühl, das immer weiter weg rückt, zusammen mit allem, was ihn nicht betrifft.

»Jawohl, mein Herr, vor Dutzenden von Zeugen!«, schreit Stefano. »Und wenn zufällig rauskommen sollte, dass du daran schuld bist, dass sie einfach weggelaufen ist, dann bringe ich dich um!«

»Glaubst du, das könnte die Dinge wieder einrenken?« Wider Willen empfindet Deserti ein kleines bisschen Bewunderung, als er sieht, wie Stefano die Verhaltensgrenzen überschreitet, die er bei ihm für unüberwindlich gehalten hatte.

»Was redest du da für Scheiße?!«, schreit Stefano erneut.

»Nichts«, sagt Deserti. Paradoxerweise wenden beide alle paar Sekunden den Blick ab, um die Straße nach rechts und nach links zu sondieren, für den immer unwahrscheinlicheren Fall, dass sie doch noch kommt.

»Was heißt hier nichts?«, sagt Stefano. Das ist nicht sein körperliches und geistiges Revier, nicht sein Stil, nicht sein Rhythmus, er ist außen vor. »Und woher weißt du überhaupt, dass sie hier wohnt? Was war das für ein Gerede vorher? War da was zwischen euch?«

Deserti zuckt die Achseln, er denkt nicht daran, zu antworten.

»He!«, sagt Stefano. »War da was?! Wann?! Wie?! Wo?! Scheiße, antworte mir!«

Wütend hebt er die Hände, stößt Deserti gegen die Brust.

Sobald der sich von der Überraschung erholt, gibt er Stefano den Stoß zurück, die Hände auf dem Hemd aus guter, verschwitzter Baumwolle: ein zähes Ringen von Armen und Beinen, ein Kampf Blick gegen Blick, Keuchen gegen Keuchen, Grund gegen Grund, Verzweiflung gegen Verzweiflung. Keiner von beiden bringt artikulierte Worte heraus, nur eine Art *»Hmmmmmmmpf«*, Ausdruck der beidseitigen, völlig sinnlosen, lächerlichen Anstrengung. Abwechselnd gewinnen und verlieren sie wenige Zentimeter auf dem Gehsteig, wie Ziegenböcke, die um ihr Revier kämpfen; kurzes Vor und Zurück, Halbkreise, ihre Unterschiede in der Muskelmasse und in der Einstellung zu Schlägereien werden ausgeglichen durch die Intensität ihrer Motive.

Ganze Minuten machen sie so weiter, dann lassen sie fast im selben Augenblick die Arme sinken, keuchen, holen tief Luft.

»Verdammt noch mal.« Stefano betrachtet seine Hände, sein jetzt total zerknittertes Hemd. Er versucht, es wieder zuzuknöpfen, doch etliche Knöpfe sind abgesprungen; er gibt es auf, schnieft durch die Nase, fährt sich mit der Hand durch die Haare.

»Hör zu«, sagt Deserti. »Wahrscheinlich ist sie bei dir zu Hause.« Er fragt sich, ob das sein kann, und hat keine Ahnung, aber der Gedanke bohrt sich wie ein Korkenzieher in sein Herz.

Einige Sekunden steht Stefano unschlüssig da; dann wirft er einen letzten Blick auf Deserti, wirft einen letzten Blick auf Clares Fenster, geht zu seinem Audi, schlägt die Türe zu und fährt mit wütend kreischenden Reifen davon.

Deserti bleibt allein auf dem Gehsteig zurück und sieht sich um, die Hände geballt in den Hosentaschen. Ihm ist, als sei er total auf null: null Eingebungen, null Handlungspläne, vollkommen leer und verlassen.

Das ist eine der traurigsten Bars, in denen sie in ihrem Leben je gewesen ist

Das ist eine der traurigsten Bars, in denen sie in ihrem Leben je gewesen ist, aber vielleicht liegt es auch an ihrer eigenen grenzenlosen Traurigkeit, die alles überschwemmt, was ihr vor Augen kommt. Draußen steht *Paninoteca*, doch um diese Zeit ist nur noch ein belegtes Brötchen da, das halb vertrocknet in der Glasvitrine der Theke schmachtet. Die einzigen anderen Gäste sind zwei Typen mit tätowierten Armen im Unterhemd und ein schweinsgesichtiges Mädchen; sie trinken Bier und bewegen die Köpfe im Rhythmus eines grässlichen aus den Lautsprechern krächzenden Schlagers. Clare nippt ab und zu an ihrem Glas Aprikosensaft und staunt, dass er so süß und bitter zugleich sein kann: wie ihre Wartezeit, wie alles Übrige.

Dann sieht sie Matilde mit einem Rollenkoffer kommen; sie geht ihr an der Tür entgegen.

»Das ist ja wohl ein bisschen zu viel verlangt«, sagt Matilde giftig. »Nachts um zwei und bei den Leuten, die um die Zeit durch die Gegend laufen, meine Güte!«

»Es tut mir leid!«, sagt sie. »Und der?« Sie deutet auf den orangefarbenen Koffer.

»Den leihe ich dir«, sagt Matilde. »Deine Koffer waren voll bis obenhin, ich hätte eine Stunde gebraucht, um sie auszuräumen.«

»Danke«, sagt sie. »Ich schicke ihn dir dann zurück.«

»Du kannst froh sein, dass ich keinen von dir genommen habe«, sagt Matilde. »Sonst hätte Stefano mich überhaupt nicht mehr gehen lassen.«

»Wo hast du ihn gesehen?« Clare zuckt zusammen und blickt angstvoll die Straße auf und ab.

»Vor unserem Haus, du kannst es dir nicht vorstellen«, sagt Matilde. »Ruf sie an, ruf sie an, mir antwortet sie schon seit zwei Stunden nicht. Wie ein Irrer, völlig verzweifelt.«

»Verzweifelt?« Clare spürt einen wachsenden Druck auf alle inneren Organe.

»Er hat sich an meinen Arm geklammert«, sagt Matilde. »Du hättest ihn sehen sollen, er wollte mich nicht gehen lassen.«

»Es tut mir *leid*«, sagt sie. Unglaublich, aber sie fühlt sich doch tatsächlich noch mehr im Unrecht als vor fünf Minuten: Bodenlose Traurigkeit erfasst sie.

»Ist es wegen dem anderen?« Matilde schließt halb die Augen.

»Welchem anderen?« Clare wird rot im Gesicht, und das ist das Letzte, was sie jetzt möchte.

»Dem mit dem Jaguar Cabrio«, sagt Matilde, um ihr zu zeigen, dass sie zumindest über einige wesentliche Punkte im Bilde ist.

Clare schweigt. Sie fragt sich, ob zuletzt alles doch viel banaler ist, als sie dachte, ohne jede beeindruckende Komplexität.

»Na gut, es geht mich ja nichts an.« Matilde deutet auf den Koffer. »Ich habe alles reingegeschmissen, was du mir aufgetragen hast, auch den Laptop.«

»Danke«, sagt sie automatisch. »Hast du die Flüge gecheckt?«

Matilde hält ihr einen Zettel hin: »Hier, ich hab dir alles aufgeschrieben. Aber günstige Preise kannst du vergessen um diese Jahreszeit und so kurz vor der Abreise.«

»Danke«, wiederholt sie. In ihrem Kopf überlagern sich die Bilder: Daniel Deserti, vor Überraschung wie gelähmt vor seiner eigenen Wohnungstür, Stefano, auf Knien bei Marina Recardino zu Haus, während er das blaue Schächtelchen hochhält, Stefano, der sie am Bahnhof forschend mustert, um etwas zu verstehen, Daniel Deserti, der sie aus nächster Nähe ansieht in dem weißen Zimmer in Frankreich. Sie schieben sich übereinander und bersten wie kleine Glasplatten; die Splitter vermischen sich, immer weniger erkennbar.

»Wäre es nicht besser, du kommst mit heim und schläfst noch mal drüber?«, sagt Matilde.

Clare schüttelt den Kopf.

»Vor sechs Uhr vierzig morgen früh gibt es sowieso keinen Flug«, sagt Matilde.

»Dann warte ich eben.« Clare versucht zu lächeln, aber es gelingt ihr nicht.

»Und wie machst du es mit deinem Job?«, fragt Matilde.

»Ich schreibe ihnen vom Flughafen aus eine E-Mail«, sagt Clare.

»Wann kommst du überhaupt zurück?«, sagt Matilde.

»Ich weiß es nicht«, sagt Clare. Zurückkommen wozu, fragt sie sich.

»Du denkst doch, dass du wiederkommst?«, sagt Matilde.

»Ich denke gar nichts«, sagt Clare. Sie meint es ganz ehrlich, denn die Gedanken, die ihr durch den Kopf gehen, sind nicht vollständig und haben keinen logischen Zusammenhang.

»Ach du meine Güte!«, sagt Matilde. *»Nie mehr?«*

Clare schaut woandershin und denkt: Nie mehr, nie mehr, nie mehr.

Er könnte auch für immer in dieser Straße stehen bleiben, um auf niemanden zu warten

Er könnte auch für immer in dieser Straße stehen bleiben, um auf niemanden zu warten: als gebe es keinen anderen Ort mehr für ihn. Alles, was ihm bleibt, sind eine Haustür und ein Fenster in einem trostlosen Wohnblock und die abwechselnd nahe und ferne Erinnerung daran, wie sie aus dem Fenster geschaut hat und dann aus der Tür gekommen ist, bebend in ihrer einzigartigen Mischung von Lebhaftigkeit und Intelligenz und Aufmerksamkeit und Neugier und Farbe und Licht.

Er wandert auf und ab, verfolgt von den Mücken, die nicht von ihm ablassen. Er atmet die tropische Luft, lauscht dem Hintergrundsummen der Stadt, dem urzeitlichen Röhren der Lastwagen auf dem Autobahndreieck in der Nähe. Er sondiert die Straße mit Blicken in beide Richtungen, da ist aber nur ein Motorrad, das vorbeifährt, ein Mann mit Hund an der Leine, der in einem Hauseingang verschwindet. Am unlogischsten ist, dass er sich trotz allem immer noch vorstellt, er werde sie gleich kommen sehen, werde sie auf einmal bemerken, ihre Gestalt erkennen, noch bevor er im Licht der Straßenlaternen ihre Gesichtszüge unterscheiden kann. Er stellt sich vor, wie er ihr entgegenläuft, sie stürmisch umarmt, sie hochhebt und im Kreis schwenkt, sie mit Küssen überhäuft, sie so fest drückt, dass ihr die Luft wegbleibt. Er weiß genau, dass diese Bilder nicht realistisch sind, dennoch hält er so hartnäckig daran fest, bis sie sich in wiederkehrende Halluzinationen verwandeln, die beim geringsten auftauchenden Schatten, beim fernsten Geräusch seinen Herzschlag beschleunigen.

Dann erscheinen auf der Ostseite der Straße ein Schatten und gleich darauf eine echte sich nähernde weibliche Gestalt. Er spurtet los, obwohl er sehr bald merkt, dass es nicht Clare ist, weil sie weder ihren Gang noch ihr zauberhaftes Leuchten hat, doch vielleicht könnte sie sich durch irgendein Wunder noch in sie verwandeln, denkt er, während er auf sie zustürzt. Vor Schwung rennt er sie beinahe um, und es ist nicht sie, wirklich nicht: Es ist die Frau, die vorhin den orangefarbenen Koffer dabeihatte und mit Stefano vor der Haustür diskutierte.

Jetzt hat sie keinen Koffer mehr, dafür aber einen extrem erschrockenen Gesichtsausdruck; mit einem halblauten Schrei drückt sie sich an die Wand.

Vor Enttäuschung wie vor den Kopf geschlagen, bleibt er abrupt stehen und tastet mit dem Blick ihre Gesichtszüge und Proportionen ab, die so unendlich anders sind als die von Clare. Er hebt die Hände, sucht nach Wörtern, um die Sache zu erklären, findet aber keine, es ist, als wären ihm in den letzten Stunden alle Wörter abhandengekommen.

»Mmbgrrrrrr!«, macht die Frau, während sie vorsichtig ihren Weg fortsetzt und das Handy schwenkt wie eine kleine Verteidigungswaffe.

Er geht seitlich neben ihr her; ganz durcheinander, ohne Strategie.

»Pass auf, ich rufe die Polizei!«, sagt sie: verschlossenes Gesicht, verschlossener Blick.

»Ich wollte dich bloß nach Clare fragen«, sagt er schließlich.

Die Frau bleibt stehen: »Was, du auch? Was habt ihr bloß alle heute Nacht? Ist das die Hitze?«

Er macht eine ungezielte Handbewegung ins Leere.

Mit einem Rest Angst, gemischt mit Wut, beobachtet ihn die Frau im Licht einer Laterne. Dann lockern sich ihre Gesichtsmuskeln allmählich: »Bist du nicht Daniel Deserti?«

Er nickt.

»Warst du der mit dem Jaguar Cabrio vor unserem Haus vor ein paar Tagen?«, fragt sie.

Er nickt erneut, ohne zu begreifen, ob das seine Lage irgendwie verbessert oder verschlechtert.

»Ich dachte es mir, aber von oben war ich mir nicht sicher«, sagt die Frau. »Ich habe dich vor einigen Monaten im Fernsehen gesehen.«

»Hm.« Er erinnert sich vage an ein Interview, zu dem er sich nach tagelangem Druck von Seiten der Presseabteilung und von Armando Zattola persönlich hatte breitschlagen lassen.

»Ich habe auch den *Schrei des Hasen* gelesen«, sagt die Frau.

»Ja?« Sie wegen des Titels seines Buches zu verbessern wäre das Letzte, was ihm jetzt einfallen würde.

»Im Hotel in Singapur«, sagt die Frau. »Als wir noch die Asienroute geflogen sind.« Ihre Miene verändert sich weiter: Auf ihren Lippen erscheint sogar die Spur eines Lächelns.

»Wirklich?«, sagt er, völlig ermattet, weil sein Informationsbedürfnis nach ganz anderer Nahrung lechzt.

»Mhm«, macht sie. »Ich bin die ganze Nacht aufgeblieben, ich konnte es nicht mehr weglegen.«

»Freut mich«, sagt er unverbindlich.

»Ja, aber der Schluss ist eine arge Enttäuschung«, sagt sie. »Man kapiert nicht einmal, ob er sie wiederfindet oder nicht. Ich bin mir echt blöd vorgekommen. Wie, da führst du mich vierhundertsoundsoviel Seiten lang an der Hand, und dann lässt du mich einfach so stehen?«

»Es ist ein offener Schluss.« Vergeblich strengt er sich an, um sich an die Gründe zu erinnern, die ihn damals beim Schreiben dazu bewogen haben.

»So ein Quatsch«, sagt die Frau. »Es ist eine Verarschung und kein Schluss.«

»Die Idee ist, dass der Leser sich das Ende selbst ausdenken kann«, sagt er unbewegt.

»Na ja«, sagt die Frau. »Mich hat es bloß maßlos geärgert. Ich wollte dir sogar schreiben, um es dir zu sagen, aber dann war so viel los und ich habe es seinlassen.«

»Du hast es mir ja jetzt gesagt.« Er platzt schier vor Ungeduld, über anderes zu reden.

Die Frau schaut ihn an, als fühlte sie sich noch nicht ganz entschädigt als Leserin.

»Wo ist Clare hingegangen?«, fragt er.

»Ich weiß es nicht.« Die Frau schüttelt den Kopf.

»Aber natürlich weißt du es«, sagt er. »Du hast ihr doch den Koffer irgendwohin gebracht. Das war ihrer, oder?«

»Nein«, sagt sie.

»Der orangefarbene Koffer?«

Die Frau schüttelt den Kopf, offenbar fest überzeugt.

»Wo hast du ihn hingebracht?«, fragt er. »Wo ist Clare?«

»Frag mich nicht, bitte«, sagt die Frau.

»Und ob ich dich frage!« Er schlägt den freundlichsten Ton an, dessen er in seinem Zustand fähig ist. »Und wie ich dich frage!«

»Warum sollte ich es dir sagen?«, erwidert sie.

»Damit nicht alles so ausgeht wie in meinem Buch«, sagt er. »Du hast recht, dieser abgehackte Schluss ist eine Verarschung.«

Sie sieht ihn an: irritiert, müde, zur Loyalität gegenüber ihrer Freundin verpflichtet, geschmeichelt von dieser unerwarteten Rolle, überwältigt von der zermürbenden Hitze der Nacht.

»Sag mir, wo sie hingegangen ist«, drängt er.

Sie fixiert ihn weiter, und es ist schwer einzuschätzen, ob sie in ihm nur den Romanschluss-Killer sieht oder auch noch etwas mildere Gefühle für ihn hegt.

»Bitte«, sagt er flehentlich.

Schließlich zuckt sie die Achseln: »Sie fliegt nach Vancouver zu ihrer Schwester. Nach Kanada.«

»Ich weiß, wo Vancouver liegt«, sagt er schnippisch, bereut es aber sofort.

»Na dann.« Ihr Gesichtsausdruck ist schon wieder ziemlich verschlossen.

»Welches Flugzeug nimmt sie?«, sagt er. »Wann?«

»Das weiß ich nicht«, sagt die Frau.

»Was soll das heißen?«, knurrt er.

»Ich weiß es nicht«, wiederholt die Frau. »Sie hatte mich gebeten, die Flüge für sie zu checken, und ich habe ihr alles auf einen Zettel geschrieben, aber welchen sie nun nimmt, weiß ich wirklich nicht.«

»Was für Flüge gibt es?«, fragt er. »Wo fliegen sie ab? Wann?«

Sie zögert, dann sagt sie: »Um sechs Uhr vierzig gibt es die Lufthansa von Linate, zwei KLM um sechs Uhr fünfzig von Linate und Malpensa, eine AirCanada, glaube ich, um sieben Uhr zehn, auch von Malpensa. Dann noch eine British Airways, ich weiß nicht mehr, wann, und noch andere, bis zum Abend.«

»So viele?« Die Unkontrollierbarkeit der Hypothesen bringt ihn in Panik. »Das kann doch nicht sein! Nach *Vancouver*? Wie viele Leute können schon jeden Tag von Mailand nach Vancouver wollen?«

»Sie sind alle mit Zwischenlandung«, sagt die Frau, nun ihrerseits genervt.

»Wo?« Er läuft weiter auf dem Gehsteig neben ihr her, mit hochkonzentrierter Aufmerksamkeit.

»Frankfurt, Amsterdam, London, das kommt darauf an«, sagt sie. »Dann noch in San Francisco oder Calgary oder in anderen Städten, je nach Fluggesellschaft.«

»Warum gibt es bloß so viel Auswahl?« Seine Gedanken sind völlig außer Kontrolle. »Von morgens bis abends werden wir mit Alternativen überschüttet, bei allem! Einfach die Wahl zwischen *zwei* Möglichkeiten zu haben wie in meiner Kindheit, das gibt es überhaupt nicht mehr!«

Auf einmal wirkt die Frau wieder erschrocken, sie schaut ihn an wie einen Irren.

»Welchen Flug nimmt Clare deiner Meinung nach?« Er zwingt sich zur Ruhe, obwohl sich in seinem Kopf unaufhaltsam die Namen von Fluggesellschaften, Städten und Ländern häufen, Flugzeuge mit verschiedenen Schildern auf verschiedenen Rollfeldern, verschiedenfarbige Routen, die die Weltkarte überziehen.

Die Frau zuckt die Achseln. »Was weiß ich.«

»Sie wird einen der ersten nehmen, nicht wahr?«

»Wenn sie denn fliegt«, sagt die Frau.

»Was soll das heißen?« Schon wieder drängen sich Dutzende von Bildern zwischen seine Gedanken, lassen sich nicht bremsen oder auch nur in eine Wahrscheinlichkeitsordnung bringen.

»Es kommt darauf an«, sagt die Frau. »Ob sie einen Platz kriegt, was es kostet, von welchem Flughafen. Falls sie nicht beschließt, doch hierzubleiben.«

Er beißt in seinen rechten Zeigefinger, sein Herz schlägt immer schneller: »Könntest du sie nicht anrufen? Und sie mir kurz geben?«

»Jetzt fang bloß nicht wie der andere an«, sagt Matilde. »Sie hat ihr Handy sowieso abgeschaltet. Sie hat mir gesagt, dass sie mit niemandem mehr reden will.«

»Probier's trotzdem noch mal«, sagt er. »Versuch's.«

Die Frau schüttelt den Kopf.

»Weißt du wenigstens, wie die Schwester in Vancouver heißt?«, fragt er. »Wo sie wohnt?«

»Nein.« Je länger er Matilde bedrängt, umso mehr scheint sie zu bereuen, dass sie ihm Zugeständnisse gemacht hat, umso verschlossener wird ihr Gesicht.

»Hat sie dir keine Adresse dagelassen?« Er schafft es nicht, den Druck zu lockern, obwohl ihm die katastrophalen Folgen bewusst sind. »Eine Telefonnummer, irgendwas?«

»Nein. Ich habe dir schon zu viel gesagt.« Die Frau schaut ihn nicht an, zieht den Hausschlüssel aus der Hosentasche.

»Kann ich nicht mit raufkommen und in ihrem Zimmer nachschauen?«, drängt er. »Nur drei Minuten.«

»Du spinnst wohl!«, sagt Matilde. »Natürlich nicht!« Keine Spur mehr von der schwachen Sympathie, die ein paar Minuten lang aufgeflackert war, oder von dem Groll der enttäuschten Leserin; sie wirkt nur noch wie eine Fremde, die nachts um zwei vor ihrer Haustür belästigt wird.

»Dann schau du nach«, sagt er. »Ich warte hier auf der Straße, und du sagst es mir vom Fenster aus!«

»Ich denke nicht daran!«, sagt sie.

»Bitte!«, sagt er. »Mir genügt eine Adresse, ein Name, was auch immer!« Abgesehen von manchen Träumen, scheint ihm, hat er noch nie jemanden so beharrlich und so unterwürfig um etwas gebeten; aber welchen Eindruck er auf Außenstehende machen könnte, ist ihm völlig egal, in seinem Zustand würde er sie auch auf Knien anflehen.

»Nei-ein!«, sagt die Frau: hart, verschlossen, da ist nichts zu machen.

»Aber ich habe nichts in der Hand, um sie zu finden«, sagt er wie ein Bettler. »Gar nichts.«

»Tut mir leid«, sagt die Frau. »Ich gehe schlafen, morgen habe ich meinen Umschulungskurs. Gute Nacht.«

»Warte«, sagt er, obwohl längst klar ist, dass es nichts nützt. Einen Moment lang überlegt er, ihr den Schlüssel aus der Hand zu reißen, sie beiseitezuschieben und die Treppe hinaufzulaufen, in die Wohnung zu gehen, die er noch nie gesehen hat, Clares Zimmer hektisch nach irgendeinem

Anhaltspunkt zu durchsuchen und wegzurennen, bevor die Polizei eintrifft. Stattdessen steht er auf dem Gehsteig und schaut zu, wie die Frau die eiserne Haustüre mit geriffeltem Glas aufsperrt, hineinschlüpft und sie klickend wieder schließt, ohne ihm den kleinsten Spalt zu lassen. Er schaut zu, wie sich ihre durch die Scheiben unscharfe Gestalt im Inneren entfernt und das Licht im Eingang verlöscht. Dann rennt er wie ein Verrückter zu seinem alten Jaguar am Ende der Straße, fährt ruckartig los und erinnert sich erst, als er schon fast an der Ecke ist, dass er die Scheinwerfer einschalten muss.

Die Wi-Fi-Verbindung am Flughafen Linate funktioniert nicht

Die Wi-Fi-Verbindung am Flughafen Linate funktioniert nicht, aber zum Glück gelangt sie mit ihrem Internet-Stick ins Netz und kann auf der Webseite der KLM ein Ticket für den Flug nach Vancouver um sechs Uhr fünfzig buchen, mit Zwischenlandung in Amsterdam und Calgary. Es kostet 697 Euro; doch wenn sie sich nicht verrechnet hat, müsste auf ihrem Bankkonto noch etwas übrig sein, jedenfalls hat sie weder Zeit noch Lust, wer weiß wie lange zu warten, um einen besseren Tarif zu ergattern. Anschließend schreibt sie eine E-Mail an ihre Schwester Paula, erzählt ihr, dass ihr Beziehungsleben gerade in die Brüche gegangen sei, doch solle Paula sich keine Sorgen machen, wenn alles gut gehe, werde sie morgen in Victoria ankommen und ihr alles persönlich erzählen. Sie weiß nicht einmal genau, warum sie ausgerechnet zu ihr fährt und nicht zu Anne oder Skippy nach Rochester oder zu Julia nach New York; vielleicht einfach, weil sie diejenige ihrer Schwestern ist, die am weitesten entfernt wohnt.

Um drei Uhr nachts liegt der Flughafen in einem Dämmerzustand, der ihrem Gemütszustand entspricht: Check-in-Schalter geschlossen, Cafés geschlossen, Monitore, die immer dieselben Nummern und Namen von Flügen und Zielorten anzeigen. In einer Ecke blinkt das kleine grüne

Lämpchen eines Geldautomaten; Transit-Passagiere, die sich kein Hotel in der Stadt suchen konnten oder wollten, schlafen auf den Plastiksitzen oder stehen wie Zombies in den Durchgangsbereichen herum; die automatischen Glastüren sind geschlossen. Zwei uniformierte Carabinieri gehen langsam mit wachsamem Blick vorbei; eine Frau, gekleidet wie eine Bajadere, sitzt mit weit ausgestreckten Beinen da, ihr Mann, mit Bart und Turban, hält ein kleines Kind im Arm, das immer wieder weint. In einem Winkel versucht ein Typ aus Nordafrika von einem öffentlichen Apparat aus zu telefonieren, aber die Verbindung bricht dauernd ab; an einer Säule lehnt ein junger Mann mit Lockenmähne, vielleicht Amerikaner, und die Musik, die aus seinen Kopfhörern dringt, hört man meterweit im Umkreis in kleinen synkopierten Frequenzen. Die Klimaanlage ist falsch eingestellt; die Neonlampen an der Decke zischen und flimmern.

Sie fröstelt, hat aber keine Lust, den Koffer zu öffnen, um sich etwas Warmes zum Anziehen herauszusuchen. Es ist, als fände sie eine Art bitteren Gefallen daran, dem geistigen Unbehagen, das sie erfasst hat, ein körperliches Unbehagen hinzuzufügen. Sie hat das Gefühl eines Totalschadens, der nichts ausspart. Nur wenige Male im Leben ist es ihr passiert, zwischen dem, was war, und dem, was nicht mehr ist, so schwindelerregend ins Leere zu stürzen: vielleicht, als ihr Vater gestorben ist, vielleicht, als sie sich von Alberto getrennt hat. Aber jetzt empfindet sie die Leere noch schlimmer als damals, und nichts scheint den Fall aufzuhalten. Es ist die Kehrseite ihres wiederkehrenden Traums vom Fliegen: Die Luft rundherum bietet ihr nicht mehr den geringsten Halt.

Sie denkt an die wahrscheinlich über Jahre perfektionierten Eroberungsstrategien, die Daniel Deserti bei ihr angewandt hat; an das grausame Spiel von Gesten und Worten, mit denen Gefühle aufgespürt und ans Licht gezerrt werden, nur um sie zu enttäuschen und sich selbst zu überlassen. Sie kommt sich unglaublich dumm vor, dass sie darauf hereingefallen ist, und auch schuldig, dass sie ihrerseits Stefanos Gefühle verraten und ihn damit allein gelassen hat. Wie konnte sie bloß rückhaltlos einer solchen Täuschung Glauben schenken und gleichzeitig ein ganz reales Angebot ausschlagen, fragt sie sich, bloß um sich jetzt in dieser Doppelrolle des Henkers und des Opfers wiederzufinden, in der sie der Täuschung nachweint und das Angebot ablehnt. Ihr scheint, als habe sie alle Fehler gemacht, die sie nur machen konnte, mit einem Leichtsinn, der jeden ihrer früheren Versuche, etwas Gutes zustande zu bringen, weit übertrifft. Dennoch empfindet sie schon allein den Gedanken, zu Stefano zurückzukehren, als unerträglichen Rückschlag; es ist ein Gefühl von vergitterten Fenstern und Türen, verschlossenen Horizonten, verschwundenen Farben, ausgespielter Musik, abhandengekommenem Rhythmus, stockendem Blut. Es scheint, als gebe es kein Heilmittel, keine Kur. Sie fischt ihr abgeschaltetes Handy aus der Handtasche, mit all den neuen verpassten Anrufen und Nachrichten, die es vermutlich enthält, und wirft es in einen Abfalleimer. Dann schlendert sie mit ihrem orangefarbenen Koffer im Schlepptau und ihrem kleinen Rucksack auf der Schulter durch den schlafenden Flughafen und möchte nur noch eines: verschwinden.

Sie steigt die stehende Rolltreppe zur Ankunftshalle hinunter, wo es menschenleer ist, und betritt eine der Toiletten. Im Neonlicht betrachtet sie sich im Spiegel: blass, mit Ringen unter den Augen, wirren Haaren und der Bluse, die sie seit dem unendlich weit entfernten Morgen nicht gewechselt hat. Der beißende Geruch nach Desinfektionsmittel steigt ihr in die Nase, dass ihr die Augen tränen; es kommt ihr vor wie der chemische Beitrag zu ihrem abgrundtiefen Verlustgefühl, und plötzlich muss sie weinen und schluchzen, über das Waschbecken gebeugt.

Er stellt das Auto auf dem Parkplatz vor der Abflughalle ab und läuft hinein

Er stellt das Auto auf dem Parkplatz vor der Abflughalle ab und läuft hinein, seine Sohlen quietschen auf dem glatten Boden, im kalten Licht sondiert sein Blick die riesigen Säle von einem Ende zum anderen. Um diese Zeit steht fast alles still, aber der Raum ist keineswegs menschenleer: Manche Leute hängen schlaff in den Plastiksitzen, andere liegen oder stehen irgendwo, verschwimmen mit dem Boden, mit der Wandtäfelung. Er versucht sie einzeln zu mustern, während er schnell durch die künstlich erzeugte Kälte läuft, die seine Lunge, seinen Magen und seine Stirn gefrieren lässt. Zwei Carabinieri beobachten ihn, während er an einer schlafenden Bar mit ihren hohen Hockern vorbeigeht, an der Rolltreppe, die in die Ankunftshalle hinunterführt, an den geschlossenen Ticketschaltern, an den geschlossenen, parallelen Check-in-Reihen, an dem geschlossenen Zeitungsladen, an der geschlossenen Apotheke, an einer weiteren geschlossenen Bar.

Dabei denkt er dauernd, dass sie genauso gut in Malpensa sein könnte und nicht hier in Linate; dass die Zeit, die ihm noch bleibt, um von einem Flughafen zum anderen zu gelangen, sich Minute um Minute verkürzt. Im Geist stellt er Berechnungen an, während er unbekannte Körper und Gesichter registriert: Schon in einer Stunde öffnen die

Check-in-Schalter für die ersten Flüge. Er kann es nicht glauben, dass er kein Mittel hat, um mit ihr in Kontakt zu treten, seit er sein Handy zu Hause auf dem Fußboden zertrümmert hat; er kann es nicht glauben, dass er ihre Nummer nicht auswendig gelernt oder aufgeschrieben hat, dass er sich so blindlings auf die Elektronik eines elenden Plastikkästchens verlassen hat. Die Angst kriecht in ihm hoch, er läuft im Zickzack, dreht den Kopf in zehn verschiedene Richtungen, tastet mit dem Blick jede Gestalt ab, besessen von dem Gedanken, er könne genau die übersehen, die er sucht.

Ihm scheint, als habe er einen großen Teil seines Lebens im Stand-by-Modus verbracht, im Warten auf Überraschungen, die nicht kamen oder sich in Kürze verflüchtigten; als sei er unverzeihlich leichtfertig mit der Zeit umgegangen, habe eine sinnlose Menge Energie in Beziehungen und Situationen vergeudet, die ihn von Anfang an nicht überzeugten; als habe er Gewohnheiten und Verhaltensweisen gepflegt, die zu nichts führten; als habe er Bücher geschrieben, für die er keine echte Leidenschaft empfand. Und jetzt, wo sich durch ein Zusammenkommen der unwahrscheinlichsten Umstände alles hätte ändern können, befindet er sich im Wettlauf, für den er nicht gerüstet ist, keine Zeit und keinen Atem hat. Es ist wie gegen den Strom schwimmen; so viel Kraft er auch in seine Beine legt, ihm ist, als fiele er immer noch ein Stückchen hinter den Ausgangspunkt zurück. Er stellt sich weiterhin vor, plötzlich Clares Profil zu erkennen oder ihre Haare, ihre Art zu stehen oder zu sitzen, und immer noch sieht er sie nicht, nirgends: Sie ist nicht da.

Er rennt durch die automatischen Glastüren ins Freie, springt in den alten Jaguar, rast im fahlen Licht der Straßenlaternen die endlose Allee entlang, gibt noch mehr Gas. Es ist einer seiner wiederkehrenden bösen Träume, dass er verzweifelt jemanden oder etwas verfolgt, wovon sein ganzes Leben abhängt, und es nicht schafft, ihn oder es zu erreichen, sosehr er sich auch bei der Verfolgung anstrengt. Seine Gedanken eilen voraus, überspringen ganze Blöcke und Kreuzungen, durchqueren Gebäude, verkürzen Straßen, zerren ihn vom Stadtrand ins Zentrum, lange bevor er tatsächlich dort ankommt.

Dann steht er wirklich vor seinem Haus, schließt mit zitternden Händen die Eingangstür auf, läuft die Treppe hinauf, immer zwei Stufen auf einmal, um nicht auf den Aufzug warten zu müssen. In der Wohnung ist es stickig und glühend heiß, dennoch scheint es ihm, als könnte er in der Küche einen kaum wahrnehmbaren Hauch von Clares feinem Blumenduft riechen. Daraufhin zieht er noch ungestümer die Schreibtischschublade heraus, kippt den Inhalt samt und sonders auf den Fußboden. Er wühlt in den verstreuten Gegenständen wie ein gehetzter Dieb, und als er seinen Pass findet, steckt er ihn in die Hosentasche; in wenigen Sätzen ist er wieder an der Tür, saust schon die Treppe hinunter.

So schnell er kann, fährt er aus dem Straßengewirr um seine Wohnung heraus, nimmt die Ausfallstraßen Richtung Norden, die um diese Zeit zum Glück fast leer sind; er hofft nur, dass ihm niemand an einer Kreuzung den Weg abschneidet, weil er ziemlich sicher nicht bremsen kann. Der wilde Rhythmus in seinem Kopf ist schneller als sein

Herzschlag und sein Atem. Er passiert die Mautstelle zur Autobahn nach Norden, tritt das Gaspedal durch und rast mit heulendem Motor durch die vom künstlichen Licht der Industriehallen und Raststätten fahle Dunkelheit. Wieder und wieder berechnet er, wie lange er bis zum Flughafen Malpensa braucht, ist aber nie ganz sicher und schaut alle paar Sekunden auf den Kilometerzähler. Die Luft fährt ihm in die Haare und über den Hals, füllt seine Ohren mit Lärm; das zurückgeklappte Verdeck knattert im Wind, sein *flap flap flap* mischt sich mit dem Rasseln und Quietschen und Singen der Blechteile. Er holt das Letzte aus dem Auto heraus, ein paarmal fliegt er fast aus der Kurve und kann im letzten Moment gegensteuern.

Als er in Malpensa ankommt, ignoriert er die Hinweisschilder zum Parkplatz unten links, fährt die Rampe zum Abflugbereich hinauf, parkt den Jaguar im Halteverbot, rennt auf die Glastüren zu. Innen durchquert er Hallen mit absurd hohen Decken, und sofort erscheint ihm alles noch hoffnungsloser als in Linate: die Räume zu weitläufig, viel mehr tote Ecken und Schattenzonen, noch weniger Zeit. Er läuft herum, dreht sich nach rechts und nach links; ständig gewinnt und verliert sein Blick an Schärfe, sendet dem Gehirn unzuverlässige Botschaften.

Sie ist nicht da, oder zumindest kann er sie nicht entdecken. Die Zeit verstreicht weiter, Sekunde für Sekunde; durch die riesigen Scheiben sieht man schwaches Tageslicht am Himmel heraufziehen. An einigen Check-ins tauchen Bodenstewardessen auf, schalten ihre Computer ein; bei einigen Ticketschaltern geht die Beleuchtung an. Er rennt noch immer hin und her, heftig widerstreitende Impulse im

Herzen und im Kopf. Sie könnte sehr wohl ein Ticket für den nächsten Tag bekommen haben, denkt er, sie könnte ihr Ziel geändert und beschlossen haben, eine andere Schwester zu besuchen, sie könnte zu Stefano gegangen sein. Ständig flimmern Bilder vor seinem geistigen Auge vorbei, so rasch, dass er kein einziges anhalten kann, auch nicht für zwei Sekunden: Orte, Blicke, Bewegungen, Details einer Hand, eines Auges, eines Teils ihrer Haare, eines Fußes, eines Lächelns, eines erwartungsvollen Ausdrucks, eines traurigen Ausdrucks, einer Frage ohne Antwort.

Und es ist seltsam, denn trotz der Häufung von Signalen spürt er unglaublich deutlich, welch unwiederbringlicher Sinnverlust es für ihn wäre, wenn es ihm nicht gelänge, sie wiederzufinden. Es ist kein vager Eindruck, auch keine abstrakte Idee: Es ist eine so felsenfeste Gewissheit, dass sie ihn mit Schrecken erfüllt, sobald er sie in ihrer Gänze erfasst hat.

Als dann auch die Ticketschalter aufmachen, kauft er ein Ticket für den ersten Flug nach Vancouver, bei einer kleinen Brünetten, die mitten in der Nacht aufgestanden sein muss, aber trotzdem so sorgfältig geschminkt und gekämmt ist, als lebte sie außerhalb der Zeit und ihrer gnadenlosen Beschleunigung. Der Flug hat zwei Zwischenlandungen und dauert fast zwanzig Stunden, aber das ist ihm egal, ihn interessiert nur, sich wenigstens eine von wer weiß wie vielen Möglichkeiten zu sichern, Clare Moletto wiederzufinden, bevor es zu spät ist.

Er passiert die Kontrollen, zieht Schuhe, Gürtel und Uhr aus, mustert weiter angespannt die anderen Passagiere vor und hinter ihm, so dass die Polizisten misstrauisch werden.

Dann geht er vor dem Gate auf und ab, ohne eine einzige Person zu versäumen, die noch halb verschlafen dazukommt.

In Amsterdam sind es fast vier Stunden bis zum Weiterflug nach Calgary

In Amsterdam sind es fast vier Stunden bis zum Weiterflug nach Calgary, doch sie hat keine Veranlassung, in die Stadt zu fahren. Sie ist auch nicht müde, obwohl sie die ganze Nacht kein Auge zugetan hat, und sie hat weder Hunger noch Durst. Ihr ist nur kalt, aber es ist keine echte Kälte, scheint ihr, die von der Klimaanlage oder der Wetterveränderung herrührt; es ist eine innere Kälte, die sich auf keine Art vertreiben lässt.

Mit ihrem Rollenkoffer und dem Rucksack auf der Schulter geht sie zum Sektor für Interkontinentalflüge, betrachtet ohne das geringste Interesse die Duty-free-Geschäfte mit Koffern, Gürteln, Sonnenbrillen, Uhren, Spirituosen, Schokolade und Süßigkeiten in Geschenkpackungen, die Souvenirabteilung voller Minirucksäcke mit Hunde-, Katzen- oder Hasengesichtern, Delfter Porzellan, Holzpantinen, Miniaturwindmühlen. Ziellos und unbeteiligt passiert sie die Regale der Parfümabteilung, wo sich ihr mit aufgesetztem Lächeln eine Verkäuferin nähert und sie unversehens aus einem Kristallflakon mit einer kleinen Duftwolke besprüht.

Sie kauft eine kleine Flasche Mineralwasser, setzt sich in einer Bar an ein Tischchen und reibt sich mit einer wassergetränkten Papierserviette über Arm und Schulter, um den ekelhaften Geruch abzuwischen, der an ihr haften geblieben ist. Sie fragt sich, warum sie sich hat ansprühen lassen; wohl wieder ein Symptom für ihre Unfähigkeit, realistisch mit der Wirklichkeit umzugehen. Angeekelt schnuppert sie an sich und denkt, dass sie es nie gelernt hat, in der richtigen Weise und zur rechten Zeit auf die Lebensumstände zu reagieren. Ein Großteil ihrer Probleme geht auf Gegebenheiten ihrer Kindheit zurück, auf den Charakter ihres Vaters und ihrer Mutter, auf ihre katastrophale Interaktion. Dieses Bewusstsein hilft ihr allerdings kein bisschen; nicht mehr als ein Verkehrs- oder Ortsschild. Sie war nie bestrebt, sich perfekt den Spielregeln anzupassen, aber es wäre doch bequem gewesen, wenn ihr jemand von Anfang an erklärt hätte, wie die Regeln aussehen, anstatt so zu tun, als gäbe es keine.

Wahrscheinlich hat Daniel Deserti sie auch deshalb fasziniert, denkt sie: wegen seines sorglosen Umgangs mit Verpflichtungen und Konventionen, wegen seiner Fähigkeit, die eigenen Fehler, Zweifel und Mängel als Stoff für seine Arbeit zu verwenden und sie als künstlerische Verdienste angerechnet zu bekommen. Aber er ist ein Mann, ganz gleich, welche unversöhnlichen Betrachtungen er über seine Geschlechtsgenossen anstellen mag, und zwar letztendlich einer, der noch egoistischer und übergriffiger ist als der Durchschnitt. Um das zu übersehen, musste so ein Dummchen wie sie kommen, eine mit dem Kopf in den Wolken, die nicht mit beiden Beinen auf dem Boden steht, voller unangemessenem Elan, unbegründeten Überzeugungen, fehlgeleiteten Instinkten. Ihr ist, als sei sie reichlich unbedarft gewesen, beeinflussbar, naiv und lächerlich.

Wenn ihr Vater hier wäre, denkt sie, würde er wahrscheinlich sagen, sie solle nicht über die begangenen Fehler jammern, sondern eine Lehre daraus ziehen und weitergehen. Allerdings scheint es ihr gerade, als gebe es kein Weiter, worauf sie zugehen könnte: Ihre Enttäuschung ist grenzenlos, sie erstreckt sich bis an den fernsten Rand dessen, was sie sich vorstellen kann. Außerdem hatte auch ihr Vater eine männliche Sicht auf die Welt: er, der Entdecker, Eroberer, Kämpfer. Stets damit beschäftigt, sich Techniken und Wissen anzueignen, Hypothesen und Theorien in die Praxis umzusetzen, Erfahrungen gewinnbringend zu nutzen, Grenzen zu testen, darüber hinauszugehen, zu drängen, zu provozieren, zu fordern. Er war der erste erwachsene Mann, den sie und ihre Schwestern als Vorbild vor Augen hatten, und seine häufige Abwesenheit, seine Aufmerksamkeit, die man sich erobern musste wie eine Belohnung und die sich von einem Augenblick zum anderen verflüchtigen konnte, seine körperliche Überlegenheit, sein gebieterisches Durchsetzungsvermögen haben sie gewiss geprägt. Die Schäden sind sichtbar: Bis heute übt alles, was sie schon in der Kindheit unglücklich machte, eine fatale Anziehungskraft auf sie aus. Hätte sie, wenn sie mit einem anderen männlichen Vorbild aufgewachsen wäre, Stefanos Stabilität schätzen können, anstatt sich davon eingeengt zu fühlen, fragt sie sich; hätte es sie zu vernünftigeren Entscheidungen geführt, anstatt sie zu verleiten, als Freigeist getarnten Egozentrikern auf den Leim zu gehen? Ihr Problem mit den Männern rührt sicher auch daher, dass sie immer davon ausging, es müsse irgendwo einen geben, der inniger, leidenschaftlicher, stärker, freier, ihrem Wesen noch näher wäre. Einen Spielgefährten, mit dem man auf und davon gehen könnte, einen Komplizen, mit dem man reden, sich lieben, tanzen und lachen könnte, ohne Filter oder Getue oder fixe Rolleneinteilung. Einen, der sie beschützte, ihr Sicherheit gäbe, aber auch in der Lage wäre, sie zu überraschen und zu unterhalten, ohne je dafür von ihr zu fordern, eine andere zu sein als sie selbst. Diese Vorstellung hegt sie seit ihrer Mädchenzeit und hat sich dadurch immer mehr zur Katastrophe als zur Geruhsamkeit, mehr zum Außenseitertum als zur Anpassung an den Stand der Dinge hingezogen gefühlt. Daniel Deserti mit seinem hochsensiblen Spürsinn eines Raubtiers muss das sofort aufgefallen sein, und daraufhin hat er ein Theater inszeniert, das ihren Erwartungen entsprach, aus Lust an der Verführung, aus Neugier, aus Langeweile oder zum Spiel, vielleicht sogar, um sie ein oder zwei Tage hintereinander glücklich zu machen. Je länger sie darüber nachdenkt, umso wütender wird sie, aber es ist gar kein befreiendes Gefühl: Es ist Wut auf sich selbst, die sie nicht weiterbringt, sondern zurückwirft; nie, denkt sie, wird es ihr gelingen, aus ihren Fehlern zu lernen und ihre Grenzen zu überwinden.

Sie geht hinüber zur Abteilung Bücher und Zeitungen, sieht aber keine Publikation, die sie reizt oder betrifft oder ihr irgendwie nützlich sein kann. Es gibt nur zu allgemeines oder zu spezifisches Geschwätz; es interessiert sie genauso wenig wie das Geplapper der anderen Passagiere, ihre Kleidung und ihre Accessoires, ausgewählt, weil sie praktisch oder chic sind, ihre Verhaltensweisen, allein oder in Gruppen oder als Paar, ihre kleinen Unmutsäußerungen, die Verkrampfung oder Entspannung ihrer Gesichter, ihr

Zusammenhocken, ihre grundsätzliche Gleichgültigkeit, ihre Namen, die nur für sie selbst einen Sinn haben, ihre Worte, mit denen sie sich vertraute Strukturen bestätigen in dieser Übergangssituation, diesem Niemandsland.

Das Angebot an englischen Büchern ist beschränkt: ein paar Anleitungen zur Selbstverwirklichung, etliche Biographien von Schauspielern und Sängern, mehrere Thriller, Liebesgeschichten mit Zeichnungen oder Fotografien von dramatisch leidenschaftlichen Paaren auf dem Umschlag, einige Romane, die gerade verfilmt wurden, ein Hundebuch, die Geschichte einer Frau, der es gelungen ist, einem Papagei einhundertzweiunddreißig verschiedene Wörter beizubringen, welche dieser, ihrer Behauptung nach, mit menschlicher Intelligenz miteinander zu kombinieren verstand. Es gibt auch den Essay einer Psychologin der Harvard University, die erklärt, dass mindestens zehntausend Stunden nötig sind, um ein beliebiges Problem oder Thema zu durchdringen und wirklich zu verstehen. Offenbar gilt das für alles, für ein Handwerk, eine Sprache und jeden anderen Bereich des menschlichen Interesses. Sie versucht auszurechnen, wie viele Tage zehntausend Stunden sind, verrechnet sich aber ständig. Zuletzt holt sie ihr schwarzes Heftchen aus dem Rucksack und macht die Teilung schriftlich: Es sind vierhundertsechzehn Komma soundso viel Tage. Ihr fällt ein, dass die Rechnung nur stimmt, wenn sich jemand vierundzwanzig Stunden am Tag und sieben Tage pro Woche seinem Thema widmen würde, was natürlich nie vorkommt. Wenn man die vierhundertsechzehn Tage auf den Rhythmus eines Lebens mit einem normalen Tagesablauf umrechnet, entsprechen die zehntausend Stunden etwa drei Jahren. Ungefähr so lange, wie ihre Beziehung zu Stefano gedauert hat; was immer zwischen ihr und Daniel Deserti gewesen ist, hat dagegen nicht einmal ein Hundertstel dieser Zeit gedauert. Ihr kommt eine Volksweisheit in den Sinn, die sie einmal aus dem Mund ihrer Großmutter Amanda gehört hat: Lieber ein erkannter Fehler als eine eingebildete Begabung. Damals fand sie, dieser Spruch schließe alle Überraschungen aus, die das Leben bereithalten mochte, er brachte das Gegenteil all dessen zum Ausdruck, was sie glauben und hoffen wollte, doch wenn sie es heute bedenkt, lässt sich kaum leugnen, dass er stimmt. Dennoch findet sie den Satz immer noch abscheulich; und das beweist einmal mehr, wie wenig sie aus ihren Fehlern lernt.

Zuletzt kauft sie das Buch über den sprechenden Papagei und setzt sich in den Wartebereich vor ihrem Abfluggate; doch sie hat Mühe, auch nur bis ans Ende der dritten Seite zu gelangen, denn fast sofort überrollt sie eine neue Welle bodenloser Traurigkeit.

Auf dem letzten Abschnitt des Flugs fühlt er sich beinahe wie in Trance

Auf dem letzten Abschnitt des Flugs fühlt er sich beinahe wie in Trance durch das ständige Vibrieren der Motoren, den immer wieder umgewälzten Luftstrom, die Sonne, die unentwegt zu den Fenstern hereinbrennt, und die unerträgliche Langeweile des erzwungenen langen Stillsitzens. Die anderen Passagiere beginnen schon, sich zurechtzumachen und auf das vorzubereiten, was sie beim Aussteigen erwartet: Sie gähnen, strecken sich, klopfen die Krümel von Hemden und Hosen, überprüfen ihre Papiere, gehen mit taumelnden Schritten zur Toilette, kommen frisch geschminkt und halbwegs frisiert zurück. Überall sieht man die Spuren der kleinen Beschäftigungen auf engem Raum, die unterbrochen und wiederaufgenommen wurden, bis sie keinen Sinn mehr hatten: die zerknitterten dünnen Decken, die aufgerissenen Plastiktüten, die zerquetschten Plastikbecher und Wasserflaschen, die zerlesenen Zeitungen, in die Taschen an der Rückseite des Vordersitzes geschoben, zu den Illustrierten der Fluggesellschaft, die man aus Ermangelung von etwas Besserem ebenfalls durchgeblättert hat. Das Flugzeug beginnt zu sinken; man sieht die weitflächige Stadt, das Wasser, die Inseln. Die Vibrationen wechseln die Frequenz, wegen der Temperaturveränderungen der Luft gibt es ab und zu einen Ruck: Er denkt an die unwahrscheinliche, aber dennoch bestehende Möglichkeit, dass beim Landemanöver etwas schiefgeht und das Leben aller im Flugzeug sitzenden Personen mit einem Schlag ausgelöscht wird.

Als sie endlich die Landebahn entlangrollen, löst er den Sicherheitsgurt, noch bevor das Flugzeug zum Stehen kommt, drängt sich zwischen den anderen Passagieren durch, die hastig ihre Jacken, ihr Handgepäck und andere Utensilien zusammensuchen, und eilt durch den Verbindungsgang in den Flughafen. Rasch geht er den vorgeschriebenen Weg, als einziger Reisender ohne Tasche, Tüte, Rucksack oder Koffer, nur zu sehr im Klaren darüber, wie hoffnungslos die Suche ist, die ihn hierhergeführt hat. Er hat keinen Anhaltspunkt, um in Erfahrung zu bringen, ob sie schon angekommen ist oder noch ankommen soll, wann, von wo, ob sie nicht doch in Mailand geblieben ist, ob sie nicht in irgendeinen anderen Teil der Welt gereist ist. Er weiß weder, wie ihre Schwester heißt, noch, wo sie wohnt, er hat keine Telefonnummer, keine Adresse: nichts.

Unter den großen Glasscheiben, die das blendende Licht noch verstärken, geht er im Vogelgezwitscher, das aus den Lautsprechern kommt, zwischen den Hängepflanzen und den künstlichen Wasserfällen die breite Treppe hinunter, die zur Passkontrolle und zur Gepäckausgabe und zum Zoll führt. Immer noch mustert er jede Person, die herumsteht oder -geht, aber mehr aus einem automatischen Reflex heraus als in der Hoffnung auf eine wunderbare Erscheinung. Er könnte sich auch Zeit lassen, denkt er, und denen, die es eilig haben, den Vortritt lassen, den distanzierten Reisenden mimen. Er sieht sich schon in der Stadt, jenseits der Schiebetüren aus mattiertem Glas dort am Ende der riesigen

Halle: in einem Taxi sitzend ohne genaues Ziel, in einem Hotelzimmer auf dem Bettrand sitzend, aufs Geratewohl durch die Straßen wandernd, am Wasser stehend, mit Blick auf den Horizont. Unwahrscheinlich, dass diese Bilder sich in eine fröhlichere oder bedeutsamere Richtung entwickeln könnten; sie sind wie Fotos, die ein Fremder auf der Theke eines Fotolabors liegengelassen hat: unbedeutend.

Dann steht er in der Schlange vor einem der asymmetrisch angeordneten Schalter der Passkontrollen und schaut sich nur noch deshalb um, weil er nicht anders kann, und an einem anderen Schalter ein paar Dutzend Meter weiter sieht er den orangefarbenen Koffer, den Clare Molettos Freundin ihr vorgestern Abend in Mailand heimlich irgendwohin gebracht hatte. Der Koffer bewegt sich, gezogen von einer Frau mit Lockenkopf, die weitergeht und gleich verdeckt wird von den weißen Westen und Schirmmützen eines dicken Paares direkt hinter ihr. Es ist kein allmähliches Erkennen: Es ist wie ein Blitz, der unverarbeitet und voller Wucht von den Augen direkt ins Gehirn vordringt.

Eine Sekunde später sind der orangefarbene Koffer und der Lockenkopf bereits verschwunden, verloren zwischen den Dutzenden von Sichtbehinderungen und dem Hin und Her in der Ankunftshalle. Er macht einen Satz, versucht, sich an den Leuten in der Warteschlange vorbeizudrängen, und schreit, so laut er kann: »Claaaaaaaare!« Seine Stimme hallt kreischend wie der Schrei einer Möwe über die spiegelblanken Flächen und verliert sich in der Weite des geschlossenen Raums. Alle Reisenden, die er überholen wollte, schauen ihn mit empörten oder drohenden Gesichtern an. Ein weißhaariger Typ mit rotgeäderter Nase brüllt: »He, warten Sie, bis Sie an der Reihe sind! Das ist eine Schlange hier!«

»Ich muss aber sofort durch!«, schreit er, mitgerissen von seinen sich überschlagenden Gedanken. »Es geht um Leben und Tod!«

Der Typ schüttelt den Kopf, seine Augen bleiben völlig kalt; die anderen Reisenden pflichten ihm bei, bilden einen Block, gestikulieren, knirschen mit den Zähnen, runzeln die Augenbrauen, wiederholen: »Das ist eine Schlange hier!« und: »Warten Sie, bis Sie an der Reihe sind!«

»Claaaaaaaaaare!«, schreit er noch einmal; mit einem Sprung beugt er sich zwischen den anderen Köpfen vor, fuchtelt mit den Armen.

»Wenn Sie nicht aufhören, rufen wir die Sicherheitsbeamten!«, sagt eine Dame mit fürchterlich hartem Gesicht.

Er wirft verzweifelte Blicke in die Richtung, in die der orangefarbene Koffer und der Lockenkopf verschwunden sind, kann sie aber nicht mehr sehen. Je mehr Sekunden verstreichen, umso mehr Zweifel kommen ihm: Vielleicht war der orangefarbene Koffer kleiner als der, den er in Mailand gesehen hat, vielleicht waren die Haare dunkler als die, an die er unausgesetzt gedacht hat, vielleicht war nicht einmal die Größe die von Clare Moletto. Die Zweifel vervielfachen sich in seinem Kopf wie die trügerische Auswahl auf den Regalen eines Supermarkts, sie mischen sich mit dem Drang loszurennen, der seinen Herzschlag beschleunigt und seine Füße nicht stillstehen lässt. Er möchte nur eins: durch die Halle laufen, suchen, die Verfolgung aufnehmen, ankommen, sich dem Schock der Enttäuschung oder des Erkennens aussetzen, die Unsicherheit beenden.

Stattdessen ist er in dieser lächerlichen Schlange gefangen, hinter fünf oder sechs Reisenden, die auf den Rücken ihres Vordermanns starren, während sie darauf warten, mit der Grenzwache sprechen zu dürfen.

Nach einer Ewigkeit passiert endlich auch die Frau mit dem fürchterlich harten Gesicht die Kontrolle; er springt vor, hält den Pass an den Schalter, seine Hand zittert vor Wut und verzehrender Ungeduld.

Der Typ in Uniform ist ein kräftiger Bursche mit schütteren, nach hinten angeklatschten Haaren und einem blassen Kartoffelgesicht: »Grund der Reise?«, nuschelt er.

»Ich muss eine Person einholen!« Er deutet auf den weiten Raum gleich anschließend, in dem sie, oder wer auch immer es war, mit dem orangefarbenen Koffer verschwunden ist.

»Arbeit oder Tourismus?«, fragt der Uniformierte ungerührt.

»Keins von beiden!«, sagt er, wilde Sprünge und Beschleunigungen im Kopf.

»Arbeit oder Tourismus?«, wiederholt der Typ. Er hat eine schlaffe weiße Haut, freudlose Lippen, Augen, die nichts sehen.

»Tourismus, Tourismus, Tourismus!«, sagt er. »Können Sie mir jetzt bitte den Stempel geben?«

Der Uniformierte genießt es offenbar, seiner Hast einen Riegel vorzuschieben: »Was ist das Problem?«

»Das Problem ist, dass ich eine Person einholen muss!«, sagt er zappelig. »Wenn sie den Flughafen verlässt, werde ich sie für immer verlieren!«

Den Uniformierten scheint seine Geschichte kein bisschen zu beeindrucken; im Gegenteil, er verschärft sein peinlich genaues Verhör über die Gründe und die Dauer des Aufenthalts in Kanada. Er vergleicht das Foto im Pass, den er in der Hand hält, mit dem Gesicht, das er vor sich hat, gibt die Daten auf einer Tastatur ein, um sie mit der Datenbank der international gesuchten Terroristen und Verbrecher zu vergleichen; dann braucht er noch ganze weitere Minuten, um sich zu entschließen, den Pass zu stempeln und ihn durch den Schalter zu reichen.

Er reißt ihn dem Mann aus der Hand, macht einen Satz vorwärts und läuft in die Richtung, wo er den orangefarbenen Koffer und die lockigen Haare, die vielleicht nicht Clare Moletto gehörten, aber vielleicht doch, hat entschwinden sehen. Schnell geht er an den Laufbändern der Gepäckausgabe und an den Rücken, Bäuchen und Köpfen vorbei, die auf ihre Koffer warten, überholt die Passagiere, die ihre Sachen schon geholt haben und sie zur Ankunftshalle hinter sich herziehen. Er will quer durch die Zollkontrolle eilen, als eine dicke Frau in Uniform ihn mit offener Hand aufhält: »Ihr Gepäck?«

»Ich habe kein Gepäck«, sagt er.

»Wieso haben Sie kein Gepäck?«, fragt die dicke Frau in Uniform.

»Ich habe keins.« Durch die mattierten Glastüren, die sich jedes Mal, wenn ein Reisender hinausgeht, öffnen und wieder schließen, versucht er zu erkennen, was in der Ankunftshalle vorgeht.

Die Frau in Uniform mustert ihn mit einem dumpfen Blick, in dem irgendwelche Artikel einer Verordnung herumschwimmen.

»Ist es jetzt verboten, ohne Gepäck zu reisen?« Am liebsten würde er sie am Kragen packen, beiseiteschleudern und weiterrennen. »Verstößt es gegen das Gesetz?«

Sie sieht ihn immer noch ratlos an, auf der Suche nach einem Grund, um ihn noch länger aufzuhalten oder sogar zurückzuschicken.

»Hören Sie, Ihr Kollege hat mir eben das Visum erteilt!« Er wedelt mit dem aufgeschlagenen Pass. »Er hat mir hundert Fragen gestellt, und dann hat er mir diesen Stempel gegeben, sehen Sie?«

Stumpfsinnig scheint die Frau die drei in Frage kommenden Möglichkeiten zu erwägen: eine Prinzipienfrage daraus zu machen, einen Kollegen oder Vorgesetzten zu rufen oder ihn durchzulassen. Schließlich entscheidet sie sich für Letzteres, macht ihm mit dem Kopf ein Zeichen weiterzugehen.

Er läuft durch die mattierten Glastüren, läuft durch die von blendendem weißem Licht durchflutete Ankunftshalle, vorbei an Verwandten und Kollegen und Firmenabgesandten mit auf Papier und Kartons geschriebenen Namen, vorbei an der Informationstheke, am Wechselschalter und an einem Café und hinaus aus den durchsichtigen Glastüren auf den Gehsteig, wo die Taxis und Busse halten. Einer der Busse fährt gerade an, über der Windschutzscheibe leuchtet die LED-Schrift *Downtown*. Er versucht zu sehen, wer drinnen sitzt, doch während er daran entlanggeht, wird ihm klar, dass er niemals beide Seiten kontrollieren kann, weil der Bus jetzt beschleunigt, daher lässt er ihn an sich vorbeifahren und überprüft nur die rechte Seite; ganz hinten, auf einem der letzten Plätze, meint er die Locken zu sehen, die vielleicht Clare Moletto gehören. Wieder ist er nicht sicher, denn die Scheiben sind getönt und spiegeln, und der Bus ist in Bewegung, und die Schärfe seines Blicks und die Dekodierungsfähigkeit seines Gehirns sind in diesem Augenblick alles andere als verlässlich.

Doch er ist nicht bereit, negativen Wahrscheinlichkeiten Raum zu geben, selbst wenn sie die positiven überwiegen sollten: Seine Gedanken und seine Muskel- und Herz-Kreislauf-Tätigkeit sind ganz darauf eingestellt, dass die im Bus sitzende Frau sie ist. Er läuft an der Reihe von Taxis vorbei, rasend, weil an jedem Taxi schon ein Einzelner oder ein Paar oder eine ganze Familie von Reisenden damit beschäftigt ist, die Autotüren zu öffnen und Gepäck einzuladen, mit einem Phlegma, das von der Müdigkeit nach der Reise kommt oder vom übermäßigen Körpergewicht oder vielleicht von der präzisen Absicht, die Handlungen desjenigen zu verlangsamen, der versucht, sich gegen den Widerstand des Alltags schnell zu bewegen. Zuletzt gelingt es ihm, in das vorletzte Taxi der Reihe zu springen: »Auf geht's!«

Der Taxifahrer sieht aus wie ein Indonesier; er mag es nicht, gedrängt zu werden, macht eine Geste, um zu erklären, dass er warten muss, bis die Kollegen vor ihm losfahren.

»Ich habe es sehr eilig!« Die Eile zwickt ihn regelrecht, an der Seite und in den Eingeweiden.

Der Taxifahrer breitet die Arme aus, wirft ihm im Rückspiegel einen misstrauischen Blick zu.

Als es ihnen endlich gelingt, vom Gehsteig loszukommen und auf die Straße hinauszufahren, sagt er: »Wir nehmen die gleiche Strecke wie der Bus in die Stadt.«

Der Taxifahrer dreht sich zu ihm um, als hätte er keine Ahnung, wovon die Rede ist.

»Da runter!«, sagt er aufgebracht, zeigt in die Richtung, in die er den Bus hat fahren sehen.

Der Taxifahrer nickt ohne Überzeugung.

Sie fahren durch eine Gegend mit Baugruben und Straßenarbeiten, durch ein Wohnviertel mit Häusern und Gärten. Er beugt sich auf dem Sitz vor, um über die Autos vor dem Taxi hinwegzusehen, behindert von Pendeln und Kettchen, die an der Windschutzscheibe baumeln, und federnden Püppchen, die am Armaturenbrett befestigt sind. Vom Bus keine Spur; der Verkehr fließt langsam, mit der Entspanntheit der Westküste. »Könnten Sie nicht ein bisschen mehr Gas geben?«, sagt er, denn der Unterschied zwischen der Geschwindigkeit seines Herzens und der des Taxis wird allmählich unerträglich.

»Nein«, antwortet der Taxifahrer, ohne eine Miene zu verziehen.

»Ich muss diesen Bus einholen!«, sagt er. »Wenn Sie es schaffen, zahle ich Ihnen das Doppelte!«

Der Taxifahrer schüttelt den Kopf, vielleicht klingt der Satz für ihn wie ein Klischee, das er schon zu oft gehört hat, vielleicht kann er aufgrund der lokalen Verkehrsgesetze aber auch wirklich nicht viel tun.

»Wissen Sie wenigstens, welchen Weg der Bus fährt?«, fragt er.

»Ja«, sagt der Taxifahrer, wirkt aber nicht sonderlich interessiert.

Auf kurzen Abschnitten fahren sie recht flott, dann wieder müssen sie bremsen, halten an roten Ampeln, an

Fußgängerübergängen, an einer Baustellenausfahrt, aus der nacheinander drei Betonmischlaster kommen. Endlich erreichen sie eine lange Brücke, die über graues Wasser zu den Wolkenkratzern der Stadt führt. Er dreht das Fenster herunter und streckt den Kopf hinaus, möchte noch immer mit dem Blick die Distanzen verkürzen, die aber hartnäckig Widerstand leisten und Häuserblöcke aus Beton und Stahl und Gehsteige und Schaufenster und Ampeln dazwischenschieben und vor allem Menschen, Menschen, Menschen, die zu Arbeitsterminen oder zu Verabredungen mit Freunden unterwegs sind, von denen sie Adressen und Telefonnummern besitzen und die sie zu jeder Tages- und Nachtzeit mühelos erreichen könnten.

An einer Ampel dreht der Taxifahrer sich um: »Ist es hier recht?«

»Was, hier?« Er ist immer noch vorgebeugt, um krampfhaft die Umgebung zu sondieren und Einzelheiten aufzunehmen. »Nein, auf keinen Fall! Wir fahren bis zur Endstation des Flughafenbusses!«

Das Gesicht des Taxifahrers wird noch skeptischer als zuvor, denn der Bus ist bis jetzt nicht in Sicht, und allen beiden ist ziemlich klar, dass ein Großteil der Passagiere schon an den Haltestellen unterwegs ausgestiegen sein muss. Dennoch fährt er wieder los, übt sich, so wirkt es, in äußerster Geduld, neigt bei jeder Kurve leicht den Kopf und lenkt das Auto mit seinen mageren Armen geschmeidig durch den Verkehr.

Sie folgen einer starkbefahrenen Straße, an einem bestimmten Punkt sieht man zwischen den hohen Gebäuden flüchtig das graue Meer. Er späht weiter nach vorn und zur

Seite, beäugt alle Passanten einzeln, analysiert ihren Gang und ihre Gesichtszüge mit einer Verzweiflung, die Minute für Minute zunimmt.

Dann sind sie in einer langgestreckten Kurve, und der Taxifahrer deutet mit dem Zeigefinger nach vorn: Ein paar Dutzend Meter vor ihnen steht der Flughafenbus mit geöffneten Türen, Leute steigen aus, holen ihr Gepäck und gehen davon.

Er reißt hastig die Türe auf: »Was macht es?«

»He, warte!«, sagt der Taxifahrer. »Ich darf hier nicht halten!«

Er springt trotzdem heraus, ohne die Augen von dem Bus und den noch aussteigenden Passagieren abzuwenden. Aber der Verkehr stört zu sehr, zu viele Passanten gehen in allen Richtungen vorüber, zu viele Autos hupen hinter dem Taxi. »Steig sofort wieder ein!«, schreit der Taxifahrer.

»Halt weiter vorne!«, schreit er zurück, und auf einmal sieht er zwischen den Autos und den großen Säulen eines hässlichen Gebäudes den orangefarbenen Koffer aufleuchten, der vielleicht Clare Moletto gehört. Die Vision dauert noch kürzer als am Flughafen: Eine Sekunde später ist sie verschwunden. Er bleibt mit dem Blick an dem genauen Punkt hängen, ihm scheint, als könne er durch die massive Betonmauer gleich hinter den Säulen hindurch beobachten, wie der orangefarbene Koffer vorbeirollt.

Der Taxifahrer hält einige Meter weiter vorn am Gehsteigrand, streckt sich mit entnervender Langsamkeit zum Taxameter, tippt auf einige Tasten, beugt sich mit vorwurfsvoller Miene heraus und sagt: »Dreißig Dollar.«

Ihm wird bewusst, dass er nichts gewechselt hat, weil er

in Gedanken ganz woanders war; er zieht einen Fünfzig-Euro-Schein aus der Tasche und hält ihn dem Taxifahrer hin.

Der Taxifahrer betrachtet den Schein, ohne ihn zu berühren und sagt: »Kanadische Dollar.«

»Das sind Euro«, schreit er. »Die sind mehr wert als kanadische Dollar!«

»Kanadische Dollar«, wiederholt der Taxifahrer kopfschüttelnd.

»Awwwrrrrrr!«, brüllt er und dreht sich wieder zu den Säulen um, hinter denen vielleicht Clare Moletto verschwunden ist, falls es tatsächlich sie war und nicht eine beliebige Unbekannte.

Unbeugsam sieht der Taxifahrer ihn an.

Er holt die Kreditkarte aus der Tasche: »Ist die okay?«

Der Taxifahrer nickt, langsam, als wären nicht zwei ganze Leben in Gefahr, wegen dieser endlosen vergeudeten Minuten für immer zerstört zu werden. Er schiebt die Kreditkarte in ein kleines Lesegerät, das an einem Spiralkabel hängt, tippt sorgfältig den Fahrpreis ein, wartet gelassen, dass auf dem grünlichen Display eine Antwort erscheint, und nach einer weiteren Menge vergeudeter Zeit quillt aus einem Schlitz an dem Gerät die Quittung.

Er unterschreibt mit einer der unleserlichsten Unterschriften, die er je geleistet hat, wartet seinen Beleg nicht ab, rennt davon auf dem zu hohen und zu schmalen Gehsteig, der an dem hässlichen Betongebäude entlangführt, überholt einige Menschen, die im Schneckentempo mit ihren Rollenkoffern die Kurve einer Rampe hinuntergehen. Am Ende der Rampe führt ein Landungssteg ins Wasser, rechts und links davon sind zwei hölzerne Pfahlhäuser, etwas weiter drüben zwei schwimmende Molen, an denen zwei Wasserflugzeuge mit verschiedenen Farben und Beschriftungen festgemacht sind.

Neben einem der beiden Wasserflugzeuge steht ein Typ im blauen Overall, der Taschen und Koffer in den Gepäckraum einlädt, während die Passagiere über eine Gangway gehen und unter der Aufsicht eines Piloten oder Hilfspiloten beim Einsteigen den Kopf einziehen. Und der Koffer, den der Mann im Overall in diesem Augenblick in der Hand hält – kaum erkennbar wegen der Leute, die dazwischentreten, wegen der Entfernung, des Blickwinkels und der Aufregung, die Deserti erfasst –, ist orangefarben. Gleich darauf ist er schon im Gepäckraum, andere Koffer sind schon nachgeschoben, alle Passagiere schon eingestiegen, Pilot und Kopilot schon an Bord, die Türen schon geschlossen.

Deserti rennt auf die schwimmende Mole zu, doch ein Gittertor versperrt den Weg, ein Schild verkündet: *Gate closed.* Die Gangway zur Mole wird eingezogen, der Propeller des Wasserflugzeugs beginnt sich zu drehen. Er rüttelt zwei- oder dreimal verzweifelt an dem Gitter, schaut sich um, läuft zu einem der beiden Stelzenhäusern hinüber und stürmt hinein.

Das Innere ist eine Mischung aus Berghütte und kleiner Flughafenhalle: Fußböden, Decken und Wände aus Holz, Leute, die wartend auf alten Sofas und Sesseln sitzen, drei Mädchen in Stewardess-Uniform hinter einem Tresen, Monitore über den Köpfen, dahinter Poster mit verführerischen Landschaften. Er stürzt zu einem der Mädchen, deutet durchs Fenster auf das Wasserflugzeug mit laufendem

Propeller und sagt: »Ich muss unbedingt diese Maschine erwischen, es geht um Leben und Tod!«

Das Mädchen wirkt leicht beunruhigt von seinen Worten, schüttelt aber, ohne hinauszusehen, den Kopf: »Das ist von der anderen Gesellschaft, und außerdem ist es schon gestartet.«

»Gestartet wohin?« Er hat die Augen auf den Propeller gerichtet, der sich jetzt schneller dreht und die Wasseroberfläche in Schwingung versetzt.

»Victoria«, antwortet das Mädchen.

In der Tat löst sich das Wasserflugzeug von der Mole, strebt unaufhaltsam ins Offene; die zwei Schwimmer zerteilen schäumend das Wasser, lassen kleine Wellen zurück. In seinem Kopf überschlagen sich die unrealistischsten Bilder: Verfolgung mit dem Motorboot, Sprünge, Anklammern an das Flugzeug, Faustschläge auf die Fensterscheiben der Kabine, sich drehende Pilotenköpfe, entsetzte Mienen. »Wann geht das nächste?«, fragt er, verzweifelt bemüht, die Konturen seiner Wörter zu wahren.

»In sieben Minuten.« Das Mädchen zeigt auf den Monitor über seinem Kopf.

»Geben Sie mir einen Platz!« Er knallt seine Kreditkarte auf den Tresen.

Dann wandert er vor dem Berghütten-Terminal auf und ab, betrachtet das graue Meer und den grauen Himmel. Sobald das elektromagnetische Schloss das Gittertor öffnet, geht er die Rampe zu der schwimmenden Mole hinunter. Als Erster steigt er in den schrägen Rumpf des Wasserflugzeugs ein, setzt sich auf den ersten Platz vorne rechts, direkt hinter den Kopiloten, der ein paar Karten studiert.

Noch mehr wirre Bilder gehen ihm durch den Kopf, unaufhaltsam: lange Sprünge durch die Kabine, mit Gewalt vom Einsteigen abgehaltene Passagiere, zugeschlagene Tür, bedrohter Kopilot, erzwungener Start, während vom Terminal Alarmsignale ausgesendet werden. Er starrt weiter in den bedeckten Himmel vor dem Fenster, doch man sieht nichts, am wenigsten das Wasserflugzeug, in dem sie vielleicht sitzt; dauernd dreht er sich zur Tür um, während das Boarding sich endlos hinzieht.

Die anderen Passagiere nehmen nach und nach auf den steifen Sitzen Platz; ein großer, korpulenter Mann setzt sich neben Deserti, drängt die Schulter an seine. Unaufhaltsam verstreichen weitere kostbare Minuten, dann schließt der Pilot die Tür, zwängt sich durch den engen Korridor und setzt sich neben den Kopiloten. Er ist mager, trägt eine Pilotensonnenbrille, hat ein ausgemergeltes Gesicht, ein vorgeschobenes Kinn und hohe Wangenknochen. Mit dem Daumen betätigt er eine Reihe von Schaltern, kontrolliert einige Anzeigen, schaut forschend hinaus, tuschelt mit dem Kopiloten, kaut Kaugummi.

Deserti wendet den Blick nicht von ihm, übt geistig ständig Druck auf seine Gesten aus, um sie zu lockern, zu befördern, zu beschleunigen.

Der Pilot greift zu einem Mikrophon, das an einen kleinen Lautsprecher angeschlossen ist: »Bitte anschnallen«, krächzt seine verzerrte Stimme. Leicht schief, die eckigen Knie angezogen, sitzt er auf seinem Platz. Endlich lässt er den Motor an: Der Propeller beginnt sich zu drehen, die Wasseroberfläche kräuselt sich. Langsam lösen sie sich von der schwimmenden Mole, unaufhaltsam bewegen sie sich aufs offene Meer hinaus. Der Propeller dreht sich rascher, der Motor versetzt den ganzen Rumpf in tönende Schwingung, die Schwimmer hüpfen auf dem Wasser, prallen immer stärker ab, bis sie sich endgültig lösen; das Wasserflugzeug klettert in die Luft.

In einigen Dutzend Metern Höhe fliegen sie an den Wolkenkratzern der ans Wasser gebauten Stadt vorbei und kurven über einem Schlepper, einem Containerschiff, einem Schwefeldepot, Bergen von gelbem Staub. Zwischen feinen, zerfransten Wolken steigen sie auf ein paar hundert Meter über dem grauen Meer, überfliegen eine baumbestandene Insel mit einem einsamen Haus auf einer Lichtung, ein Floß aus schwimmenden Stämmen, weitere Inseln mit Häusern an kleinen Stränden oder auf Felsen, ein Segelboot, das zwischen den Inseln kreuzt.

Er lehnt die Stirn ans Fenster; die Elemente der Landschaft unten kommen ihm wie zufällig im Raum verteilte Stücke einer Welt ohne gesicherte Namen und Verbindungen vor. Immer wieder sieht er im Geist den orangefarbenen Koffer, der in das andere Wasserflugzeug eingeladen wird, stellt sich vor, dass Clare Moletto hinausschaut wie er, nur viel näher an Victoria, vielleicht schon unerreichbar, ohne die geringste Ahnung, dass er ihr nachreist. Seine Eile ist in der Vibration des Motors gefangen, die sogar die Sitze in ihrer Verankerung wackeln lässt und in ihm Impulse auslöst, die er nicht ausleben kann.

Der Himmel wird immer finsterer: Das Licht nimmt ab, weiße Wolkenfetzen ziehen an den Fenstern vorbei vor einem dichten grauen Hintergrund, der beinahe das Meer verbirgt. Der Pilot dreht unablässig den Kopf in mehrere

Richtungen: Er schaut nach oben und unten und zur Seite, neigt den Hals, spricht leise mit dem Kopiloten. An einem bestimmten Punkt greift er erneut zum Mikrophon: »Die Sicht verschlechtert sich, wenn es so weitergeht, müssen wir umkehren.«

»Soll das ein Witz sein?!« In seiner aufflackernden Verzweiflung schnellt er nach vorn, während seine mentalen Bilder von Annäherung sich in Bilder von Entfernung verwandeln, wie durch ein plötzlich herumgedrehtes Fernrohr.

Auch der Typ links von ihm regt sich auf: »Das meinen Sie doch wohl nicht ernst!«

»Man sieht doch noch ausgezeichnet!«, sagt Deserti in der Hoffung, eine Revolte an Bord zu entfachen.

»Sind Sie Pilot?«, fragt der Pilot erbost. Er nimmt die Sonnenbrille ab: Seine Augen sind grau, kalt, abgestumpft.

»Nein«, sagt er. »Aber ich sehe, dass man noch fliegen kann!«

Mindestens die Hälfte der anderen Passagiere äußert sich ähnlich: mit lauter Stimme, mit Gesten und Kopfbewegungen.

Der Pilot sagt ins Mikrophon: »Dieses Flugzeug ist nicht für Instrumentenflug ausgerüstet. Wenn die Sicht schlechter wird, kehren wir um, Punkt.« Er hält aber weiter den Kurs und schaut hinaus, verrenkt den Hals in alle Richtungen, verringert die Flughöhe. Die Sicht wird etwas besser: Sie liegen unterhalb der Wolken und der Nebelbank, nur etwa zwanzig Meter über der grauen Wasseroberfläche, die sich in kleinen Wellen bricht.

Deserti löst die Stirn nicht vom Fenster; sein Atem geht stoßweise, alle seine Muskeln sind vor Angst verkrampft und seine Nerven zum Zerreißen gespannt von der Vorstellung, dass die Sicht sich von einem Moment zum anderen wieder verschlechtern und der Pilot umkehren und zurückfliegen könnte.

Doch die Sicht verschlechtert sich nicht, und der Pilot kehrt nicht um; nach einer langen Strecke durch Grau und Weiß überfliegen sie vom Wind gebeutelt den bebauten Teil einer Insel, einen Teil einer Stadt mit Straßen, Häusern und Autos. Unter heftigerem Rütteln kurven sie im Halbkreis über eine Bucht, zuletzt sinken sie, bis die Schwimmer beinahe das Wasser berühren, fahren viel zu langsam eine viel zu lange Strecke geradeaus, legen viel zu langsam am Landungssteg an.

Er löst den Sicherheitsgurt, springt auf, noch bevor der Pilot die Türe geöffnet hat. Endlich steht er dann auf der schwimmenden Mole, läuft die Rampe hinauf, sieht sich auf dem Kai um, schaut auf den parallelen Kai der Konkurrenzgesellschaft. Doch die Passagiere des vorigen Flugs sind schon weg, nur zwei oder drei sind mit ihrem Rucksack oder Rollenkoffer noch weiter oben zu sehen, auf der Straße, die an der Bucht entlangführt.

Im Gegenwind steigt er zu der Straße hinauf, blickt suchend in alle Richtungen. Jedes Detail, das er wahrnimmt, ist von entsetzlicher Bedeutungslosigkeit: Paare und Gruppen von Touristen auf Tagesausflug, die Hütchen, die Fotoapparate, die Schuhe, die Anoraks, die Schilder, die Autos, die Busse, ein langgestrecktes Gebäude, das wie ein auf die Wiese gelegter Königspalast aussieht, die Silhouette der Stadt weiter vorn, die Boote in einem kleinen Hafen. Er geht weiter, aber der Strom, unter dem er die ganze Zeit gestanden hatte, lässt jetzt nach, sosehr er sich auch anstrengt, ihn lebendig zu halten. Die Enttäuschung, die seine Gedanken durchdringt, beeinträchtigt nun auch seine Bewegungen: Er wird langsamer, beschleunigt wieder, verlangsamt erneut, kämpft gegen den Sinnverlust, der seine Schritte immer schwerfälliger macht. Sein Blick bleibt wahllos an allem hängen, gleitet weiter, lässt sich blenden und verwirren.

Vom Terminal der Wasserflugzeuge kommt rasch ein Typ angelaufen, zieht sich die Kapuze des im Wind knatternden Anoraks über den Kopf und sagt: »Erst so eilig, und jetzt immer noch hier?«

Er braucht mehrere Sekunden, bis er den Piloten des Wasserflugzeugs erkennt, hebt die Hand, als der andere schon etliche Meter weiter ist, aber seine Geste ist matt und bedeutungslos wie alles Übrige. Der Wind weht in Böen vom Meer herauf. Seine Augen sehen immer unschärfer; die Bilder, die sie wahrnehmen, verflüchtigen sich wie Luftspiegelungen im grauen Licht.

Jetzt beginnt es auch noch zu regnen: Spärliche Tropfen platschen ihm auf den Kopf wie falsche Eindrücke. Er denkt nicht daran, sich irgendwo unterzustellen, es interessiert ihn nicht. Er steigt die Stufen zum betonierten Kai des Jachthafens hinunter, einfach, um irgendwohin zu laufen. Er betrachtet die Aluminium- und Holzmasten der Boote, die im Wasser schwanken, einige menschliche Gestalten, die an einer weiter vorn gelegenen Mole hantieren. Er liest die Namen am Heck der Schiffe, mit ihrer Beschwörung von erfüllten oder noch unrealisierten Träumen, die im Lauf der Zeit verblasst sind wie der Lack, mit dem sie geschrieben wurden.

Sie springt barfuß auf das Teakholzdeck

Sie springt barfuß auf das Teakholzdeck, ohne die starke Hand zu ergreifen, die Brian ihr entgegenstreckt. Doch sie schwankt und muss sich am Geländer festklammern, um nicht auf dem regennassen Deck auszurutschen.

»Vorsicht, Clarie-Pony!«, sagt Paula von der Mole her. Sie reicht ihrem Mann den kleinen Rucksack, die Handtasche, den Koffer.

Brian stellt den Koffer ins Heck, bringt Clare den Rucksack und die Handtasche, geht vor ihr her unter Deck. Aus der Piek am Bug holt er zwei gelbe Ölanzüge, schlüpft rasch in Hose und Jacke und die Stiefel. Vor dem Hinausgehen füllt er eine Tasse mit Apfelsaft und hält sie Clare hin: »Bitte sehr, Signorina Moletto.« Sein Lächeln ist verkrampft, wegen des Wetters draußen und wegen der Dinge, die Paula ihm über die Beziehungskatastrophe ihrer jüngeren Schwester erzählt haben muss.

»Danke«, sagt sie und hört ihre eigene Stimme nicht; sie trinkt den Apfelsaft in einem einzigen großen Schluck.

»Keine Ursache«, sagt Brian. Rasch steigt er die kleine Treppe hinauf, um Paula ihr Ölzeug und die Stiefel zu bringen.

Sie bleibt stehen, die leere Tasse in der Hand; sie ist so müde, dass ihr schwindelt und ihre Beine zittern. Sie kann sich ihre zukünftigen Tage nicht ausmalen, abgesehen von schlafen, schlafen und noch mal schlafen in Paulas und Brians Gästezimmerchen, vielleicht allein um die kleine Insel wandern, sich von Telefonen und Computern fernhalten, nichts denken, die Verbindungskanäle zwischen Herz und Gedanken kappen. Jetzt trommelt der Regen immer rhythmischer auf das Deckshaus, *tack tatack tatatacktack tatatacktacktack*.

»Clare, der Koffer.« Durch die Luke reicht Brian ihr den orangefarbenen Koffer und lässt ihn erst los, als er sicher ist, dass sie ihn festhält.

Nass, wie er ist, stellt sie ihn ins Unterdeck und schiebt ihn mit dem Fuß unter den Kartentisch. Sie hat überhaupt keine Lust, die paar Sachen wiederzusehen, die er enthält, und von irgendeinem Stofffetzen dahin zurückgezerrt zu werden, wo sie war, bevor sie weggelaufen ist; sie will nur ihre Ruhe, alles vergessen, was sie je gedacht oder gefühlt hat.

Es schüttet immer ärger, das ganze Boot dröhnt. Sie steigt die Stufen hinauf und schaut hinaus: Dicht und schnell trommeln die Tropfen aufs Deck und auf die Boote rundum, sie bilden einen Vorhang vor der Silhouette der Stadt. Das missfällt ihr keineswegs, es ist wie ein guter Beitrag zur allgemeinen Auslöschung.

Paula, die in ihrem Ölzeug auf der Mole die Leinen losmacht, ruft ihr zu: »Geh wieder runter oder zieh dir was über, Clarie!« Sie springt an Bord, wickelt das Tau um einen Poller.

Clare rührt sich nicht, blickt verzaubert auf den Regen, der das Wasser im Hafenbecken aufspritzen lässt und überall konzentrische kleine Wellen auslöst. Ein Blitz erhellt das fahle Licht, zwei Sekunden später zerreißt ein Donner die Luft. Der Regen wird noch dichter, der Wind pfeift in den Wanten, und die Masten im Hafen schwanken.

Brian wirft den kleinen Dieselmotor an, dreht eifrig am Steuer, behindert durch die Taue und Ketten und Bojen der anderen Boote. Paula holt die Fender ein, doch auf einmal hält sie mit Blick zur Mole inne. Im Heck schaut Brian in die gleiche Richtung, auch er erstarrt. Auf der Mole fuchtelt ein Mann mit den Armen und hopst auf der Stelle und schreit etwas, das vom Rauschen des Regens und des Windes übertönt wird. Brian schüttelt den Kopf, schaut Paula fragend an. Gleich darauf springt der Mann mitsamt seinen Kleidern von der Mole: Er durchpflügt das Wasser wie beim Start eines Wettschwimmens, schwimmt mit verzweifelter Energie auf sie zu. In wenigen Zügen ist er schon am Boot, versucht, sich seitlich am Heck festzuhalten.

Brian schaltet in den Leerlauf, lässt das Steuer los, beugt sich mit dem Bootshaken in der Hand vor und richtet ihn auf den Mann: »He!«, schreit er. »Was zum Teufel willst du da?!«

Unbeirrt versucht der Mann im Wasser, sich festzuklammern, findet aber an der glitschigen Bootswand keinen Halt: Er geht unter, taucht wieder auf, spuckt Wasser, schnappt nach Luft, schreit noch etwas.

»Brian, der ertrinkt!«, ruft Paula, mit einem Fender in der Hand aufs Wasser hinausgebeugt.

»Der ist verrückt!«, schreit Brian. »Er hat sie nicht mehr alle! He! Schwimm zurück ans Ufer!«

»Deagooowaaaa!«, schreit der Mann im Wasser; er geht unter, taucht wieder auf.

Fasziniert beobachtet Clare von der Luke aus, wie Brian hinter dem peitschenden Regenvorhang mit dem Bootshaken herumfuchtelt und Paula schreiend dem Mann den Fender hinhält, während das Boot sich selbst überlassen bleibt und sich auf die Seite neigt, wo der Enterversuch erfolgt. Sie geht hinaus zur Plicht, ihr kurzes leichtes Baumwollkleid ist sofort pitschnass, und auf einmal wird ihr klar, was der Mann im Wasser da schreit: »Der Koffeeeeer!«

Brian schwingt den Bootshaken, brüllt erneut: »Schwimm ans Ufer zurück!«, mit der tiefen Stimme eines kanadischen Bären, der entschlossen ist, Boot und Familie zu verteidigen. Paula wiederum gelingt es nicht, dem Mann im Wasser den Fender zu reichen, oder vielleicht greift er gar nicht danach, er scheint vielmehr zu gestikulieren und nach Luft zu schnappen, es sieht aus, als streckte er sich, um über den Bootsrand zu sehen. Dann schreit der Mann, obwohl es scheint, als würde er tatsächlich gleich ertrinken, auf einmal verständlich: »Claaaaare!«

Sie springt aus der Plicht, stolpert über einen Poller, rutscht fast von Bord, kann sich aber gerade noch an der Reling festhalten und schreit »Heeeeeey!«, in einem so herzzerreißenden Ton, dass ihre Schwester und Brian und sogar der Mann im Meer erstarren und sie ansehen.

»Was ist los?!«, brüllt Brian, keuchend in seinem gelben Ölzeug, rot im Gesicht, den Bootshaken fest in den Händen wie eine mittelalterliche Waffe.

»Das ist er«, schreit sie; gestikulierend zeigt sie auf den Mann im Wasser, überwältigt von den Gedanken und Empfindungen, die auf sie einstürmen.

Paula, genauso rot wie ihr Mann, schreit: »Wer?«

»Er!«, wiederholt sie, absolut unfähig, das, was ihr durch den Kopf und durchs Herz geht, zu ordnen und in Worte zu fassen.

Ihre Schwester und ihr Schwager sehen sie mit einem sehr ähnlichen Ausdruck an. »Wer, er?«, schreit Paula kopfschüttelnd.

»Eeeeer!«, schreit Clare noch lauter. Sie beugt sich zu dem Mann im Wasser, gegen den zunehmenden Wind, im rauschenden Regen, der stürmt und wegwäscht und trübt und betäubt und alles vermengt, was rundherum ist.

Er ist wieder untergetaucht, kann sich aber am Bootshaken festhalten, den Brian ihm jetzt ratlos hinstreckt, und schafft es, den Kopf über Wasser zu halten. Er blickt nach oben, und in der aufschäumenden Gischt und den konzentrischen Kreisen und den anschwellenden kleinen grauen Wellen sieht es aus, als lächelte er.

Sie ist sich nicht sicher, ob es wirklich so ist, weil ihr der Regen auf den Kopf prasselt, über die Stirn läuft, in die Augen tropft und sich mit den Tränen vermischt, die unaufhaltsam über ihre Wangen strömen.

Bitte beachten Sie
auch die folgenden Seiten

Andrea De Carlo im Diogenes Verlag

Vögel in Käfigen und Volieren

Roman. Aus dem Italienischen von Burkhart Kroeber

Fjodor Barna, ein junger Amerikaner in Mailand, fühlt sich fremd in einer Gesellschaft, die nur aus vorgestanzten Figuren besteht. Doch anstatt zu protestieren, beobachtet er nur und wundert sich. Dann trifft er auf eine, die fliegen kann: Malaidina, ein Wesen aus einer anderen Welt, der er nachzujagen beginnt.

»Was Andrea De Carlo in seinem Roman *Vögel in Käfigen und Volieren* unternommen hat, ist nichts weniger als die erzählerische Bearbeitung eines der zentralen politischen Themen der zweiten Hälfte des 20. Jahrhunderts, jener merkwürdig imaginäre Krieg, den insbesondere junge Menschen gegen die ›Macht‹, gegen ›das System‹ anzuzetteln versuchten...«
Michael Rutschky

»Atemlos gelebt, atemlos gelesen. Ein Italiener macht deutschen Romanciers Tempovorgaben. Dabei entstand eine neue Gattung: der Liebeskrimi. Das alles in einer Sprache, die nicht lange in sich verweilt, aber dennoch fotografisch genau ist. Ein wildes Buch.«
Szene, Hamburg

Creamtrain

Roman. Deutsch von Burkhart Kroeber

Ein junger Italiener kommt durch den Zufall einer flüchtigen Ferienbekanntschaft nach Los Angeles, wo er unbekümmert in den Tag hineinlebt, sich mit Supermarkt-Diebstählen und Gelegenheitsarbeiten durchschlägt, bis er als Italienischlehrer an einem Privatinstitut die Hollywood-Diva Marsha Mellows kennenlernt, deren Film *Creamtrain* er beinahe auswendig kennt...

»Kritisch äußert sich Andrea De Carlo über seine Erfahrungen in Amerika, die er sich in seinem ersten Roman *Creamtrain* vom Leibe geschrieben hat. Mit diesem Buch, dessen Manuskript sein Sponsor und Lektor Italo Calvino betreute, wurde Andrea De Carlo auf Anhieb zum meistversprechenden literarischen Debütanten.« *Sender Freies Berlin*

»*Creamtrain* ist ein perfektes Buch, sehr gut geschrieben, sehr gut zu lesen. Macht Spaß. Unterhält. Ist cool. Stimmig. Kein Wunsch bleibt offen.«
Der Falter, Wien

Macno

Roman. Deutsch von Renate Heimbucher

Schauplatz des Romans ist die Hauptstadt eines imaginären Landes. Die Handlung spielt im Regierungspalast, wo Macno, ein ehemaliger Rockstar, als Diktator mit seinem Gefolge lebt, als da sind ein Pianist, ein Medienexperte, ein Botaniker, eine Ballerina und ein Schriftsteller, der als Leibwächter fungiert.

»Über die Hohe Schule des Liebeswerbens, über die Ausstrahlung der Macht und über die Gefahren des Fernsehens hat Andrea De Carlo eine Parabel geschrieben – die den Leser bis zum Schluss in Atem hält.« *Frankfurter Allgemeine Zeitung*

Yucatan

Roman. Deutsch von Jürgen Bauer

Andrea De Carlo taucht in diesem Buch in die metaphysisch und mystisch geprägte Welt Mittelamerikas ein. Im Mittelpunkt des zivilisationskritischen Romans steht der Regisseur Dru Resnik, der mit seinem Assistenten nach Mittelamerika reist, um einen Schriftsteller ausfindig zu machen, dessen Buch er verfilmen will. Doch schon bei der Zwischenlandung in Los

Angeles zeichnen sich Schwierigkeiten ab: Resnik erhält mehrdeutige Nachrichten über den Verbleib des Schriftstellers und wird schließlich durch anonyme Anrufe bedroht…

»Bemerkenswert ist nicht nur die Präzision, sondern auch die Wertfreiheit seiner Beschreibungen. Der Verzicht auf die Attitüden eines schöngeistigen Antiamerikanismus versetzt De Carlo in die Lage, ohne Zorn und Eifer bestimmte zeitgenössische Phänomene zu registrieren, die ihren Ursprung auf der anderen Seite des Atlantiks gehabt haben mögen, aber nicht auf Amerika beschränkt geblieben sind. Dank seiner Fähigkeit zur Nuancierung erkennt man jedenfalls in *Yucatan* überall die Wirklichkeit wieder, in der wir leben.«
Frankfurter Allgemeine Zeitung

Zwei von zwei

Roman. Deutsch von Renate Heimbucher

Andrea De Carlo erzählt die Geschichte einer Freundschaft und exemplarisch die Geschichte seiner Generation. Am Anfang steht das Jahr 1968 mit seinen Hoffnungen und seinen Utopien. Doch wie die Ideale verwirklichen? Innerhalb der Leistungsgesellschaft, wie es Mario versucht? Oder eher wie Guido: als radikaler Außenseiter? Ein Roman über zwei unterschiedliche Lebenswege, die an der gleichen Gabelung begonnen hatten.

»Andrea De Carlo hat mit *Zwei von zwei* einen Entwicklungsroman mit utopischer Perspektive und zugleich die Geschichte der Generation der sechziger und siebziger Jahre des 20. Jahrhunderts geschrieben. Das Buch trifft die Gefühlslage einer Generation.«
Frankfurter Allgemeine Zeitung

»Selten ist Hoffnung und Scheitern der 68er Bewegung exemplarischer und unterhaltsamer geschildert worden.« *Österreichischer Rundfunk, Wien*

Techniken der Verführung

Roman. Deutsch von Renate Heimbucher

Ein junger Autor zwischen der Frau, die er liebt, und dem Literaten, den er bewundert und der ihn fördert: In diesem modernen Künstlerroman wird das Schriftstellerdasein zum Abenteuer. Unter De Carlos Feder entsteht ein spannendes und scharfes Bild des heutigen – korrupten – Italien: Der Leser blickt hinter die Kulissen und erfährt Aufschlussreiches über das Innenleben von Redaktionsstuben und Literaturbetrieb …

»Ein hervorragendes Buch. Es ist eine bittere Einführung in zynische Lebenswahrheiten, ein präzises Abbild eines Italien, in dem 1991, als das Buch dort erschien, die Bestechungsskandale noch nicht aufgedeckt waren. Erstaunlich, wie anschaulich Andrea De Carlo die Unterschiede zwischen Mailand und Rom, wie genau er die korrupten Methoden der literarischen Gesellschaft, wie direkt er die verwirrten Eindrücke seiner Protagonisten wiedergibt. Es besticht, wie Kritikerjargon, hohle Theorien über Kunst, Rezensionsrituale entlarvt werden – allein dadurch, dass der Autor seine Figuren denken und sprechen lässt.«
Der Spiegel, Hamburg

Arcodamore

Roman. Deutsch von Renate Heimbucher

»Nie wieder«, denkt Leo Cernitori nach seiner gescheiterten Ehe, bis er die rätselhaft reizvolle Manuela trifft und sich dem Spannungsbogen einer neuen Liebe doch nicht entziehen kann. Was mit Leidenschaft beginnt, steigert sich über Eifersucht und Verwüstung zum bedrohlichen Finale Furioso.

»Andrea De Carlo analysiert in diesem Roman intelligent und präzise den Bogen der Gefühle. Bis hin zu dem fatalen Moment, in dem die Spannung nicht mehr zu ertragen ist.« *Franziska Wolffheim / Brigitte, Hamburg*

»Ein zeitgenössischer Roman über die Freuden und Leiden einer erotischen Liebesbeziehung und über die Schwierigkeit, Nähe und Distanz richtig zu dosieren.« *Edith Jörg / Annabelle, Zürich*

Guru

Roman. Deutsch von Renate Heimbucher
(vormals: *Uto*)

Peaceville im ländlichen Connecticut: ein Paradies des Friedens, der Freude und der Nächstenliebe. So wollen es zumindest die Anhänger des Gurus, die sich dort niedergelassen haben. Um den Frieden von Peaceville ist es allerdings geschehen, als der junge Italiener Uto dort auftaucht. Mit seiner Punkfrisur, der Ledermontur, seinen durchlöcherten Socken und der Sonnenbrille tritt er gegen das unermüdliche Lächeln der in sanfte Farben gekleideten Sinnsucher an – und weckt durch sein mitreißendes Klavierspiel geheime Sehnsüchte hinter der Fassade der guten Vorsätze.

»Eine brillante Komödie, die nach Verfilmung schreit. Eine ironische Liebeserklärung an eine Jugend, die sich um verlogene Konventionen nicht kümmert. Und eine Absage an die Generation, deren politisches Aufbegehren in Geldscheffeln und Ökospießertum geendet ist.«
Christoph Klimke / Der Tagesspiegel, Berlin

Wir drei

Roman. Deutsch von Renate Heimbucher

Livio ist verliebt in Misia, doch sie liebt Marco, der ihre Gefühle zwar erwidert, doch vor Bindung ebenso zurückscheut, wie er das Establishment fürchtet. Und dennoch: Trotz wildbewegter Zeiten reißen die Bande zwischen den dreien nicht. *Wir drei* ist zum Kultbuch geworden in Italien: Nicht nur mit zwanzig hat man das Leben noch vor sich, sondern auch mit vierzig, wenn man zu Aufbruch und Abenteuer bereit ist. Das Geheimnis? Leidenschaftlich sein, in der Liebe, der Freundschaft, als Künstler …

»Andrea De Carlo kann emotionale Extremsituationen so glaubwürdig schildern, dass man als Leser das Gefühl hat, selbst mittendrin zu stehen. *Wir drei* ist ein glänzend geschriebener Roman über Leidenschaft, Eifersucht und Lebensangst.«
Franziska Wolffheim / Brigitte, Hamburg

»Rasant, gefühlsecht, grandios komponiert. Ein Roman, der ins Herz trifft.«
Ariane Bertsch / Freundin, München

Wenn der Wind dreht

Roman. Deutsch von Monika Lustig

Wer hat ihn nicht – den Traum von einem glücklicheren Leben, weitab von Handygeklingel, Hektik und Verkehr? Fünf Städter suchen ein Haus auf dem Land und das einfache Leben in der Natur. In den Wäldern Umbriens finden sie es – und es ist ein Alptraum.

»Gemütlich ist diese Geschichte mit ihren bisweilen grotesken Überzeichnungen nicht, dafür scharfsinnig, ruppig und witzig. De Carlo entwirft das funkelnde, vitale Gruppenporträt aus wechselnden Perspektiven und steigert die Spannung virtuos. Das glänzend geschriebene Buch war in Italien ein riesiger Erfolg. De Carlo ist ein knallharter Zeitgeistbeobachter und genauer Kenner seiner Generation.«
Angela Gatterburg / Der Spiegel, Hamburg

Das Meer der Wahrheit

Roman. Deutsch von Maja Pflug

An einem Tag im Spätherbst – es hat gerade geschneit – erhält Lorenzo einen Anruf von seinem Bruder Fabio: Ihr Vater, der international geschätzte Virologe Teo

Telmari, ist gestorben. Lorenzo verlässt bestürzt sein Haus in der apenninischen Wildnis und reist nach Rom, wo er erfährt, dass sein Vater Hüter eines geheimen Dokuments war.
Bei der Trauerfeier wird Lorenzo von einer Unbekannten angesprochen: ob er je von einem Kardinal Ndionge gehört habe. Noch bevor Lorenzo nachfragen kann, weshalb sie das interessiert, ist die nordische Schönheit auch schon wieder verschwunden. Es ist jedoch nicht das letzte Mal, dass Lorenzo sie sieht.
Lorenzos jüngerer Bruder Fabio, Vertreter der Mitte-Links-Partei Mirto Democratico, kämpft derweil immer hektischer um sein politisches Überleben. Seine drei Handys klingeln ohne Unterlass: Parteifreunde und Gönner wollen mit allen Mitteln verhindern, dass das Geheimnis von Teo Telmari gelüftet wird.
Der Bruderzwist ist vorprogrammiert. Bei beiden geht es um nichts weniger als die eigene Existenz.

»Lieber Andrea De Carlo, Sie haben ein großartiges Buch über unsere Gegenwart geschrieben!«
Antonio D'Orrico /
Corriere della Sera Magazine, Mailand

Als Durante kam

Roman. Deutsch von Maja Pflug

Pietro und Astrid leben in den Hügeln östlich des Apennins, weben Stoffe von Hand und verkaufen sie an Privatkunden oder kleine Geschäfte. Ein einfaches, gutes Leben – das ist es, was sie schon immer wollten und nun seit einigen Jahren führen. An einem heißen Nachmittag im Mai erscheint ein Fremder vor dem Haus von Pietro und Astrid. Seltsam: Der Hund, der sonst immer bellt, lässt sich streicheln. Astrid ist fasziniert, Pietro irritiert. Durante fragt die beiden bloß nach dem Weg zu einem Hof. Doch das allein reicht, um das Paar zutiefst zu verstören.

Wie schon in *Zwei von zwei* prallen in diesem Roman unterschiedliche Welten und Vorstellungen aufeinander. Wobei gerade dadurch auch wundersame Freundschaften entstehen.

»De Carlo kehrt zurück zu den Themen, die lange Zeit seinen Romanen Substanz und Farbe verliehen haben: die Kraft der Freundschaft, die Jahreszeiten der Liebe und die nicht ganz frustrationsfreie Suche nach der eigenen Bestimmung.«
Corriere della Sera, Mailand

Leon de Winter
im Diogenes Verlag

Leon de Winter wurde 1954 in 's-Hertogenbosch als Sohn niederländischer Juden geboren und begann als Teenager, nach dem Tod seines Vaters, zu schreiben. Er arbeitet seit 1976 als freier Schriftsteller und Filmemacher in Holland und den USA. Seine Romane erzielen nicht nur in den Niederlanden überwältigende Erfolge; einige wurden für Kino und Fernsehen verfilmt, so 2000 *Der Himmel von Hollywood* (Regie: Sönke Wortmann) und 2003 *SuperTex* unter der Regie von Jan Schütte.

»Leon de Winter ist ein wunderbar phantasievoller Erzähler. Er liebt seine Figuren, hat ein herrliches Gespür für deren Entwicklungen und Abgründe und erzählt immer leicht und lakonisch.«
Joachim Knuth / Norddeutscher Rundfunk, Hamburg

»Leon de Winter, mittlerweile zum Kultautor avanciert, ist ein gewiefter Erzähler, der dem Leser die Tür nur einen Spaltbreit öffnet und in ihm eine unstillbare Neugierde auf das weitere Geschehen erweckt.«
Hans Christian Kosler

Hoffmans Hunger
Roman. Aus dem Niederländischen von Sibylle Mulot

SuperTex
Roman. Deutsch von Sibylle Mulot

Serenade
Roman. Deutsch von Hanni Ehlers

Zionoco
Roman. Deutsch von Hanni Ehlers

Der Himmel von Hollywood
Roman. Deutsch von Hanni Ehlers

Sokolows Universum
Roman. Deutsch von Sibylle Mulot

Leo Kaplan
Roman. Deutsch von Hanni Ehlers

Malibu
Roman. Deutsch von Hanni Ehlers

Place de la Bastille
Roman. Deutsch von Hanni Ehlers

Das Recht auf Rückkehr
Roman. Deutsch von Hanni Ehlers

Doris Dörrie im Diogenes Verlag

»Doris Dörrie ist als Erzählerin Spezialistin in diffizilen Angelegenheiten der kleinen Rache und gezielten Ohrfeigen zum Zwecke der Unterstützung des eigenen Selbstwertgefühles. Sie ist eine sehr gute Kurzgeschichten-Schreiberin mit der erforderlichen Prise Selbstironie und mit stilistischer Eleganz.«
Annemarie Stoltenberg / Die Zeit, Hamburg

»Es ist vollkommen gleichgültig, ob Sie Doris Dörrie in der Badewanne, im Intercity-Großraumwagen, im Lehnstuhl oder in der Straßenbahn lesen, nur: Lesen Sie sie!« *Deutschlandfunk, Köln*

Liebe, Schmerz und das ganze verdammte Zeug
Vier Geschichten
Daraus die Geschichte *Männer* auch als Diogenes Hörbuch erschienen, gelesen von Anna König

»Was wollen Sie von mir?«
Erzählungen. Mit Fotos von Helge Weindler

Der Mann meiner Träume
Erzählung
Auch als Diogenes Hörbuch erschienen, gelesen von Heike Makatsch

Für immer und ewig
Eine Art Reigen

Bin ich schön?
Erzählungen

Samsara
Erzählungen

Was machen wir jetzt?
Roman

Happy
Ein Drama

Das blaue Kleid
Roman

Mitten ins Herz
und andere Geschichten. Ausgewählt von Daniel Keel. Mit einem Nachwort der Autorin

Und was wird aus mir?
Roman
Auch als Diogenes Hörbuch erschienen, gelesen von Doris Dörrie

Kirschblüten – Hanami
Ein Filmbuch

Alles inklusive
Roman
Auch als Diogenes Hörbuch erschienen, gelesen von Maria Schrader, Petra Zieser, Maren Kroymann und Pierre Sanoussi-Bliss

Kinderbücher:

Mimi
Mit Bildern von Julia Kaergel

Mimi und Mozart
Mit Bildern von Julia Kaergel

Anthony McCarten im Diogenes Verlag

»Anthony McCarten hat die unglaubliche Gabe, Geschichten so aufzuschreiben, dass es einem das Herz zerreißt, während man über sein Einfälle, Sprüche und seinen unbesiegbaren Humor lacht.«
Hamburger Abendblatt

»McCarten pflegt den satirischen Ton, ohne waschechte Satiren zu schreiben. Er ist, wie man so sagt, ein geborener Erzähler. Ihm sitzt, wie bei Shakespeare, der Schalk im Nacken.« *Die Welt, Berlin*

»Anthony McCarten ist unter den literarischen Exporten aus Neuseeland einer der aufregendsten.«
International Herald Tribune, London

Superhero
Roman. Aus dem Englischen
von Manfred Allié und
Gabriele Kempf-Allié
Auch als Diogenes Hörbuch erschienen,
gelesen von Rufus Beck

Englischer Harem
Roman. Deutsch von Manfred Allié
und Gabriele Kempf-Allié

Hand aufs Herz
Roman. Deutsch von Manfred Allié
Auch als Diogenes Hörbuch erschienen,
gelesen von Rufus Beck

Liebe am Ende der Welt
Roman. Deutsch von Manfred Allié

Joey Goebel im Diogenes Verlag

Joey Goebel ist 1980 in Henderson, Kentucky, geboren, wo er auch heute lebt und Schreiben lehrt. Als Leadsänger tourte er mit seiner Punkrockband ›The Mullets‹ durch den Mittleren Westen.

»Joey Goebel rockt das gleichgeschaltete Amerika. Gegen diese Art des Erzählens wirken die zeitgenössischen Stars des amerikanischen Realismus – von Philip Roth bis Jonathan Franzen –, aber auch die erprobten Postmodernisten – von Donald Barthelme bis zu Paul Auster – arg verschmockt. Momentan wird Joey Goebel nur durch sich selbst übertroffen.«
Evelyn Finger / Die Zeit, Hamburg

»Solange sich junge Erzähler finden wie Joey Goebel, ist uns um die Zukunft nicht bange.«
Elmar Krekeler / Die Welt, Berlin

Vincent
Roman
Aus dem Amerikanischen von
Hans M. Herzog und Matthias Jendis

Freaks
Roman
Deutsch von Hans M. Herzog
Auch als Diogenes Hörbuch erschienen,
gelesen von Cosma Shiva Hagen, Jan Josef Liefers,
Charlotte Roche, Cordula Trantow
und Feridun Zaimoglu

Heartland
Roman
Deutsch von Hans M. Herzog